मैं घूमर नाचूँ

मैं घूमर नाचूँ

(मौलिक उपन्यास)

कमल कुमार

राजपाल

मुख्य आवरण छवि,
अशोक भौमिक के सौजन्य से

मूल्य : तीन सौ रुपये (Rs. 300.00)
संस्करण : 2010
ISBN : 978-81-7028-854-1
MAIN GHUMAR NAACHOON (Novel) by Kamal Kumar
राजपाल एण्ड सन्ज़, कश्मीरी गेट, दिल्ली-110 006
Website: www.rajpalpublishing.com
E-mail : mail@rajpalpublishing.com

एरोप्लेन ने टेकऑफ किया था। 'रनवे' छोड़ दिया था, ऊँचाई ले रहा था। धीरे-धीरे सब अदृश्य हो जाएगा। उसका दिल नीचे बैठ रहा था...खिड़की से वह देख रही थी, छूटता जाता देश...यह मेरा देश, दूर तक फैला नीला आकाश। नीचे सोने-सी चमकती बालू जो इस रात के अन्धेरे में, सुबह के इन्तजार में है। अरावली की पहाड़ियाँ, वह अरावली की पर्वत शृंखला जो संसार के प्राचीनतम पर्वतों में है। इसने राजस्थान को प्राकृतिक रूप से दो भागों में बाँट दिया। पूर्वी मैदान का क्षेत्र गंगा-जमुना नदियों द्वारा बना होगा। थार प्रदेश सरस्वती और अन्य नदियों की लाई हुई तलछट से बना था। कहते हैं—कभी थार प्रदेश भी खूब हरा-भरा था। यहाँ कई नदियाँ बहती थीं। चंबल, बेड़च, बनास, गम्भीरी, लूनी, माही, सरस्वती, बाणगंगा। इतना ही नहीं, यहाँ मीठे पानी की नदियाँ भी थीं। पिछौला, राजसमन्द, आन्तसागर, पुष्कर इत्यादि जिससे लोग पेयजल की आपूर्ति करते। खारे पानी की झीलें—साम्भर, डीडवाना, पचप्रदा, लूण करणसर थीं। खारे पानी से नमक बनाया जाता। पठार, जंगल और उनमें रहते लोग, शहरों में, कस्बों में, गाँवों में और घुमन्तु या टिक जाने वाली जनजातियाँ। उसे जसमा रुदाली और उसकी बेटी की याद आई थी। कैसा जीवन था इनका। काले कपड़ों में सिर से पेट तक ढकीं—ये औरतें जीते जी भी प्रेतनियां लगती थीं। फिर बड़े घरों में मृत्यु के शोक का जश्न मनाने के लिए उनका रोने का धंधा। फिर सोने की सी देह वाली सोनारी की याद आई थी।

अरावली की पर्वत शृंखलाएँ, संसार की प्राचीनतम पर्वत शृंखलाएँ उँची-नीची किले की दीवारों सी लग रही थीं। धरातलीय

विन्यास में योग देने वाली यहीं कहीं रही होगी। कभी आहड़ गिलेडू की ताम्र और पाषाण कालीन सभ्यताएँ। नागौर घनोप और भीलवाड़ा के घने जंगल। साम्भर, बैराठ और रेंड के प्राचीन टीले। कहा जाता है कि जोधपुर, नागौर और बीकानेर के बीहड़ प्रदेशों को ही महाभारतकाल में कुरु जंगल या भांद्रेय जंगल कहा जाता था। महाभारत का खांडव वन, पांडवों का विराट नगर, इसी भूमि पर स्थित रहा होगा। इस नगर के केंन्द्र में रही होगी द्रौपदी। अपने बल पर टिकी द्रौपदी जो महाभारत के केन्द्र में भी है, जो समस्या भी है और समाधान भी।

कहते हैं वैदिक काल में यहाँ सरस्वती नदी थी जो आज घग्घर नदी के सूखे पाट में बदल गई है। यह पाट जो रन और कच्छ तक फैला है। पश्चिम रेगिस्तान में कभी बहुत सारी जलधाराएँ रही होंगी जो सरस्वती में गिरती होंगी। या कई नाले होंगे जो रन व कच्छ में गिरते होंगे। रन व कच्छ उस समय लूनी, सरस्वती और सिन्ध नदी का खाड़ी क्षेत्र रहा होगा। क्या पता राजस्थान कभी पानी से लबालब भरा रहा हो। चारों तरफ हरियाली रही हो। रामायण काल में कहते हैं कि यह प्रदेश समुद्र से ढका था। अगर सरस्वती और द्रिषादवती की घाटियों पर विचार किया जाए तो उस समय वे बड़ी समृद्ध रही होंगी। इन्होंने ही भारतीय इतिहास की सहस्राब्दी और सिन्धुघाटी की सभ्यता, मोहनजोदड़ों हड़प्पा को अन्र्तध्यान किया होगा। अरब सागरीय मानसून राजस्थान आते तो हैं पर अरावली पर्वत श्रेणियाँ इतनी ऊँची नहीं कि उन्हें रोकने में सक्षम हों। धीरे-धीरे शुष्कता के बढ़ने, नदियों के रास्ता बदलने या सूख जाने से रेगिस्तान उमड़ता गया और लोगों का जीवन अस्थिर होता गया।

वह अरावली का पश्चिम भाग का क्षेत्र रहा होगा जहाँ हमारे पुरखे रहते आए थे। प्रचण्ड धूलभरी आँधियाँ, गर्म और सूखी हवाएँ। उथली, कंकड़ों वाली मोटी रेतीली तथा लाल-भूरी व धूसर जमीन खेती के लिए अनुपयोगी थी। फिर भी पहाड़ियों के बीच की जमीन में वे जल संचयन भी करते थे। ज्वार, गेंहू, चना और तिल उगा लेते थे। यहीं कपास, गन्ना, चावल की फसल भी कर लेते थे। वेदों में चर्चित सरस्वती नदी यहाँ से प्रवाहित होती थी जो कालान्तर में सूख गई थी। रेतीले टीलों से निरन्तर स्थानान्तरण के असर से प्रदेश निर्जन और निर्जल हो गया था। अकाल की स्थितियाँ बन गई थीं।

वर्षा को बुलाने के लिए और देवी-देवताओं को प्रसन्न करने के लिए कितने ही लोकगीत और लोकनृत्य हैं जिनमें प्यासी धरती के लिए हवाओं से, बादलों से, वर्षा के आने का अनुरोध किया जाता है। वह सब किया गया, लेकिन जब बारिश नहीं हुई तो दूसरा रास्ता लिया गया। औरतें इन्द्र देवता को ललकारती, तलवार, ढाल, लाठियाँ लेकर घर से निकल पड़ी थीं। उन्होंने इन्द्र देवता को बंधक बनाया और फिर बारिश के रूप में पिरौती माँगी। जब बारिश होगी तो इन्द्र देवता मुक्त होंगे। पर बारिश हुई ही नहीं। पशु-पक्षी मर रहे थे। कैसे सहा जाता। गाय हमारी

माता और बैल भाई रूप थे। बकरी जिसे बहिन का रूप मानते थे, जो सूखे में भी कुछ न खाकर जी लेती है और अकाल में भी दूध देती रहती है, वे भी मरने लगीं थीं। गाँव के बाहर पगडंडियों से भूख-प्यास से बेपरवाह ऊँटों का कारवां, गऊओं और भेड़-बकरियों की लम्बी कतारें अपने मालिकों के साथ गाँव छोड़कर जाती दीख रही थीं। बापू ने घर चलाने का खर्च चलाने के लिए गोंद और ऊन के कारखानों में काम किया था पर सूखे से घर के पशु भी मरने लगे थे। दोनों गाय, राँठी और थारपारकर, जो खूब दूध देती थीं, मर गई थीं। नागौरी बैल गिरा पड़ा था। बापू का दिल दहल गया था। पशु जो हमारे अकाल का बीमा थे। वे ही न रहे तो क्या बचा था। बापू के साथ हम सबने रोते-कलपते गाँव छोड़ा था। औने-पौने दामों में बापू ने घर और जमीन बेच दी थी। बापू की गोदी में सिर धरे, बैलगाड़ी के हिचकोलों से वह जिद्द करती रोती-रोती सो गई थी।

बाड़मेर, जैसलमेर, बीकानेर... शायद डूँगरपुर या बाँसवाड़ा को छूती अन्तर्राष्ट्रीय सीमा में पाकिस्तान, भारत की पश्चिमी सीमा अनिश्चित और अप्राकृतिक सीमा। यहीं से आई होगी जरीना आपा और उसका बेटा करीम। लेकिन अब तो वह भौगोलिक सारी सीमाओं को तोड़ चुकी है। उसका नाम और काम सीमाओं के पार पहुँच गया है। आपको क्या फिर कभी मिल सकूँगी जरीना? उसकी आँखें भर आई थीं।

मम्मा। आर यू ओके-ऽ?

मैं ठीक हूँ मीनू।

मीनू ने अपना हाथ उसके हाथ में उलझा दिया था। अपना सिर उसके कन्धे पर रख दिया था।

मैं हूँ न मम्मा-ऽ प्लीज़।

हाँ-ऽ तुम हो। तुम्हीं हो अब।

मम्मा-ऽ वह व्याकुल दिखी थी। प्लीज़ रिलैक्स। थोड़ा सो लो-ऽ, आँखें बन्द कर लो। अच्छा लगेगा।

उसने आँखें बन्द कीं पर चरखड़ी-की उघड़ती डोर से बँधा पतंग-सा उसका मन समय के सूने आकाश में भटक रहा था। दक्षिण का पहाड़ी इलाका था। आद्रता, वर्षा से भरपूर। उसे भवानी की याद आई थी। भवानी महारानी, कुँअरजी की ब्याहता। नियति ने कैसा परिहास किया था उसके साथ। सैकड़ों सफेद कमलनियों की आभा लिए, सैकड़ों सूर्यों के उजास से पूरित सौन्दर्य की प्रतिमा भवानी। पर क्या किया समाज ने, उसके अपनों ने उसके साथ। कैसा दर्दनाक अन्त हुआ उसका।

एक हूक-सी उठी थी उसके भीतर

फिर लौट आई थी अपने भीतर के उफनते भाव समुद्र में।

भौगोलिक विविधताओं से भरपूर मरु प्रदेश का एक हिस्सा पहाड़ी और ठंडक लिए भी है। चन्द्रावती आबू, माही नदी का तटवर्ती प्रदेश। हराभरा नयनाभिराम पहाड़ी

भाग—गिरवा। वैदिक काल में यहाँ ऋषियों के आश्रम रहे होंगे। कई जंगली जनजातियाँ, चरवाहे, वनवासी और शुष्क कृषि वाले किसान होंगे। फिर अप्रवासी राजपूत आए होंगे। राजपूतों का सारा इतिहास युद्धों का इतिहास है। राजपूत वीर, साहसी, स्वाभिमानी, गौरव और गरिमा से युक्त, वीरता और शौर्य से भरे हुए। उनकी औरतें त्याग और बलिदान की जीवित मिसालें। जलती चिता में और जौहर ज्वाला में कूद जाने वाली औरतें थीं। त्याग, बलिदान और वीरता में आस्था लिए।

'बरिस अठारह छत्री जिए, आगे जीवन को धिक्कार।' राजपूतों के जीवन का मूल मंत्र था। राजपूतों की सार्वभौमिक सत्ता की राजपुताना जो—'मरणा नूँ मंगल गिणै, समर चढ़ै मुख नूर,' में विश्वास रखते थे। उसको तलवारों की झंकार के साथ कुम्भी की वीणा सुनाई दे रही थी। यहीं है चित्तौड़, रणथम्भौर और जालौर के दुर्ग जहाँ अपने वीर योद्धा पतियों के बलिदान के बाद उनकी वीरांगनाओं ने जौहर किया। वे पूज्यनीय बनीं। लोक संस्कृति और जनमानस में वही सच्ची देवियाँ थीं। लेकिन मीरा, मेवाड़ की मीरा अपनी जाति की औरतों से अलग विद्रोह की अग्निशिखा थी जिसने अपने प्रेम के लिए परिवार और समाज का विरोध सहा। विष का प्याला पिया और अडिग रही और अपने प्रेम की राह पर चलती रही। इसी मरुभूमि में पैदा हुई, पली-बढ़ी ब्याही गई मीरा अपनी तरह की दूसरी औरतों से कितनी अलग थी।

नगाड़ों, अलगोजा, ढोल, सारंगी और पुंगी वाद्यों के साथ ढाढी, मिरासी, पाटर नट, कलावत जनों की टोलियों के प्रेम, विरह, भक्ति और वात्सल्य में डूबे लोक-स्वर सुनाई दे रहे थे। गरासियों का चाँग, मारवाड़ी की कच्छी घोड़ी और कनगुजरी, भीलों का गोठी गंगोर पर औरतों का 'गड़वा' नृत्यों का हर्षोल्लास से उसका भीतर थिरक रहा था। ये ऊँचे पहाड़। क्या पता राढासेन माता का मन्दिर भी यहीं कहीं हो। अपने गरूर से भरे राजपूत हाथी की बलि चढ़ाने वाले कल्याण सिंह की कहानी उर्मिला बुआ ने ही सुनाई थी। आज भी गिरवा जिले की औरतों को राजसेन माता के दर्शनों को पहाड़ी पर चढ़ते वह अपनी कल्पना में देख रही थी। वीरों के साहस और पराक्रम का यह देश। युद्ध की रागनियाँ उसके कानों में सुनाई दे रही हैं। ढोल, नगाड़ों, सारंगी, सिंघी वाद्यों की आवाजें आ रही हैं। औरतें बैठकर रजवाड़ी गीत गा रही थीं जिनमें संघर्षरत राजपूत समाज की अनूठी गाथाएँ गुँथी हुई थीं, जिनमें एक तरफ राजपूतों का शौर्य था तो साथ ही प्रेम वार्ताओं का गहरा प्रणय भी। कान्हड़दे वीरभदे, जगमाल मालावत की वीरता और पराक्रम की वार्ताएँ हैं तो सोरठ बींझा, जलाल, बूबना, आमलदे खीवजी के प्यार की महक में डूबा देश। घूम-घूमाली घूमर, गैर, चंचल फूँदी, नृत्य यहाँ के लोगों में नंगा-भूखा रहकर भी प्राण भरते। भील-भीलनियों के थाली, मादल, मिरासियों के सामूहिक नाच। हजारों मिरासी एक साथ नाचते परन्तु ताल नहीं बिगड़ती। भील-भीलनियों की सुरंगी पोशाकें गोटा, किनारी, किरण, लाप्पा,

धोरा, पट्टा से बनी खूबसूरत कलात्मक पोशाकें। उसकी आँखों के सामने नाच रही थीं। बहुरंगी पोशोंके, घाघरे, ओढ़नियाँ, काँचलियाँ साथ ही लहरिये, चूंदड़ियाँ, मोठड़े, पीलिए, घागसिये डूगकुलियां रंगों के साफे, पगड़ियाँ और केसरिया कसूमल। बड़े ठाकुर के लड़के के ब्याह में कंसूना गाला गया तो सारा प्रदेश खुशबू की लपटों से घिर गया था।

अब सब छूट रहा है, छूट ही गया समझो। हवाई जहाज तो देश की सीमा कब का पार कर गया था। पर वह अभी वहीं खड़ी थी, किले, दुर्ग, गढ़ी, स्तूपों, कुओं-बावड़ियों, झरोखों, छतरियों, देवलों और मन्दिरों के प्रदेश में। सिर पर पोतिया बाँधे बापू खड़े थे। अभी देखा तो पशुओं के छप्पर के सामने थे, अभी-अभी ढलिया पर आ गए और अभी अन्न की खाली कोठरी के बाहर खड़े थे। उसने पुकारा था, बापू-ऽ। उसने चौंककर आँखें खोली थीं। मीनू लस्त-सी सोई थी। बत्तियाँ बुझा दी गई थीं। एयर होस्टेस भी अपनी सीटों पर बैठ गई थीं। यात्री भी आँखें बन्द किए इधर-उधर गर्दन फेंके सो या ऊँघ रहे थे। उसने आँखें बन्द कर ली थीं। पर मन में चैन कहाँ था। सोच रही थी। नदिया घाट बदलती है तो सारा क्षेत्र निर्जन हो जाता है। लहलहाते पेड़-पौधे हरियाली सब सूख जाती है। प्रदेश बंजर हो जाता है। यहाँ भी ऐसे ही हुआ होगा। हिमायन की अन्तिम प्रावस्था और मानसून के स्थापित होने पर असल सूखे की स्थिति बनी होगी। हिमालय के ऊँचा उठने और अरावली के नीचे बैठने से शुष्कता बढ़ गई होगी। सदानीरा नदियों ने अपना रास्ता बदल लिया होगा या सूख गई होंगी। जैसे सरस्वती नदी के साथ हुआ। जीवन की नदी भी पाट बदलती चलती है। जीवन एक-सा कहाँ होता है। प्रकृति में तत्व ऋतुओं में सार्थक होता है वैसे ही जीवन ऋतु है, सृष्टि का आदि और धारक तत्व जो ऋंतत्व में सार्थक होता है। वैसे ही जैसे ऋतव्य ऋतुओं में फलीभूत होता है।

रहस्य से भरा लौकिक अलौकिक पात्रों का देश। कहीं शिवजी-पार्वती की विनती पर मृत मानव को अपने कमण्डल से पानी छिड़कर जीवित करते हैं तो जादूगरनी प्रेमी एक जती को तोता बनाकर अपने पास रख लेती है, कोई एक भूत पूरा महल ही उठाकर चला आता है। राजकुमार उड़कर समुद्र के पार चला गया। एक-जती जो वशीकरण सुरमा बनाता था। जोगी जो डंडे से भूत बुलाता था और उनको गुलामों की तरह इस्तेमाल करता था। उसे ठकुराईन की छोटी बीणनी की याद आई थी। यहाँ सत्य और कल्पना में कोई फर्क नहीं। यहाँ सत्य कल्पना से भी ज्यादा आश्चर्य में भर देना वाला है। असम्भव जहाँ सम्भव लगे। आखिर इन्हीं से प्रेरणा लेकर आज के इस आधुनिक संसार की निर्मिति हुई होगी।

पहाड़ है तो गुफाएँ भी होंगी यहीं कहीं। 'खापरिया चोर' की गुफा भी होगी इनमें कोई। बचपन में सारी गुफाएँ खापरिया चोर की ही लगती थीं। चोरी करने की कला में माहिर, उसके नाम से कई स्थानों के नाम भी हैं। लेकिन असूलों का

कितना पक्का, जिस हवेली में चोरी करने घुसा था, वहाँ उसने गलती से ककड़ी के साथ नमक खा लिया। चोरी किए गहनों की पोटली वहीं छोड़कर चला गया। जिसका नमक खाया हो, उसके यहाँ चोरी कैसे करता। इतना ही तो बस नहीं। खापरिया ने करोड़ीधज की जुए की बाजी पर राजा सिद्धराज का घोड़ा लगा दिया। हार गया तो राजा का घोड़ा चुराया। देने के लिए आ रहा था तो रास्ते में जमीन के भीतर से निकलते एक अद्भुत मन्दिर को देखा। सिद्धराज भी ऐसा ही मन्दिर बनवाना चाहता था। लेकिन मंदिर का नक्शा किसी की समझ में नहीं आ सका था, इसलिए मंदिर नहीं बना था। उसने सोचा—राजा अगर इसे देख ले तो वर्षों की उसकी कामना पूरी होगी। लेकिन राजा के चुराए घोड़े पर उसके पास जाता तो प्राणदण्ड मिलता। तो भी वह उसी चुराए घोड़े पर राजा सिद्धराज के पास गया और अद्भुत मन्दिर की बात कही। साथ ही, राजा का घोड़ा चुराने की बात भी कबूली। राजा ने खापरिया के साहसी और प्राणों की बाजी लगाने को तैयार ऊँचे चरित्र वाले चोर को माफ ही नहीं किया, बल्कि वह घोड़ा भी उसे दे दिया।

फिर 'वेद' ठगों की जाति जिनका पैतृक पेशा ही ठगी था। उनके 'चातरनार' से चमत्कारी किस्से सुनाती थी ताई। देवी के भक्त ये ठग ठगी को अपना पवित्र कर्म मानते। चोरी करना पाप समझते। ठकुराईन के ससुर की शादी का किस्सा बड़े-बुजुर्ग सब जानते थे। ठाकुर की शादी में ठगों ने चुनौती दी थी कि लूटपाट होगी ही। ठगों की लूटमार के डर से बड़े ठाकुर ने दूसरे ठग को ब्याह का ठेका दिया था, पाँच हजार में ताकि ब्याह ठीक से पूरा हो। लेकिन बीच में बाधा पड़ी। ठग तो भी आए और गहने लेकर चम्पत हो गए। अब क्या हो? जिस ठग को ठेका दिया था उसने भरपाई की। ठाकुर के घर से जितने गहने गए थे उतना जुर्माना भरा।

जतियों की तन्त्र-मन्त्र की शक्तियों के बारे में ताई सुनाती थी। जो दुर्गम स्थानों पर चट्टानों पर, मन्दिरों में रहते थे। कहती थी—मन्दिर वे कहीं से भी उड़ाकर ले आते थे। कस्बे के बाहर पहाड़ी पर एक मन्दिर था। ताई कहती थी—ये मन्दिर जती ने रखा था। वह मन्दिर लेकर जा रहा था कि रास्ते में सवेरा हो गया, मुर्गा बोल पड़ा तो जती ने यह मन्दिर यहीं छोड़ दिया था। वह बताती कि आसमान के तारे भी वह नीचे उतार लेते थे। ऐसी असम्भव और रोमांचकारी कहानियाँ और किस्सों से अटा-पटा मेरा देश।

यहीं कहीं लोटण कबूतर कलाबाजी खाते नीचे उतरते होंगे। ऊपर उछाले लोटण कबूतर कलाबालियाँ खाते लोटण कबूतर भी होंगे तो कहीं बोलने वाले, गीता के श्लोक, रामायण की चौपाईयाँ पढ़ने वाले तोते भी होंगे। यहीं कहीं गागरोण जलदुर्ग भी होगा। यहीं पर उमा साँखली और उसकी सहेली झींमा चारणी की कहानी घटी होगी।

'खैंखरा' भी खेला जाता रहा होगा। ठाकुर के यहाँ 'खेंखरा' मनाया गया था तो जीतने वाले बैल को ठाकुर ने पगड़ी बाँधी थी। मेढ़ों की लड़ाई में ठाकुर के छोटे बिरुआ ने मेढ़ों के सींगों पर नारियल बाँध दिये थे। मेढ़ों ने जब आपस में माथे टकराये तो नारियल टूट गया था। उसकी चिटकें बिखर गई थीं। हम सबने चुन-चुनकर खाई थीं। लड़ाई देखते, हँसते हुए आगे बढ़कर बार-बार किरचें चुन लेते थे। बापू ने तो कस्बे के पुराने किले की अगड़ में हाथियों की लड़ाई भी देखी थी। कितनी जिद्द की थी मैंने, बापू के साथ जाने की। छोरियाँ न जावैं। जिद्द न कर लाड़ो। ऐसे ही बापू ऊमेड़ा तालाब नहीं ले गए थे। जहाँ मगरमच्छों की माँसाहारी लीला चलती थी। दर्शक उनके लिए माँस के टुकड़े ले जाते। जिन्हें वे बड़े-बड़े मुँह फाड़कर खाने के लिए आपस में लड़ते, छीना-छपटी करते। पानी से निकलकर ये मगरमच्छ दर्शकों के पास भी चले आते थे। उसने बापू के साथ हौदी में बैठकर बाड़िया में शूकरों की लड़ाई भी देखी थी। करीम के साथ घर के भीतर चकरी खेलती थी लेकिन कुल कामड़ी खेलने से ताई रोकती थी। ताई कितना खीझती थी। बापू भी रोकते थे। 'छोरियाँ न खेलैं कुल कामड़ी'। उर्मिला बुआ गाँव के छोरों के लिए दड़ी बनाती तो उसके लिए दड़िया भी बना देती थी। वह करीम के साथ मारदड़ी उछालदड़ी का खेल खेलती थी। ताई गुस्सा करती, गलियाती, 'तू पछेटा खेल खेलना', 'वो भी खेलूँगी बाद में।' पछेटा खेलने भी वह ठाकुर की हवेली चली जाती। छोटी बीणनी ही उसकी सहेली थी। उसके घर की बड़ी औरतें खाली वक्त में चौपड़ या दसखड़ा खेलतीं। कपड़े के दसखड़े पर कौड़ियों के दाँव होते। चतुराई कौड़ियों के चलने में होती।

गाँव की दूसरी औरतें कौड़ियाँ ही खेलतीं। राधा भाट्या का खेल उनका अच्छा लगता। वह होती तो करीम भी साथ रहता। जीत उसकी होती जो सबसे ज्यादा कौड़ियाँ जीतती। करीम उसकी हथेलियाँ कौड़ियाँ से भर देता।

उसके भीतर वेगवती प्रचण्ड आँधी उड़ने लगी थी। ज्वार, बाजरा, चने के खेतों की पकी फसलों को रौंदती हुई हवा छोटे पेड़-झाड़ियाँ, खेजड़ा, रोहिड़ा, बेर, जाल, बबूल, केर, फोंग को लथेड़ती बड़ूसती रेत के ढूहों को यहाँ से वहाँ उलटती-पलटती, उस छोटे कस्बे के घर में पड़ी बापू की मिट्टी को उलाँघती उसे बाहर फेंक गई थी कंकरीट की सड़क पर। बड़ी छोटी इमारतों, हरे उद्यानों, चौड़ी सड़कों और पाँच सितारा होटलों वाले इस महानगर में। तेज रफ्तार की गाड़ी उसे रौंदकर निकल जाती। ऐन समय पर पूरी ब्रेक लगाई थी—क्री-ऽ क्री-ऽ की तेज आवाज़ के साथ गाड़ी उछलकर रुक गई थी। एक हल्की-सी चीख के साथ वह उछलकर सड़क के किनारे हो गई थी। जान बच जाने के आश्चर्य से भी अधिक अचरज से देखा और चीखी थी—'आयुष तुम-ऽ।'

'मम्मा-ऽ क्या हुआ? आप ठीक हैं न?'

'हाँ-ऽऽ क्या हुआ मीनू?'

'कुछ नहीं मम्मा-ऽ शायद आप डर गई थीं।' मीनू की सहलाती उँगलियाँ थीं। 'आप फिक्र मत करो मम्मा। मैं हूँ आपके साथ। सब ठीक ही होगा'। 'ठीक और गलत का निर्णय कौन करेगा मीनू।' शब्द उसके होठों पर रुक गए थे। वह अपने भीतर गहरे उतर गई थी। कहते हैं—महाभारत को आदि से न पढ़कर अन्त से पढ़ना चाहिए। शान्ति पर्व और उसके बाद स्त्री पर्व तक आना चाहिए। नहीं तो मंगल नहीं होता। महाभारत के एक बड़े सत्य के सामने कौरव और पाण्डव की लड़ाई एक बिन्दु भर रह जाती है। वैसे ही जैसे जीवन के विपुल और जटिल सत्य में डॉ. शाह और मेरे अनुभव सत्य एक बहुत छोटा बिन्दु रह जाते हैं।

महाभारत का सच यह है कि जीवन में सत्य-असत्य, सफल-असफल, सार्थक-निरर्थक, जय-पराजय और पाप-पुण्य के बीच कोई भेदक रेखा है ही नहीं। महाभारत का सच ही जीवन का बड़ा सच है अनुकूल-प्रतिकूल की सीमाओं में बँधा पर बन्धन से परे का सत्य है। आयुष की छवि उसके सामने आ गई थी। उसकी आँखों से अनायास ही आँसू ढलक आए थे। क्या यह मेरे जीवन का प्रारम्भ है? अन्त नहीं है? महाभारत का प्रारम्भ अन्त से ही होता है, श्रोता जनमेजय है। महाभारत के युद्ध से दो पीढ़ी आगे प्रजा प्रतिशोध की आग शान्त होने पर इसे सुनने की पात्रता पाती है। मीनू के बाद, मेरे ही भीतर की तीसरी पीढ़ी...यह मेरा स्त्री पर्व ही तो था। जीवन संघर्ष की उद्दाम लहरों का उफान। महाभारत की अनेक कथाएँ, महाभारत की सम्पूर्ण इकाई है। मेरे जीवन से जुड़ी कथाएँ चाहे वह बिंदिया हो या बुआ हो या रज्जो हो या फिर डॉ. तृष्णा हो, अलग-अलग समय और स्थानों पर घटी सारी कथाएँ मेरे ही जीवन के सत्य की अन्विति हैं।

मेरी इस कहानी में और भी कई कहानियाँ हैं, अलग-थलग, बिखरी, टूटी, पर ये सब मेरी जिन्दगी की कहानी को ही पूरा करती हैं। उसे पूर्णता देती हैं। उसे लयबद्ध करती हैं। यह कहानी भूगोल, इतिहास, समय, स्थान की सीमाओं से परे है। सभी वर्गों और घेरों से परे है। यह मेरी है, तुम्हारी और उन सबकी भी उतनी ही है। असल में यह हर औरत की कहानी है। इसलिए यह मेरी होकर भी मेरी नहीं है।

जीवन वृक्ष है, घटने वाली हर घटना टहनियाँ हैं। होने या घटने वाली हर कथा इसके पत्ते और फूल हैं जो हर बार इसे नया कर जाते हैं। वर्ष का एक वलय वृक्ष तने पर समय की छाप छोड़ जाता है। इन सारी कथाओं के मूल में स्त्री का जीवन है जो उसके अस्तित्व को पूर्णता दे जाता है। औरत की अस्मिता को आने वाली पीढ़ियाँ नया संस्कार देंगी। वे मानेंगी कि स्त्री धर्म कोई जड़ धर्म नहीं, जीवन

की तरह जीवन्त है और गत्यात्मक है। जीवन में जो भी घटता है अच्छा या बुरा वह महत्वपूर्ण कहाँ है? उसकी परिणति मुख्य होती है। महाभारत में स्त्री प्रमुख है, वह स्त्री है द्रौपदी। द्रौपदी स्त्री की जातीय प्रज्ञा है। स्रष्टा की विलक्षण सृष्टि है जो नये परिवेश में, नए कर्म में नयी होती जाती है। महाभारत सम्बन्धों के बँधाव और उनसे परे उन्हें उलाँघने की कहानी है। व्यास ने महाभारत रची पर उन्हें लगा था—सब व्यर्थ होगा। अन्धेरा छा जाएगा, मूल्य धुँधला जाएँगे। हमारी मान्यताएँ, विश्वास और आस्थाएँ पीली निपात हो जाएँगी। लेकिन यह सब होगा एक नए उजाले के लिए। निपात पीलापन परिणति होगा नए फुटाव में। मेरे इस जीवन की महाभारत की परिणति क्या होगी? मेरे भीतर का यह भ्रूण समय का नया फुटाव है क्या? महाभारत में शाश्वत सत्य कहाँ है? और जीवन में भी कहाँ है? जीवन तो नए सत्यों का अनुसन्धान है। द्रौपदी के चीरहरण पर पाण्डवों की चुप्पी, भीष्म की निष्क्रियता, धृतराष्ट्र के अन्धेपन का अँधेरा, कर्ण की निर्मम कटुता, कुरु वृद्ध मौन परन्तु विकर्ण की ललकार, 'स्त्री पुरुष की सम्पत्ति नहीं जिसे दाँव पर लगाया जा सके,' उजाले की एक रेखा खींच जाती है। पाण्डवों का एकांगी धर्म महाभारत के महान सत्य की पीठिका है, अपने भीतर के सत्य के साथ होना, अपने साथ ईमानदार होना है।

सत्य कभी मरता नहीं, परीक्षित होता है। संशित होता है और क्लिष्ट होता है। विकर्ण ने नारी के स्वत्व की माँग की। यह अमृत सत्य है। विजड़ित व्यवस्था के विरुद्ध उसने ऋतु सत्य की माँग की थी। धर्म वही है जो निरन्तर सत्य से शोधित होता रहता है। इसलिए महाभारत में कोई शाश्वत और स्थिर धर्म या सत्य नहीं। सत्य का अनुसन्धान महान विभूतियाँ ही नहीं करतीं छोटे साधारण विकर्ण जैसे लोग भी करते हैं। मैंने भी अपने सत्य को जीने की एक छोटी-सी कोशिश की। महाभारत के छोटे-छोटे पात्र या किसी उपकथा के चरित्र सत्य की सही पहचान करा देते हैं। सत्य तो सबके भीतर अवस्थित है। यह सत्य ही जीवन की अपरिहार्य शर्त है और यह अपरिहार्य शर्त है 'जीना'। स्व होकर जीना, अपने बल पर जीना, सभी तरफ घटते, उठते लहरों के तूफान के बीच जीना और जीते चले जाना। इसीलिए जब जीवन की रक्षा का प्रश्न आया तो विश्वामित्र ने पाप को स्वीकारा। अभक्ष्य भोजन को सभी देवताओं, पितरों, सर्वभूतों में बाँटा और अकाल समाप्त हुआ। लेकिन युधिष्ठिर अकुला गए। क्या ऐसे अकृत्य कर्म से शुभ हो सकता है? भीष्म ने चेताया, शास्त्र की एकांगी परिभाषा और चित्त की दुर्बलता में धर्म निश्चय ही सार्थक नहीं होगा। इसीलिए महाभारत का सत्य जीवन के सत्य की तरह ऋतु रूप है, गति रूप है और चरिष्णु है। असत्य की कोई सत्ता ही नहीं है। असत्य एक सापेक्ष सत्ता है। सत्य जब जड़ हो जाता है, जीवन से विलग जाता है, धार से किनारा हो जाता है तभी असत्य उभर आता है। विश्व की चिति सत्य है और अनृत अन्धकार है, अधर्म है, दुःख है और अगति है। सत्य को हम अपने श्वासों में अनुभव करते हैं। जब सत्य

जीवन का प्रतिबन्धक बन जाता है तो सत्य का अमृत तत्व नष्ट हो जाता है, वह हेय और त्याज्य हो जाता है। विकर्ण की नारी के स्वत्व की माँग अमृत सत्य थी, ऋतु सत्य थी और विजड़ित व्यवस्था के त्याग की माँग थी। यही ऋत सत्य महाभारत में धर्म है क्योंकि धर्म केवल शास्त्रों का पाठ नहीं है। जब कोई विकल्प नहीं रह जाता तब बचता है अद्वितीय धर्म। महाभारत का सात्वत भाव कृष्णभाव है जो सनातन प्रवाह का भाव है। कृष्ण ही महाभारत का भीतरी सत्य है। और मेरे कृष्ण तुम हो आयुष। मेरे सत्य भी तुम्हीं हो।

महाभारत ही एक ऐसा इतिहास है जो कभी इतिहास नहीं होता, वह निरन्तर सोचने की और नया सोचने की प्रेरणा देता है। प्रत्येक देश और काल में महाभारत मनुष्य के बारे में, सम्बन्धों के बारे में, भीतरी द्वन्द्वों और सामाजिक व्यवस्था के बारे में नए सिरे से शुरू होता है। सत्यशोधन अपरिहार्यता को नियति नहीं मानता, न ही लाचारी मानता है। उसे वह सत्य का ही स्वभाव मानता है जैसे छाया का सत्य केवल प्रकाश ही है।

पांडवों की तरह उसे भी कृष्ण के कहे सत्य तक पहुँचने में 30 वर्ष लगे। अब यह उसकी आखिरी यात्रा है। लेकिन सत्य क्या है? जीवन से निरपेक्ष कोई सच होता है क्या? समय से निरपेक्ष कोई सत्य होता है क्या? समय की निरपेक्षता में सूर्य और चन्द्रमा सत्य हो सकते हैं, परन्तु जीवन और समय दोनों ही आत्मा-विरोधी हैं। निरन्तरता में अपना विरोध करते आगे बढ़ते चलते हैं, समरसता की ओर। अपूर्णता का तर्क ही जीवन और समय का सच्चा तर्कपूर्ण गणित हो सकता है। ये ऐसे सत्य पर आधारित हैं जिन्हें किसी दर्शन और विचार से बाधित नहीं किया जा सकता।

अन्तिम प्रश्न तो यही था कि मानव जीवन क्या पूरी तरह निर्दोष हो सकता है? जीवित रहने के निश्चय से ही पाप हो जाते हैं। भीष्म पितामह का सारा जीवन निष्फल त्याग का और विफलता का रहा। क्या आज मैं भी शरशैय्या पर लेटी, सम हूँ। आखिरी कुछ समय बचा था। अजय तुमसे सटकर बैठा था डॉक्टर। तुम्हारी ही तरह निर्विकार। पर मैं देख रही थी तुम्हारे चेहरे पर उमड़ते-घुमड़ते बादलों को। तुम्हारे चेहरे पर मेरे लिए नफरत और उपेक्षा थी पर अपने परास्त होने का रोष और क्षोभ भी था। अभय अकुलाकर त्वरा से आया था। अपने उसी भाव से गले लग गया था–'मम्मा। मैं आऊँगा आपके पास। जल्दी ही आऊँगा मम्मा। प्लीज़ मम्मा अपना ध्यान रखना। मीनू तो है। पर तो भी'...वह अपने प्यार की तपिश में हड़बड़ाया सा था। मीनू तुम सजग, सचेष्ट, चौतरफा बिखराव को समेटने में लगी थीं। औरत की जातीय अस्मिता के भाव से। देर रात तक डॉक्टर के साथ बैठी रही थी। उन्हें क्या-क्या कहा-समझाया होगा। अनुमान तो लगा ही सकती हूँ। मेरी ही प्रतिरूप तुम। माँ की चिन्ता से तो मुक्त हो रही थी पर अपने पिता को लेकर परेशान भी थी। 'यू हैव टू बी ब्रेव पापा।' अपना ध्यान रखना। दोपहर उसने घर

के सारे स्टाफ को बुलाया था। उन्हें समझाया था। पंडित सबसे पुराना था। पिता के खान-पान के ध्यान का जिम्मा उसे सौंपा था। सुबह से तुम लस्त-पस्त-सी घर भर में घूमती रही थीं। सामान गाड़ी में रखा जा चुका था। अभय साथ चल रहा था। अचानक ही अजय भड़भड़ाता-सा बाहर आया था। उसे आता देख मेरे रक्त की गर्दिश तेज हुई थी। दरवाजा खोलकर मैं नीचे उतरी थी। 'आप बैठो मम्मा।' पता नहीं कैसे वह झुका था, उसने मेरे पैर छुए थे। 'प्लीज़ टेक केयर मम्मा।'

सच कहूँ डॉक्टर, यह मेरी सबसे बड़ी विजय थी। तुम्हारा प्रतिरूप अजय, लगा वह भी मेरी यात्रा में मेरे साथ आ गया था। उसको आशीर्वाद दिया था। उस सारे तनाव भरे वातावरण में पता नहीं, कैसे अचानक मेरे मुँह से निकला था, 'अजय शादी कब कर रहे हो, सुना था...मैं आऊँगी। तुम खबर कर देना।' अजय को शायद उम्मीद नहीं थी। थोड़ा सकपकाया था, 'शादी तो माँ कोर्ट मेरिज ही होगी।'

'तो क्या हुआ। तुम कोर्ट में शादी कर लेना। हम घर पर या मन्दिर में तुम्हारे सात फेरे डलवा देंगे।' मीनू हँसी थी, 'नॉट ए बैड आइडिया।' अभय ने भी साथ दिया था। माहौल हल्का हो गया था। ड्राइवर ने गाड़ी बढ़ाई थी। एक छत के नीचे तुम्हारे साथ बिताया समय और जीवन का वह लम्बा कालखण्ड। डॉक्टर, तुम्हीं मेरे जीवन के केन्द्र थे, सच कहूँ तो हमेशा रहोगे ही। जीवन की धूप, गरमी, शरद, चाँदनी सुख-दुख सबकी भागीदारी में तुम ही तो थे। जीवन के लम्बे 30 वर्ष तुम्हारे साथ गुजारे। अब तुम्हारी अनुपस्थिति में भी सचमुच तुम्हारे भाव से क्या मैं मुक्त हो जाऊँगी। पर क्या मैं सचमुच मुक्त होना चाहती भी हूँ। यह सवाल तो है न। आयुष, आयुष तो मेरे जीवन का आद्र पक्ष था। मेरे पृथ्वी तत्व का इन्द्र। इन्द्र, सृष्टि में सृजन का देवता। सृष्टि में सृजनकर्ता। पृथ्वी के गर्भ में सोए बीजों को प्रस्फुटित करने वाला। तुमने आयुष मेरे अन्तस की इच्छाओं, कामनाओं को प्रतिफलित किया। इन्द्र वर्षा का देवता है लेकिन तुम डॉक्टर मेरे जीवन के ऋत सत्य हो। मेरा अमृतभाव जो ऋत से सत्य का सेतु बनाता है और मेरा धर्म उस सेतु से ही संचारित होता है। भीष्म की तरह मैं भी इस सत्य को नमन करती हूँ। डॉक्टर तुम्हें भी नमन करती हूँ। पत्नी को दिए गए धर्म की मर्यादा में तुम्हारे पैरों का स्पर्श अपने शीश पर धारण करती हूँ। चाहो तो मुझे क्षमा कर देना। अपने मन पर भार से मुक्त हो सकोगे।

आज पता नहीं क्यों, अपनी माँ का ध्यान आ रहा है। मैं बहुत छोटी थी। दस-ग्यारह बरस की रही होऊँगी। माँ तब मर गई थी। उसे कोई असाध्य बीमारी थी। जिसका पता उस छोटे कस्बे में नहीं लग सका। आस-पास के जानकारों ने जो कुछ कहा उसके लिए किया गया था। बापू उसे शहर भी लेकर गया था पर माँ उसे लौटा लाई थी । माँ की बीमारी बढ़ती गई थी। बापू ने माँ की बहुत सेवा-टहल की थी। आखिरी दिनों में माँ बहुत बेचैन रहती थी। बापू ज़रा-सा इधर-उधर होते तो घबराकर पूछती—कहाँ गया तेरा बापू कृशि? जा-ऽ बुला ला। वे माँ के आखिरी

दिन थे। माँ बापू का हाथ छूकर हँसती–चलो-ऽ जी अब म्हने तुम छोड़ आओ। बहुत कष्ट दिया थानूँ। अब आप मुक्त हो जाओगे। म्हाने छोड़ आओ–अपने कन्धे पे। डोली में बैठाकर जैसे लाए थे, वैसे ही। फिर माँ उदास हो जाती थी। ई छोरी का क्या होगा? माँ ने बापू का हाथ अपने सर पर रखा था–इब तुम म्हारी कसम खाओ। इस छोरी की माँ बनके रहना। इस कर्मजली का क्या होगा–क्या पता। इन लड़कों के भरोसे न छोड़ना। माँ बापू की हथेलियों में मुँह छिपाकर सिसकती रही थी। फिर आँसू पोंछकर सीधी बैठ गई थी–और सुनो जी-ऽ कहकर चुपा गई थी।

बोलो-ऽ तो।

जिन हाथों से मेरी चिता में अग्नि देओगे। उनमें किसी दूसरी औरत का हाथ न पकड़ना। माँ फिर रोने लगी थी। बापू भी रोए थे। कमरे के कोने में दुबकी खड़ी थी मैं। माँ ने पास बुलाया था। पुचकारा था, दुलराया था और बापू की गोद में बैठा दिया था। अब तेरा भाग खोटा तो काँई करूँ मैं। बेटी, बापू ही थारी माँ होएगा इब। माँ चुपा गई थी। बापू ने उसे लिटाया था–थका लिया न अपने को। जो तू चाहेगी वहीं होएगा। अब मन में शान्ति रख। तेरा कहा कभी टाला है क्या मन्नै?

बस उसी रात माँ सिधार गई थी।

सच कहूँ, बापू पर कितना जोर डाला था रिश्ते-नातों वालों ने। पड़ोसियों और जान-पहचान वालों ने पर बापू ने माँ को दिया वचन निभाया था। जिन्दगी भर माँ बनकर मुझे लड़ियाया भी था। बाहर, मर्द बनकर काम कर आते। घर में वह औरत बन जाते। बापू पर भार पड़ा तो ताई आ गई थी। वह भी विधवा थी, बिना सहारे की थी। उसको सिर पर छत मिली, चहारदीवारी में ताई मान, इज्जत के साथ रहती आई थी। शादी में विदा के समय ताई ने माँ बनकर सीख दी थी–'अब तेरा पति ही तेरा लोक-परलोक का स्वामी होयलो। जो तुझे डोली में बैठाकर ले जा रहा है, बो ही अर्थी पर बैठा आएगा तो तेरी जून सफल होएगी। अपने धनी के खिलाफ कोई काम न करना। उसकी तन, मन, आत्मा से सेवा करना। औरत के सुख पति के पाँवों में है।' मुझे माफ कर देना। मैंने जीवन भर तुम्हारी दी सीख को पूरा किया। अब मैं अपने भीतर की औरत के साथ जा रही हूँ। मैं तुम्हारी बेटी होकर भी तुम तो नहीं हो सकती थी। आज तक तुम्हारा दिया और जिया जीवन मैंने भी जिया। अब मैं अपनी औरत के साथ जीऊँगी माँ-ऽ। पर यह भी सच है कि तुम हमेशा मेरे साथ रहोगी। डॉक्टर भी मेरे साथ ही रहेगा, जैसे चकमक पत्थर में आग रहती है। मेरी चिता में अग्नि भी वही देगा, वह हँसी थी। कब वह माँ में जीने लगती पता ही नहीं चलता था। ध्यान आया तो फिर अपने 'स्व' की ओर लौट आई थी।

न हीं, मैं अपनी पैरवी खुद करूँगी। मैं अपना मुकद्मा अपने आप लड़ूँगी।

लेकिन-आप!

लेकिन कुछ नहीं। मुझे अपनी बात कहने के लिए वकील के शब्द और दलीलें नहीं चाहिए। आपके गवाहों, साक्ष्यों रिपोर्टों, दस्तावेजों का मकड़जाल नहीं चाहिए। जो सीधे-से फैसले को दिशाभ्रमित करे। जो भी औचारिकताएँ हैं, आप उन्हें पूरा कीजिए। कोर्ट से इजाजत ले लीजिए। जो भी करना हो, कीजिए।

एक बार आप और सोच लें।

इसमें सोचना क्या है। यह मेरा आखिरी फैसला है।

फिर भी, आपका परिवार, आपके पति और बच्चे, कोई भी आपके साथ नहीं है। जानती हूँ, इनके लिए औरत होने का अर्थ शहीद होना है। पर मैं जीना चाहती हूँ, अपने सच और संघर्ष के साथ। उनके लिए मैं कोई नहीं हूँ। जब थी, तब भी एक सुविधा थी। एक जीवित कल्पना 'ऑक्सब्रिज' की तरह।

आखिरी बात उसने कही नहीं थी।

आपके पक्ष में कुछ भी नहीं है।

यह भी जानती हूँ। निर्णय मेरा है। स्थितियाँ पक्ष में हों या विपक्ष में! सवाल उनके हैं, परन्तु सवालों के जवाब तो मुझे अब देने ही हैं।

जैसी आपकी इच्छा! वह चला गया था।

हमारा जीवन महाभारत है। इस पर विश्वास किया भी जा सकता है और नहीं भी। किसी लक्ष्य की पूर्ति के लिए यह नैतिक या अनैतिक किसी का भी पक्षधर हो सकता है। जिन्दगी

की अलग-अलग कई परिभाषाएँ है। इसमें कई असंगतियाँ हैं, विसंगतियाँ हैं और कई उल्लंघन हैं। सीधी-सी जीवन-कहानी में कई मोड़, कई उपकथाएँ रहती हैं और कई अध्याय होते हैं। जीवन इनकी समग्रता में होता है। जीवन चलता जाता है। जीवन चलता आया है।

औरत का धर्म क्या है? धर्म की तलवार से उसे काटकर फेंक दिया जाता है। धर्म की सलीब पर उसे लटका दिया जाता है। औरत के जीवन में जो कुछ होता है, या हो सकता है, उसमें जरूरी नहीं कोई तारतम्य हो।

वह जानती है कि आगे की यात्रा अकेली और अन्धेरी होगी। इस समय सब कुछ धुँधलाया हुआ है। कुछ भी स्पष्ट दिखाई नहीं दे रहा। फिर भी प्रकाश की किरण है। उसका सत्य, उसकी औरत का सत्य जिसे आज वह निर्भय होकर स्वीकारती है। वह आज अपने पक्ष में अपने को बचाने के लिए नहीं, अपने खिलाफ गवाही देगी।

चीरहरण पर द्रौपदी का सन्ताप और यह कहना—मेरा न कोई पति, न भाई, न पुत्र और न ही बाप है। होते तो क्या मेरा यह अपमान सहन करते?

फिर कृष्ण के कुल का अन्त। यही युगान्त नहीं था क्या? अन्तिम यात्रा में महीनों एक दूसरे के पीछे चलते द्रौपदी गिर पड़ी थी। भीम घबराकर रुका था। द्रौपदी कैसे गिर पड़ी? भीम ने पूछा था—'वह क्यों गिर पड़ी?'

युधिष्ठिर ने निष्ठुर भाव से कहा था—'द्रौपदी ने अर्जुन को सबसे अधिक प्यार किया।'

द्रौपदी को ब्याह कर लाया था अर्जुन। फिर पाँच भाइयों की पत्नी बनी द्रौपदी क्या नाप-तौलकर पाँचों से एक-जैसा प्रेम कर सकती थी?

द्रौपदी जीवनभर अर्जुन के लिए तरसती रही। अर्जुन ने उलूपी, चित्रागंदा, सुभद्रा कितनी ही दूसरी स्त्रियों से विवाह किया। लेकिन भीम सदा द्रौपदी के पक्ष में खड़ा रहा, उसके लिए व्याकुल और सन्नद्ध। द्रौपदी का रसिक पति हजार हाथियों के बल वाला भीम, स्वयंवर मण्डप में शत्रुओं के साथ अर्जुन को बचाने के लिए युद्ध करने वाला भीम। द्रौपदी को जब घसीटकर कौरवों की सभा में लाया गया तो भाई का हाथ जलाने वाला भीम। द्रौपदी के लिए सुगन्धित कालपुष्प लेकर दौड़ आने वाला भीम। दुःशासन के रक्त से रंजित हाथों से द्रौपदी की चोटी गूँथने वाला भीम। द्रौपदी की स्थिति के लिए युधिष्ठिर तक को कटुवचन कहने वाला भीम। तीव्र सूर्य की गर्म़ी न सह सकने, कई दिनों तक पठार पर चलने के कारण द्रौपदी गिर पड़ी तो उस पर अपने शरीर की छाया लिए हाँफता, लड़खड़ाता भीम ही उसके पास पहुँचा था। 'क्या करूँ द्रौपदी तुम्हारे लिए?' जीवनभर यही प्रश्न पूछता रहा।

अन्तिम साँस में द्रौपदी ने कहा था—'अगले जनम में तुम पाँचों भाइयों में सबसे बड़े भाई होना। तुम्हारे आश्रय में ही मैं निर्भय जीवन जी सकूँगी।'

कुरुक्षेत्र का युद्ध खत्म हुआ तो युधिष्ठिर भीष्म के पास गए थे। विजय के उल्लास से वंचित निरर्थकता और अवसाद से घिरे—भीष्म ने युधिष्ठिर से कहा था, 'ऐसे ज्ञान का प्रसार करो जिससे लोग निर्भय हो सकें। निर्भय व्यक्ति ही अधर्म और अन्याय का विरोध करता है। अपनी शक्ति को अपने भीतर ढूँढ़ो। भीतर की शक्ति ही, शक्ति होती है। लेकिन स्त्री के भय पर ही पुरुष का बल निर्भर करता है। धर्म और शास्त्रों में मुक्ति, मोक्ष और स्वर्ग की अवधारणा औरत के लिए नहीं है। उसकी मुक्ति, मोक्ष और स्वर्ग उसका पति है। स्त्री का धर्म पति की सेवा और अपनी शक्ति का त्याग कहा गया है।' लेकिन आयुष, मैं तुम्हें अपने भीतर लेकर जा रही हूँ। शक्तिरूप होकर।

महाभारत धर्म युद्ध था और धर्म की रक्षा के लिए लड़ा गया था। पर इस धर्मयुद्ध में धर्म के रास्ते पर कौन चला था? धर्मराज युधिष्ठिर? भीष्म पितामह? स्वयं भगवान कृष्ण? जब भी धर्म की कसौटी पर कसने का समय आया, विचलन हुआ। इसलिए कहा जाता है कि जो महाभारत में नहीं, वह जीवन में भी नहीं। महाभारत जीवन का ही तो समग्र चित्र है। इस समय मैंने जो समत्व और सन्तुलन पाया है वह धर्म के विचलन और स्थापित सन्तुलन के असन्तुलन से ही पाया है।

मन में कई सवाल हैं। लोकाचार के विरुद्ध मेरा कर्म अधर्म है। परन्तु अधर्म क्या है? स्वधर्म के त्याग का अर्थ ही अधर्म है। महाभारत के वनपर्व में व्याध के उपदेश का सार यही है। परन्तु स्वधर्म क्या है? जो कार्य जिसके लिए निर्दिष्ट है वही स्वधर्म है। स्वधर्म के त्याग का अर्ध अधर्म है। किन्तु धर्म की गति सूक्ष्म है। इतनी सूक्ष्म कि वह अनिर्णीत हो जाता है जिससे अनेक प्रकार की भ्रान्तियाँ उत्पन्न हो जाती हैं। धर्म अनिश्चित है। संकट के समय उस पर भरोसा नहीं किया जा सकता। द्यूत सभा में धर्म का क्या हुआ? द्रौपदी के विषादपूर्ण प्रश्न सुनकर भी कुरु वृद्ध मौन रहे। युधिष्ठिर निःस्तब्ध और महामति भीष्म ने भी कोई सन्तोषजनक उत्तर नहीं दिया। द्रौपदी के पक्ष में धृतराष्ट्र का तरुण वयस्क पुत्र विकर्ण ही खड़ा हुआ था। लेकिन तो भी क्या हुआ? विकर्ण के धर्मसम्मत वाक्य व्यर्थ रहे।

जीवन का सबसे बड़ा सत्य है—जीवन का प्रवाह, जहाँ सत्य और असत्य में, धर्म और अधर्म में भेद नहीं रहता। हम ही इसमें भेद करते चलते हैं।

महाभारत के स्त्री पर्व अध्याय पाँच में अश्वत्थ वृक्ष के रूपक को हम जानते हैं। अश्वत्थ वृक्ष जिसकी जड़ें ऊपर हैं, आकाश की ओर, और जिसकी शाखाएँ जमीन में धँसी हैं। उसे काटकर सीधा नहीं किया जा सकता। उसे नष्ट नहीं किया जा सकता। फिर भी गीता में उसे बार-बार काट डालने की बात कही गई है। घने जंगल में यह वृक्ष है। जंगल के चारों तरफ एक जाल है जिसे एक स्त्री ने पकड़ रखा है।

इस वृक्ष के चारों ओर भंयकर साँप लटक रहे हैं। केन्द्र में एक कुआँ है जो पेड़ की शाखाओं और पत्तों से ढका है। जंगल से जाता हुआ एक ब्राह्मण यात्री उस कुएँ में गिर जाता है। वह कुएँ में गिरता नहीं, पेड़ की शाखाएँ और उगी हुई घनी बेलों के बीच अटक जाता है। उसका सिर नीचे है और टाँगें आकाश की तरफ हैं। एक हाथी जिसके छह चेहरे और बारह टाँगे हैं, कुएँ के किनारे खड़ा है। हाथी आधा काला, आधा सफेद है। कुएँ के बीच में भी अनेक साँप हैं। पेड़ की शाखाओं में मधुमक्खियों का एक छत्ता है जिससे बूँद-बूँद शहद टपक रहा है। यात्री भयभीत है। देख रहा है कि जिन शाखाओं और बेलों में उलझकर नीचे गिरने से बचा हुआ है उन्हें काले सफेद चूहे काट रहे हैं। मधुमक्खियाँ भी उसके चारों तरफ भीं-भीं करती मंडरा रही हैं। लेकिन बूँद-बूँद गिरता शहद उसकी शहद पीने की कामना को निरन्तर बढ़ा रहा है। चारों तरफ मृत्यु से घिरे होने पर भी वह बूँद-बूँद टपकते शहद की कामना कर रहा है।

विदुर इस रूपक को खोलते हैं। पेड़ पर लटक रहे साँप मनुष्य की दुर्बलताएँ हैं। स्त्री बुढ़ापा है। यह कुआँ मनुष्य का शरीर है। साँपों की फुँकार कुएँ के भीतर मृत्यु की पुकार है। जिन शाखाओं में यात्री अटका है वे जिसकी जिजीविषाएँ हैं। कुएँ के किनारे खड़ा हाथी समय या संवत्सर है। उसके छह चेहरे छह ऋतुएँ हैं और उसकी टाँगें वर्ष के बारह महीने। काले और सफेद चूहे रात और दिन हैं। मधुमक्खियाँ हमारी इच्छाएँ और शहद हमारी जिजीविषा है। इस रूपक की आगे एक और व्याख्या की गई है। लेकिन इस रूपक की व्याख्या मेरी औरत, इस प्रकार करती है—

वह औरत मैं हूँ जिसने जाल को घेर रखा है। वह यात्री ब्राह्मण जो कुएँ में गिरा पड़ा है वह भी मैं ही हूँ। लताएँ और शखाएँ जिनमें वह ब्राह्मण फँसा है यह औरत के जीवन की कचपचिया ज्यामिति है जो मुझे कुएँ में गिरने से रोके हुए हैं। मेरा सिर नीचे है और पैर ऊपर। औरत होने का अर्थ ही यह है। यह उसकी स्थिति और नियति भी है। नीचे कुएँ में कुण्डली मारे बैठे नाग तुम्हारे द्वारा दिया हुआ संसार है। जो कभी भी अपने विष से औरत की जीवनलीला समाप्त कर सकता है। वृक्ष पर बने मधुमक्खियों के छत्ते से टपकता मधु हमारी कामनाओं की पूर्ति के क्षण हैं। ये ही इसमें जीवित रहने की आशा जगाए रखते हैं। ये ही कामनाएँ और इच्छाएँ हमारी मृत देह को जीने का निमन्त्रण देती हैं। जिन लताओं में औरत का जीवन अटका है उसे तुम्हारे धर्म और समाज के चूहे निरन्तर काट रहे हैं। धर्म जो तुम्हारी सत्ता का सबसे कारगर हथियार है। छह चेहरों वाला हाथी, अर्थात् छः ऋतुएँ और उसके बाहर पैर अर्थात् वर्ष के बारह महीने अपने क्रम से आ-जा रहे हैं। पर औरत के भीतर भय उत्पन्न नहीं कर रहे। मधु कामनाओं के वे क्षण उसकी जिजीविषा को नष्ट नहीं होने देते।

विदुर ने अन्धे धृतराष्ट्र को इसके निवारण के लिए वैराग्य ही एकमात्र उपाय बताया था। परन्तु स्त्री तो निरन्तर ही इस स्थिति में रहती है। यह कुआँ ही उसके संसार का यथार्थ है। उसके जीवन-संसार का यही सच्चा स्वरूप है। विदुर ने कुएँ को देह कहा लेकिन औरत का यह जीवन है। हाथी समय संवत्सर है। वह निरन्तर इसी स्थिति में रहती है। विदुर का वैराग्य उसका मोक्ष नहीं है। संघर्ष ही उसका जीवन और मोक्ष दोनों है। विदुर का दिया सारा ज्ञान औरत के लिए व्यर्थ है। यह ज्ञान उसे जड़ बनाता है। प्रवाह से विलगाता है। इस उल्टे वृक्ष को जो औंधी जिन्दगी का यथार्थ है, पुरुष अपने ज्ञान से काटेगा और ब्रह्मत्व प्राप्त करेगा। पर स्त्री को उसे अपने कर्म से ही साधना होता है। उसका कोई ब्रह्मत्व नहीं होता। उसका कोई परमधाम नहीं होता। जिस समत्व की शास्त्र-पुराण बात करते हैं, जीवन का लक्ष्य मानते हैं, उसे वह समत्व सहज ही प्राप्त है।

भगवान कृष्ण ने कहा था—जब मनुष्य अनिर्णय की मनःस्थिति में हो तो उसे स्वयं से ही संवाद करना चाहिए। सही निर्णय या सत्य व्यक्ति अपने भीतर ही खोजता है। इसलिए उसे अब अपने से ही संवाद साधना है। जब सुख और दुःख एक समान हो जाएँ तब सफल या असफल होने का भय मिट जाता है। जब व्यक्ति अपने कर्म के प्रतिफलन की चिन्ता छोड़ देता है तभी व्यक्ति का 'स्वयं' उसका सही मार्गदर्शन करता है। जीवन-रथ का सारथी भी वह स्वयं बनता है। यह तब सम्भव होता है जब हम अपने प्रति सच्चे हों और वही करते हों जो अन्तर आत्मा की आवाज़ कहे। अपने भीतर गहरे पैठकर ही अपना सत्य पाते हैं। अपने स्वयं से साक्षात्कार करते हैं। हमारा स्वयं हमारे भीतर को अन्धेरी तहों में छिपा रहता है। हमारे दुःख का कारण हमारा द्वय है। अपने सच से एकात्म कर लेना ही द्वय से मुक्त कर सकता है।

वह दाईं तरफ खड़ा था। उसके चेहरे पर भय था। परास्त हो सकने की मायूसी थी। अपने अंहकार के खंडित होने का रोष था। घर के तिलिस्म के टूटने की बेचैनी थी। उसे हँसी आई थी। उस जैसी एक कमजोर औरत से भयभीत हो गया था वह, क्योंकि आज वह चुनौती बनकर खड़ी थी। उसके लिए अप्रत्याशित स्थिति उत्पन्न हो गई है। तो भी अपना फैसला तो उसे सुनाना ही है। ठीक है, यही समझ लो कि हिसाब चुकता करना है। यह भी सच है कि इस खुले दरवाजे से वे लोग उसे घर और समाज से बाहर फेंक देंगे।

वह घर आई थी। अकेली घिसटती हुई-सी। काँच से झाँककर देखा। घर में सब थे। इतने वर्ष बाद सभी एक साथ घर में थे। पर घरभर में मातम छाया था। बिना शब्दों के और बिना घोषणा के घर में आपात स्थिति लगा दी गई थी। यह तूफान से पहले का सन्नाटा था। अभी प्रश्नों की बौछार होगी। गढ़े मुर्दे उखाड़े जाएँगे। अधिक-से-अधिक पीड़ा देने की कोशिश की जाएगी। उसकी तबीयत बहुत ठीक

नहीं है। दिल धड़क रहा है। शायद फिर से ब्लड प्रेशर बढ़ गया हो। उसने पेट पर हाथ फिराया था। उफ् इस नन्हें से जीव ने किसी का क्या बिगाड़ा है। क्यों सभी इसकी जान के पीछे पड़े हुए हैं।

वह महज़ एक घरेलू औरत है। उसे चाहे तो अर्द्धशिक्षित कह लो। शिक्षा पूरी नहीं की। उसके पास कोई प्रोफेशनल स्किल भी नहीं है। उसका कोई आर्थिक अवलम्ब भी नहीं है। उसे प्रकृति प्रदत्त एक ही काम आता है—बच्चे पैदा करना। यह औरत का विशेषाधिकार है। तुम नहीं कर सकते। बच्चों को अपनी ममता, अपने प्यार, अपने समर्पण और त्याग से पाल-पोसकर बड़ा करना। यह काम भी तुम्हारे वश का नहीं होता। उसने किए। तीन बच्चों को जन्म दिया। पाल-पोसकर बड़ा किया। पति के घर की देखभाल की। औरतें दिन-रात काम करती हैं। सुबह से शाम और देर रात तक। लेकिन इससे उनकी कमाई तो नहीं होती। इसलिए उनकी कोई ज़मीन-जायदाद, मकान और बैंक बेलेंस भी नहीं होता। वे उनके घरों में रहती हैं। उनके दिए कपड़े-लत्ते, गहने पहनती हैं। उनकी दी गई सुविधाओं और सुखों का उपयोग करती हैं। तब तक, जब तक वे गर्दन नीची करके उनकी सत्ता के परचम के नीचे रहती चलती हैं।

शादी से एक दिन पहले कस्बे के बाहर एक होटल में डॉक्टर और उसकी बहिन का परिवार तथा घर के कोई दो बुजुर्ग आकर ठहर गए थे। डॉक्टर की बहिन पहले से ही आकर सब बता गई थी। पता चला था कि दूल्हे ने हल्दी-उबटन कुछ नहीं लगाया। न ही नेग लिया। चौकी पर ही नहीं बैठा। गुलाबी या पीले कपड़े भी उसने नहीं पहने। उसका भी चाव कहाँ हुआ। आस-पड़ोस की सारी औरतें भी नहीं आईं। न बधावा गाया गया न बनड़ा गाया गया। घड़ों में केसर नहीं घोला गया बारातियों की पीठ पर हाथ छापे नहीं लगाए गए। औरतें कहतीं, विधवा का विवाह है, मजबूरी है, खुशी थोड़े ही है, पर क्या करते। छोरी के सामने पहाड़-सी जिन्दगी पड़ी है, कैसे काटती।

शादी के दिन कस्बे के लोगों को नहीं बुलाया गया था। लग ही नहीं रहा था इस घर में शादी है। न सामाजिक भोज हुआ। न नाई और कुम्हार आया। खाती नहीं आया, विवाह के लिए तोरण नहीं बनाया गया। सुनार ने सोना, चाँदी-मोतियों के आभूषण नहीं बनाए। तेली तेल लेकर नहीं आया। इन सबके बिना भी विवाह हुआ था। घर के बाहर और आँगन में लाल-पीली-हरी पन्नी की तिकोनी झंडियाँ काटकर पतली डोरी से कोनों में चिपकाकर बाँध दी थीं। पत्तों का बन्दनवार बनाकर बाहर पोली के दरवाजे पर बाँध दिया गया था। नींबू और मिर्च पिरोकर लड़ियाँ दरवाजे के दोनों तरफ लटका दी थीं।

डॉक्टर न घोड़ी पर बैठकर आया और न बैंड बाजे के साथ आया। दो गाड़ियों में बैठकर सभी आठ-दस लोग आ गए थे। कस्बे में खलबली-सी मच गई थी। कोई बापू की किस्मत

सराहता, ऐसा दूल्हा, ऐसा घर। तब कस्बे में कारें ही कहाँ थीं। एक दो कारें हवेली वालों की थीं। वे भी यहाँ इन छोटे घरों और पतली गलियों में कहाँ दिखतीं। दूर से किसी ने कसूमल रंग नहीं देखा। रंग-बिरंगी पगड़ियाँ चमकती आती दिखाई नहीं दीं। घोड़े की टापें नहीं सुनी गईं। किसी ने नक्कारों की ढोल, सारंगी की आवाज़ नहीं सुनी थी। पाहुने और सभी बारातियों के स्वागत के लिए नहीं दौड़ना पड़ा था। पाहुने के घोड़े और साथियों के ऊँटों के लिए चौक और बालू रेत की जगह तैयार नहीं हुई थी।

कस्बे के लोग कह रहे थे—इतना बड़ा घराना लेकिन दूल्हे डॉक्टर ने लालबागा नहीं पहना था। सोने के तारों की कढ़ाई वाली मखमल की म्यान में रखकर कटार भी कमर में नहीं लटकाई थी। उसने न कानों में सोने की बालियाँ पहनी, हाथों में सोने का कड़ा नहीं पहना। गले में मोतियों की माला, कण्ठा, अनन्त, अँगूठी कुछ नहीं। कोट-पैंट पहने सिर पर कलगी वाली पाग रखे डॉक्टर जब बहिन के साथ कार से उतरा तो औरतें और बच्चे ठोड़ी पर उँगली रखकर, आँखें झपझपाकर देखते रहे थे।

डॉक्टर की बहिन एक दिन पहले ही आकर कह गई थी कि कृष्णा को कोई गोदी में उठाकर नहीं लाएगा और न ही यह घूँघट काढ़ेगी। बुआ और जरीना का बनाया घाघरा और चोली और चूनरी ओढ़कर वह आई थी।

उसे याद आया था—ढाहनी में पड़ोस में सेठों की लड़की की शादी थी। मना करने पर भी वह वहाँ पहुँच गई थी। दुल्हन को सजा देख उसने कितनी जिद्द की थी। 'बापू मैं भी गुलाबी घाघरा पहनूँगी। ओ-ऽ बापू मैं भी गुलाबी ओढ़नी ओढूँगी, गोटा किनारी की।'

शादी के घर में बीणनी के पैरों की चाँदी की बिछिया और कड़ा उठाकर पहन लिया था। कमर की सोने की तगड़ी पहन ली थी। गले का मोतियों का हार, बाँहों की पछोली, माथे पर वारेला और नाक में नथ पहन ली थी। बीणनी का लाल चूड़ा अपनी कोहनियों तक पहनकर शीशे के सामने खड़ी हो गई थी। तभी घर की औरतें दुल्हन के कमरे में आई थीं। दुल्हन के सुहाग की चीजें पहनी देखकर पहले तो वे हैरान होकर खड़ी देखती रहीं। फिर जब सच्चाई का ध्यान आया तो पूरे घर में तूफान आ गया। विधवा ने दुल्हन बीणनी के सुहाग को छूत लगा दी। बापू ने ही उसे बचाया था। हाथ जोड़े, पैरों में गिरा, माफी माँगी—'टाबर है, नादान है, कुल सात साल की है। उसे क्या पता विधवा क्या होती है।' पर बापू की गुहार कोई नहीं सुन रहा था।

ताई ने खींच-खाँच के घर लाकर कमरे में बन्द कर दिया था, 'पड़ी रहण दे राँड को यहाँ।' बापू पर बरसी थी, 'बहुत सिर चढ़ा रखा है इसे। मत दिखा इतनी ममता इस पर।'

बाद में यह भी एक कारण बना था ढाहनी छोड़ने का। चौक में फेरे पड़े थे। बापू ने सख्ती से उसे बोलने और हँसने से मना किया था। जो कोई जैसा कहे वैसा ही करने के लिए बापू ने अपनी कसम दी थी। फेरे हो रहे थे। कान में पड़ोस की सुरती फूफी कह रही थी–धीरे-धीरे कदम रख, ऊँटनी की तरह कुलाचें न भर। गर्दन और पीठ सीधी न कर। डॉक्टर और बारातियों की तरफ आँख उठाकर भी न देखना। आँखें नीची रखना। धीमी साँस लेना। कपड़ों में उमस लगे, पसीना आए और बदन में खुजली मचे तो भी खुजलाना नहीं।

इतनी सारी हिदायतों के बाद उसकी हिम्मत ही नहीं हुई थी कि वह आँख उठाकर भी देख सके। उसका मुँह नहीं ढंका गया था। इसलिए उसे आँख नीचे किए रहने के लिए कहा गया था। उसने चोर नजरों से देखा था। डॉक्टर छोटे कद का था। उसके जितना या उससे थोड़ा ही ऊँचा। माथा चौड़ा, बाल पीछे बहाए जाने से माथा और चौड़ा लगता था। आँखें छोटी, मिचमिचाती-सी जो खुली होने पर भी आधी बन्द लगतीं। पतली मूँछें ऊपर के होंठ को ढँकती सी। ताई ने बढ़कर उसके सिर का पल्लू आँखों के नीचे तक खींच लिया था। जिसे थोड़ी ही देर बाद उसकी बहिन ने मुस्कराकर ऊपर कर दिया था। फेरे खत्म होते ही भोजन जीमा गया। आठ-दस जन की बारात थी उसकी क्या हलचल होती, क्या ठेलपेल होती। अपने घर, बिरादरी के लोग थे उसमें से भी आधे से ज्यादा नाराज।

'विधवा का ब्याह रचा रहे हो रामलाल। अरे तुम्हें नरक में भी जगह नहीं मिलेगी।'

दोनों भाइयों में से एक ही आया था, वह भी अकेला डण्डे-सा सीधा आकर खड़ा हो गया था। कहने लगा–'मुश्किल थी, बच्चों के इम्तहान सिर पर थे। संगीता को फिर रुकना ही था। बच्चे तो अकेले नहीं छोड़े जा सकते।' वह पर्स खोलकर खड़ा हो गया था–'बोल बापू कितना खर्चा पड़ा, दे देता हूँ। पर खर्चा तो ऐसा पड़ा ही नहीं फिर भी...।'

बापू ने भाई का चेहरा देखा था, 'रहन दे उमेद सिंह–पैसे वापिस बटुए में डाल ले। तू आया अपनी बहिन की शादी में क्या थोड़ा अै। ब्याह की शोभा बढ़ा दी।' बापू कहकर अन्दर चले गए थे।

भाई ने रुपयों की एक गड्डी उसकी तरफ बढ़ाई थी तो अन्दर से बापू लौट आए थे–'कहा न उमेद सिंह, पैसे बटुए में रख ले। जहाँ छोरी परणा कर जा रही उस घर में पैसे की कमी कोनी। स्कूल का मास्टर शहर जाकर सब देख आया है। फिर आवाज़ नरम करके बोले थे–तू आ गया बस, अपना आशीर्वाद दे इन्नै।'

भाई ने गुस्से में जबड़े कसे थे। उसने बुरा माना था पर बापू की तकलीफ को नहीं समझा था। बापू ने दोनों भाइयों की पढ़ाई की खातिर क्या नहीं किया था। टुकड़ा-टुकड़ा करके सारी जमीन बिक गई थी। वही उपजाऊ अच्छी जमीन थी। पढ़ाई का खर्च, हॉस्टल का खर्च और दूसरे खर्चे थे। जब, जितने पैसे भाई माँगते,

बापू बिना सवाल किए भेज देते। भाई जयपुर में पढ़ाई पूरी करके नौकरी के सिलसिले में आगे निकल गए थे। उमेद सिंह ने बिजनेस शुरू कर लिया था। निर्भय सिंह नौकरी में आ गया था। उनका यहाँ कस्बे में आना लगभग नहीं होता था। बस खबर आती थी–उमेद सिंह ने किसी ईसाई लड़की से शादी कर ली थी। उसने बापू को चिट्ठी लिखकर बताया था और माफी भी माँगी थी। निर्भय ने भी अपनी मरजी की लड़की से शादी कर ली थी। दोनों अपने घर-बार के हो गए थे। उनके बच्चे भी हुए थे पर कस्बे से और हम सबसे जैसे उनका नाता टूट गया था।

ताई बोलती कम थी, गलियाती ज्यादा थी। त्यौहार, पर्व, नृत्य, गीत-संगीत से ताई चिढ़ जाती। कहीं ढोल-बाजे बजते तो ताई गालियों से उनके साथ तान मिलाती। गाँव की लड़कियाँ बहुएँ तीज-त्यौहारों पर सजती-सँवरती, कभी ताई के सामने से गुजर जातीं तो ताई गलियाती हुई अन्दर छिप जाती थी। इसके पीछे ताई का भरी जवानी मैं वैधत्व की प्रताड़ना सहना ही रहा होगा। आज समझ सकती हूँ। उस वक्त मैं भी कहाँ समझती थी। एक तरफ वैधव्य, दूसरी तरफ ताई के पाँच बच्चे जिनको उसने कैसे पाला होगा, ताई या उसका भगवान ही जानता होगा। ताई की जमीन हड़प ली थी। वह अपने ही घर में नौकरानी की तरह रही थी। जब तक बच्चे पल-पढ़कर बड़े नहीं हुए थे। लड़कियों की शादी हो गई थी। लड़के दिसावरी को चले गए थे। ताई की देह समाज और समय के थपेड़े खाते हुए कमजोर पड़ गई थी। जब माँ की मौत हुई तो बापू पर पहाड़ टूटा था। हम चारों भाई-बहिन छोटे थे। गृहस्थी कौन सम्भालता। ताई आ गई थी कुछ दिन के लिए लेकिन फिर यहीं रह गई थी। 'म्हारा कुण बैठा अै? सिर पर छत और दो रोटी चाहवे बस।' बापू ताई का सबसे छोटा देवर था। तब ताई ब्याह कर घर में आई थी तो चौदह-पन्द्रह साल का ही था। ताई ने उसे बेटे की तरह समझा था। अब इस मुसीबत में दोनों का काम सध रहा था। सो ताई वहीं हमारे साथ रहने लगी थी।

डाँटने-गलियाने से फुरसत मिलती तो ताई कभी-कभार बहुत मीठा भी बोलती। उस समय उसका चेहरा उजासता रहता। उसकी आँचों तलैया की तरह शान्त लगतीं। वह हमें पुचकारती, लड़ियाती और अपने पास बैठने को कहती।

ताई अपने हाथों से मेरे बाल धोती। उसमें तेल लगाती, फिर पट्टियाँ बांधकर फुँदने वाली चुटीला डालकर चोटी गूँथती। मेरा चेहरा अपनी तरफ फिराकर कहती–'देख अब कैसी रानी जैसी लागरी स तू। घर में बैठना सीख। सारा दिन धूल-मिट्टी माँ बाहर घूमै अै तू।' पर कब ताई का यह चेहरा छिप जाएगा उससे या दूसरा उसका चेहरा निकल आएगा, यह पता नहीं होता था। हम डरते तो थे पर ताई की बातें सुनने के लालच में उसके पास बैठ जाते। यूँ ताई के पास पुरानी बातों का खजाना था। वह तरह-तरह की बातें करती, पर पूरी नहीं कर पाती। एक कहानी कहते-कहते

भूल जाती तो दूसरी शुरू कर देती। ताई की कहानियों में सबसे ज्यादा रुचि उसी की थी। बड़े ध्यान से सुनी गई उसकी कथाएँ आज भी उसके भीतर जी रही हैं—

किसी गाँव का बड़ल्या हीदवा वटवृक्ष। जिस पर नौ लाख देवियों का वास। यह वृक्ष कभी राजा वासुकि की बाड़ी में लगा था। देवियाँ पाताल में राजा वासुकि के पास गईं और उस वृक्ष को धरती पर लाने की कामना व्यक्त की। राजा वासुकि क्यों मानता सो नहीं माना। देवियों ने राजा वासुकि से वृक्ष को ले जाने की शर्तें पूछीं। राजा ने जो भी शर्तें रखीं, देवियों ने मान लिया। फिर मनौतियों के साथ वे इस वृक्ष को सातवें पाताल से धरती पर ले आईं। अब ये वृक्ष देवियों का स्थान है। इस लोक की सारी देवियाँ यहाँ क्रीड़ा करती हैं। इस वृक्ष की पूजा की जाती है। इससे मनौतियाँ माँगी जाती हैं और पूरी भी होती हैं। किसी को कोई कष्ट हो, अधूरा सपना हो, इच्छा पूरी न हुई हो, यहाँ जाकर माँगने से पूरी हो जाती है। 'तेरे बापू से कहूँगी, लेकर जाएगा तुझे वहाँ।' 'मैं पूछती, ताई यह वृक्ष कैसा है, इसके पत्ते कैसे हैं? इसके फूल कैसे हैं?' ताई गाली देकर मुझे चुप करा देती। फिर जिद्द करके मैंने उर्मिला बुआ को कहा था, 'वह उस वृक्ष का चित्र बना दे।' उर्मिला बुआ ने मुझे समझाया था, जब वृक्ष मैंने देखा नहीं तो कैसे बना दे। पर मेरी जिद्द कम नहीं हुई तो भी, ताई से पूछ ले और पूछ-पूछ कर उनके कहे अनुसार वृक्ष बना दे। उर्मिला बुआ ने चित्र बनाया था वृक्ष का। उसमें हरे पत्ते, पीले फल भी बनाए थे। उसके नीचे दो आकृतियां भी बना दी थीं। देख, एक तू है इनमें, अब जो तू चाहे वृक्ष से मनौती माँग ले। और दूसरी बुआ आप हैं। पहले आप मांगो मनौती। बुआ ने झूठमूठ आँखें बन्द करके हाथ जोड़ दिए थे। मैंने पूछा था, 'कांई माँगा बुआ।' 'जब पूरी होगी मनौती, तब बताऊँगी।'

'अब तू माँग।' थोड़ी देर सोचा था फिर उठकर खड़ी होकर अपने चौतरफ घूम गई थी। 'मैं घूमर नाचूँ हूँ देवी माँ, इरी इजाजत दो।' उर्मिला बुआ ने मेरी नादानी पर या कैसे तरस खाकर मुझे गले लगा लिया था। उसकी आँखें भर आई थीं। ताई बताती थी काँवड़ के चित्रपटों की कथा। कई कपाट से बना लकड़ी का यह मन्दिर कहीं भी ले जाया जा सकता था। इसके कपाटों पर रामायण, महाभारत की कथाएँ अंकित होतीं। किसी पर देवी-देवता होते। कावड़िया भाट कैसे इस मन्दिर को गाँव-गाँव ले जाते और लोगों को दर्शन कराते। ताई की आँखें भर आई थीं। बता रही थी उसके गाँव जब इसे काँवड़िया भाट लेकर आए थे तो कैसे लोगों की भीड़ उमड़ पड़ी थी। काँवड़िया भाट रामायण के चित्रों का, एक-एक कर वाचन करता तो भीड़ आह्लाद में डूब जाती। कोई दुःख प्रसंग होता तो भीड़ आँसू बहाती। राम के वनगमन के चित्र का काँवड़िया भाट ने जब वर्णन किया और कौशल्या माता की बेबस ममता को बताया तो औरतों की आँखों से झर-झर आँसू बहने लगे। दशरथ मरण पर तो भीड़ बेकाबू हो जाती। कुछ पुरुष तो मिट्टी में लोटने लगते।

महाभारत की कथाएँ भी इन चित्रों के माध्यम से जनसमूह को सुनाई जातीं थीं। द्रौपदी का अपमान, पांडवों का वनवास, कौरवों की धूर्त चालें। लाक्षागृह में पांडवों को जलाए जाने का षड्यंत्र—सभी का काँवड़िया भाट मनोयोग से लयबद्ध वाचन करता चलता। जनमानस पूरी तरह उन कथाओं के साथ एकाकार हो जाता। ताई ने बताया था, उस समय भी गाँव के कई सूझ-बूझ वाले बुजुर्गों ने औरत के देवी रूपों का वाचन उससे कराया था।

पुरानी यादों में डूबे हुए ऐसी ही कहानी ताई ने पड़ के चित्ररूप की कही थी। एक लम्बे, बड़े फैले हुए कपड़े पर पाबूजी तथा देवनारायण के जीवनचरित को चित्रित किया गया था। चितेरा पड़ को चित्रित करके अपने को धन्य मानता। फिर भोपा और भोपी इस पड़ को साथ लेकर एक से दूसरे गाँव में आते-जाते और नृत्य की गाथ गावणी के साथ भक्तों को दिखाते। यह गाथा गावणी और नृत्य रात-रात भर चला करता था। कुछ श्रद्धालु परिवार इन्हें फिर से अपने गाँव में आने का निमन्त्रण देते। भक्तजन भी इन्हें बुलाते। इनके बुलावे पर भोपा-भोपी आते और पड़चित्रों की कथा को नृत्य करके जीवित बना देते। गावणी के बाद भोपा-भोपी भक्तों, श्रद्धालुओं को आशीर्वाद देते। उनके जीवन में सुख और धन-सम्पत्ति की कामना करते। इनके जाने की बेला आती तो कैसे हमारे चित्त उदास हो जाते और हम फिर से उनके आने की उम्मीद में खो जाते।

ताई कहानी कहती तो हैरानी और परेशानी से दाँतों में उँगली दबाए ताई की कहानी सुनते। कैसे भावजी जैसे भक्तों ने अपनी आँखों की भौंहों से चौपड़े लिखे। कुछ ने कुहनी की हड्डी से चौपड़े लिखे। बालों की चोटी से चित्रों की रचना की। हम आपस में एक-दूसरे की तरफ देखते। कोई भौंहों से कैसे लिख सकता है। बालों की चोटी से चित्र कैसे बन सकता है। पर ताई कहती थी और हम मानते थे। चित्र बनाए जाते थे, माँडणां, थापों और चित्र फलकों पर चित्रकारी की जाती थी। ब्रुश या कलम से नहीं, हाथ और पैरों की उँगलियों से, मूँछों और चोटी के बालों से। उन चित्रों को देखें तो कोई सोच भी नहीं सकता था कि बनाने की विधि कितनी विचित्र और रहस्य से भरी हुई थी। 'गरासिया' की कहानी ताई ने कही थी। गारासी होने, गारासियों के दुख की कहानी। राजपूत घराने की लड़की ब्याह में आयी थी। उसको वहाँ क्या नहीं सहना पड़ा था। कल्लो अकेली नहीं थी। गरासियाँ लड़कियों का यही भाग्य था। उनकी इज़्ज़त के साथ राजपूत पुरुष खेलते, उन्हें अपने सुख और भोग के लिए जैसा चाहते, इस्तेमाल करते। कल्लो का क्या हुआ? ताई ने नहीं बताया था। उसकी अधूरी कहानी उसे आज तक साल रही थी। फिर सहरिया, भानूमल जो बन्धुआ मजदूर था, जीवन दुख, पीड़ा और प्रताड़ना की कहानी कहता पर तो भी जब मौका मिलता वे लोग नृत्य और संगीत में डूब जाते। वे नृत्य और संगीत में माहिर थे। जो अपनी हर तकलीफ को नाच-गाकर भुलाना जानते थे। इन सहरियों

की अनगिनत कहानियां राजस्थान के लोकमानस का हिस्सा हैं। जो ये पहाड़ी ढलानों, ढूहों पर रहते हैं। पत्तों और गोबर को मिलाकर उससे घर लीपकर रहते हैं। उनके साथ ही होते हैं भीलों के पाल। गोल तो कहीं चौरस झोंपड़ियों के समूह। उनका जीवन कितना कठिन होता है। पर उनके जीवन में खुशी कम नहीं होती थी। लाल, पीले, नीले, हरे बहुरंगी रंगों की ओढ़नी, घाघरों और चोलियों में वे उस उजाड़ रेतीले प्रदेश में इन्द्रधनुषी आभा रच देते हैं।

ताई हमेशा तनी रहती थी। चिड़चिड़ी और गलियाती हुई। उसके माथे पर दोनों भौंहों के बीच में दो रेखाएँ अब वहीं जम गई थीं। पहले तब उभरती थीं जब ताई गुस्सा करती थी। शायद उसे सबसे ज्यादा मैं ही सताया करती थी। जान-बूझकर नहीं, अपने हँसने, बोलने, कूदने, फाँदने, भागने, दौड़ने से। ताई चाहती थी मैं चुपचाप रहूँ, एक जगह बैठूं। किसी से बात न करूँ, न हँसू, न कुछ माँगू और न ही किसी चीज के लिए जिद्द करूँ। पर ऐसा होता नहीं था। मुझे और दूसरी लड़कियों की तरह वही सब करना था, वही सब माँगना था जो उन्हें मिल जाता और मुझे नहीं दिया जाता क्योंकि मैं विधवा थी। मुझे नहीं पता था, विधवा होने से क्या हो जाता है। क्यों हो जाता है कि वह हँस-गा नहीं सकती। नाच नहीं सकती। यहाँ तक कि वह सब खाने की सारी चीजें जो उसे अच्छी लगती हैं वे उसे नहीं दी जाएंगी। और वह नहीं खाएगी। ताई और उसके बीच बापू आ जाते या उर्मिला बुआ बीच में पड़कर स्थिति को सम्भाल लेती।

सारी गृहस्थी को सम्भालने वाली बुआ, उसके ब्याह की तैयारियों में विरक्त बैठी रहती। वह किसी चीज को न छूती, न कुछ करती। जहाँ दो-चार औरतें आतीं वह अन्दर अपनी कोठरी में चली जाती। गरजने-तरजने वाली ताई को क्या हो गया। उर्मिला बुआ ने और जरीना मौसी ने उसके लिए शादी का घाघरा-चोली-ओढ़नी बनाए थे। बड़ी मेहनत की थी उस पर सलमे-सितारे शीशे टाँकने और उसे काढ़ने-सीने के लिए। वह घाघरा-चोली लेकर भीतर गई थी और कपड़े उसकी गोदी में रख दिए थे—'ताई देख तो। कैसे हैं? कितने अच्छे हैं।'

ताई उछलकर खड़ी हो गई थी। जैसे उसे किसी बिच्छू ने काट लिया हो—'यह क्या किया तूने? शादी के जोड़े को छूत लगा दी। हे गोगा जी, माफ करना। इब क्या होएगा। ये बावली छोरी।' ताई विलाप करने लगी थी। माथे पर हाथ मारकर नीचे जमीन पर बैठ गई थी। उसकी आवाज़ सुनकर बापू और उर्मिला आई थी।

ताई ने वही दोहराया था और हुड़की मारकर रोने लगी थी। 'मुश्किल से इस कर्मजली का नसीब खुला था पर इसने यह क्या किया।' मैं अभी भी हतप्रभ थी। पर पास पड़े ब्याह के कपड़ों को देखकर बापू और उर्मिला बुआ समझ गए थे।

उर्मिला बुआ ने ताई के पास बैठकर उसे रोने से रोका था। उसे समझाया था—'ऐसा कुछ नहीं हुआ ताई सा। आप उठो यहाँ से। घुटने दुखेंगे। इधर खाट

पर बैठो। पुरानी बातें हैं वे सब। जमाना बदल गया है ताई सा। अगर कृशि का ब्याह हो सकता है तो आप इसको अपना आशीर्वाद क्यों नहीं दे सकतीं।' बापू ने भी उर्मिला की ही बात की हामी भरी थी। ताई नहीं मानी थी। उर्मिला बुआ ने स्वयंसेवी संस्था की तीन औरतों को जो मेरी शादी के खुशी के मौके पर आई थीं, उन्हें बुलाया था। उन्होंने ताई को समझाया था। 'इस समय आप ही कृष्णा की माँ समान हैं। वैधव्य तो एक हादसा है। इससे जीवन को अभिशाप तो नहीं मान लेना चाहिए। फिर पति की मृत्यु में औरत का क्या दोष। वह औरत अछूत कैसे हुई कि घर में सुअवसरों पर शादी-ब्याह, जन्मदिन, वार-त्यौहार, पर्व पर वह उसमें हिस्सा नहीं ले सकती।' सभी के समझाने से ताई थोड़ा-सा हिली थी। धीरे-धीरे उसे उन सबने उस लौह-शृंखला से बाहर निकाला था और ताई ने ही ब्याह का सारा काम सम्भाल लिया था। सवाल यह भी उठा था कि अगर लड़के वालों की तरफ से किसी ने उँगली उठाई तो? ताई को उर्मिला बुआ ने आश्वस्त किया था। 'आपने तो खुद ही देखा है। डॉक्टर और उसकी बहिन उस तरह की शादी चाहते ही नहीं। उन्हें उन सारी रस्मों में भी विश्वास नहीं। पहले ही कहलवा भेजा है। सिर्फ फेरे होंगे और बस। बारात भी नहीं आने की। डॉक्टर की बहिन और उसका परिवार साथ में है। कुल मिलाकर छह प्राणी। कभी सुनी क्या ऐसे ब्याह की, फिर भी पूछ लिया जाए। कहीं छोरी के ब्याह में उसके काजे कोई रुकावट न आ जाए। पर उर्मिला बुआ ने समझाया था, उसकी जरूरत नहीं है। फिर भी अगर ऐसा लगा तो पूछ लिया जाएगा।'

उर्मिला बुआ ने ही उसे ताई की सारी कहानी सुनाई थी। ताई सिर्फ 25 बरस की थी और उसके चार टावर थे जब उसके आदमी की बीमारी में मौत हो गई। वह ताई से उम्र में तीस साल बड़ा था और दमे का मरीज था। ताई ने जिन्दगी भर उस घर में अपने को खटाया। ताई कहाँ जाती और कैसे जाती? इसलिए उसे वहीं रहना था। उसको पता नहीं ठीक से पर तीन-चार देवर थे और चार ननदें थीं। देवरों के परिवार, ननदों का आना-जाना लगा रहता। उसके अपने छोटे-छोटे ऊपराथली के चार टावर। ताई की चूड़ियाँ तोड़ डालीं, बोरियाँ खींच लीं। गले की कण्ठी, कमर की तागड़ी, पैरों के बिछुए सब उतरवा लिए। ताये की मौत के तेरहवें के बाद ताई के माई-बापू जाने लगे तो वह फफक कर रोई थी। माई की ओढ़नी पकड़कर बैठ गई थी—'मैं भी जास्सू थारे साथै। पर माई आँसू ढारती रही उसके सिर पर हाथ फेरती रही। उसके बापू के होंठ फड़फड़ाते रहे पर उनसे कोई बोल नहीं निकले और वे उसे वैसे ही रोता-कलपता छोड़ गए थे।' 'कृशि', उर्मिला बुआ बता रही थी, 'हजाम आया था उसके बाल मूँड गया था। ताई को मुँह अन्धेरे उठना पड़ता। पौ फटने में देर होती। वह स्नान करती, धुली, पर फटी-पुरानी धोती पहनती और ठाकुरद्वारे में जाकर बैठती। सोए ठाकुर को जगाने के वास्ते, धूप, घी का दिया, फूल, चन्दन

अक्षत थाली में सजाकर दीप जलाकर दाएँ हाथ से आरती उतारती और बाएँ हाथ से घण्टी टुनटुनाती। ठाकुर तो पता नहीं कभी जागे या नहीं पर उसकी घण्टी से घर की बड़ी पिछली पीढ़ी की औरतें जाग जातीं। वह अन्जुरि में भरकर तीन बार ठाकुर जी का चरणमृत लेती, उसे पीती और गीली अंगुलियाँ सिर पर उग आए छोटे-छोटे बालों में सुखा लेती। उसके मन में नाई हज्जाम का खौफ बना रहता। वह मन ही मन गलियाती, न आए मुआ हज्जाम। दबकर मर जाए रेत के ढूह में। आँधी आए और रास्ते में भटक जाए मुआ। उसे कीड़ा काट ले। मर जाए, नहीं तो रास्ते माँ डकैत ही मार दें। इतने राहगीर मारे जावैं पर ये हर तीसरे महीने यमदूत की तरह आ खाड़ा होवै। राछस। जिन्दा राक्षस। इसको तो पीपल तले का भूत भी कोनी चिपटै। पर इससे क्या। हर तीसरे महीने हजाम गाँव की विधवा औरतों के साथ उसके बाल भी मूड जाता। बापू बताते थे, ताई के बाल बहुत सुन्दर थे। काले, लम्बे और रेशमी नागिन की तरह बलखाए रहते उसके गोरे-चिट्टे सिर पर।

फिर वह रसोई में आती। घड़ौची पर रखे तीन-चार खाली घड़े सिर पर रखती और अन्धेरे में ही धीरे से साँकल खोल निकल जाती। लौटते में उसे झुटपुटा हो जाता। इतनी बड़ी गृहस्थी, अठारह-बीस प्राणियों की। चार घड़ों में क्या होता। दूसरा, तीसरा फेरा भी लगाना पड़ता। तब तक सूरज देवता जाग जाते। पँछी भी पंख पसार कर उड़ने को होते। सोई पड़ी बस्ती जाग उठती। वह उन छोटे ऊबड़-खाबड़ टेढ़े-मेढ़े रास्तों से आती-जाती, कई बार ठोकर खाकर गिरते-गिरते बची थी। शुक्र था घड़े नहीं गिरे थे। पैर जख्मी हो गया था। खून बह रहा था। पर बेपरवाह जल्दी-जल्दी पैर बढ़ाकर घर की तरफ चली थी। आँख उठाकर देखा था, झुटपुटे से एक छाया-सी हिली थी और धीरे-धीरे उसके साथ-साथ बढ़ने लगी थी। वह जानती थी और कोई नहीं बीच वाला देवर था। पर क्या करती। किससे कहती और क्या कहती। वह सीधी चली जा रही थी। उसे लगता था उसके पैरों में ताकत ही नहीं थी। गर्दन पर भार ऐसा था कि घड़े तब गिरे कि अब गिरे।

ए सुन तो। खच्च से पैर पगडंडी पर कँटीली झाड़ी की टूटी टहनी पर पड़ा। सिर पर रखे घड़े डगमगा गए। पानी उछल गया और उसका मुँह आँचल, चोली सब भीग गए। पर वह रुकी नहीं थी। जल्दी-जल्दी पैर बढ़ाकर जैसे-तैसे घर पहुँची थी। किवाड़ की फॉक को किसी तरह टेढ़ी देह फँसाकर चौड़ा किया और अन्दर आई थी। ओढ़नी साँकल से अटक कर कंधे पर से उतर आई थी। वह आगे बढ़ा था। उसने सहारा देकर एक-एक कर घड़े उतरवाए थे। वह बरजती रही थी। पर वह नहीं ही माना था। तभी सासू माँ भीतर आई थी। उसकी पीठ पर दोहत्थड़ मारी थी, 'कलमुँही ओढ़नी कठै गई? अरे म्हारे छोरे नै बिगाड़ री अै। तू होश कर इस घर माँ। तेरी टांगया काट कै फेंक दूँगी। जा, अन्दर मर जाके।' डरी खड़ी का सिर दीवार से टकराया था। साथ ही सम्भलने में दोनों कुहनियाँ दीवार से रगड़ खा गई

थीं। बुढ़िया फिर मारने को आई थी, 'अरी तन्ने गोली कोनी लागी। जा मर, अन्दर जाके रह ओखली में पड़ा बाजरा कूट।'

वह वहीं खड़ी ओढ़नी को तहाकर सिर पर लगी चोट से उभर आए गुम्मड़ को फूँक मार-मार कर सेंक रही थी। सासू सा ने दखा था, लाल मिर्ची-सी तितियाई थी, 'राँड, जरा-सी चोट न सह सकै। अपनी जान कित्ती प्यारी लागे। मेरे बेटेने खागी। इब तेरे ये चार टाबर और तू मणै खाएँगे। जा मर, ओखली माँ पड़्यो बाजरो कूट जाके।'

वह रसोई से बाहर आई थी। वह चुपचाप उस जगह से टल गया था। पर वह जानती थी मौका लगते ही उसे फिर पकड़ लेगा। रात को अपने चारों टाबरों के साथ वह सुअरी-सी बाहर के कमरे के सीले कोने में थक-हार कर पड़ जाती। उसे कभी नींद आती तो कभी नहीं। डर के मारे वह रात भर जागती। रामलाल सबसे छोटा था। उसी ने एक दिन भाई को सबके सामने लताड़ा था। 'खबरदार, जो इस नूँ बुलाया। ओ अन्धेर कोनी होण दयूँ। इसको छुआ तो या तो अपनी जाण दे दयूँ या जो इसको छोड़ेगा बीकी।' घर के लोग डर गए थे। बस उनकी बात समझ में आ गई थी। ताई की इज्जत की रक्षा भी बापू ने ही की थी। इसी वास्ते ताई यहीं आ गई थी। ताया की मौत के बाद ताई के लिए अन्दर की कोठरी में काला कम्बल बिछा दिया था। उसको काले कपड़े पहनाए गए थे। जाड़ों में घुटनों में सिर देकर और गर्दन झुकाकर उसे सारा दिन कोठरी में बैठना पड़ता। वह ज़रा-सा हिलती या उठने की कोशिश करती। वह खाने को माँगती तो सासू सा की आवाज़ कोड़ों की तरह उस पर बरसती। छोटे वाला अभी दुधमुँहा था। उसका दूध पीता था। जब तब आकर उसकी छाती से मुँह लगाकर चिपट जाता और छाती चूँघता पर भूखी देह से दूध कहाँ उतरता। उसने धीमी आवाज़ में कहा था, अपने बच्चे का वास्ता दिया था।

'जुबान चलावै कुलच्छनी। बेटे के नाम तै अपनौ पेट की कुईयाँ भरै।'

नियम के अनुसार वह संध्या समै दीया जलने पर उठती। नहाना-धोना करती। रात में सबके खा चुकने के बाद दाल के नाम पर पतीले का झोल और सबकी बची-खुची टिक्कड़ कुत्ते की तरह उसके सामने डाल जाती। भूख से बेहाल वह उसे खाने को लपकती पर सासू सा पहले उसे रुलाती और फटकारती। 'फटकार है थारे लिए और खाणौं इनै अपनी साँसें चलावे वास्ते खा। अपने टाबर के वास्ते जीण लई खा।' पहली बरसी के बाद वह कोठरी से बाहर आई थी। उसके गोड्डे मुड़ गए थे। चलने-फिरने में लाचारी थी। सारी शक्ति खत्म हो गई थी। बच्चे बेहाल हो गए थे। सबसे छोटे वाला तो छह महीने बाद ही भूख से कलप-कलप कर चल बसा। पर ताई कुछ नहीं कर सकी। बड़ी गृहस्थी का सारा बोझ उस पर था। गृहस्थी के सैकड़ों काम जो कभी खत्म नहीं होते थे। देवरानियों ने बच्चे जने, ननदें बारी-बारी आती-जातीं। बच्चे

जनतीं और पड़ी रहतीं। वही उन सबका भी समेटती। उसकी हथेलियाँ बर्तन माँज-माँज कर फट गई थीं। नंगे पैर अन्दर-बाहर आते-जाते एड़िया फट गई थीं। गहरी बिवाइयाँ फटी रहतीं। अपनी-अपनी जगह सब मस्त थे। वह मुँह अंधेरे उठती, ठण्डे पानी से स्नान करके, पूजा-पाठ निपटाती और पानी के लिए निकल जाती। फिर दिन भर घर की चक्की में पिसती तो अपने और अपने बच्चों के खाने, कपड़े का जुगाड़ होता था। बच्चों की पढ़ाई में जो कुछ थोड़ा-बहुत गहना-रुपया था, सब लग गया। आखिर समस तो नहीं रुका। बच्चे बड़े हो गए। अपने घरबार के हो गए। ननदें ब्याह गईं। धीरे-धीरे घर की बहुओं ने रसोई का काम सम्भाला था। ताई अब उतना पानी भी नहीं भर सकती थी। उसकी उम्र हो गई थी। वह थकने लगी थी। यूँ भी घर का नक्शा बदल गया था। घर के प्राणी बदल गए थे। पुराने अपने-अपने रास्ते पर हो लिए थे। नये वाले पुरानी लीक पर नहीं चल रहे थे। उन्हीं दिनों तुम्हारी माई मरी थी। बापू ने भरसक इलाज कराया पर बची नहीं। तुम सबसे छोटी थीं पर भाई भी तब पढ़ रहे थे। घर में कोई औरत नहीं थी। गृहस्थी डांवाडोल हो रही थी। इसीलिए ताई जो वक्त पड़ने पर आती और चली जाती, अब यहीं आ गई थी। फिर यहीं रह गई थी। वहाँ भी उसका कौन था। ताई ने अपने जीवन में बहुत दुख झेले। बहुत पीड़ा और उत्पीड़न सहे। इसीलिए उसका भीतर सूख गया। उसके जीवन में कड़वाहट भर गई। पर ताई दिल की अच्छी है। तुम्हारी माँ के समान है।'

विदा के समय उर्मिला बुआ की सारी बातें उसके मन में घूम रही थीं। उसने ताई के गले से लगकर जी भर कर रो लिया था। फिर उसके पैर छुए थे ताकि वह उसकी नादानियों के लिए उसे माफ कर दे।

अगले दिन की विदाई थी। बापू के हाथ-पैर सक्रिय थे पर उनकी आत्मा विह्वल थी। ताई से कह गए थे, 'नादान छोरी छै, इसनूं सीख दे।' ताई ने फेरों के बाद अपने पास बैठाया था। प्यार से पलोसा था। आँखों में आँसू भरे ताई और दिनों जैसी नहीं लग रही थी। ताई ने सिर पर हाथ फिराया, फिर माथा चूमा था—'म्हारी बात ध्यान तै सुन छोरी। इब तू अपने घर जारी स। घर गृहस्ती बसाने का जिम्मा थारो। धनी को परमेश्वर मानियो। औरत की जून, तू अपने को माटी ई समझना बेटी। हवा महारानी की कहानी सुनी छै। सूरज देवता और हवा महारानी के बीच शरत बदी थी। राह चलते मुसाफिर की ओढ़ी हुई चादर को उतरवाने की। पहली बार हवा महारानी की थी। वो सौचे थी, वही सबकी प्राणदाता है। उसके बिना तो संसार के जीव जी वी ना सकैं। ताकतवर तो वही हुई न। हवा ने जोर दिखाया, मुसाफिर ने अपनी चादर लपेट ली। हवा ने अपनी ताकत लगाई, पेड़-पौधे काँपने लगे। मुसाफिर ने चादर के दो लपेटे और मार लिए और ठिठक कर खड़ा हो गया। हवा ने कहर ढाया था। मुसाफिर ने अपनी चादर चारों तरफ लपेटी और दीवार के साथ गोड्डो में सिर देके बैठ गया था। हवा दहाड़ती रही वह वैसा घुटनों में सिर

दिए, चदरा लपेटे टिका रहा। हवा हार गई। बड़े-बड़े सीधे पेड़ उखड़ गए, छप्पर उड़ गए। बस छोटे पौधे और छोटे पेड़ बचे थे जो हवा के साथ झुक गए थे। मुसाफिर भी चादर में सिमटा बैठा रहा। हवा रुकी तो वह उठकर अपनी राह हो लिया था। सूरज भगवान ने अपनी किरणें बिखेरीं। चारों तरफ खुशी फैल गई। पेड़-पौधों ने सिर उठाया। मुसाफिर ने चादर के लपेटे खोल दिए। सूरज ने किरणें तेज कीं। मुसाफिर ने चादर को उतार कर तहाकर रख दिया था। सो बात यूँ रही कि अपनी गृहस्थी माँ जोर-जबर्दस्ती, गुस्सा न चलै। सिर नीचा करकै चलना। गर्दन न उठाना। धनी गुर्राये, गुस्साए तो घुटनों में सिर देके बैठ जाना। सब ठीक होवैगा।'

वे अच्छे दिन थे। यहाँ कई बीघा जमीन थी। बड़ा-सा पक्का खुला और हवादार घर था। खेतों में खूब अनाज होता। गोदाम अनाज से भरे रहते। बढ़त का अनाज मण्डी में बिक जाता। बापू का व्यापार था जो गढ़ी से बाहर भी था। बापू ने पुरखों की पुरानी बावड़ी ठीक कराई। कुआँ खुदवाया। चौराहे पर एक पियाऊ लगवाया। दोनों बड़े भाई वहाँ से स्कूल पास करके आगे की पढ़ाई के लिए बाहर चले गए थे। उन्हीं की पढ़ाई के लिए बापू ने खूब पैसा लुटाया। कई बार जमीन बेचनी पड़ी। कर्ज चुकाने के लिए। फिर दो बरस बरखा नहीं हुई और सूखा पड़ा। जहाँ देखो बालू के ढूह उड़ते नजर आते। मतीरे की बेलें तक सूख गईं। अन्न की फसलों की कोई क्या कहे। एक साल बाजरा हुआ थोड़ा-सा, अगले साल वह भी नहीं। खेतों की जमीन पड़पड़ा गई। कुएँ-बावड़ियाँ सूख गए। घर की औरतें कोसों दूर पानी की तलाश में मारी-मारी जातीं पर सिर पर पहले आधे-पौने घड़े लेकर लौटती थीं लेकिन अब खाली घड़ों के साथ आने लगी थीं।

गाँवभर में इन्दर राजा की विनती की जा रही थी। औरतें भी इन्दर राजा को आने का निमन्त्रण दे रही थीं और उससे पानी की कामना कर रही थीं। 'आज हम पर अपनी मेहर करो, बरसो इन्दर राजा। आप आओगे तो चन्दन की चौकी बैठने को दूँगी। दूध से थारे पैर पखारूँगी। ऊँचे आसन पर बैठाकर उजले चावल और हरी मूँग की दाल खिलाऊँगी। ताँबे की कटोरी माँ घी परसूँगी। पापड़ साथ माँ धरूँगी। रात माँ पोढ़ने के लिए पंचरंगा पलँग दूँगी। उस पर नरम बिछौना बिछाऊँगी। झालर वाला ग़लीचा बिछाऊँगी। जब इन्द्र देवता नहीं पिघले तो मेघासिन रानी के कोमल हृदय को पिघलाने का काम हुआ, मेघासिन रानी आप आओ। थारे बिना बेहाल हो गए हम। आप आओ म्हारे धोरे। हम आपनूँ ऊँचा आसन पर बैठाएँगी। ताजे दूध से पैर धोऊँगी। आप आ जाओ। थारे न आने ते सब उलट गया। गाय ने बछड़ों का त्याग कर दिया। गाय-भैंसियों के थनों का दूध सूख गया। आओ, और आकर जमकर मेह बरसाओ।'

पूरे गाँव में त्राहि-त्राहि मची थी। बादल बरसेंगे तो गायों के थनों से दूध बरसेगा। बादल बरसेंगे तो पानी नहीं, हमारी सूखी जिन्दगी में जीवन बरसेगा। जितना जरूरी किसान के वास्ते साँस लेना है, उतना ही ज़रूरी खेतों के लिए पानी भी है।

किसान की औरतें बदली को बुलाती हैं, खेतों पर बरसो बदली, दाएं-बाएं मत जाना, सीधे हमारे खेतों पर ही बरसना, आओ बदली, आ जाओ। आषाढ़ रीता बीत गया, अब सावन भी सूखा जा रहा है। हर घड़ी तुम्हारा (बदली) इन्तजार कर रहे हैं। बारिश न होने पर सूखे की स्थिति थी। औरतों ने इन्द्र देवता को ललकारा, तलवार, ढाल, लाठियाँ लेकर घर से निकल पड़ीं। अब वे इन्द्र देवता को बन्धक बनाती हैं और बारिश के रूप में पिरौती माँगती हैं। तब तक वे इन्द्र को मुक्त नहीं करेंगी जब तक मेह नहीं बरसेगा।

पानी और प्यास के नाम से डर लगता था। बाहर लाय बरसती। गाय बछड़े, बैल प्यासे, भूखे और बीमार हो गए। घर में बूँदभर भी पानी था तो ठाकुर जी के कुएँ में लेकिन उनके कुएँ पर जाने की हिम्मत कोई क्यों करेगा। अच्छे दिनों में उनका और हमारा साथ था, लेन-देन था और आना-जाना था। माँ बीमार थी। बापू ने बहुत सोचा और उसे वहाँ भेजा था। खुद घर के बाहर ही रुक गए थे। सेठानी ने भर आँख उसकी तरफ देखा था। फिर कड़वाहट से कहा था–तू क्या सोचकर आई यहाँ छोरी? मायने क्या मेह बरस रहा है? सूखा तो पूरे गाँव में पड़ा है न।

तभी वहाँ घर की बड़ी बहू आई थी। बन्द कुण्डे से आधा मटका पानी दे दिया था। 'माँ कैसी है? कल आऊँगी उसे देखने। उसने दबी जुबान से कहा था।'

उसी रात बड़े ठाकुर के बीच वाले बेटे शेरू का कत्ल हो गया था। गाँव भर में त्राहि-त्राहि मची थी। रातभर गाँव में पुलिस वालों की सरगरमी रही। सुबह हो गई थी।

बड़े ठाकुर की हवेली के बाहर का बाड़ा था। बीच वाले बेटे शेरू ठाकुर की लाश सफेद चादर में लिपटी पड़ी थी। हवेली के अन्दर-बाहर हलचल थी। अर्थी उठाने की तैयारियाँ चल रही थीं। घर की लुगाइयाँ मुँह ढके, इधर-उधर किसी न किसी काम में लगी थीं। शेरू की लुगाई एक कोने में चुपचपाती दीवार के साथ लगी बैठी थी।

चारों तरफ सुगबुगाहटें थीं। आखिर शेरू को मारा किसने? वो भी इस बेरहमी और शातिर तरीके से कि किसी को कानोकान खबर न हुई। लाश मिली थी। मारकर फेंक गए थे हवेली के पिछवाड़े में। जमीन की लड़ाई तो तीन पुश्तों से चली आ रही थी पर कभी खून-खराबा नहीं हुआ और न ही कभी गाली-गलौज हुई। आना-जाना बन्द था। ताए-चाचे के भाई थे। दोनों के दादा सगे भाई थे। दोनों परिवारों में जमीन, कुएँ बावड़ियों, देव स्थानों, धर्मशालाओं की कमी नहीं थी। फिर भी हक की लड़ाई ये सब तो नहीं देखती।

पण्डित जी लालच से सराबोर उगाही में लगे थे। शेरू ठाकुर का बड़ा लड़का था पन्द्रह-सोलह साल का बेखबर-सा। पण्डित जी आलथी-पालथी मारे बीचोंबीच बैठे थे। 'बोलो बेटा, पिता की आत्मा की शान्ति के लिए क्या-क्या दान में दोगे?' लड़का चुप था।

'सुनो, अब जो मैं बोलूँ, तुम कहना दिया।'

लड़के ने दीवार के साथ लगी माँ की तरफ देखा था। माँ ने घुटनों पर रखी हथेली की दो उँगलियाँ उठाकर इशारा किया था।

'पिता की आत्मा की शान्ति के लिए पाँच तोले सोना दिया।'

'दिया-ऽ'

पण्डित जी रुके थे। लड़के ने माँ का चेहरा देखा था। ठकुराईन ने आँचल मुँह से हटाकर बाँहों में पहना सोने का कड़ा उछाल दिया था।

पण्डित जी ने कड़ा हाथ बढ़ाकर दबोच लिया था। उसने दो-तीन बार उलट-पलटकर देखा था।

'पाँच तोले का तो यह नहीं है ठकुराईन।'

ठकुराईन का चेहरा तमतमा गया था। दूसरे पल उसने दूसरी बाँह का कड़ा भी निकालकर पण्डित की तरफ फेंक दिया था। पण्डित जी ने उसे जमीन से उठाकर दूसरे कड़े के साथ गमछे की छोर से बाँध लिया था।

पण्डित जी फिर से पहले की-सी मुद्रा में आ गए थे और बोले थे—'तीन मन अनाज दिया?'

लड़के की नजरें घूमी थीं। अन्दर से पनिहारिने घिस्सा के साथ एक के बाद एक तीन बोरियाँ दीवार के साथ रखकर चली गई थीं।

पण्डित जी ने लड़के का ध्यान खींचते हुए कहा था—'दुधारू गाय दान में दी?'

लड़के ने कहा था—'हाँ दी।'

पण्डित जी ने चारों तरफ नजर दौड़ाई थी। फिर दोहराया था, 'दुधारू गाय दान में दी?'

लड़के के होंठ फड़के थे, 'अब क्या एक और गाय?'

'नहीं, पर पहली कहाँ है?' पण्डित जी शंकित थे पर दृढ़ थे।

लड़के ने आँखें फाड़ी थीं और बाँह उठाई थी—'गाय क्या अन्दर आएगी? आपके गमछे पर? बाहर खड़ी है। आपके साथ बैलगाड़ी के पीछे-पीछे चली जाएगी।'

'तो बस ठीक है।'

'इसमें ठीक क्या है?'

पण्डित जी ने सिर खुजलाया था, 'और वह कम्बल दान में देने को कह गए थे।'

देहली पर खड़ी मँझली ठकुराईन ने इशारा किया था। दो औरतें कम्बलों के ढेर बारी-बारी रखकर चली गई थीं।

'अब कुछ रह तो नहीं गया पण्डित जी?'

पण्डित जी ने फिर से सिर खुजलाया था। दोनों हाथों की हथेलियाँ आपस में रगड़ी थीं, 'अपने पिता की आत्मा की शुद्धि के लिए कुछ भी करना चाहिए बेटे को। फिर उनकी मौत कोई साधारण मौत तो नहीं। हत्या हुई है। आत्मा की शान्ति ज़रूरी है। ऐसे में आत्माएँ शान्ति न पाकर भटकती रहती हैं।' पण्डित जी रुके थे। 'अगर चाहो तो जमीन का एक टुकड़ा उनकी आत्मा की शुद्धि के लिए...।' लड़का हतप्रभ था।

छोटे ठाकुर सामने खड़े थे, 'बस। अब आप उठो-ऽ पण्डित जी।' पंडित जी सकपकाए थे, 'जी-ऽ, कोई ज़रूरी नहीं।' पण्डित जी ने रुपए थाली में डाल लिए थे और बाहर आए थे। सामने बैलगाड़ी खड़ी थी। वे सामान लदवा रहे थे। ठाकुर का सबसे छोटा बेटा धड़धड़ाता हुआ आया था। पण्डित जी के पीछे खड़ा होकर उनकी बोदी को छुआ था। पण्डित जी मुड़े तो वह शरारत से हँसा था–'क्यों पंडित जी, इतनी जल्दी और सिर्फ इतने में ही निपटा दिया सब। कोई रेडियो, घड़ी या फ्रिज तो माँगा होता–चाचा की आत्मा की शान्ति के लिए।' पण्डित जी ने दाँत दिखाए थे। रोने के लिए बुलाई गई तीनों औरतें ये तमाशा देख रही थीं और फिद-फिद कर हँस रही थीं। तभी उन्होंने वहाँ बड़े ठाकुर को आते देखा और पीछे-पीछे गाँव की बिरादरी आ रही थी। औरतें जल्दी से सावधान होकर घुटनों के बल बैठ गयी थीं। काले कपड़ों में, सिर से एड़ी तक ढँकी तीनों औरतें जो अब तक हिड़-हिड़कर हँस रही थी और हँसी-मजाक कर रही थीं, एकदम लम्बी बूँब के साथ रोने लगी थीं। तीनों में से एक रोने की तान निकालती, दूसरी बीच में साथ होकर उस तान को ऊपर उठाती और तीसरी अपनी तान दूसरी वाली के साथ जोड़कर तान को पूरी ऊँचाई तक ले जाती। फिर तीनों मिलकर उस तान के साथ नीचे आतीं और ऊपर जातीं। बड़े ठाकुर ने पण्डित की तरफ देखा था–'काम सम्पन्न हुआ।'

जी।

'अब आप उठावले पर आएँ। शोक तो तेरहवीं तक रहेगा ही, पर उठावली चौथे को होगी। आए मेहमान तेरह दिन नहीं रुक सकते। जो कुछ करना और निपटाना है, इसी बीच हो जाएगा।' पण्डित जी ने कानों पर हाथ रखकर पूछा था–'ठाकुर जी–ऽ क्या कह रहे हो आप?'

बड़े ठाकुर ने गुस्से में पैर पटके थे और उनकी चीख हवा में गूँज के साथ ठहर गई थी–'चुप।'

पहले तो तीनों औरतें डर गई थीं। फिर बड़ी वाली ने हिम्मत की थी।

'सरकार, शोक के औसर पर हमें यहाँ रोने के लिए बुलाया गया है...।' जमना बीच में आ गया था–'अरी राँडो, यहाँ क्या बारात में आई हो। रो-ओ-ऽ।

जोर से रो ओ-ऽ।' औरतों के कलेजे ने लम्बी साँस भरी थी और ऊँची बूँब भरकर रोने लगी थीं।

बड़े ठाकुर आगे जाकर रुक गए थे।

'अर्थी उठाने की तैयारियाँ हो गईं क्या?'

'जी-ऽ सरकार। बस आखिरी रस्में बची हैं।' बड़े ठाकुर की आवाज़ से अर्थी की रस्सियाँ कसते हुए हाथ काँपे थे। उधर तीनों औरतें ऊँची हिलोर में रो रही थीं। हवा में उनके रोने की आवाज़ पारे की तरह ऊपर चढ़ती, फिर उसी तरह नीचे आ जाती।

धीरे-धीरे आने वालों की भीड़ बढ़ रही थी। औरतें एक तरफ कतार में एक-दूसरे के पीछे अलग बैठी थीं। आदमी दूसरी तरफ बैठे थे। कुछ लोग खड़े ही थे। आँख में किसी के आँसू नहीं। घर में जवान जहान लड़के की हत्या हुई हो और ऐसा सन्नाटा। शेरू ठाकुर की माँ और पत्नी तो होश खोए थीं। सुन्नम-सुन्न दीवार से लगी बैठी थीं। घर की दूसरी औरतें हतप्रभ थीं। बिरादरी की औरतें मुँह ढँके एक-दूसरे के कान में कुछ-कुछ कह रही थीं।

बीच में से किसी ने टहोका दिया था–

'ठाकुर, हमारे अन्नदाता हैं। इनका दिया खाया और पहना है। अब मुसीबत के समय चार आँसुओं की कमी पड़ गई। अरी रूदालियो, मर गई हो क्या? या ज़िन्दा हो, रो ओ, रो ओ-ऽ।'

'रोएँगी ठकुराईन,' बीच वाली बोली थी–'पहले हमारा पाँच पसेरी अनाज अलग रखवा दो। हमारा हिसाब भी कर दो ताकि अन्तिम दिन में हमसे धोखा न हो।'

घर से निकलकर मन्दा आई थी–'अरी लाज करो राँडो। मालिक ने इतना कुछ किया तुम लोगों की खातिर। उस पर रोने का नाटक नहीं हो रहा तुमसे।'

'हाँ, बहुत किया ठाकुर ने। जीते जी 100 को रण्डी बनाया। मरने के बाद 100 बाहर की और एक घर की राँड होएगी।'

जमना ने सुन लिया था। लपक कर बीच में आया था। 'अरी राँडो, अपनी औकात में रहो। अपनी चादर में गुस्सा करो। इससे बाहर निकलीं तो देखना।' अन्दर से भीखनी आई थी–'नी-ऽ जाओ पहले चा-ऽ पी आओ, गला तो खुलेगा। कैसा सूख रहा है।'

लेकिन, रूदाली ने दूर खड़े ठाकुर की तरफ देखा था। 'अभी देर है अर्थी उठने में। मालिक छोटे ठाकुर का इन्तजार कर रहे हैं।'

फिर एक अधीर आवाज़ आई थी–'चन्दन की लकड़ियाँ और घी पहुँचाया कि नहीं?'

'आप चिन्ता न करें अन्नदाता, छोटे ठाकुर हमारे भी माई-बाप सरीखे थे। उनका किरियाकरम राजपूती शान से होगा।'

कब सरीके आकर बैठ गए थे, चारों तरफ मची चाँ-चाँ में पता ही नहीं चला था।

'रुपए-पैसे की चिन्ता न करें। सब इन्तज़ाम हो जाएगा।' बड़े ठाकुर का खून खौल रहा था। किसी तरह चुप साधे था। पीछे से बड़ी ठकुराईन आई थी। भँवरी की पीठ पर ठोका मारा था, 'रूदालियों का अकाल पड़ गया । बड़े ठाकुर के परिवार में शोक हो और ये तीन रूदालियाँ।' भँवरी घबराई थी, 'ठकुराईन, टोले की औरतें दूसरे गाँव गई हैं। तेरह दिन का शोक था। आज का दिन किसी तरह गुजर जाए।'...

'आज का दिन यूँ ही गुजर जाएगा?' बड़ी ठकुराईन के माथे की नस फड़की थी।

'तेरी अक्ल मारी गई भँवरी। अर्थी आज निकलेगी। अन्तिम किरिया करम आज होगा और रूदाली टोली कल आएगी?' बड़ी ठकुराईन ने उसकी पीठ पर पैर मारा था, भँवरी उलटे मुँह के बल गिरी थी। फिर उठकर ठकुराईन के पैर पकड़ लिए थे। उसके दाँतों से खून निकल रहा था। थूक के साथ उसे अन्दर गटक गयी थी।

'अभी जाती हूँ ठकुराईन। अभी भी तैयारी में वक्त तो लगेगा। तब तक मुन्नी के घर जाती हूँ। माँ-बेटी दो तो हैं ही। अगर और दो का इन्तजाम हो गया तो छः हो जाएँगी।' पल्लू से मुँह दबाकर वह बाहर निकल गई थी।

बड़े ठाकुर का छोटा लड़का था। लाश के पास जाकर, चादर उठाकर पैरों को पकड़कर बैठ गया था।

'चाचा जी-ऽ ऐसे कैसे चले जाओगे? थे तो कहते, तुझे पढ़ने के लिए बाहर भेजूँगा'...रोता हुआ वह वहीं पसर गया था। फिर थोड़ी देर में आँसू पोंछकर उठा था—'कसम चाचाजी-ऽ आपकी माटी की। अगर मन्नै थारी मौत का बदला न लिया तो...अपनी माँ का दूध न पिया समझो। अब तो यह जंग शुरू ही हुई समझो।'

'तू अकेला थोड़े ही है रे। शेरू के दोनों टाबर उसके साथ आकर खड़े हो गए थे।'

सबसे छोटा ठाकुर था, 'ये भी अकेला कोणी।' उसने बिरादरी में बैठे सरीकों को सुनाकर कहा था।

बड़ी ठकुराईन बीच में आ गई थी।

'ये बखत नहीं है इस सबका। माटी उठ जाने दो। लाय बढ़ रही स ज्यूँ-ज्यूँ दिन चढ़ रहा है। इस बखत आखिरी किरिया-करम के बावत सोचो। लाश बदबू देने लगेगी तो मुश्किल हो जावेगी।'

सामने देखा, गाँव का पहलवान था। चार-छः लोग साथ में थे और पुलिस के दरोगा और दो सिपाही भी।

'सुना है हत्या हुई है?'

बड़े ठाकुर की आँखों में खून उतर आया था। पैर पटकता हुआ आगे आया था।

'हत्या हुई है। किसी ने यहाँ हत्या की तो नहीं। दारोगा जी इस बखत ठीक यही है आप यहाँ से पधार जाओ।'

'म्है तो ठाकुर ड्यूटी की मार से यहाँ आए हैं। यूँ तो थारे पक्ष में खड़े हैं। फिर भी जैसा आप हुकुम करो ठाकुर। सुना था कि हत्या कोठे पर हुई। ई वास्ते।'

ठाकुर मुट्ठियाँ बाँध कर लपका था–

'हम शोक में हैं। दारोगा तुम चले जाओ। इससे पहले कि हम अपना आपा खो दें। थारे पे म्हारा हाथ उठ जाए।'

दरोगा ने ठाकुर का चेहरा बाँच लिया था। वहाँ से चले जाना ही इस बखत ठीक था।

अर्थी बाहर लाकर रख दी गई थी। शेरू की मृत देह पर रस्सियाँ बाँध दी गई थीं। पानी का घड़ा सिर के पास लाकर रख दिया गया था।

बड़े ठाकुर ने कंधा देना चाहा था। छोटे भाइयों ने उनके कंधे से अर्थी को छुआकर अपने कँधों पर रख लिया था। शेरू का बड़ा लड़का आगे था पानी का घड़ा कंधे पर उठाए। छोटे वाला साथ चल रहा था।

भँवरी आ गई थी। तीन रूदालियाँ उसके साथ थीं। 'सरकार। तीन ठो रूदालियाँ और आ गईं। अब धूमधाम से अर्थी उठेगी।'

बड़ी ठकुराईन थी–'लेन-देन तय किया क्या?'

भँवरी दबी जुबान से बोली थी, 'जो दिया जाता है वही इन्हें भी दे दो। 5 पँसेरी अनाज हो दो ठो सौ रुपया।'

'ठीक है। रुपया माटी है। इनसे बोलो, रोएँ तो समा बाँध दें।'

'आप ठकुराईन देखिए तो सही, क्या गला है इनका और क्या आवाज़ है। आसपास के सारे गाँवों में इन माँ-बेटी का नाम है। लेकिन ठकुराईन धान में चावल दीजिए।'

जुलूस की शक्ल में सब अर्थी के पीछे चल रहे थे। रूदाली ने दोनों हाथ हवा में उठाए–'अरी ओ मैया। अरे ओ म्हारे भैया, कुण नासपीटा तुम्हारा कतल किया।' वह लम्बी ऊँची आवाज़ में रोई थी।

दूसरी ने हवा में हाथ उठाए थे–'अरे ओ म्हार पुरखों, सुरग से देखि रहे हो। ई का जुल्म भयो-ऽ अरे कउन किया इस जवान बेटे का ई हाल।'

तीसरी रूदाली घुटनों पर बैठी थी, जोर से दोहत्थड़ अपने घुटनों पर मारी थी, 'अरे ओ-ऽ महार मालिक चला गिया री। अरी ओ-ऽ म्हारा परवरदिगार था ई तो। अब का करी-ऽऽ कउन देखेगा हमारा हाल। ई का होई गिया सरकार ऱ् ऱ् ऽ।'

चौथी रूदाली ने छाती पीटी थी, 'म्हार अन्नदाता। तुम न जा सकित हम कु छोड़ के। अरे तनि इधर भी देखयो-ऽ तुम्हारे लुगाई और बेटवा का करी। मझले

ठाकुर जी-ऽ आँखें खोल लयौ रे। अरे अपनी आँखन तो देखत रहयोग अपने...कु। ऊ का करी-ऽ कलेजा फटा जाय रहा उनकू देख के।'

पाँचवीं रूदाली ने दोनों बाँहें आसमान में उछाली थीं, 'अरे ऊ म्हारे अन्नदाता। अरे ऊ म्हारे मालिक! अरे ऊ म्हार सरकार। म्हारे ऊपर बज्जर गिराकर चली गयो-ऽ रे-ऽऽ कऊन दुसमन तुम कू मारा। नरक माँ जाई उह। भक्-भक् कर जली उह की देह। अरे-ऽ हमकू अनाथ कर गिया रे-ऽऽ।'

उछल-कूद करतीं, बूँब मारती, रोती-दहाड़ती, कपाल, छाती और घुटनों को पीटती रूदालियों के साथ अर्थी निकली थी। घर की औरतें देहली तक आई थीं। वहीं खड़े होकर आगे जाती अर्थी को मुँह-आँखों पर कपड़ा ढाँपे देख रही थीं।

शेरू की लुगाई वैसे ही ज़िन्दा लाश बनी कोने में टिकी रही। अपनी जगह से न हिली, न डुली। अर्थी निकल गई तो बिरादरी की औरतों के साथ रूदालियाँ भी लौट आई थीं।

बिरादरी की औरतें लौट गई थीं। आदमी जो अर्थी के साथ नहीं गए थे, अपने घरों को चले गये थे। थकी-माँदी रूदालियाँ पिछवाड़े खुले में पसरी थीं। जसमा बोली थी, 'बड़े ठाकुर को घर। बड़े लोगन की बड़ी बातें। जन्मे पे खर्चा करी, फिर मरे पे दुगना खर्चा करी।'

जसमा की बेटी सुरसी भूख से बिलबिलाई थी, 'इब तुम ठाकुर का बखान छोड़े माई। कछु खाना देई परान निकलने को आई।'

तीसरी मिसरी बोली थी—'पहले थोड़ा पानी दे दे भँवरी। गला सूख रहा है।'

ठकुराईन ने जो दिया था, उन्होंने खोला था। चूड़ा, गुड़, हलवा-पूरी, लड्डू। दाल-बाटी, खीर अलग थी। 'अरी-ऽ पहले सूँघ ले कहीं बास तो नहीं मार रही।'

'तू का कही चाची-ऽ ई बड़े ठाकुर का घर होई।'

बुधिया ने चिन्ता जताई थी—'इन काले कपड़ों का हम का करी। इतने इकट्ठे हो गए।'

'कउन चिन्ता नहीं। इनका हाट में ले जाके बेच देंगे। कोई दूसरा खरीदेंगे। सारा बखत मुर्दा काला ही थोड़े ही पहना जाएगा।' बुधिया का ध्यान जसमा के माथे पर गया था।

'ई का। दीवार से सिर मारकर माथा फोड़ लिया? बावली भई का?'

'अपन का धन्धा है। चोट तो ठीक हो जाई। किरिया में समा तो हमी ने बाँधा। मझले ठाकुर चले गए-ऽ'

बुधिया ने आँखें गढ़ाकर उसका चेहरा देखा था। जुबान पर बोल ठिठक गए थे।

औरतों की टोली उठी थी। ठाकुरबाड़े से बाहर आई थी। काले कपड़ों में जा रही औरतें प्रेतनियाँ जैसी लग रही थीं। आँधी उड़नी शुरू हो गई थी। जो आँधी को डरावना बना रही थी। औरतों ने ओढ़िनियाँ कस ली थीं। जल्दी पहुँचना ज़रूरी

था। आँधी का ज़ोर बढ़ गया तो रेत के बगुले उड़ेंगे। पहुँचना मुश्किल हो जाएगा। वे बढ़ रही थीं। रेत के बगुले बढ़ते चले आ रहे थे। दिन में ही अन्धेरा छा गया था। उड़ती हुई प्रेतात्माएँ-सी ये औरतें छोटे-छोटे काले बिन्दुओं सी दीखने लगी थीं।

ठाकुर की मौत का सूखे से कोई मतलब नहीं था। मौत के जश्न का जैसे ठाकुर के बेटे शेरू की मौत से कोई मतलब नहीं था। पर गाँव में तो सूखे से मौतें हो रही थीं।

उसी रात माँ सिधार गई थी। बापू बिलखते रहे। बापू से लिपटकर वह रोती रही। बापू कभी अपने आँसू पोंछते तो कभी उसके। माँ की मौत से बापूं का मन मर गया। अकाल से खेतों में फसल मर गई थी। पानी के लिए चारों तरफ त्राहि-त्राहि मची थी। गला सूख रहा था। त्वचा पड़पड़ा रही थी। होंठों पर पपड़ी जम रही थी। घर के बड़े समझदार लोग पानी नहीं माँगते थे। छोटे टाबर पानी के लिए तरसते तो दो-चार घूँट दी जाती। ताई बार-बार अन्दर जाती, ढक्कन खोलकर मटकों के तलों में बचा पानी देखती ओर उसाँस भर कर बैठ जाती। चेहरे पर, आँखों में और बालों में रेत भरी थी। वह बाहर से आई थी खेलकर। घड़े में मग्गा डाला था। ताई ने दो-चार हाथ धरे थे पीठ पर, 'निगोड़ी, यह क्या हाल कर रखा है। बाहर लाय में कूदेगी तो प्यास नहीं लगेगी।' धक्के से मग्गा हाथ से छूट गया था। थोड़ा सा पानी घड़े के तल्ले से मग्गे में आया था, गिर गया था। ताई ने दो-चार हाथ और धर दिए थे, 'यह क्या किया तूने?' बापू आँखें नीचे किए देखते रहे थे।

औरतें इकट्ठा होकर पाँच कोस दूर सुबह निकलतीं तो देर दिन चढ़े लौटतीं, आधे-पौने भरे या खाली घड़ों के साथ। दूसरे गाँव की लुगाइयाँ भी उन्हें खुशी से पानी नहीं लेने देती थीं। कई बार मार-पीट की नौबत आ जाती। उर्मिला बुआ दूसरी लुगाइयों के साथ आधा घड़ा पानी का लेकर और सिर फुड़ाकर लौटी थीं। बापू ने फैसला सुनाया था, 'अब यहाँ नहीं रहना है। क्या बचा है यहाँ। सामान बाँधो जल्दी। बापू सूखी खड़ी फसल के साथ ही जमीन का सौदा कर आए थे। सोने जैसी जमीन कौड़ियों के भाव बेच दी थी। उन्हें बाहर वालों ने बहुत समझाया था। 'यह समय जमीन बेचने का नहीं।' पर वे नहीं माने थे। उस दिन भी रेत का बवंडर आसमान से धरती तक घूम रहा था। बालू के टिब्बे एक जगह से दूसरी जगह आ-जा रहे थे, सुबह सार गाड़ी में ऊँट जोतकर गढ़ी से बाहर आ गए थे। जो कुछ घर में था चार-पाँच सन्दूकों में रख लिया था। वहाँ से कृष्णगढ़ की बस में बैठ गए थे।

रात उतर आई थी। बस में बैठा रामलालस आँखें फाड़कर पीछे छूटते जाते बस्ती के कच्चे-पक्के घरों को, रेत के धोरों को, सूखे कुएँ-तालाबों को चीह्नता-देखता जा रहा था। कच्ची सड़क पर हिचकोले खाती पुरानी-चरमराती बस में तीनों औरतें

लुढ़क-पुढ़ककर सोयी थीं। लेकिन रामलालस की आँखों में नींद कहाँ। बरखा न हुई। अकाल पड़ा। जमीन सूख गई। फसलें जल गईं। अब गाँव छोड़ जाना पड़ रहा है। नई जगह होगी। अच्छी होगी या बुरी, क्या पता। लेकिन अब यहाँ रहकर भी क्या होना था।

रामलालस के दिमाग में फावड़ों से मिट्टी खोदे जाने की आवाज़ें टकरा रही थीं। वेद मन्त्रों की ध्वनियाँ गूँज रही थीं। तालाब के महूरत में बँटे गुड़ का स्वाद जीभ पर आ गया था। तालाब का संकल्प पूरा हुआ। घटोइया देवता की प्रतिष्ठा होनी अभी बाकी थी। वही तालाब की रक्षा करेंगे। आगर के स्तम्भ पर गणेश जी विराजे हैं। अटकलें दूर करेंगे। नीचे सर्पराज हैं। डुगडुगी की आवाज़ से सारा गाँव जमा हो गया था। सबका साँझा भोज जो था। गाँव का जलसूँघा बाघ सिंह बीचोंबीच बैठा था। तालाब का काम पूरा हुआ था। राजधर कुलदीप सिंह को राजा ने सम्मान के साथ अपने पास बैठाया था। उसे पगड़ी पहनाई गई। सरोपा भेंट किया। साथ ही सोने के बटन भी दिए गए।

शाम को गाँव में जस्मा ओढ़न की नौटंकी खेली जानी थी। जस्मा ओढ़न इसी गाँव की थी। अपनी इज्जत की रक्षा के वास्ते उसने अपनी जान दे दी थी। वह यहाँ देवी की तरह पूजी जाती थी। हमारे ही पूर्वजों में पुष्करण भी थे। पानी को बाँधने की कला में माहिर थे। इन्द्र देवता के दिए गए थोड़े से प्रसाद को सिर नवाकर धारण करते। पाल को आगौर से आने वाले पानी से नुकसान न हो इसलिए कोहनी लगाई गई थी। पाल और पानी के बीच पत्थर के पाट लगे थे। छोटे-छोटे छेदों से चूने मिट्टी से अटे पत्थर के पाट पाल की मिट्टी को आगर में जाने से रोकते थे। पत्थरों से पटे पठियाल में पानी निथरकर साफ हो जाता। पठियाल पर बने पाट और सीढ़ियों पर तथा छतरी के नीचे वह जब तब आकर बैठा करता था। सीढ़ियों के दाईं तरफ आले में घटोइया बाबा की प्रतिमा विराजती। उसने तो लबालब भरे तालाब से बाबा के चरणों को छूकर जाते पानी को अपनी आँखों से देखा था। सबकी नजरें सुबह जगह-जगह लगे स्तम्भों पर के उकेरे गए पद्म, शंख, नाग, चक्र, चिह्नों पर टिकी थीं। सब मनौतियाँ माँग रहे थे। पाल पर का स्तम्भ पानी से न डूबे, नहीं तो प्रलय। वह हँसा था। पानी में स्तम्भ के डूबने से प्रलय का डर। अब सूखे, ठूँठ के ठूँठ खड़े, तालाब के इन खण्डरों में न झल-झल करता पानी था। आगौर खाली। कुआँ सूखा। प्रलय वैसे नहीं आई तो सूखे से आ गई।

बारिश पड़ते ही पानी अगोर लिया जाता। ढाल से होता बारिश का पानी पनढाल से आगर में आ जाता। आगर ही पानी का खजाना होता था। जसवीर सिंह ने आगर के बीच कुआँ भी बनवाया था। पानी को तीनों तरफ से रोका जाता और पानी को बाँधकर खण्डीन बनाए जाते। इन खण्डीनों में सैकड़ों मन अनाज उगता था। आज भी खण्डीन वहीं की वहीं है पर पानी नहीं है उनमें। पानी नहीं तो धान कैसे होगा।

कभी ज्यादा बारिश होने पर तालाब फूट जाते हैं, नदियाँ दूरी लाँघती गाँवों में घुस आती हैं। तब सात ढूलियों को एक साथ धागे में पिरोकर घर के डाँडे से लटका दिया जाता है। वे खुले में भीगती रहतीं। गाँववाले ढोल-बाजा बजाते नदी पर जाते। साथ में लाल कपड़ा, मेहन्दी लच्छा, रोली तथा दही की हरी मटकी ले जाते। नदी की पूजा करते। उससे प्रार्थना करते—नहीं बहिन, अब तुम बस करो। अपना क्रोध यहाँ मत दिखाओ। कहीं दूर चली जाओ और नदी के बहाव में शिथिलता आने लगती।

रामलालस की आँखें अन्धेरे में भी रामनामियों के श्मशान पर जा बैठी थीं। इसी सूखे प्रदेस का था, राम-राम का गुदना गुदाय रामनामी पर्वत सिंह। बंजारों की तरह घूमता रहता था परिवार समेत। सब कुछ जानता था तालाबों के बारे में। माटी ही उनके लिए सब कुछ थी। इसलिए जीवन के पूर्णविराम, चिरनिद्रा में माटी को सबसे पवित्र मानकर उन्हें अन्तिम संस्कार में अग्नि नहीं दी गई थी। उन्हें न जानने वाले टोकते पर वे अपनी बात रखते और सब मान जाते।

रामलालस ने ओझल होते जाते पुरखों के गाँव की धरती को सीस नवाकर आखिरी प्रणाम किया। माँ माटी से मन ही मन माफी माँगी। उसकी आँखों से बहते आँसू भी अन्धेरा लील गया था। इसी ऊहापोह में हिचकोले खाती बस में कब उसकी आँख लगी, पता ही नहीं चला था।

पता नहीं एक दिन कैसे निर्भय सिंह ने बापू को चिट्ठी लिखी थी। कृष्णा को उसके पास भेज दो, थोड़े दिन रह जाएगी। अगर इसका दिल लग गया तो यहाँ शहर में पढ़ लेगी। किसी अच्छे स्कूल में इसका दाखिला करा देंगे। बापू ने ताई को कहा था—इतना कुछ हो गया, शादी, बच्चे सब हो गए। सालों हो गए शहर में बसे तब तो कृष्णा की याद नहीं आई। घर की, बापू की, बिरादरी का ध्यान नहीं आया। अब अचानक कृष्णा की याद क्यों आ गई। यहाँ के स्कूल में क्या खराबी है। यहाँ क्या बालिकाएँ पढ़ती नहीं। पर भाई बार-बार चिट्ठी लिखता, कृष्णा को भेज दो। फिर एक दिन भाभी संगीता सुबहसार अचानक आ गई थी। बापू ने अपनी और उसकी मरजी के खिलाफ उसे भेज दिया था। भाभी मीठी बोली में बोलती रही, बापू की चिरौरी करती रही। उसका मन नहीं था पर बापू और भाई नाराज न हों मजबूरी जैसी में बापू ने भेजा और वह संगीता भाभी के साथ गाड़ी में बैठा दी गई थी।

भाई का बड़ा-सा साफ-सुथरा घर था। सारे घर में मशीनें लगी थीं। पानी गरम करने से लेकर कपड़े धोने की, पीसने-कूटने और तरह-तरह का खाना पकाने की अलग-अलग बिजली की मशीनें थीं। घर भी अजीब भूल-भुलैया था। दोनों लड़के सुबह टाई, पेंट-कोट पहनकर स्कूल जाते। अँग्रेजी में गिटपिट करते थे। सुबह भाभी उन्हें तैयार कर देती और भाई गाड़ी में छोड़ आता। उसके बाद भाभी चादर तानकर सो जाती। भाई अखबार पढ़ता, नहाता, चाय-नाश्ता करके दफ्तर चला जाता। उसके वहाँ जाने के बाद घर का रुटीन बदल गया। एक-दो दिन भाभी ने

उठकर उसे बताया कि बच्चों को तैयार कैसे किया जाए, उनका लंच कैसे पैक किया जाए, चाय कैसे बनेगी, नाश्ता कैसे बने। उसके बाद वह दिनभर उसे समझाती रही कि घर में क्या-क्या करना है, कैसे करना है, खाने में क्या-क्या बनेगा, कैसे बनेगा। खाने की टेबल कैसे लगाई जाती है, खाना कैसे खिलाया जाता है। फिर खाना खाने के पहले टेबल सँवारा और बाद में कैसे हटाया जाता है। फ्रिज में बचा खाना कैसे रखा जाता है। इसी तरह शाम की चाय और नाश्ता। रात का डिनर और डिनर के बाद कॉफी। शनिवार या इतवार को देर रात तक डिनर पार्टियाँ होतीं। सुबह देर तक सब सोए रहते। दूधवाला, अखबारवाला और काम करने वाली बाई आती तो वह उठती थी। एक महीने में ही पस्त हो गई थी। सुबह से शाम तक वह मशीन की तरह चलती रहती थी।

उसने भाई से कहा था–'उसे स्कूल में दाखिला दिला दो।' पर उसने कहा था। 'अभी दाखिले शुरू नहीं हुए।' उसने फिर से कहा था तो भाई ने चिढ़कर कहा था–'दाखिले क्या सारे साल होते हैं? जब शुरू होंगे तो करा देंगे।' उसका दम घुटने लगा था। भाभी उसे डांटती, गँवार और जाहिल कहती। भाई तेज आवाज़ में बोलते। बच्चे उसे मेड समझते।

उसने भाई से कहा था–'उसे वापिस जाना है।' 'ठीक है', कहकर वह चुपा गया था। हफ्ता गुजर गया। उसने फिर दोहराया था, 'वापिस जाना है।' 'अच्छा-ऽ चली जाना। तुम्हें यहाँ कोई तकलीफ है?' उसकी आवाज़ नरम हो जाती और आँखें चोर बन जातीं।

एक महीना और गुजर गया। अब वह जिद्द करने लगी थी। एक दिन भाभी ने उसे धमकाया और डराया। वह डर गई थी। उसका सिर दुःखता, टाँगों में दर्द रहता और वह बीमार पड़ गई थी। बुखार से बदन जल रहा था। डॉक्टर को दिखाया, दवाइयाँ दी गईं। बुखार तो उतर गया पर कमजोरी थी। दिनभर अकेली घर में पड़ी रहती। हड्डियों का ढाँचा रह गई थी। उसने बापू को चिट्ठी लिखी। सब खोलकर बताया और अपने आप उठकर गई और लेटरबॉक्स में डाल आई।

एक दिन सुबहसार बापू दरवाजे पर आ खड़े हुए थे। भाई और भाभी हतप्रभ। उन्हें इसकी उम्मीद कहाँ थी। उसकी हालत देखकर बापू रोए थे। भाई पर ऊँची आवाज़ में चिल्लाए थे, 'थानें क्या सोचा, छोरी की माँ तो मर गई पर बापू भी मर गया इसका। ज़िन्दा स अभी इसका बापू। मरा कोनी। समझा तू।' बापू ने चाय पी न पानी पीया। उसका हाथ पकड़कर घर से बाहर आ गया था।

भाई पीछे-पीछे आया था–'बीमार हो गई थी इसलिए कमजोर हो गई है। बीमार तो कोई भी हो सकता है। इलाज कराया था इसका हमने। अब कमजोरी ठीक होने में तो समय लगता है न बापू। समझता क्यों नहीं।' बापू ठहरकर बोले थे–'तू जा-ऽ घर लौट जा। समझ लिया, सही समझ लिया तुम लोगों को।' बापू

और उसने स्टेशन पर ही रात गुजारी थी। सुबह पाँच बजे की गाड़ी पकड़कर घर लौट आए थे। तब से भाई का कोई रिश्ता नहीं रहा था।

उसी दिन शाम को विदाई हुई थी। बापू का जैसे कलेजा फट रहा था। हाथ जोड़कर खड़े थे, 'नादान छोरी है। बिना माँ की बच्ची है। अब थारे घर की इज्जत है। प्यार से देखना जी। गलती हो तो माफ कर देना। जो कोई काम न आवै तो दुबारा बता देना।' बापू गिड़गिड़ा रहे थे। इतना असहाय बापू को उसने कभी नहीं देखा था। बापू के गले लगकर वह हिलक-हिलक कर रोई थी। जरीना आपा और उर्मिला दोनों खड़ी थीं, 'पागल न बन। अपने घर जा रही है। फिर चार-छः दिनों में आ जावेगी तू। कॉलेज की पढ़ाई भी पूरी करनी है। चल आँसू पोंछ।'

डॉक्टर के साथ वह कार में पिछली सीट पर बैठी थी। टुकुर-टुकुर काँच के बाहर झाँकती रही थी। 'चलो वीर सिंह-ऽ गाड़ी आगे बढ़ाओ। लगता है आँधी आने वाली है। यहाँ से निकल लें इससे पहले तो अच्छा है। आँधी में फँस गए तो बड़ी मुश्किल हो जाएगी।' डॉक्टर की बहिन ने कहा था।

गाड़ी चली थी। उसने देखा धूल का गुबार-सा उठा था, सब धुँधला गया था। बापू का चेहरा नहीं दीख रहा था। उर्मिला बुआ, जरीना आपा, ताई और पड़ोस की बुधिया, बन्तो, छमिया, वीरो सभी के चेहरे छिप गए थे। बालू के ढूह उड़ रहे थे। गाड़ी आगे जा रही थी और उसका सब पीछे छूट रहा था।

क्यों डॉ. शाह, बेटों को इसलिए बुलाया था कि आपका पक्ष मजबूत हो। हुआ, आपका पक्ष ही मजबूत हुआ। लेकिन उनके बिना भी आपका ही पक्ष मजबूत था। क्योंकि न्यायशास्त्र और न्यायाधीशों की सामंती सोच आपके ही पक्ष में है। फिर भी आपने इन्हें यहाँ इसलिए बुलाया कि सबके सामने आप मेरी मिट्टी पलीद करें। मेरे वजूद की धज्जियाँ उड़ाएँ। दिन-रात आप बच्चों के साथ कान्फ्रेस करते हो, उन्हें विश्वास दिलाते हो कि मैं दुनिया की सबसे बुरी औरत हूँ।

सुबह अजय आया था—'मैं आपकी शक्ल नहीं देखना चाहता मम्मा। आप जो कर रही हैं उसे देखते हुए तो मुझे आपको मम्मा कहने में भी शर्म आती है।' दरवाजा धकेलकर पैर पटकता हुआ चला गया था।

मेरी आत्मा की परछाईं-सा अभय भी आया था—'प्लीज़ मम्मा, पापा की बात मान जाओ। मुझे आपसे ऐसी उम्मीद नहीं थी। क्या हो गया आपको? क्यों नहीं समझतीं आप!' वह बिलबिला रहा था।

आज मीनू भी पहुँच ही जाएगी। वह क्या कहेगी, वह नहीं जानती।

अगर ये फुसफुसाहटें, इशारे और हँसी सही है तो जानती हो तुमने क्या किया है? उसकी और अजय की उम्र में कोई फर्क नहीं है।

वह कहना चाहती थी, 'मेरी और अजय की उम्र में भी उतना ही फर्क है जितना आपकी और मेरी उम्र में।'

नहीं! उसने अपनी आवाज़ को भरसक जोरदार बनाते हुए कहा था—'यह सच नहीं है।' उसने गीता पर हाथ रखकर कसम खाई थी कि 'जो कहूँगी सच कहूँगी, सच के सिवा कुछ नहीं कहूँगी।'

लेकिन आज असत् नहीं होगा तो सत भी नहीं होगा क्योंकि उसे आयुष की रक्षा करनी थी। जैसा भी हो।

कहते हैं दुर्योधन घबराया हुआ था। भीम ने प्रण किया था कि वह दुर्योधन को कल के युद्ध में मारेगा। भीष्म पितामह ने कहा था—'सुबह ब्रह्ममुहूर्त में जब मैं ध्यान में होऊँ, तुम अपनी पत्नी को भेज देना, उसे मैं अखण्ड सुहागिन रहने का आशीर्वाद दूँगा।'

कृष्ण को इसका पता चल गया। कृष्ण से यूँ भी कोई बात कैसे छिपी रह सकती थी। कृष्ण द्रौपदी को समय से पहले ही लेकर वहाँ आ गए। द्रौपदी के पैरों में पहनी चप्पलों को अपने हाथों में उठा लिया ताकि उन पर लगे हीरों की आभा से सन्देह न हो। द्रौपदी को ध्यान में बैठे भीष्म पितामह ने अखण्ड सुहागिन का आशीर्वाद दिया। द्रौपदी ने कहा—'पितामह, कर्ण ने तो कल अर्जुन को मारने का प्रण किया है। मैं अखण्ड सुहागिन कैसे रहूँगी।' भीष्म पितामह द्रौपदी की आवाज़ से चौंके। पूछा, 'क्या कृष्ण तुम्हें लेकर आए हैं?'

वह कृष्ण की चाल को समझ गए पर आशीर्वाद तो वे दे ही चुके थे। सत्य और असत्य की ये संकल्पनाएँ भी तो हमारा मार्गदर्शन करती ही हैं। डॉक्टर, हम पत्थर से ही तो ठोकर खाते हैं, पहाड़ से तो नहीं। फिर मेरे लिए यह ठोकर भी कहाँ थी। एक झझकोर थी जिसने मेरा सारा मेटॉबोल्ज़िम ही बदल दिया। मेरे अस्तित्व को झकझोर दिया।

वे कहते हैं—'कितनी बेशरम औरत है। अपने किए पर इसे कोई पश्चात्ताप नहीं। कितनी बेहया है। तर्क पर तर्क दिए जा रही है।'

औरतें ही तो बेशरम होती हैं। आदमी तो कभी बेशरम नहीं होते। चाहे पब्लिक में पेंट की जिप खोलकर मूतें, चाहे रास्ते चलती लड़कियों से बलात्कार करें, या शराब पीकर घर आकर पत्नी और बच्चों को मारें और फिर ऐसा कुछ भी करें। वे मर्द होते हैं बेशरम नहीं।

हर घटना का कोई न कोई गवाह तो होता ही है। यहाँ तक कि हत्या जो इतने चौकन्ने और फुलप्रूफ तरीके से की जाती है उसका भी गवाह कहीं न कहीं से आ ही जाता है। जो अपने सच से सारे भ्रम तोड़ देता है।

मैं कह चुकी हूँ कि 'मैं ही गवाही दूँगी अपने केस में। मैं कब-कब और कहाँ-कहाँ उससे मिलती थी। हाँ, हमारे बीच शारीरिक सम्बन्ध था। शरीर के बिना भी क्या कोई सम्बन्ध होता है? ज्ञान, ध्यान, कर्म, अध्यात्म, सुख-दुःख, योग विद्या, ज्ञान-विज्ञान सब शरीर से ही तो सधते हैं। संवाद का सबसे प्रभावशाली माध्यम भी तो शरीर ही है। किसी के हाथों का स्पर्श जख्मों पर मरहम की तरह लग जाता है। जीवन में प्रेरणा बनता है, शक्ति देता है और विषमताओं में 'सम' बनाए रखता है। खून के रिश्ते समाज द्वारा स्वीकृत होते हैं। सीधे, सरल और प्रत्यक्ष होते हैं। पर कुछ रिश्ते अपरिभाषित होते हैं। स्कॉटलैंड की रानी मैरी की आत्मकथा का वृत्तान्त इन्हीं रिश्तों की त्रासद कहानी है। रानी मैरी को रानी एलिज़ाबेथ ने मृत्युदण्ड दिया क्योंकि उसने राजवंश के नियमों को तोड़ा। यह परम्परा आज भी ज्यों-की-त्यों है। डायना की मृत्यु इसका प्रमाण है। ये रिश्ते दो व्यक्तियों के बीच उम्र, वर्ग, धर्म, जाति, स्थान, सम्प्रदाय, समाज, राज्य इत्यादि की सीमाओं से परे होते हैं। क्योंकि ये रिश्ते किन्हीं नियमों से चालित नहीं होते, प्रकृति-प्रदत्त होते हैं इसलिए ये कई सुन्दर आयामों में प्रस्फुटित होते हैं। लेकिन समाज और लोग इन्हें अपने पूर्वाग्रहों, शिक्षा और संस्कार की सीमा में और उदारता के अभाव में स्वीकार नहीं करते। इसलिए ऐसे सम्बन्धों में तनाव, दबाव, हताशा और जोखिम भी रहता है। फिर भी हर युग में, हर समाज में ऐसे सम्बन्ध बनते आए हैं। इनका परिणाम चाहे जो भी हुआ हो।'

आयुष से उसका सम्बन्ध क्या सिर्फ शरीर से था? यह शरीर जिसकी कितनी ही परतें हैं, भाग-अनुभाग हैं अथवा विविध कोश हैं। भौतिक शरीर सक्रिय था। ज़रूर सक्रिय था परन्तु उसके साथ था उसका मानसिक शरीर। इतना ही नहीं, उसका सूक्ष्म शरीर और उसकी चेतना भी सक्रिय थी। हाड़-माँस का यह शरीर तो मात्र सेतु था जिसने हमारे स्थूल शरीरों और चेतना को जोड़ा था। उस क्षण चेतना, अपरिमित उर्जस्विता से जुड़कर शक्ति धारण कर गई थी। इसलिए भौतिक शरीर के सहयोग से वांछित, पर दमित इच्छाओं की पूर्ति हुई। सहस्राब्दियों की प्यास का शमन हुआ।

हम साधारण, सांसारिक जीव हैं इसलिए भौतिक देह को ही देह का एकमात्र रूप या सत्य मानते हैं। इस भौतिक शरीर में पाँच भौतिक हैं अर्थात् प्रकृति के पाँच तत्वों से निर्मित। इस पार्थिव देह का उपादान पृथ्वी है। अन्य तत्व वहाँ निमित्त ही होते हैं। स्थूल देह के अतिरिक्त सूक्ष्म देह भी होती है जो प्रकृत्ति के सूक्ष्म उपादानों से रचित होती है। इससे भी परे है—कारणदेह जो स्थूल और सूक्ष्म से भी परे है। अन्नमय कोष जहाँ स्थूल शरीर है, वहीं प्राणमय मनोमय और विज्ञानमय कोष सूक्ष्म शरीर है और आनन्दमय कोष कारण शरीर है। यह निर्मल और प्राकृत देह है। इसके आगे भी एक प्रकार से अन्तिम अवस्था में जो स्थिति होती है, वह देह भाव का परम उत्कर्ष है। यहाँ देह और देहातीत एक साथ घटित होते हैं। चित् और अचित् का भेद नहीं रहता। दोनों एकाकार हो जाते हैं। अरविन्द इसे इण्टरगेटिड बॉडी अर्थात्

'समाकालित शरीर' कहते हैं। जहाँ स्थूल और सूक्ष्म का साथ होता है। स्थूल देह ही सूक्ष्म देह धर्म को धारण कर लेती है। आयुष से भाव देह से भी जुड़ी हूँ। भावदेह जो इनसे भी पृथक है। स्वभाव में प्रतिष्ठित। माया से निवृत्त। भावदेह भावजगत के अनुसार गतिमान होती है। आत्मा का अहम् एक ही समय कम या अधिक दोनों देहों में रहता है। भावदेह की विकास धारा स्वतन्त्र है। भावप्रेम की अपरिणित अवस्था है। भाव ही परिपक्व होकर प्रेम में परिणत होता है। प्रेम की प्रगाढ़ता में देहों के बीच कोई व्यवधान नहीं रहता। भावदेह, प्रेमदेह और सदेह इनके क्रमों के अनेक चरण और ज्ञान-रहस्य होते हुए भी सांसारिक प्रेम के सत्य की परिणति के उत्कर्ष में ये एक हो जाते हैं। अन्तिम अवस्था में देहभाव का परम उत्कर्ष होता है। इस अवस्था में देह ही देहातीत हो जाती है। आयुष के और मेरे बीच भी यही हुआ। पर आपको कैसे समझाऊँ। समझाने से भी क्या आप समझेंगे?

जो भी लक्ष्य हो उसके लिए जीवन का जिया जाना है। जीने के लिए शरीर माध्यम होता है। शरीर जो भौतिक है, तात्विक है, भंगुर और अस्थिर है। इस शरीर की कुछ शर्तें हैं। जो अपने होने के साथ मन और मस्तिष्क को भी अपने में समेटती है। मन और मस्तिष्क तक जाते इसके संवेदन उन्हें भी एक स्वतन्त्रता और स्वायत्तता देते हैं क्योंकि औरत का शरीर गुलाम है, गिरवी है इसलिए उसका मन और मस्तिष्क भी गुलाम और गिरवी है। यूँ औरत बड़ी दुर्बल प्रकृति की होती है। ज़रा सी हमदर्दी मिलते ही पानी में रखी नमक की पुड़िया सी घुल जाती है।

'हाँ, स्वीकार करती हूँ। मैं कन्फैस करती हूँ—मेरे पेट में जो बच्चा है वह तुम्हारा नहीं है। मैं शपथ लेकर कहती हूँ। गीता पर हाथ रखकर कहती हूँ, जो कहूँगी सच कहूँगी, सच के सिवा कुछ नहीं कहूँगी।'

राजस्थान के जैसलमेर जिले का भवाई नृत्य जानते हैं आप! कभी देखा है क्या? औरत सिर पर सात से दस घड़े रखकर नृत्य करती है। काँच के गिलास पर खड़ी होती है। परात के किनारों पर खड़े होकर नाचती है। तलवारों पर खड़े होकर नृत्य करती है। ज़मीन पर रखे नोट को मुँह से उठाती है। लेकिन सिर पर रखे घड़ों का सन्तुलन नहीं बिगड़ता। पुरुष खड़ताल, कामयथा, हारमोनियम और टिकटिकी बजाते और गाते हैं स्त्री नृत्य करती हैं। भवाइयों का यह घड़ा नाच, बोतल नाच, और तलवार नाच, इसमें औरत की फुर्ती, कौशल और सन्तुलन। यही यहाँ की औरत की जिन्दगी का असली रूपक है। या फिर नटी को देखा है रस्सी पर सन्तुलन साधकर चलते हुए। यही सच्चा रूपक है—औरत के जीवन का। सभी कठिनाइयों में, विपरीत परिस्थितियों में सन्तुलन साधे रहना और कर्मरत रहना। लेकिन नहीं भी सधता सन्तुलन तो क्या होता है। नटी के पैर लड़खड़ाते हैं। वह नीचे गिर जाती है। सारे वाद्य रुक

जाते हैं। घड़े ज़मीन पर गिरकर फूट जाते हैं और उसके पैर काँच से या तलवार की धार से लहुलुहान हो जाते हैं। इससे किसी को हमदर्दी नहीं होती। उसे धिक्कारा जाता है—क्यों उसने सारा खेल बिगाड़ दिया। अगले दिन से वह फिर लग जाती है पहले से भी ज्यादा निष्ठा से और श्रम से।

याद आया था सिद्ध का चमत्कारी अग्नि नृत्य। रोंगटे खड़े कर देने वाला आग की होली जलाकर ढोल बजाते, गीत गाते, और उत्तेजित होकर जलती आग में कूद जाते और नृत्य करते। हाथ से अँगारे उठा लेते। पर उनके हाथों में या पैरों में जलने के निशान नहीं होते थे।

उसने भी अग्नि में कूदकर जीवन की ताल पर नृत्य करना चाहा था। पर वह सिद्ध नहीं थी। हाथ-पैर, शरीर सब जल गया है। फफोलों से भर गया है। भयंकर पीड़ा से ग्रस्त है। पर उसे अपने को साधना होगा ताकि इस अग्निनृत्य में वह सफल हो सके।

उसने अपने इर्द-गिर्द देखा था वे सब बैठे थे। उनके चेहरे देखकर लग रहा था कि वे सब उससे कोसों दूर चले गए थे। उसकी दुनिया अब उनकी दुनिया नहीं थी। लेकिन यह दुनिया तो बसाई उसने ही थी न। उसके जीवन का केन्द्रबिन्दु घर ही था। उसका सत्य यहीं उद्भासित हुआ। उसकी औरत का जीवन अर्थवान हुआ। जब घर का दिग्मण्डल उसके मातृत्व से मुखरित हुआ और अन्तरिक्ष प्रणवनाद से पूरित हुआ। जब मातृत्व की अमृतमयी धारा में उसने अवगाहन किया। परन्तु मातृत्व सुख से क्या किसी निजी, नितान्त निजी सुख की कल्पना भी पूरी हो सकती है?

ये उसके पति इतने अनासक्त कैसे हो सकते हैं। कुछ देर तक सोचती रही थी। इस व्यक्ति के साथ उसका तीस साल का सफर रहा है। वह शुरू से ही ऐसा था बर्फ जैसा ठण्डा और पथरीला। डण्डे की तरह सीधा और संकरा। मैंने देखा था इन चार महीनों में उसके चेहरे की झुर्रियाँ उभर आई थीं। उसके बाल भी पहले से ज्यादा सफेद हो गए थे। उसको ऐसे देखकर उसका दिल दुःखा था। भीतर एक हूक सी उठी थी। डॉक्टर आपसे मुझे कोई शिकायत नहीं है। जानबूझ कर आपने कभी मेरा बुरा नहीं किया, मेरा दिल नहीं दुःखाया। आपके भीतर एक अच्छा इन्सान तो था पर आपका मध्ययुगीन, तानाशाह और सामन्ती पुरुष उस पर हावी हो जाता। मुझे आपसे कोई शिकायत नहीं। आपके पुरुष ने जो अन्याय किया उसका प्रतिकार कर रही हूँ। समस्या यह थी कि आप और मैं अलग फ्रीक्वेंसी पर थे। आपका प्रोफेशन आपका आब्सैशन था। आपको बड़ा होने का शौक था। इसलिए आपने बड़ा घर बनवाया, अपना एक हस्पताल बनाया। पर यह प्रोफेशन आपके लिए मिशन नहीं था, नहीं तो हजारों लाचार, गरीबों, बीमारों के लिए भी तो आप कुछ करते। आपकी

ज़रूरतें भौतिक अधिक थीं और मेरी भावात्मक। यूँ आपने मुझे सारे सुख और सुविधाएँ दीं। मेरे आराम का ख्याल रखा। लेकिन सच यह भी है कि ये सारी सुविधाएँ आपके लिए थीं और आपकी पत्नी होने के नाते ही उन पर मेरा अधिकार था। मैं उनका उपयोग करती थी। आपका बड़ा मकान, नौकर-चाकर, काम करने वालों की भीड़। अच्छा खाना और अच्छा कपड़ा। आपकी पत्नी होने के नाते मैं उनका उपयोग कर सकती थी। जब मैं आपकी पत्नी नहीं रहूँगी तो वे सारी सुख-सुविधाएँ भी मेरी नहीं होंगी। इसलिए अमीर पतियों से अलग होकर पत्नियाँ दरिद्र हो जाती हैं। बेबसी और लाचारी का जीवन जीती हैं। उसे याद आई थी जरीना 'सिफर' की।

करीम आर्ट गैलरी में अचानक वह मिल गई थी। हरदोई ने उसका परिचय दिया था—जरीना 'सिफर'। इस समय की यह एक बड़ी चित्रकार है। राष्ट्रीय-अन्तर्राष्ट्रीय ख्यातिप्राप्त। यहाँ इन्हीं के चित्रों की प्रदर्शनी है। ये शृंखला 'सिफर' बीस है—'विस्थापित' थीम से।

जरीना, यह कृष्णा हैं। राजस्थानी शैली की अनोखी चित्रकार हैं। परम्परा और प्रयोग का मिक्स इनकी कला की विशेषता है।

जरीना-जरीना उसके भीतर अतीत में सफे पलटे जा रहे थे। करीम और जरीना। अचानक अतीत की स्मृति के एक तेज झोंके से पन्ने उड़ने लगे थे। शायद जरीना भी उसी मनःस्थिति में थी। अचानक दोनों आवेग से आगे बढ़कर एक-दूसरे से लिपट गई थीं। कृष्णा-ऽ उर्मिला आप्पा, तुम्हारी बुआ!

हाँ...। और आप जरीना मेरी बड़ी दीदी। करीम की अम्मी।

उसकी दोस्ती जरीना से ज्यादा करीम से थी। बुआ और जरीना हमउम्र थीं। दोनों जब आपस में एक-दूसरे के साथ बातों में अपने दुख-दर्द में खो जातीं तो वह करीम के साथ बाहर निकल जाती थी खेतों में। या बाड़े के बाहर पेड़ पर चढ़ जाती थी करीम के साथ, पक्षियों के घोंसलों में अण्डे देखने के लिए। या बावड़ी पर पहुँच जाते थे। वहाँ हरदम ठण्डक रहती थी। उसके चारों तरफ हरे वृक्ष थे। गदबदाए वृक्ष हरे पत्तों को लपेटे। बावड़ी का ही हिस्सा होते। पानी और हरियाली के पास कई सारे पक्षी पेड़ों पर और नीचे ठुनकते नीचे-नीचे उड़ते रहते।

खासतौर से मोर थे जिनके पंख लेने के लिए करीम उनके पीछे भागा करता था। कई बार मोर पंख छोड़ भी देते थे। उन पंखों को वह अपनी कापियों और कायदों में रख लेता था।

कभी वे दोनों बावड़ी की सीढ़ियों से नीचे उतर जाते। खूब नीचे, पानी की सतह तक जाती सीढ़ियों से उतरते हुए लगता ये सीढ़ियाँ पाताल लोक में ही जाएँगी। फिर थक जाते तो वहीं दोनों तरफ बने अन्तकक्षों में बैठ जाते। बाहर कितनी भी लाय हो, धूल आँधी उड़ती हो, वहाँ ठण्डक ही रहती। कक्ष की दीवारों पर बनी खूबसूरत कलाकृतियों को देखते और अचरज से भर जाते। किसने बनाई होंगी इतनी सुन्दर कलाकृतियाँ। फिर वह करीम को बताती थी। ताई की जुबानी सुनी कहानी, यहाँ का राजा और सामन्त गर्मियों में यहाँ आकर इन कक्षों में विश्राम करते थे। कभी-कभी तो राजा अपने दुश्मनों से बचने के लिए भी यहाँ आकर छिप जाया करता था। बावड़ी की मुखाकृति बाहर से बहुकोणीय थी और अन्दर से भूलभुलैया में डालते ऊँचे खम्भे और बरामदे थे। सीढ़ियाँ चढ़कर ऊपर ड्योढ़ी थी। बाहर पानी कितना भी दुर्लभ हो लेकिन बावड़ी हमेशा जल-पूर्ति का साधन बनी रहती थी। यह बावड़ी खूब गहरी थी और इसका पानी भी साफ-सुथरा था।

ताई ने रानी रूपैल की कहानी सुनाई थी। उस पर विपदा पड़ी, उसका धनी राजा मारा गया। राजपाट छिन गया तो अपनी मान-मर्यादा की रक्षा के लिए एकान्तवास में यहीं आकर रही थी। रानी के रूप की चर्चा थी। कोई उसका भेद न पा सका था। पर आखिर में उसका क्या हुआ, यह ताई भी नहीं जानती थी। बहुत पूछने पर भी नहीं बता सकती थी। वह यहाँ आती थी तो उसे लगता था अभी-अभी रानी रूपैल उसके सामने आ जाएगी। या राजा और उसके सामन्त प्रकट हो जाएँगे। कितनी तरह की आवाज़ें वे उस एकान्त में सुनते थे। बीता समय अब भी दस्तक देता लगता था। कभी-कभी उस सन्नाटे से हम घबरा जाते। मैं और करीम डरकर चुपा जाते तो हम बाहर आते और हमें ढूँढ़ती ताई सामने खड़ी होती।

ताई डाँटती-गलियाती हमारे पीछे आती तो हम अन्दर आ जाते। कोई दूसरी खुराफात के लिए। मटकियों में रखा गुड़ और भुना बाजरा खाने के लिए या लाल मिर्च का अचार बाजरे की रोटी के साथ। करीम को हमारे घर की दाल-बाटी पसन्द थी। क्योंकि वह चूल्हे-चौके तक नहीं आ सकता था इसलिए वह अन्दर कोठरी में ही ले आती थी। एक ही थाली में हमें साथ खाते देख ताई चीखती थी पर बापू चुपा देते थे, 'बच्चे हैं, भगवान कौ रूप छै।'

'कृशि! करीम। करीम से मिलो।'

वह एक पल के लिए हकबकाई थी। लम्बा, ऊँचा नौजवान, अजय जैसा ही

लग रहा था। 'सलाम कृशि खाला।' उसने हाथ माथे को छुआकर कहा था फिर उसके पैर छूने के लिए नीचे झुका था। 'जीते रहो। खुश रहो।' वह हँसा था–'कृशि खाला, इतनी बुज़ुर्ग मत बनिए। आप हमारी खाला ज़रूर हैं पर दोस्त हैं। याद है न आपको?' जरीना हँसी थी। 'बहुत शरीर है यह। आपके जाने के बाद भी आपको बहुत याद करता था।'

'अरे, आप एक-दूसरे को जानती हैं?' हरदोई अचम्भित था, पर खुश था।

आइए, ये सारी इनकी पेंटिंग्स हैं। उसने देखा–सभी चित्र औरतों के थे। घरों से हड़काई, धकेली जाती, बेदखल होती, डरी हुई औरतें, भीख माँगती, गर्भवती औरतें, चौराहों पर, भीड़ में, स्टेशन-बस स्टॉप पर, टूटे, ढहे घरों में अकेली या बच्चों के साथ औरतें थीं।

हरदोई बता रहा था–'इनके चित्रों में लक्ष्य प्रधान होता है। कोई रहस्य नहीं है। एक ही थीम पर शृंखला में चित्र बनाना इनकी विशिष्टता है। एक थीम या विचार के धागे से बँधे चित्र माला में मोती की तरह होते हैं। एक विचार को अलग-अलग कोणों से देखकर विविध आयाम उद्घाटित होते हैं। इनकी दूसरी विशेषता रंगों के प्रयोग में है। रंगों के अलग-अलग शेड्स से ये चेहरों के भाव बदल लेती हैं।' औरतों के चेहरे हताश थे, उनकी वेशभूषा अस्तव्यस्त थी। उनकी आँखों में अवशता थी। ऐसा लगता था कि ये सभी औरतें जीती-जागती औरतें हैं जो यहाँ एकत्रित हैं। ज़रा सा छेड़ा नहीं कि ये रो देंगी। हर औरत अपने दुख की कहानी सुनाएगी और हर कहानी गुँथकर एक ही लम्बी कहानी बन जाएगी। उस कहानी में उर्मिला की, बुद्धना की, जरीना आपा की और उसकी सभी की कहानियाँ होंगी।

वह बता रहा था, 'इनका एक सामाजिक परिवेश है।' कई पेंटिंग्स के नीचे कविता की पंक्तियाँ थीं। बाढ़, भूकम्प, सूखे, दंगे, युद्ध के बिना भी औरतें विस्थापित होती हैं। इन विस्थापित औरतों के लिए रिलीफ कैम्प नहीं लगते, राशन की, दवाइयों की, ज़रूरी चीज़ों की राहत इन्हें नहीं पहुँचाई जाती। इसलिए इन्हें मजबूरन कुछ भी करना पड़ता है। भीख माँगने से लेकर वेश्या बनने तक। औरतों के चेहरों पर व्यवस्था की, कानून की, न्याय और समाज की दहशत थी। रंग कहीं चटख और तीखे थे पर अधिकतर धीमे और फीके से ही थे।

उसने जरीना 'सिफर' का प्रोफाइल और बरॉशर देखा था। उसका परिचय पढ़कर उसे खुशी तो हुई थी पर हैरानी भी। जरीना की देश-विदेश में सैकड़ों प्रदर्शनियाँ लग चुकी थीं। उसकी पेंटिंग्स स्त्री चित्रकारों में सबसे अधिक बिकने वाली पेंटिंग्स थी। उसने देखा था पेंटिंग्स बिकती भी थी और महँगी भी थी।

लेकिन यह हर शृंखला के सामने और तुम्हारे नाम के सामने 'सिफर' क्या है? उसने पूछा था।

सिफर यानी शून्य। कृशि मैंने अपना जीवन और पेंटिंग्स की यह यात्रा सिफर से ही शुरू की थी। तुम्हें याद है न कृशि।

शेखों की हवेली थी। जरीना बुआ के पास आ जाती थी—करीम का हाथ थामे। उसकी खाला थी वहाँ। वह उसी के पास आई थी। बार्डर पार कहीं उसका शहर था। करीम तब पाँच साल का था। घर से बाहर निकलने का बहाना भी करीम ही था। बिरादरी को जरीना का हमारे यहाँ आना पसन्द नहीं था। 'मलेच्छ घर में कैसे घुस आए।' ताई भी उसे जब-तब गरियाती—'चौके-चूल्हे पर न आने देना।' पर बुआ और बापू दोनों जरीना को पसन्द करते थे। बुआ को ताई की खरी-खोटी सुननी पड़ती थी। पर वह चुप रह जाती। जरीना आती तो उसे प्रेमभाव से भेंटती। करीम को दुलराती और उसे अपनी बनाई छोटी-छोटी चीज़ें भेंट में देती। कभी कोई बटुआ, रूमाल, टोपी या बस्ता।

जरीना और बुआ दोनों अकेली थीं। आपस में अपना-अपना दुःख कह-सुन लेती थीं। जरीना ने बताया था, 'उसका अब्बू एक बड़ा जमीदार था। उसका निकाह भी एक बंड़े घर में बहुत बड़े अफसर के साथ हुआ था। पर निकाह के दो साल बाद ही वह एक औरत ले आया था जो घर में उसके साथ रहने लगी थी। जरीना ने पूछा तो उसने कहा था—'निकाह करके लाया हूँ। मेरी बीवी है यह।'

'और मैं कौन हूँ—मवेशी। तुम्हारे घर के पिछवाड़े में बँधी।' जरीना ने कहा कुछ नहीं था। खून के घूँट के साथ अपने शब्दों को पी लिया था। जब से वह औरत आई थी, जरीना को करीम के साथ हवेली के पिछवाड़े में भेज दिया गया था। सुबह उसे स्टोर से गहने-कपड़े मिलते। जहाँ भी जाती, घर के बाहर रिश्तेदारी और बिरादरी में। सभी औरतें उसके गहने-कपड़ों की प्रशंसा करतीं। हाथ से छू-छूकर देखतीं और उसके भाग्य पर ईर्ष्या करतीं। अपने भीतर के ज्वारभाटे को थामे वह सब सुनती और चुप रहती। कभी-कभार मुस्करा देती थी। इन्हीं दिनों उसकी मुलाकात एक शिक्षित पर मध्यवर्गीय एक साधारण औरत मेहरूनिसा से हुई थी। जल्दी ही उन दोनों में दोस्ती हो गई थी। वह अक्सर समय गुजारने के लिए दिन में उसके पास चली जाती। एक दिन मेहरूनिसा भी उसके साथ उसकी हवेली में आई थी। इतनी बड़ी आलीशान हवेली देखकर थोड़ी हैरान हुई थी। वह उसे पीछे पिछवाड़े के हिस्से में ले गई थी और वहाँ बैठी थी। अगले हिस्से को देखकर वह रुकी थी। 'जरीना आप पीछे के हिस्से में क्यों रहती हैं? आगे का हिस्सा तो बहुत आलीशान है?' तब कहीं उसकी चुप्पी टूटी थी। उसने सच बताया था। यह भी कि उसके ये गहने-कपड़े भी उसके नहीं हैं। उसे सुबह पहनने के लिए दिए जाते हैं और शाम को वापिस ले लिए जाते हैं। यहाँ उसकी कोई हैसियत नहीं है। बाहर वह फखरुरूद्दीन की बड़ी बेगम कहलाती है। सभी झुक-झुककर उसे सलाम करते हैं। परन्तु घर के भीतर उसकी हालत यहाँ के नौकर-चाकरों से बेहतर नहीं थी। मेहरू ने पूछा था—'तुम क्यों रहती हो जरीना इस घर में इस आदमी के साथ?'

'पर कहाँ जाऊँ? कैसे जाऊँ? मेहरू मैं ग्रेजुएट हूँ फाइन आर्ट में। मेरे पास करीम और अपने खर्चे का, रहने का कोई जरिया नहीं है। कोई ठिकाना नहीं है। मैंने अपनी अम्मी और अब्बू को इत्तला दी थी। कहा था—मुझे ले जाएँ, पर वे नहीं माने। यही हिदायत दी गई कि जैसे भी हो अपने घर में अपने खाविंद के साथ ही रहो। इसीलिए पड़ी हूँ। क्या कर सकती हूँ।' मेहरूनिसा मेरी बात से आश्वस्त नहीं हुई थी। पर चुप कर गई थी।

करीम बड़ा हो रहा था और जरीना हर दिन छोटी हो रही थी। करीम स्कूल जाने लगा था। एक दिन वह जरीना के सामने आ खड़ा था—

'अम्मा, ये आदमी मेरा और तुम्हारा क्या लगता है?'

जरीना चौंकी थी—'तुम्हारे अब्बा हैं बेटे।'

'और आप मेरी कौन हैं?'

'तुम्हें क्या हो गया है करीम? हम आपकी अम्मी हैं।'

'अगर आप हमारी अम्मी हैं और ये आदमी हमारे अब्बा हैं तो उनके कमरे में यह दूसरी औरत कौन है? हम अब्बा के साथ क्यों नहीं रहते?'

करीम का सवाल दागी गई गोली की तरह था। जो उसके भीतर घुसकर आर-पार हो गई थी। जरीना कई रातों तक सोई नहीं थी। दिनभर व्याकुल रहती। एक दिन वह फखरुद्दीन के सामने खड़ी थी—

'मैं आपसे पूछना चाहती हूँ कि इस घर में और आपकी ज़िन्दगी में मेरी क्या हैसियत है?' 'सिफर-ऽ। जब चाहो यहाँ से दफा हो सकती हो।'

बड़ी हवेली की दीवारें और छतें भरभराकर उस पर गिर पड़ी थीं। उस मलबे से उसने बड़ी मुश्किल से घिसट-घिसटकर अपने को बाहर निकाला था। उसका शरीर जख्मी था; उसकी रूह क्षत-विक्षत थी। करीम का हाथ पकड़कर वह ड्योढ़ी में खड़ी थी—

'मेरा मेहर लौटा दीजिए।'

उसकी आँखों से चिंगारियाँ फूटी थीं—'कोर्ट से मिलेगा मेहर। दफा हो जाओ यहाँ से।'

उसके ताबेदारों ने उसे बाहर धकेलकर हवेली का बुलंद दरवाजा बंद कर लिया था। करीम खौफ खाया था। वह उससे लिपट गया था और जोर-जोर से रोने लगा था। हवेली के बाहर नौकरों की भीड़ के सामने वह उघड़ी अपमान की आग में झुलसी खड़ी थी। वह घर से बाहर थी, यह मन मान ही नहीं रहा था। करीम ने कसकर उसका हाथ पकड़ लिया था।

उसने अब्बू को बार-बार फोन किया था। अम्मी को सारी बात बताई थी। कहा था—'हम दोनों सड़क पर हैं, हमें आकर ले जाओ।'

एक सख्त और निर्णायक आवाज़ थी—'अपने खाविंद से अपनी बद्‌तमीजी की माफी माँगो। वही तुम्हें पनाह देगा।'

उसके बाद जितनी बार फोन करती, फोन काट दिया जाता। बीच में एक बार फोन पर बात हुई थी। उसने अम्मी को रो-रोकर कहा था–'वही आकर उन्हें ले जाए।' अम्मी की सर्द आवाज़ थी–'घर लौट जाओ। औरत को घर की इ़ज़्ज़त के लिए अपनी कुर्बानी भी देनी पड़े तो क्या। इस तरह तुम्हें घर से बाहर नहीं आना चाहिए था। जो तुम्हारे खाविंद ने किया वह कुराने पाक में और इस्लाम के हदूद कानून के मुताबिक गलत नहीं है। औरत को पनाह निकाह के बाद उसका खाविंद ही देता है। कुरान में जो कानून है और अल्लाह ने जो कानून बनाए हैं आदमी को उन्हें बदलने का कोई अधिकार नहीं है।'

औरत का सम्मान और उसकी इ़ज़्ज़त क्या है? इसे कैसे परिभाषित करता है हमारा समाज। लेकिन मैंने कैसे परिभाषित किया इनमें क्या कोई तारतम्य है। एकरूपता है।

'नाचीज़ औरत। तेरी यह हिम्मत।' 'कृशि मेरी आत्मा के भीतर घुस गया था वह अपमान और घृणा। फिर प्रतिशोध की आक्रामकता भी नहीं होती हमें। गीले विस्फोट सा फुस हो जाती हैं हम। तो भी कुचर्चा, हमारे विरोध में दुष्प्रचार, आरोप, प्रतिबन्ध यही सब होता है।

उनके निर्णय के पक्ष में सारा जनमत जुट जाता है, लेकिन हमारे निर्णय एकतरफा और निष्क्रिय हो जाते हैं। हमारे उनके विरुद्ध, जिसे वे इस्लाम और मज़हब का नाम देते हैं, फैसले के लिए वे फतवे जारी करने की ताकत रखते हैं।

इसीलिए हम औरतें बनी बनाई राह पर चलती रहती हैं–आँखें, कान, जुबान बन्द करके। पुरानी लीक पीटना हमारे लिए आसान होता है और हमारी हिफाजत भी उसी में रहती है।'

साँझ उतर आई थी। मन घबरा रहा था। आखिर रेलवे स्टेशन के जनाना वेटिंग रूम में चली गई थी। करीम ने उसके आँसू पोंछे थे–'लाइये अम्मी हमें कुछ पैसे दीजिए। आपके लिए कुछ खाने को लाते हैं।' पर उसके भीतर खौफ था, अगर यहाँ किसी ने करीम को पहचान लिया और उस तक वे पहुँच गए तो? मैंने उठकर बुर्का पहना था। परदे के चलन के पीछे मर्द का शातिर दिमाग रहा होगा। कितने ही षड्यन्त्र इसके पीछे अंजाम दिए जाते रहे हैं। परदा हमारा कफन तो है पर कवच भी है।

तुम यहीं रुको। उसे समझाया था–अब्बू के आदमी तुम्हें पहचान सकते हैं।

रिश्ते में वह उसकी आपा थी। उसका घर शहर की सँकरी गली में था जहाँ दिन-रात लोगों की आवाजाही लगी रहती थी। करीम का हाथ पकड़कर वह वहीं जा रही थी जहाँ वह अपनी बड़ी सी कार में ड्राइवर के साथ जाया करती थी। आपा

उससे जलती थी। वह समझती थी कि गहनों-कपड़ों में लक-दक, वह उसे अपनी शानोशौकत में नीचा दिखाने आती है। दरवाज़े पर डरते-डरते धीमी दस्तक दी थी। अल्लाह से दुआ की थी कि इस वक्त भाई घर पर हों। अल्लाह ने उसकी सुनी थी, दरवाज़ा खोलकर भाई फैज सामने खड़े थे–'अरे आपा आप? ऐसे कैसे बिना इत्तला दिए आ गईं।'

अपनी रोनी सूरत पर हँसी लाते हुए कहा था–'इधर से गुजर रही थी, सोचा आप लोगों से मिल लूँ इसलिए।'

'बहुत अच्छा किया। आइए, आइए। अरे, करीम मियाँ, आप कैसे हैं?'

करीम कुछ समझ नहीं रहा था। चुप था। 'मामूजान को वालेकुम सलाम करो।' उसने सलाम की थी।

फैज ने बढ़कर उसे अपनी बाँहों में उठा लिया था। 'आज छोटे फखरुद्दीन साहब का चेहरा खिल नहीं रहा। देखिए तो आपा बड़ों की तरह सोच में डूबे हैं। जैसे किसी की तकदीर का फैसला लिखने वाले हों।'

उसके चेहरे से बनावटी हँसी और रौनक गायब हो गई थी। अन्दर ले गए थे। खुदा का शुक्र उस समय शकीला घर पर नहीं थी। फैज अफसोस जता रहे थे और खुद पानी और तश्तरी में मिठाई रखकर लाए थे। उसने पानी का गिलास एक साँस में ही पी लिया था परन्तु दिनभर की भूखी होने पर भी एक टुकड़ा भी जुबान पर नहीं रखा गया। करीम ने भी कुछ नहीं खाया। पन्द्रह मिनट पन्द्रह घण्टे में गुजरे थे। अपनी तकलीफ तीन शब्दों में कह दी थी। फैज सोच में पड़ गए थे। फखरुद्दीन के हिसाब से न चलने का मतलब वे जानते थे। फिर उसी शहर में वह कुछ भी कर सकते थे। दूसरी तरफ शकीला का डर था, वह पता नहीं क्या करेगी। बोले थे, 'शकीला को तो तुम जानती हो। मैं अगले ही हफ्ते बाहर जा रहा हूँ।'

पर पहले यह सोचना था कि शकीला को क्या कहा जाए। पर उसे सच बताना ज़रूरी था। अल्लाह का करम, शकीला बी उसे इस हाल में देखकर जैसे खुश हुई थी। उस पर तरस खाकर कहा था। 'एक दो दिन में ठिकाना हो जाएगा तब तक के लिए पनाह ले सकती हो। करीम भी तो साथ है। कहाँ भटकोगी?

अब्बू, अम्मी के पास जाने का मतलब नहीं था। फोन की तरह वह दरवाजा भी उसके मुँह पर बन्द कर सकते थे। अन्त में फैज ने जैसे-तैसे जुगाड़ किया और बार्डर के पास उस छोटे कस्बे में अपनी अकेली, बूढ़ी खाला के पास छोड़ने का फैसला लिया था। उसे एतराज नहीं होना चाहिए। और उसकी सोच सही निकली थी। वह करीम के साथ वहाँ आ गई थी।

किसी पुरानी कहानी की तरह भूलती गई थी अपने अतीत को। पाटी पर लिखी इबारत की तरह अपना अतीत पोंछ दिया था। फिर जब कभी बार्डर के दूसरी तरफ अब्बू-अम्मी, अपनी बहिनों और भाइयों की याद आती थी तो आँखें गीली

हो जाती थीं। गले में जैसे कुछ फँस जाता था। दिन उगता और सूरज के डूबने के साथ मुरझा जाता था। अपनी कल्पनाओं के रंगों से मैं कहीं भी, कुछ भी रच लेती—आसमान, समुद्र, हरियाली, गाँव, कस्बे, उसमें घर और घरों में रहते रिश्ते-नाते। मेरे भीतर कुछ न कुछ उमड़ा करता था। आकाश में उड़ते रेत के बवंडर, बनते-बिगड़ते ढूहों से लेकर बिन देखे ही हिमालय की चोटियों पर जमीन, बर्फ से झाँकते सूरज के अगणित रंगों और उनकी चकाचौंध कर देने वाली रोशनी को।

हम औरतों को अरबी में कुरान पढ़ाया जाता था। उसका समझना सम्भव नहीं था। अगर हम औरतें उसका अनुवाद पढ़ सकतीं तो शायद स्थिति यह न होती। हमें पता चलता कि असली मज़हब क्या है।

अम्मी के जवाब की गूँज जब तक कानों में गूँजती और मन गुस्से से भर जाता। एक दिन कसम खाई थी कि अगर मैं बच गई तो मेरी जिन्दगी नरक नहीं होगी जिसमें तुम मुझे जीते जी मारना चाहती थीं। फिर मैंने चित्र बनाने शुरू कर दिए थे।

यहाँ उसकी खाला थी। अकेली विधवा थी। उसके बच्चे बाहर विदेश में रह गए थे। उसको उसका आना बुरा नहीं लगा था। उस बड़ी सूनी हवेली में करीम के बचपने से रौनक लौट आई थी। बुढ़ापे में खाला को लगा था कि जरीना के रूप में उसको एक खिदमतगार मिल गई थी। जरीना को पनाह मिल गई थी और उसकी जरूरतें खाला पूरी कर देती थी। उसकी रुकी जिन्दगी ने फिर से धीमी रफ्तार पकड़ ली थी। सुना था मेरे भाइयों को जब फखरुद्दीन ने मेरे धर से चले जाना बताया तो वे बहुत नाराज हुए। उन्होंने मुझे कई जगह ढूँढ़ा। वे मुझे खत्म कर देना चाहते थे। हमारे समाज में ये कोई खास बात नहीं है। अक्सर ऐसा होता है। परिवार की इज़्ज़त के नाम पर औरतों को जान से मारने की अलिखित इजाज़त समाज देता है। घरों में भी औरतों पर बर्बर तरीके से हमले किए जाते हैं। पाकिस्तान में इसे कारोकारी या ऑनर किलिंग कहते हैं। ये वाकेआत आज भी होते हैं। घर की बहू-बेटियों से निजात पाने के लिए यह सबसे आसान तरीका है। निजात पाने की वजह जायदाद हथियाना, दुश्मनी निकालना या कोई दूसरी वजहात भी हो सकती है। जिस बेटी या बहू से निजात पानी हो उस पर इल्जाम लगाइए कि उसके किसी से नाजायज़ ताल्लुकात थे। बाप या भाई की गैरत इसे कैसे गवारा करती? उसका सिर कलम करके उसे दफना दीजिए। किसी को खबर नहीं होगी। खबर होगी भी तो पुलिस थाने में यही कहिए। पुलिस मुकदमा दर्ज नहीं करेगी। साथ में खुश भी होगी कि चलो इस बहाने ऊपर की कुछ आमदनी होगी। कराची से पाँच सौ किलोमीटर पर ताल्लुका हेडक्वार्टर ढरकी से सत्तर किलोमीटर दूर बरूथा में चार ऐसे कब्रिस्तान हैं जहाँ दो सौ से भी ज़्यादा औरतें दफन हैं। यहाँ लोग औरत का कत्ल करके लाते हैं और दफन कर देते हैं। इन कब्रिस्तानों में कँटीली झाड़ियाँ और जंगली घास और

पेड़ हैं। आस-पास के कई गाँववाले घर खाली करके चले गए हैं। वे कहते हैं कि रात में उन्हें कत्ल की गई औरतों की चीखें सुनाई देती हैं। उनकी भटकती हुई रूहें नज़र आती हैं।

घर की औरतें और दूसरे लोग सब जानते हैं पर कुछ नहीं कर सकते। रो-धोकर चार-छह दिन में सब भूल जाते हैं।

इस्लाम का कानून सबसे ज्यादा कहर औरतों पर बरपा करता है। हमें इन्सान न समझकर हमारे संवैधानिक हकों को कुचलकर हमें बाड़े के मवेशी बना दिया जाता है। हमारे यहाँ तलाक माँगने वाली औरतों को भी सजा सुनाई जा सकती है। इसी डर से मैंने तलाक माँगने का ख्याल भी छोड़ दिया था।'

जरीना के चेहरे पर संजीदगी थी। गैलरी के कोने में हम बैठ गए थे। करीम ने चाय मँगवाई थी। जरीना बता रही थी–'करीम ने आर्किटेक्चर का कोर्स किया है। स्काटीश आर्किटेक्चर इसकी विशेषज्ञता है। पर यह इसका प्रयोग भारतीय पृष्ठभूमि की अनुरूपता में भारतीय आर्किटेक्चर के साथ मिलाकर करता है।

इसीलिए कुछ नया बन जाता है। यह गैलरी भी करीम ने ही डिजाइन की थी। वैसे यह गैलरी करीम की ही है।'

'नहीं अम्मी। यह आपकी है। और अब कृशि खाला की भी। आपकी अगली प्रदर्शनी यहीं पर लगेगी। कोई एतराज?' वह हँस रहा था।

एतराज नहीं। मुझे तो खुशी होगी।

सारा परिदृश्य बदल गया था। वह घर लौट रही थी तो जरीना 'सिफर' के बारे में ही सोच रही थी। पूछा था उसने–'कैसे कर पाई यह सब अकेले आप?

'अकेले नहीं कृशि। करीम था मेरे साथ, और था मेरा खुदा, साथ में मेरी जद्दोजहद। तुम्हारी बुआ को चित्र बनाते देखकर लगा था कि मैं भी फिर से शुरू कर सकती हूँ। मैंने बी.ए. आर्ट में ही किया था। निकाह से पहले भी मैं पेंटिंग्स बनाया करती थी। शौकिया बनाती और किसी न किसी को भेंट में दे देती या हवेली में फ्रेम करवाकर लगा देती थी। अब्बू की हवेली की दीवारों पर मेरी ही पेंटिंग्स लगी थीं। फिर शादी के बाद सब छूट गया था।'

आसपास की ढाणियों में, छोटे कस्बों में, औरतें रंग-बिरंगे कपड़ों के टुकड़ों, रंग-बिरंगे धागे, शीशे, सीपियाँ जोड़ती-गाँठती-काढ़ती रहती हैं–बुआ भी यही करती थी–शहर से आदमी आता था–सामान दे जाता–बुआ दिनभर टाँकती रहती, सीती रहती, घर के काम से निपटकर लगी रहती। तब कहीं जाकर पाँच-दस रुपए का काम हो पाता। उर्मिला बुआ गणगौर पर गाँव की छोरियों के हाथों में मेहंदी के काँडणे सजाती। ठकुराईन के घर की औरतें हरियाली अमावस्या, दीपावली, वसन्त पंचमी, तीज-त्यौहारों पर ऋतुओं के हिसाब से सजने के लिए उर्मिला बुआ के पास आ जातीं। बुआ चित्र भी बनाती। उर्मिला बुआ के भित्ति-चित्रों की अमूर्त ज्यामिति होती, तो सजीव चित्रांकन भी होता था। वह साँझी सजाती, माँडने बनाती, कपड़े पर पिछवाई, पड़, लकड़ी और मिट्टी के बर्तनों पर भी चित्र बनाती। जबकि दूसरी लड़कियाँ मेहंदी और आलता से हाथों-पैरों पर अनुपम चित्र बनातीं। शरीर पर गूदने वालियों की अपनी जमात थी। फिर बुआ ने एक संस्था का काम भी सम्भाला था।

ज़रीना आप कह रही थीं, बस वहाँ से आकर लगा था, मैं भी यही कर सकती हूँ। और मैंने कागज़, रंग, ब्रश लाकर चित्र बनाने शुरू कर दिए थे। लेकिन उस कस्बे में कागज़ पर बने चित्र कोई खरीदता नहीं था। इसलिए मैं साड़ियों पर, घर की सजावट के लिए गद्दी तकिए के लिहाफों पर, घाघरों और चोलियों पर भी चित्रकारी करती। उसमें जो पैसा मिलता उसमें करीम की ज़रूरतें पूरी होतीं। पर उसी से बचा भी लेती थी।

कागज़ और कैनवस पर पेंटिंग्स का खर्चा निकाल लेती। बस कृशि...एक दिन खाला के पास उसका कोई पहचानवाला आया था संजीव—मेरा मसीहा बनकर। उसे चित्रकला का तजुर्बा था। वह मीडिया का आदमी था। उसने ही मेरी पेंटिंग्स बिकवानी शुरू की थी...। बस कृशि-ऽ मुझे नशा हो गया था। दिन-रात लगी रहती। फिर मेरी पहली प्रदर्शनी जयपुर में लगी थी। वहाँ मेरी पेंटिंग्स की भारी सेल हुई थी। बस फिर लोग मुझे मेरे नाम से जानने लगे थे। मैंने अपना नाम जरीना 'सिफर' ही बताया था। बस फिर लोग मुझे मेरे नाम से जानने लगे थे। और 'सिफर-एक', 'सिफर-दो', 'सिफर-तीन', 'सिफर-चार' क्रम से श्रृंखला में किसी थीम पर पेंटिंग्स बनाती और उनकी प्रदर्शनी आयोजित की जाती। बस, ऐसे ही ज़िन्दगी की छुक-छुक करती गाड़ी ने रफ्तार पकड़ ली थी।

कृशि, तुम्हें मैं संजीव से मिलवाऊँगी। आजकल आस्ट्रेलिया में है। थोड़े ही दिनों में लौट आएगा। मेरा प्यारा दोस्त। मेरा हमदम।

वह आपका पति है जरीना आपा?

नहीं। हमने शादी नहीं की। पता नहीं क्यों, शादी के नाम से ही मुझे चिढ़ होती है। हो सकता है, यह मेरा कॉम्प्लेक्स हो। अपने बीते हुए दिनों की कड़ुवाहट हो। उन सात सालों में मैंने जो देखा, सहा और जाना वह ज़िन्दगी भर के लिए काफी था।

संजीव और मेरे बीच आपसी समझ है। हम अपना दुख-सुख, खुशी-गम सब आपस में बाँटते हैं। मैंने संजीव से शुरू में कहा था कि वह शादी कर ले किसी भी दूसरी लड़की से। हम दोस्त हैं, दोस्त की ही तरह रहेंगे। उसने मेरे सामने शादी की बात रखी थी। पर मेरे मना करने पर वह नाराज़ नहीं हुआ था। मैंने उसे बहुत कहा था कि वह दूसरी लड़की से शादी कर ले।

पर उसने कहा था—मुझे जो चाहिए, सब है मेरे पास—तुम्हारे जैसा साथी, दोस्त और फिर बेटा करीम।

संजीव ने मेरा साथ दिया। उसी ने मुझे प्रमोट किया। कलाजगत में आज जो मेरा नाम है उसी की वजह से है। हम बीस साल से साथ हैं। सच कृष्णा, अल्लाह ने मुझे सब वापिस कर दिया। मैंने जो खोया उससे कई गुणा ज़्यादा मुझे मिला। शुरू-शुरू में मुझे यह भी डर लगता था कि कहीं मेरे घर के लोग या फखरुद्दीन के लोग मुझे मरवा न दें। जैसे-जैसे मेरा नाम होता गया, मुझे देश-विदेश में लोग जानने लगे थे। हमारे यहाँ औरतों को कोई भी इलजाम देकर मार देना बहुत आसान होता है। पढ़े-लिखे, खाते-पीते परिवारों में यह सब भी होता है। अपनी मरजी से निकाह करने की जुर्रत करने वाली लड़कियों को उनके ही घर में उनके भाई या पिता घर की इज़्ज़त के नाम पर जान से मार देते हैं। संजीव का और मेरा मज़हब

अलग होने से कुछ दिक्कतें थीं। पर अब मैं ज़्यादा हिन्दू हूँ और वह ज़्यादा मुसलमान है। करीम न हिन्दू है और न ही मुसलमान। बस, अल्लाह ने उसे अच्छा इंसान बनाया है। हाँ, करीम के अब्बू ने बहुत चाहा था कि वह करीम को मुझसे अलग कर दें। करीम को बहुत लालच दिया गया था। अच्छे स्कूल का, ऐशोआराम की जिन्दगी का और अपने वतन लौटने का। पर पता नहीं, कृष्णा इस छोटे से बच्चे में इतनी हिम्मत और समझ कहाँ से आई थी। संजीव मीडिया का आदमी था। उसके डर से वह जोर-जबर्दस्ती तो नहीं कर सका था। वहाँ खाला ने भी मेरा साथ दिया था। संजीव ने मुझे सलाह दी थी कि मैं जयपुर शिफ्ट कर जाऊँ। पर तब तक मेरे पास इतने साधन नहीं थे। खाला के पास, मेरे सिर पर छत थी, सुरक्षा थी। छोटी-मोटी कलात्मक चीजें बनाने का काम भी किया था। इससे करीम के स्कूल का खर्चा निकल आता था। संजीव ने मेरी पेंटिंग्स की कई प्रदर्शनियाँ लगवाई थीं। अखबारों में मेरे इण्टरव्यू छापे। मीडिया तक मेरा नाम पहुँचाया। एक बार नाम हो जाने पर सब आसान हो जाता है। फिर मेरे नाम से पेंटिंग्स बिकने लगी थीं। जरीना 'सिफर' लोगों के मन में सवाल उठाता था। मैं एक ही थीम पर शृंखला में पेंटिंग्स बनाती आई हूँ।

कृष्णा, संजीव ने मेरी बायोग्राफी लिखी। मैंने बहुत मना किया, पर वह नहीं माना। सच कहूँ तो मेरे कलाकार को इससे भी फायदा हुआ। संजीव ने ही मुझे कलाजगत में प्रतिष्ठित किया है।

उसने संकोच के साथ पूछा था पर जरीना ने निस्संकोच बताया था—'हाँ, मेरा इससे पूरा रिश्ता है। जिस्म का भी और मेरी रूह का भी। मुझे कोई अपराधबोध नहीं है।' यह सही है कि कई साल हम दोस्त की तरह रहे। पर मुझे लगने लगा था कि मैं संजीव के साथ न्याय नहीं कर रही हूँ। मेरी इच्छा तो जैसे दफन हो गई थी। हम औरतों के साथ ऐसा ही होता है। मुझे कई बार याद आता—हमारे यहाँ औरतों को एडलटरी की कितनी कड़ी सजा दी जाती है। उन्हें नाजायज़ ताल्लुकात बनाने के जुर्म में जेलों में डाल दिया जाता है। हुदूद कानून के मुताबिक अगर कोई औरत अपने नाजायज़ सम्बन्धों को खारिज नहीं कर पाती तो उसे जेल में डालने से लेकर चौराहों पर उन पर पत्थर फेंक-फेंक कर मार दिया जाता है या चौराहों पर कोड़े मारने की सजा दी जाती है। जितना संगीन जुर्म साबित हो उतने ही ज़्यादा कोड़े पड़ने की सजा मिलती।

करीम तब करीब बारह-तेरह साल का हो गया था। वह शुरू से ही गम्भीर और विचारक की तरह था। एक दिन मैंने उससे पूछा था—'करीम। संजीव तुम्हें कैसे लगते हैं।'

'बहुत अच्छे अम्मी।'

करीम और संजीव दोनों में खूब पटती भी थी। पिता हुए बिना वह पिता

होने की सारी जिम्मेदारी निभा रहा था। उसकी स्कूली पढ़ाई से लेकर उसकी भावात्मक ज़रूरतें भी पूरी कर रहा था।

मैंने पूछा था–'करीम, क्या तुम उन्हें अपने अब्बू की जगह मान सकते हो?'

चाहे वह छोटा था, पर मेरी बात उसकी समझ में आ गई थी।

'हाँ, अम्मी! आपका निकाह कब होगा?' वह उत्साहित था।

'उसकी ज़रूरत नहीं बेटे, अपने मन से मैं उन्हें तुम्हारा अब्बू मान सकती हूँ।'

बस, फिर हम जयपुर आ गए थे। हमने किराए पर एक घर ले लिया था। यहाँ हम अजनबी थे। वे सारे सवाल लाहौर में और तुम्हारे झुनझुनु में ही रह गए थे। हमारा धर्म अलग था, पर हम पति-पत्नी और बच्चे के रूप में एक परिवार थे। करीम का नाम स्कूल में भी करीम था। संजीव तो संजीव था ही। मैं जरीना 'सिफर'।

'लेकिन, जरीना आपा, अब यह सिफर क्यों?'

कृष्णा यही मेरी पहचान है। मैंने यहीं से अपना सफर शुरू किया था। तुम जानती हो, सिफर भी एक ताकत है। पहले यह सिफर मेरे बाईं ओर लगा था। अब दाईं ओर लगता है। मेरी पेंटिंग्स, हर प्रर्दशनी जरीना सिफर 1, 2, 3 के क्रम से मिलकर, ये सारे सिफर मेरी ताकत को हर बार दस गुणा बढ़ा देते हैं।

मुझे विवेकानन्द के शून्य पर दिए गए अमेरिका के व्याख्यान का, गणित में शून्य की शक्ति का, दर्शन में शून्यवाद का और भक्ति में पूर्ण समर्पण के बाद शून्य हो जाने के बाद जरीना के जरीना 'सिफर' के रूप में जीवन का नया अर्थ और आयाम खुला था। जीवन अनजान का गणित होता है। कृष्णा जिन्दगी में दो दुनी चार नहीं होते। देखो, आज मैं कहाँ हूँ। पता है अखबारों में, राष्ट्रीय-अन्तर्राष्ट्रीय खबरों में मेरा नाम सुन-पढ़कर फखरुद्दीन एक दिन मेरे पास आया था जयपुर में। पहले मुझे डर लगा था। कहीं फिर करीम को लेने या मेरे पर कोई इल्जाम लेकर न आ गया हो। इस बार वह बदला हुआ था। मेरी शोहरत से कायल था। थोड़े संकोच से उसने कहा था कि मैं वापिस आ जाऊँ।

मुझे बहुत हँसी आई थी उस पर। आखिर सब ताकत के ही सामने झुकते हैं। ताकत होती है अपने हुनर में, पोजीशन में और पैसे में। यही ताकत दिए गए सच को उलट देती है। तब उसके पास ताकत थी, उसने मुझे सिफर बना दिया था। अब मेरे पास ताकत थी। मैंने उसे सिफर समझा था। वह वक्त था जब मैं अकेली थी, असहाय थी, बेसहारा थी। मेरे ऊपर करीम की और अपनी ज़िम्मेदारी थी। मुझे अपनी और करीम की हिफाज़त करनी थी। हम आज भी ग्यारहवीं सदी में जी रहे हैं। हम एक कदम आगे बढ़ाते हैं पर हमें सदियों पीछे धकेल दिया जाता है। हमें मर्दों के पीछे घिसटने के लिए मजबूर किया जाता है। हमारे मज़हब में तो मर्द अपनी ताकत और अहंकार के नशे में चूर हमें तलाक से जिबह कर देते हैं।

तीन लफ्जों का यह शब्द एक लम्हे में हमारी पूरी दुनिया ही उलट देता है। हमें अपने ही रिश्तेदारों, माँ-बाप के सामने हाथ फैलाने से लेकर सड़कों पर भीख माँगने और जिस्मफरोशी तक के लिए मजबूर कर देता है।

मेरी किस्मत अच्छी थी, संजीव मेरी जिन्दगी में आया। अल्लाह का शुक्र करती हूँ।

जीवन में क्या सब कुछ पूर्व निर्धारित होता है। यही बताया गया था। तो ठीक है, अब जो होने जा रहा है, वह भी पूर्व निर्धारित ही होगा। उसके ही पूर्व कर्मों का फल होगा। यही न। लड़की के पैदा होते ही, उसके हाथ-पैर बाँध दिए जाते हैं। सफल जीवन की दमघोंटू शिक्षाओं के बीच उसे बड़ा किया जाता है। सिर ज़मीन पर टिकाकर उसके पंख काटकर उसे खुले आकाश में छोड़ दिया जाता है। बार-बार वह बीते समय में क्यों पहुँच जाती है? शायद इसलिए कि जब भविष्य धुँधलाने लगता है तो हम अपने अतीत से चिपक जाते हैं।

डॉक्टर का उससे भावहीन संबंध। संबंध भी क्या शारीरिक ज़रूरत, सैक्स। वह बिना उसकी इच्छा जाने और उस पर अपनी इच्छा की प्रतिक्रया की परवाह किए सवार हो जाता। छः-आठ बार धकियाकर नीचे उतर आता और करवट लेकर सो जाता। वैसे ही जैसे वह सुबह लैटरिन जाता और बाहर आ जाता। पत्नी स्त्री के साथ सम्बन्ध सिर्फ यौन सम्बध तो नहीं होता। उसकी चेतना से भी तो ताल्लुक रखता है। पर अब उन्हें निश्चित करना होगा कि उसके जीवित रहने का उनके लिए क्या अर्थ है। लेकिन उसने एक निर्णय लिया था कि जिन सवालों और उलझनों का उत्तर न मिले, उन्हें वह समय पर छोड़ देगी। उसने अपने से लड़ना भी छोड़ दिया था। यातना के बाह्य कारणों से जूझने की बजाए इस शक्ति को वह अपने भीतर इस्तेमाल करेगी ताकि उसकी महत्त्वाकांक्षा लाइटहाउस की तरह उसका मार्गदर्शन करती रहे।

जज उठकर जा चुका था। जाने की घण्टी बज चुकी थी। कोर्ट एडजर्न हो गया था। उसने एक कदम आगे बढ़ाया, फिर दूसरा और फिर पहला, वह धीरे-धीरे बाहर आ गई थी। पर जाना कहाँ है? आखिर वह कहाँ जाएगी। उसके पेट का जीव हिला था। उसकी चाल सिकुड़ गई थी। उसने छोटी जलधारा को पहाड़ों से कूदते-फलांगते देखा था। साथ मिलकर वे नदी बन जाती। आगे बढ़ती जाती बहाव की रुकावटों को उलाँघती हुई। फिर मैदान में जाकर पसर जाती। बारिश में नये जोश से भर जाती। किनारों पर उफनती बिखरती। गर्मियों में सिकुड़ जाती। सूरज जैसे उसे अपने भीतर सोखता जाता था। धीरे-धीरे

हर पल, हर क्षण। सूरज के स्पर्श से नदी भाप बन जाती। वह भी नदी बनकर भाप बनना चाहती थी।

जब उसकी शादी हुई उसके भीतर भट्टी-सी जलती थी। ज्वार-सा उठता था। वह चाहती थी डॉक्टर उससे बहुत सारी बातें करे। छोटी महत्त्वहीन या कुछ भी अपने मरीजों की, हस्पताल की, घर में बच्चों की जो भी चाहे वह कहे। पर चुप न रहे। उसे बाँहों में घेरे। उसको अपने होंठों से चूमे। उसके शरीर में उसके स्पर्श से गुदगुदी हो। उसके भीतर चिंगारियाँ फूटे। उसकी साँस तेज हो, आवेग में वह उसकी छाती में समा जाए। वह चाहती वह उसे सहेजे, अपने में समेटे। जोर-जोर से भींचे, उसकी देह पर चुम्बनों की बौछार कर दे। उसका रोम-रोम उसके स्पर्श में स्पंदित हो जाए। पर वह ऐसा कुछ नहीं करता। ठण्ड और गर्मी में वह वैसे ही काँपती-सी लेटी रहती है। ठण्डे कुहासे से लिपटी। लिपटी अपनी विवशता में बेजान सी। पर वह जीवित रही। आज भी ज़िन्दा तो है। वह देर रात गए उसके बिस्तर में घुसता और थोड़ी देर बाद बाथरूम जाकर अपने बिस्तर पर चित्त लेटकर सो जाता। वह वैसे ही प्यासी रह जाती। अपनी देह और आत्मा दोनों से प्यासी, निष्क्रिय और शिथिल। इस अद्वैत में द्वय के साथ। शरीर और आत्मा में विभक्त। दूर-दूर तक नजर आते फैले रेगिस्तान में आँधी के साथ बनते-ढहते रेत के धोरों की तरह।

एक दिन डॉक्टर की बहिन हमारे कस्बे में घर पर अचानक आई थी। उसका कोई रिश्तेदार था झुंझनू में। उसी का नाम लेकर कहने लगी थी—'म्हारो वीरा है। अमरीका से डॉक्टरी करके आया है। इसका घर बस जाए किन्हीं तरह! इन वास्ते आपरै कनै आई हूँ। म्हारे पिता कनै गाँव में जमींदारी है। सैकड़ों एकड़ ज़मीन छै। जापर खेत हुबै। शहर में म्हारी फैक्टरी छै। छोरी आपरी सुखी रहेगी। इनी गांरटी छै। सुणा आपरी छोरी ब्याहने लायक है। इस वास्ते आई थी।'

'ताई ने साफ-साफ बताया था। छोरी तो म्हारी छै पर विधवा छै।'

'बच्चा?'

'नहीं टाबर कोनी।'

'कै साल रही शादी?'

'ब्याह तो इनो आखातीज में हुयो हो। जदे वा गोदी की रही ही। मकलावा भी न हुवै था। पर नासपीटी कर्मजली छै छोरी। छोटी थी तो माँ मरगी। शादी के दो महीने बाद ही बस की टक्कर माँ आदमी तो चल बस्यो आ बच गी! आ भी चल बसती तो भली हुतो। पर लिख्योड़ो कुण मिटावै।'

'अबै वा करै का।'

'झोटी है सोलह साल की। लागै बड़ी छै अपरी उम्र सूँ! लम्बी-चम्मली छै कद काठ की। ऊँटनी छै।'—ताई हँसी।

'पर ताई म्हारो भाई तो चालीस साल रो है। आ छोरो तो छोटी छै।'

'तो कई हुयो! कोई साठ साल रो बूढ़ा ठूंठ तो कोनी छै! आदमी की उम्र कुण देखें। फेर चालीस साल री उम्र बड़ी उम्र तो कोनी।'

'दोनों री उम्र री माँ फर्क सोच रही।'

'वो तो शाहनी हम देखां।'

'म्हारे भाई में कोई ऐब नहीं ताई। एकदम सन्त है। थारी छोरी रा भाग खुल जाई।'

ताई खुश थी। घर बैठे उसे सब कुछ मिल रहा था। बापू भी खुश ही था। 'लेकिन शाहनी एक बात पैले ई कैह दूँ कि म्हारे कनै दान-दहेज! थारी कोई माँग हो तो कैह दै इबी, पछैं...'

'ना ताई। भगवान का दिया सब छै। डाक्टर तो तीन लत्तों में छोरी ले जाएगा थारी।' जल्दी ही बात पक्की हो गई। उसे पता चला तो वह मिमियाई थी–

'बापू इब मनै पढ़ तो लेने दे। अबार तो कॉलेज में दाखिला लियो है। पहला साल छै मेरा।' बूढ़ा सोच रहा था। इसी वास्ते तो ठाणी से यहाँ कस्बे में आए छै। बच्चे पढ़-लिख जावै तो इन जात-बिरादरी रै नरक ऊ बारै आवैं। अटै रई बालक तो वही चौपड़ पासा, कब्बड़ी खेली। स्कूल कर चुकया, कॉलेज कोनी था। सो कस्बे माँ आई गिया हा। घर माँ दो-दो विधवा छोरियाँ एक उर्मिला भैन बाईस साल री विधवा हो ऊपरूँ आ छोरी सोलह साल की। घर माँ इसकी माँ कोनी। बिरादरी लारै पड़ी रही अरै रामलालस तू ब्याह करा लै। देवड़ो की छोरी छै। बड़े भाई की आ जोरू विधवा। इन औरताँ नू देखूँ या अपना ब्याह रचाऊँ। पर उनकी समझ में कोनी आवै था। आखिर ढाणी छोड़ के ऊटै आयो हौ। सो तो भला कियो। दोनों छोरे पढ़-लिख लिए। बिरादरी रै नरक ऊ बारै गया पड़ा। चलो, कौशल्या री ढलती उम्र उनी तो कट जाई। पर यो दोनों जवान छौरियाँ। बिरादरी माँ कदी ब्याह-शादी, कदी सालगिरह, मुंडन कदी तीज, त्यौहार-पूजा व्रत कुछ न कुछ लग्यौ रैवे। नादान छोरियाँ जरा धोरे जाकै खड़ी रैती तो कैहर बरसा देती आ बिरादरी । उर्मिला तो बड़ी थी बीस-बाईस की थी। समझती थी। लेकिन आ छोटी कृष्णा जिद्द करी। 'मैंने भी जाणो अै बापू! तीज़ा का झूला-झूलना छै। मैंने भी जाणा है, बापू कार्तिक स्नान नूँ जाणा छै। बापू मैं भी घूमर खेलूँगी। बापू मैं भी मेले माँ जाऊँ।' किकर रोकूँ इन नादान छोरी नूँ जाणा छै। मैं मन ही मन मनौती माँगता–'हे रामदेव जी, हे तेजा जी, गोगा जी, भैरूजी, हे जीण माता, हे करणी माता जी, हे आईमाता। इन दुक्खऊँ उबार लै।' उर्मिला कयो-'भाई इन छोरी नै कॉलेज माँ डाल दे। कॉलेज जाएगी, पढ़े-लिखेगी तो इनो मन नै भटकी। पूरा दिन घर माँ बैठन छोरी कई करी? पढ़ लेई तो स्कूल माँ मास्टरनी-लगवा देवां। जून सँवर जाएगी छोरी रौ।' बापू को लगा था उर्मिला ठीक कैवै। सो आ कॉलेज जाउने लागी।

'तू पढ़ लै। डॉक्टर मनाह नहीं करेला। उनी बैन कैती। एक बार ब्याह हुई जाई तो तू बेशक अटै आ जाइजै। फिर आती-जाती रई जै।'

शादी हो गई। वह जाती थी—रहती थी, कुछ दिन बाद लौट आती थी। उसे लगता था उसके आने या जाने का उस पर कोई फर्क नहीं पड़ता था। घर में नौकर-चाकर थे। घर का काम वही करते थे। उसके न जाने से डॉक्टर के रुटीन में फर्क नहीं आता था। वह सुबह निकलता हस्पताल के लिए शाम को वापिस आता। तो घर में मरीजों की भीड़ लगी होती। टाइम तो आठ बजे तक का लिखा था, लेकिन उसे अन्दर क्लिनिक से आते दस बज जाते। आस-पास के शहरों में विशेषज्ञ की तरह ऑपरेशन करने जाता। इसलिए उसकी कॉलेज की पढ़ाई बिना बाधा के चल रही थी। उसका बी.ए. का तीसरा साल था। जब अजय उसके पेट में आ गया था तो उसकी तबीयत खराब रहने लगी थी। पर वह किसी भी तरह इम्तहान देना चाहती थी। बापू और ताई पीछे पड़ गए थे। अठमासा की पूजा करानी थी। डॉक्टर की बहिन वहीं आ गई थी। डॉक्टर रिश्तेदारों में ऐसा कोई और था भी नहीं, जो आता। जो थे, वे दूर के और अपनी शहर बिरादरी से बाहर। उनका सब रसमों में विश्वास ही नहीं बचा था। डॉक्टर भी इन सब रिवाजों को नहीं मानता था। ताई और बापू ने ही आठमासा की पूजा करा दी थी। गोद भराई करी। कुँआ पूजन कराया। अपनी हैसियत से बाहर जाकर बिरादरी भर को न्योता दिया। खूब नाच-गाना हुआ। डॉक्टर तो लेने नहीं आया था। हलवा, चूरमा, लड्डू, जलेबी, घेवर, साँगरी, फलियाँ, बड़ियां और धान, बाजरे की पोटलियों के शगन के साथ उसकी बहिन के साथ डॉक्टर के पास भेजा दिया था।

वह ब्याहकर आई थी तो अपने घर की तर्ज पर बैठक के साथ एक छोटा मन्दिर बनाया था। विवाहिता की तरह पूजा करेगी वह, दीवाल पर ईसर और गौर के चित्र बुआ की नकल करके बना लिए थे। केले का पेड़ चित्रित किया। उसके पास गौरी हाथ जोड़े बैठा दी और ईसर सामने खड़े बना दिए थे। ईसर जी को राजाओं की-सी पोशाक पहनाई। पूजा के लिए मिट्टी की पिंडियाँ भी बनाई थीं। उर्मिला बुआ की तरह गौर के चित्र पर बिन्दी, कुंकुम, काजल, मेहंदी सब सजा दिए थे। उसे कस्बे की औरतें हाथ में दूब लिए पानी छिड़की याद आई थीं—

गौर पूजे गणपती, ईसर पूजे पारवती
म्है पूजां आला गीला, गौर के सोने का टीका
टीका दीना टबका दीना, राणी वरत कीना
खेरा खांटा लाडू का, लाडू ले वीरा ने दीना

डॉक्टर ने देखा था तो गुस्साया था। यह यहाँ क्या कर दिया। सारी दीवारें

खराब कर दीं। पागल हो क्या? इसको हटाओ यहाँ से। वह डरी-सहमी आई थी। कभी डॉक्टर के तमतमाए चेहरे को देखती तो कभी पूजाघर को। सोच रही थी—उसने गलत क्या किया। घर में मन्दिर तो होगा न। पूछा था—'क्यों, क्या हुआ?'

'यह मन्दिर यहाँ नहीं बनेगा।'

फिर कहाँ बनाऊँ?

डॉक्टर ने सोचा था। रुका था, फिर कहा था—'अन्दर, रसोई के साथ कहीं देख लो।'

डॉक्टर ने दीवारों पर बने सारे चित्रों पर उसी दिन पेंटर को बुलाकर पेंट करवा दिया था। उसका उत्साह ही मर गया था। महाराज ने उसकी सब चीजें उठाकर रसोई के एक कोने में स्थापित कर दी थीं।

'आप यहाँ पूजा का सामान जमा लो। यह जगह ठीक रहेगी। आने-जाने वालों से अलग है यह जगह।' उसने वैसा ही किया। दशमी के दिन पूजा की थी। सूत के धागों का डोरा पूजा के बाद गले में पहना था। डोरे को हल्दी के रंग में रंगा था। उसमें दस गाँठें लगाई थीं। दशमी के दिन व्रत रखा था और डोरा गले में पहना था। गौर की पूजा के लिए बुआ की तरह बेसन गूँथकर गहने बनाए थे। उन गहनों में कहीं चावल के दानों के तो कहीं दाल के दानों के नगीने जड़ दिए थे। गहने बने भी खूब थे। सोने की तरह लग भी रहे थे। घर आया तो उसे दिखाए थे। वह कुछ नहीं बोला था। लेकिन गले में पड़े डोरे को देखकर गुस्साया था। 'निकालो इसे।'

लेकिन।

'निकालो बस।'

उसने घबराकर डोरा निकाल दिया था।

'यह सब यहाँ नहीं चलेगा।'

वह आहत हुई थी, पर विवश थी।

एक-दो दिन डॉक्टर से डरती रही। बात नहीं की थी। फिर मन उमड़ पड़ा था—यह अनबोला कैसे निभाया जा सकता है।

जी सायना अबोलो दिन दो-चार
सदा ही अबोलो नी निभैजी म्हांका राज।

डॉक्टर जाने को तैयार खड़ा था। उसने बढ़कर उसके गले में बाहें डाल दीं—आज मत जाओ।

वह हैरान था। अविश्वास से देखा था। पर वह अपनी धुन में थी और गाने लगी थी—

थांने गैला में होसी गणगौर
याँ ही रैवो, याँ ही रैवो, याँ ही रैवो जी
थांने गैला में होसी गणगौर,
म्हारा लखपतिया जी, याँ ही रैवो जी।

डॉक्टर ने उसे रोका था। अपने को छुड़ाया था और चला गया था।

पाँच साल से भी कम में तीन बच्चे, उसकी जिन्दगी की लय बदल गई थी। तीन बच्चों के साथ रात और दिन का कोई हिसाब नहीं था। बच्चे बड़े हो रहे थे। स्कूल कॉलेज में गए। उधर डॉक्टर का नाम और प्रतिष्ठा बढ़ती गई। हस्पताल में उसके ऑपरेशनों की संख्या बढ़ती गई। घर में उसके मरीज बढ़ते गए। वह उससे दूर था और अब तो अदृश्य हो गया था।

शाम का समय था। डॉक्टर अपने क्लिनिक में ओपीडी में था। मरीज़ अपनी बारी के इन्तजार में बैठे थे। तभी वहाँ एक विदेशी औरत आई और डॉक्टर को सम्बोधित कर चिल्लाने लगी। वह अंग्रेजी में थोड़ी-बहुत हिन्दी मिलाकर उसे गालियाँ दे रही थी—यू बास्टर्ड, यू चीट! क्या समझते हो, मैं तुम्हे ऐसे ही छोड़ दूँगी। बिना डाइवोर्स के तुमने यहाँ दूसरी शादी कर ली। तुम्हें वर्षों तक कोर्ट में न घसीटा तो कहना। शोर सुनकर वह भी आ गई थी। दूसरे लोग भी अपना काम छोड़कर इकट्ठा हो गए थे। डॉक्टर चुपचाप अन्दर बैठा रहा था। आपस में लोग पूछ रहे थे—'यह औरत कौन है?'

डॉक्टर ने खिसियाकर कहा था—'पता नहीं।' चौकीदार से कहा था कि उसे कहो कि वह चली जाए। नहीं तो उसे बाहर करो।

वह आगे आई थी—चौकीदार को रोका था—'कुछ कह रही है यह। इतने गुस्से में है, कोई बात तो होगी ही। कहने दो इसे।'

उस औरत की हिम्मत बँधी थी—'डॉक्टर की वाइफ हूँ। शिकागो में हम साथ थे। हमारा एक बेटा भी है। डाईवोर्स की प्रसीडिंग बिना पूरा किए यह यहाँ आ गया है। चोरों की तरह मुँह छिपाता फिर रहा है। इसको मैं छोड़ने वाली नहीं हूँ। पूरी मैंटेनस लूँगी इससे। साथ ही बच्चे की एजुकेशन और पालन-पोषण के लिए भी। देखूँ, कैसे नहीं देता।'

ऊँची आवाज़ में बोलने से वह थक गई थी। उसने उसके लिए पानी मँगवाया-'थोड़ा पानी पीजिए। आइए, कुछ देर इधर आकर बैठिए।' वह उसे वहाँ से बरामदे में ले आई थी। उसे चाय पिलाई थी। उसने फिर से पहले कही बातों को दोहराया था—'म्युचयल कंसेंट में अगर यह मैंटेनस की रकम तय कर लेता है

तो मुझे कोई एतराज नहीं है। उसके पूछने पर संकोच से मैंने बताया था—मैं उसकी पत्नी हूँ। उसने एक बार दुबारा गहरी नज़रों से उसकी तरफ देखा था।' बास्टर्ड, मेरी ज़िन्दगी खराब कर दी, अब तुम्हारी करेगा।'

गहरी साँस को भीतर ही रोककर कहा था—'जैसी मेरी किस्मत।'

उसने उसे शान्त करने के लिए कहा था—'अगर आप कहें तो मैं भी डॉक्टर से आपको मैंटेनस देने के लिए कह सकती हूँ। अकेले घर चलाना, बच्चा पालना आसान तो नहीं होता।'

वह कुछ आश्वस्त-सी लगी थी और चली गई थी।

दोनों के बीच में एक चुप्पी छा गई थी। उस दिन डॉक्टर ने ही कहा था—'तुम्हें बुरा लगा होगा! परन्तु कुछ परिस्थितियाँ ही ऐसी थीं कि मुझे आना पड़ा था। मैं उसे मैंटनेंस दे दूँगा।'

'लेकिन मुझे कभी किसी ने बताया नहीं कि आपकी शादी हो चुकी है और आपका एक बेटा भी है।'

'मेरी बहिन ने तुम्हारी ताई को साफ-साफ मेरी शादी और उम्र के बारे में बता दिया था। '

'नहीं तो! लेकिन अब ठीक है जो भी है। आप उसे मैंटेनेंस की रकम दे दीजिए। यही तो कह रही है। एक अकेली औरत के लिए बच्चे की ज़िम्मेवारी सम्भालना आसान नहीं होता।'

'ठीक है'—कहकर वह उठ गया था। फिर मुड़ा था—'तुम्हें पहले किसी ने नहीं बताया। मैंने अपनी बहिन गौरी से कह दिया था कि मेरे बारे में कुछ भी न छिपाए। लेकिन फिर भी तुम्हारे घर में नहीं बताया—सॉरी।'

नहीं, मेरा यह मतलब नहीं था। सब ठीक है। उसने बात वहीं खत्म करने के लिए कहा था। वह चुपचाप बाहर निकल गया था। यह सौत कहाँ से आई?

उसके भीतर एक फुफकार उठी थी।

इण तो आँगण सोकड़ फिर ला जी जाणें बायां पाँव की मोजड़ी जी।

फिर धीरे-धीरे वह गीत की पंक्तियाँ गुनगुनाने लगी थी—

टूकियाँ पै लिख मौजी सायना
खड़्या पै माय मोसाल
बांध्या पै लिख पीपर सासरो
कसणां में सींव ल्होड़ी सौक
नित उठ देखूँ पीयर सासरो
नित उठ देखूँ मोसाल

नित उठ निरखूँ भोजी सायनो
नजरयाँ नी देखूँ ल्होड़ी सौक।

शुरू-शुरू में उसे उससे डर लगता था। वह फ्यूडल लोर्ड की तरह मुँह लटकाए रहता। वह उसे दूर से बैठते-उठते, चलते फिरते-देखती। उसके चेहरे पर गम्भीरता होती। निर्विकार-सा रहता। किसी से कुछ नहीं कहता। वह सुबह उठता छः बजे। टेनिस खेलने जाता। आठ बजे आकर तैयार होता और नौ बजे हस्पताल के लिए निकल जाता। दोपहर में उसका आना निश्चित नहीं होता था। शाम को फिर वही मरीजों की भीड़। उसे लौटने में रात हो जाती। मेज पर रखे खाने को चुपचाप खा लेता और उठ जाता। उसे लगता यह इन्सान नहीं, चलता-फिरता दवाखाना है।

धीरे-धीरे उसने हिम्मत जुटानी शुरू की। वह जान-बूझकर कहती–'आज सब्जी ठीक नहीं बनी, नमक ज़्यादा है।'

'नहीं तो, मुझे तो ठीक लगी थी।'

वह कोई दूसरा बहाना ढूँढ़ती। धीरे-धीरे उसके पास खिसक आती। उसके गले में बाँहें डालकर हँसती।

'आप महात्मा बुद्ध हैं क्या? कैसे स्थितप्रज्ञ, निर्विकार-से बैठे हैं।'

उसने कहा था–'ज़रा हटो, देखो दरवाज़ा खुला है।'

उसे लगा जैसे किसी ने उसे ऊँची मुँडेर से नीचे धकेल दिया हो।

ब्रेकफास्ट करते हुए, खाना खाते हुए वह लगातार बोलती रहती। सुबह हस्पताल के लिए जब वह तैयार हो रहा होता तो वह उसके साथ लगी रहती। शेव करते हुए, कपड़े पहनते हुए। नहाने से पहले, नहाने के बाद उससे वह छोटी-छोटी बातें करती और उसकी भागीदारी चाहती।

'बापू ने गुड़ और घी भेजा है। बाजरा भी है। आप गेहूँ बाजरे का खीचड़ा खाओगे? बनवाऊँ क्या?'

उसने उसकी तरफ देखा था, 'तुम्हें खाना हो तो बनवा लेना।' उसका उत्साह मर गया था।

फिर अगले दिन कहती–'कल साँझा देवी की पूजा का दिन है। बुआ बहुत अच्छा बनाती थी साँझी देवी। पता है, पहले दीवार को लीपती, फिर उस पर गोबर से साँझा देवी की प्रतिमा बनाती। उसके आसपास चाँद-सूरज-तारे बनाती। साँझा देवी को कपड़े पहनाती, आभूषण पहनाती, उसके हाथों में मेहन्दी लगाती।' वह हैरानी से देखता–आँखों से पूछता तो-ऽ

वह बिना ध्यान दिए बोलती जाती। 'पता-ऽ हमारे यहाँ साँझी की शादी भी करते हैं। हमारी साँझी सबसे सुन्दर होती, बुआ बनाती थी। साँझा को औरतें जब

व्रत खोलतीं तो खीर, हलवा पहले साँझा माँ को खिलाया जाता, फिर वे खाती थीं। पर बुआ नहीं खाती थी खीर और हलवा, विधवा थी न, इसलिए।' वह हँसती और कहती—'मुझे बापू उसी में से दे देते थे। थोड़ा-सा चल इधर अन्दर, बैठ के खा ले-ऽ चुपचाप। अगले दिन पूजा के बाद हम जोहड़जी में जाकर साँझी माँ का विसर्जन करते थे। दीए भी जलाते थे। दूर तक दीआ जलता जाता था।'

वह देखती—उसकी बात सुनते-सुनते या तो वह सो गया होता। जागा भी होता तो भी बोलता कुछ नहीं था।

आसोज के महीने का श्राद्धपक्ष का पखवाड़ा आता था। उर्मिला बुआ गाँव की कुँआरी लड़कियों के लिए संझया माँड बनाती। दीवार पर मिट्टी और गोबर से एक चकोर माँड बनाती। फिर उसे फूल-पत्ती, कौड़ियों और काँच के टुकड़ों से सजाती जाती, तो कहीं रंगीन मालीपने के टुकड़े लगाती। फिर उसमें तरह-तरह के अलग-अलग चित्र बनाती। कहीं चाँद, सितारे तो कहीं पेड़-पौधे, कहीं दही बिलोती गूजरी, कहीं पानी का घड़ा सिर पर धरे आती औरतें। संझया के गीत गाए जाते। पन्द्रह दिन खूब धूमधाम रहती। वह जिद्द करती—'बुआ, अपने घर भी संझया मांडो।' बुआ टाल देती। ताई भीतर से बिलबिलाती और गलियाती—'यहाँ कौन कुँवारी लड़की बैठी अै। तीन औरतें, तीनों रांड।' बापू टोकते—'छोरी छोटी है, नादान है। तू क्यों बोलै कड़वै बोल।' फिर विसर्जन का दिन आता। लड़कियाँ खूब मौज, आमोद-प्रमोद करतीं।

'घुड़ल्या' भी कुँवारी लड़कियाँ मनाती थीं। घड़े में छेद करके उसमें दीए रखे जाते तो छेदों में से प्रकाश छनकर आता। उसे सिर पर रखकर एक लड़की आगे होती, उसके पीछे दूसरी लड़कियाँ घुड़ल्या के गीत गाती हुई गाँव के घरों में जातीं। घरों की औरतें उनका स्वागत करतीं। वह भी घुड़ल्या सिर पर रखने की जिद्द करती तो सब तरफ से फटकार पड़ती। बापू उसे वहाँ से बहला-फुसलाकर घर ले आते थे। उर्मिला बुआ समझाती थी, 'देख मैं भी ना गई।'

वह बोलती जाती पर वह चुप रहता। उस पर कोई प्रतिक्रिया नहीं होती थी।

पर तो भी, वह जब भी उसे घर में अखबार पढ़ते या शेव करते देखती तो उसके इर्द-गिर्द मँडराती रहती—'आप कभी पुष्कर के मेले में गए हैं?'

'नहीं।'

'जीण माता के मेले में? शिवाड़ को मेला देखा था क्या? अच्छा वेणेश्वर महाराज का? नाकोड़ा का तो देखा ही होगा।'

'नहीं, मैंने कोई मेला नहीं देखा।'

'मैंने भी नहीं देखा। बापू लेकर ही नहीं जाते थे। जब बहुत छोटी थी तब गई थी। अब तो कुछ भी याद नहीं।'

'हाँ, सुनो-ऽ एक बार हम सारे नाथद्वारा के अन्नकूट उत्सव में गए थे, वहाँ पर हम सबने...।'

वह उठा था। तौलिया उठाकर नहाने के लिए चला गया था।

उसे जैसे चैन नहीं था। एक दिन यूँ ही रोककर पूछा था–'आपको आल्हा आता है?'

उसको समझ नहीं आया था आश्चर्य से आँखें चौड़ी हो गई थीं।

'नहीं-ऽ'

'ढोला मारू? लोटियों के गीत?'

'हटो, मुझे देर हो रही है।'

'यूँ कह दो कि आपको नहीं आता।' उसने फिर उसका रास्ता रोक लिया था, 'आपको पुंगी बजानी आती है?' 'नहीं!' उसकी शक्ल देखकर उसने ही कह दिया था–'अच्छा-ऽ डफड़ा या चंगड़ी बजा सकते हो? सारणी?'

'कहा न यह सब मुझे नहीं आता। अब हटो-ऽ'

'अरे, मँजीरा या खरताल तो आती ही होगी।'

'तुम्हें कहा न मैंने, मुझे नहीं आता।'

'मँजीरा बजाने में क्या है। वह तो सभी को आता है।'

उसने बाँह पकड़कर उसे एक तरफ किया था–'पर मुझे नहीं आता, समझी?' वह तीखा हो गया था।

'फिर क्या आता है आपको?'

'कुछ भी नहीं?'

'ऐसे कैसे हो सकता है कि आपको बिलकुल कुछ भी नहीं आता।' वह चिढ़ गया था और उसे धकियाता हुआ बाहर चला गया था।

उस पर कभी-कभी पागलपन सवार हो जाता। डॉक्टर आए तो वह पचरंगी पगड़ी पीछे छिपाकर खड़ी हो गई थी। वह सोफे पर बैठे तो उसने पगड़ी डॉक्टर के सिर पर रख दी थी और गाने लगी थी–

प्यारा लागो म्हारो मजनू रे
था बिन घड़ियन अखड़े रे
मजने दारवां रो बंगलो छवाय
थां री बैठक म्हारो खेलणो रे...

डॉक्टर पहले भौंचक रह गया था। फिर पगड़ी उतारकर बगल में धर ली थी। वह तो भी बेखबर-सी नाचती हुई डॉक्टर के चारों तरफ घूमर ले रही थी। डॉक्टर

ने रोका था। 'हटो, कृष्णा, बस करो अब। देखो घर का स्टाफ देख रहा है। यहाँ यह सब करना ठीक नहीं।' डॉक्टर उठकर चला गया था।

वह बहुत सोचा करती कि डॉक्टर से क्या बात की जाए पर जो मन में आता बोलती थी। चारों तरफ उत्साह था। मकर संक्रान्ति के सप्ताह भर पहले से ही घर-घर में तैयारियाँ हो रही थीं। मजरा की दुकान पर भीड़ बढ़ गई थी। उसकी दुकान तरह-तरह के रंग-बिरंगे, छोटे-बड़े पतंगों से अटी थी। दुकान में दीवारों पर, बाहर रस्सियों पर पतंगें लटक रही थीं जो छोटे-बड़ों को लुभा रही थीं। कस्बे में घर-घर में सप्ताह-दस दिन पहले से ही तैयारियाँ शुरू हो जाती थीं। औरतें तिल के लड्डू और मिठाइयाँ बनातीं। नहीं तो कस्बे में मजरू के अलावा, अशफाक चच्चा की दुकान भी रंग-बिरंगी, तरह-तरह की पतंगों से सज जाती। फिर भी अशफाक चच्चा सबकी पसन्द की अलग-अलग पतंगें बनाकर देता था। किसी को पतंग से बड़ी-सी चिड़िया चाहिए थी। किसी को हवाई जहाज की शक्ल की पतंग उड़ानी थी। युवा लड़के चच्चा के कान में फुसफुसाते ढोकरी की शक्ल की पतंग बना दे। वीरू का अभी गोणा हुआ था। उसकी बहू आई थी। हाथ में मेहंदी रचाई थी। आँखों में काजल पिरोया था। शरमाता-लजाता आया था। आँखों में लाज के लाल डोरे थे।

डोर देना चच्चा, जो सबकी पतंग काट दे। कस्बे में लड़कियाँ और औरतों में खूब उत्साह था। सुबह से ही घर का काम निपटाकर नए बागे पहनकर वे देखतीं कि किसकी पतंग कटती है और किसकी बचती है। किसकी ऊपर जाती है और किसकी सबसे ऊपर जाती है। कितनी देर तक आसमान में टँगी रहती है। ठाकुर की हवेली में हर साल की तरह सारी छोरियाँ छत पर चढ़कर पतंग उड़ाएँगी। उनके धनी उनके लिए उनकी पसन्द की पतंगें और डोरियाँ लाएँगे। मजरू पर हवेली वालों का खास दबाव था। छोटे ठाकुर को लम्बी पूँछ वाली पतली कमर वाली लम्बी पतंग चाहिए थी। जो हवा में लहराए तो देखने वाले झूम उठें। मँझले ठाकुर को बहुत बड़ी पतंग चाहिए थी जो खूब ऊपर उड़े पर सबको नजर आती रहे। इतना ही नहीं, किसी को ऊँटनी की शक्ल की, किसी को घोड़े की शक्ल की तो किसी को पतंग पर छोरी का चेहरा चाहिए था।

डोर-मांजा लगी चाहिए था। जिसे छूते ही हाथ कट जाए। उंगलियाँ जख्मी हो जाएँ। सारी जगह उत्साह था। सिर्फ उन्हीं के घर में सन्नाटा था। हमारे ही घर में न पतंगें आतीं और न उड़ायी जातीं। ताई का तो कहना ही क्या। बुआ के लिए तो वार-त्यौहार, पर्व, उत्सव किसी से कोई मतलब ही नहीं था। वह बार-बार उसका हाथ पकड़कर खींचती, 'चल बुआ, पतंग उड़ाएँगे।' बुआ ने बाँह छुड़ा ली, 'बहुत काम पड़ा है घर में।' वह बापू के आगे-पीछे हो रही थी। 'बापू, मैं पतंग उड़ाऊँगी। बापू

पतंग डोरी लाके दो न।' बापू सुनता डोलता रहा। कुछ नहीं कहा। जब वह मानी ही नहीं तो, पतंग और डोरी ला दी थी।

'देख यहीं पिछवाड़े में रहना, इधर-उधर न जाना। सुना न।'

'ठीक है बापू।'

आसमान में उड़ती, लम्बी ढीली डोर के सिर पर अटकी पतंग को देखकर वह कूद-फाँद रही थी। हवेली की छोटी बीनणी उसे अपने साथ ले गई थी। वहाँ सारी औरतें गहनों, घाघरे, चोलियों और ओढ़नियों में इकट्ठा थीं। हँसी-ठठ्ठा करतीं। पतंग उड़ातीं और बाजी लगातीं। किसकी पतंग सबसे ऊपर जाएगी। किसकी पतंग दूसरी पतंगों का बोकाटा करेगी। बड़ी ठकुराईन ने उन सुहागनों के बीच उसे खड़ा देखकर हटा दिया था। बुरा न लगे इसलिए तिल का लड्डू भी दिया था। उसने खाया नहीं था। हाथ में पकड़े-पकड़े नीचे आई थी। करीम को साथ लेकर बावड़ी पर चली गई थी। करीम और वह दोनों बावड़ी के पीछे चले आए थे। करीम ने पतंग खूब ऊँची उड़ाई थी। वह कन्नी देती, करीम तुनकी मारकर पतंग ऊपर ले जाता। फिर उसे पकड़ा देता।

बापू ढूँढ़ता आया था। करीम के साथ देखकर गुस्साया था। 'चल घर चल छोरी। तू मानै क्यों नी री।' बापू को डर था, करीम के साथ पतंग उड़ाते देख लोग बुरा-भला कहेंगे। 'पर बापू मन्नो तो पतंग उड़ाना है न।' बापू ने नहीं सुनी थी और घर ले आया था। 'पर बापू मुझे तो पतंग उड़ानी है न।' उसके हाथ में पतंग और डोर देखकर जात-बिरादरी के लोग उसे तो भला-बुरा कहते ही, साथ ही बापू को भी गलियाते। उनकी आवाज़ों से मन के आकाश में उड़ती पतंग, झिझकोरे खाती पतंग की डोर कट जाती। पतंग पलटियाँ खाती नीचे किसी बबूल या खेजड़ी के पेड़ पर अटक जाती थी।

वह थक-हार कर आती और खुली आँखों से सपना देखती। सफेद या काले कपड़ों में मुँह, सिर और पूरा बदन ढाँपे जाती हुई विधवा औरतों को। वे एक के पीछे एक सीधी रेखा में चलती जातीं। पता नहीं वे कहाँ से आ रही होतीं और कहाँ किस तरफ जा रही होतीं। कभी न खत्म होने वाली उसे रेखा में कुछ छोटी बच्चियाँ होतीं—तीन साल की, चार साल की, पाँच-छह बरस की या किशोरी लड़कियाँ थीं, तेरह, चौदह, पन्द्रह, सोलह साल की या फिर बुआ की उम्र की—बाईस-तेईस,पच्चीस, छब्बीस साल की या उससे भी बड़ी उम्र की और वे जो बढ़ते-बढ़ते ताई की उम्र में पहुँच्र गई थीं। उन सबके चेहरे वीरान थे। उनकी आँखों में काली गहरी परछाईयाँ-सी गहराई थीं। उनके चेहरे सूखे और मुरझाए थे। वे सबसे बेखबर चलती जातीं, एक-दूसरे के पीछे एक सीधी रेखा में। न इधर देखतीं, न उधर। बस चलती जातीं और आगे अन्धेरे में खो जातीं। अचानक किसी ने जबर्दस्ती पकड़कर उसे लाइन से लगा दिया

था। वह बार-बार उस लाइन से बाहर आती। लेकिन कोई मजबूत हाथ थे जो उसे फिर उसी पंक्ति में खड़ा कर देते। वह पंक्ति तोड़कर बाहर आई थी और हाँफती हुई भाग रही थी। उसके पीछे-पीछे भीड़ बढ़ती आ रही थी। कोई कह रहा था, इसे जला दो, कोई कहता उसे डुबा दो। डर से बेहाल वह भाग रही थी और भीड़ उसका पीछा कर रही थी। तभी अचानक उसकी आँख खुल गई थी। वह रोती हुई कभी बापू के बिस्तर पर तो कभी बुआ के साथ जाकर निढाल-सी लेट जाती और सो भी जाती।

सावन का महीना था। उसे अपना घर और गाँव याद आ रहा था। पन्द्रह दिन पहले से ही पार्वती की पूजा शुरू हो जाती। सारी औरतें इकट्ठी होकर सावन के पाँचों सोमवार खाना बनाकर बाहर बाग-बगीचों, उद्यानों में निकल जातीं। कभी झील जोहड़ के किनारे जातीं। सावन के झूले पड़ते बागों में गीत गाए जाते। बिन ब्याही लड़कियाँ पूजा करतीं और अच्छे पति की कामना करतीं। ब्याहता स्त्रियाँ सुहाग के चिरायु होने की कामना करतीं। दाम्पत्य जीवन में स्त्री-पुरुष सम्बन्ध पृथ्वी और आकाश का सा होता है। आकाश की सार्थकता पृथ्वी की सापेक्षता में होती है। आकाश में उदय और अस्त होता चन्द्रमा और उसकी ताजे दूध की सी फेनिल चाँदनी हो अथवा सूर्य की उतरती ऊर्जा और आलोक या आकाश में उमड़ते-घुमड़ते बादल, सभी पृथ्वी से सम्पृक्त होकर ही फलीभूत होते हैं। धरती भी इन्हीं तत्वों से रससिक्त होकर रसा बनती है। प्राणवती प्राणप्रिया बनती है। पृथ्वी के बिना आकाश में इन्द्रधनुषी रंगों की आभा, चाँद-सूरज का आलोक, ऊर्जा, जल, वायु और अग्नि तत्व निष्पन्न नहीं हो सकते।

सुनो—'आपके यहाँ औरतें तीज़ नहीं मनातीं।'

वह रुका था। उसकी आँखों में सवाल था। 'क्या करना है तीज़ में। कुछ चाहिए तो रामधन से मँगवा लो।'

नहीं, मैं तो बस सोच रही थी। रुको, आपको सावन का, लोटियों का गीत सुनाती हूँ।

दल बादल विच चमके जी तारा,
साँझ रामै पिव लागै प्यारा,
आलीजी री सेजा में रीझ रहूँली,
काई रे मिजाज करै रसिया।

गाते-गाते वह उसके गले से लिपट गई थी—'इसका मतलब बताऊँ कि समझ गए आप।' उसने उसे धीरे से अपने से अलग कर दिया था। 'देखो—ऽ यहाँ का तौर-तरीका अलग है। तुम्हारा मन हो तो अपने गाँव जा आया करो।'

'जाऊँ तो, आप बच्चों को तो लेकर जाने नहीं देते। बच्चों को छोड़कर कैसे जाऊँ।'

'तुम्हें बताया था न वहाँ बच्चे बीमार पड़ जाएँगे। माहौल वहाँ हाइजैनिक नहीं है।'

'लेकिन, कैसे बीमार पड़ जाएँगे। क्यों, वहाँ क्या बच्चे नहीं हैं?'

उसने उसकी बात काट दी थी–'बहस मत करो। सोने दो मुझे। सुबह उठना है। कल दो बड़े आपरेशन करने हैं।' उसने बत्ती बन्द कर दी थी। कमरे के साथ-साथ उसके भीतर भी रोशनी की आखिरी चिलक बुझ गई थी।

वह बाहर आई तो आसमान पर बादल घिरे थे। हाँ, कल तीज जो है। तीज है तो बारिश भी होनी ही चाहिए। यह त्यौहार तो सुहागिनों का पतियों के साथ मौज-मस्ती का त्यौहार है। जिनके पति बाहर गए होते हैं, वे भी तीज को लौट आते हैं। हरियाली लाया सावन, चारों ओर संगीत की लहरियाँ। प्रेम से मदमाती प्रकृति, प्रीतम को तो लौटना ही होगा, जैसे भी हो। तीज पर आने के वचन की लाज रखने के लिए।

बचन अनोखा बाँधिया, जौरवाँ घणी जुहार
घर खड़मा, चढ़ काछियाँ, तीजाँ तणे तेंवार
तीजां तणें तेंवार, नदिया तक आवजे
झंड बांडा सर झेल, मलहार, गवावजे...

वह झूले पर बैठ गई थी और गीत गुनगुनाते लगी थी। उसे याद आया था। कस्बे की औरतें बाहर गए पति के लिए खाना बनाकर रखतीं कि उसे आना ही है। देर चाहे हो जाए, रास्ते में कितनी भी मुश्किलें आएँ पर वह आएगा तो ज़रूर ही। तीज तो मनानी है। औरतें बिना भोजन किए पतियों के आने की प्रतीक्षा करतीं। कितने ही तीज के गीत थे तो उर्मिला बुआ गाते-गाते रोती रहती थीं। आँसुओं से उसकी आँखें भीगती रहतीं पर सुर-ताल नहीं टूटते थे।

नाला-नदियाँ सू मिलै, नदिया सागर जाय
बिरछां सू बैलां मिले, ऐसी सही न जाय।
सावन आवण कह गया, कर गया कौल अनेक
गिणता गिणता घिस गई, आँगलियाँ की रेख।
बीज लियाँ निलर्ज्जियाँ, मेहां थूँ तो लज्ज
सूनी सेज विदेस पिव, मधरो मधरो गज्ज।
अगग्गां सगग्गां, नदी बहें, नदियन लागे नाव
हिरणी व्हे हेलो देवूँ, आवो जी प्रीतम आव।

उर्मिला बुआ गीत गाती और रोती जाती। बीच-बीच में आँसू पोंछकर हँसती हुई सामान्य दीखती। फिर उर्मिला बुआ ने राणी भटियाणीजी के कारण बने मेवाड़ के तालाब राजसमन्द के बनने की कथा सुनाई थी। महाराणा राजसिंह जी सावणी तीज को राणी भटियाणीजी से मिलने उनके पीहर जा रहे थे। रास्ते में बहुत तेज बारिश हुई। गोमती नदीं में बाढ़ का दृश्य बना। राजाजी का लश्कर पड़ा रहा पर नदी रास्ता दे तभी न। राज सिंह जी को बहुत क्रोध आया। सोचा—मेरी तरह और भी कितने प्रेमियों को तीज के लिए अपनी पत्नियों के पास जाने से यह नदी रोकती होगी। इस नदी को बाँध देना ही ठीक होगा। हम तो अपनी तीज ससुराल में ही मनाएँगे। राजाजी ने करोड़ों रुपए खर्च करके राजसमन्द बनाया।

सारे गाँव के घरों में और बागों में लड़कियाँ नए, सुन्दर वस्त्र पहनकर झूला झूलती हैं। पेड़ों पर झूले डाल लिए थे। कई जगह खम्भों पर झूले डाले थे। पुरुषों के लिए लाव के झूले थे। औरतें झूले पर पेंग लेतीं और पेड़ से पत्ते तोड़ लेने की होड़ कर रही थीं। झूला झूलने का निमन्त्रण नाईन घर-घर देकर आई थी और सारी औरतें मिल-जुलकर झूला झूल रही थीं। बागों में माली ने फूलों से सजाकर पंखा झूलने वालों को उपहार में दिया था। औरतें फूलों के गहने पहनतीं। फूलों की कंचुकी बनाई जाती जिसे पहनकर औरतें मान से झूला झूलतीं। पुरुषों को फूलों की छड़ी भेंट की जाती है। झूला झूलती औरतों को वे छड़ी से मारते और अपने पति का नाम बताने के लिए कहते। झूले की गोड़ी ऊपर चढ़ती और 'नाम लो' 'नाम लो' की आवाज़ें तेज हो जातीं। फिर पुरुष झूला झूलते और उनको भी पत्नी का नाम लेने के लिए कहा जाता। जब तक वे पत्नी का नाम नहीं लेते उन्हें नीचे नहीं उतरने दिया जाता। पुरुष जान-बूझकर जल्दी से नाम नहीं लेते। चारों तरफ आनन्द की हिलोर उठती। सभी स्त्री-पुरुष, छोटे-बड़े एक ही रस में डूब जाते। भंग पीने वालों के लिए 'बड़े' और शराब पीने वालों के लिए शराब की वरणियाँ भरी रखी रहतीं। कई अपने घरों में झूला डालते। परिवार के लोग ही झूला झूलते। उससे भी पति-पत्नी एक साथ भी झूले का आनन्द लेते। झूला झूलते को देखने के लिए बाहर के स्त्री-पुरुष और लड़कियाँ भी आ जुटतीं।

वह सब देखती। उसका दिल भी धड़कता था। वह भी अपनी बारी का इन्तजार करती और झूला झूलती। जिसे गाँव के लोग और औरतें बुरा मानतीं। बापू अलग से उसके लिए झूला डाल लेते पर अकेले में झूला झूलने में वह रस कहाँ होता है। 'आई आई सावणियाँ री तीज' की उल्लास से उमगती तान कहाँ होती। वह कभी झूला झूलती तो कभी झूला छोड़कर वच्छाबारस का इन्तजार करती। जो वर्षा के सारे त्यौहारों के बीत जाने के बाद आती थी। बच्छाबारस का दिन वर्षा के त्यौहार का आखिरी दिन होता था। झूले उतार दिए जाते। उसे लगता था झूले नहीं, लड़कियों

की दुनिया ही उजाड़ दी गई है। घर-घर में विदाई शुरू हो जाती। घर के मेहमानों और जँवाइयों को बिदा दी जाती, खाओ बरा, जावो परा। उस दिन खाने में 'बरा' अर्थात चना बनता। झूले उतर गए, मेहमान विदा हो गए। गोठें रुक गईं। 'बादली' का आह्वान और कुरंजा के संदेश सालभर के लिए चुप हो गए। सब फिर से अपने कामों में लग जाते। उर्मिला बुआ के गीतों की धुन भी चुपा जाती। वह भी अपने काम-धन्धे में लग गई। जिन्दगी पहले-सी कोल्हू के बैल की तरह घूमने लगती।

ताई कोसती थी, पर बुआ समझाती थी–'देख औरत की सारी इच्छा-कामना उसका धनी पूरा करे? जिद्द मत कर। तीज सुहागनों के लिए होता है।'

उसने ख्यालीराम से कहकर बाहर नीम के पेड़ पर झूला डलवा लिया था। आसमान पर बादल छाए थे, हवा भी चल रही थी पर गर्मी और उमस थी। इस सबसे बेखबर वह झूला झूल रही थी–

वनखण्ड में हिड़ोलो माँडयो रेसमी की पटडोर,
राणी-राणादे हींडा बैठया, धरती झेलै न भार ओजी।

उसे लग रहा था–वही राणी रैणांदे थी। राणी के हिंडोले को सूरज, चन्द्रमा, ब्रह्मा, ईसरजी झूला दे रहे थे। पृथ्वी इसका भार नहीं झेल पाती। रूप रस माती राणी रैणादे का हिंडोला गिरनार पर्वत को छू रहा था। धीरे-धीरे तीजों से पहले ही कस्बे में सुहागनें तीज वास्ते पीहर आना शुरू हो जातीं। वह भी पीहर आना चाहती थी। भाई की गुहार करे वही आकर उसे पीहर ले जाए–

उड़-उड़ रे थूँ काला रे कागला, जे मेरी वीरो आवै राज,
आवे लौ आधी रात, पहर के तड़के, तेजी घोड़ पालणियाँ राज।

कस्बे में पेड़ों पर, बागों में, उद्यानों में सभी जगह झूलों पर सखी-सहेलियों के साथ सुहागनें राग-रंग करतीं। हाथों-पाँवों में मेहंदी लगातीं। पैरों में महावर लगातीं। नए गोटी किनारी लगे घाघरा-चोली पहनतीं। गहने पहनतीं। साज-सिंगार करतीं। नए चुटीले, चुड़ले पहन केसरिया कँसूबल धारण करतीं। उसने भी हाथों में मेहंदी रचाई थी। नए कपड़े पहने थे। सजी-सँवरी थी। तीज माता का व्रत रखा था। चन्द्रमा निकलेगा तो अर्घ्य देकर भोजन करेगी।

'यहाँ दुपहरी में इस धूप में। उतरो। बीमार हो जाओगी।' उसे नहीं पता बादल कब छँटे। तेज धूप कब निकली। अजय वहीं पेड़ के नीचे छाया में पैम में कब सो गया था। डॉक्टर कब आया था। उसने पैरों को जमीन पर टिकाकर झूला रोका था। उतरकर उससे लिपट गई थी–

'धीरा चालो जी म्हारा, बाजणा बीछयाँ की डांडी टूट जावेली।' उसने एक घुमेरी खाई थी। 'के म्हारे लहरियों भीग जावैलो, के मरोड़ो लाग जावैलो।' और फिर से डॉक्टर को लिपट गई थी।

'हटो, पागल हो गई हो तुम। देखो, सब देख रहे हैं।' उसने अपने को छुड़ाया था और अन्दर चला गया था।

उसे लगा था वह सुहागन तो थी पर सदैव विरहिणी थी–

जउ तू साहिब नाविपउु, सावन पहली तीज
बीजल तणइ झबूकड़दू, मूँध मरेसी खीउज।

गणगौर आने की सुगबुगाहट से गाँव-कस्बे की लड़कियों-औरतों के दिल धड़कने लगे। गाँव में गणगौर की तैयारियाँ होली से पहले ही शुरू हो जातीं जबकि त्यौहार होली के पन्द्रह दिन बाद आता था। यह बात अलग थी कि उसे और बुआ जैसी विधवा औरतों को मेले, त्यौहारों, उत्सवों में जाने की मनाही थी। पर हर रोज कुछ न कुछ होता रहता। पुत्रवती स्त्रियाँ और सुहागनें उसमें हिस्सा लेतीं। कुँआरी लड़कियाँ भी शामिल होती थीं। खूब आनन्द-उल्लास छा जाता। इस अवसर पर कुँवारी लड़कियाँ वर की कामना से और सुहागनें पति की लम्बी आयु के लिए व्रत रखतीं। औरतें केसरी रंग वाले गोटे किनारी के ओड़णे ओढ़, आभूषण पहनकर सज-सँवरकर इकट्ठी गाती हुई निकलती जातीं। वे पार्वती के तप का ध्यान करतीं, उसके जीवनवृत्त को लक्ष्य मानकर अपनी इच्छाओं से रिक्त होकर सिर्फ पति की और अमर सुहागिनी होने की इच्छा से पूरित होकर, सिर पर कलश धरकर गीत गाती हुई जलाशयों पर जातीं। माँ पार्वती के चरणों में श्रद्धासुमन चढ़ातीं और मनोकामना पूरी होने की प्रार्थना करतीं। कुँआरी लड़कियाँ चिर सुहाग की आकांक्षा करतीं। विवाहिता पुत्र प्राप्ति के लिए पूजन करतीं। औरतें गौरीपूजन के लिए तालाब की मिट्टी लाकर गौरी की मूर्तियाँ बनातीं। एक छोटे गमले में मिट्टी भरकर जौ बो दिए जाते। जिसमें चार-पाँच दिनों में जुहारे निकल आते थे। जिस दिन पूजा खत्म होती उन्हें सिर पर रखकर सभी घरों में औरतें और लड़कियाँ सुबह उठकर गणगौर पूजतीं। शीतलाष्टमी के दूसरे दिन संध्या को बनौरी निकलती। रात्रि में सभी स्त्रियाँ और लड़कियाँ मिलकर गणगौर के गीत गातीं। लड़कियाँ गौरी को सखी मानकर भगवान शिव के लिए साली बन जातीं और ब्रह्माजी की बेटी रोहिणी बनकर औरतें अपनी आकांक्षाएँ व्यक्त करतीं। जिनमें उनके अपने जीवन की ही भावनाएँ व्यक्त होतीं। इन गौरी-पूजन के दिनों में सारा गाँव और कस्बा सुबह, दोपहर, रात में गीतों से गूँजता रहता था।

गौरी-पूजन के 16वें दिन घरों में स्वादिष्ट लॉंज बनते। तीज के पश्चात मूर्तियाँ पानी पछराई जातीं। पूजा के समय की सामग्री भी दापत्रा (दहेज) की तरह साथ

बहा दी जातीं। एक तरह से यह दृश्य विवाह के बाद कन्या की विदाई का दृश्य होता है।

गणगौर के मेले लगते हैं। खूब चटक रंगों के गोटे-किनारी से झिलमिलाते कपड़ों में औरतें अपने 'गौरे' सिर पर रखकर मेलों में जातीं। मुहल्लों में गवर की झाँकियाँ सजाई जातीं। कई दिनों तक गीतों का आयोजन होता है। सुबह कन्याएँ धुलड़ा बुणने जातीं। अपने गाँव के गणगौर की याद बार-बार आती थी। गाँवभर की औरतें गहनों, कपड़ों से सजी-सँवरी थीं। घर के आँगनों में घूमर, लूहर और सालोड़ा की धूम मची थी। उर्मिला बुआ अपने में सिमट गई। वहाँ ताई उसे डाँटती-डपटती इस सब मेले-ठेले से दूर रखने का प्रयास करती रही थी।

उर्मिला बुआ जब गणगौर के गीत गाती तो उनमें कभी विरहिणी प्रियतमा की आर्त पुकार गूँजती, तो कभी प्रियतम के लौट आने की खुशी और उत्साह हिलोरें मारता। कहीं ताने—मैंने, कहीं परदेसी प्रियतम के आने की मनुहार—

घरै आवो नी पधारो नी
म्हारी दिसड़ी का दिवला
थाराँ मारगिया बुवारूँ
बाजूबन्द री लूंब सूं।

उसकी सारी सखियाँ तो गणगौर के नशे में बेसुध थीं पर उसका मन प्रियतम के बिना क्रन्दन करता। प्रियतम के आने के लिए उसने जो तैयारी की थी वह भी व्यर्थ गई। तो कहीं जाते हुए प्रियतम से रुकने की विनती, गणगौर के त्यौहार पर कैसे उसे छोड़कर चले जाओगे। वह घोड़े की लगाम पकड़कर उसे रुकने का आग्रह करती है। पर पति मजबूर है। उसे नौकरी पर जाना ही पड़ेगा।

उर्मिला बुआ ने गणगौर की प्रतिमा को चौकी पर रखा और सुबह से ही उसको नए वस्त्राभूषणों से सजाने के काम में जुट गई थी। उर्मिला बुआ जैसी पोशाक, प्रतिमा के नाप का लहंगा, काँचली कुरती बनाई थी। गणगौर के आने के पहले से ही तैयारियाँ शुरू कर दी थीं। एक दिन पहले ही पोशाक तैयार कर ली थी। गणगौर के दिन प्रतिमा को कपड़े पहनाकर उसे गहने पहनाए थे। उसके होठों पर गोंद से दो बिंदियाँ 'चाँपे' की तरह चिपका दी थीं। फिर गणगौर के ललाट को अलंकृत करती। काले कपड़े की पट्टी के किनारों पर गोटा किनारी लगाकर, प्रतिमा के केश बाँध दिए। प्रतिमा के सिर पर लगे आँकड़े में रखड़ी की डोरी डालकर बाँध दिया था। चोटी के काले डोरों में मोती पिरोकर लम्बी आँटी बाँध दी। प्रतिमा को धोती पहनाने का काम सबसे कठिन होता था। उर्मिला बुआ इसमें भी माहिर थी। धोती को व्यवस्थित बँधी रहने देने के लिए सुई-धागे से टीपें लगा दी थीं। सौभाग्यवती

स्त्रियाँ ही गणगौर को वेशभूषा पहनाने और सजाने का काम करती थीं। लेकिन हमारे घर में उर्मिला बुआ ही करती थी। शुरू में कुछ औरतों ने इस बात का बुरा माना था, लेकिन उर्मिला बुआ की पहनाई पोशाक और गहनों की सुगढ़ता को देख-परखकर वे चुप हो गई थीं। फिर चोरी-छिपे दूसरी औरतें भी उर्मिला बुआ से प्रतिमा को पोशाक पहनाने का हुनर सीखने आने लगी थीं। सवारी में लोगों की आँखें प्रतिमा के साथ उसकी पोशाक पर भी लगी हुई थीं। कुछ लोग तो घर आकर उर्मिला बुआ की सजाई गई प्रतिमा की तारीफ भी कर गए थे।

गाँव में ईसर जी की काठ की प्रतिमा भी बनाई गई थी जिसको पुरुषों ने पोशाक पहनाई और उसका अलंकरण किया था। ईसर जी सिर पर तुर्रा लपेटते, कलंगी, सरपेच, कानों में मोती, घूम घोटला मोती बागा पहनाया था। गणगौर और ईसर जी के हाथों में सुनहरी किनारे के तुर्रे भी दिए थे। दोनों के गले में बद्दी पहनाई थी। इन काष्ठ प्रतिमाओं को सिरों पर रखकर गाँव की औरतों ने पाटों पर रख दिया था। वहाँ उत्सव मनाया गया। औरतों ने घूमर ली। इस मौके पर भाँग बड़ा बनाया। छबड़ों में रखकर दर्शकों को बाँटा गया था। सवारी देखने आए दर्शक भाँग या शराब के साथ भाँग बड़ा खाते रहे थे। शराब भी परवालों में भरकर रख दी गई थी और परवाल भरे भैंसों को घुमाते हुए दर्शकों के पास जाते थे। कई दिनों से शराब पी रहे थे और कुछ तो अंजुली से ही पीने लगे थे। उस दिन घुड़दौड़ हुई थी। तीन-चार घण्टे की इस मौज-मस्ती के बाद दर्शक लौट गए थे। औरतें घरों से नैवेद्य ले आतीं और गणगौर को भोग लगाकर अपना नैवेद्य ले गईं। गणगौर को औरतें सजा-सँवारकर, पहना-ओढ़ाकर टोलियों में रिश्तेदारों और मित्रों से मिलने गईं। शाम को ये प्रतिमाएँ कुएँ के किनारे रख दी गई थीं। फिर औरतों की गणगौर दौड़ हुई थी। औरतें अपनी गणगौर को सिर पर उठाकर भागतीं, जो पहले निश्चित स्थान पर पहुँचती उसकी जीत मानी जाती। रातभर औरतों ने गणगौर की रात को नाच-गाकर, बजाकर आनन्द मनाया। उनके कण्ठ की माधुरी की हिलोर हवा में गूँजती रही थी—

म्हांने खेलण दो गणगौर
ओ पना मारू
म्हाणे रमण दो गिणगौर
आजरी गिणगौर आ पना मारू
काल री गिणगौर
ओ मरी सैया जो वे वाट ओ पना मारू
म्हाणे खेलण दो गिणगौर
ओ जी म्हारा आलीजा रोजल सुभाव।

फिर प्रतिमाओं के विसर्जन का दिन आया था। विसर्जन के दिन से पहले औरतें गणगौर को काले रंग की गोटे-किनारी की साड़ी धारण करा देतीं। जिस औरत ने प्रतिमा को उठाया था वह भी वैसे ही काजलिया गोटें-किनारी की साड़ी धारण किए थी जिसका अर्थ होता था आज गणगौर की अन्तिम सवारी थी। उर्मिला बुआ सधवा और विधवा का काले पोमचे छापों से भेद कर लेती थी। विसर्जन के लिए प्रतिमा को काली धोती पर गोटे किनारी लगाई और उसे पहनायी फिर खूब रोयी भी थी। खुद भी बिना गोटे, किनारी की काली धोती पहनी। उसे बापू ने काली धोती नहीं पहनने दी थी। गणगौर के विसर्जन के लिए चौक तक जाकर प्रतिमा रख दी जाती थी। फिर औरतों ने घूमर ली। इस समय लाखा, फॅलांणी, नथमल और गिंदोली के गीत भी गाए गए थे। घूमर लिया था। उसने भी जिद्द की थी–'बापू मैं घूमर नाचूँ हूँ... ।' उर्मिला बुआ ने गींदोली की कथा भी सुनाई थी। प्रतिमा के विसर्जन का समय लड़की की विदाई के जैसा आँसुओं से भरा था। सब रस्में भी लड़की की विदाई के समय जैसे ही निभाई गईं। ईसर जी को जँवारी के रुपए देती हैं। ईसर जी गणगौर को अपने साथ ले गए थे परन्तु दो कदम आगे जाकर ही गणगौर ने फिर पीछे झाँकने और अपनी सहेलियों से मिलने का आग्रह किया था–

पाछी तो फिर म्हारी गौरलए
थनै बाईसा साथण देस्याएँ

जब तक घर की पौल दिखती है तब तक इसी तरह गौर पीछे मुड़-मुड़कर देखती रही। माताएँ गौर के रूप में अपनी बेटियों को देखती थीं और उनकी आँखों से छलछल आँसू बहे थे।

'पाछी तो फिर म्हारी गौरलए' का कहना-सुनना चलता था।

पीछे मुड़कर देखा तो लगा था सामने बापू खड़े थे। उसकी महतारी और पिता दोनों ही बापू थे। उनकी आँखों के कोनों में आँसू की बूँदें छलछलाती रही थीं। उसने अपनी नजर चुराई थीं। भर आई आँखों को धीरे से पोंछा था।

उसने खूब चटक रंग की गोटे किनारी वाली साड़ी पहनी थी। बाँहों में रंग-बिरंगी चूड़ियाँ, गले में मोतियों की माला, कानों में झुमके, पैरों में बिछुए और पायल पहनी थी। जैसे ही डॉक्टर अन्दर आया था वह लपककर आगे आई थी और उसके गले में बाँहें डालकर गाते हुए नाचने लगी थी,

खेलन दो गिणगोर
गाढ़ा मारू खेलन दो गिणगोर
ओ जी म्हारी गवरल रा दिन दोय,
गाढ़ा मारू खेलन दो गिणगोर।

'यह क्या कर रही हो तुम। हटो, छोड़ो मुझे।' उसने उसकी बाँहें हटानी चाही थीं और अपने को उससे मुक्त करना चाहा था। पर वह वैसी ही उससे लिपटी नाचने की कोशिश करती रही।

डॉक्टर गुस्से में था। उसने उसे जबर्दस्ती खींचकर अपने से अलगाया था, 'यह क्या तरीका है?'

'क्या हुआ? आपके साथ गणगौर का गीत गा रही थी और क्या? हमारे यहाँ छोटे-बड़े सभी खेलते हैं। हवेली का राठौर भी खेलता है, पता है आपको?'

'पागल मत बनो, देखो सब देख रहे हैं।' वह उसे धकियाता हुआ अन्दर चला गया था।

उसने डॉक्टर को सुनाकर कहा था, गणगौर के गीत में एक कुँआरी कन्या माँ से कहती है–'मुझे ऐसे स्थान पर मत देना जहाँ गणगौर न खेला जाता हो।'

शिथिल-सी वह सोच रही थी। वह बापू से जिद्द करती–'ऐ बापू, म्है बी लू खेले छै। बापू मै बी गोटा किनारी वाली चुनैड़ी ओढ़ै छै। बापू, मैं बी बिछिए पहनूं छै। बापू म्है बी पायल पहनूं छै। ए बापू, कठड़ो की आवाज़ आ रही है, घूमर शुरू हो गया है।' बापू कहता, 'तोरे भाग माँ कोनी लिखया, मेरी बच्ची। जो म्हारे भाग माँ लिख्या वौ कारणों पड़े।' बापू सच कहता था–'तेरे भाग माँ ना लिखया। पहले विधवा थी तो नहीं था, अब सधवा हूँ तो भी नहीं है।'

उसे लगा था, इसको गाँव कस्बे की बातें पसन्द नहीं हैं। फिर ऐसी बातें करने से क्या फायदा जिसमें इसकी रुचि न हो।

उसने दूसरा तरीका अपनाया था।

आज पता है, क्या हुआ, 'ड्राईवर ने गाड़ी गलत पार्क कर दी थी और खुद कहीं चला गया था–पीछे से गाड़ी टो करके ले गए। मैं पुलिस स्टेशन गई थी। वहाँ कोई सब इंस्पैक्टर जैसा व्यक्ति बैठा था। बिलकुल आपकी तरह लग रहा था। कितनी बार कहा उससे सुनिए, सुनिए, जस्ट लिसन टु मी। मेरा सब्र खत्म हो रहा था, आप मेरी बात सुनेंगे। मैं लगभग चीखी थी।'

'वह भभका था, सिट डाऊन मैम!' और फोन करने लगा था। 'वैसे आपको भी डॉक्टर होने की अपेक्षा पुलिस में होना चाहिए था।'

बिना मेरी तरफ देखे वह उठ गया था, 'चलता हूँ।'

'ज़रा रुको तो-ऽ आपका तो स्विच ऑन ही नहीं होता। लगता है आपका फ्यूज उड़ गया है। उसने सोचा था हम औरतें हैं न डॉक्टर। हमारा स्विच ऑन और स्विच ऑफ बहुत अच्छा होता है। अभी बच्चों के साथ होंगी तो माँए होगीं। अगले पल किसी सामाजिक-आर्थिक-राजनीतिक मुद्दे पर बहस करती विदूषियाँ और उससे अगले पल में प्रेम में डूबी पत्नियाँ या प्रेयसियाँ। दुनिया से बेखबर। हम औरतें सोते में जागती हैं और जागते में सोती हैं।'

वह जाने के लिए बढ़ा था–'आप कहाँ जा रहे हैं डॉक्टर। रुको-ऽ आज तो इतवार है। छुट्टी है।'

'हाँ, पर मुझे जाना है। एक मीटिंग रख ली है।'

'आज क्यों रखी मीटिंग?' मैंने रास्ता रोकते हुए कहा था'–'खेजड़ी का पेड़ हैं आप।'

'चलो हटो, देर हो रही है।' वह निकल गया था।

उसका जन्मदिन था। उसे लगा उसे याद नहीं होगा। उसने पूछा था, 'जा रहे हो?'

'हाँ, तुम अपने लिए साड़ी या जो चाहो, खरीद लेना।'

उसने जेब से कुछ नोट निकालकर दिए थे।

उसने लौटाते हुए कहा था–'ये नहीं चाहिए। एक वायदा करोगे? जो मागूँगी, दोगे? पहले यह बताओ कि आपने डॉक्टर, गौरल और ईसर का गीत सुना है?'

उसने आँखें उठाई थीं, 'यानी क्या?'

गौरी ने ईसर से कहा–'मेरी सखी ने माथे का तिलक बनवाया है। आप मेरे लिए भी बनवा दो।'

ईसर ने कहा–'तुम्हारे सिर पर झिलमिल करती रखड़ी और गले में मोतियों का हार ही अच्छा लगता है।'

गौरी नाराज होकर चली गई। ईसर ने बहुत ढूँढ़ा, रास्ते चलते लोगों से पूछा। उन्होंने देखा, ईसर-गौरी के बिना कितने दुःखी थे। जटा बिखेर दी थी और जगह-जगह उसे ढूँढ़ रहे थे। ईसर ने राह चलती ढोकरी से, फूल तोड़ती बच्चियों से, पानी के घड़े भर के ले जाती औरतों से पूछा था–

'क्या कहीं गौरी को देखा है?'

बच्चियों ने बताया था–'सामने मढ़ी में बैठी है आपकी गौरी।'

ईसर वहाँ पहुँचे, हाथ जोड़े। 'गौरी, नाराज मत हो, तुम्हारे लिए तिलक ही बनवाऊँगा। लंका से सोना, समुद्र से मोती, लालनगढ़ की लाल जड़वा दूँगा। तुम अपनी सहेली से ही पहन लेना।' गौरी ईसर की विनती को मान गई थी।

डॉक्टर उठने को हुआ था। उसने बढ़कर बाँहें उसके गले में डाल दी थीं। छुड़ाते हुए डॉक्टर ने कहा था–'तिलक चाहिए तुम्हें? उसे कहाँ पहनोगी?' 'ना-ऽ, ना-ऽ तिलक तो नहीं चाहिए लेकिन?'

'लेकिन क्या? कुछ कहो तो...'

'मैं चाहती हूँ कि आप एक दिन सर्दी का, पूरा नहीं तो तीन-चार घण्टे मेरे साथ बिताओ। एक दिन गर्मी का, चिलचिलाती गर्मी जब तारकोल की सड़कें पिघलने

लगती हैं तब-मेरे साथ रहो। एक दिन बारिश का, जब खूब बारिश बरसती हो। एक दिन बसन्त का जब पेड़ों पर सूखे पत्ते पीले, भूरे गुलाबी मटमैले होकर झर रहे हों और हवा ने उन्हें अपनी उँगलियों से सरकाकर किनारे लगा दिया हो। खूब सारे फूल खिले हों। आम के पेड़ों पर बौर की महक छाई हो–आप मेरे साथ रहो। पूरा दिन नहीं तो तीन-चार घण्टे ही सही। साल भर में बारह या सोलह घण्टे ज़्यादा हैं क्या?'

'जब समय मिलता है तो पढ़ा करो।'

'मुझे अब पढ़ने का कोई शौक नहीं है। लेकिन मेरे प्रस्ताव का यह उत्तर है क्या? बबूल का पेड़ हो? झर बेरी हो आप?' वह उसके गले में बाँहें डालकर झूल गई थी।

वह मुस्कराया था–'अच्छा देखूँगा' और चला गया था।

उसे लगता वह सूखे कुएँ की मुँडेर पर बैठी है। बार-बार सीढ़ियाँ उतर रही है और चढ़ रही है। सीढ़ियाँ चढ़ और उतर रही है।

उसे लगता, यह व्यक्ति दो हजार साल का है। फॉसिल है। ठण्डा और अपनी चुप्पी में क्रूर। फिर उसे लगता, यह आदमी दुर्ग में बैठा है। धुँमल गढ़ का या जालोर का, कहीं का भी हो। ऊँची पहाड़ी पर विराजमान, चारों ओर पानी की खाई और पक्के परकोटे। इस तक पहुँचना बहुत मुश्किल था। उसे कई बार बर्फ में दबा एक मन्दिर का दृश्य दिखाई देता था। उसके कंगूरों पर सूरज की रोशनी पड़ती, पर सारा मन्दिर बर्फ से ढंका रहता। कंगूरों पर पड़ती किरणों का ताप मन्दिर की दीवारों में होता हुआ उसकी नींव तक पहुँचेगा। अगर पहुँचेगा तो क्या होगा। मन्दिर भी पिघलती बर्फ के साथ बहने लगेगा। मन्दिर के बहने के दृश्य की वह कल्पना करती।

बच्चों के साथ व्यस्तता थी। दिन भर अनेक काम थे जिन्हें उसे करना होता था। ये सारे काम घर के सदस्यों के लिए थे। उनकी खुशियों, सुविधाओं और ज़रूरतों को पूरा करने के लिए थे। घरों में औरतें कुछ अर्थहीन-सी पर अनिवार्य क्रियाओं को दोहराती हैं। धोए गए कपड़ों को उलटना-पलटना। उठाना-तहाना। उनका वर्गीकरण। घर में प्रेस होने वाले, बाहर प्रेस होने वाले। फिर अगला वर्गीकरण अजय के, अभय के, मीनाक्षी के, डॉक्टर के सबके कपड़े अलग-अलग। उनके कमरों में उनकी अलमारियों में। फिर वर्गीकरण, रिपेयर के कपड़े, ड्राइक्लिनिंग के कपड़े। ऐसे सैकड़ों काम थे। कभी कोई नलका टपकता, कभी कोई नाली फँस जाती। कहीं कोई टूटी का फेज़ खराब हो जाता। कहीं पाइप से लीकेज होती। प्लम्बर को फोन करना।

उसका इन्तजार करना। पन्द्रह मिनट के काम के लिए दो घण्टे लग जाते। घर के रखरखाव के ऐसे सैकड़ों काम होते थे।

बाहर सा घरेलू सामान लाना। फिर उसको यथास्थान रखना। घर में बच्चों द्वारा इधर-उधर बिखराई गई चीज़ों को उनके स्थान पर दुबारा रखना। बच्चों के घर लौटने पर, उनका खाना, उनका होमवर्क उनकी हर रोज़ की किसी-न-किसी माँग को पूरा करना।

सुबह से रात कब हो जाती, पता ही नहीं चलता। रात को या देर रात को डॉक्टर के साथ खाना खाते हुए या उसे खिलाते हुए वह देखती—वह शान्त, निश्चिन्त और श्लथ होता। वह चाहती, वह उससे पूछे घर के बारे में, बच्चों के बारे में, उसके बारे में। पर वह कुछ न पूछता और न बोलता। खाना खत्म कर हाथ धोकर अपने कमरे में आ जाता। उसने एक दिन कहा था—'अर्जुन को सिर्फ घूमती मछली की आँख नज़र आती थी। और आपको इस गतिमान संसार में सिर्फ इन्सानों की खराब आँखें ही नज़र आती हैं। आज के अर्जुन हो आप! है न!' उसने भर आँख देखा था, मुस्कराया था और चला गया था।

उसकी शादी को तीस साल हो गए थे। वह भरी-पूरी औरत थी। तीन बच्चों की माँ। डॉक्टर के पास पहुँचने या उसे अपने पास ले आने की उसकी सारी कोशिशें व्यर्थ सी हो गई थीं। उसे विश्वास-सा हो गया था। इस सूखी नदी में नौका नहीं चलेगी। यह इन्सान बंजर ज़मीन का टुकड़ा है। इसमें कभी कुछ नहीं उग सकता। बीस साल तक भावनाओं के सैकड़ों-सहस्रों बीज फेंकती रही। कुछ नहीं उगा था।

जीवन एक स्वायत्त सत्ता है। हमारा जीवनानुभव और अनुभूतियाँ ही हमारा सच होता है। कहते हैं कि नारी द्विज होती है, वह धान्य होती है। वह द्विज और धान्य दोनों होती है इसलिए भाव और स्थान दोनों से एक नए गोत्र और नई भूमि के लिए आयु विशेष में, कन्या से कल्याणी बनने के लिए प्रस्थान करती है। पितृगृह में वह सरस्वतीरूपा होनी चाहिए। ससुराल में आकर लक्ष्मीरूपा मानी गई। व्यवहार में शिवारूपा हो। अपने शिव के सान्निध्य में यह पार्वती, सर्वमंगला, भद्रकाली शिवारूपा होकर पूर्णत्व को प्राप्त करती। क्या उसने पूर्णत्व को प्राप्त किया? क्या शिव के सान्निध्य में वह शिवरूपा हुई? क्या उसकी औरत को पूर्ण संतोष मिला? क्या उसकी औरत को औरत होने का प्रतिफल मिला?

औरतें तप करती हैं। उनका जीवन एक लम्बी साधना होता है। विवाह से पहले हम गणगौर में पार्वती पूजन करती हैं, व्रत रखती हैं, नवरात्र का व्रत रखती हैं, देवी माँ के नौ रूपों की पूजा करती हैं, कार्तिक पूर्णिमा को व्रत रखती हैं, पूजा करती

हैं और भी कितने व्रत रखकर पूजा करके अच्छे पति की कामना करती हैं। सब की कामना तो पूरी नहीं होती। जिनकी नहीं होती है, वे अपने भाग्य को स्वीकार कर लेती हैं। 'जाहि विधि राखै राम ताहि विध रहियै।' उनके राम उनके पति होते है। जैसे भी हों ऐबी, दुराचारी या अत्याचारी। एक आदमी में सारी विपरीतताओं के बाद भी मन लगाए रहना। अपनी कोई इच्छा नहीं, कोई महत्त्वाकांक्षा नहीं, कोई कामना नहीं। कोई भूख, कोई स्वाद नहीं। कोई समय, कोई स्पेस नहीं। उनके तप का लाभ उन्हें नहीं मिलता, उनके पतियों और बच्चों को मिलता है।

इतना ही नहीं, ये घर उनके लिए मन्दिर की तरह होता है। इसकी छतें ही मन्दिर का गुम्बद हैं और वही उनका आकाश है। ध्वनि विज्ञान के आधार पर मन्दिर में गुम्बद इसलिए बनाया जाता है कि मन्त्रोचार की ध्वनि भीतर ही रहे। मन्दिरों को ऐसे पत्थरों से बनाया जाता है जो अनुगूँज पैदा करते हैं। घर भी ऐसे ही हैं। औरतों की आवाज़ें और अकुलाहटें भीतर की दीवारों से टकराकर उन्हीं तक लौट आती हैं। मन्दिरों में खिड़कियाँ इसलिए नहीं होतीं कि मन्त्रोच्चार ध्वनिवर्तुल को तोड़ न दे। उनके लिए भी खिड़कियाँ दरवाजे होकर भी नहीं होते, ताकि हमारी चीखें भीतर ही कैद रहें। दीवारों की मर्यादा को लाँघें नहीं।

उसे वह रॉबोट की तरह लगता था, बेजान और जड़। उतना ही बोलता था जितना जरूरी होता और हँसने में उसे जैसे कष्ट होता था। वह हमेशा एक टारगेट लेकर चलता था। वह शहर का प्रख्यात डाक्टर था। उसके प्रंशसकों की दुनिया बहुत बड़ी थी। दिन में कितनी बार दस्ताने पहनता और उतारता होगा। ऐनक के नीचे उसकी छोटी भिंची-भिंची सी आँखें। कुर्सी पर बैठा एक पुतला सा लगता था। उसके और मरीज के बीच में कोई नहीं आ सकता था।

उसके पास मैजिक फिंगर्स थीं। उसने औरों से सुना था। उसके पास कोई दैविक वरदान था और साथ ही उसका श्रम, एकनिष्ठ प्रोफेशनल लगन। सूरज कब निकलता, कब डूबता, रात होती या सुबह होती वह उसी दुनिया में रहता था। उसे लगता था–रात को सोते हुए भी नींद में वह अपनी मशीनों को, बीमार आँखों को ही देखता रहता होगा। वह फिर सोचती--उन आँखों का दर्द या उनकी मूक भाषा क्या यह व्यक्ति कभी नहीं महसूसता। उसे लगता–यह दिन के पन्द्रह-सोलह घण्टे सिर्फ बीमार आँखों वाले विकलांगों की दुनिया में ही जीता और साँस लेता है। उसने बहुत बाद में जाना था कि पुरुष वैयक्तिकरण के माध्यम से जीता है पर स्त्री सम्बन्धीकरण से ही जीती है।

एक दिन उसे मज़ाक सूझा था। उसका जन्मदिन आने वाला था। उसने कहा था–'आपके जन्मदिन पर इस बार मैं आपको एक खास उपहार देना चाहती हूँ।'

उसने आँखें उठाई थीं।

उसे हँसी आ गई थी। 'ऐसा उपहार जो एकदम अलग होगा। लेकिन आपकी रुचि का ही होगा।'

उसका धैर्य छूट रहा था। वह चाह रहा था, जल्दी ही वह अपनी बात खत्म करे।

'मैं इस बार आपके जन्मदिन पर आपको एक खोपड़ी भेंट करूँगी। जिसकी गहरे गड्ढे-सी आँखें होंगी और उसकी आँखों में मोमबत्तियाँ जल रही होंगी।' मैंने हाथ- पैर गर्दन ढीले छोड़कर हस्पताल के कमरों में हैंगर में स्प्रिंग पर लटकी खोपड़ी की तरह सिर हिलाते हुए और आँखें झपकाते हुए उससे कहा था और हँसने लगी थी।

उसका चेहरा तन गया था। 'पागल हो गई हो क्या?' वह कमरे से बाहर हो गया था।

बड़ी देर तक खड़ी सोचती रही थी। क्या वह इसके साथ कभी मज़ाक भी नहीं कर सकती। उसने गलत क्या किया? ज़रा-सी हँसी-ठिठोली ही तो की थी। वह हँसकर भी तो बात को टाल सकता था। उसके इस व्यवहार से उनके बीच की दरार और चौड़ी हो गई थी।

समय के पंखों पर दिन, महीने, साल ऐसे ही उड़ते पक्षी से दूर निकल जाते हैं। अजय के बाद मीनू, और फिर अभय तीनों बच्चों के साथ इतने वर्ष कैसे बीत गए उसे पता नहीं चला। डॉक्टर की दुनिया से अलग उनकी दुनिया थी। डॉक्टर को घर, बच्चों, या उससे जैसे कोई मतलब ही नहीं था। उसका काम उनके लिए सुविधाएँ जुटाना था। सुविधाओं की हमें कभी कोई कमीं नहीं हुई थी। डॉक्टर ने अपना एक अकाउंट उसके साथ ज्वाइंट कर लिया था। जितनी ज़रूरत होती, घर के लिए, बच्चों के लिए, बच्चों के स्कूल की फीस और दूसरी उनकी माँगें पूरी करने में कोई दिक्कत नहीं थी। बस डॉक्टर के पास समय नहीं था। कभी-कभी तो बच्चों से बात किए, उनको देखे हुए दो-तीन दिन भी गुजर जाते। बच्चे सुबह उठकर स्कूल जाते। डॉक्टर घर लौटता तो वे सो रहे होते। कभी-कभार दुपहर में डॉक्टर खाना खाने आता तो बच्चों से भेंट हो जाती।

बच्चे बड़े हो रहे थे। नर्सरी, केजी से पाँचवीं तक उन्हें उसने ही पढ़ाया था, फिर उनके लिए ट्यूशन रख दी गई थी। पढ़ाने के अतिरिक्त खाना खिलाते, सुलाते, बहलाते, फुसलाते उसने उन्हें सैकड़ों कहानियाँ सुनाई थीं। राजस्थान की लोक कथाएँ, जातक कथाएँ, पंचतन्त्र की कथाएँ। अभय और मीनू तो सोते ही नहीं थे जब तक कहानी न सुन लेते। अजय शुरू से अलग था। वह जिद्द नहीं करता था। चुपचाप अपना स्कूल का काम करता, अपने आप अपने कपड़े बदलता, शाम को खेलने जाता, वापस लौटकर खाना खाकर सो जाता।

अभय और मीनू दोनों उससे चिपके रहते। अभय कमजोर

था, बहुत जल्दी बीमार हो जाता। मीनू भी छोटी ही थी, दोनों में एक साल का ही फर्क था। दोनों को एक साथ देखना पड़ता था। शायद इसीलिए वह उन पर और वे दोनों उस पर बहुत अधिक निर्भर थे। कई सालों तक दोनों उसके साथ ही सोते रहे थे। डॉक्टर को यह पसन्द नहीं था। वे कहते–'बच्चों को इतना डिपेंडेंट मत बनाओ, इससे उनका विकास रुक जाएगा।' लेकिन उसे लगता था–अभय और मीनू को उसकी ज़रूरत डॉक्टर की ज़रूरत से ज़्यादा थी। मीनू रात को उठकर रोने लगती थी। अभय सोते में डर जाता था। इसलिए उसका उनके पास होना उसे ज़रूरी लगता था। अजय उन दोनों से अलग था। संयमित और अपने तक सीमित। अभय और मीनू की भावात्मक ज़रूरतें ज़्यादा थीं। तीनों बच्चों के इस फर्क को वह जानती थी।

अजय डॉक्टर शाह पर गया था, पर अभय मेरे जैसा था संवदेनशील और भावुक। मीनू तेरा कद-काठ, चेहरा-मोहरा मेरे जैसा था, पर तू डॉक्टर की तरह प्रखर बुद्धि और प्रतिभावान थी। छोटी-सी, नन्हीं-सी, गुड़िया-सी घर में तेरे ही कारण से रंग-राग था। तुझे शुरू से ही रंग-बिरंगी चूड़ियाँ, बिन्दी, क्लिप, रिबन, बुंदे पसन्द थे। पर डॉक्टर नाराज होते थे। मैं तेरी खुशी के लिए तीज-त्यौहार को ये सब तुझे लाकर देती और पहनाती भी थी। डॉक्टर के आने तक यूँ भी तू सोई होती। मुझे याद है, तेरा पाँचवाँ जन्मदिन था। बापू ने तेरे लिए उर्मिला बुआ और जरीना आपा की बनाई हुई घाघरा-चोली भेजी थी। डॉक्टर ने तुम्हारे जन्मदिन के लिए फ्रिल वाली एक बार्बी ड्रेस बनवाई थी। तू जिद्द कर रही थी घाघरा-चोली के लिए। मैंने तेरी बात मानी थी। जैसे ही तू मेहमानों के सामने गई थी, सब देखते रह गए थे। तेरे घाघरा-चोली की सबने एक साथ तारीफ की थी। अपने अन्दाज में कोई उसे एथनिक ड्रेस कहता, कोई क्यूट, कोई ब्यूटीफुल और सचमुच में ही उर्मिला बुआ ने उस पर मेहनत भी खूब की थी। सलमे-सितारे से सजाया था। छोटे-छोटे घुँघरू लगाए थे। उसको पहनकर तू इतरा भी खूब रही थी। मुझे भी ताई की तरह लगने लगा था, कहीं तुझे नजर न लग जाए। रात में सबके जाने के बाद मैंने तेरे पैरों की मिट्टी आग में डालकर तेरी नजर उतारी थी। इसे मेरा पिछड़ापन कहो या कुछ और, पर तेरी सलामती की भगवान से प्रार्थना की थी। अजय की तरह तू शुरू से ही सयानी थी। अपना स्कूल का काम खुद कर लेती। समय पर खाना खाती, खेलती और सो जाती। कक्षा में हमेशा पहले, दूसरे नम्बर पर आती थी। तेरी टीचर हमेशा खूब प्रशंसा करती थी।

बी.ए. में तेरे नम्बर अभय और अजय दोनों से ज्यादा थे, पर डॉक्टर ने तुझे आगे नहीं पढ़ाया था। जैसे ही रिश्ता आया, तेरी शादी कर दी थी। तूने मना किया था, पर मेरी तरह तेरे में भी विरोध की उग्रता नहीं थी। पता नहीं क्यों, तूने मेरी सच्चाई को अपनी सच्चाई मान लिया था। फिर मेरी नियति तुम्हारी नियति क्यों बनी, मीनू ये सवाल अबूझ ही रहे।

उसके दिन, रात बच्चों के साथ बंधे थे। शुरू-शुरू में डॉक्टर के साथ की कमी सालती थी, लेकिन बाद में बच्चों ने जैसे कमी की क्षतिपूर्ति कर दी थी। उनकी पढ़ाई, खाना-पीना, खेलना, उनके स्कूल का काम, फिर कभी उनकी बीमारी, उनकी तरह-तरह की जरूरतें, उनके दोस्त, दोस्तों के जन्मदिन, उसे सोचने की फुरसत ही नहीं थी। वह उनकी माँ तो थी, पर पिता भी थीं, स्कूल से जब भी बुलाया जाता, या पेरेंट डे होता, स्पोर्ट्स डे होता या वार्षिक उत्सव होता वही जाती थी। डॉक्टर से पूछती ज़रूर थी, पर उनका एक ही जवाब होता—तुम चली जाओ।

उसकी भी आदत-सी पड़ गई थी। फिर डॉ. शाह को सभी जानते थे। शहर का प्रतिष्ठित डॉक्टर था। उसका व्यस्त होना स्वाभाविक था। बच्चे बड़े हो रहे थे। उनके कमरों की सज्जा और चीजें धीरे-धीरे समय के साथ बदलती हुई बिल्कुल ही बदल गई थीं। उसे इसका पता ही नहीं चला था। जैसे सब अपने आप हो रहा था। वह तो निमित्त मात्र थी। बच्चे स्कूल से कॉलेज के युवा छात्र हुए। शायद वह भी उनके साथ ही बड़ी हो रही थी। उसका खेलना, खाना, हँसना-सोना, जागना, घर के अन्दर और बाहर जाना—सब उन्हीं के साथ होता था। इसलिए वह उनकी माँ से भी ज़्यादा दोस्त होती गई थी। जिनके साथ वे अपनी कोई भी बात कर सकते थे। कुछ भी बिना संकोच के कह सकते थे। यह भी सच था कि बच्चों के साथ-साथ वह भी बड़ी हुई थी। उसका बौद्धिक और व्यक्तिगत विकास हुआ था। अभय ने ही उसे कार चलानी सिखाई थी। कभी हँसता, कभी मजाक करता, 'अब आप पापा को सरप्राइज दे सकती हैं। टेक हिम फॉर ए ड्राइव।'

काश, ऐसा हो सका होता। महीनों तक उन्हें पता ही नहीं चलने दिया था कि वह गाड़ी चला सकती है। एक दिन ड्राइवर ने ही शायद डॉक्टर को बताया था। डॉक्टर ने एक हिदायत दी थी, 'अभी ड्राइवर को साथ ले जाया करो।'

और बस।

इस एक वाक्य में उनकी चिन्ता थी और कोई अनजाना अविश्वास भी। अब वह बच्चों की दोस्त ज़्यादा हो गई थी। उसके लिए घर और बच्चे ही उसका संसार थे। बाहर वह कहीं जाती नहीं थी और न ही उसके पास कोई आता था। वह अपने इस संसार में सुखी भी थी और संतुष्ट भी। बापू के पास भी जाना लगभग छूट ही गया था। बापू पहले तीज-त्योहार में परम्परा के अनुसार कुछ-न-कुछ भिजवाते थे फिर उनके लिए भी मुश्किल हो गया था। बापू की कभी-कभार चिट्ठी आ जाती तो गाँव के समाचार मिल जाते। उसकी दुनिया बच्चों और घर में सिमट गई थी। लेकिन कब इतने वर्ष गुजर गए उसे पता नहीं चला। अजय ने इकनॉमिक्स में ऑनर्स कर लिया था। प्रथम श्रेणी में पास हुआ था। मीनू बी.ए. इकनॉमिक्स ऑनर्स के दूसरे वर्ष में आ गई थी। अभय बोर्ड की परीक्षा दे चुका था। मीनू के परीक्षा में अंक दोनों से ज्यादा थे। डॉक्टर ने रिपोर्ट देखी तो खुश होने की बजाए अचरज से भर गए थे। मीनू उदास हुई थी तो उसे पुचकारा था। 'मैं हूँ न मीनू।'

बच्चे डॉक्टर से खुलते नहीं थे। अपनी बात या तो कहते ही नहीं थे। या कहने में झिझकते और डर जाते। अक्सर वही उनकी बातें डॉक्टर तक पहुँचाती थी। डॉक्टर सुनता, कोई खुशी प्रकट करनी होती, उनका जन्मदिन होता या इम्तिहान में बच्चे अच्छे अंक लाते तो उन्हें गिफ्ट लेने के लिए पैसे दे देते। बच्चे पैसे इधर-उधर रख देते। उनमें कोई उत्साह नहीं जगता। मीनू दोनों भाइयों के बीच में थी और उत्साही थी। वह चाहती थी कि अपनी सहेलियों की तरह वह भी पापा-मम्मी और भाइयों के साथ इकट्ठे होकर पिकनिक मनाएँ, फिल्म देखें, बाहर खाना खाने जाएँ। पर ऐसा सम्भव नहीं होता था। वह मीनू को बहलाती और समझाने का प्रयत्न करती। डॉक्टर बच्चों और उसके बीच में एक फाँक हमेशा से रही थी। वह नहीं जानती थी कि इस फाँक को ही गहरी खाई बन जाना है।

इन दिनों डॉक्टर और अजय अक्सर साथ होते थे। अजय के इम्तहान का परिणाम आ गया था। बहुत अच्छे अंक लिए थे। उसने अजय से पूछा था। अजय ने बताया था–'पापा मेरी एडमीशन की कोशिश कर रहे हैं। कई यूनीवर्सटीज में दाखिले के लिए फार्म भरे हैं। '

एक दिन डॉक्टर आया था। उसका चेहरा चमक रहा था, 'अजय तुम्हारा एडमीशन शिकागो में यूनीवर्सिटी आफ इलीनॉयस में हो गया है। यह देखो। उसे कागज़ दिए थे। अपनी तैयारी करो। अगले महीने तुम जा रहे हो।'

उसका दिल धक से रह गया था। 'यहाँ क्या कॉलेज-यूनीवर्सिटी नहीं हैं? क्यों इसे घर से दूर भेज रहे हो?'

डॉक्टर ने वितृष्णा से देखा था–'कुछ नहीं जानतीं तुम। अनपढ़ हो। दुनिया में क्या हो रहा है, तुम्हें कुछ नहीं पता। बच्चे का भविष्य कहाँ है, इसके बारे में क्या तुम बताओगी?'

उसकी बात अनसुनी कर दी गई। अजय चला गया। वह सुन्नमसुन्न देखती रही थी।

मीनू ने बी.ए. प्रथम श्रेणी में पास किया था, पर उसकी शादी हो गई थी।

अभय, अजय से अलग था। अजय और मीनू के जाने के बाद अभय सारा समय उसके पास बना रहता। सारा समय किसी न किसी बात पर हँसाता रहता। लाड़ लड़ाता। 'चलो, आज चाय मैं बनाता हूँ मम्मा।'

'चलो, आज शॉपिंग के लिए चलते है।' अजय का स्वभाव डॉक्टर की तरह था। अपने मतलब से मतलब रखता था। अभय उसकी तरह था–भावात्मक और संवेदनशील। दूसरों के लिए चिंतित।

'चलो मम्मा, आज केक बनाते हैं।'

'मम्मा, आज मैं आपको रोटी बनाकर खिलाता हूँ।' महाराज के मना करने पर भी नहीं मानता था। उसकी टेढ़ी-मेढ़ी रोटी मन और आत्मा को तृप्त कर देती थी।

'अभय बाहर चले जाया करो अपने दोस्तों में। सारा समय घर पर ही बने रहते हो', उसने कहा था। लगा था वह उसकी ही वजह से बाहर नहीं जाता।

'मम्मा चलो, फिर आज एक पिक्चर देखकर आते हैं।' जैसे-तैसे वह उसे मना कर ले गया था।

वह बाल धोकर बैठी थी। वह कब कंघा लेकर आ गया था, पता नहीं चला।

'लाओ, आज मैं आपके बाल बनाता हूँ।' वह पीछे से आया था और उसे अपनी बाँहों में घेर लिया था–'माई ग्रेट मम्मा।'

'मैं और ग्रेट? मेरे में ऐसा कुछ नहीं अभय। बहुत ही साधारण-सी औरत हूँ।'

'पर मम्मा तो ग्रेट हो न।' वह उसकी गोद में बच्चे की तरह सिर रखकर लेट गया था।

'मेरे में कोई ग्रेटनैस नहीं अभय। बस तुम्हारी माँ हूँ।'

'यही तो बात है कि आपको पता नहीं आप ग्रेट हो। ग्रेटनैस की यह भी एक पहचान होती है।'

'रहने दे अभय। क्या कर रहा है तू बेटे।'

'आह मम्मा, इतने लम्बे और काले रेशमी बाल हैं आपके। आपको तो डाबर आँवला केश तेल के विज्ञापन में आना चाहिए।' वे दोनों बहुत देर तक हँसते रहे थे।

'चलो मम्मा, आज आपको कम्प्यूटर पर काम करना सिखाता हूँ।'

'मैं सीख पाऊँगी।'

'क्यों नहीं मम्मा। कोई भी सीख सकता है। आजकल तो छोटे बच्चे भी कम्प्यूटर पर काम कर लेते हैं,' सात-आठ दिनों में ही वह थोड़ा-बहुत सीख गई थी।

अभय ने कहा था–'चलिए, अब आप अजय को ई-मेल कर सकती हैं, चाहें तो उससे बात भी कर सकती है।' उसे अच्छा लगने लगा था।

अभय ने ब्लौटिंग पेपर की तरह अजय के चले जाने की पीड़ा को सोख लिया था।

अभय उसका साथी, उसका दोस्त उसका गाइड सभी कुछ हो गया था। डॉक्टर इस तरह हम दोनों को साथ खाते, हँसते, बोलते और बाहर जाते देख रहा था। उसे लगा था जैसे डॉक्टर को यह सब अच्छा नहीं लग रहा था। अभय शुरू से ही उससे चिपका रहता था। लेकिन अब लग रहा था कि वह अजय के जाने के बाद उसकी जगह भरने की कोशिश कर रहा था। वह डेढ़ साल का अभय के साथ बिताया गया समय उसकी जिन्दगी का सबसे सुहाना समय था।

सुबह-सुबह डॉक्टर आया था। 'अभय, अजय से बात हो गई है। तुम शिकागो जा रहे हो। वहाँ अजय ने तुम्हारी एडमीशन वगैरह की सारी व्यवस्था कर दी है। जाने की तैयारी करो। नार्थ वैस्ट यूनीवर्सटी में तुम्हारा एडमीशन हो जाएगा।'

वह जैसे आसमान के गिरी थी। उसे लगा था डॉक्टर जान-बूझकर अभय को उससे दूर करना चाहता था। वह उसे खुश नहीं देख सकता। बहुत दिनों से जैसे वह इसी ताक में था कि कैसे अभय को उससे अलग कर दे।

'अभय नहीं जाएगा। अभय यहीं अपनी पढ़ाई पूरी करेगा।'

'अच्छा-ऽ? इसके भविष्य का फैसला तुम करोगी।'

'अभय, ग्रो-अप! माँ की गोदी छोड़ो और जाने की औपचारिकताएँ पूरी करो।' पिता के विरोध की सामर्थ्य तुममें नहीं थी। हम सबमें से किसी में भी नहीं थी। तुम्हारे जाने का दिन नज़दीक आ गया था और मैं बीमार हो गई थी। जिस दिन तुम्हें जाना था उस दिन तेज़ बुखार था मुझे। तुम बेबस नज़रों से देख रहे थे।

'चलो अभय, नर्स है यहाँ। डॉक्टर भी अभी आ रहा है। तुम्हारी फ्लाईट का समय हो रहा है।'

तुम मेरे ऊपर झुके थे—'मम्मा, आप ठीक हो जाओ प्लीज़। ऐसे मैं कैसे जा सकूँगा। प्लीज़ मम्मा। मैं पहुँचते ही आपको ई-मेल करूँगा और आप मेरी ई-मेल का जवाब देना। मम्मा, हम चैटिंग करेंगे। सिर्फ दो साल की बात है मम्मा। अपनी एमबीए पूरी करते ही लौट आऊँगा। प्रोमिस मम्मा।' वह छोटे बच्चे की तरह मेरी छाती में मुँह छिपाकर सुबक रहा था। मैंने उसे गले से लगाया था। आशीर्वाद देना चाहा तो गला रुँध गया था।

अभय चला गया था। घर भुतहा हो गया था। वह बांवरी-सी इधर से उधर घूमती रहती। लगता था, देह से कोई मेरे प्राण खींच ले गया था। कई दिनों बाद बुखार उतरा था। कमजोरी बहुत थी।

डॉक्टर बार-बार कमरे में आता था। 'अपने आपको सम्भालो। बच्चों के भविष्य में रुकावट नहीं बनना चाहिए।' फिर नर्स को दो-चार आदेश देकर चला जाता था।

अभय के बिना एक बार फिर से जीना सीखना पड़ा था। वह कैसे उसका विस्तार था। पर उससे कहीं आगे था। उसका जाना उसे असहाय कर गया था। रोज़मर्रा की छोटी-छोटी उसकी अटकनों, उलझनों को वह सुलझा देता। चाबियाँ रखकर भूल जाने से लेकर, कई ऐसे छोटे-छोटे अवरोध होते जिन्हें वह पार करा देता। अभय ने ही उसे कार चलानी सिखाई थी। उसका माइंड मकेनिकल नहीं था। जल्दी से निर्देश मन में रजिस्टर नहीं होते थे। उसने उसे कई आधारभूत बातें बताई थीं जिन्हें जीवन पर भी उतारा जा सकता था।

'बस जितना रास्ता सामने दिखाई दे रहा है, उसी पर ध्यान दो। फिर डर नहीं लगेगा। वह हँसा था। मम्मा, यहाँ महात्मा बुद्ध का मध्यम मार्ग का सिद्धान्त नहीं चलेगा। राईट लो। जहाँ तक हो सके। गाड़ी राईट में ही चलाओ। बीच में चलाने से दाएँ-बाएँ दोनों तरफ के ट्रैफिक से बचना पड़ेगा।'

अभय रात को देर तक पढ़ता था। कोर्स की किताबों के अलावा कई दूसरी किताबें और पत्रिकाएँ पढ़ा करता था। पढ़ता-पढ़ता सो जाता। शुरू से उसकी यही

आदत थी। उसका भी रुटीन था, सोने से पहले या बीच में उठकर उसके टेबल लैम्प को बुझाती, खुली किताब या मैगजीन बन्द करके रखती। उसका म्यूजिक ऑफ करती। उसके बालों में हाथ फिराकर, दरवाजा बन्द कर अपने कमरे में लौट आती थी। कभी-कभी जैसे ही वह उसके बालों में हाथ फिराती, वह झट हाथ पकड़कर खींच लेता। गले में बाँहें डालकर लड़ियाता–'मेरी प्यारी-सी मम्मा, बस अब आपको परेशान नहीं करूँगा। कल से, सोने से पहले बत्ती बन्द। किताब बन्द। ठीक, गुडनाइट मम्मा।'

'ठीक। गुडनाइट।' वह मुस्कराती। जानती थी, वह कल नहीं आएगी। कभी नहीं आई थी वह कल। वह उसके कमरे में खड़ी थी। सब कुछ अपने स्थान पर था। उसकी पुस्तकें, उसकी पत्रिकाएँ, ग्रीटिंग्स कार्ड के ढेर, कपड़े, बिस्तर, पढ़ने की कुर्सी और मेज। खिड़की से हाथ बढ़ाती गुलमोहर के पेड़ की शाखाएँ। फ्रेम में टंगा उसका टेनिस रैकेट और दीवार पर उसका फोटो। उसके जन्मदिन का फोटो था। केक का टुकड़ा उसके मुँह में डालते हुए था। लगा था, वह अभी कहीं से प्रकट होगा।

'हाय मम्मा। आज क्या किया सारा दिन?'

'बस, वही रुटीन....।'

'और अजय को ई-मेल नहीं भेजी? मीनू से फोन पर बात हुई क्या?'

'आज तो नहीं।'

'चलो, कल सही। तो, एक अच्छा-सा कप चाय का हो जाए।'

'चाय ही क्यों? बहुत चाय पीने लगे हो। दूध लाती हूँ बोर्नविटा डालकर।'

'बड़ा हो गया हूँ मम्मा।'

'बड़ा होने की यह क्या परिभाषा हुई?'

'ओह कम ऑन मम्मा।' 'लाती हूँ मैं बनाकर।' उसे रोकना व्यर्थ था। फिर चाय पीते हुए मीनू, अजय, डॉक्टर और मेरे बारे में उसकी छोटी-मोटी चिंताएँ?

वह सबको समेट लेता था और अपने प्यार और आत्मीयता से बाँध लेता था। उसके जाने के बाद धीरे-धीरे नए सिरे से जीना सीखा था। वर्षभर लगा था अपने को समझाने में कि इस सच्चाई को नहीं बदला जा सकता और उसे इसके साथ ही जीना होगा।

मीनाक्षी, बी.ए. करते ही तुम्हारी शादी कर दी गई थी। मैंने बहुत कहा था, इसे आगे पढ़ने दो। पढ़ने में तुम अभय और अजय से भी अच्छी थीं। पर बात वहीं अटक गई थी–इतना अच्छा लड़का, बिशनोईयों का ऊँचा घराना। क्या ऐसे अवसर बारबार आते हैं। इसका भाग्य है कि घर बैठे इतना अच्छा रिश्ता आया है।

डॉक्टर के घरवालों में जो उसकी बहिन गौरी और डॉक्टर कहते थे, वह अन्तिम होता था। तुम्हारा मासूम विरोध और मेरा लाचार प्रतिवाद कुछ नहीं कर सका था। तुम्हारी शादी हुई, परन्तु एक ही साल में तेजेश की हवाई जहाज क्रेश में मृत्यु हो गई। इतिहास ने अपने को क्यों दोहराया, नहीं जानती।

आज तुम मेरे सामने बैठी हो। तुम्हारी आँखों में मुझे लेकर शर्म है। एक तरह की हैरानी है। मेरे प्रति अविश्वास और नफरत है। तुम विदेश में रहीं। चार साल से अपने वैधत्व को उसी निष्ठा से निभा रही हो। सफेद झक्क् तुम्हारी धोती। धूल मिट्टी का एक कण भी नहीं।

'चलो, जो हुआ, सो हुआ मम्मा। हो गया, अब तो बात खत्म करो। घर की इज़्ज़त को नीलाम मत करो। पापा की बात मान जाओ। कोर्ट कचहरी में जाकर क्या होगा।'

'मीनू, मैं गई थी कोर्ट कचहरी?'

'जो भी हो मम्मा, चलो पापा ही गए। आप उनकी बात मान जातीं तो यह सब तो नहीं होता। अब सिर्फ बदनामी होगी। पापा का इतना नाम, उनकी प्रतिष्ठा सब धूल में मिल जाएगी। क्या हो गया है आपको मम्मा! समझती क्यों नहीं हो। इस बच्चे को लेकर आप क्यों इतनी हाय तौबा मचा रही हैं।'

'क्योंकि यह मेरा बच्चा है।'

'और हम आपके बच्चे नहीं हैं क्या!'

'यह सिर्फ मेरा है।'

'उफ् मम्मा! मीनू सिर पर हाथ रखकर बैठ गई थी। इतनी जिद्दी तो आप कभी नहीं थीं मम्मा!'

'जी, मुझे पब्लिक प्रासिक्यूटर नहीं चाहिए, यह भूमिका मैं खुद ही निभाऊँगी। आप अपना फैसला मेरे ऊपर थोपें, इससे पहले मैं अपना फैसला आपको सुनाना चाहूँगी।

हाँ, यह बच्चा मेरा है।'

'लेकिन, बास्टर्ड...'

'बास्टर्ड या नाजायज़ शब्द पुरुष की दुनिया का शब्द है। क्योंकि यह पुरुष वर्चस्व को चुनौती देता है। उसके वर्चस्व को ठुकराने वाली औरत को, उसके बच्चे को नाज़ायज बताकर फाँसी की सजा सुनाता है। मातृ सत्ता में यह मेरा बच्चा है। अगर कुन्ती का पुत्र कौंतेय और देवव्रत बाद में भीष्म पितामह जो गंगा के पुत्र होने से गांगेय कहलाए तो यह मेरा, कृष्णा का बेटा कृष्ण भी तो हो सकता है। आप चाहें तो इसे महाभारत की परम्परा में मान लें। इसे सूर्य पुत्र कर्ण मान लें? लेकिन मैं इसे पानी में नहीं बहाऊँगी।'

'आप वर्तमान में आइए और बताइए—क्या यह आपके पति और बच्चों के प्रति विश्वासघात नहीं है? जो आप कर रही हैं। क्या इसका कोई औचित्य है? आपके लिए, आपके परिवार के लिए और जिस समाज में आप रहती हैं, उसके लिए?'

'सुना है, जिसका बच्चा आप पेट में लिए हैं, वह भी आपके साथ नहीं है।'

'देखिए, यह मेरा व्यक्तिगत मामला है। आप मेरी व्यक्तिगत ज़िन्दगी में दखल मत दीजिए।' 'व्यक्तिगत ज़िन्दगी।' वह व्यंग्य से हँसा था।

'कोर्ट में खड़ी हैं आप? एक नाज़ायज बच्चे को पेट में

लिए। इस नीच कर्म के बाद, अपने परिवार की प्रतिष्ठा और अपनी मर्यादा को सरे बाजार, मेरा मतलब इस कोर्ट कचहरी में उछाल रही हैं। अब भी आप इसे व्यक्तिगत मामला ही कहती हैं?'

'क्यों नहीं? यह बच्चा किसका है, यह मेरा निजी मामला है। यह बच्चा मेरे पति का नहीं है इसे मैंने स्वीकार कर लिया है। अब बाकी क्या बचा है, इस केस में। कोर्ट ने जो फैसला देना है दे।'

'बात इतनी आसान और सरल नहीं है जितना आप समझ रही हैं और कह रही हैं।'

'आपके इस बर्ताव को क्या माफ किया जा सकता है? इस उम्र में आपको अपने घर परिवार के, बच्चों के सामने एक आदर्श स्थापित करना चाहिए था। लेकिन आप हैं कि...क्या घर में आपके पति, बच्चे और समाज पहले की तरह आपको सम्मान देगा? कल तक आप समाज के एक प्रतिष्ठित और सम्मानित व्यक्ति की पत्नी थीं, लेकिन आज अपने पेट में एक दूसरे आदमी के बच्चे को लिए, सारे समाज के विरोध में पैदा करना चाहती हैं। वह भी बिना विवाह किए।'

'मैंने कहा था न कि मैंने उससे गन्धर्व विवाह किया था।'

'कानून की दृष्टि से उसका कोई मतलब नहीं है।'

एक गहरी चुप्पी। फिर बहस हुई उसमें कई मोड़ आए। उस पर जी भरकर कीचड़ उछाला गया। जिससे उसके और परिवार के बीच दरार और चौड़ी हुई। वह अक्सर शान्त और निरावेग ही बनी रही। आखिर में उसने ज़ोर देकर कहा था। जब मैं साफ-साफ सच बता रही हूँ। उसका कोई भी परिणाम भुगतने के लिए तैयार हूँ। फिर इतनी बहस किसके लिए। बिना प्रतीक्षा किए वह उठ खड़ी हुई थी।

वह उसके पीछे आया था। उसने समझाया था और भरोसा दिलाया था—'जो आप चाहेंगी, वही होगा। आप जितना बताना चाहेंगी उतना ही बताइए। आपको विवश नहीं किया जाएगा। अगर आप मुझ पर भरोसा करेंगी तो आपके भरोसे को मैं व्यर्थ नहीं जाने दूँगा।'

तयशुदा समय में वे बैठ गए थे। कमरे में धुँधली रोशनी थी। पीला-सा प्रकाश था। वह कुर्सी पर उसके सामने बैठी थी। उसके भीतर कोई कशमकश नहीं थी। कोई प्रतिरोध नहीं था। कोई प्रतिकार नहीं था। वह अविश्वास के साथ उसकी तरफ देख रहा था।

आखिर में उसने कहा था—क्या कहा जाए। कोई भी राय कायम करना मुश्किल है। सारी स्थिति को देखते हुए कहने में भी झिझक हो रही है। कहना भी तो मुश्किल लग रहा है। यह औरत कोई बहादुर नायिका या खलनायिका नहीं है। सीधी सादी घरेलू औरत है। इसके पास कोई डिगरियाँ नहीं हैं। कोई नौकरी भी वह नहीं करती। आर्थिक

रूप से भी इसके नाम कुछ नहीं है। न मकान में इसका नाम है और न दूसरा कोई अपने नाम का बैंक बैलेंस है। फिर क्यों ऐसा कदम उठा रही है। पता नहीं। कोई ऐसी प्रेमदीवानी भी नहीं है। एक कमज़ोर-सी अति साधारण औरत है। पता नहीं, इस औरत को देखकर हैरानी के साथ मन में सम्मान भी जागता है। इसने अपने अन्तर्मन की आवाज़ सुनी। एक तरह से साहस दिखाया। दुःख और आश्चर्य इस बात पर है कि वह डाइवोर्स भी नहीं चाहती। इसलिए इसका आने वाला कल क्या होगा? बेहिसाब कष्टों और मुश्किलों से भरा होगा। डॉक्टर शाह इसे घर में रखने को तैयार नहीं हैं। तो भी, सब जानते हुए इसने यह फैसला लिया है। नहीं लगता, इसने यह फैसला मूर्खता या जल्दबाजी में किया है। हम जो भी चाहें कह लें। इसकी तरफ देखकर ऐसा भी नहीं लगता कि यह कोई कमजोर फैसला है। कुछ भी न होते हुए यह औरत आत्मविश्वास से भरी है। इसको क्या कहिए, कुछ समझ नहीं आता। इसको भला बुरा या कुछ भी कहने का कोई अर्थ समझ में नहीं आता।

उसे हस्पताल में भरती कराया गया था। सारे टैस्ट हुए थे। डॉक्टर परेशान थे। इस उम्र में गर्भ! डॉक्टर तो मीनाक्षी के बाद ही नसबन्दी कराना चाहता था और अभय के बाद उसने नसबन्दी करा ली थी। वह तो मीनाक्षी को भी जन्म देने के खिलाफ था। पर उसने ही नहीं माना था।

डॉक्टर सुनीता समझा रही थी—'यह गर्भ आपके लिए ठीक नहीं रहेगा। इससे आपकी जान को भी खतरा हो सकता है। इस उम्र में पैदा हुआ बच्चा कई बार अबनार्मल भी हो सकता है।'

वह किसी तरह अपने को रोके हुए था। उसने डॉक्टर सुनीता से कहा था—'एमआरआई कर लें। प्रेगनैंसी नहीं भी हो सकती। ट्यूमर भी हो सकता है। इस उम्र में अक्सर ऐसा होता भी है।'

'नहीं, डॉ. शाह। इट इज कन्फर्म्ड! रिपोर्ट्स सब आ चुकी है।'

उसके जबड़े कस गए थे। दाँतों में किटकिटाहट थी। उसके चेहरे की नसें तन गई थीं।

'अबारशन की तैयारी कीजिए।'

'नहीं-ऽऽ'

'डॉक्टर सुनीता, मैं इस बच्चे को जन्म देना चाहती हूँ। आप इसमें मेरी मदद कीजिए।' डॉक्टर ने एक बार उसकी तरफ देखा था फिर आँखें नीची कर ली थीं।

उसने ब्लड प्रेशर के लिए दवाई दी थी। मल्टी विटामिन के साथ कुछ हिदायतें दी थीं।

हस्पताल में विभाग के लोग डॉ. शाह को बधाई दे रहे थे। 'आपके तीनों बच्चे तो बाहर चले गए हैं। इसके आने से घर में रौनक होगी। नेचर इज़ ग्रेट।' डॉक्टर शाह के चेहरे पर एक रंग आता और दूसरा जाता।

उसमें एक नया उत्साह जगा था। इन तीनों बच्चों का जन्म एक शारीरिक प्रक्रिया में था। पत्नीधर्म के निर्वाह में पुरुष के अहं और दम्भ से जन्मे थे। उसके गर्भाशय में प्रवेश के बाद उसके मातृत्व ने उन्हें अपनाया था। लेकिन उसकी औरत का हिस्सा वे नहीं थे। यह भी सच है कि औरत पर माँ हमेशा भारी पड़ती है। लेकिन यह बच्चा उसकी आभयांतरिक और आंतरिक कामनाओं के प्रतिफलन का स्वरूप है। एक अज्ञात-सी ऊर्जा और आलोक से घिरी रहती। इस आलोक में जीवन सत्य मणियों की तरह आकाश के नक्षत्रों में दमकते रहते।

समय ही सारे जख्मों को भर देता है। बच्चों से ई-मेल पर या फोन पर बात हो जाती थी। डॉक्टर अपना हस्पताल बनवा रहा था। ज़मीन तो उसने बहुत पहले ही खरीद ली थी। नक्शे वगैरह भी पास हो गए थे। काम शुरू हो चुका था। वह पहले से भी ज्यादा व्यस्त हो गया था। उसके मरीजों की संख्या बढ़ गई थी। हस्पताल में ऑपरेशनों की संख्या बढ़ गई थी। वह सुबह निकलता था। घर पर आता और सीधे ओपीडी में चला जाता। देर रात गए घर आता। कई बार वह खाना खाकर सो जाती थी। एक-दो वाक्यों में बता देता था कि पुलिस वाले रिश्वत माँग रहे हैं। ठेकेदार के साथ प्राब्लम है। उसे उस पर कभी-कभी तरस भी आता था पर वह कर कुछ नहीं सकती थी।

घर से जैसे प्राण-शक्ति ही चली गई थी। अजीब-सी मनहूसियत छाई रहती। दिन काटे नहीं कटते थे। डॉक्टर दिनभर का थका आता और बिस्तर पर लेटते ही चित सो जाता। घर में अकेलेपन का सूनापन बजबजाता रहता। अकेलापन बेहद सालता। बच्चों की बहुत याद आती थी। उसे लगता था उसकी जिन्दगी बेमानी और बेमतलब हो गई। जिन बच्चों के साथ दिन का हर पल जुड़ा था। वे अब अपनी दुनिया में चले गए थे। हर समय दिल पर एक बोझ-सा रहने लगा था। कभी-कभी यह अकेलापन असहनीय लगता था। उसके भीतर और बाहर सन्नाटा सायँ-सायँ करता। पहले अभय हर हफ्ते फोन करता था, अब पन्द्रह-बीस दिन भी गुज़र जाते। ई-मेल का जवाब पहले तुरन्त देता था, अब कई दिन गुज़र जाते। 'मम्मा यहाँ बहुत टाइट शड्यूल है।' अजय तो यूँ भी कम ही फोन करता था। डॉक्टर से क्या उम्मीद करनी थी।

डॉक्टर से उसे भावात्मक सम्बल की कोई उम्मीद बची ही नहीं थी। दिन, सप्ताह, महीने, साल-दर-साल वह वहीं खड़ी थी। शान्त, स्थिर, निश्छल समुद्र के

सामने, लहराती, उफनती पछाड़ खाती फेनिल लहरों की तरह। डॉक्टर को उसकी बातें बेतुकी लगतीं वे हर स्थिति से निकल जाते। न प्रतिवाद करते और न ही गुस्सा। उसमें उग्रता नहीं थी। ठण्डापन था। बर्फ की तरह ठण्डा। उसके ठण्डेपन से उपेक्षा और उदासी की परछाइयाँ-सी तैरती रहतीं घरभर में। उसे कभी लगता, डॉक्टर और उसके बीच में कोई रिश्ता बचा ही नहीं। पर कभी रिश्ता था भी? अगर था भी तो मर गया था। अब उसे सिर्फ इस मरे हुए रिश्ते को ढोना था। वह ढो रही थी।

उसे उर्मिला बुआ की याद आई थी। बापू की सबसे छोटी बहिन थी। आखया तीज में चार साल की थी। उसकी शादी कर दी थी। 14वें साल में गौणा हुआ था। 16 साल में विधवा हो गई थी। गाँव में ताए चाचे के भाइयों में ज़मीन का झगड़ा चल आ रहा था। सरीकों ने मरवा दिया था। उसकी मौत के बाद हुआ पर जो बीती बापू बताते और रोते जाते। इकलौता बेटा था आदमी की ज़मीन उसकी विधवा को न मिल जाए इसलिए पहले से उसे सती करने की तैयारी कर ली थी। सारा कुनबा जुट गया था—राँड बन के सारी जिन्दगी तिलतिल मरने से एक बार मरना अच्छा है। यूँ कुत्ते-बिल्ली की तरह दुतकार खाने में क्या फायदा। सती का मान सम्मान मिलेगा, देवी की तरह पूजी जाएगी। तीन दिन लगे थे उसके धनी की लाश को घर लाने में। हत्या का मामला था। लाश का पोस्टमार्टम हुआ था। फिर कहीं जाके घर के आदमी लाश घर लाए थे। उधर घर की औरतें उर्मिला के पीछे पड़ी रहीं। सरीके के परिवार ने बिरादरी के साथ मिलकर पूरी साजिश रच ली थी। उसे सती करने की सारी तैयारियाँ हो चुकी थीं। उर्मिला को नहला-धुलाकर दुल्हन की तरह सजाया जा चुका था। चिता के चारों तरफ खाई खोद दी गई थी। उस दिन गाँव के सारे नारियल बिक गए थे। बाहर से और नारियल लाने की तैयारी चल रही थी। ढोल-नगाड़े वाले तैयार बैठे थे। यह तो बापू और भाई वहाँ पहुँच गए थे। उनको भी भनक मिल गई थी। किसी ने बता दिया था—थारे घर की छोरी सती होन लागरी छै। बड़े भाग वाले हो रामलालस! बापू आनन-फानन में पहुँच गए थे। उर्मिला को ले आए थे। बेहोश थी अफीम के नशे में। गाँव में। गाँववालों ने बहुत थुक्का-फजीहत की। मुँह भर-भर के सारे टब्बर को गालियाँ दीं। उनका रास्ता रोक लिया। बौराई भीड़ से निकलना मुश्किल हो गया था। तमाशबीन भी बहुत थे। अपने गाँववालों से दुश्मनी क्यों मोल लेते। बापू और भाई अकेले पड़ गए थे। पता नहीं वहाँ किसने पुलिस थाने पर फोन कर दिया था। पुलिस आ गई थी। गाँव की औरतों के साथ सरपंच आई थी पुलिस को लेकर। पुलिस की ही जीप में बापू और भाई उर्मिला को लेकर घर आए थे।

'कई करती मैं रामलालसजी। म्हारा धनी, बेटे, मुखिया, प्रखण्ड विकास अधिकारी मणै गलियाते छै। माणे औजार री तरह इस्तेमाल करियौ। मैं सरपंच तों

हाँ पर पढ़ी-लिखी नहीं हाँ। जब उर्मिला की खबर मिली तो मैं वैणे रोकुने कै चालिया। पर म्हारो धनी म्हाने कमरा माँ बन्द कर दिया। डरायो और धमकायो–उटै मत जाइजै खुदरी, पंचायतगिरी कऊनै।

मैंने कहयौ थी–जाऊँगी। जरूर जाऊँगी। औरत नै जिन्दा जला रिया हो। मैं कई अरै बैठनै उनी कहाणी सुनूँ।'

'साली थारी टाँगाँ चीरनै राख देऊँ। कमराऊँ बारै निकलनै तो देख तू।'

'वो म्हने कमरो कै बन्द कर दियो। किन्हीं तरह सँ वे बारै निकली। गाँव री औरतां ने इकट्ठा कियो। प्रखण्ड विकास अधिकारी और मुखिया ऊँ सहायता माँगी। वे टको रौ जवाब दियो। म्हारे गाँव में औरत सती हुण लाग रही स। गाँव नै इज्जत मिल्ली। अखवाराँ माँ ज्यूँ ही खबर आई विकास कारज कैसे तेज हुई जाई। मेलो लागी, बाजार लागी, आस-पास रै गाँव कस्बाँ में हजारों लोग आई। फिर वा तौ खुद ही सती हूँ रही स। कोई जोर-जबरदस्ती तो कोनी कर रियौ स।'

'अच्छा। ज़ोर-जबरदस्ती नहीं हूँ रही स? चलो, उठो, म्हाणे साथे चालो। खुदरी आंख्योंऊ देख लो। मुखिया और अधिकारी की साँठ-गाँठ थी। दोनों कोनी आया। घणी मुसीबतें हैं। गाँववाला रही ही चालै है। मैं फैसलो कर लिया हूँ कि सती प्रथा रै खिलाफ जुलूस निकालूँ। औरतों नै समझावाँ कि सती हुनै मैं कोई सुरग नहीं जावै। अहै आग मैं तड़प-तड़पकर मरना हुवै है।'

उर्मिला दुख में अकेली और उदास रहती थी। चुपचाप, न खाती थी न सोती थी। पर फिर हौले-हौले उसने अपना दिल लगाना शुरू कर दिया था। घर की दीवारें गोबर और पीली मिट्टी से पोत लेती। चूना या पिसे चावल के आटे से, हल्दी-गेरू और घरेलू रंगों से उन पर चित्रकारी करती। पतली-लकड़ी के ऊपर रूई लपेट कर ब्रश बनाती। या बाँस की टहनी को कूट कर ब्रश बनाती थी। तो कभी उँगली पर ही रंग लगाकर दीवारों पर तरह-तरह के चित्र बनाती। उन्हें बनाते हुए खो जाती। उसे समय का बोध नहीं रहता। उसे भूख-प्यास नहीं लगती। बुआ अपनी चित्रकारी के माध्यम से कस्बे भर में जानी जाती थी। तरह-तरह के चित्र बनाती थी वह देवी-देवताओं के चित्रों से लेकर पक्षियों, हाथी-घोड़ों, पेड़-पौधों, आकाश, नदी-समुद्र पहाड़ सभी बनाती थी। तो कहीं हाशिए बनाकर फूल-पत्ती की बेलें बनाती । उसके चित्र देखकर लगता था बुआ अपना आपा उंड़ेलती थीं इनमें। वे उसी की भावनाओं, इच्छाओं और जीवन स्थितियों को व्यक्त करते थे।

नागपंचमी वाले दिन वह दीवार पोतकर हल्दी-चावल-गेरू के घोल से नाग का चित्र बनाती। कहती–नाग पूजा से नाग का डर नहीं रहता। साथ ही सबके कल्याण और मंगल की कामना भी रहती है। दीपावली में-लक्ष्मी का चित्र बनाती। घर-बाहर के लोग पूजा करते और घर में दूध, पुत्र और धन की कामना करते। इसी तरह

वह अहोई माता का, करवा चौथ, सती माता, गणेश पूजन, गणगौर के त्यौहारों पर भी चित्र बनाती थी। कागजों पर देवी-देवताओं, गणेश, लक्ष्मी, सरस्वती, शंकर के चित्र होते, तो कभी ऋतुओं के शिशिर ऋतु, हेमन्त, ग्रीष्म, विविध ऋतुओं के चित्र बनाती। कस्बे के लोग ले भी जाया करते थे।

बाद में उर्मिला बुआ ने कागज़ों पर, लकड़ी और मिट्टी की पट्टियों, कपड़ों पर चित्र बनाने शुरू किए थे। देवी-देवताओं के चित्र गाँववाले कहकर भी बनवा लेते थे। जो पहले बने होते, वे भी ले जाते थे। विवाह-त्यौहारों के अवसरों पर बुआ फर्श पर माडणे बना आती थी। बुआ तरह-तरह के चित्र बनाती थी। उनमें कहीं गाँव, ढाणियाँ होतीं उनमें घड़े सिर पर रक्खे आती जाती औरतें होतीं। कहीं झूला झूलती औरतें, कहीं पूजा करती औरतें तो कहीं पतंग उड़ाते, कबड्डी खेलते-दौड़ते भागते टाबर होते थे। उन चित्रों को देखकर घर और गाँव के लोग बोल उठते—अरे औ तो म्हारा ही गाँव, ढाणी है। कुछ चित्र बुआ ने मन्दिरों के बनाए थे। मन्दिरों के कंगूरों पर पीला चटक रंग देखकर लगता था सूरज की रोशनी में चमक रहे हों उनको जो भी देखता, बोल उठता—क्यों री छोरी, औ हरिद्वार मन्दिर छै? औ सूर्य मन्दिर छै? या भैरू रौ मन्दिर बनाया है छोरी तैने! ए, या तो पीपला का मन्दिर लगै छै। जो मन्दिर जिसने देखा होता था उसी का नाम लेता था। बुआ ने कुछ चित्रों में कुएँ, बावड़ियाँ, ताल तलैया, पोखर, कुण्ड, झील, झालस सरोवरों को बनाया था। उनके किनारें पूजा करती औरतें, पानी भरती औरतें, नहाती और कपड़े धोती सुखाती औरतें और कहीं, अकेली उदास बैठी औरतें थीं। उन औरतों को देखकर आसानी से फर्क किया ज़ा सकता था—उनमें विधवा कौन थी, सुहागिन कौन थी, कुँवारी कौन थी, पत्नी और प्रेमिका कौन थी। सुहागनों के कपड़ों में बुआ गोटे, किनारी, सलमे-सितारे सजाती और उनके गहनों में गले के हार, हाथों में चूड़ा, पाँव में कड़े, कानों में लूँग, सिर के बोर, कमर में कन्दौरा पहनाती। गहने मोतियों के बनाती थी। जहाँ उनके चित्रों में आदमी थे वे बण्डी, कुर्ता, कमीज, धोती, पगड़ी में होते थे। उनके चेहरे उग्र और तने होते, बड़ी-बड़ी मूँछें होतीं, आँखों में अहंकार फूटता दिखाई देता।

ठाकुर के घर में जन्मदिन और दूसरे खास दिनों के लिए ताई और उर्मिला बुआ मिश्री की रोटी बनाती थीं। जिस पर तरह-तरह की रंगीन कलाकारी हुआ करती। पीले रंग के लिए केसर, काला रंग इलायची का चूरा, हरे रंग के लिए पिस्ता, सफेद रंग के लिए बादाम, ककड़ी और मतीरे के बीजों का इस्तेमाल करती। ताई को एक और काम भी आता था। वह पलंग की निबार की बुनाई जानती थी। उसी ने बुआ को सिखाया भी था। उर्मिला बुआ रंगीन निबार के साथ तरह-तरह के डिजाइन लहरियाँ भाँत, हौद भंत या चौकड़िया भी डालती। ठाकुर के मर्दाने के पलंग हमारे यहाँ से

ही बुने जाते थे। ठकुराईन के घर की बीच वाली नम्बर दो की बीणनी बुआ के पास आती थी। मँझले ठाकुर को चिट्ठी लिखनी होती तो उस कागज पर चित्रकारी बुआ से करवाने आती थी। बुआ कागज के चारों तरफ हाशिया डालकर फूल और पत्तियों की बेलें बनाकर रंग भर देती। कागज का बीच का हिस्सा खाली रहता। कभी-कभी दोनों में मजाक भी होता, चल चिट्ठी भी तू ही लिख दे। फिर दोनों शरमाकर हँस भी देती थीं। बुआ ने बंजारिन सोनारी से ओढ़नी में कौड़ियाँ लगाने की कला सीखी थी। साथ ही चाँदी के घुँघरू भी लगाती थी। कपड़े के छोटे-छोटे टुकड़े जोड़कर वह गुदड़ी का काम खूबसूरती से करती। काँच का काम और कसीदाकारी में बुआ बहुत अच्छी थी। ठाकुरों के घरों की औरतें बुआ के ही पास आती थीं और मुँहमाँगे दाम भी देती थीं। उसे सोनारी की याद आई थी। सोनारी कस्बे में आती तो सब चौकन्ने हो जाते। सबकी आँखें एकबारगी उसकी तरफ उठ जातीं। वह बेखबर, पाँवों में चाँदी के कड़े खनखनाती आगे बढ़ती जाती। उसका रूप अनुपम था। देह की गठन अनूठी थी। उसका सिंगार सोने पर सुहागा जैसा था। लाल-पीला घाघरा, वैसी ही काँचली, दोहरी मगजी की टुकिया, कसकर गुंथे कई रंग के बंध, सुरंगी जूतियाँ पाँवों में आपस में टकराते चाँदी के कड़े। खनकती नेवरियाँ। तिल का कँदौरा। गले में मोटी चाँदी की हँसली। देवमहाराज का फूल। हाथों में चाँदी के कंगन। पत्थर जड़ी अँगूठियाँ, हाथी दाँत का चूड़ा। पीठ पर लहराती नाग-सी चोटी। कानों में झूलते झोले तो कभी टोटियाँ। सिर पर बोर।

सुरग की अप्सरा-सी वह जब बस्ती में आती तो देखने वालों में एक सुगबुगाहट-सी फैल जाती। जो जहाँ था वहीं रुक कर उसे देखने लगता। अपना काम-धंधा भूल जाता। राह चलता रास्ता भूल जाता।

इसे यहाँ क्या काम होगा? किसके काम आई होगी? लेकिन पूछने या कहने की हिम्मत किसी में भी नहीं थी। एक दिन अचानक वह हमारे घर की पोली पर आ कर उर्मिला बुआ को पूछती खड़ी थी। बापू ने उर्मिला बुआ को पुकारा था। बुआ बाहर आई तो उसे देखती रुकी रही। उसी ने नाम लेकर पूछा था। फिर उर्मिला बुआ उसे अन्दर ले आई थी। उसने अपना नाम सोनारी बताया था। शायद उसकी सोने जैसी देह को देखकर ही उसका यह नाम रखा गया था। उसे कोड़ियों के काम का घाघरा बनवाना था। वह पूछते-पूछते आ गई थी। एक बार आई तो वह बार-बार आने लगी थी। उसे हर दिन कुछ न कुछ चाहिए होता था। फिर बिना काम के भी वह आने लगी थी। बुआ के पास बैठती-बतियाती और चली जाती।

एक दिन छोटे ठाकुर की नज़र उस पर पड़ी तो वह बिंध गया था। सोनारी के आगे-पीछे कई दिनों तक डोलता रहा था। पर सोनारी की सीधी तनी गर्दन एक बार भी टेढ़ी नहीं हुई। वह वैसे ही निर्भीक-सी निकल जाती। उस दिन शाम उतर आई थी। सोनारी कस्बे से बाहर आकर अपनी बस्ती में लौट रही थी। छोटे ठाकुर ने उसे देखा तो उसका भीतर खिल गया था। उसमें उम्मीद जगी थी, आज उसका मन्तव्य पूरा होगा। वह हवेली से निकलकर छोटे रास्ते से पैदल ही उसके पीछे हो लिया था। जल्दी ही उसके समीप पहुँचकर थोड़ा फासला छोड़कर साथ-साथ चलने लगा था। सोनारी ने न पीछे देखा, न अपनी चाल तेज या धीमी की। वैसे ही बेपरवाह-सी आगे-आगे चलती रही। ठाकुर परेशान था और व्याकुल भी। उससे रहा नहीं गया तो उसने धीमी-सी आवाज़ लगाई थी। 'ऐ, सुन-ऽ'

सोनारी ने सुनकर भी नहीं सुना था। वैसी की वैसी चलती गई थी। ठाकुर भी पीछे आता गया। रहा नहीं गया। उसका ठाकुर का खून खौला था। उसने आगे बढ़कर उसके कन्धे को छुआ था।

सोनारी पलटी थी—नागिन की तरह-बल खाकर मुड़ी थी—'दूर रहना ठाकुर।'

उसने कमर में खोंसी कटारी जैसी निकाली थी और ठाकुर पर तान दी थी।

'यहाँ से म्हारा खेड़ा दूर नहीं ठाकुर। म्हारी एक आवाज़ ही घणी है। थारी सारी देह तीरों से बिंध जाएगी। ज़िन्दा कोनी जाइस्यो। यहीं मेरे पगलया में पड़े-पड़े दम तोड़ दोगे। हवेली तक खबर भी नहीं पहुँचेगी।' ठाकुर का बढ़ा हाथ रुक गया था। थोड़ी देर के लिए वह सुन्न-सा खड़ा रहा था। फिर आवाज़ को भरसक धीमी और दबाकर बोला था—'सोनारी, एक बात कहनी थी, बस। कोई जबर्दस्ती नहीं। न सुनना चाहो हो तो मनाह कर दो। पाछी चला जास्यूँ।'

'पाछी चलया जाओ ठाकुर।'

'लेकिन सोनारी...'

'नी-ऽ ठाकुर, जो कहा था, अपना कौल निभाओ।' सोनारी आगे अपने खेड़े में चली गई थी और ठाकुर मुँह लटकाकर लौट आया था। लेकिन उसका खून खौल रहा था। नीच जात की छोरी और इतना गुमान। जैसे भी हो, इसका गुमान तो टूटना ही चाहिए। ठाकुर जुगत सोचता हुआ हवेली लौटा था। सोनारी अपने खेड़े में वापस आई थी। पर मन के भीतर भय की एक सिरहन भी उठी थी। आते ही बापू को टेरा था। बापू तो अभी जड़ी-बूटी इकट्ठी करके जंगल से लौटा ही नहीं था। भाई भी खेती से अभी नहीं आया था। माई पशुओं का काम निपटाकर उन्हें रात के लिए तैयार करके लौटी थी। छोटा भाई वन से लकड़ी काटकर अभी-अभी लौटा था। फिर से घर में चहल-पहल शुरू हो गई थी। सोनारी ने सोचा था—बात माई को बता दे या न बताए। हे महादेव, उसने मन ही मन प्रार्थना की थी। क्या करूँ?

बापू को बताऊँ कि कोनी। कल को कस्बे में जाऊँ और कोई बखेड़ा हो जाए तो? सोनारी ने बापू के आगे सारी बात खोल दी थी। बुड्ढा तमतमा गया था, 'ठाकुर हो तो आपरे गाँव में। म्हारे साथ छेड़खानी की तो ज़िन्दा नहीं छोड़ेंगे।' सोनारी ने कालिका माँ के आगे हाथ जोड़े थे, तू म्हारी जंगली जानवरों से, बुरी आत्माओं से रच्छा करती है माँ। इस दुष्ट से भी रच्छा कर। ईरी गलती के वास्ते कठोर दण्ड देना माँ। सोनारी बाहर आई थी टोटम की पूजा के लिए। पेड़ पर फल-फूल चढ़ाए थे, अपनी सुरक्षा के लिए प्रार्थना की थी। फिर निश्चिंत होकर घर पर लौट आई थी। कई दिन ऐसे ही बीत गए थे। सब ठीक ही लग रहा था। सोनारी कस्बे की मार्केट से लौट रही थी। वह सड़क से पगडण्डी पर आई थी। सोचा था–रास्ता छोटा पड़ेगा। सड़क घूमकर जाएगी, यहाँ से जल्दी ही नीचे उतर जाएगी। अचानक पीछे से किसी ने उसके मुँह पर हाथ रखा था और उसके चेहरे पर कपड़ा बाँध दिया था। उसके हाथ-पैर रस्सी से बाँध दिए थे। उसको एक मोटे कपड़े में गठरी-सी तरह बाँधकर सड़क पर रुकी जीप में धकेल दिया था। सोनारी की साँस रुक रही थी। वह बिन पानी की मछली की तरह तड़प रही थी पर हाथ-पैर, मुँह सब बँधा था। आवाज़ भीतर घुट गई थी। हाथ-पैर अकड़े पड़े थे।

जिस तरह उसे उठाया था उसी तरह उठाकर ठाकुर की छोटी हवेली में ले आए थे। वहाँ ठाकुर पहले से मौजूद था। ठाकुर के कारिंदों ने सोची-समझी साजिश के तहत गठरी को ठाकुर के पैरों में उंड़ेल दिया। सोनारी के सामने साक्षात ठाकुर खड़ा था। सोनारी आकुल-व्याकुल पाखी-सी फड़फड़ा रही थी। कारिन्दों ने उसके हाथ-पैर खोल दिए थे। मुँह पर बँधा कपड़ा हटा दिया था। उसकी कमर में खोंसी हुई कटारी भी निकाल ली थी। सोनारी और ठाकुर आमने-सामने थे। सोनारी की आँखें आग उगल रही थीं। ठाकुर की आँखों का लालच उसे जाँच रहा था।

सोनारी ने चेताया था–'ठाकुर-ऽ। खेतों में बिजुका होता है न। वह खेत की रखवाली नहीं करता। उसके होने से अपने में ही पंछियों में डर पैदा हो जाता है। समझये थे। बी इस कस्बे के खेत में बिजुका हो। सब डरते हैं थारूँ। हम भील हैं, म्है कोनी डराँ, म्हे बी अठा रा के मूल निवासी छै। म्हारा सम्बद्ध राज परिवारों से है। डूँगरपुर का डुँगरिया भील म्हारे पुरखों में था। बांसिया भील की सन्तान भी म्हारे रिश्तेदार छै। समझदार राजपूत भी म्हाराऊँ प्रेम रखैं छै। बे म्हाने सम्मान और प्रतिष्ठा देवे छै। म्हारा इतिहास मुसलमान शासकों के खिलाफ एक होके युद्ध करयो हो। ठाकुर म्हारो कुटुम्ब भी उतना ही ऊँचा है जितना थाका। रहने के तौर-तरीके अलग ज़रूर हैं। लेकिन अपनी-अपनी जगह म्है और थे ऊँचे लोग हैं। इसलिए कोई अश्यो काम न करना ठाकुर कि थाने हाथ मलनो पड़ै। तैश में मत आओ। अपने आने वाले कल का ख्याल करो। इज़्ज़त रूँ मन्ने अपनी मोटर मैं बैठा थे मन्ने म्हारी बस्ती में छोड़ आ जाओ।'

ठाकुर को ऐसी उम्मीद नहीं थी। उसके भीतर पता नहीं कैसे सोनारी के साहस और समझ को देखकर अचरज के साथ सम्मान भी जगा था। ऐसी स्थिति में भी इस औरत ने अपना आपा नहीं खोया।

ठाकुर ने सोनारी के कहे अनुसार उसे मोटर में बैठाया था और बस्ती में छोड़ आया था। तब से भीलों के सरदार शेखू और ठाकुर में मेल-मिलाप हो गया था। वार-त्योहार, होली-दिवाली पर भीलबस्ती से सोनारी के परिवार से लोग आते और ठाकुर की हवेली में आदर-सत्कार के साथ बैठाए जाते। सोनारी का बस्ती में रुतबा बढ़ गया था। वह उर्मिला बुआ के पास आती थी। काम तो बहाना होता था। वह आती, बुआ के साथ सिर जोड़कर हँसती-बतियाती रहती। उसके पास बातों का खजाना था।

बुआ एक काम और करती थी। शाम बेला में, अन्धेरा हो जाता तो दिया–बाती या ढिबरी जला के माधवानल कामकन्दला मूमल दे निहालदे, उजली जेठवा, रूपमति बाजबहादुर, ढोला मारू रा दूहा के गीत और कहानियाँ कहती थीं। ये गीत और कथाएँ हम औरतों का एकान्त कोना था जहाँ हम अपने मन की पीड़ा को रो-रोकर धो सुखा लेती थीं। जितना चमत्कार उसके चित्रों में था उतना ही रस और भावोद्रेक उसकी आवाज़ में भी था। ढोला मारू उसको बहुत पसन्द था–बैठ के गाती तो सुरों में और भी रंग भर जाता। यूँ वह चलती-फिरती काम करती जाती और गाती जाती थी–

ढोलो हल्लाणों करै, धण हल्लवा न देह।
झबझब झूँबै पागड़े, डबडब नयण भरेह।

कई बार मैंने बुआ को गाते, रोते और किसी की आहट पर झट आँखें पोंछते देखा था। बुआ कभी-कभार उसे अपने पास बैठा लेती थी और ढोला मारू की कथा कहती जाती। वह बार-बार प्रेमी-प्रेमिका का यह प्रसंग दोहराती जब प्रेमिका एक मृत मृग को देखकर पूछती है–

खड़ो न दीसै पारधी, लग्यो न दीसै बांण
हूँ पूछूं तो सायबा, मृग किम तजिया प्राण!

प्रेमी उत्तर देता है–

जल तो थोड़ा नेह घण, लग्यो न दीसै बांण
हूँ पूछूं तो सायबा, मृग इस तजिया प्राण!

बुआ इसे गाते-गाते फूट फूटकर रो पड़ती।

मैं जिद्द करा करती थी–'बापू, मैं भी गोटा किनारी वाली ओढ़नी पहनूँगी। बापू लापसी न खाऊँ मैं। मनै भी मालपूए खानों।' जब भी कोई त्योहार होता होली,

गणगौर, नवरात्रि, कार्तिक पूजा जैसे उत्सवों का आयोजन होता तो वह बापू के पीछे हो लेती थी। 'बापू मैणे भी गेहर नाचना, बापू मैं घेर नाचना, बापू मैंने मेहंदी रचानी छै। बापू मन्नें कार्तिक स्नान करूँणें जाँस्यूं। बापू मैंणे झूला झूलना छै।' बापू आगे-आगे और वह बापू के पीछे-पीछे अन्दर-बाहर होती रहती। ताई दुःखी होकर फूट पड़ती, 'करमजली राँड। ऐड़ो भाग लिखवाणै कोनी लिखा कै आई तू। क्यों जाण खाण लागरी बापू री। ऊँटनी होगी छै, अक्ल पता नहीं कदै आई इनै।'

बुआ उसे चुप कराती और अपने साथ अन्दर ले जाती—'देख, मैं भी कोनी गई। मैं बी तो न नाची। हम दोनों विधवा छै। चल आ, भीतर आजा-ऽ। बुआ उसे कागज देती, रंग देती, कहती ले बना—जो तेरे जी माँ आवै बणा लै इस पर।' शुरू-शुरू में मुझे बहुत अच्छा नहीं लगा था पर बाद में मुझे रंगों की यह दुनिया अच्छी लगने लगी थी। बुआ जैसा कहती वैसा बनाती; रंग भरती। फिर अपनी मर्जी से रंग भरने लगी थी।

अपने से उबरने के लिए उसने चित्र बनाने शुरू किए थे।

वह अपने खाली समय को भरने के लिए बाजार से कैनवस, तेल रंग, ब्रश वगैरा ले आई थी। उसके पास समय ही समय था। सुबह से शाम तक जो भी उसके मन में आता वह रंग रेखाओं में डूबकर अपनी आकुलता को भूल जाती। महीनों लगी रही थी। एक के बाद दूसरा, तीसरा, लगातार जैसे भीतर कोई रुँधा प्रवाह था, जो एकदम प्रस्फुटित हो गया था। इस तरह उसने पचासों चित्र बना लिए थे जो उसने बरामदे के एक कोने में एक दूसरे के ऊपर टिका दिये थे। कई महीने यह क्रम चला था। मीनू के साथ जो त्रासदी हुई थी, उसने फिर से सब कुछ हिला दिया था।

मीनू की हालत देखी नहीं जाती थी। वह सारा समय उसके साथ रहती। उसका बेटा अमिष उसी के पास हुआ था। ससुरालवालों ने बहुत शोर मचाया था। वह मीनू को कहतीं–'जा मीनू, तू अपना काम कर ले। अपनी पढ़ाई में ध्यान लगा। अमिष की चिन्ता तू न कर। जब तेरा मन करे, आकर खेल जाया कर इसके साथ।' अमिष को ऊपर का दूध पिलाकर पाला था। ससुरालवाले संदेशा भेजते, धमकाते, डराते–'मीनू ने ससुराल भेजो। वहाँ मायके में क्यों बैठी छै माणो वारिस छै। मैं पालें।' आखिर एक दिन थक-हार कर कहा था–

ले जाओ जी–ऽ थारी मर्जी।

दो महीने में ही बच्चे की हालत खराब हो गई थी। मीनू का बुरा हाल था। उसका फोन आया था–'मुझे ज़िन्दा देखना चाहती हो तो आकर ले जाओ।'

वह व्याकुल-आकुल, एक-एक पल काटना मुश्किल हो रहा था। डाक्टर को बहुत मनाया था—आप साथ चलो। आपके होने से बात कुछ और हो जाएगी। डॉक्टर नहीं माना था। उल्टे उसी को दोष दिया था—

'तुम मीनू और उसके ससुरालवालों के बीच क्यों पड़ती हो।'

आखिर उसे अकेले ही जाना पड़ा था। ड्राईवर और गाड़ी दे दी थी, 'जाओ तुम्हारी मर्जी है।'

उसने उन्हें समझाने की कोशिश की थी—'देखो जी, वारिस तो थारौ ही छै। मणैं तो तुम पालने वाली आया ही समझो। सारे समय मैं घर में रहूँ। कटई आण-जाण कोनी। म्हारा दोई छोरा बारै पढ़ै रिया छै। मैं तो खाली छै। म्हारे कनै समय ही समय छै। बच्चा पल जाई तो थारे वंश का चिराग बन जाई।'

बिशनोईयों की बड़ी हवेली थी। खूब शानो-शौकत, नौकर-चाकर। कितनी देर तक तो बागड़ के बाहर पोली पर ही खड़े रक्खा। काफी देर लगाकर अन्दर से चाकर लिवाने आए थे। खम्माघणी का जवाब नहीं दिया था। अकेली औरत को देखकर अपने अंहकार में उन्होंने हिकारत से देखा था—'क्यों डॉक्टर सा कोनी आया?'

'नहीं, आपरेशन था कोई ज़रूरी।'

'बेटी ऊँ ज्यादा ज़रूरी आपरेशन हो?'

वह चुप रही थी। वे ही बोलते रहे थे। कभी सास बोलती—कभी ननद। मीनाक्षी को पेट भरकर गालियाँ सुनाई। फिर सारे पारिवारवालों को बुरा-भला कहा। पानी तक के लिए नहीं पूछा। वह घंटाभर उनको सुनती रही और गिड़गिड़ाती रही थी।

'अबै जो हुणी है वो हु चुको। इनूँ बुरौ म्हारी छोरी साथै कई हुई। बस अबै इत्ती बिनती है आप लोगाऊँ कि छोरी पढ़-लिख जावै और खुदरै पाँव खड़ी हु जावै।'

उनको यह बात भी बुरी लगी थी।—'म्हारे घर में सब कुछ छै। पैसे की तंगी कोनी। म्हारी घर की बहुएँ यूँ दर-दर मारी-मारी नहीं फिरै। खुदरी छोरी ने समझाओ कि घर में बैठे। घर-गृहस्थी और बच्चे माँ खुदरो मन लगावै।'

वह भीतर से उबल रही थी—तुम्हारी गृहस्थी में बिना वेतन की नौकरानी बन कर रहे। तुम्हारे टुकड़ों पर पले। तुम सब उसके मर्द बनकर उसको नोचो-खसोटो। ऐसा तो नहीं होने का।

'कई सोचूनें लागी री डॉक्टरनी! कुछ गलत कहा छै।'

'आप मीनू और बच्चे को बुला दो। ज़रा आँख भरकर देख तो लूँ।'

'कई देखी डॉक्टरनी। छोरी अपने घर मैं रली खिली छै।'

'वो तो ठीक है जी। इत्ती दूरऊँ आई हूँ। छोरी और उन्नै टाबर नै देख तो लूँ।'

बड़ी देर तक वे आपस में सलाह-मशवरा करते रहे।

आखिर मीनू आई थी बच्चे को गोद में उठाए। ऐसे लग रहा था जैसे मीनू की परछाईं हो।

मीनू मुझसे लिपट गई थी। ऐसे रोई थी जैसे तेजेश के मरने पर रोई थी। गला फाड़ के। उसकी हिचकियाँ बँध गई थीं। बच्चा भी बेहाल था। बुखार में तप रहा था।

'चलो–ऽ मम्मा। प्लीज, चलो यहाँ से।'

वे सारे जन एक तरफ, हम माँ-बेटी और नन्हा अमिष एक तरफ। बड़ी मुश्किल से उस चक्रव्यूह से निकले थे। पीठ पर उनकी गालियों के कोड़े बरस रहे थे।

'अबे खुदरो मुँह मत दिखाई जै छिनाल। म्हारे बेटे नू निगल गई। अबे उन्नी निशानी नै भी साथ ले जावै।'

मैंने अपने आपको समेटा था–

'दूध पीता टाबर छै माँ रे कनै रही। आप रौ ही वारिस है। म्हारी छोरी के साथ भी तो कुछ अच्छा नहीं हुआ छै। गोद के बच्चे को तो कोर्ट रौ कानून भी माँ कनें रऊन देवै।'

वे भड़क उठी थीं। 'म्हानूँ कानून सिखाएगी डाक्टरनी? अबै थनें कोर्ट माँ देखां।' थककर मैंने कहा था–'जैसी थारी मर्जी।'

वह मीनू और बच्चे के साथ लौट आई थी। उन्होंने अमिष की बोतल तक नहीं उठाने दी थी। गालियों की बौछार के साथ पोली से बाहर कर दिया था। फिर भी उसने शुक्र किया था। 'मीनू तू और अमिष तो मेरे साथ आ गए हो। बस कुछ नहीं चाहिए था।' लाखों की सम्पत्ति से मीनू और बच्चे को एक पैसा भी नहीं दिया था। डॉक्टर ने कहा था–'कोई फायदा नहीं। मीनू और बच्चा आ गए हैं, बहुत है। यहाँ इसके और बच्चे के लिए कोई कमी नहीं है। हमें नहीं जाना कोर्ट-कचहरी।'

फिर भी बार-बार धमकियाँ देते रहे थे। 'छः साल तक तुम गूँ मूत करै छै डॉक्टरनी। उनें बाद कोर्ट में देखाँ। बच्चा तू पाल। आणो तो उनें म्हारे कनें ई है।

'इसकी नौबत ही नहीं आनी चाहिए मीनू। अपने पैरों पर खड़ी हो बेटी। रोना-धोना हो चुका। वह बच्चा भी तेरे पास कानूनन तभी रहने देगा जब तू इसके पालने, पढ़ाने, लिखाने का खर्चा उठाने के काबिल होगी।'

धीरे-धीरे मीनू सामान्य होने लगी थी। उसने अपने को अपनी पढ़ाई में डुबो दिया था। एमबीए पूरा करने से पहले ही मल्टी-नैशनल ने ऑफर दे दी थी। एमबीए पूरा करते ही उसकी नौकरी लग गई थी। मीनू ने बहुत जल्दी कठिन रास्ता पार कर लिया था। जल्दी ही अपने कैरियर में ऊँचाई पर पहुँच गई थी। अमिष अभय बनकर उसके पास लौट आया था। सारा समय उससे चिपका रहता। मीनू के काम के घण्टे लम्बे थे। सुबह निकलती और देर शाम को या रात को घर लौटती। अमिष को मीनू के होने या न होने से फर्क नहीं पड़ता था। मीनू भी निश्चिंत थी। अमिष के साथ समय पंख लगाकर उड़ रहा था। अमिष पाँच साल का हो गया था। मीनू को दो साल के लिए आस्ट्रेलिया में एक असाइनमेंट मिली थी। वह देख रही थी

कि मीनू में परिवर्तन आ रहा था। बाहर की दुनिया ने उसको काफी बदल दिया था।

उसने कहा था–'तू जा मीनू, दो साल की बात है। अमिष मेरे साथ ही है। तू अकेली वहाँ, नौकरी के साथ इस बच्चे को कैसे देख सकेगी।'

'नहीं मम्मा। मैंने सोच लिया है। अमिष मेरे ही साथ जाएगा। मैंने सब पता लगा लिया है। वहाँ इस प्रकार की दिक्कतें नहीं होतीं। सब जगह क्रैच होते हैं। सिंगल पेरेंट मैं ही नहीं हूँ। वहाँ हर तीसरी लड़की सिंगल पेरेंट होती है। अविवाहिता लड़कियाँ भी माँएँ होती हैं। पर वे राँड, कुलच्छिनी और कर्मजली नहीं होतीं। वे भी अपना नार्मल जीवन जीती हैं। अमिष मेरे साथ ही जाएगा। यूँ भी अब उसे स्कूल में तो डालना ही है।'

उसका दिल धक् से रह गया था। वह कुर्सी पर बैठ गई थी। अपने दिल की धक्-धक् सुन रही थी। मीनू ऐसे कैसे कर सकती है।

उसने फिर से कोशिश की थी। उसे इस तरह की नौकरी से जुड़ी दिक्कतों और बच्चे को पूरा समय न मिलने पर बच्चे के मन पर पड़ने वाले प्रभावों की भी बात कही थी। मीनू चुपचाप सुनती रही थी। फिर तटस्थ होकर कहा था–

'आपने अपना कर्त्तव्य पूरा कर दिया मम्मा! अब मेरी बारी है। एक बात और है मम्मा, यह असाइनमेंट बहुत अच्छे समय में आई है। ससुरालवालों की बक-बक से भी मेरी और आप लोगों की मुक्ति होगी।'

'मीनू अगर माँ आर्थिक रूप से समर्थ हो तो बच्चे की कस्टडी माँ को ही मिलती है।'

'ठीक कह रही हैं आप मम्मा! वे तो कोर्ट में केस दायर करेंगे ही। फिर लड़ो उसे। हो सके तो जीतो। वे तो माँ मुझे जलील करने से भी नहीं चूकेंगे। कुछ भरोसा थोड़े ही है उन लोगों का। उनके पास ताकत है मम्मा! हमें इस कुचक्र में पड़ना ही नहीं है। आपने भी मेरे लिए इतना किया, मुझे इस योग्य बनाया मम्मा। पहले हमें पाला। फिर अमिष की जिम्मेदारी आप पर आ गई। अब बहुत हुआ ये सब। अब आप इनसे मुक्त होकर अपना जीवन जीओ।'

वह चारों तरफ से घिर गई थी। उसके पास कोई दूसरा तर्क नहीं बचा था। मीनू भी अपना सूटकेस पैक करके, रोते-चीखते अमिष को साथ लेकर उड़ गई थी। वह फिर उसी स्थिति में पहुँच गई थी जब अभय गया था। ममता के गहरे कुएँ में वर्षों से डूबी थी उससे इतनी आसानी से बाहर आना नहीं हो सकता था। मीनू ने कहा था–'अपना जीवन जीओ।' मेरा जीवन, मेरा अपना जीवन? क्या हो सकता है घर और बच्चों से अलग। कुछ समझ नहीं आया था।

डॉक्टर कभी-कभार मुझ पर तरस खाकर कहता–'कुछ पढ़ लिया करो।'

'क्या पढ़ूँ? बी.ए. का तीसरा साल पूरा करने के लिए पढ़ना शुरू करूँ?' वह चिढ़ गई थी।

'मेरा मतलब था जो भी तुम्हें अच्छा लगे। नहीं तो कहीं चली जाया करो। डॉक्टरों के लिए क्लब है उसमें जाना चाहो तो'–

'अकेली जाऊँ वहाँ? अगर जाऊँ भी तो क्या करूँ जाकर, ताश खेलूँ? किट्टी पार्टी में जाऊँ?'

डॉक्टर ने कहा था–'तुमसे बात करना ही व्यर्थ है।'

'नहीं, मुझसे बात करना व्यर्थ नहीं है डॉक्टर। आप बात करोगे तब जानोगे। उसने डॉक्टर का हाथ अपने हाथ में ले लिया था।'

डॉक्टर ने अपना हाथ छुड़ाया था–'बच्ची नहीं रहीं अब तुम। अब तुम बड़ी हो गई हो।'

'जब बच्ची थी तब?'

वह दरवाज़ा खोलकर चला गया था। वह ज़ोर से चिल्लाई थी–

'जब बच्ची थी तब? तब क्या था डॉक्टर।' धम से वह सोफे पर बैठ गई थी। उसने कभी आवाज़ ऊँची नहीं की थी। न ही वह झगड़ालू थी, पर कभी-कभी हताश हो जाती थी।

उसे विश्वास हो चला था, इसका सी.पी.यू. ही खराब है। कैसा भी सॉफ्टवेयर हो, रिजल्ट कभी ठीक नहीं होंगे।

वह जब भी डॉक्टर के साथ पार्टियों में जाती तो अपने को अकेला पाती। सभी जूनियर डॉक्टरों की पत्नियाँ आमतौर पर डॉक्टर ही थीं। नहीं तो किसी दूसरे प्रोफैशन में समान से ही पद पर थीं। सीनियर डॉक्टरों की पत्नियों में कुछ थीं जो हाऊस वाईफ थीं। जूनियर डॉक्टरों की पत्नियाँ अपने प्रोफेशन की बातें करतीं। सीनियर डॉक्टरों की पत्नियाँ डॉ. शाह के सीनियर डॉक्टर होने और उसके अनपढ़ जैसा होने पर या तो तरस खातीं या उसका मजाक करतीं। डॉ. शाह और उसके बीच उम्र के फर्क को लेकर अक्सर वे उसे आहत करती थीं।

इसलिए उसे इन पार्टियों में कोई रुचि नहीं रही थी। उसे घर पर रहना ही अच्छा लगता था। अपने बच्चों के बीच। वही उसका कर्मक्षेत्र था। उसके जीवन का केन्द्र था। औरत का जीवन घने वृक्ष की तरह होता है। वृक्ष की छाया की तरह होता है। जो दृश्य से अधिक अदृश्य में प्रतिफलित होता है, लेने से अधिक देने में सार्थक होता है।

वह सोचती–जीवन की लय क्या इस तरह से बदली जा सकती है। उसके जीवन में सिर्फ घर-पति और बच्चों के सिवा और कुछ नहीं था। उन्हीं की अनुकूलता में उसकी जीवनचर्या थी। कब उठेंगे, क्या करेंगे, क्या खाएँगे, कब जाएँगे। उन्हें

क्या चाहिए, उनकी ज़रूरत क्या है, उनके सुख, उनका दुःख, उसमें कहीं मैं तो आती ही नहीं थी। अभय सोया है। तो चलो नहा आती हूँ। वह स्कूल गया है तो चलो बाजार से घर की चीजें खरीद लाती हूँ।

सुबह से लगातार बारिश हो रही थी। वह सोच रही थी—धरती की परतों में सीपती पानी की बूँदें भीतर के जल स्तर को बनाए रखती हैं। धरती की नमी को भी कायम रखती हैं। हमारे भीतर की आर्द्रता, स्नेह, आत्मीयता, अपनापन, लगाव और प्रेम से बनी रहती है। लेकिन आज, सूखते जल स्तर और रिश्तों के बीच से शून्य होती संवेदना ने हमें एक उजाड़ में ला खड़ा किया है।

डॉक्टर हस्पताल के लिए मशीनें खरीद रहा था। दिनभर ऑपेरशन थियेटर में। और देर रात तक बन रहे अपने हस्पताल की समस्याओं से उलझा रहता। वह जैसे स्वयं मशीन बन गया था। मशीन, मानवी संदर्भ के बिना धातु का एक आयोजित रूप भर ही तो रह जाती है। इन्सान भीतरी आर्द्रता के बिना और भावनाओं की अनुपस्थिति में धातु, लकड़ी या पत्थर के टुकड़े जैसा जड़ हो जाता है। क्या दोनों स्थितियों में कोई सन्तुलन बैठाना सम्भव है? डॉक्टर को अपने समीप लाने की या उसके समीप जाने की हर कोशिश व्यर्थ हो जाती। फिर भी सोचती कि कैसे उसे इस भागमभाग से कभी थोड़ी ही देर के लिए सही, अलग कर सकूँ ताकि वह आपसी सम्बन्धों के बीच भी जी सके।

लेकिन आज की घटना ने उसे फिर कई मील पीछे धकेल दिया था। लछमी के साथ डॉक्टर के व्यवहार ने, न केवल उसके बारे में सोचने के लिए विवश किया, खुद को भी उसने अपमानित अनुभव किया।

लक्ष्मी का पिता लखन सिंह डॉक्टर के साथ पिछले पन्द्रह साल से था। सबसे पुराना ड्राइवर। उसी की बच्ची तो थी। सारा परिवार परेशान था। लड़की की शादी निश्चित हो गई थी। पर यह आँख की समस्या। छोटे लोग ही सही, अगर डॉक्टर उसे देख लेता तो क्या था। दो-तीन बार डॉक्टर के पास जा चुकी, ठीक ही नहीं हो रही थी। वही ले आई थी लक्ष्मी को अपने साथ। शाम को घर पर ओपीडी में देख लेगा, सोचकर। यहाँ अपॉएंटमेंट केसज होते हैं। उसने उसे हस्पताल की ओपीडी में जाने के लिए कहकर चलता कर दिया था। उसने कहा था तो चिढ़ा था, 'मेरे काम में टाँग मत अड़ाओ। पता है न तुम्हें यहाँ सारे केसज अपॉएंटमेंट के हैं। फिर इतनी फीस कैसे देगा वह और क्यों देगा?'

'आपको उससे तो फीस नहीं लेनी। थोड़ी-सी पर्सनल एटेंशन मिल जाती। विशेषज्ञ की राय मिल जाती, क्या बुरा था। वहाँ तो दो-तीन बार जा ही चुकी है। पर ठीक नहीं हुई आँख। आप अगर उसकी मदद कर देते तो क्या हो जाता।'

'जाओ-ऽ अपना काम करो।'

उसका अगला पेशेंट अन्दर आ चुका था।

वह लौट आई थी। फीस, 'इतनी फीस वह देगा?'

हथौड़े की तरह उसके शब्द उसके दिमाग में घनघना रहे थे। डॉक्टर ने उसे क्या सिर्फ फीस न दे सकने की वजह से नहीं देखा? नहीं तो और क्या? उसे शर्म आई थी अपने पर और डॉक्टर पर भी।

डॉक्टर की अपनी दुनिया थी, बच्चों की अपनी दुनिया थी, और उसकी दुनिया? उसकी अपनी दुनिया थी ही कहाँ? हम औरतें छतरियों की तरह होती हैं। धूप और बारिश बस सहती हैं और अपने लिए सोचती ही नहीं। वैसी ही तनी रहती हैं—बाँह पसारे ताकि हमारे नीचे हमारा घर, परिवार, पति और बच्चे धूप और घाम से, बारिश और भीगने से बचे रहें। कई दिनों तक वह अकेले में रोती रही, सिसकती रही। बात बात में—उसकी आँखों में आँसू आ जाते। उसका खाने में स्वाद नहीं रहा था। जीवन अर्थहीन लगने लगा था। और तो उसने जीवन भर कुछ किया ही नहीं था। अब सब अपने रास्ते हो लिए थे। एक व्यर्थता बोध ने घेर लिया था। अपने लिए कभी सोचने का समय ही नहीं मिला। उसे नहीं पता—उसे कौन-सी सब्जी अच्छी लगती है। पण्डित पूछता, क्या पकेगा? डॉक्टर का दोपहर का खाना नहीं होता। वह हैरान थी—उसे नहीं पता था उसे क्या अच्छा लगता है, अजय, अभय, मीनू, डॉक्टर शॉह उन सबका पता था, उन्हें क्या क्या अच्छा लगता है।

'तुम्हें जो अच्छा लगता हो, पका लो पण्डित।'

वह थोड़ी देर खड़ा रहा था मुँह बाए। फिर चला गया था।

आखिर में मुनिया उसके पास आई थी। उसकी बच्ची उसके साथ थी। शायद उसे अन्दर नहीं आने दिया गया था। इसलिए वह वहीं बरामदे में बैठी उसका इन्तज़ार करती रही थी। उसे बताया भी नहीं था। इसकी ज़रूरत भी घर के नौकर नहीं समझते थे। आने वाले की शक्ल-सूरत, उसका लिबास, जीवनशैली देखकर ही पहले से फैसला कर लेते हैं। फिर मुनिया तो आउटर हाउस में ही रहती थी। सबको पता था बाबू राम की पत्नी है।

यूँ ही बाहर निकली तो मुनिया को छोटी लड़की के साथ बैठे देखा था।

'अरे, तुम यहाँ मुनिया? कैसे आई हो? डॉक्टर सॉब से मिलना है क्या? और तुम्हारी यह छोटी—क्या नाम है इसका—'बेबी' कैसी है?'

मुनिया ने चेहरा झुका लिया था। उसके चेहरे पर मायूसी थी।

'मुनिया? क्या हुआ? बोलती क्यों नहीं?'

'मेरी बच्ची की आँख चली गई'—वह सुबकी थी।

'पर इसका तो तुमने इलाज करवाया था न।'

'जी-S पर इसको तो अब कुछ भी नजर नहीं आता। हस्पताल भी गई थी। डॉक्टर ने देखा था पर कुछ नहीं कहा था। पूछा था, बताया नहीं था।'

'ठीक है, मैं डॉक्टर साब से बात करूँगी। फिर जब बुलाएँगे तो तुम आ जाना।'

वह उठ खड़ी हुई थी। चार-पाँच साल की यह बच्ची। सहमी-सी माँ के साथ सटी चली गई थी।

उसने डॉक्टर से बात करनी चाही थी। पर वह जवाब ही नहीं दे रहे थे। आश्चर्य हुआ था, इतना बड़ा हस्पताल था। बड़े से बड़ा डॉक्टर था, फिर क्या हुआ। उसने रात को खाने की टेबल पर उन्हें फिर घेरा था। बेबी की आँखों का इलाज हुआ था, फिर उसे दिखना कैसे बन्द हो गया।

'लेजर से रेटिना जल गया होगा। अब क्या हो सकता है?'

'लेजर से कैसे जल गया डॉक्टर।'

'कोई नया डॉक्टर रहा होगा। लेजर तकनीक बहुत अच्छी है। अपनी जगह है। पर उसका प्रयोग अपनी जगह है।'

'कौन डॉक्टर था? पता किया जा सकता है।'

'उससे क्या होगा?'

'लेकिन इस बच्ची का क्या होगा?'

वह चुप था।

'इस बच्ची का क्या होगा डॉक्टर?'

'यह एक काम्प्लेक्स-सा सवाल है। तुम रहने दो। प्रोफेशनल प्रॉब्लम भी होती ही है।'

'मैं सिर्फ इस बच्ची की आँखों की बात कर रही थी। आप डिपार्टमेंट के हैड हैं। आपके विभाग के एक जूनियर डॉक्टर से यह गलती हुई है। इसकी पूछताछ तो होनी ही चाहिए। उस डॉक्टर को सजा मिलनी चाहिए।'

'उससे क्या होगा?'

'आप अपने स्टाफ को गलत शील्ड कर रहे हैं।'

'तुम अपना काम करो। मेरे कामों में दखल मत दिया करो।' डॉक्टर उठकर चला गया था।

डॉक्टर होकर कोई इतना संवेदनाशून्य कैसे हो सकता है। उसने अगले दिन मुनिया और बेबी को बुलाया था। और उन्हें अपने साथ हस्पताल ले गई थी। यह निश्चित कर लिया था कि तब डॉक्टर शॉ वहाँ न हों। वह विजिट पर गए हुए थे। कुछ ज़रूरी ऑपरेशन थे। विभाग के लोग जानते थे। उसे देखकर आए थे। डॉक्टर चुघ भी उठकर आए थे और अपने कमरे में ले गए थे। 'आप क्यों परेशान हो रही हैं मैडम शॉ। इन्हें भेज देतीं यहाँ।'

'मुझे कोई परेशानी नहीं।' मैंने उनसे बेबी के बारे में पूछा था, उसकी फाइल उन्हें दिखाई थी। डॉ. चुघ ने फाइल देखी थी, बोले नहीं थे।

'आप फाइल यहीं छोड़ दीजिए। मैं इस मामले पर दूसरे डॉक्टरों के साथ विचार-विमर्श करूँगा। थोड़ा समय लगेगा।' वह समझ रही थी कि उससे सच छिपाया जा रहा था। तो भी कोई दूसरा उपाय जब तक नहीं ढूँढ़ा जाता उसने चुप रहना उचित समझा था। उसने पता लगाया था। 'परिवर्तन', हस्पताल में काम कर रही एनजीओ की कार्यकर्ता ने बताया–रेटिना की गड़बड़ी बच्चों में अन्धापन का कारण बन रही है। माल न्यूट्रीशन के कारण बच्चे 700 ग्राम के पैदा हो रहे हैं। इन बच्चों का रेटिना पूरा विकसित नहीं होता और उसका भी आँख से अलग हो जाने का खतरा बना रहता है। लेजर तकनीक में इन बच्चों को अन्धेपन से बचाया जा सकता है। लेकिन हस्पतालों में और प्राइवेट भी नौसिखिया डॉक्टर, पूरी तरह ट्रेनिंग लिए बिना या बहुत ही कम ट्रेनिंग लेकर काम शुरू कर देते हैं। इन अधकचरे विशेषज्ञों के कारण मरीज अन्धे हो जाते हैं। लेजर से रेटिना जल जाता है। मरीज़ शिकायत लेकर बड़े डॉक्टरों के चक्कर लगाते हैं, पर तब तक तो सब खत्म हो गया होता है। सरकार के कई कार्यक्रम हैं, पैसे की भी कमी नहीं है, पर सहायता तब भी सही लोगों तक नहीं पहुँचती। तो भी लोगों को फायदा हुआ है। मोतियाबिन्द के बीमारों की प्रतिशत कम हुई है। नेत्र-विशेषज्ञों की संख्या में वृद्धि हुई है। आँखों के इलाज के लिए कई केंन्द्र खोले गए हैं। आँखों की जाँच के मुफ्त कैंप लगाए जाते हैं। गैर सरकारी संस्थाएँ बहुत काम कर रही हैं। लेकिन इनकी सफलता में आँखों के हस्पताल, डॉक्टरों और विशेषज्ञों की अहम भूमिका होती है। हमारी आप्थलमालॉजिकल सोसाइटी ऑफ इंडिया के परामर्शदता और अध्यक्ष डॉ. शाह हैं। पर उनके पास समय ही नहीं होता। बस हम उनका नाम इस्तेमाल करते हैं। बड़ा नाम है। बड़ा डॉक्टर है। शायद उसे पता नहीं था कि वह उनकी पत्नी है। वह भी चुप थी। सच तो पता चले। इनके नाम से हमें डुनेशन मिल जाती है। विशेषज्ञ के तौर पर अगर डॉक्टर शाह जैसे डॉक्टर थोड़ा-सा समय विभाग के जूनियर डॉक्टरों की कार्यविधियों और कार्यक्षमता के निरीक्षण में दें तो ऐसे हादसे कम से कम इन हस्पतालों में होने से बच सकते हैं। लेकिन आम आदमी तो हस्पताल ही आता है। इस उम्मीद में कि यहाँ उसका इलाज ठीक से होगा, पर यहाँ भी उसके साथ धोखा ही होता है। जूनियर डॉक्टर बिना पूरे अनुभव के इनको ही गिन्नी पिग की तरह इस्तेमाल करते हैं। ये अशिक्षित लोग न तो समझते हैं और न ही इनमें विरोध की क्षमता होती है। जो हो गया उसे अपनी नियति मानकर चुप बैठ जाते हैं। अगर कुछ कहें भी, आवाज़ भी उठाएँ तो सुनने वाला कोई नहीं। आप बेबी का केस ही देख लीजिए। बच्ची की ज़िन्दगी नष्ट हो गई। डॉक्टर अधकचरा था और उसने इस पर ऑपरेट किया। लेजर में रेटिना ही जल गया। आप सोचिए कि यह ऑपरेशन

सही सुपरविजन में क्यों नहीं हुआ। बच्ची की आँख चली गई। इसकी भरपाई कौन करेगा? लेकिन हमने ये मामला अपनी एनजीओ की तरफ से कोर्ट में उठाया है। अब देखो, क्या होता है।

'कोर्ट में आपका साथ मैं भी दूँगी। उसने कहा था, यदि आर्थिक सहायता की ज़रूरत हुई तो बेबी के केस के लिए वकील के पैसे भी मैं दूँगी।'

'ठीक है, आप जैसे सहृदय लोगों के सहयोग से ही हम अपना काम पूरा करते हैं। विवश और असहाय लोगों को सहायता पहुँचाते हैं। आपका शुक्रिया।'

वह उठकर आ गई थी, पर भीतर तक बेचैनी भर गई थी। बेबी के केस में अगर सफलता मिल भी गई, केस जीत भी लिया तो भी बेबी की आँख तो वापिस नहीं आएगी। फिर अपने को समझाया था, कम से कम बेबी को कम्पनसेशन तो मिलेगी। थोड़ी-सी राहत।

सारे अखबारों में डॉक्टर शॉ के रिसर्च पेपर की चर्चा थी। दिनभर फोन की घण्टी बजती रही थी। लोग बधाई दे रहे थे। अन्तरराष्ट्रीय कान्फ्रेंस में उन्होंने यह पेपर पढ़ा था। उन्होंने अपने पर्चे में उदाहरण के साथ बताया था कि भारत इस क्षेत्र में भी पीछे नहीं है। आज अमेरिका और यूरोप की कम्पनियाँ हमारे पास क्लिनिकल ट्रायल के प्रस्ताव लेकर आ रही हैं। मधुमेह से होने होने वाले अन्धेपन के खतरे से कैसे जूझा जाए। लोगों में इसको लेकर कैसे जागृति लाई जाए। इसके लिए एक अभियान चलाने की ज़रूरत है। तभी डायबेटिक रेटिनोपेथी की रोकथाम की जा सकती है। इसके लिए विभिन्न केन्द्र खोलने की ज़रूरत है जहाँ लोगों को अनौपचारिक रूप से इस बात की शिक्षा दी जाए कि डायबेटिक होने से आँख के अन्धेपन के खतरों से कैसे बचें। इसके लिए एनजीओ की भूमिका ही सबसे अहम है। वही लोग काम भी कर रहे हैं। मात्र सरकारी प्रयास काफी नहीं हैं। हो भी नहीं सकते।

रेटिना प्रत्यारोपण जैसी तकनीक से आँख की रोशनी बचाने का सवाल है। इसके अब तक बहुत उत्साहवर्द्धक परिणाम नहीं आए हैं। यूँ भी रेटिना प्रत्यारोपण का काम हर विशेषज्ञ कर भी नहीं सकता। बच्चों में भी आज आँखों की बीमारियाँ बढ़ रही हैं। प्रदूषण तो कारण है ही। साथ ही टेलीविजन और कम्प्यूटर भी कारण हैं। बच्चों को आँखों के बचाव के लिए भी चेताया जाना चाहिए। सही रोशनी में पढ़ना, पौष्टिक भोजन और सिनेमा, टेलीविजन का अत्यधिक न देखा जाना और सही दूरी से देखा जाना भी जरूरी है। इसके लिए माता-पिता को भी शिक्षित किया जाना चाहिए।

तीसरे स्तर पर आँखों के विशेषज्ञ डॉक्टरों की संख्या में भी वृद्धि होनी चाहिए ताकि रोगियों को सही तवज्जो मिल सके। जो पहले से इस क्षेत्र में हैं, उन्हें अधिक प्रतिबद्ध और परिश्रमी भी होना चाहिए। तभी हम राष्ट्रीय स्तर पर बच्चों के मधुमेह

के रोगियों को और वृद्धों को अन्धेपन का शिकार होने से बचा सकते हैं। डॉक्टर की प्रस्तुति परफेक्ट थी। परन्तु व्यावहारिक सच क्या था?

बार-बार इस नो मैन लैंड में पहुँच जाने की पीड़ा से गुजरी थी। ज़िन्दगी में कितने भावात्मक-हिचकोले खाए थे।

हम औरतें गधों की तरह होती हैं धीमी और धैर्यवान। हम पर जितना मर्जी बोझ लाद दो। जो मर्जी लाद दो। कोई फर्क नहीं पड़ता। लादे चले जाओ। कोई विरोध, प्रतिरोध नहीं। भार लादे, किसी भी जगह, कितनी भी दूर, चलते-चलते या रुके खड़े गधों की तरह धीरज बाँधे रखती हैं। अपने स्वामी की गालियाँ खाते हुए पर तटस्थ निर्विकार भाव से भार ढोने के अपने फलहीन कर्म में लीन।

पति, घर और बच्चों के बिना औरतें कितनी निरस्त हो जाती हैं। उनके पक्ष में जीते हुए, पल-पल जैसे वे अपने को बूँद-बूँद खाली करती चलती हैं। जब उनका पक्ष मजबूत हो जाता है, वे अपने रास्ते चले जाते हैं। औरतों का जीवन फीका, निरर्थक और रसहीन हो जाता है। जीवन जीने का वह अर्थ जिनके लिए था उनके साथ चला जाता है। अपने जीवन की सार्थकता क्या हो जैसे कुछ भी समझ में नहीं आता उसे ढाणी की बिंदो की याद थी। वह सारा समय कपड़े धोती रहती थी। बिन्दो का नाम बिंदिया था। शेखावतो की लड़की थी। बी.ए. पास किया था उसने शहर में रहकर। फिर उसका ब्याह हुआ था। लड़का विदेश में कहीं था। ब्याह इस शर्त पर किया था कि उसके विदेश जाने का खर्चा बिंदिया के पिता देंगे। लड़के ने कहा—बिंदिया का पासपोर्ट बन जाए, वीज़ा लग जाए तो वह उसके पास आ जाएगी। सब ठीक ही लगा था। पासपोर्ट तो बनना ही था। उसमें समय भी लगना था। इतनी देर तो लड़का रुक नहीं सकता था सो वह तो चला गया।

उसके भाइयों ने तीन-चार महीनों में पासपोर्ट भी बनवा दिया। अब वीज़ा के लिए जो कागज चाहिए थे, लड़का भेज ही नहीं रहा था। एक महीना, दो महीना करते-करते साल-दर-साल बीतते गए। लड़का न तो फोन या चिट्ठी का जवाब देता न आने की कोई बात कहता। फिर उस पते पर ऐसा कोई व्यक्ति नहीं रहता की सूचना मिली। ससुरालवालों के यहाँ से वह वहीं गाँव में आ गई थी। घरवालों ने सोचा—लड़की उदास है। अपने घर में शायद उसका मन लग जाए। कुछ दिन माँ-बाप के वहाँ रही फिर भाइयों के घर आ गई। वह वहाँ भी उदास और श्लथ-सी रहने लगी। भाई-भाभी की गृहस्थी में उसकी दो जून की रोटी भारी पड़ने लगी। भाभी कहती—'चल सफाई कर ले', वह सफाई कर देती, 'चल बर्तन साफ कर ले'। वह बर्तन साफ कर देती। 'जा, बावड़ी ऊँ पाणी लीया और सुण, अै चार-छः कपड़ा भी धो लौ।' वह मटकी सिर पर रखती और कपड़ों की गठरी बनाकर बगल में

दाब लेती। कपड़े धो-सुखाकर आ जाती। पानी का मटका भर लाती। फिर सुबह मटका सिर पर रखती, कपड़ों की गठरी बगल में दबाती और बावड़ी पर चली जाती। कपड़े धोती, मटका भरकर आ जाती। फिर दोपहर को यहाँ-वहाँ से धुले-अनधुले कपड़े बटोरती और बावड़ी की तरफ चल पड़ती। इस कस्बे में सुबह-सुबह लड़कियों, औरतों के सिरों पर घड़े रखे कुएँ-बावड़ी पर जाना और पानी लाना तथा कपड़े धोकर, सुखाकर, नहाकर आना आम दृश्य है। इसका भी एक अभ्यास होता है। चाहो तो शिक्षा-दीक्षा कह लो। छोटी, संकरी, गड्ढों भरी सड़क या पगडण्डी पर पैर जमाए, घड़े उठाए सधे कदमों से आना कि पानी की एक बूँद भी न गिरे। कई बार पानी लाने का काम दिन में तीन-चार बार भी करना पड़ता था। गाँव की सभी लड़कियाँ, औरतें करती थीं। परन्तु बिन्दो को जुनून था जब-तब गठरी बगल में दबाती, मटका सिर पर रखती बावड़ी की तरफ चल पड़ती। शुरू-शुरू में उसको रोका पर वह रुकती नहीं थी। धीरे-धीरे उसका यह जुनून बढ़ता गया था। अब वह शाम को भी उसी तरह कपड़ों की गठरी बगल में दबाकर बावड़ी की तरफ निकलने लगी। गाँव में उसे वैद्य-हकीम को दिखाया। उनकी जो समझ में आया, किया। झाड़-फूँक की, पर उसकी हालत दिन पर दिन बिगड़ती गई थी। उसका चेहरा सूख गया था। उसके कपड़े अस्त-व्यस्त रहते और बाल बिखरे रहते। वह जब चाहती उसी मुद्रा में बावड़ी पर पहुँच जाती। समय-कुसमय का ध्यान वह खो बैठी थी। ऐसे ही कई बार रात को चुपचाप भी निकल जाती थी। कोई न देखता हो और न रोकता हो तो वहीं बावड़ी पर कपड़े धोती रहती। एक दिन जब वह ऐसी ही एक रात को घर से निकल आई थी तो रास्ते चलते बाहर के कुछ लोगों ने उसे देखा। उन्हें समझ में नहीं आई कि इस समय भी कोई औरत मटका सिर पर रखकर और बगल में कपड़ों की गठरी लिए बावड़ी पर जा सकती है। वे उसे देखकर डरे और चिल्लाने लगे–'भूतनी है, अरे भागो, भूतनी है।' वे भागे थे। बिंदिया भी शायद डर गई थी और भागने लगी थी।

पता नहीं, फिर कैसे और क्या हुआ। बिन्दो भूतनी बन गई। उसे जाते देखकर बच्चे पत्थर मारते, वह डरकर बावड़ी के पीछे या अन्दर छिप जाती। भूखी-प्यासी सुबह से शाम तक छिपी रहती डर के मारे। रात को वापिस आना चाहती तो फिर वही भूतनी का शोर मच जाता। भूतनी से वह डायन बनी। पंचायत ने उसे डायन घोषित कर दिया। घरवालों ने बाहर निकाल दिया। भूखी-प्यासी, नंगे, पैर फटेहाल, बिखरे बाल वह अपनी जान बचाती इधर-उधर घूमती रहती। गाँव भर में कोई उसे घर में नहीं घुसने देता। भूख से व्याकुल कूड़े के ढेर से बीन-बीन कर कुछ पा जाती तो खा लेती। कभी-कभार छिपते-छिपाते किसी घर के बाड़े से कुछ खाने को ढूँढ़ती हुई पहुँच जाती तो घर के लोग उसे धक्के देते और गालियाँ देते हुए बाहर कर देते। बावड़ी पर एक दिन उसने एक बच्चे को अपने हाथ से नहला दिया और पानी

पिला दिया। बच्चा किसी कारण से बीमार हो गया। गाँववालों ने कहा, 'औ बिन्दो डाकनी रै छून सूँ हुयो। अब लोग उसकी परछाईं से भी दूर भागने लगे थे। एक दिन वह छिपती-छिपाती अपने घर आ गई। पोली खुली थी। बाड़े में छिपकर बैठ गई। रात भर बैठी रही वहीं बाड़े की दीवार के साथ। उसी दिन घर में भाभी का छोटा बच्चा जो कई-कई दिन से बीमार था। चल बसा। घर में सुबह होते ही चीख-पुकार मच गई। किसी ने बिन्दो को बाड़े की दीवार के साथ बैठे देख लिया था। फिर क्या था, भीड़ जुट गई। लोग उसे वहाँ से बाल पकड़कर घसीटकर ले गए थे। सभी कह रहे थे, 'इकयो करयो-धरियो है। आ डाकन खाई खुद रै घर रा बच्चा ने।' बीच चौराहे पर उसे भीड़ पत्थरों से मारती रही। अधमरी वह शाम तक वहीं पड़ी रही। शाम को होश आया तो उसे प्यास महसूस हुई। वह लड़खड़ाती हुई बावड़ी पर पहुँची। वहाँ उसने पानी माँगा परन्तु औरतें उसे देखकर ही भाग खड़ी हुईं चिल्लाते हुए—'डॉकनी आई गी डॉकनी आई गी। खुदरै बाल-बच्चा ने बचाओ और भागो।'

पड़ोस के घर में शादी थी। नेगचार के बाद मिलनी की रसम हुई थी। भारी ओढ़नियों, रंगीन लहरेदार घाघरों में लुगाइयाँ लहक-चहक रही थीं। जीमनवार हुआ। पूरी बाड़ी के लोगों ने जी भरकर भोज खाए थे। मिठाइयाँ, केसरिया कुम्हड़पाक और दिलखुशहार चक्की का मजा बराती ले रहे थे। वहीं पर डरी-सहमी भूखी-प्यासी बिंदिया भी आई थी। छिपती-छिपाती दीवार के साथ अन्धेरे में सटकर बैठ गई थी। जूठी पत्तलों से बचा-खुचा खाना उस दिन उसने जी भरकर खाया था। तीन दिन की भूखी बिंदिया खाकर तृप्त होकर वहीं दीवार से सटकर कोने में गुड़ी-मुड़ी होकर लेटकर सो गई थी।

बाराती इधर-उधर मौजमस्ती में घूम रहे थे। आधी रात को फेरे होने थे। आँगन के बीचोंबीच बेदी बनाई गई थी। एक गज लम्बे घूँघट में आठ बरस की लड़की को उसका मामा गोदी में उठाकर लाया था और फेरों पर बैठा दिया था। तीन फेरे हो चुके थे, चौथे फेरे में बालिका बीनणी लड़खड़ाकर गिर पड़ी। बाराती और घराती परेशान हो गए। लुगाइयों में हायतौबा मच गई। 'अरे बीनणी को क्या हुआ?' पण्डित जी मन्त्रोच्चार रोककर घबराए से बोले थे—'अरे कोई उठाओ छोरी को। इसके कपड़े सम्भालो कहीं आग न पकड़ ले। इत्ती गरमी टावर गर्मी खा गई लागै।' लुगाइयाँ अलग से घेरकर खड़ी हो गई थीं। एक लुगाई पालथी मारकर बैठ गई। उसका सिर अपनी गोदी में रख लिया था। उसके मुँह में पानी डाला गया। पंखा झला गया। पानी मुँह में जाने की बजाए बाहर गिर रहा था। टावर बेहोश थी। लुगाइयों ने पानी को देखकर शोर मचा डाला—'अरे झाग। कहीं कीड़े ने तो नहीं काट लिया टावर को। अरे क्या हुआ?' दूसरी लुगाई नई दलील लेकर आई थी बारातियों की तरफ से। 'अरे बीमार टावर का ब्याह रचा रही हो। हमारे गले डाल रही हो इसे।' 'कौन है? कौन है यह?' की आवाजों के बीच से किसी ने बताया था लड़के की फूफी

है। उससे निपटते कि तीसरी लुगाई ने गुहार लगाई थी–'अरे-अरे किसी ने...ऊपर टोटका कर दिया दिखै है।' लुगाइयों की आवाज़ एक साथ मिलकर ज़ोर पकड़ गई थी। 'अरे कौन डायन है यहाँ। देखा टॉवर पर काला जादू कर दिया।' लड़की की माँ माथे पर हाथ मारकर चित्त हो गई थी। 'माड़ी किस्मत म्हारी। कुण म्हारा सूँ दुश्मनी निकालै है। किसने नजर लगा दी म्हारी बीनणी को।' जितने मुँह उतनी बातें। चारों तरफ हवा गर्म हो गई। 'बालिका पर टोटका कर दिया। अरे किसने किया टोटका?' चारों तरफ अफरातफरी मच गई थी। लड़के की माँ उदास हो गई। उसका हिबड़ा रोने लगा था। मन ही मन पुकार मच गई–'हे देवी माता, हमारा कसूर माफ कर दीजो। तेरे मन्दिर में मेरा बेटा-बहू आवेंगे और चाँदी का कलश चढ़ावेंगे। तेरे नाम का रतिजगा करवाऊँगी माँ।' गरमी से बचने को बराती-घराती इधर-उधर बाहर खुले में घूम रहे थे। तभी किसी की नजर दीवार के साथ गुड़ीमुड़ी हो सोई पड़ी बिंदिया पर पड़ी थी। सबने उसे घेर लिया था। किसी ने उसे झंझोड़कर उठाया था। लुगाइयाँ भी आ गई थीं। हवा में चीखें उभरी थीं–'ये रही डायन। ये देखो, यहाँ छिपी बैठी है। टोटका कर दिया बीनणी पर।'

लड़की वालों ने देखा तो एक साथ कई आवाज़ें उठी थीं–'अरे, ये तो बिंदिया है। तभी, हमारे मन में तो पहले ही खटका हुआ था, अच्छीं-भली बीनणी, क्या हुआ जो बेहोश हो गई।' कुछ हाथ एक साथ बिंदिया पर झपटे थे। उसे घसीटकर घेरे के बीच में ले आए थे। वह हाथ जोड़ रही थी, गिड़गिड़ा रही थी। उसे पता नहीं था उसका कसूर क्या है। पर वह उनके पैरों में लोट रही थीं, 'छिमा करो, छिमा करो मुझे। मैं तो भूखी थी। बहुत भूखी थी। दो दिन से कुछ नहीं खाया था। इसलिए...' पर उसकी आवाज़ डूब गई थी। उसे जितना चाहा, जैसा चाहा थप्पड़ों से, घूँसों से, छड़ी से, डण्डों से मारा, कोचा। पैरों से लतियाया और उसके बाल खींचकर जमीन पर पटकनियाँ दीं। वह बेहोश हो गई तो उसे पोली से बाहर घसीटकर फेंक दिया।

डॉक्टर आ गया था। बरातियों में से किसी ने फोन करके बुलाया था। डॉक्टर ने बालिका की नब्ज देखी। उसकी आँखें देखीं और कहा–बच्ची में खून की कमी है। गर्मी से बेहाल है। ऊपर से यह भारी ओढ़नी और लहंगा। फिर एक गज का घूँघट। क्या होगा? पानी के छींटे देकर और हवा करते हुए उसे होश में लाया गया। जैसे-तैसे फेरे पूरे हुए। घरवालों और ससुरालवालों ने चैन की साँस ली। सुबह यह खबर सारे कस्बे में फैल गई थी।

अगले दिन फिर पंचायत हुई। उस अधमरी, बेसहारा, अपने हालात से पस्त, भूखी-प्यासी औरत से जैसे सारा गाँव दहशत में था। पंचायत ने फैसला दिया। अगले दिन उसे पेड़ पर रस्सी के फन्दे में डालकर लटका दिया गया। दो-तीन दिन तक उसकी लाश वहाँ झूलती रही थी। फिर चील-गिद्द इकट्ठे होने शुरू हुए थे। आखिर

सप्ताह भर बाद चमार बस्ती के चमारों ने उसे वहाँ से उतारकर वहीं लकड़ियाँ इकट्ठी कर जला दिया था।

वह तब छोटी थी, बहुत ही छोटी लड़की सी, पर बिन्दो हर रूप में उसके भीतर साँस लेती रही थी–जब उसका ब्याह हुआ। फिर, उसका गाँव में उदास चेहरा। फिर बावड़ी पर जाती बिन्दो। सारा समय कपड़े धोती-सुखाती बिन्दो। फिर भूतनी बनी बिन्दो। भूतनी से उसका डायन बनना और अन्त में पेड़ पर लटकी बिन्दो को जब उसने देखा था तो उसकी हवा में झूलती देह, एक तरफ को झुकी गर्दन, ककड़ी-सी लटकती बाँहों को खड़ी वह देखती रही थी। यह दृश्य जैसे उसके भीतर समा गया था। वह खुली आँखों से उसे देखती और आँख बन्द करती तब वही लटकी देह उसके सामने साकार हो जाती। जैसे-जैसे वह बड़ी होती गई। वह तस्वीर उसके मस्तिष्क में धुँधली पड़ती गई थी। आज पता नहीं क्यों इतने वर्षों बाद बिंदिया की स्मृति उसके सामने फिर ताजा हो गई। तब छोटी थी, बिना समझे उसने सब देखा था। आज वह बिंदिया की स्थिति को समझ सकने में समर्थ थी।

कैसे बिंदिया को कस्बे में डायन बनाकर फाँसी पर चढ़ा दिया था। दो दिन तक उसकी लाश पेड़ पर लटकी झूलती रही थी। बिंदिया के ससुरालवाले आए थे पुलिस को साथ लेकर। पुलिस पूछताछ करके दोनों तरफ से खा-पीकर चली गयी थी। पर वहाँ एक स्वयंसेवी संस्था भी आई थी। उसकी चार कार्यकर्त्ता वहीं टिक गई थीं। संस्था की कार्यकर्ता कस्बे में घूम-घूमकर औरतों और मर्दों का जमावड़ा करती उन्हें आश्वस्त करतीं कि डायन जैसी कोई औरत या घटना सच नहीं होती। इस संस्था के पास अपनी कानूनी सहायता भी थी। पढ़े-लिखे लोगों को वे छोटी-छोटी सूचनाएँ छपवाकर और बाँटकर समझाती थीं। आम और अनपढ़ लोगों के लिए जगह-जगह जमावड़े किए जाते और सभाएँ की जातीं। ये कस्बों में आस-पास के गाँवों में जातीं वहाँ खुले में एक बड़ी सी स्क्रीन लगाई जाती और डायन कैसे और क्यों बनाई जाती है, इसकी पोल खोलने वाली फिल्में दिखाई जातीं। इस संस्था ने वर्षों तक इस जगह कार्य किया था। इनके काम का क्षेत्र, आस-पास के गाँव और जिले भी थे जहाँ ये समाज के लोगों में और विशेष रूप से औरतों में जागृति लाने का कार्य करती थीं। उर्मिला बुआ इसकी सदस्य बन गई थीं। पहले कभी-कभी वहाँ जाती थीं। फिर हर रोज जाने लगी थीं। उर्मिला बुआ बता रही थी–'कृशि तू सोच ही नहीं सकती, आज एक औरत को डायन बनाकर उसका जो बुरा हाल किया। उसे ट्रक के पीछे बाँध दिया और वह घिसटती हुई, चलते हुए ट्रक के पीछे लहूलुहान होती कई किलोमीटर तक ले जाई गई। उसकी देह चीथँड़ा हो गई। फिर उसे खोलकर ढाणी के नीचे फेंक दिया गया।'

'कृशि, एक औरत की छातियाँ काट दीं दरिन्दों ने। एक औरत संस्था में आई थी, उसकी नाक काट ली थी। यह सब उनके अपने फितूर के कारण–औरत को

डायन कहा—और उस पर जोर-जुल्म शुरू हो गए थे। उसका कसूर इतना था कि घर में जेठानी जच्चा की सेवा में दिन-रात लगी रही-पर जच्चा का केस दाई ने बिगाड़ दिया था। उसका दोष उसके सिर पर मढ़ दिया गया। पहले बच्चा मरा, उसे मरना ही था। समय से पहले अठमासा बच्चा था। बेहद कमजोर, सिर्फ साढ़े तीन पोंड का। उसकी देखभाल की अकल ही घर में किसको थी। उसे पीलिया था, संस्था की डॉक्टर ने बताया और वह मर गया। फिर उस बेसहारा विधवा, घर की छोटी बीणनी पर जो जुल्म हुए, पूछो मत। पहले घरवालों ने उस पर शक किया। बात गाँव में फैली और उसकी दुर्गति हुई। कृशि औरतों पर जुल्म की कोई सीमा नहीं है। घर से बाहर निकलकर पता चलता है। बिना उनके किसी कसूर के उन्हें नरक की यन्त्रणाएँ दी जाती हैं, अन्त में उन्हें छुटकारा मिलता है तो सिर्फ मरकर ही। या तो वे खुद ही आत्महत्या कर लेती हैं या घर के या गाँव के लोग ही उसे मार देते हैं। संस्था और पुलिस की कोशिशों के बाद भी इन हत्याओं का सिलसिला रुका नहीं है। कल ही रामेती और आँवली बाई पर गाँववालों ने जो जुल्म किया उसका बखान करते कलेजा दो टूक होता है। रामेती की तो आँखें फोड़ दीं। पत्थरों से उसकी हट्टी-कट्टी देह कुचल दी। उसका अपना आदमी और बच्चे खड़े अपनी आँखों से सब कुछ देखते रहे। घर से बलपूर्वक खींच लाए और आँवली को डायन करार दिया। उसकी मार-पिटाई शुरू हो गई। वह चीखती-चिल्लाती कसमें खा रही थी, जो हुआ उसमें उसका क्या दोष। बुढ़िया बीमार थी, मर गई। उसने तो छह महीने उसकी दिन-रात सेवा की थी। पर ओझा की शर्त बेमिसाल थी। उसे श्मशान में मरे हुए व्यक्ति को जीवित करने के लिए कहा गया। वह कैसे करती। बस, सबने मिलकर उसकी जान ले ली थी। सन्तरीबाई को ओझा ने बेगुनाह साबित होने के लिए आग में तपाकर लाल हुई तलवार को नंगे हाथों से पकड़ने को कहा। नहीं पकड़ी गई तो उसकी चोटी उखाड़ ली। उसी तपी तलवार से उसकी देह गोद दी। वह मर गई तो घसीटकर गाँव से बाहर फेंक आए थे।

'जो औरतें इतना अत्याचार सहने के बाद भी नहीं मरतीं या मारी जातीं, वे जानवरों से भी बदतर जीवन जीने के लिए विवश होती हैं। अपने कस्बे की सीमा से बाहर एक औरत ज़िन्दा औरत के नाम पर एक प्रेतात्मा को, जमीन पर रेंगते, भीख माँगते हुए देखा। संस्था की कार्यकर्ता उसे ले गई थी। पता चला, उसे सिर्फ घर से ही नहीं, पंचों ने गाँव से भी निकाल दिया था। उसका कसूर इतना था कि घर के ही जिस बच्चे को वह बेहद प्यार करती थी, वह बीमार हुआ। उसे डॉक्टर के पास डिस्पेंसरी में ले जाने की बजाए 'सयाने' से उसका इलाज करवाया। बच्चा सप्ताहभर में चल बसा और आफत आई बेचारी उस औरत पर। उसके अपने बच्चे नहीं थे। बाँझ कहकर उसे कई बरस गरियाया गया। आदमी ने दूसरी शादी कर ली। वह खुश हुई। चलो ठीक है। आदमी की सेवा-टहल के साथ वह उस औरत

की भी देखभाल करती। दो वक्त की रूखी-सूखी रोटी खाती, घर-गिरस्ती में दिनभर हड्डियाँ तोड़ती और रात को थकहार कर कहीं किसी कोने में लुढ़क जाती। सुबह फिर वही कोल्हू के बैल की तरह काम में जुट जाती। सालभर बाद ही उनके यहाँ बच्चा हुआ। वह भी लड़का, घर में खुशियों की हिलोर उठने लगीं। उस औरत की खुशी का ठिकाना न था। उसी ने बच्चे को अपनी गोद में लिया। प्यार-दुलार किया। गोगाजी का नाम लेकर उनका शुक्र किया, घर में चिराग आया। बच्चे का गू-मूत साफ करती। बच्चे को वही नहलाती-धुलाती, रुई की बत्ती बनाकर दूध पिलाती। माँ के दूध उतरा ही नहीं था। उसी के हाथों खा-खेलकर बच्चा बड़ा हुआ था। अपनी जान से भी ज्यादा वह उसे प्यार करती थी। उसके बिना साँस भी नहीं लेती थी। पहले उसको खिलाती, सुलाती, फिर घर-गिरस्ती की चक्की में पिसती, तब कहीं दो जून की रोटी खाने का होश आता उसे।

'बच्चा बीमार हुआ। उल्टियाँ और दस्त से पस्त। कहीं कुछ गलत खाया होगा। पर यह सब सोचने की अकल किसको थी। पहले घर में सौत ने कहा—बाँझ ने मेरा बच्चा खा लिया। दहाड़ मार-मारकर रोई। रोना तो जायज़ था, पर बाँझ ने खा लिया? फिर घर के लोगों ने उस पर शक किया। बात घर से बाहर आई और पंच बीच में आ गए। औरत की बात सुनने वाला कौन न था। अपना ही पति उसका दुश्मन हो गया। वह पैरों में गिरी, मिन्नतें कीं, देवी-देवताओं की कसमें खाकर समझाया कि बच्चा तो उसके हाथों में खेल-खाकर मोटा हुआ है। उसने आठ साल गाले हैं उसे पालने में। वह उसका बुरा क्यों चाहेगी। बच्चा माँ भी उसी को मानता था। उसके बाद उसके तीन भाई-बहिन हुए, उनकी माँ उन्हीं में लगी रहती। पहले दिन से उसने उसे अपनी गोद में लिया था। छाती से लगाया था। वही माँ हो गई थी। उसके मरने पर सुन्नम-सुन्न उसे अपनी गोद में लेकर बैठ गई थी। बार-बार कहती—'सोया हुआ है टाबर। तुम शोर न करो। सोने दो। खेलकर आया है। सोया है। बाद में आना। तब तक नींद पूरी कर ले अपनी।'

उसको धकियाकर, उसकी गोद से बच्चे की लाश छीनी गई। उसके बाल पकड़कर घसीटकर उसे कोने में धकेलकर पैरों की ठोकरों से मारा गया। वह बच्चे की मौत के गम में होश खो बैठी थी। ऊपर से ऐसी मार। अधमरी कोने में पड़ी रही तीन दिन। फिर घर से निकालकर उसे बाहर फेंक दिया गया, रेत के ढूह में। पर वह मरी नहीं थी। साँस थी अभी। पंचों ने फैसला लिया—इस मनहूस डायन को कस्बे से बाहर करो। यहाँ नहीं रहेगी। इसके यहाँ रहने से दूसरे बच्चों पर खतरा है। चार-पाँच लोग उसे खदेड़कर कस्बे की सीमा से बाहर कर आए। तब से वह वहीं पड़ी रही। तरस खाकर उसे भिखारी समझकर कोई आता-जाता उसके सामने कुछ फेंक जाता। तभी संस्था को पता चला था। वे जाकर उसे ले आए थे। बस साँसें चल रही हैं उसकी। कब टूट जाएँ, पता नहीं।' उर्मिला बुआ ऐसी औरतों की

दर्दभरी हालत कहते-कहते उदास हो जातीं। लेकिन इस सबसे उसके काम करने में कोई बाधा नहीं पड़ी थी। वह अगले दिन दुगुने उत्साह से संस्था के कार्यकर्ताओं के साथ चली जाती।

पिछड़े इलाकों में ये समस्या भयंकर रूप धारण कर चुकी थी। आदिवासी समाज यूँ भी अज्ञान के अंधकार में रहे हैं और अधिकतर घटनाएँ भी उन औरतों के साथ होती थीं जिनके पास जमीन होती थी। यूँ भी आदिवासी समुदायों में जमीन पर अधिकतर स्त्रियों का ही अधिकार होता है। संस्था के सदस्य ऐसे इलाकों में जाते वहाँ पर डायन घोषित की गई औरतों की केस स्टडी करते और उनके बचाव के रास्ते तलाशते।

अपनी केस स्टडी के आधार पर संस्था ने कई फिल्में बनाईं जिन्हें वे गाँव और कस्बों की चौपालों, पंचायत घरों या खुले में सार्वजनिक तौर पर लोगों को दिखाते। इन फिल्मों में दिखाया जाता था कि कैसे अकेली, असुरक्षित औरतें जो विधवा होतीं या जिनके पति अपाहिज थे या जिनके बच्चे नहीं थे उन्हें ओझा अपने स्वार्थ के लिए जादूगरनी, डायन या टोहनी घोषित करते। ओझाओं के उकसाने पर कैसे पूरा हुजूम उन विवश औरतों के शिकार को निकल पड़ता और उनके साथ कैसा-कैसा दुर्व्यवहार किया जाता। उन्हें अन्त में मार दिया जाता। इससे ओझाओं की ताकत स्थापित होती और उनका जनाधार बढ़ता। ओझा अपना मनोबल पूरा करते और कोई उनका विरोध करने का साहस भी नहीं करता।

एक फिल्म में दिखाया गया था कि ओझा से शारीरिक सम्बन्ध बनाने से इंकार करने के कारण कैसे एक औरत को ओझा के प्रकोप का शिकार होना पड़ा। साजिश रच कर उसे डायन घोषित किया और मार दिया गया। संस्था लोगों के बीच जमावड़ा करती और डायन घोषित की गई औरतों के मुँह से ही जो किसी तरह बचा ली गई थीं। या बच गई थीं उनकी आपबीती सुनवातीं ताकि लोग जानें कि सच्चाई क्या है। और उनके भीतर इस प्रथा के विरोध में आक्रोश पैदा हो। ऐसे ही एक जमावड़े में कस्बे की अचीन्ती को बुलाया गया था। उसने बताया कि जब उसने ओझा के सामने समर्पण करने से इन्कार कर दिया तो एक योजना के तहत उसे डायन कहकर उसके परिवार पर हमला किया गया। उसके पति और पुत्र को मार दिया गया। अचीन्ती ने पुलिस में रिपोर्ट लिखवाई। शायद पहला ऐसा केस था। केस की तहकीकात हुई और पता लगा कि उसके पुत्र और पति को साजिश के तहत मारा गया। उस गाँव के गुणी ने ही यह भूमिका निभाई थी क्योंकि औरत के डायन होने की पहचान गुणी या ओझा ही करते हैं।

अचीन्ती ने नीमकूदी की आँखोंदेखी कहानी भी सुनाई। कैसे उसे घर से बाहर

खींचकर निकाला गया। उसके पाँच बच्चों की हत्या कर दी गई। उसके बच्चों के टुकड़े-टुकड़े कर दिए क्योंकि गुणी ने कहा था कि साथ वाले घर में जो बहू बच्चे को जन्म देते मर गई थी उस पर नीमूदी ने ही जादू-टोना किया था और नीमूदी डायन थी। उसके हिस्से की जमीन छीन ली। उसे रात भर एक कमरे में बन्द रखा और जूतों से मारा, पेशाब पिलाया और पखाना खिलाया और नीमूदी पागल हो गई। इधर-उधर भूखी-प्यासी बेहाल घूमती रहती। एक दिन बच्चों और गाँव के बड़ों की भीड़ ने उसे पत्थरों से मार-मार कर मार दिया।

वहीं पर एक औरत चुटनी भी थी। उसने अपनी दुख भरी कहानी सुनाई। यह औरत साहसी और स्पष्टवादी थी। वह घर का सारा काम करती, सूखी लकड़ियाँ चुनकर लाती और उसका पति खेतों में काम करता। ओझा ने ससुरालवालों की सहमति से उसे पंचायत में बुलाया और पड़ोस की लड़की के बीमार होने का दोषी ठहराया। उस पर जादू-टोना करने का आरोप लगाया। रात में ही वह अपने पति और बच्चों के साथ भाग गई। परिवार वालों ने उसकी जमीन पर कब्जा कर लिया। एक संस्था की मदद से उसने पंचायत के विरुद्ध मामला दर्ज कराया। कोर्ट ने फैसला भी चुटनी के पक्ष में दिया। वह कोर्ट में तो जीत गई लेकिन अपराधी अभी भी खुले घूम रहे हैं। उस पर डायन होने का जो दाग लगा उससे उसके सम्मान को कितनी ठेस लगी, इसका अन्दाजा नहीं लगाया जा सकता। उसके पति और बच्चे और वह कितना कष्ट झेल रहे हैं। पति दिहाड़ी मजदूर हो गया है पर उसे काम नहीं मिलता। बच्चों से और उससे लोग दूर भागते हैं। उसे सन्देह की दृष्टि से देखते हैं।

वहाँ चाँदी भी उपस्थित थी। वह आना नहीं चाहती थी। संस्था के आश्वासन पर आई थी। उसकी दर्दनाक कहानी सुनकर भीड़ में लोग रोने लगे थे। चाँदी अपाहिज थी, पर थोड़ा पढ़ी-लिखी थी। पड़ोस में एक बच्चा बीमार हुआ तो उसने उसे कस्बे की डिस्पेंसरी में भेजने की सलाह दी थी। बच्चे को सही समय पर डॉक्टरी सुविधा नहीं मिली, वह मर गया। ओझा के कहने पर चाँदी को डायन घोषित किया गया। रात में लोग उसके घर में घुस गए। उसके माँ-बाप और भाई-बहनों को मार दिया। चाँदी के साथ तीन आदमियों ने बलात्कार किया। वह बेहोश हो गई। गाँववाले उसे मृत जानकर छोड़कर भाग गए। उसे होश आया तो बहिन के दो छोटे बच्चों को लेकर वह रात में ही साथ के गाँव में अपने चाचा के यहाँ पहुँची। डरते-डरते चाचा को सारी बात बताई। चाचा ने गाँव के मुखिया के साथ जाकर पुलिस में रिपोर्ट की। पुलिस ने इस घटना में गाँववालों को दोषी पाया। लेकिन उन्हें बन्दी नहीं बनाया गया। एक स्वयंसेवी संस्था ने चाँदी की मदद की। उसे स्कूल में नौकरी दिलवाई और वहीं एक कमरा भी रहने के लिए दिया। लेकिन आज भी चाँदी भयभीत रहती है। कहीं बाहर नहीं जा सकती। उसे डर है कि अगर उन्हें पता चल गया तो वे यहाँ भी आ सकते हैं और उसे नुकसान पहुँचा सकते हैं। वह उन दो छोटे बच्चों

के साथ ज़िन्दगी सुलझाने में लगी है। चाँदी कहती है—वह कैदी की तरह जी रही है। और अपराधी मजे में खुले घूम रहे हैं। उसने कहा—उसका लक्ष्य इन छोटे बच्चों को अच्छा इन्सान बनाना है।

साथ के गाँव की बरखी थी। उसने अपने जले हुए हाथ दिखाए थे। उसने अपनी आपबीती सुनाई थी। सुनने वाले स्त्री-पुरुष सभी रो पड़े थे। बरखी ने बताया उसके घर में ससुर और उसका पति था। पति के भाइयों के परिवार सूखे में तीन गाँव छोड़कर दूसरे गाँव में चले गए थे। वे ही तीन जन गाँव में रह गए थे। पुरखों की जमीन थी, ऐसे कैसे छोड़ जाते। दो साल बाद बारिश हुई। ससुर ने जमीन बटाई पर दे दी थी। थोड़ी-सी जमीन अपने पास रखी थी। जिसे ससुर और उसका पति जोते, बोते, सींचते और काटते। उसके पति को खेत से लौटते हुए साँप ने काट लिया था। घर पहुँचते-पहुँचते वह बाहर खुले में गिरकर मर गया था। गाँव भर में बात फैल गई। दूसरे गाँव से पति के भाई भी आ गए। उन्होंने ओझा के साथ मिलकर साजिश रची। ओझा ने ससुर को फुसलाया कि बरखी डायन है। इसी ने अपने पति को डसा है। यह बहुरूपनि डायन है। ससुर पहले तो हिचका था फिर उनकी बातों में आ गया था। पंचायत जुटी। उन्होंने बरखी की परीक्षा लेने के लिए हाथों पर जलते हुए अंगारे रखे। उसके दोनों हाथ झुलस गए। इस पर भी उनका मन न भरा तो गाँव में सुबह से मरा हुआ एक गरीब विधवा का बच्चा उसकी गोदी में डाल दिया। उससे कहा कि वह इस बच्चे को ज़िन्दा कर दे। वह हाथ जोड़ती, उनके पैरों में सिर रखकर रोती हुई कहती वह इस मरे बच्चे को ज़िन्दा नहीं कर सकती। उन्होंने उसके मुँह में विष्ठा भर दी। उसके हाथों पर अंगारे रख दिए पर बच्चे को तो ज़िन्दा नहीं होना था। पर तांत्रिक ओझा कहाँ मानने वाला था। उसने बरखी को कोड़ों से मारा था। उसकी पीठ, मुँह, टाँगें, सब जख्मी कर दी थी। उसकी ज़िन्दा लाश को ससुर को दे दिया था, अब अगर डायन हुई तब तो मरेगी ही। नहीं तो भूत तो मैंने इसका निकाल ही दिया है। धीरे-धीरे सब ठीक हो जाएगा। बरखी को तेज बुखार हुआ। उसके सारे जख्मों में इन्फेक्शन हो गई थी। वह मरणासन्न पड़ी थी। ससुर और पति के भाई उसके मरने के इन्तजार में थे। वहीं पर गाँव में काम कर रही औरतों की संस्था की सदस्या आई थी। उसे किसी ने बरखी के बारे में बता दिया था। ससुर और पति के भाई घर पर नहीं थे। एनजीओ की सदस्या, बरखी को उठाकर अपनी एम्बुलेंस में डलवाकर कस्बे के हस्पताल में ले गई थी। डॉक्टरों ने समय रहते उसे दवाइयाँ दी थीं। उसका इलाज किया था। बरखी बच गई थी। 'औरत' संस्था ने उसके ससुर और भाइयों के खिलाफ पुलिस में रिपोर्ट की। ऊपर तक बात गई और बरखी को उसके हिस्से की जमीन भी मिली और ससुर और उसके जेठ, देवरों को जेल की हवा भी खानी पड़ी।

पर गाँव में बरखी को किसी ने नहीं बख्शा। वह तब भी उसे डायन ही मानते रहे। कहते—इसी ने पति को मारा, ससुर और जेठ-देवरों का यह हाल किया। जो उसकी तरफ देखता, उस पर थूकता। उसका घर से बाहर निकलना मुश्किल हो गया था। आखिर 'औरत' संस्था ने उसे अपनी सदस्या बनाया था। वह भी अब उन्हीं के साथ गाँव-गाँव जाकर डायन घोषित की गई औरतों की जान बचाने का काम करती है। उसने अपने नाम की जमीन भी संस्था को दी। अब उसी गाँव में संस्था का एक दफ्तर है। जहाँ से भी डायन होने की खबर मिलती, संस्था की कार्यकर्ता वहाँ पहुँच जातीं और औरत की जान बचा लेतीं। संस्था के ही बहुत कहने से बरखी आई थी और उसने अपनी कहानी सबको सुनाई थी।

जमावड़े में जब इन औरतों ने अपनी और दूसरों की आपबीती सुनाई तो उन्हें सच्चाई का असली चेहरा दिखाई दिया। संस्था के कार्यकर्ताओं ने बताया कि असुरक्षित औरतें ही अधिकतर इन ओझाओं का शिकार होती हैं क्योंकि एक बार डायन घोषित करने पर कोई इनकी सहायता नहीं करता। बदला लेने के लिए, ओझाओं से शारीरिक सम्बन्ध बनाने की माँग को ठुकराने और जमीन हड़पने के लिए या आपसी स्वार्थ सिद्ध करने के लिए औरतों को डायन घोषित कर दिया जाता है। यह स्त्रियों पर सबसे भयानक हिंसा है। इसका कारण पिछड़ापन, अन्धविश्वास और अशिक्षा तो है ही साथ ही गरीबी और स्वास्थ्य सुविधाओं का अभाव भी है। गाँव से शहर दूर है। लोग बीमार होते हैं तो ओझा के पास जाते हैं। ओझा अपना वर्चस्व बनाए रखने के लिए उनके भीतर के अन्धविश्वास को पुख्ता करता है। भय से कोई ओझा का विरोध नहीं करता, क्योंकि ओझा का विरोध करने पर उनके परिवार और उनकी जान को खतरा हो जाता है। कई राज्यों में सरकार ने विचक्राफ्ट प्रिवंशन बिल भी पारित किया है। पता लगने पर जुर्माना भी लगाया जाता है। पर तो भी ऐसे हादसे होते ही रहते हैं।

यह संस्था समय-समय पर सभाएँ करती, नुक्कड़ नाटक खेलती और घर-घर जाकर औरतों और पुरुषों को समझाती है। 'औरत' एनजीओ ने एक दूसरा तरीका अपनाया था, क्योंकि सारे आदमी लोग न तो स्क्रीन पर फिल्म देखने आते, न ही औरतों के जमावड़े में औरतों की भीड़ के नीचे बैठते। एनजीओ ने रिपोर्ट तैयार करके चौपाल के वाचनालय में और चौपड़ खेलते लोगों के बीच उसकी प्रतियाँ बाँटीं। जहाँ पढ़े-लिखे आदमी कम थे वहाँ उस रिपोर्ट को पढ़कर सुनाया जाने लगा।

रिपोर्ट में जहाँ कानूनी जानकारी थी, वहीं हृदयविदारक कुछ घटनाओं का और उनके पीछे छिपी ओझाओं और घर के ही लोगों की मंशा का भी जिक्र था।

औरतों पर कभी किसी का दिल खा जाने का आरोप लगता तो कभी घर में किसी के बीमार होने पर या मौत होने पर अकेली, विधवा और असहाय औरतों को धर दबोच लिया जाता।

यह स्थिति सिर्फ यहाँ की और आसपास के गाँव-कस्बों की नहीं थी बल्कि दूसरे राज्यों में डायन के नाम पर भी यही सब कुछ हो रहा था। पास के गाँव ओसाल में दो औरतों को नंगा करके पहले पेड़ से बाँधा, उन्हें ईंट-पत्थरों से मारा। फिर भी उनका दिल ठण्डा नहीं हुआ तो जंगल से पुआल और लकड़ी लाकर उन्हें जला दिया गया। उन्हें जलता देखकर आदमी तालियाँ बजाते और नाचते रहे।

आदिवासी, अकेली गरीब विधवाएँ, निस्सन्तान औरतें ओझाओं और तांत्रिकों के निशान पर होती हैं। मौका मिलते ही वे उन्हें डायन घोषित कर देते हैं। फिर उनको मारने के नए-नए वीभत्स, क्रूर और अमानवीय तरीके अपनाते हैं। शनि देवी के भतीजे ने उसके स्तनों में कील ठोंककर उसकी हत्या की। एक औरत को खेत में हल में जोतकर मार डाला गया। आसपास कोई ऐसा गाँव नहीं, जहाँ औरतों को टोहनी या डायन घोषित करके उसको सामूहिक रूप से पीड़ित नहीं किया जाता। अशिक्षा, अन्धविश्वास और अज्ञानता की हद यह है कि एक बेटे ने ओझा के कहने से अपनी माँ का सिर काटकर सौ रुपए में लाकर ओझा को दे दिया। गाँव में डायरिया की बीमारी फैली तो पाँच औरतों को ओझा ने दोषी करार दिया। फिर शुरू हुआ उनके साथ अमानवीय व्यवहार का सिलसिला। पंचायत के सामने निर्वस्त्र करके, उनकी इज़्ज़त लूटने का आदेश दिया गया। उन्हें मल-मूत्र खिलाया गया और आखिर में उनकी हत्या कर दी गई। ऐसी कितनी ही घटनाएँ घटती रहती हैं। अशिक्षा, अन्धविश्वास और जड़ता के अन्धकार से ग्रस्त लोग ओझाओं, तांत्रिकों के कहने से औरतों पर अत्याचार करते हैं। उनकी हत्याएँ करते हैं। सरकार ने कानून बनाया। ऐसा करने वालों के लिए सजा निश्चित की, परन्तु ऐसी घटनाएँ दर्ज ही नहीं होतीं। दर्ज हो भी जाती हैं तो डर के मारे कोई उनका साथ नहीं देता। गवाही देने के लिए कोई सामने नहीं आता। लेकिन निश्चित रूप से इसके पीछे मंशा औरतों की जमीन हड़पना, घर-जायदाद पर कब्जा करना ही रहता है।

एनजीओ ने सभी जगह रिपोर्ट के कागज बाँटे, पढ़कर सुनाए। खासतौर से आदमियों के बीच इसे बाँटा गया ताकि वे अपना चेहरा देखें और गलती सुधारें। कुछ लोग जो पढ़ सकते थे, वे भी पढ़ते नहीं थे। सुनने पर भी उन्हें आपत्ति होती थी। फिर भी एनजीओ इन बाधाओं को न मानकर अपना काम करती रही थी। उर्मिला भी इसके साथ थी। कहती थी, बदलाव का रास्ता बड़ा धीमा होता है। ऊपर से इस रास्ते में बाधाएँ अधिक होती हैं। एनजीओ समय-समय पर सर्वेक्षण कराती। छह महीने में कस्बे में काम करने के बाद इस बार जब सर्वेक्षण हुआ तो लगभग सभी औरतों ने इस बात को माना कि उन्हें फँसाया जाता है। ओझा, गुरु, तांत्रिक और परिवार के लोग अकेली, गरीब या जमीन-जायदाद वाली विधवा या निस्सन्तान औरत की तलाश में रहते हैं। मौका मिलते ही उनको डायन या टोहनी घोषित कर देते हैं।

उनसे पूछा गया कि औरतें क्यों एकजुट होकर उनके खिलाफ खड़ी नहीं होतीं। उन्होंने कहा कि हम अपने आदमियों से तो डरती ही हैं, साथ ही जिसे टोहनी या डायन घोषित किया जाता है उससे भी डरने लगती हैं। कुछ बुरा न हो इसलिए कुछ नहीं करतीं।

लेकिन अगर कोई औरत तैयार हो भी जाए तो दूसरी औरतें साथ नहीं देतीं। पुलिस में रपट लिखाने के लिए कोई नहीं जाता। दो-चार घटनाओं में रपट लिखवाई भी गई तो गाँव के असरदार लोग उन्हें ले-देकर वापिस भेज देते हैं। पुरुष वर्ग से सवाल पूछे तो अधिकतर पुरुषों ने जवाब देने से ही मना कर दिया। जो थोड़े-बहुत पढ़े-लिखे थे उन्हें कार्यकर्ताओं ने घेरा, उन्होंने बताया कि गाँव में मेडिकल सुविधाएँ नहीं हैं। ओझा, तांत्रिक ही बीमारियों का मनचाहा इलाज करते हैं। इलाज से ठीक होते भी हैं और नहीं भी। लेकिन अपढ़ लोगों का उन पर विश्वास है। इसलिए उनकी बातों में आ जाते हैं। यह भी सच है कि जमीन और जायदाद के लिए अकेली, असहाय औरतों को डायन या टोहनी कहकर उनकी जमीन और जायदाद हड़प ली जाती है। या तो उन औरतों को मार दिया जाता है, या वे गाँव छोड़कर चली जाती हैं। पर अधिकतर के पास जाने की दूसरी जगह नहीं होती। इसलिए उन्हें तरह-तरह की यंत्रणाएँ दी जाती हैं।

एनजीओ ने रिपोर्ट की प्रति समाज कल्याण बोर्ड में भेजी थी। उसकी एक प्रति राज्य के मुख्यमन्त्री को दी थी ताकि ऐसे केसों में अपराधियों को सख्त सजा दी जाए। उनके अथक प्रयत्नों से आस-पास के कस्बों में भी लोग थोड़ा डरे थे और इन वारदातों में भी कमी आई थी। डायन घोषित और बचा ली गई औरतों के पुनर्वास का काम भी संस्था कर रही थी। जिससे अकेली, असहाय औरतों को थोड़ा बल मिला था। संस्था के कई सेण्टर थे जिनमें अक्षर ज्ञान के साथ-साथ औरतों को आर्थिक स्वावलम्बन के लिए छोटे-छोटे रोजगार के कार्यों में प्रशिक्षित किया जाता था। गाँव में लड़कियों और लड़कों के लिए भी स्कूल चल रहे थे। जो औरतें मजदूरी करतीं, उनके बच्चों को इकट्ठा रखकर उनकी देखभाल की जिम्मेदारी भी कार्यकर्ता लेती थीं। धीरे-धीरे संस्था में लोगों को विश्वास होने लगा था। वे मानने लगे थे कि संस्था उनकी भलाई के लिए कार्यबद्ध है। कस्बे में एक डिस्पेंसरी भी खुलेगी, इसकी सूचना भी आ गई थी। स्वयंसेवी संस्था एक तरफ टोहनी के नाम से औरतों पर हो रहे जुल्म के खिलाफ कानून बनाए जाने पर जोर दे रही है। इस अपराध को गैर जमानती अपराध माना जाना चाहिए। वहीं संस्था इस अन्धविश्वास के प्रति समाज को जागरूक करने में भी लगी है। संस्था के सदस्य रात-रात भर कस्बे में घूमते हैं और टोहनी बनाए जाने की साजिश का पर्दाफाश करते हैं। खासतौर से अमावस्या की रात में यह अंधविश्वास कस्बे और गाँवों में अपने चरम पर होता है। तब संगठन के कार्यकर्ता रात भर बारह निकलकर लोगों में जागरूकता फैलाते हैं। कैसे अन्धेरे में साधारण

मनुष्य भी अगर अचानक सामने आ जाए तो एक पल के लिए आदमी चौंक जाता है। लेकिन जो कमजोर दिल के लोग होते हैं, वे पहले से अपने पूर्वाग्रहों के कारण उसे भूत-प्रेत या टोहनी, डायन मान बैठते हैं। जैसे भी हो, वे अपने पूरे श्रम से लोगों के दिलों में बैठे इस डर को दूर करने में लगे हैं। साथ ही, दिन में सभाएँ करके लोगों को बताते हैं, इस तरह के जादू-टोनों या टोहनी-डायन घोषित किए जाने के पीछे-परिवार के किसी सदस्य का निजी स्वार्थ होता है। यह स्वार्थ ज्यादातर जमीन हड़पने या अकेली, असहाय जानकर औरत के साथ दुराचार की नीयत से होता है। एक बार ये ओझा औरत को डायन कह दें तो वे परिवार और समाज से अलग-थलग पड़ जाती है और उनके कुत्सित इरादे पूरे हो जाते हैं। फिर संगठन के कार्यकर्ता पूछते, अच्छा बताओ पुरुष को भूत या जिन्न क्यों नहीं बनाया जाता? सोचो, और जान लो। संगठन के कार्यकर्ता जानते थे कि आसानी से कुछ नहीं बदलेगा। कहीं न कहीं से खबर आ जाती, किसी को डायन घोषित करके लाठियों से पीटा गया। किसी औरत को डायन कहा और तालाब में डुबोकर मार दिया गया। किसी औरत के मुँह में जलते हुए कोयले भर दिए। किसी औरत को पानी में डुबोकर उसमें बिजली का नंगा तार डालकर उसे बिजली के झटके दिए गए। कुछ औरतों ने तो भय के कारण कुएँ-बावड़ी में कूदकर अपनी जान दे दी। आखिर कभी तो इस अमानुषिक अत्याचार का सिलसिला टूटेगा। कार्यकर्ता दुगुने उत्साह से अपने काम में लग जाते थे। उर्मिला बुआ भी अब उनके साथ गाँव-गाँव जाती और औरतों को समझाती थी। इस संस्था ने उपेक्षित और निर्वासित औरतों के लिए घर भी बनाया जिसमें ये औरतें सुरक्षित रह सकें। उर्मिला बुआ भी इस संस्था के सदस्यों में शामिल हो गई थीं। पहले थोड़े समय के लिए जाती थीं फिर पूरी तरह दिन-रात इस काम में जुट गई थीं। दिन पर दिन उर्मिला बुआ संस्था के काम में डूबती गई थीं। बापू को समझातीं, भाई कुछ भले का काम करूँगी तो मेरी जून सुधरेगी। दुःखी औरतों के लिए संस्था के साथ मिलकर काम करने में मुझे बड़ा सुख मिलता है।

उर्मिला बुआ तन से ही नहीं, मन से भी पूरी तरह संस्था के साथ जुड़ गई थीं। घर बैठे तो पता नहीं चलता। इस बार संस्था ने बताया कि गाँवों में दाईयाँ लड़की होने पर उसे कैसे-कैसे मारती हैं। उस छोटी-सी जान की नाक पर थैली में रेत भरकर रखकर दबा देती हैं। साँस न ले सकने से वह एक-दो मिनट में ही निष्प्राण हो जाती है। कई दाईयाँ तो उसे घड़े में डालकर मिट्टी में गाड़ देती हैं। कुछ उसके गले में उँगली डालकर उसका टेंटुआ दबा देती हैं। इतना जुल्म, कृशि औरत की जून इतनी बुरी कि जन्म देने वाली माँ भी मुँह फेरकर लेट जाती है। या उठकर दूसरी कोठरी में चली जाती है। ज्यादा हुआ तो दो आँसू बहा लिए। पर कई माँएँ खुद भी अपनी बेटी को मार देती हैं। चलो पाप कटा। ज़िन्दगी भर जो सहना था तन्नै उसके सामने ये दो मिनट की तकलीफ कुछ बी नहीं। उनके मन में कोई अपराध

या पाप नहीं जगता। वे उसके मारने में उसी की भलाई और पूरे घर की भलाई देखती हैं।

उर्मिला लौटती तो उदास होती। थकी-सी और बेचैन भी। मैं पूछती तो बताती थी कृशि, आने वाला समय कैसा होगा? पता नहीं। देखो शहर की दुर्गंध यहाँ कैसे पहुँची है। शहर में घर के लोग गर्भवती औरत की मशीनी जाँच कराते हैं। लड़की का भ्रूण हुआ तो उसकी सफाई करा देते हैं। अब कस्बों में भी मशीनी जाँच की सुविधा हो गई है। जहाँ नहीं हुई वहाँ वे पास के शहर में जाती हैं। मशीनी जाँच करने वाले ही सफाई की जगह और डॉक्टर भी बता देते हैं और गाँवों में छोटे-छोटे जिलों से भी औरतें मादा भ्रूण की सफाई करा आती हैं। हमारी संस्था को इससे आगे की बात पता चली है। प्राइवेट डॉक्टरों ने मोबाइल वैन सर्विस शुरू की है जो सारे मशीनी उपकरणों से लैस होती है। वे गाँव-गाँव जाते हैं और पता लगाते हैं। फिर वहाँ एक दो दिन रुकते हैं। बताते यह हैं कि औरतों की कल्याण योजना के तहत उनकी मुफ्त डॉक्टरी जाँच की जाएगी। औरतों में खासतौर से गर्भवती औरतें आती हैं। उनको बहला-फुसलाकर इसी बात पर लाया जाता है कि वे क्या चाहती हैं। बेटा ही चाहती हैं, बेटी का क्या करना है। फिर उनकी मशीनी जाँच करके बता देते हैं कि भ्रूण लड़की का है या लड़के का। लड़की का भ्रूण पता चलते ही उनकी योजना शुरू हो जाती है। वे उसे जिले या शहर जाने की सलाह देते हैं, कहाँ, कैसे पहुँचा जाए। यहाँ तक कि कई बार सवारी भी मुहैया करा देते हैं। वे उन्हें बार-बार समझाते हैं कि लड़की के दहेज पर बाद में इतना खर्चा करने से अभी थोड़ा-सा खर्चा करके छुटकारा पाया जा सकता है। इस तरह मादा भ्रूण को ही खत्म करने की इतनी योजनाबद्ध साजिश चल रही है। संस्था को पता चला तो वह सक्रिय हुई। उस दिन की खबर से संस्था में मातम छा गया था। पता चला था कि एक और संस्था लुक-छिप कर काम कर रही है। यह संस्था असल में नहीं है बल्कि देह-व्यापरियों का एक दल है जो अनचाहे लड़की के गर्भ को बचाने में औरतों की मदद करती है। उन्हें डॉक्टरी सुविधाएँ देती है और उनको बच्चा पैदा करने की सुविधा मुहैया करवाती है। अनचाही लड़की को अपने पास रख लेती है। माँ को वापिस भेज देती है। औरत घर आकर बताती है कि लड़की हुई थी मरी हुई, घर लाकर क्या करती। इससे किसी को कोई आपत्ति नहीं होती। इसके अलावा जहाँ लड़की पैदा होती है और परिवार उसे नहीं चाहते और दाईयों की साँठ-गाँठ से उसे मार देना चाहते हैं, ये दाईयों के साथ मिलकर उस लड़की को मारने के बजाए अपने साथ ले जाते हैं। दल की औरतें उस लड़की को पाल लेती हैं और छह साल की उम्र में ही उसे देह-व्यापार के धन्धे में डाल देती हैं। इनका पूरा बाजार है जिसके साथ अरब देशों के शेख भी जुड़े हैं। जो सात-आठ साल की बच्चियों को निकाह करके अपने साथ

ले जाते हैं। दूसरे और दलाल हैं जो उन्हें वहाँ से बड़े शहरों में देह-व्यापार के बाजारों में सप्लाई करते हैं।

इस खबर से चारों तरफ खलबली मची थी। संस्था के सदस्य तो सक्रिय हुए ही थे, समाज के लोग भी चौकन्ना हो गए थे। लड़की को मार दिया जाए, वह तो हो सकता था, पर उनकी लड़कियों को देह-व्यापार में डाल दिया जाए, ये सम्भव नहीं था। इसलिए संस्था चाहती थी कि समाज को साथ लेकर चला जाए। साथ ही, उनके मन में डर भी पैदा हो कि इस तरह लड़कियों को अनचाहा मानकर उनकी दुर्गति में सहायक न हों। इसकी सकारात्मक प्रतिक्रिया होने की उम्मीद बनी थी।

बीच-बीच में वह आती थी। बाद में तो आना ही छूट गया था। उर्मिला बुआ संस्था के साथ जुड़ गई थी। उसका ज्यादा समय वहीं बीतने लगा था। मैं आती तो वह घर पर ही रहती। उस दिन उर्मिला बुआ के साथ एक और औरत भी थी। बुआ ने बताया--ये पुष्पा देवी हैं। खसनौर की सरपंच है। पहले मुझे महिला संस्था के कई किस्से सुनाए। कहाँ, क्या हो रहा है। सबकी जानकारी दी। एक कार्यशाला के बारे में बताया। फिर महिला सरपंच के बारे में, उनकी मुश्किलों के बारे में चर्चा की। लेकिन उनके भीतर बढ़ते आत्मविश्वास को भी बताया था। पहले जो सरपंच पतियों की रबड़ स्टाम्प थीं, आज वह अपने निर्णय खुद ले रही थीं जिसका फायदा गाँव की औरतों को मिल रहा था। भूख और कुपोषण से मुक्ति के लिए इन औरतों की भूमिका महत्त्वपूर्ण सिद्ध हो रही थी। सरपंच और समाज की कमजोर औरतें मिलकर बलात्कार के विरुद्ध, कन्या भ्रूण हत्या के विरुद्ध और औरतों की घरों में प्रताड़ना के विरुद्ध काम कर रही हैं। जहाँ औरतों पर अन्याय होता, अत्याचार होता वहाँ पंचायतों की सरपंच पहुँच जातीं। घर के सदस्यों को समझाती हैं और बार-बार समझाने पर, न मानने पर उन्हें पुलिस में दे देने की धमकी भी देती हैं। कुछ मुसीबत में फँसी औरतें, बेसहारा और विधवा औरतों को सरंपचों के प्रयास से पेंशन भी मिली है। लेकिन इसके लिए महिला सरपंचों ने कड़े कदम उठाए।

उर्मिला बुआ ने पुष्पा देवी की कहानी सुनाई। आमतौर पर पंचायत घर पर ताला लगा रहता। सचिव ही उसको अपनी मर्जी से खोलता। महिला सरपंच की तो गिनती ही नहीं होती थी। वे तो कागज पर सरपंच थीं। सारा काम या तो उनके पति चलाते या गाँव का मुखिया या फिर पंचायत का सचिव। पुष्पा देवी ने आपबीती बताई। पहले तो ताला खुलवाने के लिए सचिव से कहा, कोई नतीजा नहीं निकला। फिर उसने विकास अधिकारी को सारी बात बताई। तब भी कुछ नहीं हुआ। पुष्पा देवी ने कहा, मैंने भी हार नहीं मानी और कलेक्टर के पास गई। आखिर ताला खोला गया। पंचायत की बैठकों में सचिव कुर्सी पर बैठता और महिला सरपंच को नीचे

बैठाता। पुष्पा देवी ने इसका विरोध किया, कहा—सरपंच वह है। नीचे तो वह नहीं बैठेगी। जब सचिव कुर्सी पर बैठा हो। आखिर में फैसला हुआ कि सचिव भी नीचे दरी पर ही बैठेगा। यह उसकी बहुत बड़ी जीत थी। उर्मिला ने कहा—पुष्पा देवी बहुत सक्रिय हैं। गाँव में उसका दबदबा है। उसी के प्रयत्नों से गाँव में पीने के पानी के लिए हैंडपम्प लगा। औरतें गाँव से पाँच-छह किलोमीटर दूर जाकर पानी लाती थीं। दिनभर औरतें पानी ढोती रहतीं। सूखे में मुसीबत और बढ़ जाती। पुष्पा ने ही अधिकारियों से मिलकर ए.डी.एम. से मिलकर, गाँव में पानी की समस्या को बताया। बहुत भागदौड़ की परन्तु पानी तो गाँव में आ ही गया।

उसे अच्छा लगा था। उर्मिला अपना जीवन भी सँवार रही थी और दूसरों का भी। संस्था शिक्षा और आर्थिक स्वावलम्बन का प्रशिक्षण देती थी। छोटे-छोटे काम सिखाकर उनके उत्पाद को शहरों में बिक्री करके उनकी आर्थिक सहायता भी करती थी। इसी संस्था ने यहाँ स्वास्थ्य सुविधाएँ मिलें, इसलिए सरकार से पाँच वर्ष तक कोशिश करके एक डिस्पेंसरी का भी प्रबन्ध कराया था। धीरे-धीरे पास के गाँवों और कस्बों की औरतें इसमें शामिल होती गई थीं। संस्था के पाँच सदस्य वहाँ रुक गए थे। बाकी अपने काम को आगे बढ़ाने के लिए दूसरे कस्बे में चले गए थे।

छुट्टी के दिन भी डॉक्टर विशेषज्ञ के तौर पर दिल्ली के आसपास के छोटे शहरों में कुछ जटिल ऑपरेशनों के लिए जाता था।

उसने कहा था—मैं भी आपके साथ चलती हूँ। यहाँ क्या करूँगी।

लेकिन वहाँ क्या करोगी?

आप ऑपरेशन करने जाएंगे तो शहर में घूम लूँगी। फिर आपके साथ लौट आऊँगी।

लेकिन मुझे तो रुकना होगा। कल ही आऊँगा।

तब तो और भी ठीक है।

कुछ देर चुप रहने के बाद बोला था—'तुम्हारी मर्जी है। लेकिन वहाँ, अकेले में। '

उसने कहा था--'और यहाँ अकेले में?'

वह पहले भी गई थी। वहाँ पर भी कुछ खास नहीं होता था। छोटे शहर होते। यूँ ही इधर-उधर घूमकर वह वापिस आ जाती थी। पर जाते समय और आते समय डॉक्टर साथ होते थे। उस दिन वे खुद ही गाड़ी चला रहे थे। दो-दो मिनट बाद मोबाईल पर फोन आता, चार-पाँच मिनट बात होती फिर पाँच मिनट बाद कोई और फोन। कई बार गाड़ी को साइड में लगाकर बात करते रहे। कोई नई बात नही थी। हमेशा ही ऐसे होता था। उसे लगता वह नॉन एंटटी है। उसका कोई वजूद नहीं। वह धूल, मिट्टी, गारा है। इसका प्रोफेशन और मरीज़। मरीज़ और उनकी फीस। अक्सर यह बात होती। ठीक है दो हजार कम कर दो।

'चलो, ठीक है, भेज दो।' उसने दो-तीन बार रोका था। 'ध्यान से, ट्रैफिक है'—लेकिन कोई फर्क नहीं पड़ा।

'यह मोबाइल छोड़ दो अब। मैं भी साथ बैठी हूँ। मैं क्या कोई नहीं हूँ?' वे एकदम भड़क उठे थे।

'यू आर ए मैड वुमन। कितना ज़रूरी फोन था। पेशंट मर रहा था।' गुस्से से भरकर उसने मारने के लिए हाथ उठाया था।

'दो घण्टे से लगातार जो फोन आ जा रहे हैं, क्या सभी पेशंट मर रहे हैं या मरने वाले हैं? मैं जो तीस साल से तुम्हारे साथ हूँ, कभी सोचा है कि मर रही हूँ या जी रही हूँ ऽ ऽ'

'शट्अप्। शट्अप् ऽ' वह चिल्लाया था। वह हाँफ रहा था। दो बार गाड़ी टकराने से बची थी। आज वह भी अपने में नहीं थी।

'बीमार हैं आप! मानसिक रोगी। एब्नार्मल। आब्सैशन है आपको अपने प्रोफैशन का। कुछ दिखाई-सुनाई नहीं देता। कभी खच्चर देखा है आपने? अड़ियल और जड़। कोई भी मौसम हो, बसन्त हो, सर्दी या गर्मी हो। लकड़ी के भारी-भरकम गट्ठर लादे ऊबड़-खाबड़ पथरीले रास्तों से ऊपर-नीचे आता-जाता रहता है। आप भी आदमी नहीं, खच्चर हो। जब आपकी कोई भावात्मक जरूरत ही नहीं थी तो क्यों की थी मुझसे शादी। नौकर-चाकर सब तो थे आपके पास। आप चाहो तो अपने हस्पताल की शाखाएँ लन्दन, अमेरिका और दुनियाभर में बना लो। रहोगे आप गरीब ही। जितने समृद्ध और पैसे वाले आप बनेंगे उतने ही खाली और गरीब आप होते जाएँगे। सूखी बावड़ी हैं आप। कुछ नहीं है आपके पास मुझे देने के लिए?'

'बकवास बन्द करो। बोलो, क्या चाहिए तुम्हें? बोलो-बोलो। किस चीज़ की कमी है घर में। बताओ...?'

'मवेशी हूँ क्या मैं? मेरी सिर्फ शारीरिक ज़रूरतें हैं। बोनरट समझते हो। अपने ही जख्मों को चाटते रहने के अलावा कोई चारा नहीं है क्या मेरे पास।'

'क्या कहा तुमने? बोनरट। कुत्ते के गले की हड्डी? दिमाग खराब हो गया है तुम्हारा। समझीं तुम पागल औरत...होश खो बैठी हो अपने।'

'आप होश में हो? अपनी तरफ देखो। ध्यान से देखो। कभी देखा है क्या अपनी तरफ?'

वह सन्नाटे में था। उसे शायद उम्मीद नहीं थी।

बिफरा हुआ और क्रोध से काँपते हुए उसने फिर हाथ उठाया था—'शट्-अप्...विल यू शट्-अप् ऽ ऽ'

उस पर भी आज भूत सवार था। उसके तीस साल के वैवाहिक जीवन का यह प्रतिफलन।

'क्यों हाथ उठाया आपने मुझ पर? क्यों क्यों....?' उसने उसे गले से पकड़कर झकझोरा था।

'छोड़ो, मेरी कमीज़ छोड़ो। पागल हो गई हो तुम। फट जाएगी। छोड़ो ऽ ऽ।' उसने उसे धकियाया था।

लगा उसे, वह धूल-मिट्टी है इस इन्सान के लिए। वह कुछ भी नहीं है। रेत की तरह उँगलियों से सब सरकता-सा महसूस हुआ। माया का घटाटोप-सा हटा था तो एक दूसरा सच सामने आया कि डॉक्टर की ज़िन्दगी से मैं अनुपस्थित हूँ। तो मैं कहाँ हूँ? क्या अब तक वह गहरी नींद में थी। अपने बारे में कई सवालों से घिर गई थी। मेरे इस बेरंग ज़ीवन के सम्बन्धों की सच्चाई क्या है? वर्षों मैं इस बन्द दरवाजे पर ही दस्तक देती रही थी। एक हूक-सी उठी थी। उसका सफर भी क्या जरीना सिफर की तरह शून्य से शून्य तक का सफर था?

उसने आँख उठाकर देखा था। वह वैसे ही बैठा था गाड़ी के स्टीरिंग पर भावविहीन चेहरा लिए। जैसे कुछ हुआ ही न हो। अपनी शान्त चुप्पी में निर्मम और क्रूर। बिना किसी विचलन या बेचैनी के, स्थिर। दस मिनट पहले का तूफान उसमें थम गया था। पर उसके भीतर ज्वार-भाटा उठ रहा था। कितनी कोशिश की थी उसने उसे भावनाओं के मैगनेटिक फील्ड में लाने की। लेकिन सब व्यर्थ।

वे कब पहुँच गए थे, पता ही नहीं चला था।

वहाँ चार-छः लोग उन्हें रिसीव करने आए थे। गाड़ी रुकते ही एक व्यक्ति ने दरवाजा खोला था। वे दरवाजे से बाहर निकले थे। उन्हें देखकर अन्दर से दो-तीन डॉक्टर और आ गए थे। जल्दी-जल्दी कदम बढ़ाते उनका काफिला कहाँ चला गया उसे नहीं पता। डॉक्टर ने पीछे मुड़कर भी नहीं देखा था कि उसके साथ भी कोई है। दो-तीन लोग खड़े थे। डॉक्टर के बिना किसी निर्देश-आदेश के वे अनिश्चित-सी स्थिति में थे। उन्होंने आपस में कुछ बात की थी। 'डॉ. आयुष मैम को आप अन्दर रिसैप्शन में ले आइए।' उसने गाड़ी का दरवाजा खोला था। उतरने के लिए उसने पाँव नीचे रखा। पता नहीं कैसे, भीतर के उठते तूफान से वह अपनी स्थिति का ध्यान खो बैठी थी। उसके पैर लड़खड़ाए थे। उसे लग रहा था—सब कुछ घूम रहा है। ज़मीन घूम रही थी। आसमान घूम रहा था। बाहर निकलने के लिए कदम नीचे रखा था पर उसके पैर लड़खड़ा गए थे। लुप्त होती चेतना के साथ देह ढील गई थी। उसका सन्तुलन डगमगा गया था। आयुष ने बढ़कर उसे गिरने से बचाया था। वहाँ खड़े दो-तीन लोग भी त्वरा से वहाँ आ गए थे। गाड़ी का पिछला दरवाजा खोलकर उसने अन्दर बैठाया था। वहीं एक कोने में डॉ. आयुष उसे थामे टिका था। वह घबराया सा निर्देश दे रहा था—'डॉ. शाह को बुलाइए आप! जल्दी कीजिए।' एक हलचल-सी मच गई थी। थोड़ी ही देर में वह व्यक्ति लौट आया था।

'डॉक्टर शाह आपरेशन थियेटर में चले गए हैं।'

तब तक कोई पानी ले आया था। थोड़ा पानी पी लीजिए। वह पानी का गिलास लिए था।

'एक घूँट ले लीजिए...'

वह अर्धचेतन-सी स्थिति में थी। कई लोग गाड़ी के इर्द-गिर्द खड़े हो गए थे। डॉ. आयुष ने उसके खिसक आए पल्लू को कन्धे पर लपेट दिया था। एक कम्पन-सा महसूसा था।

'डॉक्टर शाह तो आपरेशन थियेटर में जा चुके हैं।' आपस में उन्होंने फिर बात की थी।

'ड्राईवर को बुलाइए—कैजुएलटी में ले लो गाड़ी मोड़कर।'

उसने स्ट्रेचर के लिए फोन किया था—उसने मना किया था। 'व्हीलचेयर में भी नहीं।' उसने साफ कहा था।

'आप जिद्द मत कीजिए मैम। इस समय फैसला हमें ही लेना है। ठीक है, तो आप कॉपरेट कीजिए, आइए।' बहुत कोशिश करने पर भी नहीं लग रहा था, वह चल पाएगी। वह उसे लगभग अपने सहारे ही अन्दर ले गया था। उसकी नब्ज देखी। फिर ब्लड प्रेशर देखा था।

'आप हाईपरटेंशन के लिए कौन सी दवाई खाती हैं?'

'कोई नहीं। मुझे ब्लड प्रेशर नहीं है।'

'इस समय तो आपका ब्लड प्रेशर बहुत ज्यादा है।'

'आप टेंशन में हैं? क्या मैडिसन लेती हैं?'

वह चिड़ी थी—'मैं कोई दवाई नहीं लेती। कहा न आपसे।'

पता नहीं क्यों, वह मुस्कराया था। किसी सीनियर डॉक्टर से सलाह करता रहा था। डॉक्टर ने उसका पूरा चैकअप किया था।

'इन्हें 24 घण्टे आब्जरवेजन में रख लीजिए।'

'मैं यहाँ नहीं रहूँगी।'

'ठीक है। जैसा आप चाहेंगी। कहीं भी रह सकती हैं।'

वह फिर फोन पर पता कर रहा था। डॉक्टर के रहने का इन्तजाम कहाँ है। तब तक वहाँ दो डॉक्टर और आ गए थे।

'दो-तीन ऑपरेशन हैं। वे तो समझो ऑपरेशन थियेटर में ही ठहरेंगे। मैडम के लिए सोचिए।' वे हँसे थे। उन्होंने सोचा था शायद उसने सुना नहीं था।

'ठीक है, आप इन्हें फिलहाल डॉक्टर्स रूम में ले जाइए।'

वह अपने भीतर अपने को इतना छोटा और अपमानित महसूस कर रही थी। कोस रही थी उस घड़ी को जब उसने उसके साथ आने का निर्णय लिया था। गाड़ी

डॉक्टर्स हॉस्टल पर रोकी गई थी। डॉ. आयुष ही सहारा देकर लिफ्ट से कमरे में ले गया था। वह उसकी छोटी-छोटी सुविधाओं का ध्यान रख रहा था। घड़ी देखकर खाना मँगवाया था। 'कुछ थोड़ा सा ले लीजिए। ज़रूरी है। इनर्जी लैवल बहुत डाउन है इस समय आपका। जब तक डॉ. शाह नहीं आते तब तक तो आपको हमारी बात सुननी ही पड़ेगी।'

सुबह से रात होने को आई थी। पूरा समय वह वहीं बना रहा था। दवाई के असर में शायद बीच में वह सो गई थी। वह वहीं कुर्सी पर बैठा रहा था। उसे लगा था, रेगिस्तान में चलते-चलते वह ठण्डे पानी की धारा के समीप कहीं घनी हरियाली में आ पहुँची थी।

उसे नहीं पता, डॉक्टर कब आया और कितने बजे आया था। सुबह आँख खुली तो वह जाने के लिए तैयार खड़ा था।

'मैं ऑपरेशन के लिए जा रहा हूँ।'

'इसमें क्या नई बात है?'

'फिर से तमाशा मत करो। कल जो हुआ, वह क्या थोड़ा है। बेकार में अपनी तबीयत खराब कर ली तुमने। डॉ. आयुष को बता दिया है। वह आएगा। तुम्हारे कुछ टैस्ट वगैरह कराने हैं। उसके साथ चली जाना।'

वह तिलमिलाकर रह गई थी। वह मर भी जाएगी तो वह अपना ऑपरेशन छोड़कर नहीं आएगा। गुस्से में उसने न ब्रेकफास्ट किया और न ही कोई दवाई ली थी।

डॉ. आयुष आया था—'कैसी हैं मैम आप? आज तो आप अच्छी लग रही हैं। आपने अपनी दवाई ली कि नहीं।' उसने मेज पर पड़ी दवाईयाँ देखी थीं।

'ओह नो...! आपने तो दवाई भी नहीं खाई। इस तरह के ब्लैकआऊट ठीक नहीं होते। वह पानी का गिलास और दवाई लेकर खड़ा था—लीजिए। दवाई खा लीजिए। वह रुका था, लेकिन ब्रेकफास्ट भी किया कि नहीं आपने? लगता है, कुछ नहीं खाया है।' उसने ब्रेकफास्ट मँगवाया था। इच्छा न रहते हुए भी उसने कुछ खा लिया था। उसने घड़ी देखी थी।

'आइए मैम।'

हस्पताल के सामने उसने गाड़ी रोकी थी।

'प्लीज, मुझे हस्पताल नहीं जाना है।'

उसने ब्रेक लगाई थी। एक गहरी दृष्टि से उसकी तरफ देखा था। 'तो...।'

'मैंने कहा न आपसे, मुझे हस्पताल नहीं जाना है। मैं ठीक हूँ।'

'यह तो और भी अच्छा है। आइए। बस दस-पन्द्रह मिनट लगेंगे। फिर जैसा आप चाहेंगी।'

वह इधर-उधर भाग रहा था। उसके टैस्ट के लिए वहीं ब्लड ले लिया था।

'ज़रा इस वेंईग मशीन पर खड़ी होइए आप।'

'अरे...सिर्फ 55! हाइट आपकी 5 फुट 6 इंच और वेट।'

'यह डाइट चार्ट है आपके लिए। इसे फॉलो करना पड़ेगा आपको। ये कुछ विटामिन और एंटी ऑक्सीडैंट हैं। दो-तीन महीने बाद फिर से टैस्ट करवाने होंगे।'

'दो-तीन महीने बाद न! अब चलो प्लीज यहाँ से।'

उसने उसकी तरफ देखा था।

उसने स्पष्टीकरण-सा देते हुए कहा था—'बहुत बोर हो गई हूँ मैं, जब से आई हूँ। यह टैस्ट और हस्पताल। ठीक ही तो हूँ मैं। उस दिन पता नहीं क्या...'

'इट्स ओके-ऽ कहाँ जाना चाहेंगी आप?'

'मुझे तो पता नहीं, आप कभी दिल्ली आएँगे, तो बता सकती हूँ।'

वह हँसा था। 'दिल्ली कोई-सैकड़ों मील दूर तो नहीं है न। दो घण्टे का रास्ता है। और आपकी दिल्ली में दो घण्टे तो यूँ भी एक जगह से दूसरी जगह पहुँचने में लग जाते हैं। डॉक्टर शॉह जब चाहे तब बुला सकते हैं। उनका तो वहाँ पर एक बहुत बड़ा हस्पताल भी बन रहा है। उनसे तो बहुत कुछ सीखना है हमें।'

उसके भीतर जैसे कुछ टूटा था—'आप सिर्फ डॉ. शाह के बुलाने पर ही आएँगे।'

वह हलकाया था। कुछ कहते-कहते रुक गया था। उसने गाड़ी हाईवे पर मोड़ दी थी—कुछ देर चुप्पी रही थी।

'मिसेज़ शाह आप लंच पर जाना चाहेंगी?'

'ठीक है।'

'यहीं हाईवे पर ही! यहाँ से पाँच-सात किलोमीटर पर एक अच्छा रेस्तराँ है।

ठीक है, चुनाव आपका है।'

'आपको जगह ज़रूर पसन्द आएगी।'

'आप चाहें तो डॉ. शाह से सम्पर्क कर सकती हैं। अगर ऑपरेशन के बाद वे हमें ज्वाइन करना चाहें तो,' उसने अपना मोबाईल उसकी ओर बढ़ाया था।

वह बुझ-सी गई थी—क्यों, डॉ. शाह के बिना क्या हम लंच नहीं ले सकते।

'नहीं, ऐसा तो नहीं है! मैं आपके लिए कह रहा था...'

'मेरे लिए?'

वह झिझका था—'मैंने सोचा, शायद आप ऐसा चाहती हों कि—'

'नहीं, मैंने तो ऐसा कुछ नहीं कहा, क्या अपनी हैसियत में वुमन इन परसन मैं आपके साथ कुछ समय नहीं गुजार सकती?' उसे अपने पर हैरानी हुई थी। कई बार जो बात आप अपनों के सामने कभी नहीं कह सकते। वही किसी अजनबी के सामने कुछ ही देर में कह देते हैं।

'प्लीज़ डोंट टेक अदरवाइज़ मिसेज़ शाह...। देखिए, हम पहुँच ही गए हैं। बहस में कुछ पता ही नहीं चला।'

वह दरवाज़ा खोलकर खड़ा था, 'आइए।'

कई बार बारिश में भीगती खड़ी रहती। डॉक्टर पहले दरवाजा अनलॉक करता, सीट पर बैठता फिर हाथ बढ़ाकर उसकी तरफ की नॉब उठाता।

कई बार वह भूल ही जाता और वह बाहर खड़ी रहती। उसे शीशे पर नॉक करना पड़ता तब तक वह खड़ी भीगती रहती।

उसने एक-दो बार कहा था—'इधर से खोल दो पहले।'

'एक मिनट रुकने में कोई हर्ज़ है। खोल रहा हूँ।'

'आइए, मिसेज़ शाह।' वह वैसे ही दरवाजा खोले खड़ा था।

उसका ध्यान टूटा था। वह बता रहा था,

'यह यहाँ का विशेष रेस्तराँ है। ये लोग हर छह महीने बाद इसकी थीम बदल देते हैं। आइए,' उसके सामने एक दूसरी दुनिया खुल रही थी।

'आजकल, इसकी थीम जंगल है। आपको लगेगा आप जंगल में हैं।

आइए, जंगल के बीच में जाएँगी क्या? डरेगी तो नहीं, आइए।' दोनों तरफ पेड़ थे। जंगल का दृश्य था। इधर-उधर शेर, चीते जैसे जानवर, तो कहीं झरने बह रहे थे। हरियाली के बीच से आते हुए। अचानक शेर के दहाड़ने की आवाज़ के साथ झुटपुटे में से शेर की-सी आकृति पर रोशनी पड़ी थी। वह दहशत में उससे सट गई थी। वह हँसा था।

जैसे झरना फूटा हो। एक रंगीन रोमांस से भरी दुनिया। उसकी आँखों में चमक और आवाज़ में खनक थी। वह बातें कम करता, हँसता ज़्यादा था।

कभी उसकी तरफ देखता, उसकी आँखें उसके चेहरे पर टिक जातीं तो कभी खाना डालते उसके हाथ रुक जाते।

उसमें एक अजीब-सा आकर्षण था। उस आकर्षण से बँधी मैं खिंचती चली गई थी। उसका जीवन में आना सुंगधित झोंके की तरह था। खुले आकाश के नीचे सर्दी की पीली धूप की तरह था। उसका व्यक्तित्व ऐसा था, जैसे झमझम बारिश में किसी ने छतरी खोल दी हो।

जीवन में रिक्त स्थानों को भरे जाने की महक-सी घुल रही थी। अवचेतन में छिपी एक तलाश, एक इच्छा ने उसे अपने वर्तमान से अलग कर दिया था। अपने से खुद को बाहर जाने दिया था। डॉक्टर की अनुपस्थिति को एक नए ढंग से महसूस कर रही थी। तीस साल पहले की खिलंदड़ी लड़की की आवाज़ अपने भीतर सुन रही थी—'बापू, मैं घूमर नाचूँ हूँ। बापू, मैं मेला देखने जाऊँ हूँ...'

अच्छा किया डॉक्टर, आपने उस दिन अपने चेहरे से नकाब उतार दिया।

आखिर कब तक पहने रह सकते थे नकाब। आप बर्फ की तरह जमे हो। जीवन का अर्थ ही आप समझना नहीं चाहते। दबाव में जीते हो। दबाव में काम करते हो। रिश्तों का कोई आदर आपके मन में नहीं है। एक गलत आदेश विजय को पराजय में बदल देता है। वैसे ही जीवन में एक गलत या सही फैसला जीवन का सारा परिदृश्य ही बदल देता है। हमारे विश्वास, आस्थाएँ और आचार-विचार हमारे संस्कारों से बनते हैं। उसमें तर्क काम नहीं करता। यह नियति है जो अपरिहार्य है और हमारा प्रारब्ध है। प्रकृतिगत न्याय का भी एक नियम है जो जीवन को संचारित करता है।

वह फोन करता और आ जाता। अक्सर दोपहर के समय। वह धड़कन रोक कर उसका इन्तजार करती। उसकी तटस्थता खत्म हो गई थी। हाव-भाव बदल गए थे। उसके भीतर की जड़ता टूट गई थी। एक उत्तेजक-सी सक्रियता भर गई थी। जैसे अग्नि उद्दीपक पथरी वर्षों जलमग्न रहने पर भी अग्नितत्व से रहित नहीं होती। उसकी बेजान ज़िन्दगी में भी एक नया उत्साह भर गया था। सीधी-सपाट दौड़ती ज़िन्दगी की सड़क अचानक यू टर्न ले गई थी।

वह आया था। 'आज का क्या प्रोग्राम है, मिसेज़ शाह।'

'एक मिनट आयुष। यह मिसेज़ शाह कौन है? इस समय आप क्या मिसेज़ शाह से मिलने आए हैं?'

वह अचकचाया था, फिर उसकी बात उसकी समझ में आ गई थी।

'आई एम सॉरी। मैंने इस तरह सोचा ही नहीं था। आप ठीक कह रही हैं मैम।'

'यह मैम कौन है? वह हँसी थी। आयुष मेरा एक नाम है। माडर्न तो नहीं है। पुराना सा नाम है, कृष्णा। मेरा एक मैं भी है जो मिसेज शाह से अलग भी हो सकता है।'

वातावरण कुछ गंभीर हो गया था। वह हँसी थी।

'फिर, आयुष उस दिन तुम मुझे ड्राईव पर ले जाने की बात कर रहे थे।'

'ठीक है, आपको ज़रूर पसन्द आएगी—यह जगह।' वह उत्साहित था।

दिल्ली से बाहर निकल गए थे। सड़क अरावली की पहाड़ियों के बीच से निकलती थी। टेढ़ी-मेढ़ी ऊँची-नीची सड़क थी। इस पर ट्रैफिक भी कम था। दोनों तरफ पथरीली चट्टानें और बबूल के पेड़ थे। आसमान में हल्के बादल से घिर आए थे। उसने अपनी उँगलियाँ मेरी उँगलियों में फँसा ली थीं। 'ये इतनी पतली लम्बी उँगलियाँ, आर्टिस्ट हैं क्या आप?' वह हँसी थी। एक बाँह से उसे घेर लिया था, दूसरी से कार का स्टेरिंग सम्भाले था। हमारे बीच एक बोलती खामोशी थी। लगभग दस किलोमीटर के बाद आबादी आ गई थी। उसने गाड़ी मोड़ ली थी।

'आप आइसक्रीम खाएँगी कृशि?' बाईं तरफ लेकर उसने गाड़ी रोकी थी।

'तुम रुको, मैं लाती हूँ।'

'अरे, आप बैठी रहिए। मैं जाता हूँ।'

'क्यों? मैं क्यों नहीं जा सकती?'

'मैं हूँ न, फिर आप क्यों जाएँगी?'

'तुम हो, तो भी क्यों नहीं?'

'यह मेरा काम है। मुझे करने दीजिए न।'

'तुम्हारा काम और मेरा काम। फिर वही तुम्हारा काम और मेरा काम। शॉवनिस्ट हो क्या तुम भी।'

'बिल्कुल, एकदम। मैन शॉवनिस्ट। तो क्या हुआ।' हँसता हुआ वह गाड़ी से उतरकर, उसके सामने खड़ा था।

'बताइए, आपको कौन-सी आइसक्रीम पसन्द है?'

'कोई भी। मुझे कुछ फर्क नहीं पड़ता। जो तुम्हें पसन्द हो, ले आओ।'

'नाराज़ हो गईं आप?'

'इसमें नाराज़गी कैसी?'

'तभी तो, फिर भी, आप नाराज़ हो गईं? लेकिन कृशि आपको तो नाराज़ होना भी नहीं आता।' उसने उसे छुआ था।

'हटो प्लीज़ आयुष, क्या कर रहे हो।'

'अब लग रही हैं आप नाराज़। गुस्से में भी हैं। चलिए, आइसक्रीम के चुनाव का फैसला भी मैं ही लेता हूँ। एम.एस. कृशि शाह!' वह हँसता हुआ आइसक्रीम लेने चला गया था।

वह सोच रही थी, उसे तो सचमुच नहीं पता उसे कौन-सी आइसक्रीम पसन्द है। मीनू को, अभय को, अजय को और डॉक्टर को क्या पसन्द है, वह जानती है। पर उसे। ऐसी कोई निश्चित पसन्द बनी ही नहीं। किसी ने कभी पूछा ही नहीं। वह ही पूछती थी। उसे कभी अपनी इच्छा का अहसास ही नहीं हुआ। घर की एक भीड़ भरी सड़क थी। सब साथ चल रहे थे। नहीं, वह सबके साथ चल रही थी। पर उसके साथ कोई नहीं था। इसीलिए अपने-अपने मोड़ पर सब आगे-पीछे मुड़ते अदृश्य होते गए। वह अब भी उन्हें आगे-पीछे दाएँ-बाएँ देखती, पुकारती, ढूँढ़ती चल रही है, पर अकेली।

आयुष एक आइसक्रीम और मेन्यू लिए खड़ा था। 'कृशि, ज़रा बताओ प्लीज़।'

हैरानी हुई थी—'इसे पकड़ो, यह मेरे लिए है। आप अपने लिए बताओ, क्या लाऊँ।' वह मेन्यू खोले खड़ा था।

'मेरे लिए यही ठीक है। अब तुम अपने लिए ले आओ।'

वह हँसता हुआ लौट गया था—'ओके।'

हमने वहीं गाड़ी में बैठे आइसक्रीम खाई थी।

'कृशि।' इट्स माई प्लैजर टू डू समथिंग फॉर यू। सच कह रहा हूँ। और सुनिए। अगला लंच आप खिला रही हैं मुझे। कहाँ ले चलेंगी?'

'अगला मौका तो आने दो। तभी सोचेंगे। ठीक है न। चलें?'

'आपका ठीक मेरा भी ठीक है।' वह हँसा था एक निश्छल-सी हँसी।

अगला मौका इतनी जल्दी आएगा इसकी उसे उम्मीद नहीं थी। बातों ही बातों में पता चला था। चौदह जुलाई को आयुष का जन्मदिन है। उसने फोन किया था।

'आयुष लंच तुम्हारा उधार था। चौदह को खाली रहेंगे क्या?'

'चौदह को?' वह रुका था। फोन पर उसकी चुप्पी दीर्घ हो गई थी।

'हाँ, उस दिन दोपहर में लंच साथ खाएँगे।'

'चलो ठीक है...।' समय निश्चित कर लिया था।

बहुत देर तक सोचती रही थी, आयुष को वह क्या दे उसके जन्मदिन पर। आखिर उसने एक निर्णय लिया था। अपनी एक पेंटिंग निकाली थी। उसे फ्रेम करवा लिया था।

वह पहुँची थी। अपनी त्वरा में वह समय से पहले पहुँच गई थी। आयुष आया था। 'अरे! मुझे देर हुई क्या? आई एम सॉरी। कब आईं आप? रुकना पड़ा आपको?'

'साँस तो लो। इतने सारे सवाल। देखो, घड़ी देखो। तुम समय पर ही आए हो। मैं ही थोड़ा जल्दी निकल आई थी।'

उसे लेकर उसकी छोटी-छोटी चिंताए उसे अविभूत कर देती थीं। लगता था, वह उसके रास्ते में हर कदम पर नरम पत्तियाँ बिछाता चलता था। यहीं ठीक रहेगा। तुम्हें यह जगह पसन्द है। यहाँ का खाना भी तुम्हें अच्छा लगता है। दोनों ने साथ खाना खाया था। उसने अभी तक उसे यह अहसास नहीं दिलाया था कि वह आज उसके जन्मदिन के बारे में जानती है। उसने बहुत कोशिश की थी कि बिल वह चुकाएगा, पर उसने ऐसा नहीं होने दिया था। वह बाहर आए थे। गाड़ी से उसने कागज में लिपटी पेंटिंग उसे दी थी।

'आयुष, तुम्हें जन्मदिन पर मेरी मंगलकामनाएँ। मेरी ओर से एक छोटा-सा उपहार। शायद तुम्हें पसन्द आए।'

'अरे!' वह विस्मयकारी खुशी से उद्वेलित था, आपको कैसे पता चला कृशि? आपकी शुभकामनाएँ ही मेरे लिए सब कुछ हैं। फिर इसकी क्या ज़रूरत थी।'

'तुम इसे खोलो तो आयुष।'

आयुष ने पेंटिंग पर लिपटे कागज उतारे थे। 'अरे, इतनी सुन्दर पेंटिंग। कृशि, कॉटेज से लाई हो? कौन-सी गैलरी से ली? सच, आप भी कमाल करती हैं। मैं आर्टिस्ट

तो नहीं हूँ तो भी कलात्मकता का प्रशंसक हूँ। यही कहा था आपसे और आप यह खरीद लाईं।'

वह कहना चाहती थी कि वह पेंटिंग उसी ने बनाई थी। पर उसके उत्साह को देखकर चुप कर गई थी। उसे स्वयं नहीं पता चला था कि आयुष उसकी इतनी प्रशंसा करेगा। वह बार-बार उसे कई कोणों से देख-परख रहा था और कई तरह से उसको सराह रहा था।

'चलो, तुम्हें पसन्द आई। मेरा प्रयत्न अर्थवान हुआ।'

'आपका प्रयत्न तो सफल हुआ, पर राजस्थानी कला की यह पेंटिंग आपने ली कहाँ से?'

कुछ संकोच के साथ घबराए हुए से उसने कहा था–'आयुष! यह पेंटिंग मैंने बनाई है।' पलभर के लिए वह स्तब्ध-सा उसकी तरफ देखता रहा था–'माई गुडनैस, यू आर एन आर्टिस्ट।'

उसने उसकी उँगलियाँ चूमी थीं। 'मैंने तो उसी दिन कहा था आपकी उँगलियाँ देखकर। 'ये साधारण हाथ नहीं हैं।'

'चलो, अब बस आयुष। मैं कोई आर्टिस्ट नहीं हूँ। बस, अपने मन और समय का सन्तुलन साधती हूँ। ये कैटलिस्ट का काम करती हैं मेरे जीवन में।'

कई तरह से उसने आभार व्यक्त किया था। फिर एकाएक पूछा था, 'कृशि आप अपने सिग्नेचर नहीं करतीं कहीं?'

'आयुष, कैसी बातें करते हो।'

'ठीक कह रहा हूँ। लीजिए, इस पर तो कर ही दीजिए। इसका महत्त्व कई गुणा बढ़ जाएगा।'

उसने सिग्नेचर भी कर दिए थे। पर विश्वास नहीं हो रहा था कि आयुष को यह पेंटिंग इतनी पसन्द आएगी। पेंटिंग की तरीफ सुनकर उसे अच्छा भी लग रहा था। मन में संतोष भी हुआ था कि उसके जन्मदिन पर उसे अपनी पेंटिंग देकर ठीक ही किया।

वह घर लौटती, पर आयुष के साथ का नशा उस पर वैसा ही छाया रहता। अगले दिन उससे फिर मिलने की इच्छा तीव्र हो जाती।

'आप उस दिन, कुछ कहते हुए रुक गईं थीं।' 'पूरी बात बताइए न।'

'क्यों? पूरी बात कहना ज़रूरी होता है कृशि!'

'पर क्यों आयुष!'

'अधूरी बात से मन और दिमाग पर बड़ा बोझ पड़ता है।'

उसे लगता, वह कहीं एक सूने टापू पर खड़ी है। बालू और उभरे पत्थरों से बना। जिसके चारों तरफ पानी है और बीच में यह जगह है। उभरी चट्टान सी।

समुद्र की लहरें लयबद्ध अन्तराल से हठात् उठती हैं और चट्टान के किनारों पर उसी परिधि में बिखर जाती हैं। समूची हलचल जैसे एक ही स्थान पर निष्पन्न हो रही है। लेकिन समुद्र फिर वैसा ही शान्त।

उसे चुप देखकर वह फिर कहने लगा था—'आप समझ रही हैं, मैं क्या कह रहा हूँ। कभी-कभी लगता है, आप कुछ नहीं समझ रहीं। समझना ही नहीं चाहतीं।'

बीच-बीच में वह उदास हो जाती। उसका मन अपराधबोध से घिर जाता। वह सोचती—बस आज के बाद आयुष के साथ नहीं जाऊँगी। पर अगले दिन फिर उसके फोन का इन्तज़ार करती। फोन की घण्टी बजती तो वह भागकर उसका फोन उठा लेती।

आयुष का फोन था। 'आपने फोन नहीं उठाया। कई बार फोन किया था मैंने। घर पर नहीं था क्या?'

'हाँ, क्यों किया था फोन।'

'इसका क्या मतलब हुआ? बताइए न, कब आ रही हैं आप?'

'अच्छा, मैं फोन करके बताती हूँ।'

'आपके फोन का इन्तज़ार करूँगा।'

दो-तीन दिन बाद फिर उसका फोन आया था, 'कैसी हैं आप?'

'ठीक हूँ।'

'आपके फोन का इन्तज़ार करता रहा। क्या हुआ?'

मैं चुप रही।

'आप जानती हैं, इससे मुझे कितनी तकलीफ होती है।'

कुछ पलों का सन्नाटा।

'तकलीफ मुझे भी होती है।'

'फिर क्यों तकलीफ को बढ़ाती हैं आप? मैं आ रहा हूँ, आप वहीं पहुँच जाइए। बारह-सवा बारह के आस-पास ठीक है?'

'हाँ ऽ' उसने फोन रख दिया था।

वह उससे पहले पहुँचा था। उसे देखकर आगे आया था—'कुछ परेशान हैं आप?'

'नहीं...'

'अच्छा बताइए, आप कहाँ जाना चाहेंगी?'

'कहीं भी!'

'फिर भी बताइए न।

'चलो, फिर वहीं चलते हैं। लेकिन तुम्हें वह जगह पसन्द नहीं है। कह रहे थे तुम उस दिन।'

'आप साथ रहेंगी तो नरक में भी जा सकता हूँ।'

'तो फिर नरक में ही ले चलो आज! आज नरक ही देख लिया जाए।'

'बुरा नहीं। उसने क्लच दबाकर गेयर लगाया था, एक समस्या है। आप जाएंगी तो नरक भी स्वर्ग में बदल जाएगा।'

'बातों में तुम्हें नहीं जीता जा सकता आयुष।'

धीरे-धीरे वह एक इन्द्रजाल में फँसती गई थी। बचपन से ही हम औरतों को सिखाया जाता है कि पुरुष साँप होता है, काटता है तो कभी भी उसका विष नहीं उतरता। पुरुष अन्धा कुआँ होता है। एक बार उसमें गिर जाओ तो तल्ले में पड़े सड़ते रहो और वहीं मर जाओ। यही सब हमारा कवच बनता है। पुरुष को लेकर भय, नफरत और वितृष्णा। कभी इच्छा ही नहीं जगती। पुरुष हमारे सामने आते ही साँप, बिच्छू, हौआ, भूत और राक्षस में बदल जाते हैं। लेकिन आज यह क्या हुआ। आयुष उसे बादलों में उड़ाए लिए जा रहा था।

'क्या हुआ कृशि?' उसने फिर पूछा था—'कृशि, क्या हुआ?'

'कुछ नहीं...'

वह उसका चेहरा देख रहा था। सोच रही थी, पता नहीं यह व्यक्ति बिना किसी खिड़की, रोशनदान के उसके भीतर कैसे झाँक लेता है। उसकी चिन्ता, परेशानी, उसके कष्ट को बिना कहे कैसे जान लेता है। 'कृशि, अरे देखो,' उसकी आवाज़ की त्वरा से उसने आँखें उठाई थीं।

'यह सामने देखो, यह ट्रक के पीछे, नम्बर प्लेट के नीचे कृशि।'

वह हँसी थी—वहाँ एक जूता बना था और लिखा था—'बुरी नजर वाले तेरी सेवा में।'

इसके बाद हमारी एक आदत-सी बन गई थी। वाहनों के पीछे लिखे हुए स्लोगन्स को पढ़ने की और देर तक हँसते रहने की।

'क्या हुआ? इतनी चुप क्यों हो जाती हैं आप? उसने अपनी बाँहों में घेर लिया था। कभी-कभी क्या हो जाता है आपको कृशि?'

'पता नहीं।'

'आप परेशान न हुआ करें। मुझे अच्छा नहीं लगता। मैं आपको खुश देखना चाहता हूँ।'

ज़िन्दगी एक भूलभुलैया-सी बनती जा रही थी जैसे वह एक माया नगरी में पहुँच गई थी। माया के घटाटोप में वह अनुपस्थित हो रही थी। उसके चारों तरफ रंगबिरंगी तितलियाँ उड़ रही थीं। फूल खिल रहे थे। आसमान में इन्द्रधनुष था, हल्की-हल्की फुहार पड़ रही थी, वह भीग रही थी। फुहार में सराबोर भीगती जा रही थी। उसके अतीत से आती आवाज़ से अलग होकर यह सम्बन्ध उसे फिर कभी

पाप नहीं लगा। यह तो ताजी हवा के एक झोंके की तरह, जंगल में खिले फूलों की तरह, बादलों में बन गए इन्द्रधनुष की तरह और ठिठुरती सर्दी में ताप देती धूप-सा था। उसने जाना था प्रेम में जीने का अर्थ होता है—जीवन की अनगिनत प्रतिध्वनियों और स्पंदनों के बीच जीना। अपने इन्द्रियबोध की सक्रियता और उर्जस्विता के बीच जीना।

सड़क के दोनों तरफ खेत थे। खेतों में सरसों फूली थी। फरवरी का दूसरा सप्ताह था। चारों तरफ सोना-सा बिखरा था। बसंत की पीली आभा...पीले फूलों में छिटक रही थी। 'कृशि, ये खेत देख रही हो, दूर पीछे तक फैले हुए खेत। वर्षों पहले इनमें से अधिकतर हमारे परिवार के खेत थे।'

वह रुका था पलभर, 'कृशि आई हैव ए वैरी हैम्बल स्ट्राट। इसी सड़क पर अगर दो किलोमीटर तक जाओ और बाईं तरफ मुड़ जाओ तो वहाँ बड़े-छोटे घरों वाली एक बस्ती दिखाई देगी। हम यहाँ के मूल निवासी हैं। मेरे दादा की यहाँ कई एकड़ ज़मीन थी। मेरे पिता खेती करते थे। तब यह बिल्कुल गाँव जैसा ही था। यह सब बिल्डिंग, स्कूल, हस्पताल, बाजार जैसा कुछ नहीं था। मैं यहाँ गाँव के सरकारी स्कूल में पढ़ता था। बहुत छोटा था जब अचानक पिता की मृत्यु हो गई थी, किन्तु वे मरे थे या ज़मीन के झगड़े में वे मार दिए गए थे, यह सदा रहस्य ही बना रहा था। हमारा परिवार बड़ा था। मेरे पिता पाँच भाई और तीन बहिनें थीं। बहिनों की शादी हो गई थी। पिता चाहते थे कि सभी भाई मिलकर रहें और खेती करें। मेरे पिता सबसे बड़े थे और गंभीर व्यक्ति थे। दादा मेरे पिता को बहुत मानते थे। अधिकतम ज़मीन कानून के कारण दादा ने कई एकड़ ज़मीन मेरे पिता और माँ के नाम कर दी थी। दादा की मृत्यु के बाद ज़मीन को लेकर भाइयों में झगड़ा बढ़ गया था। माँ को असहाय देखकर मेरे चाचा ने बहुत कुछ हड़प लिया था। माँ ने अपने हिस्से की ज़मीन खेती के लिए दे दी थी। माँ सुबह घर का काम निपटाकर खेतों में चली जाती थी। स्कूल के बाद मैं भी माँ के पास वहीं आ जाता। शाम को हम दोनों घर लौट आते थे। रास्ते में वही श्मशान घाट पड़ता था जहाँ पिता का अंतिम संस्कार हुआ था। वहाँ से गुजरते हुए डरता था और मैं माँ का हाथ कसकर पकड़ लेता। मैंने माँ से कहा था—'माँ किसी और रास्ते से ले चलो, यहाँ से जाते हुए मुझे डर लगता है।' मेरी माँ शान्त चित्त वाली धैर्यवान स्त्री थी और भीतर से बड़ी समर्थ और शक्तिशाली औरत थी। उसने कहा, 'क्यों? यहाँ से जाते हैं तो तुम्हारे पिता हमें आशीर्वाद देते हैं और तुम्हें कहते हैं कि अब माँ ही तुम्हारी माँ और पिता दोनों हैं। तुम अपना और माँ का दोनों का ध्यान रखना। माँ का साथ देना। बस कृशि। उस दिन के बाद मुझे कभी डर नहीं लगा। वहाँ से गुजरते हुए हमेशा लगता कि पिता वहाँ खड़े हैं हमें जाते हुए देख रहे हैं। और वही दोहरा रहे हैं जो माँ ने कहा था।

'कृशि, माँ ने ही मुझे पढ़ाया। मेरी माँ पढ़ी-लिखी नहीं थी। पर अक्षर ज्ञान तो उसे था। वह विवेकवान स्त्री थी। माँ उसी घर में रही। सारी विपरीतताओं और विरोधों का माँ ने सामना किया। पर अपने नाम की ज़मीन नहीं दी। और न ही घर के कागजों पर हस्ताक्षर किए। बहुत कुछ हुआ था, पर माँ नहीं मानी थी। वह कहती थी–'मैं तो तुम्हारी गृहस्थी में मजदूरी करके पेट भर लूँगी, लेकिन मुझे अपने तीन बच्चों की जिम्मेदारी पूरी करनी है।' मेरे चाचाओं ने माँ को बहुत सताया। उस पर कई तरह से दबाव डाले और उसे भला-बुरा कहा पर माँ टस से मस नहीं हुई। बस, हम तीनों को समेटकर घर में बैठ जाती थी। अपने हिस्से की ज़मीन माँ ने बंटाई पर दे दी थी। उससे अन्न आ जाता। दो खेतों में सब्जियाँ उगाती थीं। उससे हमारी स्कूल की पढ़ाई का और दूसरी ज़रूरतें पूरी होती थीं। मैं पढ़ाई में बहुत अच्छा था। पाँचवीं तक कक्षा में प्रथम आता रहा। स्कूल के मास्टर ने माँ को सुझाया कि वह उसे अंग्रेज़ी मीडियम वाले स्कूल में डाल दे ताकि आगे की पढ़ाई में मुश्किल न आए। आठवीं कक्षा के बाद मैंने अंग्रेज़ी माध्यम वाले स्कूल में दाखिला ले लिया था। मुझे शुरू में बहुत मुश्किल हुई थी पर माँ ने ट्यूशन के लिए कुछ पैसे कर्ज लिए थे। हम तीनों की बढ़ती ज़रूरतों के लिए माँ ने एक टुकड़ा ज़मीन का बेच दिया था। मेरे लिए अंग्रेज़ी की ट्यूशन लगाई गई थी। मुझे बहुत बुरा लगा था। बस, तभी मैंने संकल्प लिया था कि जैसे भी हो, अंग्रेज़ी सीख ही लूँगा। मैंने एक अंग्रेज़ी- हिन्दी डिक्शनरी ले ली थी। हर रोज कुछ शब्द याद करता। स्कूल में दूसरे बच्चों को बोलते हुए ध्यान से सुनता। दो साल बाद दसवीं के इम्तहान में अंग्रेज़ी में मेरे पचास प्रतिशत नम्बर आए थे। मैंने ग्यारहवीं कक्षा में साइंस ली थी और अंग्रेज़ी माध्यम चुना था। बारहवीं मैंने प्रथम श्रेणी में पास की थी। इसके बाद मेडिकल की तैयारी की थी और मैं कम्पटीशन में आ गया था। पाँचवीं से बारहवीं तक की सारी पढ़ाई मैंने स्कॉलरशिप के पैसों से ही की थी। मैं बंगलौर गया मेडिकल कॉलेज में पढ़ाई के लिए। मेरे दाखिले के लिए माँ ने फिर ज़मीन का टुकड़ा बेचा था और मुझे बताया नहीं था। बस, कृशि, मेरे सामने हमेशा माँ का चेहरा रहता था। माँ ही मेरी प्रेरणा बनी। वही मेरी शक्ति बनी। माँ ने मुझे बहुत कष्ट सहकर पाला और पढ़ाया। मेरा दूसरा भाई और बहिन पढ़ने में अच्छे नहीं थे। बहिन की बी.ए करके शादी कर दी थी। भाई खेती के ही काम में लगा है। माँ हमेशा मेरे लिए प्रार्थना करती। मैं आज जो कुछ हूँ, अपनी माँ की हिम्मत और परिश्रम का परिणाम हूँ।'

वह जैसे एक ट्राँस में था और बोलता गया था। उसे लगा था उसके भीतर इसीलिए एक अच्छा इन्सान और आर्द्रता थी। कुछ देर हम दोनों के बीच चुप्पी छाई

रही थी। मैंने मन ही मन उस स्त्री को प्रणाम किया था। कहा था, 'माँ होने के लिए प्रयत्न नहीं करना पड़ता। आयुष माँएँ ऐसी ही होती हैं।'

धीरे-धीरे घिसटते जीवन में आयुष ने जीने की उत्कट और अदम्य लालसा जगा दी थी। एक निर्मल और निर्दोष-सा भाव था उसके चेहरे पर। जिससे वह बँध सी गई थी, उसके साथ। उसके शान्त, स्थिर मन के तालाब में उसने एक कंकड़ी फेंक दी थी। गोलाकार लहरियाँ उठ रही थीं। धीरे-धीरे उसकी चेतना पर छाती जा रही थीं। उसके भीतर उत्तेजना और आतुरता भर गई थी। वह हर रोज साँस रोक कर उसके फोन का इन्तज़ार करती थी। वह आता तो पहाड़ से निकली, पत्थरों में टकराती, न रुकती, भागती जाती, जलधारा सी वह उसके पास पहुँच जाती थी। उसके स्पर्श के सुख, रोमांच और स्फुरण से उसके भीतर एक अदृश्य आकार लेने लगा था। एक अलोकिक चैतन्य जाग रहा था। एक नए विश्वास और स्फूर्ति का अहसास हुआ था। उसके प्रति एक कृतज्ञ भाव ही जगा था।

सूर्य से अलग होकर, आग के गोले की तरह, आग की लपटों से घिरी पृथ्वी करोड़ों वर्षों तक अंतरिक्ष में घूमती रही होगी। लाखों वर्षों तक धुआँधार बारिश में नहाकर उसकी ऊपरी अग्नि ही शान्त हुई होगी। इसकी सतह पर समुद्र अस्तित्ववान हुए होंगे और फिर चर-अचर का प्रादुर्भाव और संसार बना होगा। वैदिक ऋषियों के अनुसार बारिश ने पृथ्वी को माँ तो बनाया था परन्तु आज भी पृथ्वी के अन्तःगर्भ में लावा उबल रहा है। ग्रीष्म की उष्ण सायँ-सायँ पृथ्वी को तन्द्रा और आलस से जब शिथिल कर देती हैं तब उसके भीतर चैतन्य को जगाने का काम आषाढ़ी बादलों का होता है। आषाढ़ आकाश और पृथ्वी के बीच गहरे आत्मीय संवाद का समय होता है। आकाश के हृदय की हलचल और बिजली की चमक और आषाढ़ का पहला दोगरा धरती पर बूँदाबाँदी लाता है और हल के फाल से जोती गई पृथ्वी से उठती सोंधी मिट्टी की महक उसकी कोख में सोए बीजों को जगा देती है। आकाश की हलचल ही पृथ्वी को रंग, रस, रूप और गन्ध देती है। उसकी देह में छिपी इच्छाएँ ही चेतना के रन्ध्रों से होकर उसे दीप्त करती हैं।

आयुष का फोन था–'मेरी गाड़ी का ए.सी. खराब है। इस धूप और उमस से भरी दोपहरी में गर्मी और पसीने से लथपथ मैं आपके पास पहुँच रहा हूँ कृशि। आपकी ठण्डी छाया में।'

वह कहना चाहती थी–ठण्डी छाया तो तुमने मुझे दी आयुष। 'तपते रेगिस्तान में चली जा रही थी। चिलचिलाती धूप में प्यासी। तुम ओएसिस की तरह मिल गए। मेरी बेआवाज़ पीड़ा को सहेज लिया। मेरे भीतर की मृत औरत को तुमने जीवित कर दिया।'

'क्या हुआ? हैलो...'

'सॉरी आयुष...'

'कैसी बात करती हैं आप। पहुँचता हूँ।' उसने फोन बन्द कर दिया था।

जब तक वह पहुँचा था। मौसम बदल गया था। बारिश होने लगी थी। जब तक हम भीतर आए थे, बारिश तेज़ हो गई थी। वह कहता रहा था–'आप उतर जाओ कृशि, मैं गाड़ी पार्क करके आता हूँ।'

'नहीं, मैं भी चलती हूँ साथ ही।'

'भीग जाओगी, आप उतरो पहले।'

'आयुष, मुझे बारिश में भीगना अच्छा लगता है।'

वह हँसा था, 'आपका यह बचपना और जिद,' झुककर उसने उसकी पलकें चूम ली थीं, 'बहुत भली लगती हैं।'

गाड़ी पार्क करके भीतर आए थे। आते-आते ही भीग गए थे। 'मैं कह रहा था आपसे उतर जाओ। देखिए, किस कदर भीग गई हैं आप।'

'तो क्या हुआ। ठीक तो हूँ। मैंने अपना पल्लू कन्धों पर लपेट लिया था, और तुम? तुम नहीं भीगे क्या?'

एक अबूझ-सी भावुकता ने घेर लिया था। उसके भीतर समा जाने की, उसकी बाँहों में सिमट जाने की झिलमिलाती-सी चेतना भीतर की गहराइयों से उठ रही थी। कभी यह भी लगता कि काई लगी ज़मीन पर भागने की कोशिश कर रही है। फिसलना और गिरना ज़रूरी है।

'तो गर्मागर्म चाय पी जाए पहले? या...'

'या क्या?'

'आपको कृषि सूप पसन्द है। चलो सूप पीते हैं।'

'और?'

'और कुछ कांटीनेंटल मनयू से ले लेंगे।'

उसके साथ होती तो लगता, एक स्वप्न चल रहा है। वह नींद में है। जो कुछ भी हो रहा है-वह सत्य नहीं है। आँखें खुलते ही समाप्त हो जाएगा।

एक अनोखा उत्साह। उसके भीतर की बर्फ पिघल रही थी। बड़ी-बड़ी हिमशिलाएँ पिघल रही थीं। और तेज़ जलधारा में बदल रही कीं। अपनी राह में आने वाली हर चीज़ को बहा ले जा रही थीं। उपद्रव मचाती जलधारा आगे बढ़ती जा रही थी।

एक अजीब क्षण था जीवन और मृत्यु का, आशा और हताशा का, प्रेम और घृणा का, पाने और खोने का और प्यार और प्रतिकार का। आदिम कामनाएँ घुमड़ रही थीं। भीतर भय की लहर दौड़ रही थी। जैसे वह स्वयं अपने विपरीत हो गई थी। देह की गुफा में इच्छाओं की भीड़, चेतना के रन्ध्रों से होती हुई–इन्द्रियों की दीप्ति में उद्भाषित हो रही थीं।

'आइए...'

उसकी टाँगें थरथरा रही थीं। उठना चाहकर भी वह उठी नहीं थी। आयुष उठकर आ गया था और अपनी बाँहों में घेर लिया था। उसने विरोध नहीं किया था। हवा में घूमते सूखे पत्ते-सी उससे चिपक गई थी। उसके होंठ उसके बदन पर फूलों की तरह सरक रहे थे। रोम-रोम स्पंदित हो रहा था। पुलक से भर रहा था। उसे लगा था—वह इन्द्रधनुष पर झूला डाले झूल रही थी। उसने पींग बढ़ा ली थी। समुद्र का सीना फाड़ के एक तूफान आया था। कई-कई मीटर ऊँची लहरें जड़-चेतन सबको लील रही थीं सब कुछ ढह रहा था। खिड़कियों, दरवाज़ों की चौखटें उखड़ रही थीं। काँच दरक रह थे। सीमेंट और लोहे की फौलादी दीवारें कागजी दीवारों सी धसक रही थीं। जैसे सब कुछ प्रलय में लीन हो रहा था। औरत का अभेद्य सत्य वज्र सी उसकी मान्यताएँ प्रकृति की लीला से निरस्त थे। कमरे में रखा सब कुछ पानी की उफनती सतह पर तैर रहा था। वे दोनों भी पानी के गिरते-उठते हिचकोलों में गिर-उठ रहे थे। एक बिन्दु था जहाँ कोई जादुई शक्ति थी। देह संज्ञाशून्य हो रही थी। चेतना लुप्त हो रही थी। कमरा धुन्ध से भर गया था। दूर-दूर तक फैले रेगिस्तान को डुबोकर गहरा समुद्र भीतर घुस आया था। कमरे की दीवारें डूब रही थीं। खिड़कियाँ, खिड़कियों से झाँकता आसमान, झाड़ियाँ, पेड़-पौधे, पेड़ पर चढ़ी लतरें सब डूब रहे हैं। पूरा परिदृश्य डूब रहा है। 'आई एम सिंकिंग...आयुष आई एम सिंकिंग...कमरे में घुस आई उद्दाम लहरें उसे उठाती-गिराती रही, लथेड़ती उछालती रहीं। एक आखिरी उद्वेलन में पानी ने ऊपर उठाया था और देह जड़ माँस पिंड में बदल गई थी।

अपने में सिकुड़ी फफक-फफक कर रोई थी। वह पुकार रहा था। जैसे वह किसी एयर टाइट शीशों के पीछे थी जहाँ वह उसे देख सकता था, पर छू नहीं सकता था। न ही अपनी आवाज़ उस तक पहुँचा सकता था। उसकी सारी आवाज़ें शीशों पर टकरा-टकरा कर ठहर जाती थीं। लग रहा था अब तक का सब ध्वस्त हो गया था। उसका मान-सम्मान, धर्म-कर्म, विवेक, लोक-परलोक उसका जीवन सब नष्ट हो गए थे। सब कुछ समाप्त हो गया था।

वह बेचैन उसे पुकार रहा था—'आई एम सॉरी! प्लीज़ उठिए अब! आई एम सॉरी।' वह बार-बार सॉरी कह रहा था।

'मेरा सब कुछ नष्ट हो गया आयुष।'

उसने उसे सहेजा था—'मुझे माफ कर दीजिए। प्लीज़ उठिए, अपने कपड़े पहनिए।'

उसके भीतर जैसे प्राणों का एक कतरा भी शेष नहीं बचा था। आखिर उसी ने उठाया था। बाथरूम में ले जाकर स्टूल पर बैठाया था। तब भी वह घुटनों में

सिर दिए बैठी रही थी। उसकी देह में जान ही नहीं रही थी। उसी ने मग्गा भरभर पानी से धोया था। पहले टाँगों पर पानी डालता रहा। फिर कन्धों पर, गर्दन पर, पीठ पर। पानी की धार उसकी देह को धोती रही। उसका चित्त शान्त होता गया था। उसने उसकी गीली देह को तौलिए से लपेटा था और स्वयं उठाकर बाहर ले आया था। उसके पास सरक आया था। एक-एक कपड़ा उठाकर पकड़ा रहा था।

'प्लीज़ पहन लीजिए।'

फिर स्वयं उसने कपड़े पहनाए थे। जैसे-तैसे पहनाए थे। गीले बालों को तौलिए में पोंछकर सुखाया था।

'शायद मैं गलत था। मैंने गलत समझा था।' वह चुपचाप सोफे पर बैठी रही थी वैसी ही निश्चल।

वह उठकर उसके पास नीचे बैठ गया था।

'आपके पैर छूकर माफी माँगता हूँ।...मुझे माफ कर दो प्लीज़। मैं आपका सम्मान करता हूँ। आपका आदर करता हूँ।' उसने अपना सिर उसकी गोदी में रख दिया था। पता नहीं कब तक वह ऐसी ही बैठी रही थी। फिर होश आया था—'आयुष प्लीज़ उठो यहाँ से। इधर बैठो, तुम क्यों अपने को दोषी मान रहे हो।

उसने आँख उठाकर देखा था, अकलुष उसका चेहरा अपराधबोध की छाया 'में कुम्हला गया था। उसने उसके बालों में हाथ फिराया था। उसने सोचा था—'यह तुम्हारे ही कारण से नहीं हुआ। मेरी मर्जी के बिना तो पत्ता भी नहीं हिल सकता था। पर उसने कहा नहीं था। 'ठीक हूँ, तुम उठो।'

'जो भी हो, आपकी समाधि तो टूटी। मेरी तो आपने जान ही निकाल दी थी।' उसके भोले से चेहरे पर उजास छा गया था। रास्तेभर हम दोनों के बीच खामोशी पसरी रही थी। आयुष परेशान था अपने कारण से। उसे लग रहा था उसका सब नष्ट हो गया, अब तक अर्जित सभी कुछ। उसकी मान-मर्यादा, धर्म-कर्म, लोक-परलोक...सभी ध्वस्त हो गए। किसी तरह घर पहुँची थी। आयुष चाहता था, वह भीतर आकर थोड़ी देर उसके पास रुके पर उसने रोका था—'तुम जाओ, ठीक हूँ मैं।'

'जानता हूँ, आप कितनी ठीक हो सकती हैं।' फिर एक लम्बी चुप्पी।

'प्लीज़ आयुष!' वह अवश सा लौट गया था।

डॉक्टर को आज अचानक मेज पर खाना खाते हुए देखकर उसे घबराहट सी हुई थी। उसके पैर लड़खड़ाए थे। वह सीधे कमरे में आ गई थी। पस्त-सी, बिना कपड़े बदले लेट गई थी। उसके दिमाग में धम्-धम् हो रहा था—सब खत्म हो गया। उसका भीतर और बाहर थर्रा रहा था। लगा, वह अभी-अभी कीच में नहाकर आई थी। उसके शरीर और आत्मा पर कीच और गन्दगी चिपक गई थी।

उर्मिला बुआ लोक महाभारत की एक कथा कहती थी। कस्बे की सभी लड़कियाँ, बहुएँ, विधवाएँ, सुहागनें सब बड़े चाव से सुनती थीं। अपने धर्म की रक्षा के लिए पतिव्रता स्त्री पर-पुरुष की तो बात ही अलग, नर जातीय पशु-पक्षी से भी बचकर रहती है। सत्यक्रिया करते हुए द्रौपदी ने अपने जीवन के सभी सत्यों को उद्घाटित कर दिया परन्तु एक बात उसने नहीं कही। इसलिए वृक्ष से पके आम वहीं रुक गए। उपस्थित जनसमुदाय ने द्रौपदी से सत्य जानना चाहा तो द्रौपदी को अपने बचपन की एक घटना याद आई। एक गाय ने बछड़े को जन्म दिया जिसे वह बचपन में अपने कन्धे पर उठाकर ले गई। उस नए जन्मे बछड़े ने द्रौपदी के कन्धे पर मूत दिया। इससे वह अपवित्र हो गई थी। द्रौपदी ने इस सत्य को आम के समक्ष कहा और क्षमा प्रार्थना की। आम ने उसकी प्रार्थना स्वीकार की और आम द्रौपदी की झोली में गिरने लगे। बुआ इसी कथा के साथ सेतेगेंडे नामक डिंवाल में चट एवं मादा चटका के परस्पर संवाद में कही कथा भी सुनाती थी। एक दिन मादा चट आँधी-तूफान के कारण अपने घर नहीं लौट सकी। उसने रात्रि वन में बिताई। सूर्योदय के समय जब वह अपने घोंसले पर आई तो मादा को उसने अन्दर नहीं आने दिया। कहा कि वह अपवित्र है। चट मादा ने कहा कि वह पवित्र है, वह तो नरवृक्ष के पास तक नहीं गई। उसने रात्रि स्त्री जाति के वृक्ष इमली पर बैठकर बिताई है। बुआ संदेश देती, स्त्रियाँ अपने पति के अतिरिक्त नर-नामधारी किसी जीवित संज्ञा से भी अपने को बचाकर रखती है। जो स्त्री इस प्रण से ज़रा-सा हटती है, वह पापग्रस्त होती है। पाप से उसे नारकीय जीवन जीना पड़ता है। इसलिए पतिव्रता स्त्री के लिए पर-पुरुष के स्पर्श का पूरा निषेध है।

दिन-रात वह बुरे-बुरे सपनों से घिरी रही। कभी बुआ सपने में आती, कभी ताई, तो कभी बापू। बुआ रोती-बिसूरती, कई कियो तू? क्यूँ कियो ऐड़ो? ताई अपनी छाती पर दोहत्थड़ मारती। फिर उसको उक्खल में बाजरे की तरह कूटती, छाज पर पछांडती और गलियाती। कुलच्छिनी कुलनासिनी, कीडे पड़ै थारा बन मां। कई करिये तू? जा राँड, अगले जणम माँ कागडारेनी हुवैलां तूँ? कुल री मरजादा डुबो दी तू। सबसे दयनीय थे बापू। खबर सुनते ही भीतर चले गए थे। पगड़ी का कोना मुँह में ठूँस लिया था। और रोए थे हिचक-हिचक कर। न रोटी खाई न पानी पिया। यूँ ही रोते-बिलखते अन्दर-बाहर छिपते दिखते। माँ कोनी छोरी की। सीख देती जो। ये सारे चेहरे दिन-रात उसकी आँखों के सामने दीपते-बुझते रहे। वह अपने भीतर चीथड़ा-चीथड़ा होती रही थी।

डॉक्टर आया था कमरे में, पण्डित कह रहा था—तुमने दो दिन से कुछ खाया नहीं। 'क्या हुआ? तबियत खराब है तो बताया करो।'

उसका मन किया वह उसके पैरों में गिर जाए और उससे कहे—मुझे माफ कर दो। मुझे माफ कर देना। 'सुनिए-ऽ' उसने आवाज़ दी थी। उसके भीतर की अन्धप्रकृति ने उसे व्याकुल कर दिया था। वह रुका नहीं था—'हस्पताल आ जाना ड्राइवर के साथ, डॉ. आर्य को बुला लेना। एक बार फिजिशियन चैक कर लेगा।' कहकर वह दरवाज़े से बाहर हो गया था। न वह हस्पताल गई न ही उसे इसकी ज़रूरत थी। उसके भीतर समुद्र ठाठें मार रहा था, कई तरह की ओरतें उन लहरों में उतर डूब रही थीं। कोई अपने अकेलेपन में मर रही थी। कोई बच्चे जनती मर रही थी। किसी की आँखें एक जगह स्थिर हो गई थीं। उसकी आँखें खुली थीं पर उसे कुछ नजर नहीं आता था। कुछ औरतें बिलख रही थीं—मुझे मत मारो, मुझे मरना नहीं है। मुझे सती नहीं होना। घर के अन्दर औरतों और रिश्तेदारों की भीड़, बाहर गाँव वालों और बिरादरी की भीड़। उसे अफीम के नशे में नहलाया-धुलाया गया था। उसके सोलह शृंगार किए। नए वस्त्र-आभूषण पहनाए गए। सुहागन का बाणा पहनाया गया। पति की अर्थी के पीछे वह चिता की तरफ बढ़ रही थी। भीड़ में घिरी थी। उसका चेहरा नजर नहीं आ रहा था। सिर्फ 'सती माता की जय, सती माता की जय' की बुलन्द आवाज़ों का और नगाड़ों का शोर था। कुछ औरतें रस्सियों, जंजीरों से बन्धी थीं। उनके हाथ-पैर बाँधकर उन्हें एक खूँटे के साथ अटका दिया था। कुछ औरतें कमरों में बन्द थीं। ऐसे कमरे जहाँ सिर्फ दीवारें और छतें थी, वहाँ कोई खिड़की या दरवाजा नहीं था। उन्हें दिन में दो वक्त रोटी मिलती। छह महीने में एक धोती जम्पर। औरतों के चेहरे अलग-अलग रंगों के थे। कई चेहरे धब्बेदार थे। कइयों के चेहरे सफेद थे और कइयों पर राख पुती थी। स्याह चेहरे थे राख की तरह। उसे औरतों की चीख-पुकार सुनाई दे रही थी—खोलो हमें, मवेशी नहीं हैं हम। हमें नहीं मरना। हमें सती नहीं होना। वे बिना दरवाजे-खिड़की वाले घरों की दीवारों को तोड़ने की कोशिश कर रही थीं—बाहर निकालो। हमें बाहर आना है। हम बाहर आएँगी। धीरे-धीरे सभी औरतें उसके अन्दर समा गई थीं। समुद्र शान्त हो गया था।

सूरज उसके घर के भीतर से उग रहा था। इतनी रोशनी, इतनी तेज रोशनी अन्धेरे की अभ्यस्त आँखें चुंधिया रही थीं। उसने धीरे-धीरे आँखें खोली थीं। अब वह साफ देख रही थी। सब कुछ स्पष्ट नजर आ रहा था। वह एक आवाज़ सुन रही थी—इस सदी की आखिरी स्याह औरत। तू जूतों के तस्मों से बँधी है। इन्हें खोल। तेरा नाम क्या है? है कोई तेरा नाम? बोलती क्यों नहीं? ठहरे हुए समय की गर्द से बाहर आ। खिड़की से झाँक, बाहर आ, देख तेरे सिर के ऊपर खुला आकाश है। यह छत तेरा आकाश नहीं है। आ, बाहर...। वह अपने अन्दर एक गहरी खोह में घुसी बैठी थी। आ...आ...बाहर...आजा की रस्सी से वह धीरे-धीरे बाहर

आई थी। बुआ की कहानी की द्रौपदी लोक महाभारत की द्रौपदी थी। हमारी तरह, बुआ की तरह, ताई की तरह, जरीना की तरह और दूसरी औरतों की तरह स्थानीय थी। इसलिए हमारे मनों में वही प्रमाणरूप से गृहीत थी। उसे हमीं ने गढ़ा था। महाभारत की द्रौपदी तो ऐसी नहीं थी। द्रौपदी के पाँच पति थे फिर भी क्या द्रौपदी धर्मपरायण नहीं थी। पर क्या वह तृप्त थी? उसके जीवन की महत्वाकांक्षा क्या थी? इन सब सवालों के उत्तर जानते हुए उसके भीतर रक्त संचार हुआ था। उसे हँसी आई थी। बुआ के सुनाए गए लोक ख्यालों, सोरठ बनजारे, जलाल बूबना, निहालदे सुलतान, राजा केसर सिंह फूलांदे, ढोला मारण, पन्ना बीरमदे आदि अनेकानेक ख्यालों की याद आई थी। जिनमें प्रेम करने वालों के मार्ग की बाधाओं, उनके त्याग, सर्वस्व समर्पण आदि के वर्णन होते थे। हजारा देश का बादशाह राँझा अपना राज-पाट त्यागकर चरवाहा बनकर बकरियाँ चराता था। वह उठी थी, नहाई थी और उसने पेटभर खाना खाया था। उफ कितनी भूखी थी वह! शरीर के लिए रोटी-कपड़ा ज़रूरी है पर धर्म तो ज़रूरी नहीं। शरीर अपना धर्म खुद तय करता है, अपने को विनष्ट होने से बचाने के लिए।

उसके भीतर समुद्र मंथन हो रहा था। विष एक तरफ और अमृत एक तरफ। सृष्टि की सभी शक्तियाँ जुटी थीं अमृत को पाने के लिए। लेकिन अमृत निकला था तो विष भी निकला था। अमृत देवता और राक्षस दोनों ही पीना चाहते थे। मिला अमृत देवताओं को ही था। विष पीना पड़ा था भगवान शिव को। नीलकंठ हुए वे। हम स्त्रियाँ भगवान शंकर को ही अपना अराध्य मानती हैं। समुद्र का नाम रत्नाकर है। उसके गर्भ में रत्नों का भण्डार है। हमारा हृदय भी समुद्र है और इसमें भावनाएँ रूपी रत्न हैं। समुद्र में विष भी है और अमृत भी। हमारे भीतर भी जहाँ कामनाओं, तृष्णाओं और महती इच्छाओं का अमृत है वहीं हमारे द्वन्द्वों, संदेहों और संशयों की जड़ता का विष है। दोनों के बीच भी संग्राम निरन्तर चलता है। अमृत के लिए समुद्र मंथन आवश्यक है। इस मंथन में हमारा साहसी संकल्प ही मन्दराचल की मथानी है। इसके मन्दराचल में पूरी सृष्टि है, चराचर वनस्पतियाँ, और जल-थल। हमारे जीवन का संघर्ष ही वासुकि नाग रूपी रस्सी का घर्षण है। संघर्ष के वासुकि नाग से इस समय धुआँ, धुन्ध तथा आग की लपटें उठ रही हैं। यह संघर्षण हमारे सन्देह, भय, विभ्रम और संशय तथा महती इच्छाओं के बीच है। समुद्र मंथन से जैसे सारी पृथ्वी और लोक काँप उठे थे। आज भी वैसी ही स्थिति है। पृथ्वी की तरह आकुल-व्याकुल और थरथराती हुई वह औरत है। समुद्र की तरह उसका भीतर विरोधों, प्रतिरोधों और अवरोधों से मथा जा रहा है। लेकिन संकल्प रूपी मन्दराचल को टिकाने के लिए उसका धैर्य ही कच्छपराज है। समुद्र से रत्न निकले थे। इस समुद्र मंथन से हमारे निर्णय रूपी रत्न निकलेंगे। उसका साहस ही कामधेनु गाय होगी जो वरदान

स्वरूप हमारी कामनाओं को पूरा करेगी। फिर घृतस्वरूप जल से श्वेताम्बरी लक्ष्मी का आविर्भाव हो सकेगा।

औरतें अपने घरों में रोज ही मटकी में मथानी से दही को मथती हैं। मक्खन रूपी लक्ष्मी हम अपने घर के पुरुषों को भेंटती हैं और मटकी में बची छाछ हमारे हिस्से में आती है। इस समुद्र मंथन में समय रूपी समुद्र क्या सचमुच कोई अमृत कलश लेकर प्रकट होगा? स्वतन्त्र रूप से निर्णय लेने के अमृत कलश को भीतर का व्यामोह रूपी राहु बार-बार ग्रसने की कोशिश कर रहा है। लगता है, आयुष तुम्हीं मोहिनी बनकर आए हो।

कद्र और विनिता बहिनों ने जो अमोघ बलशाली अश्व देखा था वह स्त्री का मन है। समुद्र से निकले कालकूट विष को त्रिलोकी की रक्षा के लिए भगवान शिव ने पिया था। लेकिन स्त्रियों का शिवत्व सृष्टि के प्रारम्भ से इस विष को निरन्तर पी रहा है। अब वे सिर्फ विष नहीं पीएंगी, अमृत जो इतने संघर्षण के बाद पाएंगी उसे भी स्वयं ही ग्रहण करेंगी। भगवान शंकर का प्रतीक लिंग जो स्त्री योनि में अवस्थित है। जिसके ऊपर लटके पानी के घड़े से सदा बूँद-बूँद पानी टपकता रहता है, अर्घ्य के रूप में शिव लिंग पर जल चढ़ाया जाता है। अर्थात ईश्वर से प्रार्थना की जाती है कि हमारी काम-वासनाएं शान्त रहें। जीवन सुचारु रहे। कामवासनाओं की अग्नि विनाश न करे। जीवन को सत्य से झुलसा न दे। लेकिन शिव तो अपनी शक्ति से संयुक्त परम अद्वैत सत्ता है। शिव और शक्ति अभिन्न रूप, शाश्वत अद्वय। पुरुष और प्रकृति का समरस है। शिवलिंग का योनि में प्रतिष्ठित प्रतीक सृष्टि और संहार दोनों का प्रतीक है।

योनि मातृशक्ति, सृष्टि की उत्पत्ति का मूल केन्द्र है। आद्या शक्ति का प्रतीक रूप है। शिव इस शक्ति के बिना शव है। शिव और शक्ति का अद्वैत समरस भौतिक या दैहिक भी है और आध्यात्मिक और कॉस्मिक चैतन्य रूप भी। दैहिक सम्भोग रूपक मात्र है, पुरुष और प्रकृति के अद्वैत का।

व्यास महाभारत रचकर भी आश्वस्त नहीं थे कि धर्म से सभी प्रकार का अभ्युदय होता है। व्यास ने महाभारत को एक वृक्ष के रूपक में देखा। एक नदी के किनारे दो वृक्ष हैं—एक मन्युद्रुम और दूसरा धर्मद्रुम। मन्युद्रुम मोहग्रस्त धृतराष्ट्र है और धर्मद्रुम कृष्ण है। ज्ञानरूप कृष्ण। पर व्यास मन्युद्रुम को ही अधर्म द्रुम नहीं मानते। उसमें कुछ धर्मगुण भी हैं। अधर्मनिरपेक्ष रूप में नहीं। उसकी समस्या है अपने स्व का विस्तार न कर पाना। महाभारत मात्र हमारी जातीय स्मृति का प्रतिमान नहीं। मनुष्य की बुद्धि में स्थिति एक ऐसी तलाश की स्मृति है जो हर युग में मनुष्य के भीतर जीवित रहती है। निर्भय होकर अपनी सच्चाई कहने की शक्ति देती है। दुर्योधन की सभा में द्रोपदी का चीरहरण करने जब दुःशासन उठता है तो उसका एक नगण्य-सा

भाई विकर्ण उठकर खड़ा होता है और सवाल पूछता है–उपस्थित सभी धर्मदिग्गजों से कहता है–क्या यही न्याय है? क्या यही धर्म है? क्या स्त्री जुए में दाँव पर लगाने की वस्तु है? उसका यह प्रश्न ही महाभारत का केन्द्रीय प्रश्न है। यक्ष प्रश्न है। क्या आज इस प्रश्न का उत्तर मिल गया कि स्त्री वस्तु है? क्या हम धर्मांधता और इतिहास अन्धता के शिकार नहीं हैं? महाभारत धर्म-अधर्म, न्याय-अन्याय, विजय-पराजय, जन्म-मृत्यु की सीमाओं से ऊपर उठकर, देश और काल से उठकर मनुष्य की अन्तर्चेतना को झकझोरता है। महाभारत की सच्चाई जीवन की तरह निर्मम है, संवेदी है। महाभारत उस सत्य का नमन है जो मनुष्य की जिजीविषा से उत्पन्न होने वाले त्रय से सत का सेतु निर्मित करता है। और धर्म और अधर्म दोनों को उसके दो किनारे बनाता है। यही जीवन सेतु भी है और महाभारत प्रज्ञा का महानिर्माण भी।

जीवन ज्ञातव्य का अज्ञात है। महाभारत की तरह विसंगतियों का पुंज। महाभारत जीवन की विसंगतियों, विडम्बनाओं और जीवन संघर्षों के यथार्थ का दर्पण है। विश्व के रंगमंच पर खेला गया और खेला जा रहा एक अद्‌भुत महानाटक है। इसमें इतिहास भी है, पुराण भी है, श्रुति और स्मृति भी है। देश का दर्शन है, युद्ध का विज्ञान है। राज्य व्यवस्थाओं के निर्माण का विवरण है तो उनके विघटन का विवेचन भी है। राजनीतिक षड्‌यन्त्रों की जालसाजी है। द्रौपदी के चीरहरण पर भीष्म पितामह जैसों की अक्षम्य चुप्पी है। श्रीकृष्ण की गीता है तो शिशुपाल की अशिष्ट वाचालता है। धृतराष्ट्र और गांधारी के अन्धे युग का अनाचार है तो विदुर का निर्मल सदाचार है। दुर्योधन और दुःशासन का दुराचार है, अग्निशिखास्वरूप द्रौपदी का प्रदीप्त और तेजस्वी मुखर प्रतिवाद भी है। जानते हो आयुष, द्रौपदी को धरती और पांडवों को ऋतुओं के रूप में भी समझा जाना चाहिए।

इसलिए जीवन में सिर्फ सच्चाई जीना ही ज़रूरी नहीं। आँखों के लिए सपने भी ज़रूरी हैं। हृदय है तो इच्छाएँ भी हैं। उनकी अन्तिम परिणति अनुकूलता में हो, ज़रूरी नहीं। हम वही हो जाते हैं, जो सोचते हैं। हम जो भी होते हैं, अपनी सोच से ही होते हैं। अपनी सोच से हम अपना संसार रचते हैं। कामना की जैसी कोई आग नहीं होती और स्वतन्त्रता के जैसा कोई सुख नहीं होता। उसे याद आई थीं अन्धायुग की ये पंक्तियां।

और मुझको
ढाल छूटे हुए मुझ को
कवच टूटे हुए मुझको
फिर तड़पकर याद आता है कि
सब कुछ खो गया है दिशाएँ पहचान, कुण्डल कवच

लेकिन शेष हूँ मैं, युद्धरत मैं, तुम्हारा मैं
तुम्हारा अपना अभी भी।
...क्योंकि है सपना अभी भी।

फिर सब शान्त हो गया था। सपना-सा सब अदृश्य था। सूरज की किरणें बेरोक कमरे में पसर रही थीं। गीली धरती और हरियाली धूप की ऊष्मा में हर्षित सी खिल उठी थीं। किसान गीली मिट्टी में नए बीज डालता है। कुम्हार दीवाली के लिए दीए बनाता है। उसके भीतर नई सृष्टि रची जा रही थी। उसके होने का नया भाष्य लिखा जा रहा था। उसने रंग, कागज, ब्रश निकाल लिए थे और सोच रही थी कि कहाँ से शुरू किया जाए।

आयुष का फोन था। 'आप कैसी हैं? ठीक हैं न? कई रातों से सोया नहीं हूँ कृशि! आपके बारे में ही सोचता रहा। आपने मुझे माफ कर दिया न?'

'आयुष! क्यों परेशान होते हो। तुम्हें उस दिन बताया था न।'

'तो भी। मैं आपको दुःख नहीं पहुँचाना चाहता।'

'जानती हूँ आयुष।' तुम मुझे दुःख नहीं पहुँचाओगे। इसीलिए, अगला वाक्य वह अपनी साँस के साथ अन्दर खींच ले गई थी।

'अच्छा-ऽ कब आ रहे हो?'

'जब आप कहो।'

'कल या परसों जिस दिन तुम्हें सुविधा हो।'

'कल ही आता हूँ।'

'ठीक है, आ जाओ।'

वह आया था। घबराया-सा। राख पुते चेहरे सा।

'मुझे माफ कर दिया न कृशि। आपकी उस दिन की तकलीफ और आपका इस तरह रोना मुझे हिला गया। मुझे लगा था, दुनिया में मेरे से नीच इन्सान कोई दूसरा नहीं हो सकता।'

'ऐसा नहीं है आयुष, उस समय मुझे भी लगा था मेरा सब कुछ नष्ट हो गया। जो कुछ भी अब तक का अर्जित था, जो भी मैंने तप करके हासिल किया था, सब ध्वस्त हो गया। पर नहीं, वह मात्र दैहिक सुख नहीं था। तन और मन के सम्पूर्ण एकीकरण की भव्यता में एक अलौकिक सम्प्रेषण था, अन्तश्चेतनागत साहचर्य था और सामीप्य की पराकाष्ठा थी।

मैं मन के समुद्र मंथन से गुजरी और फिनिक्स पक्षी की तरह अपनी ही राख से दुबारा जीवित हो गई। इस बार एक नई औरत के रूप में जन्मी हूँ। बस, एक बात सोच रही हूँ आयुष।'

'क्या?'

'मरने के बाद जब भगवान के सामने उसके दरबार में मेरी पेशी होगी तो क्या करूँगी।'

'आप भी कृशि कमाल करती हैं।' वह हँसा था।

'अरे, सुनो तो आयुष।' उसके चेहरे पर चंचलता थी और बेपरवाही थी। 'मैं, बताती हूँ, तुम्हें। भगवान का स्पोक्समैन पूछेगा–बोल री औरत तूने कोई पाप तो नहीं किया?'

'कैसा पाप? भगवन!'

'पर-पुरुष की तरफ आँख उठाकर तो नहीं देखा? पतिव्रत धर्म निभाया? पति के प्रति एकनिष्ठ रही? बोलती नहीं औरत! ज़रूर तू पापिन है। बोल, तूने क्या किया?'

'भगवन, मैंने पर-पुरुष के साथ सम्बध बनाया।'

'तुझे नरक मिलेगा औरत, पतिता है तू।'

'नहीं प्रभु। समर्पण करने से पहले मैंने मंत्र पढ़ लिया था। उससे गन्धर्व विवाह कर लिया था। यह तो शास्त्र सम्मत है प्रभु। ऐसा विधान शास्त्रों में है कि अगर स्त्री समर्पण से पहले पुरुष को तीन बार अपना पति कहकर वरण कर ले तो पाप नहीं लगता।'

'लेकिन, ऐ औरत, तू तो पहले से ही विवाहिता थी। तेरा एक पति था, फिर तूने गंधर्व विवाह क्यों किया। एक पति के रहते दूसरा विवाह? अधिनियम 1955 की धारा 5 के अनुसार, एक पति के जीवित रहते दूसरा विवाह जुर्म है। चुप क्यों है औरत बोल–क्या पहले पति ने रोटी, कपड़ा और सिर पर छत नहीं दी।'

'दी प्रभु! सभी सुख सुविधाएँ दीं मेरे पति ने!'

'फिर भी तूने गन्धर्व विवाह किया। जीते जी तू जेल में और मरने के बाद तू रौरव नरक में जाएगी औरत।'

'भगवन, आप अन्तर्यामी हैं। सबके हृदय की बात जानते हैं। आप इस सृष्टि के कर्त्ता-धर्ता हैं। आप ही जड़ और चेतन के स्वामी हैं। माना आप पुरुष हैं पर अपना फैसला तो पुरुष बनकर न दें।'

'क्या चाहती है तू औरत?'

'भगवन, एक कहानी सुनाती हूँ। महाभारत के स्त्री पर्व से है, तीसरे अध्याय से। इस कहानी को एक बार सुन लीजिए। फिर आप जो भी फैसला करेंगे, सजा देंगे मुझे स्वीकार होगी।'

'ठीक है औरत, सुना कहानी।'

'पाँचों पांडव और द्रौपदी वनवास में थे। एक दिन वे भूख से व्याकुल दिन भर कुछ खाने के लिए ढूँढ़ते रहे। अभी तक द्रौपदी के पास चमत्कारी बर्तन नहीं था जो सदा अन्न से भरा रहता और द्रौपदी के खाने पर ही खाली होता था। अचानक उन्होंने देखा—एक वृक्ष पर एक बहुत बड़ा सा फल लटक रहा था। वे बहुत खुश हुए। एक पाण्डव वृक्ष पर चढ़ा और फल तोड़कर नीचे आ गया। वे उस फल को खाने ही वाले थे कि वहाँ पर कृष्ण दृश्यमान हुए। कृष्ण ने पांडवों से कहा कि 'ये तुमने क्या किया? इस वृक्ष के नीचे एक ऋषि तपस्या कर रहा है। साँझ के समय वह नदी में नहाने के लिए गया है। जब वह वापिस आएगा तो वृक्ष पर लटका फल खाने के लिए ढूँढ़ेगा। फल वृक्ष पर न पाकर वह तुम्हें अभिशाप देगा और तुम सब मृत्यु को प्राप्त होगे।' पांडव डर गए। उन्होंने कृष्ण से ही इस समस्या का समाधान चाहा। कृष्ण ने कहा—'ठीक है, तुम सब एक-एक करके अपने जीवन की महत्त्वाकांक्षा के बारे में बताओ। यदि तुम सच बोलोगे तो यह फल अपने आप ऊपर उठता हुआ वृक्ष के साथ लटक जाएगा।'

युधिष्ठिर ने कहा—'हे कृष्ण, मेरे जीवन की एकमात्र महती इच्छा है कि मैं हमेशा सत्य कहूँ। धर्म के रास्ते पर चलूँ।'

भीम ने कहा—'हे कृष्ण, मेरे जीवन की महत्त्वाकांक्षा है कि मैं दुर्योधन को मार सकूँ।'

इसी प्रकार अर्जुन नकुल और सहदेव ने भी अपनी-अपनी महत्त्वाकांक्षा को बताया।

अब द्रौपदी की बारी थी। कृष्ण ने कहा—'हे सखी, तुम भी अपने जीवन की महत्त्वाकांक्षा बताओ, क्या है?'

द्रौपदी ने बिना आँखें उठाए कहा—'सखा, मेरे जीवन की महती इच्छा यही है कि मैं अपने पाँचों पतियों की भली प्रकार से सेवा करूँ।'

द्रौपदी की बात सुनते ही ऊपर उठा फल जो वृक्ष की डाल से लटकने ही वाला था, एकाएक नीचे गिर गया।

पांडव नाराज हुए—'द्रौपदी, तुम्हें क्या हो गया है? क्या तुम हमें जीवित नहीं देखना चाहतीं?

कृष्ण ने द्रौपदी की तरफ देखा और कहा—हे सखी तुम सच क्यों नहीं बता देतीं कि तुम्हारे जीवन की महत्त्वाकांक्षा क्या है?'

द्रौपदी ने सिर झुका लिया और कहा—'मैं कर्ण को अपने छठे पति के रूप में देखना चाहती हूँ।'

यह कहानी सुनकर कुछ देर के लिए भगवान के दरबार में सन्नाटा छा गया। सब एक-दूसरे की ओर देखने लगे।

'भगवन, आखिरी बात, महाभारत का सत्य है कि जीवन हमेशा गतिवान रहता है। सत्य की परिभाषा यह है कि सत्य और असत्य में भेद नहीं होता। इसीलिए धर्म की परिभाषा भी यही है। अधर्म में भी धर्म का तत्त्व रहता ही है। अधर्म पूरी तरह धर्म से विलग नहीं होता। इसका अर्थ यही है कि मनुष्य ही कभी-कभी अपना समत्व खो बैठता है।'

भगवान के स्पोक्समैन ने भगवान की तरफ देखा था।

'बहुत पढ़ी-लिखी और विद्वान हो तभी गन्धर्व विवाह रचाया, पहले पति के रहते।'

'नहीं भगवन, मैं तो अशिक्षित जैसी ही हूँ। सिर्फ चिट्ठी-पत्री लिख सकूँ और रामायण-महाभारत पढ़ सकूँ, इतनी भर ही पढ़ी हूँ।'

'फिर यह ज्ञान, यह विचार कहाँ से पाया?'

'ज़िन्दगी की किताब से प्रभु। औरत हूँ न, धूप में तपी हूँ, बारिश में भीगी हूँ, सर्दी और गर्मी सब अपनी देह और दिमाग पर झेले हैं।'

'दिमाग पर?'

'हाँ प्रभु, जो देह पर बीतता है, उसके सिग्नल दिमाग में भी जाते हैं। उसी से हमारी 'सोच' और विचार बनता है।'

'बहुत वाचाल औरत हो तुम। तर्क करना, विचार-विमर्श में पड़ना तुम्हारा धर्म नहीं। अपनी सीमा को लाँघोगी तो दुःख उठाओगी। हाँ, यह बताओ कि तुम्हारे इस विवाह से पहले पति पर क्या प्रतिक्रिया हुई?'

'भगवन, उसे अभी इसकी खबर नहीं है।'

'खबर मिलेगी तो क्या करेगा?'

'आप तो जानते ही हैं भगवन, सहन तो वह नहीं करेगा। घर से तो निकाल ही देगा।'

'कोई नौकरी, ज़मीन जायदाद, घर, बैंक बैलेंस कुछ है क्या?'

'नहीं भगवन, पहले पिता के सहारे थी। अब पति के सहारे हूँ। मेरे अपने पास कुछ भी नहीं है।'

'यह दूसरा पति?'

'भगवन, आप पहले मेरे पापों की सजा सुनाओ। कहानी तो मैंने आपको सुना दी है। सभा में एक बार फिर सन्नाटा। स्पोक्समैन ने भगवान के कानों में कुछ कहा था। तुम्हारा मामला पेचीदा है। इस पर अभी फैसला नहीं दिया जा सकता। एक कमेटी बिठा दी है। जो भी कमेटी का निर्णय होगा, वही मान्य होगा।'

'जी भगवन! मैं जाऊँ?'

'जाओ!' स्पोक्समैन ने आवाज़ दी थी–'नैक्सट्?'

'आप तो बहुत अच्छी अभिनेत्री भी हैं, मुझे तो आज पता चला।' हम दोनों बहुत देर तक हँसते रहे थे।

'आयुष, बात यहाँ खत्म नहीं होती' वह गम्भीर थी। आयुष को लगा था, कृशि कहीं दूर चली गई थी।

पाँच पतियों की पत्नी द्रौपदी–पांचाली। छठे पति के रूप में कर्ण की कामना रखने वाली, कृष्ण की सखी कृष्णा। कैसा होगा तुम्हारा जीवन? क्यों तुमने मत्स्यवेधन करते कर्ण को, स्वयंवर के समय अपमानित किया? फिर पति के रूप में उसकी महत्त्वाकांक्षा अन्तस में पाले रही? कर्ण को यदि तुम उसके पराक्रम और उसके कवच-कुण्डल से, दानवीर और सूर्यपुत्र होने से पहचानतीं और उसका वरण करतीं तो इतिहास कुछ और होता। महाभारत नहीं होता, होता भी तो उसका स्वरूप इतना वीभत्स न होता। क्यों किया था ऐसा द्रौपदी तुमने–अपने स्त्री होने के अहंकार में, अपने राजकन्या होने के अहंकार में, क्यों? द्रौपदी, तुम हर बार छली गई। अर्जुन से स्वयंवर करके, पाँच पतियों की पत्नी बनना पड़ा। क्या यह छल नहीं था। तुम्हारे पतियों के सामने तुम्हारा चीरहरण हुआ, तुम्हें अपमानित किया गया। निर्वस्त्र करने की चेष्टा हुई और तुम्हारे धर्मावतार पति, वीर पराक्रमी, श्रेष्ठ गदाधारी, धनुर्धारी पति सब देखते रह गए। जिस राजकुल का तुम्हें अभिमान था, उसके महाराज धृतराष्ट्र और वीर योद्धा भीष्म पितामह, गुरुवर श्रेष्ठ द्रोणाचार्य, कृपाचार्य, अश्वत्थामा, ऋषिवर, भृगु, कण्व, याज्ञवलक्य, संदीपनि सबकी उपस्थिति में तुम्हारे साथ यह अनाचार और दुराचार हुआ। तुम छली गईं द्रौपदी। सभी मूक बने रहे, क्यों? तुमने सबके सम्मुख जाकर प्रार्थना की, लेकिन जो तुम्हें बचा सकता था, उसके सम्मुख विनय करने में भी अपने अपराधबोध से चूक गईं। ऊपर से अवश्य यह तुम्हारा अहंकार ही प्रतीत हुआ होगा, तुम्हारी ओर बढ़ते कर्ण को, जिसके पाँव ठिठक गए उत्तरीय गिर पड़ा और वह अपने विपरीत प्रतिशोध की अग्नि में तड़प उठा था।

एक गलत निर्णय ने तुम्हारे जीवन और इतिहास को बदल दिया। तुम छली गईं द्रौपदी अपनों से, अपने पति और राजपरिवार सभी के द्वारा। अपने द्वारा भी। इस छल के पीछे थी कर्ण के जीवन की विडम्बना और उसके साथ हुआ सामाजिक अन्याय, प्रताड़ना और छल भी था जिसकी भागीदार तुम भी थीं। तुम्हारे एक गलत निर्णय ने इतिहास में एक काला पृष्ठ रचा। तुम्हारा एक सही निर्णय इतिहास बदल सकता था। और कर्ण?

द्रौपदी के अन्तरतम से एक गहन गम्भीर उच्छवास निकला था। सुवर्ण त्वचा वाली देह पर अभेद्य कवच, कानों में दिव्य कुण्डल धारण किए कर्ण की स्मृति ने

सामने एक पगडंडी-सी बना दी थी। द्रौपदी उस पर चलने लगी थी। उस पगडंडी पर द्रौपदी के साथ वह भी चल रही थी। औरत की नियति और जीवन की विडम्बना को समझने के प्रयास में। दानवीर, सूर्यपुत्र, कौंतेय को, ज्येष्ठ पांडव को सार्थ के अर्थ में सीमित करना कितना कठिन था। स्वयंवर में हुए अपने अपमान को क्यों कर भूला होगा कर्ण। 'मैं कौन हूँ' की सन्देह की तलवार उसके भीतर को वेध गई होगी। हर बार परिस्थितियों से छला जाने वाला कर्ण, माँ की ममतामयी गोद से वंचित, युद्ध-स्थल में अर्जुन को न मारने की शपथ लेकर छला, क्रीड़ास्थल में उपेक्षित, गुरु परशुराम से अंतिम समय में विद्या भूल जाने के शाप से वंचित, विवाह-स्थल में अपमानित, युद्धभूमि में सारथी बने शल्य के गलत निर्देशों और हतोत्साहित करना तुम्हारी मृत्यु का कारण बना। बार-बार छला गया कर्ण, क्यों?

'सहस्र अश्वों का बल धारण किए, प्रखर तप्त लौहद्रव्य-सा कर्ण। क्रीड़ास्थल में अर्जुन के प्रतिद्वन्द्वी कर्ण के भीतर अर्जुन का प्रचण्ड जयघोष थर्रा रहा था। उसने ललकारा था—हस्तिनापुर के वासियों, वे सभी पराक्रम जो अर्जुन ने किए हैं, कर्ण भी कर सकता है। अगर उसे अवसर दिया जाए तो। भीष्म पितामह ने हस्तस्थ राजदण्ड ऊपर उठाया था, घोषित किया था, पुरुषार्थ ही एकमात्र कसौटी है। अर्जुन की निर्विवाद विजय के लिए कर्ण को अवसर दिया जाए। घुटनों के बल बैठकर महाराज धृतराष्ट्र और भीष्म पितामह को प्रणाम कर तुमने आशीर्वाद लिया था। छह वर्षों से उपेक्षा की आग में तपकर मरण को जीवन बनाने का क्षण था यह तुम्हारे लिए। कर्ण ने दृष्टि उठाकर सूर्यगुरु की वन्दना की थी। प्रकाश की एक तीक्ष्ण किरण रेख उसके अस्तित्व को संक्रान्त कर गई थी। वह सूर्य देव-सा दीप्तिमान उनका अंश हो गया था। कर्ण के सम्मुख सब अदृश्य था। वह दिव्य प्रकाशकिरण सारी सृष्टि को प्रकाशित किए था। सब तरफ एक जिज्ञासु खामोशी थी। पहला पुरुषार्थ अश्वारोहण था, अद्‌भुत प्रदर्शन था। दूसरा परीक्षण चक्र प्रदर्शन था। तीसरा खड्ग युद्ध था। चौथा अखाड़े में द्वन्द्व युद्ध-विजय या मरण का क्षण। राजस्त्रियों के मण्डप का परदा शरीर में हुई सिहरन-सा काँप उठा था। कर्ण कहीं नहीं था। विद्युत के प्रवाह में, गतिमान सूर्यावरण में तब्दील हो गया था। अन्त में धनुर्धर कर्ण ने जिह्यबाण अवरोधों को पार करके लक्ष्यवेध किया। आकाश से बाणवर्षा हुई। जिह्यबाणों से कर्ण ने बिजली का दृश्य साक्षात किया। अब अंतिम था ध्वनि का लक्ष्यवेध। कर्ण की आँखों पर पट्टी बाँध दी गई थी। किसी अदृश्य मुख से निकली ध्वनि का लक्ष्यवेध करना था। कर्ण के शरीर में रोम-रोम कान बन गया था। चारों तरफ की नीरवता और श्मशान के से सन्नाटे के बीच एक धीमी और मुदु ध्वनि उभरी थी। बाण छूटा पर लक्ष्य के लिए छोड़ा गया कुत्ता भौंक रहा था। आश्चर्यचकित कर्ण ने आँखों से पट्टी हटाई थी। बाण कुत्ते के मुँह में नहीं लगा था। लक्ष्यवेध चूक गया कर्ण। अर्जुन का जयघोष

आकाश में गूँज उठा। लेकिन कर्ण का बाण कहाँ गया। तभी देखा, भीष्म पितामह हाथ में राजदण्ड उठाए जयघोष करते नागरिकों को सम्बोधित करके कह रहे थे—ठहरो, मैं गंगा पुत्र भीष्म घोषणा करता हूँ, अर्जुन सर्वश्रेष्ठ धर्नुधर नहीं हैं।'

नगर जन पलभर रुके, विचलित हुए, 'तब कौन?'

'कर्ण है।'

'पर कैसे?' शब्द लक्ष्यवेध की पात्रता चार जनों के पास थी—द्रोण, वह अर्जुन के प्रेम में अन्धा था, अर्जुन, कर्ण और मैं। कर्ण अर्जुन के प्रतियोगी। अर्जुन और द्रोण का ध्यान सिर्फ कुत्ते पर था। लेकिन कुत्ते के भौंकने से पहले आई क्षीण-सी ध्वनि को कर्ण ने वेधा था। इसलिए विजय की यह माला कर्ण की है।'

'कैसी आवाज़, किसकी आवाज़, पितामह।'

'वृक्ष पर बैठी एक मादा पक्षी की, बच्चे की चोंच में चुग्गा डालती, चिचियाती माँ पक्षी की। कर्ण ने तत्क्षण उसी को अचूक भेदा है। पितामह ने तमाल वृक्ष पर बैठी मादा पक्षी की चोंच में धंसे सूची बाण की ओर इशारा किया।' हज़ारों आँखों ने उसे देखा भी। पारधी त्वरा से उस ओर दौड़ और पक्षी की चोंच से सूची बाण निकालकर पितामह को दिया। 'कर्ण का शब्द लक्ष्यभेद, अर्जुन के लक्ष्यभेद से कहीं श्रेष्ठ है। कर्ण ही सर्वश्रेष्ठ पराक्रमी है।'

'कर्ण का जयघोष गूँजा। परन्तु विजय की प्रतीक नील कमलों की माला तो अर्जुन के गले में थी। कर्ण उद्वेलित, इस निष्पक्ष निर्णय का क्या मूल्य? आर्यवर्त में कर्ण जैसा श्रेष्ठ धनुर्धर नहीं, इस घोषणा का क्या अभिप्राय? जयमाला अर्जुन के गले में थी। कर्ण तुम छले गए। पराक्रमी, पुरुषार्थ विजयी होकर भी, जयघोष के बाद भी जयमाला तुम्हारे गले में नहीं डाली गई। हस्तिनापुर के खुले मंच से कर्ण ने अर्जुन को द्वन्द्व युद्ध के लिए ललकारा था, परन्तु 'कर्ण का कुल' के सवाल ने फिर तुम्हें घायल किया। कृपाचार्य अवश थे। वह भी कर्ण का कुल नहीं जानते थे। युद्धशास्त्र और राजनीति के धर्मानुसार समान कुल के योद्धाओं में ही युद्ध हो सकता था। कर्ण तुम फिर छले गए।

यद्यपि, दुर्योधन ने कर्ण तुम्हारे पक्ष में आकर तुम्हें अंगदेश का राजा घोषित किया। तुम्हें सिंहासन पर बैठाया। राज्याभिषेक किया और दुंदुभि और नगाड़ों के बीच तुम्हारा जयघोष किया। कर्ण यहाँ भी तुम ही छले गए। तुम्हारे जीवन की सबसे बड़ी छलना यही बनी। दुर्योधन के अहसान का भारी बोझ जिसने तुम्हें अपमान के गर्त से निकालकर अहसान के गर्त में गिरा दिया। तुम्हारा जीवन दुर्योधन को समर्पित हुआ तभी हस्तिनापुर का सत्यासत्य नष्ट हुआ। न्याय की लौ बुझ गई। पुरुषार्थी, दिग्विजयी कर्ण के अपमान से भग्न हृदय के चीत्कार को पराक्रमी नहुष, ययाति, शान्तनु, दुष्यन्त, भरत का हस्तिनापुर क्यों नहीं सुन सका। कर्ण के साथ हुए अन्याय

पर धृतराष्ट्र, विदुर, भीष्म पितामह तक चुप क्यों रहे? अर्जुन के गले में जयमाल और कर्ण की विजय के उद्घोष की विडम्बना से राजमाता कुन्ती मूर्च्छित हो गिर पड़ीं। अर्जुन जयमाल फेंक कर भागा, लेकिन कर्ण नहीं। क्यों नहीं कर्ण भाग सका, मूर्च्छित माँ की सुध लेने? कर्ण ने प्रण किया, उसका पुरुषार्थ, शास्त्र विद्या, शरीर, मन और प्राण सब दुर्योधन के हित में होंगे। कर्ण तुम फिर छले गए। यह छलना ही तुम्हारे जीवन की सबसे बड़ी विडम्बना बनी।

कृष्ण चतुर्दशी थी उस दिन। मेघाच्छिद धूसर सा आसमान। राजभवन की सीढ़ियाँ उतरते हुए अपने भीतर की सीढ़ियाँ उतरे होगे तुम। दुर्योधन के महायज्ञ के लिए शुभकामनाएँ देने आए थे या अनिश्चित और भयावह समय की खोह में समा जाने और कभी न लौटने के लिए? गुरु विदुर के रथ में तुम्हें देखा था। मैं पांडवों के साथ थी। तुम्हें देखते ही आकाश के काले धूसर मेघ मन के आकाश पर घिर आए थे। स्वयंवर के समय का दृश्य सामने घूम गया था—घूमने वाली मछली, उसकी आँख का प्रतिबिम्ब जल में पड़ रहा था, तुम्हारे धनुष पर सूचीबाण छूटने ही वाला था—'ठहरिए, मेरे भीतर की राजकन्या का अहंकार था—आप मत्स्यभेद नहीं कर सकते।'

'क्यों नहीं कर सकता?'

'मैं क्षत्रिय कन्या हूँ और आप क्षत्रिय नहीं हैं।' कर्ण तुम पलभर को निस्तेज हो गए थे। पाषाण प्रतिमा बने खड़े रह गए थे—निःस्पन्द। फिर मन-मन भारी कदमों से अपने आसन पर बैठ गए थे। अपमान की अग्नि में तपते उसमें पिघलते। अर्जुन ब्राह्मण कुमार वेष में आया था। उसने मत्स्यभेद किया। उसका विरोध भी हुआ। उसका और तुम्हारे जीवन का यथार्थ एक था। कुन्ती के पुत्र के रूप में। लेकिन यहाँ भी तुम छले गए थे। आज तुम्हें देखकर निश्चय हो गया था, कर्ण मुझे कभी क्षमा नहीं करोगे। यह भी विडम्बना थी, यहाँ भी तुमसे छल ही हुआ।

सुबह नियमानुसार गंगा स्नान करके सूर्य को अर्घ्य देकर तुम राजभवन आए थे। त्वरा में थे, यज्ञ का शुभारम्भ हो गया होगा। लेकिन कहाँ होना था यज्ञ। यज्ञ के बहाने से युधिष्ठिर और पांडवों को बुलाया गया था द्यूत क्रीड़ा के लिए। यह षड्यन्त्र था, लेकिन युधिष्ठिर के सौ बार मना करने पर भी वे प्रवंचना और कपट के जाल में उलझ गए थे। शकुनि की चाल थी और युधिष्ठिर के पासे उलटे पड़ रहे थे। पहले दाँव में दस लाख गाँव, दूसरे में इन्द्रप्रस्थ की राज-सम्पत्ति और तीसरे दाँव में सेवक-सेविकाएँ और राज्य हार गए थे। युधिष्ठिर, धर्म के अवतार। संयम और धर्म के ज्ञाता, बदहवास चालें चल रहे थे। शकुनि को पता था, यही होना था। युधिष्ठिर ने अपने भाइयों के साथ बारह वर्ष का वनवास और एक वर्ष का अज्ञातवास के दाँव पर लगा था। शर्त शकुनि की थी, यदि युधिष्ठिर यह दाँव जीता तो शकुनि

द्यूत में जीती उसकी सारी सम्पत्ति और राज्य लौटा देंगे। इतनी कष्टसाध्य कोशिशों से, दिग्विजय से प्राप्त राज्य द्यूत की कौड़ियों पर?

तुम प्रसन्न ही नहीं, बहुत उत्साहित थे पांडवों की इस दशा पर। नियति बड़ी बलवान होती है। आश्वस्ति का भाव मन को उत्फुल्ल कर गया था। तुम भीतर आने को व्याकुल थे। परन्तु दुःशासन ने, जो द्वारपाल बना प्रवेश द्वार पर खड़ा था, तुम्हें रोका था, भीतर जाने की आपको आज्ञा नहीं।

आश्चर्य। कुरुओं के राजभवन में तुम्हारा विरोध। दुर्योधन ने ही तो तुम्हारे वंचित, लांछित जीवन को सम्मान से अलंकृत किया था। तुम्हारी सोच थी कर्ण। तुम छले गए थे, दुर्योधन के स्वार्थ की कालिमा के अन्धेरे से कलंकित, नहीं देख रहे थे। तुम्हारे साथ छल हुआ था।

अनायास, त्वरा से सभागृह में भीतर घुस गए थे। दुःशासन को सूखे पत्ते-सा फूँककर दूर हटा दिया था। राजसभा में तीर से आसन की ओर बढ़े थे, इस बार पाँसे के दाँव पर क्या लगाया युधिष्ठिर ने? तुमने ईर्ष्या से भरी जिज्ञासा में पूछा था--

'कृष्णा? पांचाली।'

सभा के पश्चिम में द्यूत पट बिछा था। द्यूत पट के एक ओर शकुनि मामा और युधिष्ठिर आसीन थे। दूसरी ओर उनके सामने युधिष्ठिर विराजमान थे। उनके पीछे भीम, अर्जुन, नकुल, सहदेव, असहाय-से शीश झुकाए बैठे थे।

शकुनि कौड़ियों को मुट्ठी में डालकर हिलाते तो सभी योद्धओं की आँखें उनके हाथों पर स्थिर हो जातीं। द्यूत के प्रेक्षकों की विकल आँखें युधिष्ठिर और पांडवों के चेहरों पर, तो कभी पट के पास कौड़ियों पर और शकुनि के हाथों पर घूमती टिक जाती थीं। अपने आसन पर टिके उस महाविनाशलीला के महाप्रेक्षक बन गए थे तुम कर्ण। सिंहासन पर महाराज, बायीं और राजमाता गांधारी। धृतराष्ट्र तो अन्धे थे ही, पर गाँधारी ने आंखों पर पट्टी क्यों बाँधी? क्या पत्नी को पति के साथ अन्धे होकर ही अपने जीवन के सत्य को सिद्ध करना था? नहीं? गाँधारी, राजमाता थीं आप तो। दिशा-निर्देश भी दे सकती थीं। देतीं तो महाभारत की कथा कुछ और भी हो सकती थी। पितामह भीष्म, द्रोण और कृपाचार्य गुरु, महात्मा विदुर, अश्वत्थामा, अमात्य वृष वर्मा और राजसभा में उपस्थित ऋषिजन, शौनक, भृगु, च्यवन, कण्व, याज्ञवल्क्य, संदीपनी, शम्पाक, द्यूत की कपट क्रीड़ा को और कौड़ियों को क्यों नहीं रोक पाए?

विष उगलती शुकनि की जिह्वा—युधिष्ठिर, इन्द्रप्रस्थ का राज्य तुम हार गए। अपने चारों भाइयों के साथ बारह वर्ष के वनवास और एक वर्ष के अज्ञातवास का दाँव भी हार गए। अपनी पत्नी पांचाली को दाँव पर लगाया और वह दाँव भी हार गया। धर्मराज युधिष्ठिर, धर्मावतार। उसकी विकराल हँसी राजसभा में गूँजी थी, पूरे

आर्यवर्त में सुबलराज शकुनि की द्यूत-क्रीड़ा के सामने टिकने वाला कोई नहीं। युधिष्ठिर अब तुम्हारे पास तुम्हारी माता ही शेष बची है। क्या इस वृद्ध माता को अब तू दाँव पर लगाएगा?

शकुनि की इस विद्रूप और अपने समय पर और पुरुष की कपट सत्ता पर कालिख पोत रही वाणी तुम्हें कैसी लगी थी? क्रुद्ध भीम का शकुनि पर झपटना और युधिष्ठिर के धर्म की पराकष्ठा की असहाय विवशता–भीम को शान्त होने का संकेत करना।

शकुनि का विषवमन रुका नहीं था–पांचाली कौरवों की दासी है अब।

दुर्योधन की उन्मादक वीभत्स हँसी, पांचाली कौरवों के चरणों की तुच्छ दासी। कुरुओं की इस दासी को सभागृह में प्रस्तुत करो। इसी समय, जिस भी स्थिति में वह हो। प्रतिकाम को आदेश दिया था। कर्ण तुम्हारे मन में आया होगा, पांचाली दासी जो सूत कन्या से भी क्षुद्र थी इस समय। हाथ में वरमाला लिए। क्षत्रिय राजकन्या के अहंकार से दीप्त। उसका अहंकार नियति ने तोड़ दिया। पाँच पतियों की पत्नी, पर अब कुरुओं की दासी। प्रतिकाम लौट आया था, युवराज्ञी नहीं आ सकती।

दासी। और कुरु स्वामी की आज्ञा की अवज्ञा। दुःशासन को आदेश हुआ था। दुःशासन के द्वारा मुझे, पांचाली को खींचकर बलपूर्वक, पर दुष्टतापूर्वक सभा में लाया गया था। दुःशासन के घेरे से, उसकी सबल भुजाओं के घेरे से छूटने के प्रयत्न में आर्त पुकारों के बीच, प्रतिरोध से जूझती दुःशासन द्वारा खींची जाती पांचाली को देखकर, तुम्हारे भीतर का गंगा किनारे अर्घ्यदान देने वाला कर्ण, सूर्यवान कर्ण, अन्याय और अधर्म के खिलाफ उठ खड़े होने को ज़रूर व्याकुल हुआ होगा। वैसे ही जैसे भीम ने हाथ में गदा लिए दुःशासन की छाती को फाड़ उसका रक्त पीने की प्रतिज्ञा की थी। लेकिन तुम्हारे भीतर के प्रतिशोध में न्याय, अन्याय, संगत, असंगत, धर्म, अधर्म सब डूब गया था। दुःशासन और दुर्योधन का दुःसाहस बढ़ गया था। दुर्योधन के दुराग्रह पर–अपनी जंघा पर हाथ मार कर उत्तरीय हटाकर कहना–'इस दासी को हमारी जंघा पर बैठा दो।' भीम तड़पकर उठा था। भीम ने फिर प्रतिज्ञा की थी–'इस जंघा को अपनी गदा से चूर-चूर करूँगा। तुम देखना तब।'

लेकिन कर्ण तुम। तुम अपने भीतर के आर्तनाद और अन्धकार में रपटते उठते रहे। उठ कर्ण। सूर्य रूप तू उठ। इस अन्याय के विरुद्ध उठ। स्त्री के शील पर प्रहार, पूरी मानवता पर प्रहार है। मानवता का घोर पतन है यह। लेकिन तुम्हारे सूतपूत्र ने सूर्यशिष्य को रोक दिया था–यह नियति का क्रूर प्रतिशोध है। नियति ने उसके साथ भी कुछ अच्छा नहीं किया था। सभा में उपस्थित सभी महारथी पितामह भीष्म, द्रोणाचार्य, विदुर, कृपाचार्य, अश्वत्थामा सभी निश्चल और निःशब्द हैं तो कर्ण तू क्यों उठेगा?

उधर दुर्योधन, अन्धे का पुत्र अन्धा ही था जो अहंकार से उन्मत्त और विक्षप्त होकर, पतन की पराकाष्ठा-सा चीखा था—पहले इसे निर्वस्त्र करो, फिर मेरी जंघा पर बैठाओ। अन्धी गांधारी पर राजमाता चीखी थी—'दुर्योधन'। उसकी चीख दुर्योधन की कामुक, मदोन्मत्त और विक्षप्तवाणी की लपलपाती जिह्वा ने लील ली थी।

विक्षुब्ध, रोष से तपता हुआ भीम उठा था। लेकिन, लौटाए जाने के लिए।

कर्ण तुम अपने भीतर के भंवर में डूब-उतर रहे थे। तुम्हारे भीतर मुकुट फेंक सिंहासन छोड़कर चम्पानगरी लौटने की व्याकुलता बढ़ रही थी। झँझावात में फंसी नौका-सा तुम्हारा मन डोल रहा था। द्रौपदी को निर्वस्त्र करने को आतुर दुःशासन का हाथ बढ़ा था। असहाय पर पूरे बल से वह पितामह के सम्मुख आर्त और असहाय होकर पितामह को उनके सारे गुणों के आवृत्त सम्बोधनों से पुकार रही थी—'पितामह। कुरुकुल के मेरूदण्ड, ऋषि वशिष्ठ के अधीतवेद शिष्य, पराक्रमी क्षत्रिय, साक्षात गंगा पुत्र, वीर शिरोमणि, विख्यात धनुर्धारी, आजन्म ब्रह्मचारी, दिव्य तेजवान, आभा पुंज, मेरी रक्षा करो।'

भीष्म निस्तेज नतसिर और खामोश थे।

कर्ण तुम। सूर्यरूप, सूर्यपुत्र, अन्धकार के साम्राज्य को पलभर में जला देने की सामर्थ्य रखने वाले। अपने आक्रोश में पृथ्वी और आकाश को वेधने की शक्ति से भरपूर प्रतिशोध की दलदल में धँस रहे थे। द्रौपदी राजमाता को सम्बोधित हुई थी—'रोकिए राजमाता, अपने अविचारी चाण्डाल पुत्र को।' परन्तु अन्धी बनी गांधारी का अन्धापन शायद आज के इस दिन के लिए ही था।

दुःशासन का विवेक मर चुका था, उसके भीतर से घृणित, नीच, पाशविक शक्ति से स्फुटित प्राणी ने द्रौपदी के खुले केशों को पकड़ कर खींचा था।

कर्ण उस समय तुम्हारा तन-मन अपने प्रति घृणा से भर उठा होगा। पर फिर याद आया होगा अपना प्रतिशोध।

पांचाली सबके सम्मुख जा-जाकर पुकार रही थी। अपने शील की रक्षा के लिए गुहार लगा रही थी। गुरु द्रोण, कृपाचार्य, अश्वत्थामा, सभा में उपस्थित श्रेष्ठ पुरुषो, वीर योद्धाओं, आपके सम्मुख अभय की प्रार्थना करती हूँ। सबके सामने से होती हुई विलापती हुई द्रौपदी कर्ण तुम्हारे सम्मुख, कैसे, किस तरह विनती करती। तुम शायद इस त्वरा में नहीं समझ सके थे। तुम्हारे भीतर को मेरी आर्तवाणी भेद रही थी। कर्ण, अभेद्य कवच और कुण्डल धारण किए कर्ण भी क्या पांचाली के शील की रक्षा करने में असमर्थ होगा। तुम्हारे भीतर उठती क्रोध की हुँकार और दुःशासन के हाथ काट डालने की हूक को अंगराज कर्ण ने रोक लिया था। कर्ण कुरुओं का प्रिय नहीं होगा। दुर्योधन का मित्र नहीं होगा। तो वह सूतपुत्र होगा। तुम वहाँ भी छले गए कर्ण। नत सिर, अधर्म और मनुष्यता के पतन के सामने विवश और पराजित,

तब भी तुम सत्यपुरुष और सूर्यरूप तो रहते। अपनी दिव्यता से सूर्य से भाषित तो होते। परन्तु फिर वही प्रतिशोध के रूपों के विष से बेसुध तुम। ईर्ष्या, अपमान और वंचना की आग में तपने लगे थे।

दीन-हीन, दयनीय अवस्था में असहाय खड़ी पांचाली, स्वाभिमानी पांचाली, सिर झुकाए खड़ी थी, शब्द उसकी जिह्वा पर ही सूख गए थे या उसकी आँखों से असंख्य धाराओं में निरस्त हो रहे थे। लेकिन तुमने उसके अनकहे के कहे को नहीं सुना। अपने भीतर की आग में विह्वल झुलसते बैठे रहे।

अब तक दुःशासन हाँफती, मछली-सी तड़पती, विकलती पांचाली को पूरी शक्ति से खींचकर राजसभा के बीचोंबीच ले आया था। अब उसका मर्मभेदी क्रन्दन अपने पतियों को दोषी ठहरा रहा था। फिर बिजली की सी कड़कती वाणी में उसने राजसभा में बैठे धर्मराज युधिष्ठिर से प्रश्न पूछा था—'जिसने स्वयं को दाँव पर लगाकर हार दिया हो उसको अपनी पत्नी को दाँव पर लगाने का अधिकार ही कहाँ रह जाता है। पत्नी को दाँव पर लगाने का अधिकार किस धर्म ने धर्मराज युधिष्ठिर को दिया था?' द्रौपदी ने राजसभा में बैठे पराक्रमी योद्धाओं, धर्मगुरुओं, ऋषियों, महाराज, आर्य नहुष, ययाति पुरु प्रतीप शान्तनु के वंशजों को ललकारा था। किसी के भी काल में ऐसा घृणित दृश्य क्या देखा गया था। विकर्ण ने भी अन्धे और मूर्ख सभासदों को जो पराक्रमी, क्षत्रिय शूरवीरों की भरी सभा में अपने ही वंश की स्त्री की लज्जा की रक्षा नहीं कर सकते, पूछा था। 'क्या आज आप सबके पुरुषार्थ का अन्त हो गया है?'

कर्ण तब भी तुम उसी असहायता के अवसाद में डूबे थे। प्रतिशोध की अग्नि तुम्हारे अन्तर में प्रज्वलित हो रही थी। तुम मत्स्यभेद नहीं कर सकते...तुम क्षत्रिय नहीं हो, मैं क्षत्रिए राजकन्या हूँ, के कोड़ों से घायल होकर घायल नागिन की तरह विष की फूत्कार फेंकते हुए, पांचाली को, मुझे, विलासिनी, कलंकिनी, वारंगनी और कुलटा कहकर पाँच पतियों में रमण करने वाली निर्लज्ज स्त्री कहा था, उसे लज्जा कैसे और उसकी रक्षा कैसी? धधकते अंगारे को तुमने सभा के बीच उंडेल दिया और उस आग से उद्दीप्त दुःशासन ने द्रौपदी का आँचल खींच लिया था। या तुमने और दुःशासन और दुर्योधन समेत कुरुओं ने अपने महानाश का मार्ग खोल दिया था। आखिर में द्रौपदी ने श्रीकृष्ण को पुकारा था, यज्ञकुण्ड की अग्नि के प्रज्वलित होने और उसमें अपने को दग्ध कर जीवन समाप्ति की कामना की थी। द्रौपदी का क्रन्दन तब तुम्हारी अंतरात्मा को छेद रहा था। तुम्हारे कानों के कुण्डल काँपने लगे थे। आँखों के सामने अंधेरा छाने लगा था। अपनी विवशता में तुम तड़प रहे थे। पांचाली की जगह तुम वृषाली को देख रहे थे। विवस्त्रा वृषाली ही को देख रहे थे, भरी सभा में वृषाली ही थी। अपने उत्तरीय को हाथ में उठाए आए थे। उत्तरीय कब वहाँ गिर गया था, तुम्हें पता नहीं चला। तुम अपने दावानल में जल रहे थे। अपने अथक कष्ट-साध्य प्रयत्नों से प्राप्त तुम्हारी साधना

नष्ट हो गई थी। सूर्यरूप, दानवीर, गंगाजल में खड़े हो सूर्य को अर्घ्य देते कर्ण तुम्हारी आँखों में आ गए आँसू किसके लिए थे? सूतपूत्र के लिए? द्रौपदी के लिए या कृष्ण के चरणों में अर्घ्य देने के लिए?

सुवर्ण आभा वाले असीम पीले सुनहरे वस्त्र के वलयों के बीच द्रौपदी अचेत पड़ी थी। भयभीत दुःशासन के हाथ काँप रहे थे। पितामह द्रौपदी के पास आए थे। सभा समाप्त होने की घोषणा की थी। सभासद, सभागृह से बाहर जा रहे थे। पीले वस्त्र का ढेर कर्ण तुम्हारी छाती पर पहाड़ की तरह धरा था। पैरों में भारी जंजीरें जकड़ गई थीं। इसी मनःस्थिति में तुम लौट रहे थे। शोण ने तुम्हें रोककर रहस्योद्घाटन किया था–आज के द्यूत में पांसों की कोड़ियाँ जरासन्ध की हड्डियों की थीं जिसका भीम ने वध किया था। पर द्वन्द्व में तुमने जीवनदान दिया था। तुम्हारे शब्दाघात से कौड़ियाँ काँपेंगी इसलिए तुम्हें जानबूझकर सभागृह से बाहर रखने की योजना बनाई गई थी।' शोण ने कहा था–'यह जान लो जिनके लिए तुमने जीवन के सभी आदर्श दाँव पर लगा दिए हैं, उनकी तुम्हारे बारे में क्या सोच है। यह समझ लो।'

क्या यह तुम्हारे साथ छल नहीं था दुर्योधन का। फिर छले गए कर्ण तुम।

रात्रि समय अपने शयनागार में वृषाली को देखकर तुम लज्जित हुए थे। क्यों कर्ण? वृषाली भी स्त्री थी और तुम्हारी पत्नी भी। उसे देखकर विवस्त्र पांचाली का ध्यान आया था? वृषाली ने पूछा था–तुम्हारा उत्तरीय कहाँ गया? पर उसकी ओर से बेपरवाह वृषाली आज तुम्हारे सामने सबसे बड़ा रहस्योद्घाटन करने वाली थी। धीरे-धीरे रहस्य की परतें उतरती जा रही थीं–'पांचाली ने तुम्हारा तिरस्कार किया हो, ऐसा हो ही नहीं सकता।'

परन्तु क्यों नहीं हो सकता।

वृषाली ने तुम्हें बताया था, वही जो मैंने उसे कहा था–'यदि यह अभेद्य कवच-कुण्डल धारी स्वर्ण वर्ण सूर्यप्रतिरूप कर्ण पति के रूप में मुझे प्राप्त हुए होते तो जीवन में सहस्रों वसन्त खिल उठते। पाँच पतियों में बाँटा गया वर्ष का विषम समय दो-दो महीनों के समतापूर्ण सहवास में विभक्त हो जाता। वृषाली तुम्हें अविश्वास से स्तब्ध देखकर पूछ रही थी, अब तो संताप का कारण नहीं रहा, आपका मन शान्त हुआ। पाँचाली ने तुम्हें अपने पति रूप में ही चाहा है।'

कर्ण तब तुम्हें कैसा लगा था? क्या तब भी तुम छले ही नहीं गए थे। जो यह तुम्हारे साथ घटा था, यह छलना नहीं थी? पर इसमें तुम्हारा क्या दोष? नियति तो नियन्ता है, नियामिका है। नियन्त्रण उसी का है हमारे जीवन पर। हम अवश हैं उसके सम्मुख। कुन्ती के ज्येष्ठ पुत्र होने के नाते तुम्हारा भी मुझ पर अधिकार था। अगर ऐसा हुआ होता, तुम्हारा अधिकार तुम्हें और मेरा अधिकार मुझे मिला होता, तो शायद मुझे और तुम्हें भी ये दुर्दिन नहीं देखने पड़ते। भीम की तरह तुम

भी मेरी पीड़ा से पिघलते और मेरी प्रेरणा में सन्चालित होते। पर ऐसा नहीं हुआ, कर्ण ऐसा होता तो हमारा इतिहास यह न होता। उसकी आँखें आँसुओं से धुँधला गई थीं। द्रौपदी के पैर लड़खड़ा गए थे। गिरती हुई द्रौपदी को भीम ने सम्भाला था।

'क्या हुआ द्रौपदी,' वह चिन्ता से मुरझाया था।

'नहीं, कुछ नहीं।'

'तो भी भीम ने द्रौपदी को सहारा दिया था। संध्या के आकाश में मेघमाला-सी उतर आई थी। सूर्य का प्रकाश क्षीण को चला था। नदी के चौड़े पाट में सूर्य का मटमैला-सा प्रतिबिम्ब उदास भाव से सिर झुकाए थे।'

वह वर्तमान में लौटी तो कृशि ने पिछले सूत्र को पकड़ते हुए कहा था—आयुष यह एक बड़े गहरे जीवन सत्य की भूमिका है। आज मुझे डी. तृशणा की याद आ रही है। कैसा था उसका जीवन। क्यों भटकती थी वह। कितनी निन्दा और अपमान का कारण बनी थी वह। मैंने तब नहीं जाना था उसके भीतर छिपी औरत में औरत को। लेकिन आज स्पष्ट देख रही हूँ, समझ रही हूँ। डी. तृशणा की प्यास जिसने धर्म, कुल धर्म, मर्यादा, लोक विचार सबको धता बताया था। वह हँसा करती थी। जब भी उसके बारे में कोई भला-बुरा कहता, वह बेपरवाह मुस्कराती थी। मुझे डॉक्टरों की एक पार्टी में मिली थी। सबसे आकर्षक, तेजस्वी, साँवले रंग पर प्रखर प्रकाश से ज्योतित पृथ्वी कन्या सी, चंचल और बातूनी वह सबका ध्यान खींच रही थी। पर मुझे समझाया गया था—मिसेज शाह! आप तो हमारे बीच आती ही नहीं हैं या कभी-कभी आती हैं। यह औरत डी. तृष्णा बड़ी खतरनाक है। आप इससे दूर ही रहें। आपके लिए यही अच्छा है।

मैं समझी या नहीं पर मुझे कुछ फर्क नहीं पड़ा था। यह उनकी दुनिया थी। डॉ. शाह की पत्नी होने के नाते कई बार औपचारिकतावश उनके बीच में जाना होता था। यूँ इस तरह की पार्टियों में मेरी कोई रुचि नहीं थी। उस दिन डॉ. शाह पार्टी के बीच में से ही चले गए थे। कोई आपात केस था। उन्होंने मुझे रोका था कि मैं बीच में से उठकर न जाऊं। वह गाड़ी वापिस मेरे लिए भेज देंगे।

तभी डी. तृष्णा मेरे पास आ गई थी। उसके चेहरे पर एक निष्कपट मुस्कान थी। वह जल्दी ही अनौपचारिक रूप में

बतियाने लगी थी। अपने बारे में उसने बताया था कि उसकी शादी हो हुई थी पर अब वह पति के साथ नहीं रह रही। उसके साथ वह रह ही नहीं सकती। एक जोरदार ठहाका। विस्मित सी मैं उसकी ओर देखने लगी थी। डी. तृशणा कभी कभार मेरे घर आ जाती थी। 'इधर से जा रही थी, सोचा आपसे मिलती चलूँ।'

उसका पहला प्रश्न होता था जो हर बार वह दोहराती थी–'आप डॉ. शाह से बोर नहीं होतीं। घर की भी इस चारदीवारी में। साँस भरकर फिर कहा था–मैं यह नहीं कह रही कि आपके घर में कोई कमी है या बस। यही कि सारा समय आप यहाँ कैसे बँधी रहती हैं। यूँ आपका घर तो बहुत खूबसूरत है।'

उसने एक दिन बताया था–'आप दूसरी औरतों से अलग हैं। उन जैसी तो बिल्कुल ही नहीं। इसलिए आपके पास आना और बातें करना अच्छा लगता है।' मैं सुनती रहती। मुझे कुछ सूझता नहीं था। उसकी बातें सबसे अलग होतीं। ऐसी बातें मैंने कभी नहीं सुनी थीं। जो वह कहती, अनूठा होता था। फिर वह अक्सर आने लगी थी। कभी कुछ लेकर भी आती बच्चों के लिए–'मीनू को ज़रूर पसन्द आएगी। चॉकलेट पेस्टरी है, मैंने ही बनाई है। बेकरी के काम में अच्छी हूँ मैं।'

डी. तृष्णा आती और अपनी ज़िन्दगी के कुछ पृष्ठ खोल जाती। इस तरह टुकड़ा-टुकड़ा अपने जीवन की कहानी उसने मुझे वर्षों में सुनाई थी। डी. तृशना कहती–'मुझे अपने पति से कोई शिकायत नहीं थी। युधिष्ठिरनुमा व्यक्ति था। (चाहो तो तुम मुझे डी. से द्रौपदी समझ लो।) मेरा मतलब बड़ा धर्मपरायण, मर्यादावान, धीरज वाला और ठस्स। फिर वही बिन्दास ठहाका। उसका बहुत बड़ा परिवार था। सभी साथ रहते थे। उसके भाई उनका परिवार और उसकी माँ। ठीक है भई, तुम्हारा परिवार है, भाई है, बहिन और माँ-बाप, पर मैं? उन सबमें मैं कहाँ हूँ?' मैंने कई बार पूछा। घर में रोज तूफान आता। वह समाधिस्थ-सा घर के किसी भी अन्धड़ से विचलित नहीं होता था। उसके घर के लोगों को मैं पसन्द नहीं थी। मेरा हँसना, बोलना, पहनना, खाना, घूमना या यूँ कहो कुछ भी नहीं। अब देखो भई, मैं जो हूँ, सो हूँ। एक बार उसके भाई ने मेरा अपमान किया। मैंने इस युधिष्ठिर को पूछा, झकझोरा बार-बार–'तुम्हारी पत्नी का अपमान हो रहा है। तुम्हारा अपना भाई बदतमीजी कर रहा है। और तुम चुप बैठे देख रहे हो।' 'कोई प्रतिक्रिया नहीं दे रहे।' पर वह वैसा का वैसा चुप्पा रहा। कहा था–'क्षमा बड़न को चाहिए, छोटन को उत्पात। उसे माफ कर दो–ऽ।'

'युधिष्ठिर अधिकतर बिजनेस के सिलसिले में शहर से बाहर जाता रहता था। उसके पीछे से उनके उत्पात और भी बढ़ जाते। सारा घर एक तरफ और मैं अकेली एक तरफ। परिवार चाहता मैं घर में बैठूँ, सुबह, शाम, रात खाना पकाने में, घर की साफ-सफाई में, परिवार के सदस्यों की देखभाल में अपना समय लगाया करूँ। घर से बाहर न जाया करूँ। पार्टियों में न जाया करूँ...व्यर्थ में दूसरों से बातें न

किया करूँ। चुप रहा करूँ और नौकरी छोड़ दूँ। वह लौटता तो उसके पास परेशानियों का ढेर होता। पर मैं उसे नहीं कहती थी–जानती थी उसका कोई लाभ नहीं। मैं चाहती थी अपने इतने दिन की घर से अनुपस्थिति को वह किसी तरह पूरा करे। पर वह वैसा ही स्थिर चित्त रहता और मैं भीतर उबलती रहती। पर कब तक? फिर मैं अर्जुन के साथ रहने लगी थी। असली नाम रहने दो। मेरे साथ था वह सिम्बायसस में। एक साल सीनियर था। आजकल यहीं आ गया था। मेरे दफ्तर की एक पार्टी में मिला था। पार्टी के बाद कहने लगा, घर छोड़ दूँ। अगर तुम्हारी अपनी गाड़ी है तो भी पहले मेरे साथ चलो फिर वापिस आकर अपनी गाड़ी में चली जाना।' मेरी तरह उसने भी ठहाका लगाया था–'विचार बुरा नहीं। हम बाहर आए थे तो वह बाईक की तरफ इशारा कर रहा था–आओ-ऽ...मैं परेशान हुई थी। बाईक पर बैठना मुझे नहीं आता। फिर तुम्हारी कम्पनी तुम्हें गाड़ी देती है।'

'पर मैंने नहीं ली। थ्रिल। ज़िन्दगी में कुछ थ्रिल भी तो चाहिए। उसने बताया था। मैं सारे स्टंट कर लेता हूँ। एक फिल्म के लिए स्टंट कर भी चुका हूँ।'

मुझे आश्चर्य हुआ था। 'इस सबकी तुम्हें क्या ज़रूरत है।'

'जरूरत?' 'मेरा मतलब इतना खतरा उठाने की?'

'यही तो मजा है। इसे ही थ्रिल कहते हैं।'

डरते-डरते मैं उसकी मोटर बाईक पर बैठ गई थी। कोई खास किस्म की बाईक थी, साधारण बाईक से दुगने चौड़े उसके पहिए थे। आकार में भी बड़ी थी। वह उसकी खास विशेषताएँ भी बता रहा था।

'कसकर पकड़ लेना।' उसने एक बार अपनी कमर से मेरी पकड़ को जैसे जाँचा था। ठीक दो-तीन मिनट में उसकी मोटर बाईक हवा से बातें कर रही थी। छोटी तंग गलियों से वह साँप की तरह मुड़-मुड़कर निकल रही थी। कई बार उसे टोका था, 'डर लग रहा है। प्लीज़ धीरे करो।'

'तुम डी. तृशणा और डर। हो ही नहीं सकता। जानता हूँ तुम्हें?'

'तो भी...धीरे प्लीज।'

'अरे, मैं हूँ न। चिन्ता मत करो।'

जान हथेली पर रखकर बैठी रही। वह शहरभर का चक्कर लगाकर वहीं लौटा लाया था।

'मजा आया! चलो, अब तुम अपनी कार में बैठो। मैं तुम्हें इस्कॉट करूँगा।'

वह मुझे अपनी यात्राओं के दिल दहला देने वाले वृत्तान्त सुनाता था। उसने सारे भारत की यात्रा की थी अपनी मोटर बाईक पर। वह अक्सर अपने अनुभवों को सुनाता था। देश के अलग-अलग भागों की प्रकृति, कहीं समुद्र, कहीं पहाड़, कहीं रेगिस्तान, कहीं पठार, कहीं हरियाली। अनेक तरह के समाज, रीति-रिवाज़ उनकी जीवनशैली और जीवनदृष्टि।

रात को पार्टी में हम दोनों साथ रहते। घर पहुँचते काफी देर हो जाती थी। उस दिन रात को घर पहुँचते हुए दो बज चुके थे। घर में काफी कोहराम मचा था। 'कौन, क्यों, कब, कहाँ' के प्रश्नों के तीर परिवार का एक-एक सदस्य घर के कोने-कोने से मुझ पर बरसा रहा था।

वह चिल्लाई थी—'इसका उत्तर मैं युधिष्ठिर को दूँगी। आप सब जाइए। जाकर सो रहिए।'

मैं बेडरूम में गई थी। वह निश्चल बिस्तर पर लेटा था। आँखें खुली थीं। एक खुली किताब उसके तकिए के पास थी। मुझे आया देख उसने किताब बन्द की थी और ऐनक उतारकर साइड टेबल पर रख दी थी। मैंने कपड़े बदले थे। आकर लेट गयी थी। सोचा था वह कुछ कहे—औरों की तरह नहीं तो कम से कम अपनी तरह तो कहेगा ही। मेरे लेटते ही उसने बत्ती बन्द कर दी थी। मतलब सो जाने का सिग्नल था।

मैंने धीरे से अपना हाथ उसकी छाती पर रखा था, 'सॉरी। कुछ ज्यादा देर हो गई।'

वह उठा था। उठकर बैठ गया था। उसने टेबल लैम्प का बटन दबाया था। धीमी रोशनी में उसका चेहरा वैसा ही निर्विकार था—'तुम्हें अपने स्त्री धर्म और मर्यादा का ध्यान रखना चाहिए। इसके खंडित होने से पूरे परिवार की मर्यादा और धर्म नष्ट होता है। ऐसा मैं नहीं होने दूँगा।'

मैं भड़की थी—'लेकिन तुम्हारे परिवार के लोगों द्वारा मेरे अपमान से तुम्हारी और तुम्हारे परिवार की मर्यादा और धर्म नष्ट नहीं होता।'

'तर्क मत करो। गुस्सा भी मत दिखाओ। यह मेरा आखिरी फैसला है। समय पर घर लौटना चाहिए। दफ्तर के बाद घर आया करो। पार्टियों में मत जाया करो। अपना विभाग बदल लो। मार्केटिंग छोड़ दो। और बस।'

वह फिर से बत्ती बुझाकर करवट लेकर लेट गया था। रातभर मैं अपने में सुलगती रही थी। पर इस सबका मुझ पर उलटा असर हुआ था। कोशिश करने पर भी रात को देर हो जाती थी। ऑफिस की पार्टियाँ होतीं। मार्केटिंग में यह जरूरी भी था। लेकिन अर्जुन में कुछ ऐसा था कि मैं खिंची चली जा रही थी। वह दफ्तर में समय-असमय आ जाता। चलो-ऽ। उसके इशारे में बंधी मैं उसके साथ हो लेती। अब मुझे उसकी मोटर बाईक पर डर नहीं लगता था। इतना ध्यान रखती थी कि उसके साथ साड़ी, सलवार दुपट्टा न पहना जाए। पैण्ट-शर्ट पहनती। पता नहीं, वह मुझे कहाँ-कहाँ ले जाता। शहर से दूर, अरावली की शृंखलाओं के बीच, घुमावदार सड़कों पर। लगता वह किसी रॉकेट में उड़ी जा रही थी।

समय का चक्र बड़ी तेज़ी से घूमा। दो-तीन दिन से ऑफिस नहीं गई थी। वह मुझे ढूँढ़ता हुआ घर पर आ गया था। मेरा पति युधिष्ठिर, भी वहीं था। घर

में विस्फोट हुआ था। इतना सब कहा गया। वह शान्त बैठा रहा। सबने मिलकर मेरा चीर-हरण जैसा किया। मुझे वेश्या तक कहा। उसके छोटे भाई ने यहाँ तक कहा—'बाहर खाक छानने की क्या ज़रूरत है। हम भी तुम्हें सम्भाल सकते हैं।' तब भी वह नहीं बोला, एक शब्द भी मेरे पक्ष में उसने नहीं कहा था।

मैं उठी थी। अपने सूटकेस में चार-छह कपड़े ठूँसे थे और अर्जुन के साथ बाहर आ गई थी। अपना सामान गाड़ी में रखा और चल पड़ी थी। कहाँ, मैं नहीं जानती थी। अर्जुन भी मेरी कार के पीछे-पीछे आ रहा था। आखिर उसने आगे आकर मुझे रोका था, 'मेरा अपार्टमेंट है। बाईं तरफ गाड़ी लो।'

'लेकिन अर्जुन?'

'क्या तृशणा। रात के बारह बज चुके हैं। इस समय इन सड़कों पर यूँ भटकने की ज़रूरत नहीं। मैं हूँ न।' वह अब मेरी कार के आगे चल रहा था। कोई ग्रुप हाउसिंग सोसाइटी थी। जहाँ उसका एक फ्लैट था। उसने दोनों कन्धों से मुझे अपनी बाँहों में सहेज लिया था। ताला खोलकर हम भीतर आए थे। सीधा-सादा घर था, पर सुविधाएँ सभी थीं।

'मेरे गरीबखाने में आपका स्वागत है।' वह झुका खड़ा सलाम बजा रहा था।

ऐसे कठिन समय में भी कोई शिकन उसके चेहरे पर नहीं थी। देखो, तुम्हें पाना था। यही मेरा लक्ष्य था। तुम्हें पता है कि मैं राष्ट्रीय शूटिंग में पहले, स्थान पर हूँ। तुम मुझे अर्जुन कहती हो न। लक्ष्यभेदी अर्जुन की आज विजय हुई। उसने अपने गले में पड़ी सोने की जंजीर को मेरे गले में पहना दिया था—'अब तुम मेरी हो। सिर्फ मेरी।'

हम साथ रहने लगे थे। अर्जुन कुछ दिन तक वैसे ही मेरे गिर्द मँडराता रहा था। मैं सुबह दफ्तर जाती और शाम को इन्तज़ार करती कि घर लौटे। अक्सर वह मुझसे पहले ही आ जाता था। वह खाना बनाता, अक्सर वही बनाता था। अच्छा खाना बनाता था। मेरे से पूछ-पूछकर कि क्या पसन्द है। अच्छे गृहस्थ की तरह दफ्तर जाने से पहले किचन, घर सब सम्भालकर जाता। 'यार, विदेश में रहने से यह ट्रेनिंग हो ही जाती है। फिर यहाँ दो साल से अकेला रह रहा हूँ। मेरा परिवार हैदराबाद में है। ट्रांसफर की कोशिश कर रहा था। आज से बन्द। अब ट्रांसफर की क्या ज़रूरत। तुम्हारी जो हो गई ट्रांसफर।' वह हँसता-हँसाता रहता। मेरी छोटी-छोटी खुशियों की परवाह करता। मुझे लगता, मेरे से भाग्यवान कौन होगा। अर्जुन से अच्छा कौन हो सकता है? पर यह समय भी पलक झपकते ही बीत गया, अर्जुन देर से आने लगा था। मेरे साथ दफ्तर की पार्टियों में भी नहीं जाता। पूछने पर मुस्कराता—'और भी गम हैं जमाने में मुहब्बत के सिवा। मेरी ट्रांसफर हो गई है। मैं शहर से बाहर भी जाऊँगा ही। तुम्हें बर्दाश्त करना होगा।' अब वह अक्सर शहर से बाहर रहता था। महीने में बीस दिन बाहर। मैं फिर अकेली पड़ गई थी। दफ्तर के बाद घर आती।

अर्जुन के बिना घर काटने को आता था। पता नहीं, कैसे इसी ऊहापोह में एक साल गुजर गया। एक दिन अचानक उसके दफ्तर की दिव्या मिली थी किसी पार्टी में। उसने बताया था कि 'अर्जुन की कोई ट्रांसफर नहीं हुई है। वह तो रोज दफ्तर आता है। दो-तीन दिन के लिए हैदराबाद गया था। उसकी पत्नी की तबियत ठीक नहीं थी।' मेरे पैरों के नीचे से ज़मीन खिसक गई थी। यह कैसे हो सकता है? ऐसा क्यों हुआ? अर्जुन ने क्या किया यह? अब वह कहाँ जाता है? आखिर मैंने निर्णय किया था। एक दिन मैंने उसके दफ्तर में बिना अपना नाम बताए फोन किया था। छिपकर उसके बाहर आने की प्रतीक्षा करने लगी। शक न हो इसलिए मैंने टेक्सी ले ली थी। वह बाहर आया था। मैंने उसका पीछा किया पर कुछ ही देर में वह टेक्सी की रफ्तार से दुगनी रफ्तार में सड़क से गायब हो गया। मैं सड़कों पर भटकती रही। आखिर मैंने उसे एक रेस्तरां के भीतर जाते देखा था। टेक्सी से उतरकर मैंने उसका पीछा किया। रेस्तरां में उसके साथ छिपते-छिपाते दाखिल हुई। देखा, वहाँ एक खूबसूरत लड़की उसके इन्तज़ार में थी। उसको देखते ही उछलकर उसके गले से लिपट गई और उसकी छाती पर मुक्कियाँ मारते हुए लड़ियाने लगी थी—'इतनी देर क्यों की? इतनी देर तक मुझे इन्तज़ार क्यों करवाया? तुम बहुत बुरे हो। क्यों? क्यों?'

अर्जुन ने उसका भरपूर चुम्बन लिया और उसे बैठाया था। मेरे भीतर गुस्से और वितृष्णा की लपटें उठ रही थीं। अपने को रोकना चाहते हुए भी नहीं रोक सकीं। अचानक उसके सामने जा खड़ी हुई।

'तो-ऽ तुम यहाँ हो? तुम्हारी तो आज शाम की फ्लाइट थी? तुम्हें तो मुम्बई जाना था? क्या हम मुम्बई में हैं? हम मुम्बई में हैं क्या?' मैं चीखी थी। अर्जुन पर झपटी थी। साथ ही उस लड़की के सामने पड़ी प्लेट ज़मीन पर पटक दी थी। भरपूर जाहिल औरत की तरह मैं अपना आपा खो चुकी थी। वे दोनों एक साथ मिल गए थे। दोनों ने मिलकर मुझे घेर लिया था। मेरे हाथ में अभी भी अर्जुन की कमीज का कॉलर था। उसने झटके से अपने को छुड़ाया था—अंग्रेज़ी में चार-छह करारी गालियाँ दी थीं। 'तुम कौन हो? हो कौन तुम? इसकी पत्नी हो? बोलो-ऽ कौन हो तुम? हमारे बीच में आने वाली तुम हो कौन? किस अधिकार, से तुमने यह बदतमीजी की। तुमने मेरे सामने से प्लेट उठाकर पटक दी-ऽ क्यों-ऽ वह लड़की बोलती जा रही थी। अर्जुन वैसे ही खड़ा था। रेस्तराँ में तमाशा हो गया था। लोगों की भीड़ ने हमें घेर लिया था। रेस्तरां का मैनेजर भी आ गया था। बीच-बचाव करने के लिए। मैंने अर्जुन का कॉलर पकड़कर खींचा था। उसने अपने को छुड़ाने की कोशिश में मुझे धकियाया था। मैं गिरते-गिरते बचा ली गई थी। किसी की दो मजबूत बाँहों ने मुझे गिरने से थाम लिया था। एक छह फुट का युवक था। वह मेरे और अर्जुन के बीच खड़ा हो गया था।

औरत पर हाथ उठाते हो। शर्म नहीं आती। आओ-ऽ मेरे साथ करो मुकाबला। मुझे दो धक्का। है हिम्मत। आओ।

अर्जुन घबराया-सा था। भीड़ में लोग मेरा साथ दे रहे थे। समझ रहे थे मैं अर्जुन की पत्नी हूँ और दूसरी लड़की के साथ फ्लर्ट करने का विरोध कर रही हूँ। अर्जुन जल्दी से उस लड़की के साथ रेस्तराँ छोड़कर चला गया था। भीड़ तितर-बितर हो गई थी। मैं पस्त-सी वहीं कुर्सी पर बैठ गयी थी। आँखों से आँसू रुक नहीं रहे थे। चेहरा हथेलियों में ढाँपकर सुबक रही थी।

वही छह-फुटा युवक भीमसेन कह लो, मेरे सामने दूसरी कुर्सी पर बैठ गया था। उसने पुकारा था–'जाइए, रेस्टरूम में हाथ-मुँह धोकर आइए। थोड़ा चित्त शान्त होगा। प्लीज़ उठिए। कहना मानिए। उठिए आप।'

मैं उठी थी। मुँह-हाथ धोए। बालों में कंघी फिराई। अपने को स्थिर किया और बाहर आयी थी।

'एक कप चाय पीएँगी? चाहो तो कुछ ठण्डा ले लीजिए। प्लीज़। कहिए, आप क्या लेंगी?' उसकी आवाज़ में मनुहार थी जो उसके तगड़े शरीर से मेल नहीं खा रही थी।

आखिर उसकी तसल्ली के लिए मैंने कहा था–'जो मरजी हो आपकी।'

वह हँसा था। उसने वेटर को बुलाया था–'पहले पानी लाओ, फिर चाय दो। बड़ी पत्ती की हरी चाय। ठीक है। और सुनो, कुछ खाने के लिए भी। ठीक है, पनीर पकौड़ा ले आना।

वह कहता गया था और पता नहीं बच्चों-सी मन्त्रमुग्ध मैं उसकी आवाज़ का अनुसरण कर रही थी। बिल उसी ने चुकाया था। 'आईए-ऽ। हम बाहर आए थे। आपको घर छोड़ देता हूँ। आप अभी तक सामान्य नहीं हो सकी हैं।'

मैं असमंजस में थी। अब अर्जुन के घर जाने का क्या अर्थ?

'मैं चली जाऊँगी। मेरे पास अपनी कार है।' मैंने बचने के लिए कहा था।

'जानता हूँ, आप घर नहीं जाना चाहतीं। ठीक भी है। आपकी जगह कोई और आ भी तो गयी है। आपका संकोच सही है। चलिए, आज मेरे घर पर रुक जाइए। इस समय ज्यादा सोचने का समय नहीं है। घर में मेरी माँ है। आपको कोई कष्ट नहीं होगा। 'मैं मजबूर हो गई थी।'

अधसोई, अधजगी माँ ने दरवाजा खोला था–'आ गया तू भीमसेन? वह नाम मैंने उसे दिया था।'

हाँ माँ, बस, अब तुम सो जाओ।

उसने कहा था–माँ, ज़रा सुनो-ऽ तो-ऽ। यह डी. तृशणा है। मुसीबत में पड़ गई थी।

यह आपके कमरे के साथ वाले कमरे में ठहर जाएँगी।

माँ ने बड़ी सहजता से लिया था, जैसे कुछ हुआ ही न हो—'आ जा-ऽ, आजा बेटी... क्या नाम है?'

'डी. तृशणा।'

'तृसला' उन्हें बोलने में तकलीफ हो रही थी।

'जी-ऽ डी. तृष्णा।'

मैंने दोहराया था उसने कहा था, 'ठीक है, सुबह सीख लूँगी।'

उन्होंने स्वयं कमरा खोला था।

'इधर आ जाओ।'

वह अन्दर आई थीं।

'सामान कहाँ है?'

'जी-ऽ'

मैं सकपकाई थी।

'कल लेकर आऊँगी। आज तो ऐसे हुआ...'

'ठीक है...ठीक है।' उनको इसमें कोई रुचि नहीं थी।

'अब सो जाओ, सुबह बात करेंगे।'

मैं लस्त-सी अपने बिस्तर पर पड़ गई थी। 'दोनों कमरों के बीच में दरवाजा था। 'चाहो तो इसे बन्द कर लो।'

'नहीं, ठीक है।'

मैं ज्यों की त्यों अन्धेरे कमरे में बिस्तर पर बिखर गई थी।

सुबह सारा घर धूप में नहा रहा था। मैं उठी थी। उस भीमसेन का कहीं पता नहीं था। उसकी माँ, नहा-धो चुकी थी। शायद रसोई के छोटे मन्दिर में पूजा भी कर चुकी थी। मुझे जगा देख पास आई थी—'चाय पीओगी-ऽ बनाती हूँ ऽ।'

'नहीं मम्मी जी। मैं बना लूँगी।'

उसने मम्मी जी आवाज़ से मेरे चेहरे पर अपनी आँखें गड़ा दी थीं। 'खुश रहो। जैसा चाहो। बना लो-ऽ कुछ चाहिए तो बता देना।'

'आप पीएँगी मम्मी-ऽ थोड़ी सी-ऽ'

उसने फिर मेरी तरफ ध्यान से देखा था। नीचे से ऊपर तक।

'अच्छा-ऽ थोड़ी सी ही देना—आधा कप।'

चाय पीते हुए उसने बताया था। किचन के बाहर छोटी-सी खुली जगह में हम बैठ गए थे। 'सुबह भीमसेन जिम जाता है। छह बजे उठकर चला जाता है। बस, अब आने वाला ही होगा।' नौ बजने वाले थे।

मैं भी जल्दी से चाय के दोनों खाली कप उठाकर किचन में आई थी। जल्दी से दफ्तर के लिए तैयार हुई थी। बदलने के कपड़े नहीं थे। शाम को वहाँ से अपना

सूटकेस तो लाना ही पड़ेगा। पर नहा-धोकर अच्छा लगा था। वह नहाने गई थी तो भीमसेन की आवाज़ थी। खाने के लिए माँग रहा था। वह बाहर आई तो मुस्कराता हुआ आया था–'आराम से सोईं न आप। कोई तकलीफ तो नहीं हुई न।'

वह हँसा था–'इसे अपना घर समझो तो मुश्किल नहीं होगी। फिर मेरी माँ है न।'

मेरे भीतर एक आवाज़ उठी थी–और तुम भीमसेन। वह जैसे अन्तर्यामी था–'मैं भी तो हूँ। मेरे होते कोई चिन्ता नहीं।'

वहाँ कोई बाधा नहीं थी। भीमसेन जिम से लौटता और आराम से बैठकर दो-तीन व्यक्तियों का भोज्य पदार्थ अकेला धीरे-धीरे खाता। फलों का रस, या फल, दूध, मक्खन, ब्रेड या खास मिस्से आटे से बने परांठे...हर दिन अदल-बदलकर खाता। फिर तैयार होकर दफ्तर चला जाता। शाम को घर आता। कपड़े बदलकर फिर जिम चला जाता। शाम ढले लौटता, पसीने से तर। उसने देखा उसकी बाँहों की और रानों की उभरी मछलियाँ, चौड़ी छाती, उसका फौलादी शरीर, लेकिन मासूम चेहरा बच्चे की तरह निष्कलुष। पहली बार ध्यान से देखा तो उसे रोमांच हो आया था। उसने शायद उसकी चोर नजर पकड़ ली थी। उसके भोले-से चेहरे पर खून की गर्दिश बढ़ गई थी। मैंने घबराकर पूछा था–'तुम्हारी माँ? इस समय?'

'वह एक समाजसेवी संस्था में काम करती हैं। डॉक्टर है। सुबह-शाम बिना फीस वहाँ बीमारों को देखती हैं। अभी नौ बजे के आस-पास ही आएँगी।

उसने बढ़कर मुझे अपनी बाँहों में घेर लिया था। लगा था, वह किसी पहाड़ के हृदय में उगी नन्हीं सी कोंपल है।

उसके समीप आकर लगता दुनिया कहीं ठहर गई है। समय ठहर गया है। लेकिन कहाँ, समय कभी ठहरा है डॉ. आयुष?

मैं दफ्तर जा रही थी। घर से बाहर निकली थी कि साथ के घर से दो-तीन परिवारों के लोगों ने मेरा रास्ता रोक लिया था, भीमसेन से आपकी कोर्ट मैरिज हुई है? हमें बताया नहीं मिसेज कान्ता ने।'

'नहीं तो, हमारी शादी नहीं हुई है।' मेरे मुँह से अचानक ही निकला था।

'फिर आप यहाँ क्या कर रही हैं? देखिए, यह शरीफ लोगों की कॉलोनी है। हमारे घरों में भी जवान लड़के-लड़कियाँ हैं। उन पर क्या असर पड़ेगा। सोचा है कभी आपने?'

'नहीं, मैंने नहीं सोचा।' कहकर मैं आगे बढ़ गई थी।

'सोचिए, अगर नहीं सोचा, जल्दी सोचिए।'

इतने में ही भीमसेन घर से बाहर आया था। उसको देखते ही भीड़ तितर-बितर हो गई थी। एक-दो आदमी थे जो वहाँ खड़े रहे थे।

भीमसेन ने आगे बढ़कर उनसे पूछा था–'क्या हो रहा है? मेरे घर के सामने क्या हो रहा है?'

उनमें से एक व्यक्ति आया था सामने। कुछ झिझकते हुए बोला था–'देखिए, हम आपके घर में जो लड़की है उससे पूछ रहे थे कि वह यहाँ कैसे रह रही है। आखिर यह शरीफ लोगों का मुहल्ला है।'

'अच्छा, मैं बताता हूँ शरीफ कौन होता है? उससे क्या पूछते हैं, मेरे से पूछो न।' उसने बाँह तानकर ताबड़तोड़ चार-छह मुक्के उसके मुँह पर दे मारे थे। उसका होंठ कट गया था। नाक में से और मुँह में से खून निकल रहा था। आँखें सूज गई थीं। वह पीड़ा से बेहाल हो गया था। दूसरा व्यक्ति उसे जैसे-तैसे वहाँ से लेकर चला गया था। मैंने खिड़की से देखा था तो लपककर नीचे आई थी। पर तब तक सब घट चुका था। भीमसेन मुस्कराता हुआ खड़ा था, जैसे कुछ हुआ ही न हो।

'रुको तृशणा। मैं आज तुम्हें छोड़ दूँगा और शाम को आते हुए ले लूँगा। ऑफिस जाओगी न?' मैं दहशत में थी। कुछ बोल नहीं सकी थी। रुक गई थी। रास्तेभर वह वैसे ही सामान्य होकर छोटी-छोटी बातें करता रहा था। ऐसे ही दिन सप्ताह में सप्ताह महीनों में बदलते बीतते रहे थे।

भीमसेन को दफ्तर के काम से बाहर जाना था। चला गया था। उसे डेपुटेशन के लिए आस्ट्रेलिया भेजा जा रहा था। दस-पन्द्रह दिन वह बहुत व्यस्त था। सुबह-शाम का जिम और उसका खाना-पीना तो वैसा ही चल रहा था। पर रात को देर हो जाती। वह आता, धीरे से मुझ पर झुकता, कई बार मैं यूँ ही आँखें बन्द करके लेटी रहती।

'तृशणा, सो गईं क्या?' वह अपना मुँह मेरे पास लाकर फुसफुसाता। अक्सर ऐसे मौके पर मैं उछलकर दोनों बाँहें उसके गले में डालकर झूल जाती थी और हँसती रहती थी। वह जी भरकर मुझे प्यार करता। कई तरह से हँसाता, बातें करता, भोलेपन की बातें निष्कपट भाव से, ईमानदार भावनाओं की गर्मी से सहलाता पर उस दिन मैं डर गई थी। मैं यूँ ही साँस रोके लेटी रही थी। उसने धीरे से मेरे गाल चूमे थे, आँखें चूमी थीं, माथा चूमा था अपने होठों से–'आई एम सॉरी।' फिर वह कमरे में जाकर सो गया था।

भीमसेन चला गया था। बहुत बार दोहराया था उसने 'आराम से रहो...मेरी माँ है न। देखना, मैं यह नौकरी ही छोड़ दूँगा। मैं महीने भर से ज्यादा नहीं रहूँगा। तुम फ्रिक मत करना। ऑफिस जाते हुए गाड़ी के शीशे ऊपर कर लेना अन्दर से और दरवाजा लॉक रखना। चाहो तो मैं ही छोड़ दिया करूँगा।' लगता था, उसे मेरी चिन्ता थी। इसलिए एक ही बात को कई बार दोहराता था और भूल जाता था। अगले दिन फिर वही बातें। मैं सोचती–इसकी फूली माँसपेशियों के साथ क्या इसकी अक्ल भी फूल गयी है। फिर लगता नहीं, वह मुझे बहुत प्यार करता है। तभी।...

कुछ ही दिन बाद भीमसेन आस्ट्रेलिया चला गया था। उसके जाने के चार दिन बाद ही दो नौजवान घर पर आए थे। एक जैसे सब कुछ एक जैसा। कद-काठ, शक्ल, सूरत, रंग नैन-नक्श। मैं कभी दाईं तरफ देखती, कभी बाईं तरफ। लगता था मेरी आँखें खराब हो गई थीं। एक के दो नजर आ रहे थे।

वे दोनों खुले दरवाजे के बीच मुझे अचरज से देख रहे थे और मैं उन्हें अविश्वास के साथ। तभी अन्दर से मम्मी आई थी। उन्हें देखते ही वह जैसे खुशी से उतावली-सी आगे बढ़ी थी–'अरे तुम नकुल-वकुल। कब आए? आओ', वे मम्मी के पीछे अन्दर आ गए थे। 'बताया नहीं-ऽ अचानक ही चले आए। चलो ठीक है। सुखद आश्चर्य ही रहा। अरे तृशणा, सुनो मिलो इनसे। ये दोनों मेरे जुड़वां बेटे हैं। भीमसेन से छोटे हैं। बेंगलूर में फाइन आर्ट और लिटरेचर अकादमी के साथ हैं। नकुल चित्रकार और संगीतकार है और वकुल चित्रकार और कवि दोनों है।'

तृष्णा को उन सुकुमार भाइयों को भीमसेन के भाई जानकर आश्चर्य हुआ था। कहाँ भीमसेन और कहाँ ये सौम्य, सुन्दर शालीन से नकुल और वुकुल।

मम्मी उनके लिए नाश्ता वगैरह बनाने में लग गई थीं। मैं हैरान-सी बिना ही नाश्ता खाए दफ्तर के लिए निकल गई थी। सोच रही थी–भीमसेन ने कभी बताया ही नहीं। दिन भर नकुल और वकुल की सूरतें मेरी आँखों के सामने घूमती रही थीं। आकर्षक और प्यारे से दोनों युवा भाई भीमसेन से कितने अलग थे। भीमसेन के जाने के बाद जो एक भय बना था। वह जैसे इन दोनों के आने से छँट गया था। मैं सोच रही थी पता नहीं वह कब आएगा आस्ट्रेलिया गया है। कुछ समय तो लगेगा ही। वह घर पहुँची थी। देर हो गई थी उस दिन। मैंने देर हो जाने दी थी। जल्दी घर जाकर भी क्या करना था। भीमसेन तो था नहीं। मम्मी भी साढ़े आठ-नौ बजे ही लौटती है। सोचकर बैठी काम करती रही थी। सात बज चुके थे।

मैं बाहर आई थी। और चल दी थी।

मुझे आया देखते ही दोनों आ गए थे। औपचारिक और अनौपचारिक मिले-जुले अभिवादन थे–'हाय, कैसा दिन रहा?'

'बहुत व्यस्त।'

नकुल या वकुल, वह उन्हें पहचान ही नहीं पाती थी। पानी का गिलास लिए खड़े था।

'मौसम अभी भी गर्म है।'

'हाँ,' मैंने अनमनेपन से कहा था।

'आप चाय पीएँगी? या कुछ ठंडा चलेगा।'

मैं थोड़ी हैरान हुई थी। कुछ कहते नहीं बना था।

'मैं अभी बनाती हूँ। कपड़े बदल करके आती हूँ।'

'आप जब तक आएँगी तब तक बन जाएगा। आप बस अपनी पसन्द बता दीजिए।'

'चाय पी जा सकती है?'

'आप लोग लेंगे न। हाँ, आपके साथ।'

वह मुड़ी थी तो नकुल या वकुल कोई था–'आप फ्लेवर चाय लेंगी या मसाला चाय।'

मैं चौंकी थी, पर अपने को सहज किया था–'जैसी भी आसान हो।'

'इसमें क्या है? आपको क्या पसन्द है मसाला चाय या फ्लेवर वाली चाय?' उसने दोहराया था।

'ठीक है फ्लेवर वाली ही चलेगी।'

वह हँसा था–'चलेगी क्या दौड़ेगी। आप एक बार मेरे हाथ की बनी चाय पीकर तो देखें।'

मैंने कपड़े बदले थे। हाथ धोए। आँखों पर ठण्डे पानी के छींटे मारे। अच्छा लगा था। मैं बाहर आई थी। ट्रे में टिकोजी से ढक कर केतली रखी थी। दूध चीनी और साफ-सुथरे कप उलटे करके सॉसर में रखे थे।

'आइए,' उसने पीछे आकर कुर्सी खिसकाई थी। और उसके बैठने पर थोड़ी आगे खिसकी थी। जैसे फाइव स्टार होटल में वेटर करते हैं। वह केतली उठाकर किचन में गया था। उबलता हुआ पानी उसमें डालकर ले आया था। 'बहुत ज्यादा ब्रू होने से चाय के स्वाद में फर्क आ जाता है। अब बस, अभी हुआ जाता है।'

इतनी नफासत से उसने चाय बनाई थी। नमकीन और बिस्कुट साथ में रखे थे। बार-बार खाने के लिए भी कह रहा था।

मम्मी आ गई थी। रात के खाने में भी और दिनों से परिवर्तन था। खाने की टेबल बड़े कलात्मक ढंग से लगाई गई थी। वे दोनों मम्मी के साथ खाना बनाने में मदद कर रहे थे। मैंने भी जब कुछ करना चाहा तो हँसकर कहा था–'आप दिनभर काम करके आई हैं। हम घर पर थे।' उन्होंने बताया था कि दोनों के चित्रों की प्रदर्शनी होने वाली है, हैबीटैट सेंटर में। बस कल से वे उसमें व्यस्त हो जाएँगे। अब मुझे समझ में आया था कि अपने साथ जो वे बड़े-बड़े क्रेट जैसे लाए थे, वे उनकी पेंटिंग्स थीं।

सुबह उठी तो देखा बरामदे में हलचल थी। कुछ क्रेट खोले गए थे, हथौड़ी, कीलें, फ्रेम, रंग, ब्रश और तरह-तरह के सामान के बीच एक कारपेंटर भी बैठा था। नकुल या वकुल था। भागकर आया था, 'आपकी नींद में बाधा तो नहीं हुई न। कुछ अधूरा काम है। पूरा करना है। समय बहुत कम है।'

'क्या मैं कुछ करूँ?' वह हँसा था। 'आप बैठिए, केतली में पानी उबला है, अभी आपके लिए चाय बनाता हूँ।'

मेरे उत्तर के बिना ही वह अन्दर चला गया था। छोटी ट्रे में चाय की केतली, कप, दूध, चीनी और बिस्कुट सब सजाकर ले आया था।

थोड़ा संकोच हुआ था, पर मैंने चाय ली थी। मैं उन दोनों को काम करते देख रही थी आश्चर्य के साथ। लग रहा था एक ही व्यक्ति हैं। इतना साम्य। ऊपर से समस्या यह कि वे कपड़े भी एक जैसे ही पहनते थे। मैं कहती, 'नकुल'। तो वह हँसता, 'वकुल', मैं 'वकुल' कहती तो दूसरा आवाज़ देता, 'मैं इधर हूँ।'

अब वे मुझे नाम से बुलाने लगे थे। वे मेरी सुविधा के लिए पास आते ही पहले अपना नाम लेते फिर बात करने लगते। धीरे-धीरे हम तीनों बहुत खुल गए थे। उनकी बातों में एक रचनाकार की संवेदनशीलता, भावुकता और आन्तरिकता रहती थी। हम तीनों के बीच बहुत कुछ एक जैसा था। भावात्मकता आधारशिला थी। दोनों की पेंटिंग्स की प्रदर्शनी देखने भी गई थी। मुझे चित्रकारी का कुछ ज्यादा पता नहीं था। उनके मॉडर्न आर्ट के बारे में तो बिल्कुल समझ नहीं थी। पर तो भी बड़े-छोटे कैनवस पर बिजली के प्रकाश के बीच बड़े हॉल में कैनवस पर बिखरे इतने सारे विविध रंगों की छटा ने रंगों, रेखाओं और कहीं धुँधली तो कहीं स्पष्ट आकृतियों ने मन को मोह लिया था।

शाम को, या छुट्टी वाले दिन वकुल अपनी कविताएँ सुनाता। उसकी नयी कविता पुस्तक का लोकार्पण था। उसके बुलाने पर मैं गई थी। इतने सारे कवियों, रचनाकारों, चित्रकारों के बीच भी मुझे अटपटा नहीं लगा था, मुझे भीमसेन का जाना अब ज़रा भी बुरा नहीं लग रहा था। नकुल और वकुल की तरफ मैं जैसे खिंच रही थी। उनके आकर्षण में वह बिंध रही थी। पर इस खिंचाव में वह अकेली नहीं थी।

वकुल और मम्मी शहर से बाहर थे। उस दिन बहुत बारिश थी। तापमान तीन-चार डिग्री नीचे आ गया था। बत्ती भी चली गई थी। शायद दस बजे होंगे। नकुल उठकर कहीं से मोमबत्ती ढूँढ़कर मेरे कमरे में लाया था। उसने मोमबत्ती स्टैंड पर छोटी टेबल पर रख दी थी। चारों तरफ से घुप्प अन्धेरे में धीमे प्रकाश में कमरे की दीवारों पर अजीब से साए उभर आए थे। वकुल की उपस्थिति का अहसास मेरे भीतर उतर रहा था। अचानक बिजली कड़की थी। बहुत जोर से बादलों की गड़गड़ाहट के साथ ऐस लगा था जैसे आसमान फट पड़ा हो और उसके भीतर से ज़मीन पर कोई बम गिरकर फूटा हो। मैं घबराकर व्याकुल सी उठकर दरवाजे की तरफ भागी थी। वकुल ने बढ़कर धीरे से मुझे अपनी बाँहों में भर लिया था। मैं काँपती हुई उसके भीतर सिमट गई थी।

'बिजली गिरी है कहीं। लगता है, बहुत पास में ही गिरी है।' अपनी बाँहों में थामे हुए वह मुझे ले आया था। धीरे से सोफे पर बैठाया था। 'लेटना चाहोगी तृशी।' उसने धीरे से झुककर मेरा माथा छुआ था–'ठीक हो न आप? मैं नकुल हूँ न। आप निश्चिंत रहिए।' वह मुझ पर झुका हुआ था। मैंने आँखें बन्द कर ली

थीं और उसकी गर्दन में बाँहें डालकर उसे अपने ऊपर खींच लिया था। अन्धेरा और रात का सन्नाटा, जिसे तेज हवा और बारिश की टपड़-टपड़ लपक रही थी। मैंने सब आसानी से घट जाने दिया था। उसकी उसाँसें, फुसफुसाहटें, उसकी देह का कम्पन, उन क्षणों में मेरे सुख का ध्यान, उसके शरीर का सम्मोहन सबने मुझे उसके अधीन कर दिया था। मुझे लगा था, यही वह पुरुष है जिसे मैं चाहती हूँ। रातभर मैं उसके साथ एक स्वप्नजाल में उलझी ऐन्द्रिक सुख की चरम निष्पत्ति में थी। मैं जैसे एक नाजुक फूल थी, जिसे वह पूरी सुरक्षा और लालसा के साथ संजोए था। किसी भी तरह की विपरीतता से बचाए हुए था। हमारे बीच कोई भी दूरी नहीं थी। सुबह देखा तो बाहर नीम के पेड़ पर रात बिजली गिरी थी। पेड़ ऊपर से जल गया था। उसका तना दो हिस्सों में कट गया था। पक्षियों के घोंसले और उनके अंडे, बच्चे, समेत पक्षी नीचे मरे छितरे पड़े थे। वह सप्ताह जैसे पंख लगाकर उड़ गया था। मम्मी और नकुल लौट आए थे। लगता था, कोई इन्द्रजाल है—सुनहरा दाना डाला है और मैं इन कामनाओं के इन दानों को चुग रही हूँ। जाल के अन्दर फँसी हुई हूँ पर भय का कोई अहसास मेरे भीतर नहीं था। वकुल की बेचैनी मैं देख रही थी। मेरी किसी भी छोटी से छोटी ज़रूरत के लिए वह जैसे सचेत बना रहता। कई बार उसे मैंने गिटार पर बड़ी दर्दीली धुन निकालते सुना था। एक दिन जैसे नियति ने ही चुना था, वैसे ही बादलों की गड़गड़ाहट, बिजली की चमक, रात का अन्धेरा और बत्ती चली गई थी।

वकुल वैसे ही मोमबत्ती लेकर आया था, वैसे ही छोटी टेबल पर स्टेंड में रख दी थी। बहुत तेज हवा थी, शीशे बन्द होने पर भी लौ फड़फड़ा रही थी। अचानक हवा के तेज झोंके से खिड़की का दरवाजा खड़ाक से खुला था और शीशा दीवार से टकराकर चूर-चूर हो गया था। मैं हड़बड़ाकर उठी थी—उसने अचानक आगे बढ़कर मुझे अपनी बाँहों में थाम लिया था—'डर गईं आप? मैं हूँ न। देखिए यहाँ काँच है, अन्दर भी गिरा है। आगे मत जाइए। कहीं आपके पैरों में न लग जाए। मैं करता हूँ कुछ।' वह जाने लगा तो मैंने रोका था। 'अन्धेरे में कैसे होगा। कहीं तुम्हारे हाथों में चुभ गया तो?' हवा से मोमबत्ती भी बुझ गई थी। वह मुझे अपनी बाँहों में समेटकर बिस्तर पर ले आया था। मैं भूल गयी थी यह नकुल है या वकुल। उसकी साँसों की गर्मी को अपने चेहरे पर महसूस कर रही थी। उसके भीतर एक धक्-धक्-सी हो रही थी। मैंने उसके गले में बाँहें डालकर उसे अपने ऊपर खींच लिया था।... वह फुसफुसा रहा था, 'तृशी, बहुत बेचैन रहा हूँ आपके लिए। लेकिन आपसे डरता भी था। आपसे बहुत प्यार करता हूँ, आप मेरे सपनों की रानी हैं।' वह मुझे एक चिकनी जमीन पर ले जा रहा था और मैं उस पर रपट रही थी। वह मेरे बाल सहला रहा था, मेरे गाल, आँखें, मेरा माथा, मेरे हाथों की उँगलियों, हथेली, होंठ मेरे शरीर पर उसके हस्ताक्षर कर रहे थे...धीरे-धीरे हस्ताक्षर वाले हिस्से उसके अधिकार में

जा रहे थे। इस तरह मेरा सारा मैं अदृश्य हो गया। मैं सम्पूर्ण उसमें समा गई थी, वह मेरे भीतर की अतल गहराई तक पहुँच गया था। अद्वैत की प्रक्रिया में द्वैत के सारे कारण समाप्त हो गए थे। सागर में गोताखोर की तरह डूबकर वह मोती ले आया था। उस मोती को अपने जीवन की श्रेष्ठतम उपलब्धि मान रहा था।

नकुल और वकुल का अनुभव सबसे अलग था। मैं उनकी स्वामिनी थी। वे मेरे स्वामी नहीं थे। मैं जहाँ अपने पैर रखती, वे जैसे फूल बिछाते। उनके भीतर मेरी इच्छाओं, कामनाओं, मेरी पसन्द, मेरे सुख-सुविधाओं और आराम, चैन को लेकर हमेशा एक तत्परता रहती थी। मेरे कहने से पहले, सोचने की प्रक्रिया में ही वे मेरी इच्छा पूरी करते। उनके भीतर मुझे लेकर एक भक्ति का भाव था। इतना आदर-सम्मान, श्रद्धा और भक्ति और उनके समर्पण ने मेरा जीवन पूरित कर दिया था। मैं ज़मीन से छह इंच ऊपर चलने लगी थी। हमारे बीच मेरा अधिक और उनका दिनभर का काम ही व्यवधान था। नकुल और वकुल में से एक को बंगलौर जाना पड़ता था। कभी मम्मी उसके साथ जाती। कभी रुक भी जाती थी। वहाँ पर भी उनका घर था जहाँ वे रहते थे। उनकी योजना यहीं बस जाने की थी पर वहाँ का काम समेटने में समय लग रहा था। इस बीच पता चला था भीमसेन को अभी आस्ट्रेलिया में तीन-चार महीने और लग सकते थे। पर उसकी मेरे मन में परवाह नहीं थी। समय के पर्दे पर ज़िन्दगी की फिल्म की रील बड़ी तेजी से घटनाओं, स्थितियों, पात्रों और भावनाओं में दृश्य होती और अदृश्य हो जाती। पता ही नहीं चला एक वर्ष कैसे बीत गया था। भीमसेन की ई-मेल थी। नकुल-वकुल और मम्मी तीनों बैठे थे। नकुल ने कहा था। 'भीम वापिस आ रहा है। मम्मी भीम का ई-मेल है।'

झुककर वे कम्प्यूटर की स्क्रीन पर उसका मैसेज पढ़ने लगे थे। 'अरे-ऽ' एकदम नकुल ने कहा था—'नीचे देखो क्या लिखा है। भीम ने एक आस्ट्रेलियन लड़की से शादी कर ली है। वह भी उसके साथ आ रही है।' मुझे भीम का वह रूप याद आया था—अक्खड़ और उद्दण्ड पर मेरे लिए हमेशा चिन्तित—'क्या करूँ तृशणा? बोलो। तुम्हारे लिए क्या करूँ?' शरीर बल की साक्षात मूर्ति पर उतना ही रसिक। कई आपदाओं से उसने उसे बचाया था। उसके सामने होता तो दीन हो जाता। 'बोलो तृष्णा, क्या करूँ जिससे तुम खुश रहो।' आँखों में आँसू आ गए थे। अपने को दिलासा दिया था, जिस अर्थ में मैं पार्थिव हूँ भीम उसी अर्थ में तुम भी पार्थिव हो। वे तीनों खुश नजर आ रहे थे। पर फिर उनके बीच में एक बहस छिड़ गयी थी—इतने सारे लोग इकट्ठे इस छोटे से घर में कैसे रहेंगे। भीम की अनुपस्थिति में नकुल-वकुल ने उसके कमरे को अपना स्टूडियो बना लिया था। कमरे के ईजल पर उनका कैनवास टँगा होता और चारों ओर उनके रंग, ब्रश, कागज, पेंसिल, कैनवास इत्यादि पड़े रहते। नकुल की गिटार-तबला, सिंथ साइजर पड़ा रहता। अब भीम अकेला भी नहीं था उसके साथ उसकी आस्ट्रेलियन पत्नी भी थी। उन दोनों को जगह चाहिए थी। एकान्त

चाहिए था। अपने जीवन की उन्हें नई शुरुआत करनी थी। दो-तीन दिन तक घर में तीनों कई तरह के उलटफेर से जगह की कमी और भीम की उसकी पत्नी के साथ आने की चर्चा करते रहे। वे सब खुश थे पर उनको चिन्ता भी थी। अचानक सुबह-सुबह नकुल और वकुल आए थे।

मम्मी-ऽ हम दोनों ने फैसला लिया है कि हम वापिस बेंगलौर जाएँगे। यूँ भी यहाँ का काम खत्म हो गया है। हम तो यूँ ही रुके रहे। राजधानी से सम्पर्क बनाना भी जरूरी था। हमारी प्रदर्शनियाँ भी सफल रहीं। म्यूजिक कॉसर्ट भी बहुत अच्छी रही। अब हमें लौटना ही है।

भीम अपनी पत्नी के साथ आएगा। नकुल-वकुल बेंगलौर चले जाएँगे। उसका दिल धक से हुआ था। पलभर को लगा था—वह ज़मीन पर नहीं, पानी में खड़ी थी। बहते पानी में। उसके पैर उखड़ रहे थे।

नकुल उसके पास आया था, 'आप तृशी हमारे साथ चलेंगी। वहीं रहेंगी।'

'नहीं-ऽ यह कैसे हो सकता है। मेरी नौकरी है, मेरा ऑफिस है। नौकरी छोड़कर कैसे जा सकती हूँ।'

'तृशी, आपकी कम्पनी का हेड ऑफिस तो बेंगलौर में है। वहाँ आपकी ट्रांसफर हो सकती है। आप प्लीज़ हाँ कह दीजिए। मैं अभी कोशिश करना शुरू करता हूँ। कम्पनी के जी.एम. की लड़की हमारी अकादमी में आती रहती है। वह भी चित्रकार है। मैं उससे कहूँगा और जल्दी ही आपकी ट्रांसफर...'

'नहीं नकुल, एकदम सब नहीं होगा। आप अभी जाओ, फिर मैं देखती हूँ क्या करना है। अगर सम्भव हुआ तो आ जाऊँगी।'

कभी नकुल मेरे पास आता तो कभी वकुल। अलग-अलग वे मुझे कई तरह से समझाते रहे। कई तरह के आश्वासन देते रहे। नकुल मुझसे लिपटकर बच्चों की तरह रोया था। वकुल मेरी गोदी में सिर रखकर सुबकता रहा था। 'कैसे होगा? आपके बिना तृशी। मेरे से नहीं हो सकेगा।'

नकुल कहता—'मेरा सारा स्पन्दन खत्म हो जाएगा आपके बिना। आप मेरी प्रेरणा हैं। मैं क्या करूँगा।' आखिर, फोन आया था भीम का—वह अपनी पत्नी के साथ रात को पहुँच रहा था।

बिना नाश्ता किए मैं सुबह ऑफिस आ गई थी। चुपचाप अपना सूटकेस अपनी कार की डिक्की में रख लिया था। भारी कदमों से घर से बाहर आकर अपनी कार में बैठी थी और ऑफिस की तरफ जा रही थी। एक पल के लिए भूल गई थी कि मैं कहाँ जा रही थी और कहाँ थी मैं।

ऑफिस पहुँची। अपना बैग उठाकर केबिन में आई थी। मैंने कैटल में पानी डालकर स्विच ऑन किया था। कप में मिल्क पाउडर डाला था और टी बैग के किनारे पर टाँग दिया था। उबलता हुआ पानी डाला, चम्मच से घुमाया। मुझे लगा था—चाय

की जगह समय के प्याले में मैं ही हूँ। मेरी ज़िन्दगी है जो इस छोटे से घेरे में घूमती हुई स्थिर हो गई है। प्याला खाली हो जाता है। फिर भरा जाता है, घूमती चाय का द्रव स्थिर होता है और फिर खाली हो जाता है। मैं प्याला भी हूँ, प्याले में पड़ा द्रव भी और उस द्रव को पीने वाला व्यक्ति भी। सिर्फ घुमाने वाला उपकरण मैं नहीं हूँ।

फोन था रिसेप्शनिस्ट का, 'आपसे कोई मिलने आया है। यहीं रिसेप्शन में है। अगर आप कहें तो आपके केबिन में भेज दूँ।'

कौन कहने की बजाए मुँह से निकला था–'भेज दो।' मैंने अपना सिर कुर्सी के पीछे टिका लिया था। आँखें बन्द कर ली थीं। जैसे सब घूम रहा था। पृथ्वी घूम रही थी। समय का चक्र घूम रहा था, रात-दिन के क्रम से ऋतुओं के आने-जाने के क्रम से...पर्वतों की चोटियों पर पड़ी बर्फ के पिघलने, नदियों के बहने और समुद्र में जाकर मिलने और समुद्र के फिर से वाष्प बनने के क्रम से।

'तृष्णा', वह केबिन का दरवाज़ा खोलकर कब भीतर आया था, मुझे पता ही नहीं चला था। आश्चर्य से मैं अपनी कुर्सी से उचककर खड़ी हो गई थी–

'आप-ऽ आप यहाँ कैसे?'

'बस, यूँ समझो, तुम्हें लेने आया हूँ। अब बहुत हुआ, पाँच साल से ज्यादा बीत गए। एक दिन भी तुम्हारे बिना मुझे चैन नहीं मिला। हमेशा अपने को तुम्हारा अपराधी मानता रहा था। गलती मेरी ही थी तृशना। तुम्हें उन सबके बीच सही स्थान नहीं दे पाया था। तुम्हें जो कष्ट हुआ उसकी तुमसे माफी माँगता हूँ। अब तुम अपने घर चलो। वहाँ अब वे सब नहीं हैं। माँ-पिताजी तीर्थ के लिए चले गए हैं। भाइयों की नौकरी लग गई है। वे दूसरे शहरों में चले गए हैं। अब सब बदल गया है। देखो ना मत करना। मुझे प्रायश्चित्त का एक मौका ज़रूर देना।'

मैं बढ़कर युधिष्ठिर के कन्धे पर सिर रखकर फफक-फफककर रोई थी। युधिष्ठिर ने मुझे सम्भाला था। मुझे कुर्सी पर बैठाया था। पानी का गिलास पिलाया था। 'जाओ, बाथरूम में जाकर मुँह-आँखें धोकर आओ,' मैं उसके वाक्य से बँधी उठकर बाथरूम चली गई थी।

'मैं अभी निकलता हूँ तृशणा-ऽ शाम को बोलो कितने बजे लेने आऊँ। कब तक खाली होगी तुम? चाहो तो फोन कर देना। नम्बर वही है, कोड बदल गया है। छह से पहले दो का अंक लगा लेना।'

युधिष्ठिर के जाने के बाद मैंने आज की फाइल निकाली थी। मेरे भीतर अजीब-सी बेचैनी थी। मैं सोच रही थी–युधिष्ठिर के पास जाना ही ठीक रहेगा। और दूसरा विकल्प भी क्या बचा था।

तभी ध्यान आया था सुकर्ण का। शादी से पहले मेरे साथ ही था। कॉलेज में मुझसे एक साल सीनियर था। बहुत ही प्रतिभाशाली, मेधावी और प्रकृति का गम्भीर

था। उसने स्कूल की शिक्षा से लेकर कॉलेज की शिक्षा छात्रवृत्ति से ही पूरी की थी। जल्दी ही उससे मेरी दोस्ती हो गई थी। वह बहुत अच्छा-सा इन्सान था। उसने बताया था, वह अनाथालय में पला है। पर उसके व्यवहार में इतनी उदारता थी कि कभी विश्वास ही नहीं होता था कि उसके पास कभी किसी चीज की कमी रही है। अपनी किताबें, नोट्स, अपनी चीजें माँगने पर दे देता था। उसी ने मेरे नोट्स तैयार किए थे। बीच में मुझे टाइफाइड हो गया था। जो भी क्लास मैंने नहीं ली थी उन सबके लैक्चर के नोट्स उसने मेरे लिए बनाए थे। पर मैं देखती थी कॉलेज में उसे लेकर फुसफुसाहटें होतीं। वह कैंटीन में जाता तो अक्सर अकेला बैठा होता। उसके अनाथालय में रहने को लेकर छात्र उसे हीन दृष्टि से देखते थे। मैं उसके साथ होती तो वे उसके सामने तो कुछ नहीं कहते, लेकिन अलग से कहते थे। 'कॉलेज में और भी लोग हैं उनके साथ भी दोस्ती कर सकती हो।' मैं उनकी बातों का उत्तर नहीं देती थी। सुकर्ण को देखती, उसका तेजस्वी चेहरा उजासता प्रतीत होता। कई बार कुछ बदतमीज जैसे छात्रों ने उसका अपमान भी किया था। उस समय उसके चेहरे की व्याकुलता मेरे भीतर पैठ गई थी। उसने कोई प्रतिक्रिया नहीं दी थी। लगा था जैसे सूर्य पर बादलों की छाया आ गयी हो। चुपचाप हॉस्टल चला गया था।

मैं देखती उसकी आँखों में दर्द की परछाइयाँ-सी डोलती रहतीं। उसकी मुस्कराहट के पीछे भी मुझे दर्द की रेखाएँ नजर आतीं। वह दूसरे लोगों से बेखबर अपने पढ़ने में ही ध्यान लगाता था। अधिकतर लाइब्रेरी में बैठता। मेरे कहने पर कॉलेज कैंटीन में आ जाता। फिर हम कॉलेज से बाहर मिलने लगे थे। उसे मेरे साथ जाने में संकोच होता था। पर मैं उसे अपने साथ आने के लिए विवश कर देती थी। उसने प्रथम श्रेणी में बी.ए. ऑनर्स किया था। वह पासआउट कर गया था और उसने कंप्यूटर इंजीनियरिंग में दाखिला ले लिया था। बीच-बीच में हम मिलते थे। चाहे दो-तीन महीने हो जाते थे। एक दिन उसने मुझे शाम को बुलाया था। रेस्तराँ के सबसे आखिर के टेबल पर कोने में उसने मुझे कहा था—'तृशणा, मेरा यह आखिरी सैमिस्टर है। मुझे एक मल्टीनेशनल में जॉब ऑफर हुई है। सब कुछ ठीक है। वेतन, घर, गाड़ी कम्पनी देगी। क्या तुम मुझसे शादी करोगी? लेकिन एक बात है तृशणा! मेरे माँ-बाप, उन्हें मैं अपने माँ-बाप ही मानता हूँ। अनाथालय में जो दम्पती थे, वे अब बूढ़े हो गए हैं वहाँ काम नहीं करेंगे। मेरे साथ रहेंगे। तुम्हें कोई आपत्ति तो नहीं होगी न।'

'नहीं, मुझे कोई आपत्ति नहीं होगी। मैंने सोचा था। कहा था—सुकर्ण, मैं भी, तुमसे शादी करना चाहती हूँ। मैं घर जाकर अपने परिवारवालों से बात करती हूँ।

लगता है, नियति ही हमारी नियन्ता है। मेरे घर पहुँचने पर पता चला मेरे पिता ने पहले से ही मेरा रिश्ता युधिष्ठिर से लगभग तय कर दिया था। मैंने विरोध किया। सुकर्ण के बारे में बताया था। परन्तु सुकर्ण के बारे में यह जानकर कि वह

अनाथालय में पला-बड़ा है, वे विफर गए थे। 'इम्पॉसिबल। पागल मत बनो। बात खत्म हुई। अब कभी सुकर्ण का नाम मत लाना अपनी जुबान पर।' एक हफ्ते में मेरी शादी हो गई थी।

क्या सचमुच में मैं इतनी विवश थी? मेरी आत्मा मुझे कचोटती, मैंने सुकर्ण के साथ छल किया। जिससे तुमने प्रेम किया, उसके साथ छल किया। जन्म से ही तुम नियति के प्रहार सहते रहे। तुम्हारा अनाथालय में पल कर बड़े होना। असली माता-पिता का कुछ पता नहीं था। परन्तु तुम्हारे व्यक्तित्व में ऐसी अलौकिक संभ्रान्तता थी, इतनी उदारता थी कि साधारण तो तुम हो ही नहीं सकते थे। फिर इतने प्रतिभाशाली, हर कक्षा में प्रथम आने वाले।

अनाथालय के बूढ़े दम्पती को अपने माँ-पिता समान समझने वाले। लेकिन तुम्हारे साथ तुम्हारी ही माँ-बाप ने ऐसा किया। क्यों अनाथालय में छोड़ गए। अपनों से ही छले गए तुम सुकर्ण। मेरे पिता ने तुम्हारी सामाजिक स्थिति जानकर तुम्हें ठुकरा दिया। लेकिन मैंने विरोध क्यों नहीं किया। क्या मैं भी कहीं भीतर से कायर थी।

शाम हो गई थी। देखा, घड़ी में साढ़े पाँच बजे थे। युधिष्ठिर आता ही होगा। लेकिन मेरी आँखों के सामने सुकर्ण का चेहरा था। ग्रीक ट्रैजीडियन नायक सा उसका गम्भीर चेहरा। उसकी चुप, पर बोलती आँखें। वह जीनियस था। पता चला था, विदेश चला गया था। कम्पनी ने उसे अमेरिका भेज दिया था।

सुकर्ण की सूरत मेरी आँखों में घूम रही थी। उसकी याद करके मन व्याकुल हो गया था। मेरी आँखों में आँसू आ गए थे। काश, तुम मुझे मिल जाते सुकर्ण तो मैं इस तरह जीवन में न भटकती। मैंने क्यों पिता का कहना मान लिया? मैंने क्यों बढ़कर स्वयं तुमसे विवाह नहीं कर लिया? शायद यही होना था। मेरे भाग्य में यही लिखा था। हाँ—युधिष्ठिर का फोन था। नीचे मेरा इन्तज़ार कर रहा था। मुझे जाना ही था। अपनी चीजें समेटते हुए लग रहा था—मैं अपने बिखराव को समेट रही थी। अपने बैग में मैंने अपनी चीजें डाली थीं। केबिन का दरवाजा खोलकर बाहर आ गई थी। मैं लिफ्ट से नीचे उतरते हुए सोच रही थी—अगर भगवान अगले जन्म में औरत बनूँ तो सुकर्ण को ही पति के रूप में पाऊँ। सुकर्ण एक पूर्ण पुरुष को। जिस एक पुरुष को पाने पर इस जन्म के अधूरे अपंग अहंकार से पूर्ण सभी पुरुषों के अनुभव मलिन प्रतीत होंगे। मेरा तन-मन, मस्तिष्क और आत्मा समग्र रूप से और एकाग्र रूप से तुम्हारे अधीन रहेंगे। तुम्हारे आश्रय में मैं सुखी और निर्भय जीवन जीऊँगी। मैंने जल्दी से आँखें पोंछी थीं। मैं नीचे आई थी, देखा युधिष्ठिर बेचैनी से मेरा इन्तज़ार कर रहा था।

तृष्णा की यह कहानी आयुष ने स्तब्ध होकर सुनी थी और उसने जैसे कितने ही सालों को इस एक घण्टे में बाँध दिया था। अब कहाँ और कैसी है वह? आयुष

जैसे होश में आया था। तृष्णा कब समय की गर्द में खो गई थी। मुझे खुद नहीं पता। वह आती थी मेरे पास। फिर उसका आना बन्द हो गया था। मुझे भी अपने व्यस्त जीवन में उसकी कमी नहीं लगी थी। कृष्णा रुकी थी। 'जानती हूँ आयुष, तुम मेरी बात का विश्वास नहीं करोगे। लेकिन, सच ऐसा ही हुआ था।'

आयुष जिज्ञासा से उसके चेहरे पर आँखें गड़ाए था।

आयुष, एक दिन क्लब में मैंने डी. तृष्णा के अपने पास कभी-कभार आने की बात वहाँ बैठी औरतों के बीच कही थी तो वे पहले तो स्तब्ध भाव से मेरा चेहरा देखने लगीं और फिर हँसने लगी थीं।

मैंने पूछा था–'इसमें आश्चर्य क्या है। डी. तृष्णा अक्सर मेरे पास आया करती थी। बस, पिछले कुछ महीनों से नहीं आई है। इसलिए आप लोगों से पूछ रही थी कि क्या वह इसी शहर में है या...'

उनमें से एक औरत ने शब्दों को चबा-चबाकर कहा था–'शहर से नहीं, उसे तो इस दुनिया से गए वर्षों हो गए हैं। चार साढ़े चार साल पहले उसकी कार दुर्घटना में मृत्यु हो गई थी। उसके घर पर क्लब से कुछ लोग गए थे।'

लेकिन, मैं हकबकाई सी कह रही थी–'तृष्णा मेरे पास लगातार आती रही है। अभी पिछले तीन-चार महीने से नहीं आई है। उन औरतों ने अविश्वास के साथ मेरी तरफ देखा था। उन्हें लग रहा था कि मेरा मानसिक सन्तुलन ठीक नहीं है। मुझे लग रहा था, ये औरतें कहीं पागल तो नहीं हो गईं। पहले ही वे उसे पसन्द नहीं करती थीं। उसकी बुराई किया करती थीं। अब इन्होंने उसके मरने की मनगढ़न्त कहानी बनाकर हमेशा के लिए क्लब से उसका प्रवेश निषिद्ध कर दिया। वे सब एकजुट थीं, मैं अकेली उन्हें तरह-तरह से बता रही थी कि वह कब आई थी। आखिरी बार जब आई थी तो उसने क्या पहना था, उसने क्या कहा था। उसने बताया था कि वह अपने पति के पास लौट आई है।

'आपके हल्यूसिनेशन होते होंगे, आप उसकी बहुत शुभचिंतक रही हैं न। या फिर जादू-टोने, भूत-प्रेत में आपका विश्वास होगा। डॉ. शाह और आप राजस्थान से ही हैं न।'

मुझे लगा था, बात बहुत बढ़ गई है। इस विषय पर अब और कुछ नहीं कहा जा सकता। मैं तुरन्त वहाँ से लौट आई थी। पिछली बार आखिरी बार वह आई थी तो मीनू के लिए एक ड्रेस लेकर आई थी। घर जाकर मैंने अलमारी खोली, देखा उसमें उसकी ड्रेस वैसे ही हैंगर पर टँगी थी। मैंने दूसरी चीजें भी देखी थीं। जो समय-समय पर वह मेरे लिए ले आती थी। उसका दिया हुआ क्रिस्टल का फूलदान पड़ा था। अजय अभय के लिए लाए गए खिलौने भी उनके कमरे में थे। मेरी समझ में कुछ नहीं आया था। मैंने उसके घर पर फोन किया था। लेकिन वहाँ अब वे

लोग नहीं रहते थे। घर किसी दूसरे परिवार ने खरीद लिया था। बहुत बेचैन रही थी मैं कई दिनों तक। धीरे-धीरे समय के समुद्र में और दूसरे लोगों की तरह वह भी अदृश्य हो गई थी।

आयुष मौन रहा। कुछ समय तक हम दोनों के बीच एक खामोश सन्नाटा छाया रहा था। उसके बाद हम वापस लौट आए थे।

कई बार जीवन का सच सपने के सच से भी अधिक भयावह या रोमांचक हो सकता है।

आयुष का फोन था। 'आज मैं आपके घर आ रहा हूँ, कुछ चाय-वाय पिलाएँगी क्या?'

'सिर्फ चाय से चल जाएगा तो ठीक है।'

'डॉ. शाह के हस्पताल के लिए एक इण्टीरियर डिजाइनर को लेकर आ रहा हूँ। हमारे साथ एक आर्टिस्ट भी हैं। आप रहेंगी क्या आस-पास?'

'उससे क्या होगा?'

'आपकी सुगन्ध आती रहेगी।'

'आयुष। यह रोमांस छोड़ो। डॉ. शाह के पास आ रहे हो। समझे।'

'वो तो इण्टीरियर डिजाइनर और आर्टिस्ट आ रहे है डॉ. शाह के पास। मैं तो एक तरह से आप ही से मिलने आ रहा हूँ।'

'डॉ. शाह से पूछ लिया था न।'

'उसकी क्या ज़रूरत है?'

'यह डॉ. शाह का घर है।'

'नहीं, यह आपका घर है।'

'पता नहीं आयुष, हमारा कोई घर होता भी है या नहीं। यूँ यह घर ही हमारा कर्मक्षेत्र होता है। इसी में हमारे कर्म, हमारा धर्म और जीवन का मर्म प्रतिफलित होता है। फिर कभी-कभी यह घर कुरुक्षेत्र बन जाता है। महाभारत छिड़ जाता है। न्याय-अन्याय, धर्म-अधर्म का कोई भेद नहीं रहता। जो विजयी होता है वह भी हारता है और जो हारता है वह तो हारता ही है। अन्ततः जीत किसी की भी नहीं होती। जीत मान भी ली जाए तो जीत की खुशी नहीं होती।'

'आप फिर उदास हो गई लगती हैं?'

'नहीं-नहीं, जो सोच रही थी, वही कहा तुमसे।'

'अच्छा, आप उदास नहीं हैं तो ज़रा हँसिए। आपकी हँसी सुन लूँ तो मन को विश्वास हो जाए।'

'आयुष! अब फोन रखो।'

'ठीक है, रखता हूँ।'

डॉ. शाह के साथ वे तीनों बरामदे में आ गए थे। इण्टीरियर डिजाइनर पूछ रहा था—'आपके घर का इण्टीरियर किसने किया है।'

'डॉ. शाह समझे नहीं थे, आपके घर का इण्टीरियर डिजाइनर कौन था।'

'ऐसे किसी प्रोफेशनल डिजाइनर की तो हमें ज़रूरत नहीं थी।'

'लेकिन सर, आपके घर का सारा इण्टीरियर हाईली प्रोफेशनल है।'

'कौन था सर आपका इण्टीरियर डिजाइनर। आपका आर्किटैक्ट तो मि. भसीन था।'

'असल में मेरी पत्नी ही घर को देख लेती है।'

'आपकी पत्नी ने किया है। यह सारा इण्टीरियर! ज़रा मिलवाइए उनसे।' वह आई थी।

'आपने इण्टीरियर डिजाइनर का कोर्स कहाँ से किया था मैम?'

'मैंने कोई कोर्स नहीं किया।' उसे संकोच हुआ था।

'लेकिन आपका सारा इण्टीरियर तो तकनीकी, वास्तुकला और कलात्मक सभी तरह से बहुत ही उम्दा है। रंगों का चुनाव, वस्तुओं का स्थान, फर्नीचर का चुनाव, उसका साइज और शेप सब कुछ परफैक्ट है। डॉ. शाह, जहाँ तक मुझे याद पड़ रहा है आपके आर्किटैक्ट ने यहाँ यह खिड़की तो नहीं दी थी।'

'नहीं, यह भी इसने ही बाद में निकलवाई थी। इसका कहना था कि यहाँ से पूर्व का उगता सूरज अन्दर आएगा। इसलिए वह दीवार तुड़वाकर गोलाकार खिड़की बनवा ली थी।'

'आपकी पत्नी बिल्कुल सही हैं—सर्दी में उगते सूरज की किरणें यहाँ से आएंगी। वास्तुकला की दृष्टि में भी यही सही है। इट्स रियली वंडरफुल। आपके घर में अच्छे आर्किटैक्ट, वास्तुकला और इण्टीरियर तीनों का समन्वय है। इसका इण्टीरियर इससे अच्छा नहीं हो सकता था। आप चाहें तो आपकी पत्नी ही आपके हस्पताल का इण्टीरियर भी कर सकती हैं।'

डॉ. शाह सोच में पड़ गए थे और वह संकोच से सिकुड़ गई थी।

तब तक वह आर्टिस्ट पेंटर पूछ रहा था—'डॉ. शाह आपने ये पेंटिग कहाँ से खरीदी?'

'मेरी पत्नी ही कभी-कभी बनाती है।' उसकी नजरें घर के चारों तरफ दौड़ रही थी। वह उसकी पेंटिंग के सामने खड़ा, उसे तरह-तरह से देख-परख रहा था।

'गुड गॉड,' वह उसकी तरफ आया था। 'कुछ और भी है क्या?' वह बहुत उत्साहित लग रहा था। बरामदे के पिछवाड़े में एक दूसरे पर उल्टी करके रखी गई पेंटिंग के ढेर को देखकर वह आश्चर्यचकित था।

वह एक-एक पेंटिंग को उठाता जाता और सीधा करके दीवार के साथ रखता जा रहा था। तब तक वहाँ उसकी मदद करने बाहर काम कर रहा माली भी आ गया था। उसके निर्देशानुसार वह पेंटिंग को उठा-उठा कर जहाँ वह कहता, रखता जा रहा था। उसकी आँखों में चमक थी और चेहरे पर आश्चर्य।

'आपने कहाँ से किया था पेंटिंग का कोर्स?'

'मैंने कोई कोर्स नहीं किया और न ही कहीं से सीखा ही है।'

'लेकिन इतनी परफैक्शन! ये सारी पेंटिंग राजस्थानी शैली की हैं। पर इनकी तकनीक फर्क लगती है।'

'आप अपनी तकनीक के बारे में बताएँगी।'

वह हिचकिचाई थी, 'कुछ खास नहीं। मैं सिर्फ ब्रश का इस्तेमाल नहीं करती। किसी पतली शाखा को कूटकर ब्रश बनाती हूँ, या पतली डंडी पर रुई लपेटकर या कभी-कभी उँगलियों पर रंग लगाकर बनाती हूँ।'

बरामदा और बैठने का हॉल उसकी पेंटिंग से भर गए थे।

'ये तो सौ से भी ज्यादा पेंटिंग हैं। आपने कभी इनकी प्रदर्शनी के बारे में नहीं सोचा?'

उसे आश्चर्य हुआ था। उसके कहने पर विश्वास नहीं हो रहा था कि उसके इन चित्रों का इतना महत्त्व भी हो सकता है।

वह कह रहा था। 'इस समय इन पेंटिंग में मुझे तीन थीम नजर आ रही हैं।'

'एक में देवी के नौ रूप हैं। अलग-अलग रूपों, भाव-भंगिमाओं और मुद्राओं में हैं। इनमें मिथक और सत्य तथा श्रद्धा भाव घुल-मिल गए हैं। यह महिषासुरमर्दनी, सिंहवाहिनी आठ भुजाओं वाली दुर्गा की पेंटिंग तो मुझे स्त्रीशक्ति का प्रतीक लगती है। इसके एक हाथ में त्रिशूल है जो महिषासुर के सीने पर है और दूसरे हाथ से उसकी चोटी पकड़े है।'

'यह दूसरी थीम 'औरत' ली है आपने। ये सारे माँ शृंखला के चित्र हैं। बच्चे को दूध पिलाती माँ, बच्चे के साथ खेलती माँ, बच्चे को दुलारती माँ, बच्चे को नहलाती माँ, मातृत्व की अनेकानेक ये छवियाँ। इनके चेहरे कितने प्राणवान हैं, जीवन्त हैं। इनमें निजता की कैसी छटा है। जैसे आत्म ही भिन्न रूपों में साक्षात हो गया हो।'

'ये 'पत्नी' शृंखला हैं मैम? धान कूटती स्त्री है, पानी के घड़े सिर पर रखे हुए आती-जाती औरतें, पति की परिचारिका के रूप में खाना खाते पति को पंखा करती औरतें, घर के द्वार पर प्रतीक्षा में खड़ी औरतें, पति की ओर प्यार की मुद्रा में देखती हुई और एक चित्र में नाराजगी में रूठी स्त्री थी। एक पेंटिंग विधवा स्त्री

की थीं। वह काफी देर तक वहाँ उसके सामने खड़ा रहा था। श्वेत वस्त्र धारण किए कई भंगिमाओं में और भी कई स्त्री चित्र थे। पर सभी चित्रों में स्त्रियों के चेहरे म्लान, दुःख और अवसाद से पूर्ण थे। आँखें उनकी सजल थीं। आँखों में अजीब सी आकुलता थी। 'इन चित्रों को देखकर लग रहा है जैसे शोषण, दमन और सामाजिक पाखंड की साकार प्रतिमाएँ हैं ये। मैम इतना यथार्थ कैसे ले आईं आप! लगता है, बहुत करीब से देखा है आपने इनके जीवन को। इन चीजों के सामाजिक संदर्भ कैसे सजीव हो गए हैं। परिवार में अलग-थलग खड़ी, सामाजिक उत्सवों से बहिष्कृत, अकेली उदास विधवाओं के इन चित्रों में एक तरफ जहाँ इनकी दारुण अवस्था का चित्रण है वहीं समाज की क्रूरता भी व्यक्त होती है।'

'नटी' पेंटिंग के सामने वह खड़ा था। 'मैम एक मिनट इधर आइए—दिस इज ए मारवलस पेंटिंग मैम। रंग और रेखाओं को डिफ्यूज कर दिया आपने।' रस्सी पर एक स्त्री सन्तुलन साधे थी, दूसरी स्त्री आठ-नौ घड़ों की कतार सिर पर रखे सन्तुलन साधे थी।

वह धाराप्रवाह बोल रहा था। एक-एक चित्र के पास रुकता और विस्तार से उसके बारे में कहता जाता।

'इतना अनोखा रिमिक्स? लोककला और समकालीन कला का ऐसा अनुपम समन्वय। कैसी दक्षता से आपने सामाजिक गूढ़ स्थितियों को इन पेंटिंग में सजीव कर दिया है, कमाल है मैम। कुछ चित्रों में तो इतना बारीक काम किया गया है। इसमें कितनी सहजता और भावनाओं की तरलता है। लगता है, सब कुछ आपके अन्तःकरण से ही निकला है। यू आर ए बोर्न आर्टिस्ट, नहीं, मास्टर आर्टिस्ट।'

वह फिर रुक गया था 'इस चित्र की भावभंगिमाओं मुद्राओं में संगीत की लय है। और यह चित्र भी डाइमैंशनल है, इसमें मूर्ति कला का समन्वय है! और ये, इनमें रंगों की उत्कटता में जीवन की जीवंतता चित्रित हुई है। इन चित्रों में औरतों के चेहरे—कहीं आनन्द, उल्लास से उजासते हैं तो कहीं दुःख और पीड़ा से संकुचित हैं। आम औरत ही उभरी है इन चित्रों में!'

'यहाँ कैसी बेचैनी है इसके चेहरे पर, और ये कैसे द्वन्द्व में फँसी लगती है। इतनी परफैक्शन! आपने कैसे लापरवाही से फेंक रखा है इन उच्च कोटि के कलात्मक चित्रों को। अब तक तो आपकी दस पन्द्रह प्रदर्शनियाँ लग जानी चाहिए थीं।'

'देखिए, रचनात्मकता कभी न कभी उद्घाटित हो ही जाती है। आपने ये सारे चित्र बहुत धीरज के साथ बनाए हैं। जो अपने माहौल से और अपने समय के संवाद से जन्मे हैं। इनमें आपकी अपनी चित्रभाषा है और अपनी ही तरह रंगों का इस्तेमाल है। आपके अपने मन मुताबिक उपकरण, फारमेड, प्रकृति और जीवन की विविधताएँ हैं। देखिए, इधर देखिए, इस शृंखला के चित्रों में चित्रभाषा बिल्कुल बदल गई है और साथ ही उपकरण भी भिन्न हैं। सबसे बड़ी बात है—इनमें एक स्त्री गृहिणी

है जो घर से दुनिया को देख रही है और दुनिया से घर को। मैम, आप अपना बायोडेटा दीजिए। एक आर्टिकल तो मैं कल ही अखबार में दे रहा हूँ। उसने कैमरा निकालकर पेंटिंग के कुछ फोटो लिए थे।

'आपकी एक फोटो मैम इन पेंटिंग के साथ। आइए, इधर आ आइए! हाँ, यहाँ ठीक है।'

अगले दिन के अखबार में उसकी पेंटिंग्स के कुछ चित्र थे।

डिस्कवर्ड बोर्न आर्टिस्ट, ए मास्टर आर्टिस्ट। जो कुछ वह बोलता गया था, संक्षेप में वही उस लेख में था।

वह फिर आया था। मैं, इस कला समृद्धि को यहाँ कोने में नहीं पड़ा रहने दूँगा। आपकी इजाज़त से दूसरे कलाप्रेमियों के सामने लाऊँगा। उसने और आयुष ने ही सारी पेंटिंग को फ्रेम करवाया था। आर्टगैलरी के एक बड़े हॉल में उसके चित्रों की प्रदर्शनी लगी थी। पेंटिंग्स को अलग-अलग थीम में अरेंज किया गया था। एक महीने में ही उसने सब आयोजित किया था। घर के बरामदे के पिछवाड़े में पड़ी ये पेंटिंग्स कलाप्रेमियों तक पहुँची थी तो कलाजगत में एक खलबली मच गई थी। जिस कलाकार का किसी ने नाम भी नहीं सुना था उसकी इतनी बड़ी प्रदर्शनी और कलाप्रेमियों की इतनी भीड़।

इलेक्ट्रोनिक मीडिया और प्रिंट मीडिया जुट गया था। वह उनके सवालों से घबरा रही थी। वह आर्टिस्ट उसके साथ बना रहा था। बहुत कहने पर उसने अपना वक्तव्य दिया था–

'मैं एक साधारण-सी घरेलू औरत हूँ। मैंने इसकी शिक्षा कहीं से नहीं ली। न किसी आर्ट कॉलेज में गई और न ही किसी से सीखा। हाँ, इसकी प्रेरणा मुझे अपनी विधवा बुआ से मिली थी जो चित्र बनाया करती थी। न मैं पिकासो हूँ, न गोगा और ना ही वान्गांग हूँ। सुना है, वान्गाग ने सूरजमुखी के फूल धूप में अपने को गलाकर बनाए थे। मैंने भी जीवन की भट्टी में तपकर ये चित्र बनाए हैं। इसमें एक ही औरत है। ये सारे चित्र एक ही औरत के हैं। इन चित्रों में औरत के विविध रूप और अलग-अलग चेहरे भी एक ही औरत के हैं। विधवा, पत्नी और माँ ये भी एक ही औरत है। सारे कर्म, क्रियाएँ, भंगिमाएँ, मुद्राएँ ये सब एक ही औरत की हैं जो अलग-अलग तरह प्रकट हुई हैं। इन भिन्न कर्मविधियों में, जीवन पद्धतियों और जीवन शैलियों में दिखने वाली औरतें भी एक ही औरत हैं। और, यह औरत मैं हूँ।'

मेरे चित्रों की प्रदर्शनी की अनेक फोटो थीं। कला समीक्षकों के विचार थे और मेरा यह छोटा-सा वक्तव्य था।

डॉक्टर उस दिन से बुझा हुआ था। जाहिर है, उसे अच्छा नहीं लग रहा था। सुबह अखबार में खबर पढ़ते ही उसने बुलाया था–'चीजों को पर्सनलाइज क्यों करती हो। जब तुम्हें ठीक से अपनी बात कहनी नहीं आती तो कहती क्यों हो।'

मैंने पूछा था—'क्या हुआ?'

उसने अखबार मेरी तरफ बढ़ा दिया था—'और यह औरत मैं हूँ का क्या मतलब हुआ? ज़रूरी था यह वाक्य बोलना?'

इसमें गलत क्या था और ऐसा गलत जो डॉक्टर को गलत लगे। उसे समझ नहीं आया था।

मैं वैसी ही खड़ी रही थी।

'अब जाओ, आगे से ख्याल रखना।' डॉक्टर ने हाथ हिलाया था जैसे मक्खी को उड़ाने के लिए हिलाया जाता है।

वह लौट आई थी। सोचती रही थी। डॉक्टर ने ऐसा क्यों कहा। उसे क्या बुरा लगा। उसे क्यों बुरा लगा। उसे थोड़ा-सा महत्त्व मिल जाना उसे अच्छा नहीं लगा। या जो उसने कहा उसमें कुछ गलत था। वह उस आर्टिस्ट हरदोई से बात करना चाहती थी। पूछना चाहती थी कि इसमें गलत क्या है। फोन पर बात करती हूँ—सोचकर डायरी में उसका नम्बर ढूँढ़ने लगी थी।

औरत के लिए गुमनामी की जिन्दगी बेहतर कही गई है। जो औरत प्रतिभा लेकर पैदा होती है, वह दुःखी रहती है। औरत को सोचना नहीं चाहिए। जो सोचती है, वह दुःखी रहती है। ऐसी औरतों के जीवन की तमाम स्थितियाँ उसकी अपनी सहज वृत्तियाँ उसके खिलाफ हो जाती हैं।

औरत की स्वीकारोक्ति सारे आत्म-विश्लेषण के बाद आती है। कितनी कठिनाइयों के बाद। विकर्षण और हतोत्साहन के बाद। परिवार की माँगों और उत्पीड़न के बाद। सभी की उपेक्षा सह पाना। औरत के अस्तित्व का सार-पुरुष उसकी देखभाल करता है और उसे सुरक्षा देता है। वह उसकी सेवा करती है। ऐसे में बौद्धिक रूप से कुछ पाने की आशा करना व्यर्थ हो जाता है। औरतों की मुक्ति की कहानी से अधिक मजेदार इतिहास उनकी मुक्ति के मर्दवादी प्रतिरोध की कहानी है।

इस समय उसका मन घृणा और भय दोनों से मुक्त था। उसके भीतर कोई कड़वाहट और क्षोभ नहीं था। उसके भीतर अवसाद भी नहीं था।

ज्वेस की किताब में लिखा है—

'औरतें चमगादड़ों या उल्लुओं की तरह भी जिन्दा रहती हैं, पशुओं की तरह खटती भी हैं और केंचुओं की तरह मरती भी हैं।

औरत की मुक्ति उसके मस्तिष्क से शुरू होती है। जब वह इस स्थिति में होती है तो नई भंगिमाएँ पैदा होती हैं। न कहे गए, या आधे कहे गए शब्द और वाक्य जन्म लेते हैं।'

जिन्दगी के झुटपुटे में एक तारा उगा था। पर पता नहीं कब वह तारे से चिंगारी में बदल गया। अन्धेरा बढ़ता गया था। आग की रोशनी क्या प्रकाश फैलाती है? घर में आग लगती है तो धुआँ उठता है। धुआँ उठता है तो बाहर वाले पहले देखते हैं। सारे शहर में चर्चा थी। फुसफुसाहटें थीं। दबी जबान में लोग बातें कर रहे थे। घर में भी तूफान आ गया था। घर की दीवारें हिल रही थीं। कभी भी छत उड़ सकती थी। डॉक्टर ने अजय और अभय को बुला लिया था। मीनाक्षी भी आ गई थी। सबके चेहरों पर सर्द उदासीनता थी। वे सब इकट्ठे बैठते और मेरे विश्वासघाती और बेहूदा औरत होने पर आपस में एक-दूसरे को विश्वास दिलाते।

आज की सुनवाई खत्म हो गई थी। अगली तारीख सप्ताह भर बाद थी। वह लौट आई थी अकेली। इधर-उधर घूमती रही थी। घर पहुँचते हुए बत्तियाँ जल उठी थीं। बाहर अभी सूरज की आखिरी चिलक थी। घर भरा-पूरा था। दोनों बेटे और बेटी बच्चों के पिता। सब सारे भेदभाव भूलकर एक हो गए थे। इतने सालों बाद घर भरा-पूरा लग रहा था। उसके घर में कदम रखते ही—सबके चेहरों पर मनहूसियत छा गई थी। मीनाक्षी उठकर आई थी। 'कहाँ चली गई थीं माँ? सब जगह तो ढूँढ़ा था। कहीं भी नहीं थीं आप?'

कितना समय गुजर चुका था। अब गाँव में उसके लिए रखा ही क्या था। बापू चले गए थे। बुआ भी अब वहाँ नहीं थी। सुना था—कई वर्षों से किसी स्वयंसेवी संस्था के साथ पूरा समय काम करने लगी थी। अब तो उर्मिला बुआ समाज कल्याण

बोर्ड की सदस्य बन गई थीं। बुआ के अलावा दूसरी महत्त्वपूर्ण औरतें भी इसकी सदस्य थीं। समाज कल्याण विस्तार की योजनाओं के स्थापन और उनके कार्य को देखना भी उसके कामों में शामिल था। औरतों की शिक्षा, प्रसूति-सेवा, लघु उद्योगों के प्रशिक्षण और आर्थिक सहायता की व्यवस्था करना भी था। सामूहिक रूप से औरतों को हस्तकला, बुनाई, सिलाई सिखाई जाती। अक्षर ज्ञान के लिए प्रौढ़ शिक्षा केन्द्रों में भेजा जाता। कामकाजी औरतों के लिए शिशु-पालनगृह कार्यक्रम बोर्ड द्वारा स्वीकृत कराए जाते। निराश्रित बच्चों के लिए घर की योजना और औरतों के लिए आवास का प्रबन्ध हो। साथ ही, और भी बहुत से औरतों के हित में कार्यक्रम चलाए जाते थे, बालवाड़ी, पोषाहार, गोबर गैस प्लांट, स्कूल की बच्चियों के लिए पोषाहार, डेरी योजना, गाँव स्तर पर भी प्रारम्भ कराई गई थी। अल्प बचत योजना, छात्रवृत्ति तथा परिवार और बाल कल्याण योजनाएँ बन रही थीं जो स्थापित हो गई थीं, वे कार्य भी कर रही थी। औरतों का उत्पीड़न न हो, इसके लिए कई तरह के कार्यक्रम थे। जन सहयोग से ये कार्यक्रम चलाए जाते थे ताकि लोगों में जागृति आए।

सामाजिक आर्थिक मेले और हस्तकला प्रदर्शनियाँ लगाई जाती थीं। जरीना आपा और उर्मिला बुआ ने मिलकर पहली प्रदर्शनी इसी के तहत लगाई थी। अब तो ये प्रदर्शनियाँ जयपुर, जोधपुर जैसे बड़े शहरों में आयोजित की जा रही थीं ताकि औरतों द्वारा बनाई गई सामग्री बिक्री के लिए जनमंच तक पहुँचे। महिला स्वावलम्बन कार्यक्रम के अन्तर्गत कस्बों में भी लड़कियों को व्यावसायिक प्रशिक्षण और कंप्यूटर शिक्षण, रेडीमेड गारमेंट इत्यादि के लिए अनुदान दिया जा रहा था। विभिन्न कार्यशालाओं के साथ पर्व और उत्सव भी मनाए जाते थे जैसे चेतना पर्व, विकास पर्व, पहचान पर्व, कन्या भ्रूण बचाओ पर्व। इनसे खुशी का माहौल बनता और समाज में जागृति की लहर भी दौड़ती। उर्मिला बुआ क्योंकि बोर्ड की सदस्य थीं इसलिए नए जिलों में भी जातीं। कार्यक्रम के प्रसार के लिए राजस्थान के विभिन्न गाँवों, कस्बों, शहरों का भ्रमण करतीं। स्वयंसेवी संस्थाओं की गतिविधियों का अवलोकन, निरीक्षण करके रिपोर्ट भी भेजी जातीं। असहाय और अशक्त औरतों और जातियों के लिए भी विभिन्न योजनाएँ थीं। पेंशन, पुनर्वास, छात्रवृत्ति, आवासीय विद्यालय, रोजगार सहायता, सहायता शिविर आदि कई विधियों से समाज कल्याण के कार्यक्रम चलाए जा रहे थे। उर्मिला बुआ बताती थीं, बहुत बदलाव भी आ रहा है। अब सब पहले जैसा नहीं रहा। विधवा बेटियों की शादी के लिए अनुदान भी मिलता है। विधवाओं के लिए पेंशन लाभ योजना भी है। वृद्धों के लिए श्रवण कुमार सेवा केन्द्र है। जहाँ हर तरह की आवासीय सुविधाओं के साथ स्वास्थ्य सेवाएँ और पोषाहार की भी व्यवस्था है।

उर्मिला बुआ की व्यस्तता बहुत बढ़ गई थी। संस्था के काम में वह कई-कई दिनों तक बाहर ही रहती थीं। सब बदल गया था। भाइयों ने तो यूँ भी कभी खबर नहीं ली थी। उन्होंने तो शुरू से ही अपनी दुनिया अलग बसा ली थी। बापू से ही

मिलने की उत्सुकता रहती। उनके गले लगने को मन उमगता था। बापू की मृत्यु का समाचार पाकर पन्द्रह साल पहले वह गई थी। पोली खोलकर अन्दर आ गई थी। तब शाम सी होने लगी थी। रस्सी पर कपड़े नहीं सूख रहे थे। खुले में अनाज नहीं सूख रहा था। कोई आवाज़ नहीं थी। एक निःशब्दता थी चारों तरफ। उसने दरवाज़ा थपथपाया था। अन्दर से आवाज़ आई थी–'कौन? कृष्णा दरवाज़ा खुला है।' तेरह-चौदह साल की एक बच्ची बाहर आई थी। उसकी आँखों में भी अजनबीपन था। उसने बताया तो वह उसे अन्दर ले गई थी। ताई थी, एकदम बुढ़ा गई थी। सारा शरीर झुर्रा गया था। उसने उसे नहीं पहचाना था। लगता था, उसकी आँखों की रोशनी चुक गई थी। ताई। उसकी आवाज के साथ उसकी कमजोर देह हिली थी।

'आ-आ, इधर आ। आ, अठै बैठ। तेरा बापू भी सिधार गया। तुझे लाड़ करने वाला भी गया। पर मैं क्यों बैठी रही। मैं क्यों रही ज़िन्दा जब तक।' ताई माथे पर हाथ मार-मारकर रोने लगी थी, हाय! मैं राँड क्यों न मर गई। धनी गया, बाप गया, अब म्हारे वीरा जैसा थारा बापू भी चला गया। हे भगवान! किन पापों की सजा दे रहा है।' उसकी चीत्कार कलेजा फाड़ रही थी। धीरे-धीरे हिलती-डुलती ताई ने होश सम्भाला था। 'जा...बापू की माटी पड़ी है। जा, आखिरी दर्शन कर ले।' बापू गोबर से लिपी-पुती जमीन पर जैसे शान्त सोए थे। सिर की तरफ रखे दीए की रोशनी में उनकी सूखी सन्न देह सारे दुःख-सुख, चिन्ताओं, जिम्मेदारियों और जीवन भार से मुक्त पड़ी थी। उनकी आँखें कोटर में धँसी थीं। मुँह खुला था। गालों की जगह गड्ढे थे। पतली सुती हुई-सी बाँहें देह के दोनों तरफ अगल-बगल टिकी थीं। वह घुटनों के बल उनके समीप ढील गई थी। उसके भीतर चीत्कार उठ रहा था। चाह रही थी कि वह भी यहाँ की औरतों और रिवायत के अनुसार बुक्का मारकर रोए। चीख-चीखकर कहे–बापू, एक बार उठो, अपनी बाहों में घेरकर सिर पर आशीर्वाद का हाथ रखो। पूछो, मैं कैसी हूँ, मीनू कैसी है, अभय और अजय कैसे हैं। पूछो बापू, डॉक्टर क्यों नहीं आया मेरे साथ। ऐसे अवसर भी मुझे अकेला क्यों भेज दिया।' पर बापू वैसे ही निश्चल लेटे रहे थे। वह वैसे ही घुटनों में सिर दिए बेआवाज़ सिसकती रही थी। वहाँ बैठे लोगों की आँखों में सवाल था। फिर एक ने पूछ ही लिया था–'डाक्टर सा कोनी आए? पण काही न आबे डाक्टर?'

वह क्या कहती। चुप रहना ठीक नहीं था इसलिए धीमे से कहा था–'कोई सीरियस केस आ गया था।'

'शहर में दूसरा डाक्टर कोनी?' 'है पर वह उनका केस था।' उसके जवाब से किसी के मन में उसके प्रति हमदर्दी नहीं थी। एक छाया सी घर के भीतर डोलती नजर आई थी। छोटे वाला भाई था। उसका मन वितृष्णा से भर गया था। वह समझ रही थी। वह यहाँ क्यों आया होगा। बापू चले गए। उर्मिला बुआ घर छोड़कर चली

गई। ताई का होना, न होना एक जैसा था। घर में, गाँव में जमीन और बची-खुची जायदाद समेटने आया होगा। हमारे बीच का रिश्ता काठ की तरह सूख गया था। हमारे बीच कहने-सुनने और समझने को कुछ भी शेष नहीं बचा था। फिर आज ऐसी स्थिति में कुछ भी कहना तो और भी बेमानी था।

वह वहाँ से उठकर दीवार के साथ लगकर एक किनारे पर बैठ गई थी। क्रिया-कर्म के बाद लौट जाएगी। उसे वहाँ अपनी उपस्थिति ही अटपटी लग रही थी। वह उठकर भीतर गई थी बापू की कोठरी में। बापू के बिस्तर पर पाटी पर बैठ गई थी। फैले कम्बल, तकिए और चादर में बापू की गन्ध से ज्यादा दुर्गन्ध आ रही थी। फिर भी वह दुर्गन्ध बापू की याद दिला रही थी। लगा था, बापू अभी-अभी उठकर बैठेंगे और उसे भेंट लेंगे, पनियाली तरल आँखों से उसका चेहरा सहलाएँगे और बुदबुदाते होंठों से कहेंगे–'सदा सुहागिन रह, खुश रह, जीती रह।'

वह उठ खड़ी हुई थी, पैरों के नीचे कच्ची, ठण्डी जमीन की छुअन, इतने सालों बाद भली लग रही थी। पर अब बापू के साथ यहाँ का जो थोड़ा संबंध बचा था। सब खत्म हो जाएगा। बापू वार, त्योहार, होली-दीवाली ताई से पूछकर कुछ न कुछ भिजवाते थे। जिसे उसके अलावा घर के नौकर-चाकर ही खाते थे। बच्चे छोटे थे तो थोड़ा-बहुत ले लेते थे पर बड़े होने पर उनकी आदतें और व्यवहार भी बदलता गया था। यहाँ से आई मिठाई को छूते तक नहीं थे। पहले वह कहा करती थी फिर कहना ही छोड़ दिया था। भाई कभी उसके घर नहीं आए थे। पहले वह विधवा थी इसलिए अछूत जैसी थी, अब यह सधवा है और बड़े आदमी की पत्नी है, इसलिए अछूत है। उसे वहाँ आया देखकर किसी पर कोई प्रतिक्रिया नहीं हुई थी। किसी को जैसे उससे कोई मतलब ही नहीं था। उर्मिला बुआ आसपास नजर नहीं आई थी। पूछने पर बताया था, 'अब वह घर पर रहती ही कहाँ है। वह तो समाज-सेविका बन गई। समाज के काम से गाँव-गाँव घूमती है। कहाँ गई होगी, पता नहीं। उसको कैसे खबर की जाए, कहाँ की जाए, बड़ा मुश्किल है।'

पड़ोस के घरों से कई लोग थे। कुछ को वह पहचान रही थी और कुछ चेहरे नए थे। जिन बड़े-बूढ़ों को पहचाना था उनके चरण छुए थे, बाकी को हाथ जोड़कर, सिर झुकाकर अभिवादन किया था। जिनको नहीं पहचाना, सिर्फ गर्दन हिला दी थी। क्रियाकर्म के बाद वह लौट रही थी। बापू के ही खेत थे, फसलें काटी जा चुकी थीं। कस्बे की कच्ची-पक्की सड़कों पर धूल उड़ाती उसकी गाड़ी को देखकर भीड़ जमा हो गई थी। एक-दूसरे की तरफ इशारे करके पूछ रहे थे। कौन है? रामलालस की छोरी। जरूर उसी बूढ़े ने बताया होगा। उसकी तरफ इशारा करके ज़ोर-ज़ोर से आवाज़ें देकर भीड़ ने उसे बुलाने की कोशिश की थी। पर उसने जैसे कुछ सुना ही नहीं था। उसे लगा था–टीले पर बापू खड़े थे। हाथ हिला-हिलाकर उसे विदा दे रहे थे पहले की ही तरह। कुछ देर तक उसी तरफ देखती रही थी। गाड़ी उस

दृश्य को कुछ ही पलों में लाँघकर आगे बढ़ गई थी। कस्बे का यह आखिरी दृश्य उसके भीतर ठहर गया था।

अब बिना रुके गाड़ी बढ़ती जा रही थी। चारों तरफ रेत का समुद्र-जैसा बढ़ता दिखाई दे रहा था। गाड़ी के शीशे ड्राइवर ने ऊपर कर दिए थे। फिर भी समय की गर्द उड़-उड़कर उसकी आँखों में पड़ रही थी। उसकी आँखों में चुभ, रगड़ रही थी। और आँसू ढुलक रहे थे। उस झिंझोड़ती हवा में एक साथ कई आवाज़ें सुनाई दे रही थीं। बुआ की पलोसती हुई प्यार भरी आवाज़ें ताई की तल्ख आवाज़ें और बापू की असहाय हाँ-हूँ की आवाज़। हवा के झटकों के साथ उनकी आवाज़ें उसके भीतर तैरते-तैरते डूबती जा रही थीं। दोपहर हो गई थी, सूरज की किरणें सीधी पड़ रही थीं। रेत पर सहस्रों सूरज एक साथ रेत के कणों में भभक रहे थे। ड्राइवर कह रहा था–'मौसम कभी भी खराब हो सकता है। हमें यहाँ फँसना नहीं है। थोड़ा पहले निकलते तो अच्छा था।' अभी पन्द्रह बीस किलोमीटर ही आगे आए थे कि रेत का बवंडर दहाड़ता हुआ मटियाले काले समुद्र-सा घेर रहा था। कुछ देर के लिए उसने किनारे लगाकर गाड़ी रोक दी थी। 'ज़रा देर रुक ही जाते हैं, बेहतर यही होगा।'

फिर गाड़ी चली थी। उसने देखा, धूल का गुबार थमा नहीं था। बस, धुँधला गया था। बापू का चेहरा नहीं दीख रहा था। उर्मिला बुआ, जरीना आपा, ताई और पड़ोसी की बुधिया, बन्तो, छमिया, वीरो सभी चेहरे छिप गए थे। बालू के ढूह उड़ रहे थे। गाड़ी आगे जा रही थी और उसका सब पीछे छूट रहा था। उसने शीशे से झाँका था–दोपहर में ही शाम का-सा अन्धेरा फैल गया था। अन्धेरे में टटोलते हुए कभी-कभी कोई एक वाहन गुजर जाता। हवा में बदहवास शोर था। हवा के ज़ोरदार थपेड़े से सड़क पर आती हुई एक जीप का पिछला दरवाजा उखड़कर अलग हुआ और जमीन पर एक-दो पटकियाँ खाने के बाद चित हो गया। ड्राइवर ने देखा, सुना, पर उतरा नहीं था। जीप वाले ने भी जीप नहीं रोकी थी। ड्राइवर बुदबुदाया था–'हम धीरे-धीरे निकल जाते हैं मैडमजी।' रेंगती गाड़ी के साथ धीरे-धीरे उस मिथकों के देश से वे बाहर आ रहे थे। पिछली बार ड्राइवर भानू ने बताया था–'बीस किलोमीटर का पूरे रास्ते पर खतरा है। कभी भी कुछ भी हो सकता है। धूप निकल रही होगी, आँधी आएगी। आँधी आएगी तो पानी पड़ने लगेगा। सामने कुछ भी नहीं होगा, एकाएक सामने पत्थर आ जाएगा। गाड़ी रोकनी पड़ जाएगी। सड़क पर कोई दूसरा वाहन नहीं होगा, पर अचानक दो-तीन वाहनों की एक साथ टक्कर हो जाएगी। अचानक ही गाड़ी का पहिया निकलकर सड़क पर घूमते हुए एक तरफ गिर जाएगा। गाड़ियों के बन्द दरवाजे खुल जाते हैं। जीपों से तिरपाल की छतें उड़ जाती हैं। यह सब भैरों जी की मरजी से होता है। उसे कोई कह या रोक नहीं सकता। बस, मन के भीतर उसका नाम लेकर सीस नवा दो और कुछ सुक्ख लो कि वापिस जाकर

तेरे नाम का चढ़ावा चढ़ेगा। हे देवता, हमें सुरक्षित पहुँचा दे। घर पहुँचकर गुड़ की भेली, सरसों का तेल, काली तिल भैरुजी के मन्दिर में चढ़ाऊँगा।'

आस्थाओं, विश्वासों और स्मृतियों की दुनिया से वे बाहर खिसक रहे थे। बापू, घर, खेत, ढाणियाँ; ताई, बुआ, सब पीछे छूट गए थे। उसने आँखें बन्द कर ली थीं। बाहर फैली रेत, हवा का बौखलायापन, रेत पर उठती-बनती, लहरों का इन्द्रजाल, ढहते और बनते नए ढूह, सब एक इन्द्रजाल के दृश्य और अदृश्य हो रहे थे। अब इन्द्रजाल भी टूटने लगा था। गाड़ी मुख्य सड़क पर पहुँचकर मुड़ गई थी। ड्राइवर ने चैन की साँस ली थी।

'तुम्हें एक-दो बार फोन किया था। तुम घर पर नहीं थीं। आओ। अखबारों में जरीना आपा आपकी प्रदर्शनी को लेकर खूब चर्चा में है। बहुत उल्टा-सीधा भी लिखा जा रहा है। सोचा, मैं चलकर आपकी पेंटिंग भी देखती हूँ और आप से मिलती भी हूँ।'

'पहले पेंटिंग देखोगी या चाय पीओगी।'

'पहले पेंटिंग देखूँगी आपा। सीधी घर ही से आ रही हूँ।'

'जरीना सिफर पचपन' की श्रृंखला में 'स्त्री शक्ति' शीर्षक से चार खण्ड थे जिनमें बड़ी-छोटी मिलाकर कुल 35 पेंटिंग थी। सबसे ज्यादा चर्चा चौथे खण्ड की थी। जिसमें देवीशक्ति महाविधा के दस रूपों पर दस पेंटिंग थीं—काली, तारा, सुन्दरी, बंगला, कमला, मातंगी, भुवनेश्वरी, भैरवी, धूमावती और छिन्नमस्ता। इनमें सबसे बड़ी पेंटिंग देवी छिन्नमस्ता की थी। दस फुट ऊँची और बारह फुट चौड़ी। एक ही पेंटिंग हाल के सामने की दीवार पर थी। हॉल में घुसते ही पहली दृष्टि उस पेंटिंग पर जाती थी। छिन्नमस्ता का जो स्वरूप चित्रित था उसमें सृजनात्मक और संहारात्मक भावों का अद्भुत सम्मिश्रण था।

नाभि में श्वेत कमल के भीतर बंधूक के फूलों की तरह लाल और सूर्य का सा प्रभामण्डल, उसमें एक महायोनि चक्र जिसके मध्य में विपरीत रति में लगे हुए काम और रति दिखाए गए थे। जिनकी पीठ पर दिव्य आभा से युक्त शिवा विराजमान थी। लाल और पीले रंगों के सम्मिश्रण से शिवा की अप्रतिम आभा को चित्रित किया गया था। उसके बाएँ हाथ में उसका अपना ही कटा हुआ सिर और दाहिने हाथ में विशाल खड्ग था। वह दिगम्बर वेश वाली चतुर्भुजी देवी आभूषण युक्त थी।

उसके केश खुले थे। पराशक्ति त्रिनेत्र देवी अपने छिन्न सिर के स्थान से निकलती हुई रक्तधारा पी रही चित्रित की गई थी। अगल-बगल देवी की दो सहयोगिनी शक्तियाँ भी वस्त्रहीन, केश खुले और आभूषणयुक्त थीं। अपनी दाहिनी ओर की देवी योगिनी वर्णिनी को तेज उठती अपनी रक्तधारा का पान करा रही थी। दूसरी तरफ उसकी अपनी ही मूर्ति डाकिनी को अपने छिन्न गले से निकलती रक्तधारा पिला रही थी। डाकिनी प्रचण्ड वेश में थी। लपलपाती जीभ, बिजली की तरह चमकती चंचल आँखें। ब्रह्मा, विष्णु और महेश आदि देवता देवी के चरण कमलों को अपने शीर्ष पर धारण किए थे। देवी को अग्नि ज्वालाओं से घिरा चित्रित किया गया था। देवी के मुख से भी अग्नि की ज्वाला प्रकट होती दिखाई गई थी। उसके गले में मुण्डमाला थी। यह पेंटिंग स्तब्ध कर देने वाली थी। पीले, सुनहरी, लाल, केसरी रंगों के विविध सम्मिश्रण प्रयोगों से उस विशाल कैनवास पर शक्ति देवी छिन्नमस्ता करोड़ों सूर्यों के प्रभामंडल से युक्त साक्षात समक्ष दीख रही थी। ऐसी सजीवता, जीवंतता रेखाओं और रंगों की यथार्थता में देवी एक साथ महा भय, आश्चर्य, श्रद्धा, हर्ष, कम्पन और भक्ति के भाव उत्पन्न कर रही थी।

छिन्नमस्ता के दिगम्बरा होने पर, नग्न शव शिव पर आरूढ़ होने और महाकाल के साथ विपरीत रति में संलग्न होने को लेकर कोहराम मचा था। सबसे अधिक इसलिए कि जरीना दूसरे धर्म की थी। उसे हिन्दू धर्म के देवी-देवताओं का ज्ञान नहीं हो सकता। इसलिए इस तरह के चित्र बनाने का उसका कोई अधिकार नहीं है। यह सच है कि जरीना के कुछ चित्रों को देखना वर्जित क्षेत्रों में प्रवेश था। ये चित्र मन-मस्तिष्क को झकझोरते थे।

जरीना ने अपना वक्तव्य दिया था कि यह चित्र तांत्रिक साधना के प्रतीकों द्वारा चित्रित किए गए। उसने उसे स्त्रीशक्ति की सबसे सशक्त प्रतीक कहा। उसने बताया कि छिन्नमस्ता देवी की शास्त्रीय परिकल्पना में देवी स्वयं अपने सिर को खड्ग से काटकर बाएँ हाथ में लिए है। इसका अर्थ है कि देवी ज्ञान खड्ग द्वारा अपने शक्ति केन्द्र को काटकर नई चेतना के पुनः विस्तार को प्रकट करती है। देवी के गले में वर्णमाला के बीजाक्षरों की माला है। जिसमें विश्व की नई सृष्टि के बीजरूप और नए जीवों के मुण्ड हैं। यह देवी आत्मतत्त्व को जागृत करती है। यही आद्या प्रकृतिरूपी देवी सृष्टि की उत्पत्ति, स्थिति और संहार के लिए तीन रूप धारण किए हुए है।

दूसरी, उससे थोड़ी ही छोटी पेंटिंग महाकाली की थी—निर्वस्त्रा, सर्वथा नग्न शिवरूपी शव पर आरूढ़ देवी महाकाल के साथ विपरीत रति में संलग्न दिखाई गई थी। महाकाली की एक और पेंटिंग थी जिसमें उसकी आकृति भयावनी थी। महा भय उत्पन्न कर रही देवी हँसने की मुद्रा में थी। चतुर्भुज, चारहस्त, खड्ग, छिन्न मुंड, तीसरा हाथ अभय की मुद्रा में और चौथा हाथ वरद मुद्रा में था। स्थूल स्तनों

वाली, भयंकर हँसी-हँसती महाकाली के हाथ में कटा हुआ नरमुंड दिखाया गया था। इस पेंटिंग पर भी आपत्ति की गई थी। आपत्ति देवी के पूर्ण नग्न होने और नग्न शव शिव पर विपरीत रति की मुद्रा में चित्रित होने पर की गई थी। साधारणतया देवी को जिह्वा बाहर निकाले सिंह पर आरूढ़ माना जाता है। जरीना ने इस पेंटिंग के बारे में भी अपना मत दिया था कि यह भी स्त्रीशक्ति की ही प्रतिमूर्ति है। कटा हुआ सिर मोहपुरुष का है जो अविधा के नाश और नई शक्तिसृष्टि को प्रस्तुत करता है। महाविधा के अन्य आठ रूपों—तारा, सुन्दरी, बंगला, कमला, भुवनेश्वरी, भैरवी और धूमावती के चित्र थे।

एक पेंटिंग में योनि को विभिन्न रेखात्मक आकारों, त्रिकोण, चतुष्कोण, बिन्दु पद्म इत्यादि में चित्रित किया गया था। योनि पर बीजाक्षरों की एक माला पहनाई गई थी जो योनि के आकार में थी। पेंटिंग के दोनों तरफ मन्दिर के खम्भे दिखाई दे रहे थे जिन पर योनि को अंकित किया गया था और दो आकृतियाँ प्रणाम मुद्रा में उसके सामने थीं। पेंटिंग के ऊपरी हिस्से में भरणी नक्षत्र योनि के आकार में चित्रित था।

जरीना के अनुसार मातृ देवी शक्ति का सर्वोच्च मान्य प्रतीक योनि का है। जो हमारी प्राचीन पूजा पद्धतियों में मिलता है। उन्हीं सबका समन्वित रूप इस पेंटिंग में चित्रित किया गया है।

सामान्य आकार की कुछ महत्त्वपूर्ण पेंटिंग रेखागणितीय आकारों में थीं। एक चित्र में मातृका श्रीयंत्र का अंकन सीधी पीली रेखा द्वारा किया गया था। पेंटिंग के नीचे शीर्षक था—सृष्टि निवास त्रिपुरा सुन्दरी। पृष्ठभूमि में थी। मध्य में एक बिन्दु था। श्रीयंत्र में नौ चक्र और नौ त्रिकोण संयुक्त रूप में बनाए गए थे। केन्द्र में बिन्दु से एक चक्र बना था। सृष्टित्रयी शीर्षक से चित्र में तीन बिन्दुओं से एक त्रिकोण बना था। त्रिकोण की तीन भुजाओं में ब्रह्मा, विष्णु और महेश त्रिदेव चित्रित थे। त्रिकोण योनि रूप में था।

'परिपूर्णता' शीर्षक से चतुष्कोण पीली आभा में दीप्त रहा था। चतुष्कोण एक चौकी के रूप में निर्दिष्ट था। दिशा में चार द्वार थे।

'ब्रह्माण्ड' शीर्षक से एक के भीतर एक कई मण्डलों में वृत्त थे। वृत्त एक-दूसरे को काटते हुए थे। मूलवृत्त के भीतर केन्द्र में एक बिन्दु दर्शाया गया था। 'शक्तिनादमयी' शीर्षक से एक लिंग बनाया गया था और उसी में हँसते हुए शिव दर्शाये गए थे—उनके सिर पर 'अ' लिखा था। ललाट पर 'आ' दक्षिण नेत्र में 'इ' अंकित था, वाम नेत्र में 'ई' था। दक्षिण कर्ण में 'उ', वाम कर्ण में 'ऊ', 'ऋ' दोनों कपोलों पर, लृ ल दोनों नासिकाओं पर 'ए', 'ऐ' ओंठों पर 'ओ', 'औ' दाँतों की पंक्तियों पर, 'अं', 'अः' दोनों तालुओं पर। कवर्ग के पाँच अक्षर दाईं भुजा में, च वर्ग में पाँच अक्षर बाईं भुजा में। टवर्ग के पाँच अक्षर दक्षिण पैर पर, तवर्ग के पाँच अक्षर बाएँ पैर

पर। प उदर, दक्षिण पार्श्व, ब वाम पार्श्व पर। य स्कंध पर। स हृदय में। य र ल व श स वर्ण, त्वक, असृक, माँस, भेद, अस्थि, मज्जा, शुक्र ये साम साधुओं के रूप में थी। ह नाभि पर और दो मेड पर अंकित थे। उनके गले में देवी की तरह मुंड माल थी जिस पर वर्णमाला थी।

उसके साथ ही एक और पेंटिंग थी 'शब्द ब्रह्म-सत्ता सर्वोच्च' जिसमें शारदा मातृका देह वर्णों से ही बनाई गई थी। सोलह स्वरों से मुख, कवर्ग के हाथ, चवर्ग के पैर, टवर्ग से बीच का भाग, तवर्ग से त्वक, अस्थि माँस, मज्जा आदि सात धातुएँ, पवर्ग से हृदय, ज्ञान क्रियात्मक प्राण, य वर्ग के सात वर्णों से आत्मा जो परमात्मरूप है, अंकित थे।

कई छोटी पेंटिंग थीं—कई तरह के षट्कोण थे। तीन त्रिकोणों से बने एक-दूसरे को काटते, बीच में वृत्त। दो त्रिकोण एक-दूसरे को स्थित षट्कोण बनाते हुए बीच में दो वृत्त। एक षट्कोण एक के साथ दूसरा त्रिकोण आधार से जोड़कर बने एक चतुर्भुज बना रहे थे। बीच से बाएँ और ऊपर से दाएँ दो कोण रेखाओं द्वारा काट कर बनाए गए थे। उसके बीच में वृत्त नहीं था।

करीम आर्ट गैलरी में जरीना सिफर के चित्रों की प्रदर्शनी बहुत विवादास्पद हो गई थी। सारे अखबार और मीडिया उसकी प्रदर्शनी के विरोधी समाचारों से भरे पड़े थे। कुछ लोग उसके पक्ष में चित्रों की प्रशंसा कर रहे थे और कुछ विरोध में जरीना को गालियां भी दे रहे थे। वह गई थी। जरीना सारे विवादों से तटस्थ प्रसन्न मुद्रा में थी। उसे देखते ही गले से लिपट गई थी।

इसी तरह छोटे-बड़े वृत्त थे। एक के बीच में दूसरा वृत्त डालकर दो वृत्तों वाला, तीन वृत्तों वाला, पाँच वृत्तों वाले वृत्त थे। एक वृत्त जो कई वृत्तों वाला था—एक बड़ी पेंटिंग थी। कुछ और पेंटिंग थीं ओंकार यंत्र की, संक्रामक यंत्र की, सर्प आकृति यंत्र की, कुण्डलिनि यंत्र की, भैरवी यन्त्र की।

दो पेंटिंग तांत्रिक भैरवी और तांत्रिक योगिनी की थीं। सूर्यमण्डल, चन्द्रमण्डल की अलग-अलग आकारों में पेंटिंग थी। धूमावती महाविधा देवी को भी नग्न, आभूषण पहने, ज्वालाओं से घिरी चित्रित किया गया था। एक चित्र प्रलयकालीन एकाणर्क समुद्र का था जिसमें भयंकर उफनती लहरों की आवर्तों पर डोलती नौका में मनु बैठे थे। समुद्र के नीचे की तरफ सृष्टि के तत्त्वों को, पृथ्वी तत्त्व को पीत, जलतत्त्व को श्वेत, अग्नितत्त्व को रक्तिम, वायुतत्त्व को श्याम और आकाश तत्त्व को अनेक रंगों से चित्रित किया गया था। इस चित्र का शीर्षक था 'सृष्टि'। इसी शीर्षक की शृंखला में तीन चित्र और थे। दूसरा चित्र अगाध अबाध समुद्र की लहरों पर तैरते एक सुवर्ण अण्ड का था। अण्डकोष पर हिरण्यमय पुरुष लिखा गया था। समुद्र में जल की लहरों को नीले रंग में चित्रित किया गया था। उस पर सुवर्ण रंग से हिरण्य अण्ड का चित्रण था। तीसरे चित्र में महासमुद्र का नीला जलविस्तार दर्शाया गया

था। समुद्र में शेष शैय्या पर सोये हुए विष्णु थे। उन्हीं की नाभि से उद्घाटित कमल पर ब्रह्मा को आरूढ़ दिखाया गया था।

आर्ट गैलरी में प्रवेश करते ही दर्शक कुछ क्षण के लिए संज्ञाशून्य हो जाता था। आँखें चौंधिया जाती थीं। लाल, पीले, सुनहरे रंगों की आभा विकीर्ण हो रही थी। हाल के कोनों में जहाँ रोशनी कम थी वहाँ भी चटख पीला रंग, जैसे प्रकाश की किरणें विकीर्ण कर रहा था। रेखागणित से बने त्रिकोण, षट्कोण, अष्टकोण, वृत्त, मंडल बिन्दु से बने भिन्न वृत्ताकार चतुर्भुज जिज्ञासा जगा रहे थे।

चणिका काली, छिन्नमस्ता, महाकाली आदि रूप में शव शिव पर शिवा शक्ति को आरूढ़ दिखाया गया था। इस रूप में शिव शक्ति का चित्रण, किसी स्त्री द्वारा वह भी दूसरे धर्म की हो किए जाने का विरोध तो रूढ़िवादी कारण था। परन्तु उन प्रतीकों का समझ न सकना मूल कारण था। जरीना बार-बार मीडिया में अपना वक्तव्य दे रही थी। कई इण्टरव्यू में वह उनका प्रतीकार्थ समझा रही थी। पर आमतौर पर उसके कहे को गम्भीरता से नहीं लिया जा रहा था।

सवाल उसके मन में भी उठा कि कैसे इतने गम्भीर विषय को उसने प्रतीकों में अभिव्यक्त किया। उसकी जानकारी का स्रोत क्या था? उसके पूछने पर जरीना आपा ने बताया था कि "संजीव की माँ तन्त्रसाधना की विदुषी है। उसी ने मुझे इस विधा में दीक्षा दी है। जब मैंने तन्त्र साधना की पुस्तकों में देवी के इन रूपों और उनके प्रतीकार्थों को पढ़ा तो जाना कि स्त्री की शक्ति ही तन्त्र साधना का आधार है। सुमित्रा, मैंने पाँच साल इस थीम पर शोध किया। फिर दो साल मुझे इन चित्रों को बनाने में लगे। शोध के दौरान मैंने तन्त्र साधना पद्धति पर बहुत-सी किताबें पढ़ीं। फिलिप राउसन की 'द आर्ट ऑफ तन्त्र', मुखर्जी तथा खन्ना की 'द तांत्रिक वे', निक डगलस की 'तन्त्र योग' तथा भारतीय विद्वानों अजित मुखर्जी और जनार्दन मिश्र इत्यादि की कई पुस्तकें पढ़ीं। उनको पढ़कर, मेरे सवालों के जवाब संजीव की माँ ने दिए। फिर कहीं जाकर मैं इन प्रतीकों को कुछ जान सकी। तुम बताओ कृष्णा—शिवा, शिव, ओउम, लिंग, योनि, बिन्दु वृत्त, षट्चक्र, बीजाक्षर—ये क्या हिन्दू हैं? ये क्या मुसलमान नहीं हैं? वास्तव में ये सारे प्रतीक सृष्टि की उत्पत्ति और कॉस्मिक शक्ति के सन्दर्भ में हैं। ये धार्मिक चिह्न हैं ही नहीं। इन्हें किसी धर्म से जोड़ना हमारी संकीर्णता और जड़ता है।"

'भारतीय मिथक काम प्रतीकों के द्वारा दार्शनिक और कॉस्मिक सिद्धान्तों की व्याख्या करते हैं। शारीरिक संभोग क्रिया गत्यात्मक गतिशील, परिवर्तनशील और स्थैतिक (स्थिर, गतिहीन) की एकता दिखाती है। शिव और शक्ति की एकातनता (मिलन) ब्रह्माण्ड और विकास की प्रक्रिया को दर्शाते हैं। शक्ति आधा देवी और ब्रह्माण्ड का मूल सिद्धान्त है। यह ऐहिक और आध्यात्मिक शरीर और आत्मा दोनों को मूर्त (साकार) करता है।

भारतीय दर्शन में स्त्री शक्ति है। शक्ति है। शिव को लिंग के रूप में पूजा जाता है जो गौरी पट पर अवस्थित होता है और गौरी पट योनि की आकृति होती है। शिव और पार्वती की (संयोजन, संयुक्त) योग और काम की संयुक्ति है। शिव महायोगी जो सृष्टि के पुरुष हैं, पार्वती प्रकृति है। इसका मूर्त रूप है अर्धनारीश्वर में। परमसत्ता (सर्वोच्च सत्ता) शक्ति है–दिव्य माँ देवी है। उसी ने सृजन के लिए अपने को हिस्से में बाँटा–पुरुष और स्त्री। शिव पुरुष तत्त्व हैं जो ब्रह्माण्डीय चेतना में सर्वोपरि हैं। शक़्ति स्त्री तत्त्व है, आदिशक्ति बिना शक्ति के शिव शव हैं और बिना शिव के शक्ति आधी ताकत है। इसका यह प्रतीकार्थ भी है कि शक्ति बिना इच्छा के अशुभ (अनिष्टकर) है और अच्छाई बिना शक्ति के अप्रभावी।

शिव और शक्ति के संयोग से ही यह सृष्टि बनी है। इस संसार का नाटक इन्हीं से है। इसका कोई आदि या अन्त नहीं। प्रतीक में यह लीला काली का शाश्वत नृत्य है। ब्रह्माण्ड की शक्ति का शिव के शाश्वत वक्ष पर, ब्रह्माण्ड की चेतना का। शिव योगी हैं, प्रेमी भिक्षुक है, शिव नटराज हैं, महालिंग और महादेव हैं। शिव शक्ति का प्रतीकार्थ काम और तपस्या आपस में अलग-अलग नहीं हैं। हिन्दू दर्शन, दृश्य से अदृश्य और भौतिक से आध्यात्मिक की आराधना करता है। इस प्रक्रिया में चेतना का विकास होता है। काम अपनी सीमाओं का विस्तार है। काम सिर्फ शरीर से नहीं होता, बल्कि शरीर द्वारा होता है। तन्त्र शास्त्र इस सिद्धान्त द्वारा चालित होता है।'

'आप ठीक ही कह रही हैं आपा! कलाकार की अपनी एक सोच होती है। उसे संकीर्ण सीमाओं में बाँधा नहीं जा सकता। सच आपा, आपकी इन पेंटिंग को देखकर तो मैं मन्त्रमुग्ध सी हो गई हूँ। आप देखिए, दर्शकों के चेहरों के भाव पढ़िए, सभी मेरी ही तरह महसूस कर रहे हैं।'

संजीव ने कई प्रेस रिलीज दिए थे। वह दर्शकदीर्घा में दर्शकों को बता भी रहा था। आदिम और विकसित संस्कृतियों में काम-चित्रणों का विशेष स्थान रहा है। उर्वरता और कल्याण की अधिष्ठात्री मातृदेवी के ऐसे रूपों की पूजा आप बता रही हैं। भारत में मन्दिरों में उन्मुक्त प्रेम के चित्रण मिलते हैं। देव स्थानों पर पवित्र समागम की परम्परा रही है। कौशाम्बी और चन्द्रकेतुगढ़ से प्राप्त मृण्मूर्तियों में मध्य प्रदेश में आवरा से प्राप्त एक मृण्चकिया में देवी के स्थान अगल-बगल संलग्न युगलों का अंकन है। ऊर्ध्वरातेरस मुद्रा में बैठे पश्चिम राजस्थान के लोक देवता ईलोजी और होली पूजन पर उनके पूजन का विधान है। चित्रकला और शिल्पकला दोनों में काम चित्रण आम रहे हैं। काम-चित्रण के आधार की लोकमान्य देवी-देवता रहे हैं।

मन्दिरों में, चाहे वे मन्दिर शैव शाक्त या वैष्णव के और देवालयों में आम मिलता है। लगभग सारे भारत में किसी न किसी रूप में इसकी परम्परा रही है। लज्जा गौरी की परम्परा में नग्न नारी मूर्तियाँ मिलती हैं। भुवनेश्वर शत्रुघ्नेश्वर मन्दिर

में भी स्वयं को प्रदर्शित करती नारी का अंकन है। इसी प्रकार शिवलिंग के समीप नग्न पुरुष बनाए जाते हैं। कर्नाटक में आइहोले के वैष्णव मन्दिरों की द्वारशाखा में पहले मैथुन के दृश्य आते हैं। यहीं नारी और गंदर्भ नारी के अश्व के प्रतीक दृश्य भी अंकित हैं, युगल मूर्तियों के चित्रण हैं। कहीं-कहीं एक पुरुष कई स्त्रियाँ और कहीं एक स्त्री और अनेक पुरुषों की युति मिलती है। इन्हीं में सामूहिक संलग्नता के दृश्य ऑर्गी भी हैं। कई स्थानों पर आम स्त्री-पुरुषों के साथ मुनियों और साधुओं की संलग्नता के दृश्य भी हैं।

खुजराहो के मन्दिर (950 ई.-1150 ई.), कोणार्क का सूर्य मन्दिर इस दृष्टि से विशेष हैं। इसी तरह राजस्थान के नागदा में भी ऐसे ही दृश्य प्रवेश पोर्च के अगले स्तम्भ पर चित्रित हैं। इसी प्रकार उड़ीसा के वाराही मन्दिर की पिछली दीवार पर, आन्ध्र प्रदेश के मुखलिंगम में सोमेश्वर मन्दिर, कर्नाटक के बेलगाँव के त्रिपुरान्तक मन्दिर की प्रसिद्ध रूपधारा में हैं। नेपाल में ढलवाँ छतों को सहारा देने के लिए जो टेकें लगाई जाती हैं उनमें देवमूर्तियों के नीचे ऐसे अंकन होते आए हैं। सबसे मजेदार बात है कि कई दृश्यों में यौनकर्म के साथ दूसरे कर्म भी करते दिखाया गया है। जैसे एक स्त्री पुरुष के साथ रत भी है और बच्चों को खिला भी रही है। बागली के एक दृश्य में स्त्री ने एक वृक्ष को पकड़ा हुआ है और धेनुकासन में पुरुष के साथ रत भी है। रामगढ़ के भण्डदेवरा के मण्डप में भार उठाने वाले कीचक युवक भी कामरत दिखाए गए हैं। कई जगह ये दृश्य परिहास और कौतुक उत्पन्न करते हैं। जैसे एक दृश्य में योद्धा लड़ाई लड़ रहा है और स्त्री के साथ संलग्न भी है। पर कहीं-कहीं वितृष्णा और जुगुप्सा का भाव भी भरते हैं। ये सारे निरूपण इस बात की घोषणा करते हैं कि सेक्स हमारे यहाँ सहज, स्वस्थ और आनन्द के भाव के साथ स्वीकृत था। इनमें देह के उत्सव या सेलीब्रेशन का भाव था। हमारी कुंठाहीनता की घोषणा थी। हमारे जीवन की स्वस्थ वर्जनाहीनता थी। फिर भी विद्वानों ने इन काम चित्रणों की अलग-अलग व्याख्याएँ दी हैं। किन्तु सबसे अधिक ग्राह्य परिभाषा यही है कि ये चित्रण परमात्मा से मिलन, अद्वैत का द्वैत से अद्वैत होना है। साथ ही यह भी स्पष्ट होता है कि देवालयों में ये सारे काम-चित्रण शिल्पियों की मनमानी या कौतुक प्रियता से सम्भव नहीं था। ये शुभ के प्रतीक और शोभा के कारक थे। उनके पीछे उस समय के समाज की सोच, मान्यताएँ और समाज और धर्म में उनकी ग्राह्यता कारण थी। इसी प्रकार तांत्रिक साधना के उपादानों में काम-चित्रण भी थे। जो चक्र, मण्डल, चौंसठ योगनियों के रूप में थे। साथ ही तन्त्र में पाँच प्रकार के रूप में दैहिक मैथुन का प्रावधान भी था।

संजीव के प्रेस रिलीजों का और उसके इन विस्तृत विश्लेषणों का प्रभाव तो पड़ा था, परन्तु कुछ ताकतें थी जो इस सारी स्थिति को साम्प्रदायिकता के रंग में रंगना चाह रही थीं। तोड़-फोड़ का अंदेशा बढ़ गया था। सुरक्षा के लिए आर्ट दीर्घा

के बाहर पुलिस फोर्स तैनात कर दी गई थी। परन्तु जरीना इसका विरोध कर रही थी। इस बात पर लोगों को उकसाया जा रहा था कि जरीना मुस्लिम है। उसे कोई अधिकार नहीं है कि वह हमारे देवी-देवताओं का ऐसा चित्रण करे। दोनों तरफ से यह प्रदर्शनी विरोधों से घिर गयी थी। संजीव मीडिया का आदमी था। हरदोई और दूसरे कई कला मर्मज्ञ एकजुट होकर जरीना का पक्ष ले रहे थे। फिर भी इस प्रदर्शनी को साम्प्रदायिकता का रंग देकर इसका राजनीतिक लाभ उठाने के षड्यन्त्र की सुगबुगाहट भी थी।

फिर एक दिन वही हुआ था, जिसका डर था। कुछ अपराधी तत्त्व एकत्रित हुए थे और आर्ट गैलरी पर भारी पथराव किया गया था। शीशे तोड़ डाले गए। हॉकी लिए कुछ लोग अन्दर तक आ गए थे और दीवारों पर लगी पेंटिंग पर डंडे हॉकियाँ बरसानी शुरू कर दी थीं। चारों तरफ भगदड़ मच गई थी। पुलिस फोर्स ने उत्तेजित भीड़ को आँसू गैस और लाठीचार्ज से काबू में किया। अन्दर घुस आए आठ-दस युवकों को घेरकर नियंत्रण में लिया। उन्हें पुलिस लॉकअप में बन्द किया गया। प्रदर्शनी आखिरी तारीख से दो दिन पहले हटा ली गई थी। फिर भी जरीना की अविभूत कर देने वाले देवी के चित्रों की प्रदर्शनी के प्रभाव की चर्चा कई दिनों तक अखबारों और मीडिया में रेडियो दूरदर्शन पर छाई रही थी। जरीना ने कई इण्टरव्यू दिए थे। इस प्रदर्शन को आधार मानकर कई पैनल चर्चाओं में बैठे थे। जिनमें चित्रकारों, कलाकारों, समीक्षकों और आम दर्शकों की भागीदारी थी। अन्ततः धर्म की संकीर्ण दीवारों को प्रहार करते हुए सभी ने एकमत से सहमति जताई थी कि जरीना की 'स्त्रीशक्ति' शीर्षक से बनाए गए देवी के चित्रों में और विपरीत रति में संलग्न दिखाए गए चित्रों में किसी धर्म या संप्रदाय को खण्डित या मण्डित करने का भाव नहीं था। ये सारे तांत्रिक प्रतीक थे जो स्त्रीशक्ति की घोषणा करते थे। जो भी हुआ हो, चाहे कुछ चित्रों का नुकसान भी हुआ था, पर मीडिया के इस युग में जरीना के कलाकार को इस सारी कंट्रोवर्सी से लाभ ही हुआ था। बाद में दूसरे शहरों—कलकत्ता, मुम्बई, हैदराबाद में जरीना के चित्रों की प्रदर्शनियाँ हुईं। इन्हीं चित्रों की प्रदर्शनी के लिए जरीना इटली भी गई थी जहाँ पाम्पे के राजमहलों की दीवारों पर किए गए उन्तुक्त चित्रणों से जरीना के चित्रों की तुलना की गई थी। संजीव इटली में उसके साथ खड़ा हो जाता है। 'सच सुमित्रा, मेरे चित्रकारी तो क्या, मेरे जीवन की सफलता और सार्थकता के पीछे संजीव ही है। पर तुम जानती हो, उसे मेरा यह सब कहना अच्छा नहीं लगता। नाराज़ हो जाता है। कहता है—तुम मुझसे अलग हो क्या?'

जरीना की बात सुनकर बहुत अच्छा लगा था और मैं खुश भी हुई थी, परन्तु लौटी तो अपने अकेलेपन का अहसास गहरा गया था। रचनाकार, कलाकार एक अलौकिक उपस्थिति के बीच सृजन में प्रवेश करते हैं। रचनाकार महसूसता है कि जीवन अनेक रूपाकारों में हमारी रचना धर्मिता में फैलता है। जीवन का हर पल,

गति, स्थिति सम्भावित रचना बन जाती है। यही अवधारणा उसके सामने आदर्श स्थितियों, सत्य से परे सत्यों और यूटोपिया का संधान करती है। रचनाकार-कलाकार का यथार्थ स्थूल से उद्घाटित होकर भी उससे अलग हो जाता है। रचनाकार जब सृजन की समाधि में जाता है तो समूचा ब्रह्माण्ड पुनः रच सकने की दैविक सामर्थ्य प्राप्त कर लेता है। जीवन कई रूपों, रंगों और रसों में खुलता जाता है। रसों के बीच संक्रमण स्थूल नहीं होते। ये जीवन की तरह सृजन में उपस्थित और विघटित होते रहते हैं। जीवन सच, रचनाकार, कलाकार और रचना या कला में कोई सीधी रेखा नहीं खींची जा सकती। कई तरह की वक्रताएँ और व्यवधान होते हैं। मात्र भौतिक सत्य को रचना में या कला में अवतरित कर देने से जीवन की जटिलताएँ समाप्त नहीं होतीं।

मनुष्य में, समाज में और अपने समय में परिवर्तन विरोधी चट्टानों तो तोड़ना अनिवार्य होता है। यह तर्क का विषय है कि समाज व्यवहार में परिवर्तन से व्यक्ति आचरण बदलता है या व्यक्तिगत आचरण से समाज बदलता है। समाज और व्यक्ति का सम्बन्ध वैसा ही जटिल होता है जैसा बाह्य परिस्थितियों और मनोवृत्तियों का।

वह सुबह उठी थी। जैसे भी हो अपने को व्यवस्थित किया था। सारे टैस्ट हो चुके थे। रिपोर्ट्स आ गई थीं। उसे आज ही हस्पताल से डिस्चार्ज किया जाना था। घर से किसी को आना ही क्यों था। आयुष भी कहीं आसपास नज़र नहीं आया था। उसे पता तो था फिर भी नहीं आया। सारी स्थिति पर उसे हँसी आई थी। डॉ. सुनीता दो बार आ चुकी थी। 'डॉ. शाह नहीं आए? कोई मैसेज है क्या उनका।' उसने कुछ सोचा था—'आप एक टैक्सी मँगवा दीजिए।'

डॉ. सुनीता ने आश्चर्य से कहा था—'आप कैसी बात 'करती हैं मिसेज शाह! हस्पताल की गाड़ी अरेंज करती हूँ। आप कुछ देर रुकिए।'

'सुनिए डॉ. सुनीता, आप प्लीज़ एक टैक्सी मँगवा दीजिए। डॉ. शाह को निजी कामों के लिए हस्पताल की गाड़ी लेना अच्छा नहीं लगेगा।'

'मिसेज शाह, ऐसी कोई बात नहीं है।'

'आप प्लीज़, डॉ. सुनीता! मेरी बात मानिए। जैसा मैं आपसे कह रही हूँ, कर दीजिए।'

वह विवश-सी चली गई थी। वह उठकर बाथरूम में गई थी। कितनी अस्त-व्यस्त सी लग रही हूँ। ऐसे ठीक नहीं है। जैसे-तैसे कपड़े बदले थे—बालों में कंघी की थी। चेहरा धोया था। लेकिन लग रहा था। शरीर और मन उसके साथ नहीं हैं। अपने को घसीटा जैसे था। तबियत ठीक नहीं थी। मुश्किल लग रहा था अपने को सम्भालना। उसके भीतर फिर से एक आवाज़ उठ रही थी—आयुष, तुम्हें आना चाहिए था। इस समय

तो आना ही चाहिए था। वह डूबने लगी थी—क्या करना चाहिए। क्या कर सकती है वह अब?

हस्पताल से निकलकर टैक्सी में बैठी थी। डॉ. सुनीता उसे टैक्सी में बैठाकर लौट गई थी। टैक्सी जैसे ही हस्पताल से बाहर निकली थी और मुख्य सड़क पर मुड़ी थी। देखा, आयुष खड़ा था। उसने हाथ दिया था। टैक्सी रोक ली थी। वह दरवाज़ा खोलकर भीतर आ गया था।

'आप ही के कारण वहाँ नहीं आया था। मुझे बहुत बुरा लग रहा है। आई एम सॉरी, लेकिन!'

'लेकिन क्यों आयुष?'

'कृशि। समझने की कोशिश करो आप। आप मैडिकली और परिवार दोनों में मुसीबत से घिर जाएँगी। सारी स्थिति को इतना जटिल मत बनाओ।'

'तो क्या करूँ?'

'प्लीज़ कृशि गैट यूअर सैल्फ अबॉरटिड।'

वह हँसी थी।

'आप हँस क्यों रही हैं? क्यों इतनी लाइटली ले रही हो इस बात को देखिए, जो होना था, हो चुका।'

'क्या हो चुका आयुष! मैं समझी नहीं। ज़रा ठीक तरह से बताओ—क्या होना था और क्या हो चुका?'

'पता नहीं, आप क्यों समझना नहीं चाहतीं।'

'क्या नहीं समझना चाहती। तुम कुछ कहो तो। वह जानती थी, वह कोई चुनौती स्वीकार नहीं करेगा। अगर मान लो, वह चुनौती स्वीकार कर भी ले। मुझे विवश करें कि वह उसके साथ चलें तो वह क्या करे। कुछ भी सोच पाना उसकी बुद्धि से परे था। वह हँसी थी, 'मन की बात कहो आयुष! तुम्हारे ही शब्दों में सुनना चाहती हूँ।'

'कृशि मैं आपसे बहुत प्यार करता हूँ। आपका सम्मान करता हूँ। शायद इसीलिए मैं आपके लिए और मुसीबतें पैदा नहीं करना चाहता।'

'मेरे लिए सोच रहे हो आयुष या अपना रास्ता आसान बनाना चाहते हो। किसी संकट में नहीं फँसना चाहते।'

'झूठ नहीं कहूँगा आपसे। अपने लिए भी सोच रहा हूँ। मैं विवाहित हूँ। मेरे दो बच्चे हैं। सात साल का और दो साल का। डॉ. शाह डिपार्टमैण्ट के हैड हैं। मेरा कैरियर जो अभी शुरू ही हुआ है, एक पल में नष्ट हो सकता है। हस्पताल में लोग तरह-तरह की बातें कर रहे हैं। डॉ. शाह के कान में भी लगता है, यह अफवाह पहुँच ही गई है। इसीलिए मैं आपसे कह रहा हूँ। प्लीज, इस बच्चे को अबार्ट करा लीजिए। बात यहीं खत्म कर दीजिए।'

'डरो मत आयुष! यह बच्चा मेरा है। डॉ. शाह के लिए इतना ही जान लेना काफी होगा। किसका है, यह ज़रूरी नहीं।'

'लेकिन कृशि!'

'कहा न आयुष, यह मेरा फैसला है।'

'लेकिन देर-सबेर मेरा नाम आ गया तो डॉ. शाह मुझे बर्बाद कर देंगे। प्रॉफेशनल तौर पर तो करेंगे ही और मेरी फैमिली। मेरी पत्नी इस शॉक को कभी बर्दाश्त नहीं करेगी।' वह घबराया हुआ था। 'फिर मेरी माँ सुनेगी तो?'

'ऐसा नहीं होगा। मेरा वायदा है न। तुम्हारा कोई नुकसान मैं नहीं होने दूँगी। इसकी चिन्ता तुम छोड़ दो।'

'लेकिन आप, आप क्या करेंगी।' वह बेचैन था।

'यह तो मुझे नहीं पता। लेकिन तुम्हें मैंने मुक्त किया। मुक्त किया तुम्हें मैंने। हमारे बीच एक अनाम रिश्ता था। हम साथ चले थे, लेकिन यह रास्ता यहीं खत्म होता है, आगे नहीं जाता। तुम्हारी भूमिका यहीं तक थी।'

'मुझे माफ कर दो कृशि। उसने झुककर उसके पैर छुए थे।'

'माफी किस बात की?'

'तुम शायद नहीं जान रहे, तुमने मेरे लिए क्या किया है।'

'सिर्फ आपकी मुश्किलें बढ़ाई हैं।'

वह सोच रही थी–आयुष तुम्हारे प्रेम ने मेरे जीवन में कसमसाती कामनाओं और महत्त्वाकांक्षाओं का आशा भरा संसार रचा है। तुम्हारे प्रेम ने मेरे बिखरे जीवन को सहृदय बनाया था। तुम्हारे साथ होती तो हवा का, हरियाली का, धूप, बादलों और आकाश का, फूलों, पेड़ों और पत्तों का सबका अर्थ बदल जाता। अपने भीतर महसूसती हूँ मैं इन सबको। मेरे भीतर कभी धूप फैलती तो कभी झमाझम बारिश बरसती थी। कभी नीले आसमान में रुई के फाहों से बादल इधर से उधर दौड़ते रहते हैं। एक-एक वस्तु सहस्त्रों नामों और रूपों में तथा रूप को मैं नए अर्थ अलंकृतियों में भीतर को उज्ज्वल और उत्प्रेरित करती। आयुष, तुम्हारे स्पर्श से बारिश की बौछारों में भीगती थी तो उसमें कभी सर्दी की धूप की गर्माहट होती। कभी तुम्हारे छूने से उड़ते पक्षी के पंखों की फड़फड़ाहट होती तो कभी तुम्हारा स्पर्श समुद्र के अगाध तल में ले जाता जहाँ सब डूब जाता था। पृथ्वी, आकाश, दृश्य जगत, जड़-चेतन सभी एक शून्य में बदल जाते। तुम्हारे साथ प्रेम में सिर्फ प्रेम था। इस प्रेम का रास्ता और लक्ष्य दोनों प्रेम थे। इसका कोई अतीत और भविष्य नहीं था। बस, एक छोटा सा वर्तमान था। वर्तमान आखिर क्या होता है। अतीत और भविष्य के बीच लटका एक पल। कब बीत जाता है, कब आता है, कुछ पता चलता है क्या? पानी की धार सा आगे बह जाता है। अभी एक क्षण पहले जिस पानी को छुआ था, अगले पल वही पानी तो वहाँ नहीं होता। है न?

'आयुष, तुमने मेरे भीतर की मृत औरत को जीवन दिया। तुमने मेरे जीवन को पूर्णता दी। मेरे अस्तित्व को पहचान दी। सच आयुष, मुझे तुमसे कोई शिकायत नहीं है। मैंने स्वेच्छा से तुम्हारा वरण किया है। तुम पर मेरा जो अधिकार है, इसे किसी कोर्ट का कानून न तो दे सकता है और न ही छीन सकता है। मेरे लिए परेशान मत हो। यह रास्ता यहीं तक है—आगे नहीं जाता। तुम लौट जाओ। लेकिन मैं नहीं लौट सकती। औरत को हर अगला कदम पीछे वाले को ढहाकर ही उठाना होता है।'

'आप कैसी औरत हैं, मैं समझ नहीं पा रहा हूँ। अनोखी औरत हैं आप? मैं अपने को कितना छोटा महसूस कर रहा हूँ। आज मुझे अपनी गलती का अहसास हो रहा है।'

'प्लीज़ आयुष, न तुमने कोई गलती की और न मैंने कोई गलती की। व्यर्थ में अपने को दोषी मानकर मुझे भी दुःख न पहुँचाओ।'

'मैंने दुःख ही तो दिया है आपको कृशि। मुझे माफ कर दो।'

'आयुष! फिर से शुरू मत करो। अब आप उतरो, घर आने वाला है।'

'मैं हमेशा आपको प्यार करता रहूँगा। आपका आदर करता रहूँगा। आपकी पूजा करता रहूँगा कृशि। लेकिन मुझे माफ कर देना।' वह व्याकुल था।

गाड़ी रोककर दरवाज़ा खोलकर वह उतर गया था। हाथ हिलाकर उसने विदा दी थी।

आयुष चाहता था—भागकर जाए और कृशि को रोक ले। पर कैसे? वह अन्धेरे में डूब रहा था। हम सबके भीतर कितने अन्धेरे कोने होते हैं। कितनी परतों में छिपाए रहते हैं हम। उसे लगा था, आज भी वह उसी पब्लिक स्कूल में खड़ा है जहाँ पढ़ाई अंग्रेज़ी मीडियम से होती है। उसे क्लास में कुछ समझ में नहीं आता। आया तो था अंग्रेज़ी मीडियम से पढ़ने के लिए। मास्टर ने ही भेजा था, होनहार हो, इस स्कूल में पढ़कर तुम्हारा भविष्य नहीं बनेगा। उसी ने दाखिला भी करा दिया था। अंक चाहे उसके नब्बे प्रतिशत थे पर उसका स्कूल सरकारी था, हिंदी माध्यम का। क्लास में मास्टर और लड़के उसकी हँसी उड़ाते। वह कुछ कहने और बोलने से कतराने लगा था। फिर उसे एक तरकीब सूझी थी। उन्हीं विषयों पर वह हिन्दी की पुरानी किताबें भी खरीद लाया था। पहले अंग्रेज़ी की पढ़ता फिर उसे हिन्दी में पढ़ता। बस, कुछ ही दिनों में सब आसान हो गया था। दूसरे बच्चे जब अपनी बड़ी-बड़ी डींग हाँकते होते, वह क्रिकेट खेलता। बारहवीं में उसके अस्सी प्रतिशत अंक आए थे। उसे बेंगलूर में मेडिकल कॉलेज में दाखिला भी मिल गया था। पर यह उसके संघर्ष की अगली शुरुआत थी। पहले से भी ज्यादा कठिन। मेडिकल कॉलेज में पाँच

वर्ष की रकम एक साथ चुकानी थी। स्कॉलरशिप के पैसों के अलावा भी कॉलेज का खर्चा था। इस पर घर में बवाल मचा। माँ ने जमीन का एक टुकड़ा बेचा और पैसे चुकाए। सालभर पूरी मेहनत से पढ़ाई की। परीक्षा से पहले कहा गया कि मैनेजमेंट ड्यूज के रुपए जमा करने हैं। घर में लिखा, फोन किया पर कोई जवाब नहीं। उसे इम्तिहान में नहीं बैठने दिया गया। उसकी इण्टरनल एसैसमेंट नहीं भेजी गई। थेयरी के पेपरों में पैंसठ-सत्तर प्रतिशत अंक आए थे। वह प्रिंसिपल के पास गया, सब तरह से उन्हें समझाया कि उसके पास पैसे नहीं हैं। वह पैसे बाद में दे देगा। पर उसकी बात नहीं सुनी गई। उसे फेल कर दिया गया। उसने फिर से इम्तिहान दिए। घर पर कई चिट्ठियाँ लिखीं। भाई को और माँ को समझाया कि यह रकम जमा करनी ज़रूरी है। नहीं तो इस बार फिर उसे रोक लिया जाएगा।

अचानक बड़ा भाई एक दिन हॉस्टल में आया था। वह एक दिन पहले ही अपनी एक सहपाठी के साथ बेंगलूर चला गया था। उसके घर में उसके भाई की दुर्घटना में मृत्यु हो गई थी। खबर सुनकर उसकी हालत खराब हो गई थी। इसलिए उसको उसके घर छोड़कर लौटा था। भाई जले-भुने बैठे थे। जैसे ही उसने बरामदे में कदम रखा वह उसके ऊपर झपटे थे। सबके सामने उन्होंने उसे पीटा था। उसके बाल पकड़कर उसे खींचा था। उसे नीचे गिराकर मारा था। वह बार-बार उनसे कहता—पहले उसकी बात सुनो, पर वह कहने का मौका ही नहीं दे रहे थे। उसे सबके सामने बेइज्जत किया। उसके चरित्र पर लांछन लगाए। गन्दी गालियाँ दीं और कहा कि यहाँ पढ़ाई करने की बजाए लड़कियों के साथ मौज-मस्ती कर रहा है। भाई पैसे लाए थे, जैसे कुत्ते को रोटी फेंकी जाती है वैसे पैसे फेंककर और आगे के लिए धमकी देकर चले गए थे।

भाई ने उसे उन सबके सामने बेइज्जत किया जिनका वह आदर्श था। वे छात्र उसका सम्मान करते थे। उसके मेधावी छात्र होने पर उन्हें सन्देह नहीं था। वे सब जानते थे कि उसे फेल क्यों किया गया। उसकी इण्टरनल एसेसमैंट क्यों नहीं दी गई थी। बेबस अन्दर से टूटा, बिखरा वह अपमान की आग में जलता रहा था।

भाई ने अगले महीने, हर महीने भेजा जाने वाला रुपया भी नहीं भेजा था। बार-बार फोन करता पर वे फोन काट देते। उसके पास अब रोटी खाने तक के पैसे नहीं बचे थे। दो-तीन दिन तक भूखा-प्यासा रहा। तीसरे दिन चक्कर आने लगे थे। सुबह उठा था, नहाया-धोया था और तीन किलोमीटर पैदल चलकर एक दोस्त के घर गया था। जान-बूझकर ऐसा समय चुना था कि दोपहर के खाने का समय हो जाए। वहाँ उसके साथ खाना खाया। वह दिन गुज़र गया था। पर अगले दिन भूख फिर अपना क्रूर चेहरा लिए खड़ी थी। उसने इधर-उधर से, पैंटों की जेबों में, मेज की दराज खोलकर, कुर्ते की जेबों से टटोलकर रेजगारी इकट्ठी की थी। 9 रुपए इकट्ठे हुए थे। देर रात गए स्टेशन के पास ढाबे पर गया था जहाँ ड्राइवर खाना

खाते थे। वहाँ दस रुपए में आमलेट और डबलरोटी मिल जाती थी। उसके पास 9 रुपए थे। ढाबे वाले ने उसका स्वागत किया था। उसको पैंट-शर्ट में देखकर वह समझ गया था, हॉस्टल का छात्र है। उसको बताया था कि पर्स कमरे में भूल आया है। इस वक्त नौ रुपए हैं। उसने सहज भाव से कहा था—कोई बात नहीं, अगली बार दे देना साब। डबलरोटी आमलेट खाई थी। जैसे प्राण वापस आ गए हों। पाँच दिन ऐसे ही गुजरे थे। छठे दिन पैसे मिले थे, तीन हजार की बजाए दो हजार। हॉस्टल छोड़ दिया था। एक कमरा लिया था पाँच सौ रुपए में। पैसे आने-जाने में खर्च होते थे। मुश्किल से दो समय का खाना खाता। अगर ब्रेकफास्ट खाता तो दुपहर का खाना छोड़कर रात का खाना खा लेता। हर छह महीने बाद सैमिस्टर होता था। उसका दिल धड़कने लगता। हॉल में आने का प्रवेश-पत्र नहीं देते। सजा के तौर पर बीस मिनट बाहर खड़ा रखते पर थ्योरी पेपर में उसके फिर भी सत्तर प्रतिशत नम्बर आ जाते। वे इण्टरनल एसेसेमेंट के लिए पैसे माँगते। वह दे नहीं सकता था। इसलिए प्रोफेसर उसकी एसेसेमेंट भेजते ही नहीं थे। जैसे-तैसे उसने चार साल पूरे किए थे। उसके फाइनल का आखिरी सेमिस्टर था। उसके कुछ रुपए बाकी थे। उसे हॉल में दाखिल होने के लिए अनुमति पत्र नहीं दिया गया था। वह बेंगलूर गया, सुबह चार बजे उठकर पाँच बजे की पहली बस लेकर वाइस चांसलर के घर पहुँच गया था। वह आखिरी दिन था। उन्होंने उसकी हालत देखी। उसका पिछला रिजल्ट का रिकॉर्ड देखा। उसने उसी समय फोन मिलाकर अधिकारी को उसे तुरन्त एडमिशन टिकट देने के लिए कहा था। उसने बताया था कि क्योंकि प्रोफेसर ने मेरी इण्टरनल एसेसमेंट नहीं भेजी थी इसलिए समस्या थी। वी.सी. को कहा था कि उससे बांड भरवा लें ताकि पैसों की समस्या न रहे। वह यहाँ दो-तीन पाँच साल तक काम करेगा जब तक वे कहेंगे। जुबान पर यह बात आते-आते रुक गई थी कि इण्टरनल एसेसमेंट के लिए प्रोफेसर रिश्वत माँगते हैं। वाइस चांसलर की आवाज़ सुनकर अधिकारी काँप गया था। वाइस चांसलर ने कहा था कि आज ही उसे यूनीवर्सिटी बन्द होने से पहले प्रवेश-पत्र लेना है। क्योंकि दो दिन, शनिवार-इतवार यूनिवर्सिटी बन्द रहेगी और सोमवार से परीक्षा है। वह तीन किलोमीटर पैदल चलकर बस स्टैंड गया। बस ली और वापस पहुँचने का इन्तज़ार कर रहा था। बार-बार घड़ी देख रहा था। तभी पता चला कि बस रोक दी गई। बस का पहिया पंचर हो गया था। उसने उनके साथ मिलकर पहिया बदलवाया। ड्राइवर को खाना खाने नहीं जाने दिया। रो-रोकर उसे अपनी समस्या बताई। पता नहीं, वह कैसे भीग गया।

भूखा-प्यासा बस स्टॉप से फिर कॉलेज पैदल चलकर गया। उसके वहाँ पहुँचने तक साढ़े चार बज चुके थे। किसी तरह सीढ़ियाँ चढ़ा तो प्राण घड़ी की सुईयों पर अटके थे। अधिकारी उसके ऊपर झपटा था—तुम्हारे इन्तज़ार में क्या मैं यहीं बैठा रहूँगा। जैसे भी हो उसने वी.सी. के डर से उसे प्रवेशपत्र दिया था। दफ्तर का एक

अधिकारी था उसको मेरी प्रतिभा का और खस्ता हाल दोनों का पता था। उसने सुझाया था कि स्वामी जी के पास जाऊँ वही इस मैडिकल कॉलेज के असली कर्ता-धर्ता हैं। वह कॉलेज के बाद वहाँ चला जाता। स्वामी जी के पास राज्य का बड़े-से बड़ा अधिकारी आता, उघोगपति आता और राजनीतिज्ञ आता। आम जनता तो आती ही थी। घंटों वहाँ वह दीवार के साथ चिपका बैठा रहता कि स्वामी जी से अपनी बात कहूँ। कई बार थककर वहाँ सो भी गया होऊँगा। आखिर एक दिन स्वामी जी को खाली देखा तो उनके पास पहुँचा। उनको बताया कि वह पैसे नहीं दे सकता। कॉलेज की कुछ राशि बाकी है जो देनी है। नहीं तो वह परीक्षा में फेल कर दिया जाएगा। स्वामी जी ने उसके पैसे माफ कर दिए थे। उसने परीक्षा पास की। वहीं से इन्टर्नशिप भी की। इस बीच घर नहीं गया था। इस बार लगभग चार साल बाद घर गया तो हैरानी, खुशी और रोष सबसे घिर आया था। बस ठीक था, घर में खूब पैसा आया था। पैसे की रौनक देखी जा सकती थी। माँ के अकाउंट में भी पैसा था और मैंने वहाँ कैसे दिन काटे थे। भाई ने ही शायद माँ को उसके बारे में उलटी-सीधी बातें कही होंगी। भाई ने घर में और रिश्तेदारों में यह बात फैला दी थी कि लड़का आवारा निकला। हमने कैसे अपना पेट काटकर इसकी पढ़ाई के पैसे चुकाए।

घर में कोई जगह मेरे लिए नहीं थी। सब तरफ भाई का और उसके परिवार का राज्य था। माँ को कहा था पर माँ ने चुप्पी नहीं तोड़ी। ऐसे ही तीन साल तक घर में भी अजनबी की तरह भटकता रहा। जहाँ-तहाँ पड़ा रहता। कोई कमरा या अलग जगह नहीं थी। एक दिन भाई से कहा था कि उसे एक कमरा चाहिए। भाई ने लात मारी थी। जब भी उससे कुछ कहता वह हिंसक हो जाता था। आखिर वह समझ गया था कि भाई शराबी तो है ही, मानसिक रोगी भी है। इससे पार पाना इतना आसान नहीं होगा। जब भी जमीन पर भाईयों के अधिकार की बात होती वह पिस्तौल लेकर खड़ा हो जाता। मारने मरने की धमकी देता। उस दहशत और डिप्रेशन में वहाँ से निकलकर पास में ही एक कमरा लेकर रहने लगा था। आखिर माँ और बड़े भाई बीच में पड़े—जमीन का निपटारा हो। मुख्य सड़क के पास की जमीन जिसे माँ ने उसके नर्सिंग होम बनाने का सपना देखा था, भाई ने ले ली थी। मैंने कहा था—'जहाँ भी, जो भी जैसी भी जमीन देना चाहे, दे दो।' सोचा था—कम से कम मेरी अपनी कोई जगह तो होगी। इसी बीच बड़े भाई के घर में पार्टी थी। वह पूरे उत्साह से लगा था। जो भी, जैसा भी काम कहा जाता, कर देता था। पार्टी में प्लेटें कम पड़ने पर प्लेटें धोई थीं। पर भाई ने प्लेटें धोते हुए उसकी फोटो खींच ली थी। उसे नीचा दिखाने के लिए सारे दोस्तों और रिश्तेदारों को वह फोटो दिखाई थी। रिश्तेदारों, घरवालों और दोस्तों के बीच भाई ने उसे आवारा सिद्ध करने की कोशिश की थी। तब माँ भी उसके साथ नहीं थी। उससे कहता तो वह कहतीं—तेरे

सिर पर छत नहीं, पैरों के नीचे जमीन नहीं, बता, कहाँ चलूँ तेरे साथ। आखिर माँ के घर का हिस्सा ढहाकर फिर से बनवाया था। धीरे-धीरे अपना काम भी शुरू कर दिया था। वह जानता था, भाई के विरुद्ध कोर्ट में नहीं जा सकता। किसी समय आत्महत्या तक करने की सोची थी। जानती हो कृशि...डॉक्टर सबसे ज्यादा आत्महत्या करते हैं क्योंकि मरने की समझ और सुविधा दोनों डॉक्टरों के पास होती है। भाई शायद यही चाहने लगा था कि मैं कहीं मर खप जाऊँ तो मेरे हिस्से की जमीन भी उसकी हो जाए। पर मैंने सोचा था—नहीं मरूँगा। मैं उसकी किसी बात का जवाब नहीं देता। कोई घर में बीमार होता तो दवाई देता, इलाज करता। धीरे-धीरे घर के लोगों को मुझ पर विश्वास होने लगा था। बाहर मरीज भी पहले से ज्यादा आने लगे थे। थोड़े ही समय में आस-पास मेरा नाम हो गया था। पर मेरा उद्देश्य यह नहीं था। उस छोटी-सी जगह में बैठकर मैं भविष्य का सपना पूरा नहीं कर सकता था। माँ को समझाया था कि मुझे एम.डी. करनी है। अपनी प्रेक्टिस से कुछ पैसे दिए थे और मैं एम.डी. करने कर्नाटक चला गया था। वहाँ से एम.डी. की थी और डॉ. शाह के कारण ही इस हस्पताल में नौकरी भी मिली थी। उनसे मैंने बहुत कुछ सीखा था। उनकी उँगलियों में कमाल की जादुई शक्ति थी। कैसा भी ऑपरेशन हो, कितना भी खतरनाक, डॉ. शाह बड़ी सहजता से उसे कर लेते हैं। यह तकनीक मैंने उन्हीं से सीखी है। मैं उनका ऋणी हूँ। वह मुझ पर सबसे ज्यादा विश्वास करते हैं। लेकिन कृशि...यह हमारी नियति है। कृशि, यह रेखा नहीं लाँघी जा सकती...।

वह एक भला-सा प्यारा-सा इन्सान था। पर सीमित शक्ति का था। उसमें चुनौती को स्वीकार करने की क्षमता नहीं थी। विपरीतता के सामने खड़े होने का साहस नहीं था। वह सीधी सड़क पर तो चल सकता था। ऊबड़-खाबड़ रास्ते पर चलने का उत्साह नहीं था। उसके जाने के बाद लगा था, भागकर उसे रोक लूँ। उसके गले से लिपट जाऊँ। उसके कन्धे पर सिर रखकर कहूँ—नहीं आयुष, प्लीज मत जाओ। तुम्हारे बिना मैं अपने जीवन की कल्पना भी नहीं कर सकती। तुम्हीं महीने को साल बताया करते थे। हमने दो साल में बीस सालों का रास्ता तय किया था। कब और कैसे बीते यह बीस साल, पता ही नहीं चला। बीस दिनों की तरह। शुरू में यह संबंध ट्रीक्वलाइजर की तरह था। मेरी पीड़ा को, चोट को, भीतर के आघातों को सहलाने भुलाने के लिए था। फिर धीरे-धीरे यह धीमे जहर की तरह बना। जिसके नशे में मैं अपनी तर्कशक्ति खो बैठी थी। अपने सच से बहुत आगे चली गई थी। औरत का सच एक ही होता है और एक अतिवाद में होता है। इस तरफ या उस तरफ। उसमें एक ही रंग होता है। काला या सफेद। काले और सफेद के बीच के सैंकड़ों शेड नहीं होते। होते भी हों तो ये शेड उसके लिए नहीं होते। गाड़ी आगे

जा रही थी—उसकी आवाज़ कृशि-कृशि मुझे माफ कर दो, प्लीज कृशि। गाड़ी के पीछे-पीछे भाग रही थी। उसकी चेतना को झझकोरती हुई। उसके अन्तस को वेधती हुई।

वह उसकी आवाज़ से बिंध रही थी। उसे लग रहा था। वह उसके आस-पास नहीं होगा तो सब ढह जाएगा। वह अपना सन्तुलन खो देगी, फिर से उसे वे लोग हस्पताल में ले जाएँगे। उसके मन-मस्तिष्क को दवाइयों से नम कर देंगे। इससे अच्छा है, तुम्हारे पास लौट आऊँ। भ्रम ही सही। तो क्या हुआ? लोग केदारनाथ, अमरनाथ जाते हैं एक विश्वास को लेकर। मन के भ्रम को लेकर। वहाँ पत्थर के सामने घुटने टेकते हैं, माथा रगड़ते हैं। मन की इच्छाएँ, कामनाएँ पूरी हों। तन-मन की व्याधियाँ दूर हों। कितनी कठिनाईयाँ सहते हुए ऊबड़-खाबड़ कठिन रास्तों से पहुँचते हैं। धूप, बारिश, बर्फ सब सहते हैं। यह उनका भ्रम होता है या विश्वास। इसका फैसला कौन करेगा?

आयुष, तुम मेरा अन्तर्सत्य हो। मेरी अन्तर्चेतना। मेरी सुप्त स्मृतिगत कामना अर्थात मेरे 'भूत'। मेरे अपने, मायावी भूत। हमारे राजस्थान के लोक साहित्य, लोक कथाओं, सामाजिक मनोभूमि में और अकेली, निराश, हताश औरतों और विधवाओं के सूने जीवन में 'भूत' एक स्थायी भाव है। कई रंगों, रूपों, भावों के साथ ये हमारे बीच जीता-जागता रहा। हमारा साथी होता है। कभी हमारा कवच बन जाता है। कभी रेत सी तपती प्यासी औरत के लिए मीठे पानी से लबालब भरा कुँआ हो जाता है। बीहड़ अकेली जिन्दगी के सूखे रेगिस्तान में अचानक प्रकट हो गई जलधारा-सा होता है।

उसे रज्जो याद आई थी। बड़ी हवेली की सबसे छोटी बीणनी थी। शादी के कुछ महीनों बाद ही उसका पति दिसावरी को चला गया था। रज्जो रोई-धोई फिर चुप होकर बैठ गई थी। बड़ा और भरा-पूरा परिवार था। सासू सा, ससुर सा, तीन बड़े जेठ और जेठानियाँ उनके बच्चे। पुराने मुंशी और उनका परिवार जो हवेली के पिछवाड़े रहता था। कई नौकर-चाकर और घर के काम के लिए कामवालियाँ। बड़े परिवार की बड़ी रिश्तेदारी। कोई आया, कोई गया, कहीं किसी का जन्म, कहीं बीमारी और मौत का समाचार, कहीं तीज-त्यौहार, व्रत, पूजा-पाठ, नियमव्रत घर का विधिविधान सब साथ-साथ चलते थे। सबकी अपनी-अपनी दुनिया थी, अपना केन्द्र जिसके गिर्द हर व्यक्ति घूम रहा था। सब अपनी परिधि में, अपनी कक्षा केन्द्र में गतिशील थे इसलिए सब ठीक ही था। रज्जो के पति का यूँ चला जाना सबके लिए कुछ खास बात नहीं थी। परिवार के पुरुष तो दिसावरी को जाएँगे ही। रज्जो अकेली थोड़े ही है। सब हैं तो। जो चाहे खाए, पहने, नए से नया महँगा घाघरा-चोली-ओढ़नी और गहना। चाहे तो नए गहने को तुड़ाकर फिर से बनवाए कोई कहने वाला नहीं। घर में नित नए-नए स्वादिष्ट पकवानों की गन्ध उठती हवा में तैरती रहती। उसकी उम्र की लड़कियाँ, बहुएँ सब साथ-साथ खातीं, बतियातीं, पर्व और मेलों में मौज-मस्ती करतीं। शुरू-शरू में जिठानियों, नन्दों और सास ने बुलाया, बैठाया खाना खिलाने और खुश रखने के लिए घेरा और समझाया, पर रज्जो का मन ही मर गया था। मन मर गया तो हँसी भी अकाल में कुएँ बावड़ी-जैसी सूख गई। चेहरा उदास और पीला पड़ गया।

शरीर की ताकत और स्फूर्ति चुक गई। उसे भूख नहीं लगती, चारों पहर नींद सी आई रहती। वह लस्त-पस्त-सी अपनी छत पर अपने कमरे में लेटी रहती। सासू, जिठानियाँ बुलातीं, आती हूँ कहकर वह फिर नींद के कुएँ में डूब जाती। पर वह नींद भी कहाँ थी। यूँ ही आँखें बन्द किए, शिथिल देह और मन से सब कुछ सुनती और बिना देखे भी देखती रहती थी। कई बार बुलाने पर जब रज्जो नहीं आती तो घर की औरत या कामवाली नाश्ते, दोपहर और रात के खाने की थाली सजाकर उसके कमरे में ले जाती। शुरू-शुरू में मनुहार भी करती थीं। फिर थाली रखकर कहतीं–खा ले, कब तक ऐसे करेगी। चल उठ जा। चली जाती। उसके बाद बस नियम से थाली उसके कमरे में, कमरा बन्द होता तो दरवाज़े के साथ छत पर रखकर चली जाती थीं। रज्जो कभी खा लेती, कभी नहीं। पहले की तरह अब कोई नहीं पूछता–रज्जो, क्यों नहीं खाया खाना? चल थोड़ा-सा खा ले। भरी थाली ज्यों की त्यों उठा ली जाती और दूसरी रख दी जाती।

फिर कस्बे में बात फैली थी–छोटी बीणनी और भूत के बीच सगा हो गया है। सब जानते थे कि अकेली औरत हो, विधवा हो या पति दिसावरी को गया हो तो भूत पकड़ ही लेता है। बापू उसे और उर्मिला को कभी कुएँ और बावड़ी पर अकेले नहीं जाने देते थे। पीपल के पेड़ के नीचे तो क्या आस-पास भी खड़ा नहीं होने देते थे। सावन में यूँ ही और छोरियों के साथ पीपल के पेड़ पर झूला डाल दिया था और उनके साथ झूलने चली गई थी। बापू को पता चला तो बेदम भागे गए थे। साँस फूली हुई थी। झूला रोककर, उसे खींच लिया था। 'चल, घर चल।'

'बापू थोड़ी देर। थोड़ी देर बापू झूलन दे न।'

'नी-ऽ यहाँ नहीं। एक मिनट को भी नहीं। तू चल।'

'बापू यहाँ ये सब भी तो हैं।'

'होने दे, तू जिद्द न कर छोरी। चल-ऽ आ, मेरे साथ आ। नीम पर आँगन में डाल दूँगा झूला।'

वह रोती-बिसूरती घर आई थी। बापू ने नीम पर झूला डाल दिया था। वह जिद्द में नहीं बैठी थी। रोती खड़ी रही। बापू ने गुस्सा किया था–'नासमझ छोरी, चुप कर इब। रो न। और फिर कहता हूँ, पीपल के धौरे न जाइयो।'

बापू उसे और उर्मिला को अकेले पानी लेने कुएँ और बावड़ी पर भी नहीं जाने देता। ताई जाती थी। कई बार तो बापू खुद जाता। कस्बे के लोग कहते–'रामलालस, तेरी किस्मत तो खोटी छै। पर तेरे मूँड माँ अक्ल बी कोणी। तेरे घर में दो-दो छोरियाँ और पानी लेने तू जाबै।'

'जो कहयो वा सिर माथे पर। पर दोनों विधवा छोरियाँ कैसे भेज दूँ कुएँ बावड़ी पर। तुम तो जानयो-ऽ हो। भूत-प्रेत का डर लागै है।'

कौआ घर की मुंडेर पर बैठता काँव-काँव करता तो बापू उसे लट्ठ लेकर उड़ाते। किसी पेड़ के नीचे से गुजरते तो बापू घबराए से कहते–'इधर होके चल छोरी, कहीं कौआ बीठ न कर दे।' कोई रंगीन पक्षी बैठा देख लेते तो पत्थर मार-मारकर उसे दूर तक जाकर उड़ा देते।

वह इन सबका कारण नहीं जानती थी कि बापू क्यों ऐसा करते हैं, छोटी थी। हवेली की रज्जो को लेकर कस्बे में खूब शोर मचा था। रज्जो उर्मिला बुआ की उम्र की रही होगी। उर्मिला बुआ और जरीना हवेली में कभी-कभार जाती थीं किसी पर्व-त्यौहार पर या पूजा घर में हो। किसी बच्चे का जन्म हुआ हो। हवेली की दीवारों पर कई जगह उर्मिला बुआ के बनाए चित्र लगे थे। उनके घर के तकियों, चादरों, औरतों के घाघरों-चोलियों और ओढ़नियों पर जरीना आपा और उर्मिला बुआ के हाथ का किया काम होता था। अक्सर हवेली से ही कोई औरत आती थी। कभी-कभार मझली बीणनी आ जाती। जो देना-लेना होता, कहना-बताना होता वहीं आकर निपटा जाती थी। बापू को उर्मिला का वहाँ जाना अच्छा नहीं लगता था। इसलिए हवेली से ही काम के सिलसिले में औरतें आती-जाती थीं। बापू ने उसको भी हवेली जाने से मनाह कर रखा था। लेकिन तो भी चोरी-छिपे वह अकेली चली जाती। बुलावा तो घर पर सभी के लिए होता था। पर जाती सिर्फ वह ही थी। ताई तो जाती ही नहीं थी। उर्मिला बुआ के पास समय ही नहीं रहता था। वह जाती तो ठकुराईन उसको रज्जो की तरह लड़ियाती थी। ठकुराईन के घर की मँझली बीणनी मेवाड़ की थी। मायके से लौटी थी तो बाकी ढेर सारी मिठाईयों, कपड़ों लत्तों के साथ मक्की का आटा भी लेकर आई थी। उसने मक्की की रोटी हाथों से थेपकर ढाक के पत्तों के बीच रखकर उपलों की गर्म राख के बीच में रखकर पकाई थी। रोटी पकती, घर पर बुलावा भेजती। कभी रोटी भी बनाकर भिजवा देती। कृष्णा के वास्ते है। ठाकुर के घर में 'लोह' कराया जाना था। घर-बाहर की औरतें थालियों में कुंकुम, काजल, ओढ़णी लेकर खड़ी थीं। रज्जों के साथ वह भी खड़ी थी। औरतें इस उम्मीद में थीं कि 'लोह' बिगड़े और उनको मौका मिले। घर और बाहर के रिश्तेदार 'बकरे' को घेर खड़े थे। छोटे ठाकुर के चचेरे भाई ने गोठ करनी थी। सब उसे हौंसला दे रहे थे और उसको उकसा रहे थे। राजपूतों में तो मूँछ से तलवार उठावें। तू भई पैर के अँगूठे से तलवार की मूँठ पकड़कर झटक कर। तभी मूँछ पर हाथ फेरना। किसी दूसरे ने कहा था–पैर के अँगूठे से न हौवे तो बाएँ हाथ से पकड़ ले। उसने बाँए हाथ से तलवार पकड़ी थी और सिर के ऊपर उठाई थी। पर सधी नहीं 'लोह' बिगड़ गई। बकरी घायल हो गई थी। पास खड़ी औरतें हँसती-मचलतीं आई थीं। किसी ने उसको बिन्दी लगाई थी तो किसी ने काजल लगाया था और एक बीणनी ने उस पर ओढ़नी ओढ़ा दी थी। लेकिन जैसे ही तलवार बकरी की गर्दन पर गिरी वह चीख मारकर बेहोश हो गई थी। क्या हुआ, क्या हुआ के शोर

में ठकुराईन ने गोद में समेटा था। 'छोरी-छोटी है। फिर कभी देखा बी न।' ठकुराईन ने घर भिजवा दिया था।

रज्जो उसकी सहेली जैसी थी। वह जाती तो रज्जो उसे पिछले दरवाजे से ऊपर छत पर अपने कमरे में ले जाती। वह देखती रज्जो के कमरे में तरह-तरह की पुतलियाँ लटकी थीं, बाहर भी अन्दर भी। राजा-रानी की, ठकुराईन की, सास-ससुर की, चाची-फूफी की, ननद और कस्बे की औरतों की। उन सबके नाम भी थे। रज्जो ने ही रखे थे। पतली डोरियों से लटकी पुतलियाँ लगता रज्जो के साथ बतियाती थीं। उसकी हर बात पर अपनी प्रतिक्रिया देती थीं। उसने हैरानी से पूछा था—'रज्जो इतनी सारी पुतलियाँ? तुझे डर नहीं लगता?'

'क्यों? डर कैसा? ये सब तो मेरे अपने हैं न। और यह देख।'

एक बहुत बड़ा पुतला था। सच के आदमी जैसा। उसने उसे अपने पलंग के साथ एक चौकी पर बैठा रखा था। वह उसे देखकर डरकर पीछे हट गई थी। रज्जो ने उसका हाथ पकड़कर पलंग पर बैठा लिया था।

'यह मेरे धनी का भूत है। दिसावरी को गया है। इसको मेरी रच्छा करने के लिए बैठा गया है। देख दिनभर और रातभर जागकर पहरा देता है।'

'पर यह तो धनी का भूत कैसे हुआ? तेरा धनी तो ज़िन्दा है। परदेस में है।'

'क्या पता। सात बरस हो गए उसे गए।'

'क्यों, पता क्यों नहीं। उसकी खबर, कोई चिट्ठी-पतरी तो आती होगी?'

'लिखता होगा ससुर-सा को, मुझे क्या पता?'

'लेकिन तुझे कुछ नहीं लिखता।'

'कैसे लिखेगा। ससुर सा की चिट्ठी में सबको याद करना जो भेज देता है।'

उसका ध्यान फिर पुतले की तरफ गया था।

'यह इतना बड़ा पुतला। सच का आदमी जैसा बैठा लगता है। सच, तुझे डर नहीं लगता रज्जो?'

'ना-ऽ ऽ डर कैसा।' वह पलंग से उठकर गई थी और पुतले के गले में बाँहें डालकर खड़ी हो गई थी।

'यह तो मेरे धनी की जगह है। इससे कैसा डर। यही तो मेरी रच्छा करता है। मेरे साथ रहता है।' उसने पुतले का मुँह चूमा था।

कस्बे में लोग कहते थे—हवेली की बीणनी रात में किसी के साथ रहा लागी। उसके कमरे में बर्तनों के खनकने की आवाज़ें आतीं। कभी चूड़ियों के खनकने की, तो कभी हँसने, गाने और नाचने की आवाज़ें आतीं। बीच-बीच में एक आवाज़ मर्द की भी होती थी। लोग कहते—रज्जो के कमरे की सारी पुतलियाँ रात को ज़िन्दा हो जाती हैं। साथ ही वह पुतला भी ज़िन्दा हो जाता है। घर के लोग भी रात में उसके कमरे के आस-पास आने से डरते थे। अन्धेरा होते ही डर का साया फैलने

लगता था। फिर रज्जो के कमरे में कोई नहीं आता था। कभी-कभी रात को आँधी आती। रेत उड़-उड़कर बनते-बिगड़ते ढूहों में आंतक फैलाता। घर के लोग खुली खिड़कियाँ, दरवाज़े जल्दी-जल्दी बन्द करके अन्दर से कुंडी चढ़ा लेते। बाहर रस्सी पर सूखते कपड़े आँधी आने की सम्भावना से ही उतार लिए जाते थे। तो भी आँधी के ज़ोर से हवेलीभर में कुछ न कुछ खटकने की आवाज़ें रेत के साथ ही भर जाती थीं। घर की औरतें आपस में कहतीं–रज्जो, अकेली-ऽ डर रही होगी। फिर दूसरी कहती–रज्जो क्यों डरेगी। अकेली थोड़े ही है। उसके साथ उसका मायावी जो है। क्या पता, यह आँधी उसी की लाई हुई हो। लोग कहते–जब सारी जगह धूप खिली होती, रज्जो की छत पर बारिश हो रही होती। अमावस्या की रात में चाँदनी फैली होती। ईंटों की छत पर फूलों का बगीचा होता। हरे-भरे पेड़ और बीच में झरने बहते दिखाई देते। रज्जो भूत के साथ बारिश में भीगती, चाँदनी में छम्-छम् नाचती और फूलों से लदे बगीचे में झरनों के नीचे बैठी नहाती रहती। तो भी रज्जो के पास रात को कोई नहीं जाता था।

रज्जो-ऽ कस्बे में सब कहते हैं–'रात में यह पुतला ज़िन्दा हो जाता है। और तू इसके साथ हँसती-गाती और बतियाती है। सच है यह?'

'बताया न तुझे। इसमें मेरे धनी का भूत आता है। और सुन।'

डर से वह सहम गई थी। रज्जो उसके कान के पास मुँह लाकर बोली थी–'तू भी एक पुतला बना ले रात में अपने धनी को बुला लेना, वह पुतले में आ जाएगा।'

वह डर के मारे बाहर निकल आई थी। एक छलाँग में दो-दो सीढ़ियाँ उतरती आँगन में आई थी। अन्दर से मँझली बीणनी की आवाज़ थी–'छोरी, कैसी तेरी बुआ? बोल देना, छोटे लाला का जन्मदिन छै। बहुत सारा काम छै। उसकी टोपी-जूती में शीशे लगाने छैं। कह देना फेरा लगा लेगी। अरी सुन तो, भागी क्यों जा री छै? तेरे बापू न आवन देंगे तो चन्दो को भिजवा दूँगी। काम समझाकर दे आवेगी। तू ठहर ज़रा, कुछ खाके जा-ऽ। अरी बीरो ला तो इसके वास्ते।' पर वह भाग आई थी। पोली का दरवाज़ा खोलकर बाहर आ गई थी। हवेली की चौतरफा तारों की बाड़ लाँघकर बाहर निकल आई थी। थोड़ी ही दूर पर पीपल का पेड़ था। उसके नीचे चबूतरा था। पीपल के पेड़ पर अनगिनत लाल-पीली-हरी गोटे-किनारी की चुन्नियों और रंगीन डोरियाँ बाँधी हुई थीं। चबूतरे पर दूध, चावल, रोली से नहाई मूर्तियाँ पड़ी थीं। आज पहली बार उसे वहाँ से जाते हुए डर लगा था। उसके अन्दर से बापू की आवाज़ आई थी। वह पेड़ से दूर हटकर किनारे-किनारे चलकर गली से मुड़ गई थी। सोचती जा रही थी–ये सारी रंगीन चुन्नियाँ और डोरियाँ रंग-बिरंगे धागे जो पीपल की डालों और तने से लपेटे हुए थे। औरतों की इच्छाएँ थीं। अधूरी इच्छाएँ और कामनाएँ। पीपल बाबा कैसे पूरी करेगा? इतने सारे लोगों की इतनी

सारी इच्छाएँ? बिना समझे और जाने पीर बाबा को सबका कहा कैसे याद रहेगा? वह घर लौटी थी।

पता चला, रज्जो के ससुर के मुंशी का गूँगा लड़का बिस्सा मर गया सीढ़ियों से गिरकर। कौन-सी सीढ़ियों से गिरकर मरा, इस बात पर लोग होंठों पर उँगली रख लेते या कानों में बात करते। घर के लोग चुप थे। औरतों की जुबान पर ताला लगा था। फिर कस्बे में कोहराम मचा रज्जो बीणनी पर भूत आ गया । पर अब तक जो वह भूत के साथ रहती आई थी उसका क्या? पर अब तक जो वह भूत के साथ रहती आई थी उसका क्या? पर भूत तो मायावी हुआ। अब तक अपने मायाजाल में बाँधे रखा अच्छा बनकर, लेकिन अब तो अपनी असलियत पर उतर आया। रज्जो ने पुतले-समेत सारी-पुतलियाँ डोरियों से खींच-खींचकर उतार दी थीं। इकट्ठा करके उन्हें छत से नीचे फेंक दिया था। कमरे की खिड़कियों के पल्ले बाहर को हवा में धकेल दिए थे। खिड़कियों और दरवाज़ों से परदे हटा दिए थे। वह छत से कमरे में और कमरे से छत पर अन्दर-बाहर सैंकड़ों बार आती-जाती। रुँधी आवाज़ में चिल्लाती 'थे कठै गया? तुमसे कहा था न पहले ही कहा था। कितनी बार कहा था। सगला म्हाराऊँ जलते हैं। अब तुम कैसे आओगे?' हताश-सी फर्श पर गिरकर बेहोश हो जाती। पानी के छींटे मुँह पर मारकर और चम्मच से पानी मुँह में डालकर उसे होश में लाया जाता था। वह सीढ़ियाँ उतरकर नीचे आती आँगन में, रसोई में कमरों में भागती फिरती, कहाँ लुकाया है तुम्हें इन्होंने? पेड़ के नीचे खड़े होकर पाखियों से बातें करती, जा-ऽ उनको भेज दे। बोलना उन्हें, जल्दी आ जावें। घर की औरतें उसे घेरकर घर लातीं। समझातीं-बुझाती, कोशिश करके कुछ खाने को देतीं। उसे सुबह-साँझ का भेद नहीं रहा था। जब मौका लगता, हवेली से बाहर निकल आती। दूर तक यूँ ही बांवरी सी चली जाती थी। श्मशान के सुनसान में पेड़ों पर टँगी अस्थियों की पोटलियों को गर्दन उठाकर देखती। 'इनमें से थाकी अस्थियाँ कुण-सी हैं? थारा फूल मैं लेकर जाऊँगी हरिद्वार। यह सब डराते हैं, मैं कोनी डरूँ।'

पेड़ पर चढ़ने से उसे हवेली की कामवाली सन्तो ने रोका था, 'हैं अ् अ यह क्या कर रही हो छोटी बीणनी। गिर जाओगी। चल हट यहाँ से। घरे जा।' किसी तरह बहला-फुसलाकर वह उसे वापस हवेली में लेकर आई थी। कस्बे का वैद्य थक गया। झाड़-फूँक वाला भी पता नहीं क्यों रज्जो से डर गया। हवेली में सास-ससुर के पास कस्बे के कई लोग आते थे। तरह-तरह से दोनों को समझाते थे। चमेली, नायन आई थी। उसकी पहुँच सब जगह थी। सासू को अलग बैठाकर समझाया था। 'हनुमानपुर के झाड़-फूँक बाबा के पास ले जा। सब ठीक कर देगा। जाकर तो देख कयान की भीड़ लागी स वहाँ। तिल रखने भर की जगह नहीं मिलती। दूर-दूर से बीमार आवै हैं। वह ओझा है। न सबलो रो स्वामी है। उसके पास मंत्र और सिद्धियाँ हैं। उसके पास मोर के पंखों का जादू है। उसने काल को एक हंडिया में

बन्द करके रखा है। उसकी मुट्ठियों में म्हारा समय बँधा है। चाहे पाछला समय हो या आगला समय हो। इसीलिए वह मन के भीतर छिपी प्रेतात्मा को पहचान लेता है। बाकी बात मानकर प्रेतात्मा देह छोड़कर सिधार जाती है। वह बताते हुए हाँफने लगी थी। उसके शरीर में कँपकँपी मची थी। ठकुराईन म्हारे साथ बीतया इस वास्ते आपको बता रही हूँ। म्हारे पेट में पठौती रो बच्चो हो। सासू सा ने समझा दिया था अकेली कहीं न जाईयो। शाम को दिआला के खेत से गुजरी थी। पेड़ पर कई सारी हंडियाँ टँगी थीं। जाने किस-किस के घरों के मरे हुए लोगों के फूल थे उन हंडियों में। जद सुविधा हो जाएगा उतारकर पवित्र जल में बहा आएँगे। म्हने कांई पतो कोनी सो। जदी दम लेने उस पेड़ के नीचे बैठ गई थी। थोड़ी देर में उठी घर की तरफ चली पर म्हारी सारी देह में खलबली मच गई थी। पेट से थी, सासू सा ने सोचा भूखी है, सो उसने खाना खिलाने बैठाया। मैं खाती गई। सासू ने हैरानी से पूछा, और लेगी, हाँ-ऽ, फिर पूछा, और लेगी, हाँ-ऽऽ। पता नहीं कितनी बाटियाँ खा गई थी। घर भर के लिए पकाई दाल और आटा खत्म हो गया था। पर मेरी भूख खत्म नहीं हुई थी।'

सासू उठी थी, कन्धों से पकड़कर झकझोरा था।

'कांई हुयो थाने?'

'रोटी दे-ऽ', मैं चिल्लाई थी।

सासू सा भी चीखी थी, 'चल उठ। चल अन्दर जा, म्हारे भीतर तो भूत भड़यो हो।' उठी और सासू का गला पकड़ लिया। सासू सा डरप गी। अपना आपा छुड़ाकर अन्दर भागी थी, मैंने रसोई में जो कुछ पड़ा था सब भुड़स गई थी। जैसे म्हारे भीतर कोई भूखा राछस बैठा था। सासू ने म्हाली हालत देख शोर मचाया, इने छूत लागी। ओझा ने बुलाओ या इने ले जाओ।

तभी वहाँ रजली आई थी। उसने कहा था, 'ठकुराईन तुम्हारे घर के बाहर से जा रही थी बहू के चिल्लाने की आवाज़ सुनी तो सोचा था ज़रूर कुछ हुआ है। पर अब इसकी शक्ल देख के समझ गई क्या हुआ है। उसने मुझसे पूछा था, दिआला के खेत से गुजरी थी?'

मैंने गर्दन हिलाई थी।

'पीपल के पेड़ के नीचे रुकी थी।'

उसने आँखें फाड़ के देखा था।

'अब इने कांई पतो। देखा तो क्या हाल हुआ है इसका।' उसने सास से कहा था, 'सरसों के तेल का दिया जला। साबुत उड़द, मिर्च, गुड़ ला और सिंदरू रख।' उसने सारी चीजें थाली में रखी थीं, दीया बीच में रखा था। वह दिए के ऊपर से हाथ ले जाकर उड़द, गुड़, सिंदूर, मिर्च की मुट्ठी भर के उसके सिर के ऊपर से फिराती और आग में डाल देती। उसने सात बार ऐसे किया था। उसके बालों को खोलकर

उसमें पाँच गाँठें लगाई थीं। 'अब ध्यान से सुनणा और पहचानना इन आवाजों से किसकी आवाज है जिनै थे जाणो हो। थाके शरीर को छूकर और थारे जिस्म की गन्ध लेकर आवाज बोलेगी, तू पहचान लेना।' बहू को उसने पूछा, दो बार, तीन बार, और बार-बार। वह सिर्फ सिर हिलाती।

रजली गुस्सा गई थी। उसने उड़द, सिंदूर, गुड़, मिर्च उठाकर थाली में रख दिए थे। दिया भी रख दिया था। चल उठ अब ये थाली उठा। बीच चौराहे पर उसने थाली से सारी चीजें नीचे रखी थीं। तेल बिछाकर उड़द, सिंदूर, गुड़, मिर्च सजा रख दी थी और दिया बीच में धर दिया था। ठकुराईन तब भी कुछ न हुआ। फिर वह मन्ने ओझा के पास ले गई थी। उसी ने मन्त्र फूँका था और मैं ठीक हो गई। देखा थाके धोरे खड़ी हूँ। ठीक ठाक...। चमेली चाहे ठीक ही कह रही हो पर वह जानती थी ससुर जी नहीं मानेंगे। हवेली की औरत को झाड़-फूँक के लिए बाहर ले जाया जाए, वह कैसे हो सकता था। चमेली ने तरकीब बताई थी। सास ने दोनों बहुओं के साथ मिलकर चमेली के कहे अनुसार हवेली के बाहर खाली पड़ी कोठड़ी में झाँड़-फूँक बाबा को बुलाया था। पूजा के लिए बाबा को दक्षिणा देने के लिए, दूध, घी, दीप, मिठाई, कपड़ा, कच्चा कपड़ा, मिट्टी-पानी सब वहाँ लाकर रख दिया। सास और घर की बहुएँ दोपहर में आदमी लोगों को काम पर भेजकर रज्जो को साथ लेकर चम्पा के साथ पहुँची थी। रज्जो जाना ही नहीं चाहती थी। बहुत समझा-बुझाकर 'पूजा करनी है। कहकर उसे बुलाया, बैठाया गया था। चम्पा ने बाबा के कान में कुछ कहा था। बाबा खुले-खुले से कपड़ो में, गले में, बाँहों में, कई तरह के रंग-बिरंगे मोतियों की मालाएँ पहने था। बढ़ी हुई दाढ़ी और मूछें। मोर के पंखों को बाँधकर झाड़ू जैसा बना रखा था। चमेली की बात सुनकर उसने रज्जो की तरफ देखा था और मुस्कराया था। उसके पीले दाँत-मुँह खुलते ही बदबू के एक भभके के साथ दिखाई दिए थे। बाबा ने हाँडी में लकड़ी के कोयले रखकर उन्हें जलाया था। उसमें कई तरह की सामग्री वह डालता जा रहा था और मन्त्र फूँक रहा था। कमरे में धुआँ भर गया था। बाबा ने धुँए की हाँडी को रज्जो के सिर के चारों तरफ घुमाया था। धुएँ से कुछ भी साफ दिखाई नहीं दे रहा था। वह रज्जो के पास खिसक आया था और उसके कान के पास मुँह ले जाकर बोला था, 'जो चला गया उसे जाने दे। ब कोनी आस्यी। तूने क्यों पकड़ रखा है उसे। छोड़ उसे, छोड़ती क्यों नहीं, और सुन छोरी, थाके मन की मुराद पूरी हवेली। थारी कामना अधूरी कोनी रहवे। मैं आऊँलो या बीने भेजस्यू उसे जिसे तू कहेगी। दरवाजा पिछला खुला रखना रात को। अब जिद्द छोड़। बिस्सा चला गया तो जाने दे। अब कोनी आवेगा बिस्सा। छोड़-ऽ। छोड़ेगी के नहीं...' बाबा ने रौद्र रूप धारण कर लिया था। वह रज्जो पर हावी हो रहा था। धुएँ से आँखें जल रही थीं। गर्मी से पसीने छूट रहे थे। प्यास से रज्जो का गला

सूख गया था। भूख से उसके पेट की आँतड़ियाँ सिकुड़ रही थीं। बाबा ने बढ़कर उसको अपनी जकड़ में लेने की कोशिश की थी। अचानक रज्जो झटके से उठ बैठी थी—पास पड़ी जलती लकड़ी उठाकर बाबा पर टूट पड़ी थी। उसकी पीठ पर, हाथों पर, मुँह पर जहाँ हाथ पड़ता उसे मार रही थी, 'राक्षस। क्या बोला तूने। सगला रे सामने बोल। हिम्मत है तो बोल सासू सा और जेठानियों के सामने, बोल वही कुबोल जो म्हाके कान में बोला था।'

बात बिगड़ी देख के चम्पा ने जल्दी-जल्दी बाबा को कोठरी से बाहर भेज दिया था। सासू और जिठानियाँ रज्जो को हवेली में वापस ले आई थीं। रज्जो ने अपने आप घड़े से पानी के दो-तीन गिलास गटागट पी लिए थे। 'कुछ खाएगी भी छोरी। कल से कुछ भी नहीं खाया।'

'दे ही दो माँ जो पका हो वही दे दे। इस दुष्ट को भागने के वास्ते ताकत भी तो चाहिए। क्या पता थानै बहला-फुसलाकर पाछी आ जाए म्हारे पास मुझसे जोर-जबर्दस्ती करने।'

रज्जो ने जो कहा सासू और जिठानियों ने उसे कुछ और समझा। चलो सिर से दुष्टात्मा का साया टल गया। चम्पा को दे-दिवाकर विदा किया। रज्जो में कोई फर्क नहीं आया था। वैसी बांवरी-सी घूमा करती घरभर में ढूँढ़ती हुई।

आस-पास की औरतें आ बैठतीं। पहले छोटी बीणनी का हाल पूछतीं फिर अपनी-अपनी राम कहानियाँ ले बैठतीं।

बोली थी—'अभी-अभी बीनणी का भाई आया था। उसकी लाई मिठाई के साथ भूतनी आ गई होगी और बीनणी में भड़ गई होगी।'

'म्हारे साथ बीता है। वह पास खिसक आई थी। उसकी आँखें फैल गई थीं। म्हारी बीनणी के साथ ऐसा ही हुआ था—अच्छी-भली थी। मायके से मामा आया था—तीज की मिठाई लेकर, तीज तो धरी रह गई। बीनणी का जो हाल हुआ पूछो न। सगला शरीर अकड़ जाता था। आँखें फेर लेती थी। फिर चार दिनों तक सुन्नम-सुन्न पड़ी रहती अपनी कोठरी में। दे दो तो खा लेती, नहीं तो नहीं सही। कितने इलाज कराए कुछ नहीं होया था। आखिर गाँव को ओझा था। बीकी महेरबानी से ठीक हुई।'

दूसरी बोली थी—'कितनी बार रोका था सोहनी को लाल चूड़ी पहनकर मत जाना, मीठा खाकर मत जाना। सुनती कहाँ थी छोरियाँ। उधर से रास्ता छोटा पड़ता है। नहीं तो घूम के आना पड़ता है। बस इत्ती-सी सुविधा के लिए क्या नहीं देखना पड़ा था। छह महीने तक प्राण अटके रहे म्हारे, उस दिन लौटी तो उसकी आँखें चढ़ी हुई थीं। चेहरा लाल था। टाँगें काँप रही थीं। सोचा हमने थक गई होगी। घरे सिर से उतार कर नीचे रखा। कहा थक गई बीरो, चल अब बैठ जा। बोल क्या खाएगी। पहले छाछ दे दूँ। तब तक रोटी सेंक दूँगी।'

क्या देखूँ हूँ–बीरो तो–उलट-पुलट हो रही थी। हाँक मारकर घर के लोगों को बुलाया था–'मदद करो। आओ तो। छोटी छोरी आई थी।'

तेरे से नहीं होने का। जा-ऽ अन्दर से माँ ने भेज। किसी तरह उसको सम्भाला–खाट पर लिटाया...। पर कहाँ बह तो रूकै ही कोनी थी, चारों कोनों में घूमती। फिर उलट-पुलट होने लगती। पानी पिलाया उसे, पंखा झला-ऽ जो जिसने कहा, मोर का पंख लाकर बीका झाड़ा दिया।

थारे बस का नहीं अब। इसे तो लेकर जाना पड़ेगा। देवर जी के साथ क्या होया संझा को लौटै थे। शहर से आए थे। रास्ते में चैणी पड़ती ही थी। वहाँ पेड़ के बीच बैठ गए। प्यासे थे, किसी ने पानी दिया तो पी लिया...घर पहुँचे खाना खाया। बैठे-बतियाए, फिर सोने चले गए। पर तभी उठा-पटक की आवाजें आईं। भाग कर छत पर पहुँचे देवर जी तो तोड़-फोड़ में लगे थे–कमरे का सामान फेंकते जा रहे थे। रोका तो उठाकर मेज पर पड़ी चीजें उन पर बरसानी शुरू कर दी थीं। आवाज सुनकर साथ के घर से बावला आ गया था। बोला–चाची इसको तो भैरों जी आ गए हैं। अब कुछ करना पड़ेगा। उसके पास कुण जासी। अपनी जान बचानी थी या घर की चीजें। जब खुद ही थक गए...सामान कुछ रहा नहीं। चारों तरफ मलबे का ढेर बन गया–काँच, लकड़ी के टुकड़े, कागज, किताबें, बर्तन सबका ढेर था–उसी ढेर पर बैठ गए थे–उनका अपना बदन कट-फट गया था। खून भी निकल रहा था–पर वे थाकया कोनी। जैसे मौका तलाश रहे थे। कोई पास से गुजरता तो वे चौंक से जाते थे। उठकर बैठ जाते-तैयार मुद्रा में। आखिर बीने बाला जी ले के जाया गया था–वहीं के पण्डित जी ने ठीक किया था।

वहीं बैठी लड़कियाँ आपस में हँसती थीं–'मत पूछो जब वे थक जाती थीं इस गृहस्थी के खटराग से तो ड्रामा करतीं और उन पर देवी आ जाती...फिर क्या दो- तीन-चार दिन घर के काम की छुट्टी। खाना सासू सा अपने आप दे जाती। दुलारती, पुचाकरती भी। तो फिर ऐसे ही ठीक है।' ईश्वरी और चन्नो सिर जोड़े हँस रही थीं।

चम्पा फिर आने लगी थी। सासू माँ के पास घण्टों बैठी रहती। सासू फिर उसकी बातों में आ गई थी। हो न हो बिस्सा का भूत इस हवेली में आ गया है। वही रज्जो को सता रहा है। जब से बिस्सा मरा तब से ही तो रज्जो बीमार हुई। पहले भी मंत्र पूरे कहाँ हुए। रज्जो में जो ताकत आई थी वह भूत की ही थी तभी तो बाबा को मारा उसने। म्हैं सगला तो डरप गया। अबकी सिद्ध बाबा को लाऊँगी। उसी कोठड़ी में बाबा रहेंगे। रज्जो को साथ की कोठड़ी में बैठना है। थे लोग बीके साथ बैठोगी। निश्चित समय पर चम्पा फिर सिद्ध बाबा को लेकर आई थी। सारा सामान इकट्ठा किया था। बाबा ने गीली-मिट्टी का पुतला बनाया था। उसकी पूजा

की फूल-फल चढ़ाए। फिर एक बड़ी सी सुई लेकर उसकी नोक उसके सिर पर चुभाई थी। बाबा के मन्त्र फूँके सुई को माथे में चुभाया। फिर वह मन्त्र फूँकता जाता, सुई को उसने पुतले के शरीर में सैकड़ों जगह चुभाया था। चम्पा ने कहा था 'सुई चुभाने से अगर रज्जो चीखे तो डरपना नहीं।' पर बाबा सुई चुभोता, निकालता रहा और रज्जो सासू और जिठानियों के साथ वैसी ही बैठी रही थी। सिद्ध बाबा हार नहीं मानना चाहता था। उसने कहा था 'घर की जगह प्रेत के उतारने के लिए ठीक नहीं है। इसे मेहन्दीपुर बालाजी ले जाओ वहीं ठीक होगी। अगर कहोगे, ठकुराईन जी चाहेगी तो मैं भी साथ चलूँगा।' सिद्ध बाबा भी चले गए थे।

रज्जो कमजोर हो गई थी। उसका खाना-पीना भी छूट-सा गया था। सासू माँ परेशान थी, क्या करती। चम्पा फिर आई थी घर की औरतों को बैठाया था। 'रज्जो का इलाज यहाँ होने वाला नहीं है। ससुर सा से आज्ञा लो तो इसे बालाजी के मन्दिर ले चलो वहीं होगा अब जो भी होना हुआ।' सासू माँ चिंतित थी, 'वहाँ क्या होवेगा?'

'ना-ऽ ऐसा न कहो आप। बड़ी मानता है बालाजी के भूतनाथ की। पूजा सिर्फ वहीं पर होती है और कहीं भी नहीं। आप ठकुराईन देखेगी नहीं तो मानेगी नहीं। जिसमें प्रेतात्मा होती है अपने आप बोलने लगती है। कैसे-कैसे कष्ट नहीं देते प्रेत जीव को। कईयों को तो वहाँ जंजीरों में बाँधकर रखा जाता है। कईयों के पेट के ऊपर दो-दो मन के पत्थर धर दिए जाते हैं ताकि वे उठकर भागें नहीं। भूतनाथ की पूजा के बाद वहीं बैठा दिया जाता है। कैसी-कैसी हरकतें करने लगता है आदमी भूत की ताकत से। पिछले महीने गई थी राधे को लेकर। राधे के अन्दर हाथी का भूत था। सो हाथी की आवाजें निकालती रही। दो घण्टा तक और ठीक हो गई थी। उलटी पेट के बल लेटकर सौ सीढ़ियाँ उतरी थी तिनगी अम्मा ने। भूत की ताकत के क्या कहने ठकुराईन। कैसे गर्दन घुमाई थी चन्दा ने, दाएँ-बाएँ, बाएँ-दाएँ। बाल बिखरे, जुबान बाहर, आँखें लाल, उस पर प्रेतनी की छाया थी। कल्लो भी वहीं मिली थी जंजीरों के साथ बाँधकर रखा था उसे। दीवार के साथ खड़ी थी। सारा-सारा दिन खड़ी रहती वैसी की वैसी। भूतनाथ के आगे बैठे जीव से प्रेत खुद बातें करते और पूजा के असर के प्रेत खुद बातें करते और पूजा के असर से प्रेत देह छोड़कर चले जाते।'

'शाम को भव्य आरती होती है मन्दिर में। आरती की आवाज से दुष्ट से दुष्ट प्रेत भी भाग जाता है। जीव की देह छोड़कर उसे भागना ही पड़ता है। रज्जो को ले चलो। हनुमान मन्दिर में मत्था टेककर भूतनाथ मन्दिर में रज्जो बैठ जाएगी। शाम को आरती होगी। रज्जो जरूर ठीक हो जाएगी। आप जाने का प्रबन्ध कर लो। ठाकुर ना ही जावें साथ में तो अच्छा होगा। आदमी की जात उनके बस का यह सब नहीं। किसी कारिन्दे को साथ भेज देंगे। आप रहियो साथ में मझली बीणनी

चलेगी रज्जो का मन लगा रहेगा। रहने-ठहरने खाने का सारा प्रबन्ध है वहाँ आस-पास में। आप लोगों के लिए अच्छी जगह पहले से ही कहकर, करवा देंगे।

श्राद्ध खत्म हो गए थे। नवरात्रे थे। श्राद्ध के भूत दिन देवता के दिनों में बदल गए थे। चारों तरफ नवरात्रों की धूमधाम थी। ठकुराईन की हवेली में नवरात्रा शक्ति के त्यौहारों की विशेष पूजा रखी गई थी। नौ दिन तक नौ देवियों की पूजा चलनी थी। अम्बा माता, दुर्गा माता, कालिका माता सभी के लिए अलग-अलग दिन निश्चित थे। साथ ही, प्रतिपदा को पूजा के लिए खड़ग स्थापना का दिन भी था। नौ दिन तक खड़ग के आगे अखंड दीपक जलता रहा था। शाम हो गई थी। व्रत खोलने का समय था। ठाकुर और घर के सभी सदस्य, रिश्तेदार और आमन्त्रित सभी खड़े थे। ठाकुर ने मदिरा की धार देवी पर चढ़ाई थी। यह देवी का रौद्र रूप था। खून का खप्पर भरे त्रिशूल हाथ में लिए महिषासुर का वध करती महिषासुरमर्दिनी का विकराल रूप सबके हृदयों में शक्ति का संचार कर रहा था। सेंधा नमक डालकर माँस पकाया गया था। राजपुरोहित मुंडी ले गया था। कुलदेवी की पूजा हुई थी। तभी अचानक रज्जो ने पूजा की गई खड़ग उठा ली थी और सिर पर तान ली थी। बीणनी के बाल खुले थे। आँखें लाल थीं। क्रोध से काँपती हुई बीणनी को देखकर पहले तो सब सुन्न से हो गए थे। फिर भय की एक लहर दिलों में दौड़ी थी। बीणनी में देवी आ गई। अपने आस-पास खड़े लोगों को डरा-सहमा देख बीणनी का हौंसला बढ़ गया था। वह दाएँ-बाएँ, ऊपर-नीचे तलवार घुमा रही थी। उछल-कूद कर रही थी। किसी की हिम्मत नहीं थी कि रोक सकता। लोग इधर-उधर भागने लगे थे।

कुछ औरतें तो उसे ही रणचंडी देवी मानकर उसकी पूजा के लिए तत्पर हो गई थीं। उन्हें रोका था, 'उसके हाथ में खड़ग है। होश में नहीं है इस समय वह। पास जाने में खतरा है।' एक-एक कर घर-बाहर के सभी लोग कमरे से बाहर आ गये थे। दरवाज़ा बाहर से बंद कर दिया था। घर की बात बाहर न फैले इसलिए इशारों में सबको ठकुराईन चुप रहने का संकेत कर रही थी। दरवाज़े-खिड़की के बाहर से झाँका था। कुछ देर तक वह यूँ ही उछल-कूद करती रही थी। फिर शायद थककर वहीं लेट गई थी। ठकुराईन दरवाज़ा खोलकर उसके पास आई थी। उसके अस्त-व्यस्त घाघरा-ओढ़नी ठीक किए थे। चेहरे, गर्दन से फैले बाल हटाए थे। लस्त-पस्त पड़ी बहू के मुँह पर पानी के छींटे मारे थे। दो-तीन घर की औरतों की मदद से उठाकर उसे पलंग पर डाला था। ठकुराईन माथे पर हाथ रखकर धम्म से बैठ गई थी, 'देवी माँ, अपनी किरपा करजो।'

ठकुराईन ने ठाकुर से रज्जो को बालाजी के मन्दिर ले जाने की बात कही थी तो ठकुराईन की बात सुनकर वह बहुत नाराज हुए थे। अगले दिन ही उन्होंने रज्जो को शहर के हस्पताल में भेजने का फैसला कर लिया था। तब उसे शहर के हस्पताल ले जाया गया था। एंबुलेंस आई थी। वह लेटी नहीं थी। उसे बाँह से पकड़कर

बैठाया था। ठीक-ठीक दीख रही थी। पर उसका फूल-सा चेहरा रक्तविहीन था। उसकी बड़ी-बड़ी आँखें कहीं खोई हुई थीं। उसके बालों की लम्बी चोटी पीठ पर लहरा रही थी। उसकी लम्बी-पतली छरहरी कद-काठी और चेहरे पर गम्भीर बेचैनी थी। शहर के डॉक्टरों ने बताया था 'रज्जो ठीक-ठाक है और गर्भ से है।' मझली बीणनी साथ गई थी। ससुर जेठ बाहर बैठे थे। मझली ने डॉक्टर के पैर पकड़ लिए थे। 'यह बात जुबान पर भी न लाना। बस इतनी मेहर कर दो डॉक्टर—कह दो जो भी कहना है। पर यह न कहना कि रज्जो पेट से है।' पर डॉक्टर मानने को तैयार नहीं थी। मझली ने डॉक्टर को समझाया उसकी मनुहार की पर डॉक्टर नहीं मानी तो उसने कहा था, 'फिर आप इसको जहर की सुई लगा दो डॉक्टर। चैन से सो जाएगी।' हस्पताल में बवाल मचा था। मझली ने आखिरी दम तक कोशिश की थी पर डॉक्टर उसे बार-बार कहतीं, 'ऐसा मैं कैसे कर सकती हूँ। यह तो बताना ही पड़ेगा। पर्ची पर लिखना ही पड़ेगा। इसमें मैं क्या कर सकती हूँ।' डॉक्टर ने फिर समझाया था, 'यह बात छिपाने वाली तो है नहीं, पता तो चलेगा ही। बाद में पता चला तो मेरी नौकरी चली जाएगी।' मझली थक-हार गई। डॉक्टर ने कहा कि 'रज्जो को डिपरेशन है इसे मनोचिकित्सक को दिखाना पड़ेगा।' हस्पताल के ही मनोचिकित्सक को डॉक्टर ने रैफर कर दिया था। लेकिन वे रज्जो को वापिस कस्बे में ले आए थे। पता चला था महीनेभर बाद रज्जो मर गई थी। रज्जो कैसे मरी, क्यों मरी, यह हवेली की ऊँची दीवारों के पीछे का रहस्य था। बस हुआ यह था कि उसके मरने पर भी उसका पति नहीं आया था।

लेकिन रज्जो की कहानी यहाँ भी कहाँ खत्म हुई थी। कस्बे के लोग कहते थे कि रज्जो तो इच्छाधारी नागिन में जन्म ले चुकी है। वही है। जो हवेली में जिस वेष में चाहे धारण करके जब तब चली आती है।

हवेली के पोली पर खड़ी रज्जो को देखकर सासू सा बोली थी। 'आ-ऽ आ जा-ऽ रज्जो। कदै आई तू। आ बैठ। यहाँ बैठेगी कि खुदरे कमरे में जाई।'

अपने से बातें करते देख बड़ी बहू दौड़ी आई थी। 'क्या हुआ सासू सा। क्या हुआ? काई कह रही स?'

'रज्जो आई थी। अभी-अभी। पोली माँ खड़ी थी। म्हारे कहने से अन्दर आ गई थी। बाहर क्यों रुकी रही पता नहीं। घर तो उसी का है। उनै कोई इजाजत तो लेनी नहीं। घर की बीनणी है।'

उसकी बातें सुनकर बड़ी बहू का माथा ठनका था। आज सासू सा कैसी बातें कर रही हैं? रज्जो को मरे दो साल हो गए। वह कहाँ से आएगी।

बड़ी बहू बेचैन इधर-उधर डोलती फिरी थी। ओझा ने बताया था। 'घर के बाहर, पीपल के पेड़ के चौतरे पर कटोरे में दूध डालकर रख दे। अगर दूध पिया गया तो अगले दिन बताए।'

अगले दिन सासू सा उठी थी। देखा था कटोरा खाली था। दूध नहीं था। उसने पूछा था, 'कोई घर का जानवर, कुत्ता-बिल्ली आते हैं।' उसने कहा था, 'नहीं।' 'फिर पक्का हो गया। इच्छाधारी नागिन आने लगी है हवेली में। दूध का कटोरा तो भर के रखो ही। बाकी उपाय भी बताऊँगा।'

दूध का कटोरा रखा जाता और सुबह कटोरा खाली होता। एक दिन पेड़ के पास सर् सर् करते साँप को जाते देखा तो कजरी सफाई करते-करते चिल्लाई थी।

'ऐ मेरी माँ-ऽ, ये क्या-ऽ इत्ता बड़ा साँप।'

सासू माँ चिल्लाई थी, 'ऐ छोरी हाथ जोड़, हाथ जोड़, नागिन है। साँप नहीं स। इच्छाधारी नागिन स। आपरी रज्जो री अतृप्त आत्मा इन नागिन में आ गई स। इसीलिए इस घर में आवै स। भाग री खोटी अपनी रज्जो को मिले भी कांई। कौन-सा सुख देखा था उसने। अब जैसे भी हो आने दे...। जा-ऽ कटोरा साफ करके ताजा दूध भरके रख दे।'

ठकुराईन के घर के पोली के साथ पीपल के पेड़ का चौंतरा रोज धुलता, साफ होता और कटोरे में ताजा दूध भरा जाता। कब इच्छाधारी रज्जो नागिन आएगी और दूध पीएगी। इस घर पर उसका जो उधार है बित्ता बित्ता करके उतरेगा पता नहीं कितने पुश्तें चुकाएँगी उसके देने को। कस्बे की औरतें भी आने लगी थीं। आतीं पीपल देवता की पूजा करतीं। इच्छाधारी नागिन के नाम से दूध चढ़ातीं और चली जातीं। जिसकी जो इच्छा होती, आँख बन्द कर मन ही मन दोहराती जाती। कोई इच्छा के खयाल से रोती, कोई हँसती और कोई आँखों में आँसू भरकर सब भगवान पर छोड़ देती। 'जो तू करयो, कबूल छै।'

सारे कस्बे में बात फैल गई थी। पण्डित जी घर आ गए थे। ठकुराईन, खबर कर देतीं। हमारे बड़े भाग जो नाग देवता ने दर्शन दिए। घर की रज्जो ने नागिन के रूप में देवयोनि पाई है। पिछले साल इलाहाबाद गया था। गंगा तट पर नाग वासुकि का मन्दिर बना है। भव्य मन्दिर है। पाँच फन वाले नाग वासुकि की मूर्ति है। इनके पाँच फन ही पाँच प्राण हैं। इस मन्दिर की चारों दिशाओं में नाग-नागिन युग्म-विविध काम मुद्राओं में उत्तीर्ण किए गए हैं। जो इस दृष्टि के विकासक्रम को बताते हैं। मन्दिर के पूर्व द्वार पर देहली पर शंख बजाते हुए दो कीचक बने हुए हैं जिनके बीच लक्ष्मी का प्रतीक कमल दो हाथियों के साथ उकेरा गया है। नाग वासुकि की बहिन मनसा देवी है और उसकी भी पूजा की जाती है। इसे नाग-नागिन ही न समझो, यह तो पुनर्जन्म की ज्ञाता है। जीवन के शाश्वत चक्र की प्रतीक है। अपनी केंचुली उतारता हुआ यह समयचक्र का ज्ञान देता है। तभी तो विष्णु सर्प पर प्रतिष्ठित हैं।

फिर पण्डित जी ने बिहुला विषहरी की कहानी सुनाई थी। चाँदी व्यापारी के पुत्र बाला को सुहागरात वाले दिन साँप ने डस लिया था। बाला की पत्नी बिहुला

ने एक बड़ी मंजूषा में बाला का शव रखकर उसे जल में प्रवाहित कर दिया और मनसा देवी की पूजा में बैठ गई। मनसा देवी प्रसन्न हुई और बिहुला के पति का सर्पदंश का उपचार करा कर उसे जीवित कर दिया और बिहुला को सौंप दिया। इसीलिए सुहागनें मनसा देवी की पूजा करती हैं। मनसा देवी का व्रत रखती हैं। प्रतीक रूप में मंजूषा जल में प्रवाहित करती हैं।

'सब ठीक-ठीक चलता रहे तो ठकुराईन आप भी एक मन्दिर का निर्माण करा देना। सबके भले में ठाकुर का भी भला होगा।'

जो भी हो बापू ने उर्मिला बुआ को और उसे कभी वहाँ नहीं जाने दिया था। खासतौर पर उसे रोका था। उर्मिला तो मनाह करने से मान ही जाती थी। बापू ने उससे सौगन्ध उठवाई थी, 'तू नहीं जाने की वहाँ, समझी न। थाने म्हारे सिर की कसम।'

'बापू न-ऽ नहीं जाऊँगी। कहा मानूँगी बापू।'

बापू की व्याकुलता उसके भीतर उतर गई थी।

आयुष मेरी नियति भी यही थी और तुम्हारी भी। जो हुआ उससे अच्छा क्या हो सकता था। तुम अब मेरे लिए एक रूपक बन गए हो। एक कल्पना, स्वर्णिम कल्पना। तुम वे शब्द हो गए हो जो मृत्यु और जन्म से, दुख और सुख के आनन्द और अवसाद के द्वन्द्व से मुक्त कर देते हैं। जब मेरा सब समाप्त हो जाएगा तब भी तुम मेरे भीतर विद्यमान रहोगे, फूल में बसी सुगन्ध की तरह। देह में पृथ्वी, आकाश, जल, वायु, और अग्नि पाँच तत्त्वों की तरह। तुम्हारी स्मृतियाँ ही अवलम्ब बनेगी तुम्हें स्पर्श करने का और तुम्हारे अहसास का। अन्त में अच्छा या बुरा समय सब बीत ही जाता है। लेकिन, प्रकृति में जैसे कुछ भी नष्ट नहीं होता, केवल उसका स्वरूप बदल जाता है। वैसे ही, जीवन में भी अच्छे या बुरे कैसे भी अनुभव हों, हमें दृष्टि देते हैं। सोच के नए आयाम उद्घाटित करते हैं।

वह जानती थी कि एक दिन यह इन्द्रजाल टूटेगा ही। इसे टूटना ही था। और सच्चाई की आँधी सब कुछ बहा ले जाएगी। इस माया जाल का चीथड़ा-चीथड़ा कर देगी। परत दर परत उधेड़ देगी। भयावह होगी वह सच्चाई। वीभत्स होगा वह सच, लेकिन यह बाहरी सच ही होगा।

इस इन्द्रजाल में उपजा उसका सच, उसका भीतरी सच, इसके सतरंगे आलोक से उद्भासित उजास। इससे ऊर्जस्वित उसका स्व आस्था और विश्वास। यही तो उसका सच होगा। स्फूर्त करता, शक्ति देता और मन्त्र पूत करता सच।

'गेट के अन्दर ले लूँ गाड़ी मैडम।' टैक्सी वाला था।

'हाँ, ले लो।'

उसने उसे पैसे दिए थे। दरवाज़ा उसने खोला। वह भीतर आई थी। पल भर लगा था वह खड़ी नहीं हो सकती। उसके पैरों में दम नहीं है। उसने अपनी चेतना को समेटा था। न्याय और स्वतन्त्रता पाने के लिए दृढ़ इच्छाशक्ति और युद्ध की शक्ति चाहिए होती है। और अभी तो यह युद्ध शुरू ही हुआ है। उसे तो खाली हाथ, बिना सहारे और बिना हथियार यह युद्ध लड़ना है। औरत के विरुद्ध पुरुष व्यवस्था के अमानवीय वर्चस्व, उसकी शक्ति संरचना और ताकत की बर्बर राजनीति के विरोध में।

बचपन में उसने एक कहानी पढ़ी थी जिसमें अपने लक्ष्य की ओर जाते हुए व्यक्ति से कहा गया था--तुम्हारे रास्ते में घने जंगल, समुद्र, बर्फ से ढके पहाड़, रेगिस्तान, मैदान, दर्रे सभी आएँगे, तुम्हें इन्हें पार करना होगा। लेकिन अंतिम पड़ाव पर जब तुम आगे बढ़ोगे तो पीछे से तुम्हें कई आवाज़ें सुनाई देंगी। अपनी ओर खींचती पीछे से आती आवाज़ें। ध्यान रहे तुम्हें पीछे मुड़कर नहीं देखना है। जैसे ही तुम पीछे मुड़कर देखोगे वहीं पत्थर हो जाओगे।

आज इस कहानी का अर्थ उसके भीतर नई तरह से खुल रहा है। वह जानती है कि अगर पीछे देखेगी तो पत्थर बनेगी लेकिन दुविधा यह है कि अगर वह आगे की आवाज़ें सुनती है तो भी पत्थर में ही तब्दील हो जाएगी। हमारे यहाँ औरतों को पत्थरों में तब्दील करने की परम्परा बड़ी पुरानी है। अपने होने की घोषणा करते ही, अपने भीतर की औरत की आवाज़ सुनते ही वह पत्थर में तब्दील कर दी जाती है। आज भी यह परम्परा किसी न किसी रूप में चली आ रही है। उसकी आँखों के सामने भवानी आ खड़ी हुई थी।

उसे पता नहीं चला उस दिन कि वह सपना था या सच। उसने पहाड़ नहीं देखा था। पर वह पहाड़ पर चढ़ रही थी। ऊँचे-ऊँचे और ऊँचे। उसके साथ-साथ चढ़ते आ रहे थे घने ऊँचे पेड़, जंगल और हरियाली। झरने, झीलें और हिलोरें मारता ऊपर से नीचे गिरता आता पानी। वह उस पानी के नीचे खड़ी होकर पूरे कपड़ों समेत नहाई थी। नहा चुकी तो सोच में पड़ी कि अब क्या करे। कोई उपाय न देख वह वैसी ही पानी से बाहर आई थी। ओढ़नी का कोना खोलकर हाथ-मुँह पोंछे थे। वापसी, ढलान पर उतरने लगी थी। तभी उसे लगा था कोई उसका पीछा कर रहा था। उसने मुड़कर देखा, कोई घुड़सवार था। पहले सोचा अपने रास्ते जाएगा। पर नहीं, वह तो उसके साथ-साथ आ रहा था। कुछ सूझा नहीं तो वह भागने लगी थी। पीछे आते घुड़सवार ने उसका पीछा तकिया था। वह और तेजी से भागी थी। उसकी टाँगें, घुटना और टखने सब दरक रहे थे। उसका पैर फिसला और वह लुढ़क गई, नीचे तलहटी में आ गिरी थी। पता नहीं उसकी कौन-सी हड्डी टूटी थी पर वहीं गिरी पड़ी रही। उसे लगा वह कौए और गिद्धों से घिरी, डरी, सहमी, उन्हें हटाने की कोशिश करती। हाथ हिला-हिलाकर देह को तोड़-मरोड़कर पर कौओं, और गिद्धों ने उसे चारों तरफ से घेर लिया था और वे सब उसे नोच-नोचकर खा रहे थे। दर्द से वह चीख रही थी, एक साथ इतने कौए और गिद्ध उसे नोच रहे थे। चीखों के बीच ही वह उठ बैठी थी। पसीने से गच्च, माथा, गला, पेट, टाँगों के बीच से पसीने की धारियाँ बह रही थीं। उसने उठकर घड़े

से पानी पिया था। पसीना पोंछा था और खाट पर बैठ गई थी। साथ की खाट से अन्धेरे में एक सिर उठा था। फिर करवट बदलकर जीव दूसरी तरफ होकर सो गया था।

वह पगली थी। उसका नाम भवानी था। तालियाँ बजाती, हँसती और हँसते-हँसते दोहरी हो जाती। धप्प से वहीं बैठ गई थी। गोरी-चिट्टी, झक्क सफेद चेहरा। गर्दन इधर-उधर घुमाती। तीखे नैन-नक्श, बड़ी-बड़ी काजर लगी आँखें, सुती हुई नाक, सुग्गे जैसे लाल-लाल होंठ, लम्बे काले पर अस्त-व्यस्त बाल और कपड़े। उस दिन धारीदार लाल-पीली धारियों वाला घाघरा पहने हुए थी। कत्थई रंग की चोली और लहरिए वाली ओढ़नी ओढ़े आई थी। लम्बी ऊँची भवानी ने पाँवों में मोतियों की चप्पल पहन रखी थी। चाहे वह पगली थी पर उसके कपड़े एकदम धुले, साफ-सुथरे और चटख होते। चेहरा दमकता रहता। बस उसके भावों से पता चलता कि सब ठीक नहीं है। वह जब तब उर्मिला बुआ के पास आ जाती। बैठी-बैठी टुगर-टुगर बुआ को सुई-धागे से, शीशों, सीपियों, मोतियों, सितारों गोटाकिनारी का काम करते देखती रहती। बुआ कहती, 'भवानी आ, तू भी कर ले।' बुआ कपड़े का कोना उसके घुटने पर फैलाकर सुई में धागा डालकर उसके हाथ में पकड़ाती, 'ले पकड़, मैं बताती हूँ। इसे करेगी तो तेरा चित्त ठहरेगा।'

भवानी कहती, 'ना-ऽ मैं तो महारानी हूँ। मैं न करूँ यह सब। मैं तो राज करूँगी। कुँअरजी आते ही होंगे अब तो,' वह हँसती फिर उसका चेहरा म्लान हो जाता। भवानी उर्मिला बुआ के पास खिसक आती और पूछती, 'तू तो मुझे पागल नहीं समझती। देख कैसी चकाचक बैठी हूँ। वह अपना घाघरा फैलाकर, ओढ़नी का पल्लू खोलकर, दिखाती और कहती, अब, मैं गोबर क्यों पाथूँ, उपले क्यों बनाऊँ, बाड़े की सफाई क्यों करूँ, मैल-मिट्टी क्यों धोऊँ? महारानी हुई न मैं तो।'

भवानी भटियारों की लड़की थी। तड़के सुबह घर का काम निपटाकर बापू के संग बाजरी के खेत में जाती। जमीन गोढ़ती, सिंचाई करती और घर आकर बापू के लिए टिक्कड़ सेंकती और खेत में आ जाती। बापू को खाना खिलाकर घर लौटती। छोटे भाई-बहिनों को नहलाती-धुलाती, उनके लिए साग-सब्जी बनाती और उन्हें बहला-फुसलाकर रोटी खिलाती। वही उन चार बच्चों की बड़ी बहिन भी थी और माँ भी थी। माँ सबसे छोटे भाई के प्रसव में मर गई थी। तब वह दस साल की थी। रुई के फाहे से छोटे को दूध चुसाती, कभी कन्धे से लगाती, कभी गोद में झुलाती रोते-बिसूरते भाई को चुप कराती। छोटे से बड़े तीन भाई-बहिन और थे। उसकी छोटी सी देह में कमाल की फुर्ती थी। मौसी आकर माँ की मौत के बाद तीन महीने रही थी। फिर लौट गई थी। जब तब आती। बापू से दूसरा ब्याह रचाने को कहती। बापू कानों पर हाथ रखता, इन पाँच जनों को तो पाल लूँ। घर में दूसरी लुगाई और फिर टाबरों की दूसरी पलटन। इतनों को खिलाऊँगा कैसे?

पड़ोस की औरतें आतीं कुछ मदद कर जातीं लेकिन हारी-बीमारी में। भवानी को अपनी देह धोने की फुरसत नहीं थी। सिर में जुएँ पड़ गईं। बालों की रस्सियाँ बँट गईं। भूतनी-सी वह उन छोटे-छोटे बच्चों की ज़रूरतों में उलझी रहती। बापू खेत पर चला जाता। उसकी रोटी पकाने और खेत पर ले जाने का जुगाड़ भी वही करती। फिर भी थकती नहीं थी। गर्मी में खेत से घर और घर से खेत में आत-जाते भूखे पेट वह बीमार हो गई। भवानी बीमार हुई तो घर की चक्की के पाट रुक गए।

दूर रिश्ते की मौसी आई थी। महीनाभर रुक कर चली गई। म्हारी अपनी गिरस्ती स, बच्चे स, बस और नहीं रह सकती। फिर पास-पड़ोस से कोई औरत आ जाती कुछ मदद कर जाती। पर चार बच्चे, खेत-खलिहान, घर-गिरस्ती की गाड़ी कैसे चले। गाँव के लोगों ने बिज्जा का ब्याह रचा दिया। समझाया था, 'बिज्जा, औरत के बिना घर न चलेगा। टाबर पलटन का क्या होगा?'

भवानी के आस-पास धीरे-धीरे सब ठीक होने लगा। नई माँ गरीब विधवा थी। ठहरी हुई थी एक तो बाल विधवा फिर गरीब की वजह से भाँवरें न पड़ी थीं। उम्र बाईस-तेईस हो गई थी। उसकी माँ भी विधवा। दिन-रात मजूरी करती और टाबरों का पेट भरने का जुगाड़ करती। पर गाँव में इज्जत बनी हुई थी। माँ-बेटी मिलकर छुट्टर काम करती थीं। कूटने-पीसने का, लीपने-पोतने का, डाँगर, जानवरों का, दूध दुहने से लेकर गोबर पाथने तक का, जानवरों को नहलाने-धुलाने का सारा काम कर लेतीं और गुजर हो जाती थी। जब बिज्जा की और उसके चार बच्चों की बात रज्जो से की गई और लछमी का हाथ माँगा तो रज्जो मान गई थी। मान क्या गई वह तो खुशी से पागल हो गई थी। रज्जो की छोटी जात, गरीबी और विधवा छोरी। बिज्जा का घर था, खेत-खलिहान थे, चार टाबर हुए तो क्या। सो झट्ट ब्याह हो गया। करना भी क्या था। बिज्जा गाँव के चार-छह लोगों के साथ गया, द्वाराचार हुआ और भाँवरें पड़ गईं। कोई गाजा-बाजा और महफिल तो सजनी नहीं थी। गरीब विधवा की बाल-विधवा छोरी।

विधवा माँ बार-बार हाथ जोड़ती, पैर छूती, दुहरी हुई जाती थी, 'थारी किरपा जो म्हारी छोरी से ब्याह रचाया।'

नई माँ आई तो भवानी की घर के मकड़जाल से मुक्ति हुई। पर अब घर के कोल्हू में लछमी लग गई थी और गोल-गोल घूमने लगी थी। भवानी की जान छूटी। घर-गिरस्ती और टाबरों को लछमी सम्भालती। भवानी लछमी का बनाया खाना बापू को खेत में देने जाती। दूसरी लड़कियों के साथ खेल-पेल में मस्त रहती। लछमी ने खाली वक्त में भवानी के सिर की जुएँ बीन दी थीं। नहाना-धोना, कपड़े बदलना, खेलना-कूदना भवानी का कायापलट हो गया था। सोलह साल की भवानी और बाईस-तेईस साल की लछमी में माँ-बेटी से ज्यादा सहेलपने का रिश्ता हो गया था। लछमी भी सुखी थी। पहले घर और बाहर दोनों का काम करना पड़ता था। अब

तो अपना ही घर था। भाई-बहनों की जगह बिज्जा के बच्चे थे। भवानी का लड़कपन लौट आया था।

बापू को खाना खिलाकर वह कूदती-फाँदती खेत की मेड़ लाँघकर बाहर आई थी। सीधा-सपाट रास्ता था। सूरज सिर पर था और धूप तेज थी। भवानी खेजड़ी के झाड़ तले ओढ़नी बिछाकर बेदम-सी लेट गई थी। अचानक आँख खुली तो अपने को तीन-चार आदमियों से घिरा पाया। इससे पहले कि वह कुछ सोचती और करती उन्होंने उसे ओढ़नी में चटाई की तरह लपेटकर अपने कन्धों पर लाद लिया था। वह हाथ-पैर चलाती हुई चीखती जा रही थी, 'मुझे छोड़ो, मुझे छोड़ो, छोड़ो-ऽ।' पर उसकी आवाज़ बहरे हुए कानों में नहीं पड़ी। थोड़ी दूर बाजरी का खेत था। बाजरी तलवार से काट ली गई थी। उस पर कालीन बिछाए कुँअरजी अपने लश्कर के साथ विराजमान थे। कन्धे पर लादकर लाए भवानी को उसने कालीन पर उंड़ेल दिया था। वह बल खाकर उठकर बैठी थी। हैरानी से उसकी आँखें फटी रह गईं। चार-पाँच आदमियों से घिरी वह कुँअर के पैरों के पास थी। कुँअर हँसा था। उसने इशारे से उन आदमियों को हटा दिया था। वे सब थोड़ी दूर जाकर पीठ फेरकर खड़े हो गए थे। भवानी को कुछ समझ नहीं आई। उसके छोटे से दिमाग में दगड़-बगड़ हो रही थी। कुँअर ने उसे पैरों से उठाकर अपनी टाँगों पर बैठाया और अंक में भर लिया। उसके कपड़े तितर-बितर कर दिए। घाघरा घुटनों के ऊपर तक उलट दिया। भवानी की चीखें दीवार बने आदमियों ने भी सुनीं पर कोई हिला तक नहीं। सब बहरे पत्थर की मूरतें बने खड़े रहे। बाद में वे आए थे। उसे वैसे ही ओढ़नी में लपेटकर खेतों के पास ले आए थे। 'जा, घर लौट जा-ऽ। किसी से कुछ नहीं कहना।' भवानी बेबस खड़ी थीं। लड़खड़ाते कदमों से चार कदम चलकर, वहीं बैठ गई थी। टाँगों के बीच खून रिस रहा था। आँखों के आगे दर्द के बबूले उठ रहे थे। उनमें से एक ने सुझाया था, 'कम उम्र की छोकरी है। हुकुम कहें तो उठाकर वहीं छोड़ आएँ जहाँ से उठाकर लाए थे।' कुँअर को भी यही ठीक लगा था। अब वे उसे ऊँट पर लादकर वहीं डाल गए थे जहाँ से उसे उठाया था। लेकिन वहाँ से निकलते हुए कुँअर के सिपाहियों को गाँव के लोगों ने देख लिया था। गाँव के लोगों को शक हुआ था। ये जो इस समय यहाँ पर हैं, जरूर कुछ हुआ है। पास आए तो अधमरी पंख नुची चिड़िया सी भवानी को तुड़ी-मुड़ी गिरे-पड़े पाया। आग की तरह बात सारे गाँव में फैल गई थी। गाँव के लोग भागे-भागे मुखिया के पास गए थे। मुखिया और गाँववाले बिज्जा के घर आए थे। बिज्जा के घर पर भीड़ बढ़ती जा रही थी। बेहाल भवानी को कोठरी में डाल दिया था। आपस में सलाह-मशविरा हुआ। चारों तरफ गाँव के आदमी दौड़ाए गए थे। कुँअर जी को शायद इसकी उम्मीद नहीं थी। चौफेर खड़ी भीड़। चालीस-पचास आदमियों से घिरा पाकर कुँअर के सिपाहियों ने डंडे-तलवारें निकाली थीं। कुँअर बात नहीं बढ़ाना चाहता था। बिगड़ैल छोकरा

था पर जानता था बात बढ़ाने का फल अच्छा नहीं होगा। अक्ल से काम लेना पड़ेगा। उसने अपने आदमियों को रोका था। गाँव के मुखिया को पास आने दिया था, 'खम्माघनी हुकुम' कहकर वह पैरों पर बैठ गए थे। कुँअर ने गले पड़ी मुसीबत को टालने की कोशिश की थी। रुपयों की थैली और गले में पड़ी मोतियों की माला निकालकर उनके सामने उछाल दी थी। मुखिया ने लोगों की तरफ देखा था और हाथ जोड़े थे। झुककर दोनों चीजें उठाकर हुकुम के पैरों पर रख दी थीं। बिज्जा आँखें फाड़े मुँह सिए खड़ा देख रहा था।

मुखिया ने कहा था, 'हुकुम, अन्नदाता, किरपा करें, माफी बगसें। भवानी छोटी उम्र की नासमझ छोकरी है। थे म्हारे भगवान सें। जो हुआ सो तो हुआ, उसको तो फेरा न जा सके लेकिन आप अपनी किरपा करें। राजा अगर परजा ते अन्याय करै तो राजा की भी बदनामी होएगी। दयानिधान सोचें तो। भवानी से भाँवरें डलवा लें। बिज्जा के घर का नास हुआ, गाँव की इज्जत मिट्टी में मिल गई। अब तो एक ही रास्ता सूझै, आप ई छोरी से ब्याह कर लें।' इतनी भीड़ को हाथ जोड़े, पाँव पड़ते देख भीगा था। 'यह कैसे हो सकता है?' कुँअर व्याकुल दीखा था। 'हो जाएगा हुकुम। छोरी हमारी सूरज की फाँक जैसी है। उसी की चौंध से आप हुकुम चौंधया गए। आँख न टिकै हैं उस पर। सारा गाँव जानता है। हुनर की तो पूछो न हुकुम। घर-बार, डागर, खेत सभी सम्भाल सकै। पर हुकुम छोरी उद्दण्ड रही होगी। कसूर जरूर उसी का है पर अन्नदाता अब कया किया जाए। आप भाँवरें डलवा लें, उसके बाद जो जैसा चाहें उसे सजा दें।'

कुँअर असमंजस में पड़ गया। गाँववालों से घिरा था। उसने सहायक और सेवादारों से बात की। जान छुड़ाने के लिए कुँअर की तरफ से उन्होंने हामी भर दी। उसके मन में चाल थी—पहले इसके रूप रस को निचोड़ूँगा फिर साथ ही दुहाग दूँगा। बिज्जा बिदका था, 'ब्याह कैसे होगा, वो भी इबी का इबी। थारी अक्ल कोनी?'

पर मुखिया उसे परे ले गया था। 'थारी छोरी की और गाँव की इज्जत बच जाएगी।' मुखिया ने मुँह में आई राल को सुड़का था। 'थारी इज्जत बढ़ जाएगी। ये तो पिछले जन्मों की पुण्याई का फल है। होनी हजार मारग से होकर रहै। अरे मूरख बिज्जा सोच तो। अरे जब तेरी छोरी कुँअरजी की ब्याहता बनेगी तो क्या होएगा? अरे तेरी तो का, थारी सात पीढ़ियों की जून सुधर जाएगी। फिर ये गाँव, इसका भी नसीब चमकेगा। पानी री कमी कोनी रहवे। कुँअर जी अपने आप देखेंगे।'

बिज्जा के सिर में हलचल हो रही थी। उसका माथा घूम रहा था। कुँअर का सेवादार आगे आया था, 'ठीक है, लग्न महूरत कुछ नहीं। सीधा भाँवरें डलेंगी। कुँअर जी दुल्हन को साथ की साथ नहीं ले जावेंगे। वह कुछ दिन यहीं रहेगी। अब तुम लोग जाओ, तुरत-फुरत भाँवरों की तैयारी करो।'

गाँव के चार बड़े बुजुर्ग पास में ही रुक गए थे। बाकी मुखिया और बिज्जा

के साथ लौट आए थे। उनकी बाछें खिल रही थीं। कुँअर जी मान गए। कैसे मान गए? अपने भीतर चोर था। बुराई तो की। अपने ही रियाया की छोरी की इज्जत लूट ली। फिर बात बदल गई। कुँअर जी ने अपनी भवानी को पसन्द किया। पिछले जन्म की पुण्याई है और क्या? गाँव में खबर फैल गई, साँझ को ही कुँअर जी आ रहे हैं। सिर्फ भाँवरें पड़ेंगी और कुछ नहीं। लछमी बकरी दुहना छोड़ आ गई थी। गाँव में जो सुनता दाँतों तले उँगली दाबता चला आता।

भवानी बिदकी थी। 'इससे अच्छा म्हाने कुएँ-बावड़ी में धकेल दयो। जिस मानस ने म्हारी माटी कूँदी। उसके साथ ब्याह रहे हो। आप लोग तो म्हारे मान की रच्छा करो। चाहो तो मुझे लूले-लंगड़े, कोढ़ी से ब्याह देना पर इस जानवर से तो भाँवरें न डालो।' महतारी के पैर पकड़ कर रोई थी। हाथ जोड़कर गिड़गिड़ाई थी।

बापू महतारी ने समझाया था–'घर आए भाग को ठुकराए। किसकी किस्मत थारे जैसी। राजकुमार है। थारा भला-बुरा हम न सोचेंगे। राजकुँवर क्या झोंपड़ी में भाँवरें लेवे हैं? सोचो तो? अक्ल क्या बावड़ी में डुबा आई।' मुखिया ने सबको काम पर लगा दिया था। आनन-फानन में घर-आँगन की सफाई हो गई। धागे में दोनों तरफ नींबू हरी मिर्च बाँधकर पत्तों को वन्दनवार बनाकर लटका दिया। गाय-बकरियों को बिज्जा पड़ोस के ओबरे में बाँध आया था। भवानी को झंझोड़ कर उठाया गया। उसके नहाने के लिए पानी लाया गया। हल्दी, कड़वा तेल और आटा मिलाकर उबटन बनाया गया। भवानी कठपुतली की तरह उठ-बैठ, हिल-डुल रही थी। उसे पता नहीं था कि क्या हो रहा था और क्यों हो रहा था। संदूकची में एक भी घाघरा-चोली साबुत नहीं था। जहाँ तहाँ शोर मचा। ढूँढ़-ढाँढ़कर नया घाघरा-चोली पहनाया गया। उसके बाल गूँथे, माथे पर बोर लटकाया। भवानी के भीतर साँप के काटे की लहरें उठ रही थीं। कुँअर से उसका ब्याह रचाया जा रहा था। जिसने उसे दरिन्दे की तरह धर दबोचा था। जमीन पर गिराकर मिट्टी की तरह लथेड़ा था। घाघरा ऊपर उठाकर देह उघाड़ दी थी। दोनों बाँहें पीछे करके रस्सी से बाँध दी थीं। मेरा धरम भरस्ट कर दिया था। उसी से उसका ब्याह। आस-पास की आवाजें, हँसी-चुहल उसके भीतर जहर भर रहे थे। 'अब क्या? भवानी अब तो तू रानी बनेगी। देख तेरा भाग खुद चलकर यहाँ आया है। लाखों में एक हैं कुँअर जी। उम्र भी कोई ज्यादा नहीं, सुना है चालीस के पास-पास होंगे। अब तो तू महलों में राज करेगी। देख शुभ घड़ी आ पहुँची। तेरे द्वार पर सूरज आ गया।' यथायोग्य ब्याह की तैयारी हुई। सारा कस्बा लगा था। कस्बे के भाग जागे थे। कुँअर दिन ढलने पर अपने छह सवारों के साथ आ गया था। बंधावे के गीत गाती औरतों को सेवादारों ने चुपाया था। मंडप सजाते लोगों के उत्साह को पाला मार गया था। अन्दर कस्बे की औरतें और छोरियाँ भवानी के भाग सराह रही थीं। कह रही थीं, 'तू जिसे चाहे अपने दहेज में ले जा।'

कुँअर जी और सेवादारों के घोड़ों की टापों से सबके चेहरों पर से खुशी गायब

हो गई थी। एक दहशत-सी छा गई थी। कुँअर जी न कुछ बोले न किसी की तरफ देखा, सेवादारों ने चारों तरफ से घेरा बनाया। भवानी की पण्डित जी ने भाँवरें डाल दीं। पण्डित जी की भी रूह काँप रही थी। कहीं कोई गलती होगी। हुकुम ने कहा था, 'जल्दी करो।' सब कुछ आधे घण्टे में कर दिया। मेड़ी में दिया जला दिया। भवानी को ढेलती-धकेलती औरतें और छोरियाँ कोठरी में ले आई थीं। उसे वहाँ बिठाकर हँसी-ठट्ठा करने लगी थीं। 'सोना नहीं छोरी। रोना भी नहीं। कुँअर जी आव तो उठकर खड़ी होना। झुककर खम्भाघनी बोलना, पाँ लगना। घर की मरजादा का ख्याल रखना।' वे चली गईं। दूसरी खेप गाँव के समझदार कुछ पढ़े-लिखे आदमियों और लड़कों की थी। कुँअर जी को दरवाजे तक छोड़कर चले गए थे। कुँअर जी ने ढिबरी की रोशनी में देखा, दुपहर की उस धूल-मिट्टी सनी, खिलंदडी लड़की से अलग-थलग भवानी बैठी थी। चेहरा उदास था पर नहा-धोकर, साफ-सुथरे कपड़ों में, गहनों से सजी भवानी का रूप बरस रहा था। पीले चेहरे पर सुनहरी आभा थी। आँखों में एक नासमझ मासूमियत थी। कमसिन-सी पन्द्रह-सोलह साल की भवानी डर से या आदर से उठकर खड़ी हो गई थी। उसका रूप अन्धेरे में उजास रहा था। कुँअर ने परखा था यह नगीना, इस उजाड़ में। इतनी सुन्दर तो उसकी रानी और दोनों रखेलियों में से कोई भी नहीं थी। इतनी कम उम्र और पानी की लहरों सी चंचल थिरकती भवानी को उसने पहली बार बावड़ी पर देखा था तो उसकी साँस रुक गई थी। फिर वह कई महीने शिकार के बहाने ढोरों, टीलों, खेतों-खलिहानों में छिप-छिपकर उस पर नजर रखे था। उसे देखता तो उसके अन्दर तक तार झनझना जाते। उसके रूप की किरणों से सूरज की रोशनी चौंधियाई-सी लगती थी। जब रहा नहीं गया तो उसने अपनी इच्छा जाहिर की थी। सेवादार ने चुटकी बजाते हुए कहा था, 'यह कोई मुश्किल काम नहीं हुजूर।' पर उसे तब नहीं पता था कि अपनी ही रियाया के साथ वह गलत काम करके नहीं निकल सकता था। अपने भीतर वह अब भी चाल चल रहा था। एक बार यहाँ से चला जाऊँ फिर कौन माई का लाल उसके पहुँचेगा। भाँवरें लेने में उसका क्या जाता है। उसकी तो साख बढ़ी, रियाया उसकी इस दरियादिली को कहाँ भूलेगी। कहाँ राजा भोज और कहाँ गंगू तेली। कुँअर ने देखा, भवानी खटिया पर बैठी-बैठी ऊँघ गई थी। सिर पर ओढ़नी ढरक गई थी। बाँहें दोनों तरफ लस्त-सी फैली थीं। गर्दन दीवार के साथ एक तरफ लटक गई थी। कुँअर झुका था, उसकी ओढ़नी उतारकर सिरहाने पर रख दी थी। उसका चेहरा अपनी उँगलियों में पकड़ कर सीधा किया। भवानी अचकचाकर उठ गई और दम साधकर बैठ गई थी। कुँअर ने बाँहें फैलाकर उसे जकड़ लिया था। भवानी दुपहर से दर्द और गुस्से से बेहाल थी पर मजबूर थी। कुँअर को देखकर उसके भीतर आग की लपट-सी उठी थी। उसने मुँह खोलकर पूरे दाँत उसकी बाँह में गड़ा दिए थे। कुँअर दर्द से कातर होकर छिटक कर अलग हो गया। दाँत भींचकर दर्द को दबाता हुआ बोला था, 'अब देख

मैं क्या करता हूँ। दुहाग दूँगा तुझे। तिल-तिल कर मरेगी तू।' भवानी ने कुछ नहीं सुना था और खिड़की खोली और बाहर आ गई। रात का तीसरा पहर था। ब्याह के बाद थके-हारे, घर-बाहर के लोग इधर-उधर खटिया पर, जमीन पर कपड़ा डाले निढाल सोए थे। वह उनको टापती, खटिया से रगड़ खाती, बचती-बचाती किसी तरह बाहर आई थी। आँगन, घर, बाहर सारा अटा पड़ा था। कमरों के भीतर औरतें फर्श पर औंधे मुँह टेढ़ी-मेढ़ी होकर निर्जीव सोई थीं। वह बाहर आई थी। बाड़े की तरफ निकल गई थी। बैल, गाय, बकरी, ऊँट बँधे थे। वहीं एक किनारे चारे की खाली बोरी बिछाकर लेटकर सो गई थी।

कुँअर बाहर आया था। मन चाह रहा था सारे गाँव को जलाकर राख कर दे। इस छोकरी की बोटी-बोटी कर कुत्तों को खिला दें उसने नींद के नशे में बेसुध सेवादारों को ठोकर मारी थी। कुँअर जी ने रात में ही हुकुम दिया था। आँखें मलते वे उठे थे और रात के अँधेरे में लोप हो गये थे।

अभी पौ भी नहीं फटी थी। गाँव की बड़ी बूढ़ियाँ, छोरियाँ और छोटी छोकरियाँ किवाड़ के बाहर खड़ी फिद्-फिद् हँसती बैन बोल रही थीं।

'ऐ री, सारे गाँव में तेरे ब्याह की मिठाई का गुड़ बाँटा जाना है। तू बड़भागी भवानी, थारे परताप से कुँअर ने इस गाँव में सेहरा बाँधा। गाँवभर में आज बतासे बँटेंगे।' खुशी से भरा बापू बावला हुआ जा रहा है। उससे अपना आपा नहीं सम्भल रहा। 'गाँव की छोटी छोरियाँ तेरे भाग से जलकर काग भसूड़ी हो रही हैं। अरी भवानी ये तो तेरे पिछले जन्म के पुण्यों का फल है। चल अब उठ, दरवाज़ा खोल।' लेकिन भीतर से कोई आवाज़ नहीं। पहले धीरे-धीरे सकुचाते-सहमते साँकल खटकाई गई। फिर ज़ोर-ज़ोर से। पर भीतर वही सुन्न-सन्नाटा। आखिर लड़कियों ने किवाड़ को धकेला तो वह खुला ही था। भवानी कहीं नहीं थी। कुँअर जी भी वहाँ नहीं थे। कुछ औरतें बाहर दौड़ीं कुँअर जी के घोड़े और सेवादार जहाँ ठहरे थे वहाँ गईं। वहाँ भी कोई नहीं था। औरतों ने घर के आदमियों को बताया। घर में खलबली मच गई। गाँव के लोगों ने पूछा। भवानी कहाँ है? इधर-उधर सब जगह ढूँढ़ लिया, कहीं नहीं है।

'अरे कुँअर जी तो भवानी को साथ लेकर रातोंरात निकल गए। चलो अच्छा हुआ। छोरी राज करेगी। छोरी को तो अपने घर जाना ही था। रस्मोरिवाज का क्या। भाँवरें पड़नी चाहिए थीं सो तो पड़ ही गई थीं। भवानी अपने राजा के साथ अपने देस चली गई। ऐसा भाग किसका। चल बिज्जा, तेरी तो सारी चिन्ता दूर हुई। तेरा तो दलिद्दर कट गया भाई। चलो छोरिया गाँव भर में गुड़ बाँटना शुरू करो।'

पौ फटने के साथ खेतों की तरफ जाते हुओं ने देखा था, भवानी ओढ़नी को कमर में खोंसे, मुँह उघाड़े ओबरे के बाहर गोबर पाथ रही थी। बात बिज्जा के पास पहुँची। घर और बाहर के लोग भागे आए। हक्के-बक्के से देखा भवानी ही थी।

जैसी कल थी वैसी ही आज। गोटे किनारी का घाघरा ज़रूर पहना था। हाथ में चूड़ियाँ, माथे पर बौर लटक रहा था। गले में कंठा था, पैरों में पायल थी। गहनों से लदी-फदी वह गोबर पाथ रही थी। बिज्जा ने बढ़कर उसके कन्धों को झकझोरा था, 'ई, क्या करी तू। कुँअर जी कब गए?' भवानी चुप! बिना गर्दन उठाए वैसे ही गोबर पाथती रही। लोगों ने, औरतों, छोरियों ने उसके गिर्द घेरा बना लिया। 'उठ भवानी, उठ इंहाते। ई मेहन्दीवाले हाथ, ब्याह का जोड़ा पहने तू गोबर पाथै है।' लछमी ने उसे जबर्दस्ती उठाया था। धीरे-धीरे भीड़ अपने घर लौट गई थी। भवानी को बिज्जा घर ले आया था।

पिछले दिनों की तरह भवानी खेतों की तरफ चली तो बिज्जा ने और लछमी ने बरजा था। पर भवानी ने हाथ-पैर चलाकर अपने को छुड़ाया था। 'छोड़ दो मुझे, खेतों में बाजरी टेर रही होगी। बापू उड़ीकेगा। भूखा बैठा होवेगा। जाने दो मुझे।' लछमी के साथ गाँव की औरतें और बच्चों की भीड़ भी आ मिली थी।

'भवानी महारानी। आपको हम बरज न सकैं हैं पर अब ये काम आपरे वास्ते नहीं। आप गाँव की आम छोकरी नहीं रहीं। थे तो राज कुँवर री ब्याहता हैं। कुँअर जी के सेवादारों ने कहीं देख लिया या उन तक ये बात पहुँच गई तो हमारी खाल खिंचवा देवेंगे।'

भवानी की समझ में कुछ नहीं आया। भवानी चुप बनी रही। लछमी ने उसे झँझोड़ा था तो भवानी ढिठाई से हँसी थी, 'कुँअर जी नहीं आने के यहाँ। काट खाया मैंने उन्हें जँगली बिल्ली की तरह।' लछमी मूड पकड़कर जमीन पर बैठ गई। उसका चेहरा फक्क हो गया। काटो तो खून नहीं। भवानी बेपरवाह चाल से खेतों की तरफ चल पड़ी थी।

रास्ते में जो भी पूछता, 'महारानी कुँअर जी आपको लिवाने कब भेज रहे हैं?'

'नहीं आने के अब कुँअर जी यहाँ।'

'पर क्यों? ऐसे कुबोल न बोलो महारानी।'

'सच नहीं आने के वे यहाँ।' भवानी ने कहा।

पहले तो किसी को विश्वास नहीं हुआ। फिर भवानी को जो जानते थे समझ गए कि अब गाँव में परलै हो के रहेगी। कई दिनों तक मुखिया में और गाँव के बड़े-बूढ़ों में सलाह-मशविरा चला। क्या किया जाए? कैसे किया जाए। छोरी छोटी है और नादान है पर जो हुआ वह तो बहुत गलत हुआ। गाँव के बड़े बुजुर्गों और मुखिया ने बिज्जा को समझाया। सब मिलकर कुँअरजी के ठौर ठिकाने पर जाएँ, उनसे माफी माँगें। उनके पैरों में सिर से पाग उतारकर रखें और कहें, जो सज़ा दें हुकुम वो सिर-माथे। पर वहाँ जाया कैसे जाए। क्या लेकर जाया जाए। खाली हाथ कैसे जाया जाए। ले-देकर बिज्जा ने ब्याह रचाया। गाँववालों ने जितनी हो सकती

थी मदद की। अब कुँअर जी के लिए तोहफा? उनके मुताबिक तोहफा, इतनी हमारी औकात कहाँ? गाँववाले खेतों में, रास्ते में, चौपाल में जहाँ इकट्ठे होते यही बात करते। औरतें और छोरियाँ कुएँ, बावड़ी पर, हाट-बजार में जहाँ मिलतीं, एक-दूसरे से पूछतीं, अब भवानी का क्या होगा। गाँव पर कहर ढहने वाला है।

गाँव की इस सारी हलचल का कोई नतीजा नहीं निकला। धीरे-धीरे बातों की गर्माहट कम हो गई। औरतों के घरों में पड़े सौ काम, सब अपने कामों में लग गईं। आदमी अपने-अपने कामों में जुट गए।

बापू-महतारी, छोटे-बड़े सभी कुँअरानी कहकर कुहनियों तक बाँहें मोड़कर सिर झुकाते, खम्माघणी, खम्माघणी कहते। उसकी जै-जैकार करते। छोकरियाँ आरती उतारतीं और पास आकर पैर छूतीं। भवानी जहाँ भी जाती, जो भी करती, उसे आस-पास जो भी होता टोक देता। आप हटो महारानी। बड़े बुजुर्ग जो भी मिलते, पहले खम्माघणी कहते और महारानी कहकर उसके सामने झुककर सलामी देते। उसे कोई न घर पर, न खेत पर कहीं काम न करने देता। उसे बावड़ी से पानी न लाने दिया जाता, न ढोरों का चारा-पानी और न गोबर पाथने देते। उसके हाथ से काम झटक लेते। 'बहुत भला हो गया मेरा। बगस दो मुझे इब।'

'सरकार की जो मरजी। अन्नदाता जो कहें वही सच।' वह जल-भुन जाती पर क्या करती। जैसे-तैसे उसे साफ-सुथरा घाघरा-चोली पहनाकर बैठा दिया जाता। महारानी आप जल्दी ही अपने घर जाएँगी। वह लड़ती-झगड़ती इधर-उधर नाचती-फलाँगती पर आखिर में अकेली पड़ जाती। पन्द्रह साल की भवानी को ठस्स बैठा रहना पड़ता। वह कभी बापू के सामने रिरियाती, कभी महतारी के सामने। 'आप मुझे गला घोंट कर मार दो। इस आफत से म्हारे प्राण तो छूटें। थाकी मुक्ति और म्हारी भी मुक्ति।' भवानी महीनों में सालों के हिसाब से बड़ी हो रही थी। आखिर एक दिन कई साल से अटका फैसला लिया गया। मुखिया, बिज्जा और गाँव के दो बुजुर्ग कुँअर जी को संदेसा देने गए थे। लेकिन वहाँ उनको कुँअर जी के महल के आस-पास फटकने तक नहीं दिया गया। उन्होंने पहरे पर खड़े सुरक्षागार्डों को सारी कहानी सुनाई। पहरेदार उनकी बातों पर खों-ऽ खों-ऽ करके हँसे थे। उन्होंने हाथ-पैर जोड़े तो उन्होंने धकिया दिया। 'जाओ तालिया में अपरे चेहरे देखो। हमारे कुँअर जी तुम्हारे गाँव की छोरी से भाँवरें पड़वाएँगे।' उन्होंने उन्हें वहाँ से खदेड़ दिया था। कुत्तों की तरह दुर्रा करा दूर तक भगा आए थे। वे खुले में सोए थे। रात को बदन अकड़ गया था। दाँत बजने लगे थे। बिज्जा को लौटते में तेज बुखार ने जकड़ लिया था। घर पहुँचकर ठीक होने में पन्द्रह-बीस दिन लग गए थे। बिज्जा ने और मुखिया ने आपबीती किसी को नहीं सुनाई। सभी का दिल रखने को कह दिया था 'कुँअरजी मौका मिलते ही लिवा ले जाएँगे या बाँदी डोली भेजकर बुला लेवेंगे।' पर ऐसा नहीं हुआ। साल पर साल बीतते गए।

अब महतारी और बिज्जा जब तब भवानी को ताने देते थे। 'जो तूने कुँअर का अपमान किया अपना भाग खोया। एक बेर उसके पैर पकड़ लेती तो कुँअर के बेटे की माँ बन सकती थी। भाग जली पेट में उसका अंश आ जाता तो कुँअर दौड़ा चला आता। तेरे ऊपर ऐसी छोत तो न बरसती। बिना माँ बने तो औरत मनहूस और कुलखौकी हुई।' महतारी कलपती, 'उस रात माफी माँग लेती तो यह न होता। भाग जल गए तेरे। लुगाई का सुरग और उसकी सुगति सब गर्भ से ही मिलै है। ऐसी कुमत कैसे आई तनै। अब हाल देख अपना। औरत की इज्जत मरद की इज्जत जैसी न होवै। लुगाई का भाग मरद के खूँटे से बँधा होवै। एक संजोग मिला था। खो दिया तूने नेगड़ी ने। तेरे जैसा रूप दस गाँवों में ढूँढें न मिलै। सूरज के गोले जैसी तेरी आँच। फिर भी कुँअर ने दुहाग दिया। कुलबारेन। अब रो, अपने करमों का किया भोग।'

भवानी को घर और बाहर सब रानी-महारानी या कुँवर जी की रानी कहकर बुलाते। वर्षों तक सुना जाता संबोधन धीरे-धीरे उसके भीतर उतर गया था। औरतें कहतीं 'बस लाडो, अब तू राजमहल में जाने की तैयारियाँ कर ले। राजा की मरजी के बिना तो पत्ता भी नहीं हिलता। राजा जो चाहे करे या न करे। वह हमारी मरजी का गुलाम तो नहीं होता। राजा के सामने हम दुम हिलाते कुत्ते की तरह होते हैं। इसलिए उनके पैर चाटने के अलावा दूसरा रास्ता नहीं।' कुत्ते की तरह हड्डी चाबते हुए जब अपने मुँह से खून निकलने लगे तो समझो कि हड्डी से खून का मज्जा आ रहा है। वही हाल भवानी और उसके घरवालों का हो गया था। मुखिया ने और गाँववालों ने जो सपने देखे थे वह उजड़ गए। उन्होंने सोचा था कुँवर जी का गाँव की लड़की से नाता जुड़ेगा तो गाँव का सिर ऊँचा होगा। खाद, पानी, बिजली मिलेगी। फसल से राजा को दिया गया हिस्सा खत्म हो जाएगा। सरकार से लिया गया ऋण माफ हो जाएगा। महलों में आना-जाना होगा। सौ काम सुफल होंगे। सबकी किस्मत बदलेगी। मुखिया का राजा का दीवान बनने का सपना टूट गया। उनकी सारी योजनाएँ धरी रह गईं। उधर भवानी बावली सी सज-सँवरकर जहाँ-तहाँ बैठी रहती या इधर-उधर जाकर बैठ जाती। कहती, 'मैं महारानी हूँ। कुँअर जी कल आएँगें म्हनें ले जाएँगे।' गाँव में जमीन-जायदाद का झगड़ा होता, पशुओं को लेकर लड़ाई होती, कोई बीमार होता, समय पर बारिश न होती तो वह कहती—'कुँअर जी आएँगे तो सब ठीक हो जाएगा। काल तक दब जाओ बस।' दिन, महीने, बरस, समय के पंखों पर उड़े जा रहे थे। भवानी पच्चीस की हो गई थी। दस साल में वह बीस साल बड़ी हुई थी।

कुछ भवानी पर दया खाते। बराबरी का रिश्ता हुआ होता तो इस रूप की रानी सुरग की अप्सरा का यह हाल न होता। भवानी गुमसुम सी कहीं भी बैठी रहती

या खड़ी हो जाती। फिर वह सोते में उठ कर बैठ जाती। रात भर नींद नहीं आती तो उठकर टहलने लगती। महतारी डपटती, 'सो जा-ऽ अब। कुलबोरनी, कुछ नहीं होने का इब। मरी हुई खाल की साँस से लोहा पिघल सकै पर तेरी हाय अकारथ जाएगी। कुँअर नहीं आने का।

भवानी सुनती या नहीं, पता नहीं। अन्धेरे में आँखें खोले एकटक देखती रहती। कभी खटिया पर लेटकर आसमान की तरफ घूरती पड़ी रहती। अब वह नींद में बड़बड़ाने लगी थी। फिर वह सोते-जागते कुँअर जी का लश्कर आता देखती। 'वो देखो कुँअर जी आ रहे हैं। ढोरे के पीछे हैं, अभी सामने आ जावेंगे। अभी तो दिखे थे पर अभी बिरछों के पीछे छिप गए लगैं हैं। बापू सुना तो ये बगड़-बगड़ की आवाज़ें। बापू कुँअरजी का मुकुट चमक रहा है। कुँअर जी के घोड़े दौड़े आ रहे हैं। बापू देखो तो, कुँअर जी के लश्कर में इबकी बांदियाँ और डोली भी है। तू तैयारी कर ले बापू, कुँअरजी का लश्कर पहुँचने ही वाला है।'

बिज्जा ने जितना रोना था रो लिया। अब भवानी की बातें एक कान से सुनकर दूसरे से निकल जातीं। भवानी अब यहाँ-वहाँ जो भी मिलता कहती फिरती, 'वो देखो कुँअर जी का लश्कर।' औरतें, छोरियाँ सुनतीं, मुँह फेर लेतीं। कई कई तो उस पर हँसती या उसका मजाक बनातीं। लेकिन गाँववाले उसकी हालत देखकर मन-मसोसकर रह जाते। हुकुम ने, इसके साथ ठीक नहीं किया। पर कोई क्या कर सकता था। गाँव की भवानी के साथ की छोकरियाँ भी उसी के साथ-साथ जवान हुईं, उनके ब्याह हुए, वे कई-कई टाबरों की माएँ बनीं। भवानी के अपने छोटे भाई-बहिन बड़े हो गए थे। भाई दिसावरी पर चले गए थे। लड़कियों का ब्याह होकर दूसरे गाँव पहुँच गई थीं। बार, त्यौहार, घर में दुख-सुख में, ब्याह-शादियों में लड़कियाँ अपने पीहर आतीं तो अपने टाबरों की टोली के साथ आतीं। कुछ दिन रहकर लौट जातीं। भवानी की सबसे छोटी बहिन थी लछमी की लड़की। उसका पिछले साल गौणा हुआ था। वह आई थी तो पेट से थी। बिज्जा औ महतारी उसके नखरे उठाती। घड़ी-घड़ी पूछती 'क्या खाने का जी करै? संकोच न करै तू, बता दे मनैं।' लछमी का बस चलता तो आसमान के तारे तोड़ने को भागी जाती। उसकी मनुहार करती, 'तू ठीक है न? बोल तो क्या खाएगी?' कभी छुहारे, बेर, भुने हुए मक्के चने, ज्वार लाकर खिलाती तो कभी खोपरा नारियल बतासे देती। उसकी हथेली पर इमली के और मतीरे के चटपटे बीज रख देती। भवानी कोने में खड़ी या बैठी टुकुर-टुकुर देखती रहती।

एक दिन सुबह उठी तो महतारी के पास गई थी—'सुन माई म्हारा जी मितला रहा है। कुछ खट्टा खाने को दे न।' लछमी के प्राण हलक में आ गए। 'ऐ छोरी क्या बोलै तू।' लछमी की आँखें कोटरों से बाहर निकल आई थीं। भवानी खटिया पर बैठकर इमली चटकार रही थी। 'ए माँ, देख तो उबकाई आ री अै।' वह उठकर

कै करने चली जाती। लछमी को ला था सूरज टूटकर गिर जाएगा। उसकी टाँगों में ऐंठन हुई थी। उसकी बाँहें फड़की थीं। वह उठी थी जैसे उसकी छाती पर से पहाड़ सरका था। आगे बढ़कर भवानी को चोटी से पकड़कर खींचती हुई भीतर ले आई थी। जमीन पर पटक कर पैरों की ठोकरों से उसे जहाँ-तहाँ लतिया रही थीं। 'तू राँड, इब ये थारो नया नाटक शुरू हुआ। बोल, कौन है वो, जिसके साथ मुँह काला किया। बोल कुलबोरनी, कौन था वो।'

भवानी के कपड़े लछमी ने तार-तार कर दिए थे। धान कूटने का मूसल उठाकर चार-छह उसकी पीठ पर, टाँगों पर जहाँ हाथ जाता बरसाए थे। भवानी को अधमरी छोड़ वह हाँफती हुई बाहर गई थी। बिज्जा के सामने बिफरी थी, 'कहीं का न छोड़ा थारी छोरी नै। बोर दी कुल की मरजादा इस राँड नै।' बिज्जा को पता चला तो वह माथे पर हाथ रखकर पास पड़ी खटिया पर ढील गया। दिनभर वहीं लेटा रहा। मुँह ढाँप कर। न कुछ खाया न पीया। अन्दर भवानी बेहाल पड़ी थी। आँखों के सामने अन्धेरा छाया था। उसके बदन का पोर-पोर थर्रा रहा था। जैसे-तैसे फटी ओढ़नी, तार-तार चोली और नुचे-खुचे घाघरे को सम्भालती उठी थी। कोठरी में जाकर पुराना घाघरा-चोली निकाले थे। हाथ नहीं उठते थे। बाँहों और टाँगों में खून जम गया था। लड़खड़ाती खड़ी थी फिर धम्म से फर्श पर चित्त हो गई थी। कब तक बेहोश पड़ी रही उसे नहीं पता चला।

लछमी गाँवभर की दाईयों के दरवाजे भड़ाभड़ा आई। कहानी गढ़कर, भवानी की बात छिपा जाती, कहने की हिम्मत न होती तो लौट आती। गाँव की औरतें पूछने लगी थीं, लछमी को दाई की क्या जरूरत पड़ी। भवानी भी बाहर दिखाई नहीं दी थी। कुछेक ने पूछा तो लछमी कहती, 'बीमार पड़ी है, आओ देख लो। बेचारी, भागजली भवानी।' भवानी के जिस्म पर पड़े जख्मों को भरने में समय लग रहा था। उधर लछमी हवा में घूमते सूखे पत्ते जैसी गाँव भर में चक्कर लगाती। किससे मन की बात कही जाए। वो दाई जो बात को अपने पेट में पचा ले। इधर-उधर पान की पीक की तरह थूकती न फिर। आखिर गाँव की बड़ी-बूढ़ी नाजो के पास लछमी पहुँची थी। नाजो अब कहीं आती-जाती नहीं थी। उससे अब लछमी को भी क्या काम होगा। पर लछमी बहुत सोच-समझकर फूट पड़ी थी। नाजो ने बहुत सोचा था। अगर भवानी गर्भ से है तब तो सर्वनाश। या पगली छोरी बड़बड़ा भर रही है। पर पता कैसे चले। यह काम तो शहर जाकर हो सकता है। कुँअर जी ने तो शादी वाले दिन ही दुहाग दिया था। पर पहले तो कुँअर जी के उसके साथ इस रिश्ते को कौन मानेगा। फिर भवानी यूँ भी पगला गई है। किया क्या जाए। नाजो, मानो मौसी और लछमी ने खूब विचार किया। आखिर यही सूझा कि भवानी को नाजो ही देखेगी पहले। फिर जो करना होगा करेगी। नाजो भवानी को देखने गई। मार खाई, डरी, सहमी भवानी सिकुड़ गई थी। घुटने पेट में डालकर बैठ गई थी। नाजो

की उसने किसी बात का जवाब नहीं दिया। बड़ी-बड़ी आँखों से उसकी तरफ देखती और फिर उसकी समझ में जब कुछ नहीं आता तो घुटनों में सिर देकर बैठ गई थी। नाजो ने आसान तरीका निकाला था, बाँस के छिलके, बरगद के पत्ते, गुड़, मेथी, अजवायन, सौंठ का काढ़ा बनाकर उसे सुबह, दुपहर शाम पिलाया। भवानी पीने से मनाह करती, हाथ-पैर पटकती पर लछमी, मानो और नाजो उसके हाथ-पैर पकड़ कर जबर्दस्ती उसके मुँह में डालती जातीं। तीसरे दिन भवानी के कपड़े खून से लथ गए थे। जाँघों से बहता आता लहू पिंडलियों से होता हुआ फर्श पर फैल गया था। मानो मौसी ने एक बार धीमी आवाज में कहा था, लड़की को माहवारी भी तो हो सकती है। पर नाजो और लछमी अपनी धुन में थीं। उन्होंने भवानी को सीधा लिटाया था। नाजो चाह रही थी माँस-मज्जा के टुकड़े हाथ डालकर निकाल दे। भवानी की टाँगें खोलकर और जाँघों को जमीन के साथ दबाकर नाजो ने अपना हुनर दिखाया था। भवानी फर्श पर लेटी उसकी चीखें कराहटों में बदल गई थीं। लछमी ने आवाज बाहर न जाए भवानी के मुँह पर ओढ़नी बाँध दी थी। नाजो उसके भीतर हाथ डालकर डालकर टटोलती रही। हाथ खून में सन गए थे। उधर भवानी की आँखों के सामने अन्धेरा छा गया था। वह बेहोश हो गयी थी। पता नहीं कब तक यूँ ही बेहोश पड़ी रही। अगले दिन कहीं वह हिली-डुली थी। तीसरे दिन उसे तेज बुखार हुआ था। वह बुखार में तप रही थी। गाँव में पता चला एनजीओ की डॉक्टर के साथ बुआ गई थी भवानी को देखने। डॉक्टर ने बताया था कुछ टेस्ट करने पड़ेंगे। खून और पेशाब की रिपोर्ट आई थी, भवानी को इन्फैक्शन हो गई थी। बुखार इन्फेक्शन से ही था। भवानी का बुखार दवाई से कम हो तो जाता पर फिर चढ़ जाता। वह बड़बड़ाने लगी थी, 'कुँअर जी आ गए। देखो कुँअर जी आ गए। जरा रुको घाघरा-चोली बदल लूँ। ओढ़नी दूसरी ले लूँ। सीसफूल पहन लेने दो। कानों में झुमके, बाली, बूँदा कुछ तो पहनने दो। ले ये हार तू मेरे गले में डाल दे। कंठी भी रहने दे। हँसली न उतारना। हाथों में नगीने वाले कंगन पहनूँगी आज तो। उँगली में आरसी की अँगूठी पहनूँगी। कमर में कन्दौरा पहनूँगी। पाँवों में कड़े ठीक रहेंगे या झाँझर पहनूँ! जरा देख तो लाडो अब कैसी लग रही हूँ। फूटेड़ी लाग री सूँ न।'

बुखार नहीं उतरा था। बुआ डॉक्टर के साथ उस दिन भी आई थी। भवानी का माथा तप रहा था। होंठ सूख गए थे। उसका चेहरा सफेद पड़ गया था। डॉक्टर ने लछमी से भवानी के बारे में कई सवाल पूछे थे। लछमी रुक-रुक कर जवाब दे रही थी। डॉक्टर समझ गई थी कि उससे सच छिपाया जा रहा था। लछमी ने बताया था कि बुखार उतारने के लिए काढ़ा दिया था। बुआ का माथा ठनका था पर डॉक्टर ने बताया था कि इसकी पेशाब की रिपोर्ट तो है।

'यहाँ इसका इलाज मुश्किल लग रहा है। शहर के हस्पताल में ले जाना पड़ेगा।

डॉक्टर ने कहा था। बन्दोबस्त कर लेती हूँ। कल भवानी को वहाँ शिफ्ट कर देंगे। ऐम्बुलेंस आ जाएगी।'

भवानी के सामने सूरज टूट रहा था। सूरज के टुकड़े हो रहे थे और नीचे गिर रहे थे। अन्धेरा छा रहा था। दिन की आखिरी रोशनी बुझ गई थी। दिन सिर पर चढ़ आया था। भवानी आई थी। लछमी गई थी कोठरी में, भवानी की आँखें पलट गई थीं। शरीर ठण्डा और अकड़ा पड़ा था। लछमी चीख मारकर बाहर आई थी। बिज्जा और आस-पड़ोस के लोग आ गए थे। बुआ और डॉक्टर भी पहुँचे थे। शहर से एम्बुलेंस भी आ गई थी। गाँव भर इकट्ठा हो गया था। कुछ औरतों ने कहा था, 'कुँअर जी की रानी कुँअर जी को खबर करो, आखिरी वक्त में तो कम से कम धरम-करम से इसकी माटी ठिकाने लगे।'

बिज्जा चीखा था, 'चुप करो इब तो-ऽ। कौन सा कुँअर? किसकी महारानी?' वह रुलाई को रोकता जमीन पर ढह गया था। लछमी ने दहाड़ मारी थी। छाती कूटी थी। पछाड़ खाकर जमीन पर बैठ गई थी। भवानी की देह अपनी गोदी में भर ली थी। 'हाय री लाडो, तेरे साथ यही होना था।'

गाँव भर इकट्ठा हो गया था। भवानी की अर्थी निकली थी। लाल गोटे वाली ओढ़नी ओढ़ाई थी। माँग भरी, बोर लटकाया गया...हाथों में कंगन, कानों में झुमके, पाँवों में झाँझर पूरा साज सिंगार किया गया था। भीड़ हाथ जोड़े रास्तेभर में खड़ी थी। महारानी जी की सवारी है। कुहनियों तक हाथ मोड़कर आदर से सिर झुका रहे थे। कोई तो महारानी का जै-जैकार कर रहे थे। छोरियाँ ओढ़नी के पल्लू से रास्ता बुहार रही थीं। कुछ ने पास आकर हाथ जोड़े और पैर छुए। छोटे-बड़े, बच्चे, गाँव की औरतें, छोकरियाँ, सब पूरे रास्ते में दोनों तरफ खड़े थे। सबकी आँखों में आँसू थे। बिज्जा का भीतर छीज रहा था। भगवान कभी नहीं बगसेगा उसे। आखिर भवानी की देह आग की लपटों में समा गई। भवानी की कहानी यहाँ खत्म हो जानी चाहिए थी। पर कहाँ हुई उसकी कहानी खत्म। सबकी जुबान पर जब-तब उसकी चर्चा आ जाती।

'अरे, जरीना आपा आप? कब आईं?' वह उसे वहाँ देखकर हैरान हुई थी।

'पता चला था तुम्हारी तबीयत ठीक नहीं है। दो-तीन बार फोन किया तुम्हें। आज मन में आया कि तुम्हें देखकर ही आऊँ।'

वह झिझकी थी—'हाँ, लेकिन ऐसी कोई बात नहीं। लेकिन फोन पर मुझे बताया था कि तुम हस्पताल में हो।'

'हाँ, कुछ टैस्ट कराने थे।'

'कैसे टैस्ट सुमित्रा। देखने में भी बहुत स्वस्थ नहीं लग रही। चेहरा एकदम पीला पड़ गया है। मुझे बताओ क्या हुआ। मन में फिक्र हो रही है।'

उसे समझ नहीं आया था कि जरीना आपा को क्या कहे और कैसे बताए। उसने बात बदलनी चाही थी—'जरीना आपा, क्या लेंगी आप? चाय या कुछ ठंडा।'

जरीना ने ध्यान से कृष्णा का चेहरा देखा था। 'एक बात कहूँ कृष्णा, तुम बुरा तो नहीं मानोगी? नहीं, आप कहिए।' पर भीतर से भयभीत-सी भी हुई थी।

'शहर में तुम्हारे कोर्ट केस को लेकर बहुत कुछ कहा-सुना जा रहा है। सब तरफ इसकी चर्चा है। जो जिसकी समझ में आता है, कह रहा है। बताओ, कृष्णा। क्या यह सच है कि डॉक्टर तुम्हें तलाक दे रहा है।'

'इसमें मैं क्या कर सकती हूँ आपा। लेकिन मैंने तो तलाक नहीं माँगा।'

'वह तो ठीक है, लेकिन जो वजह बताई जा रही है? क्या यह सच है कृष्णा। देखो, मैं तुम्हारी जुबान से तुम्हारी बात सुनना चाहती हूँ। दूसरे क्या कह रहे हैं, इससे मुझे कोई मतलब नहीं।'

'जो आपने सुना आपा, ठीक ही सुना होगा।'

'क्या तुम मुझसे भी नाराज हो?'

'नहीं, ऐसा नहीं है आपा। आपका तो मैं बहुत सम्मान करती हूँ। अवचेतन स्तर पर शायद आपसे ही मेरी भीतर की शक्ति का संचरण हो रहा होगा।'

'मैं तो यह कहूँगी कि तुमने अपनी ताकत के नए ध्रुवीकरण बनाए हैं। इस ताकत को अपनी तरह से अपने पक्ष में किया है। इसीलिए दिया गया सब उलट रहा है। इस वक्त इसे चाहे दूसरे लोग पागलपन कह रहे हैं। क्योंकि ये औरत की ताकत को परिभाषित नहीं कर पा रहे। इसे सांस्कृतिक प्रदूषण कह रहे हैं। लेकिन सच तो यह है कि ताकत के पुराने गढ़ ढह रहे हैं। शक्ति के केन्द्र बदल रहे हैं।'

'आपा, मैंने ऐसा कुछ नहीं किया। सिर्फ अपने भीतर की आवाज़ सुनी। उसी आवाज़ की राह पर चली हूँ।'

'कृष्णा, तुमने नई चुनौती को स्वीकारा है। सिर्फ पुराने को ढोते चले जाना आँखें मूँदकर। यह तो जिन्दगी का मकसद नहीं है।'

'मैं शायद बीसवीं सदी की आखिरी औरत हूँ। अकेली। इसी बीती शताब्दी की दहलीज पर खड़ी। एकदम निस्सहाय। मेरी इस सोच ने मुझे और भी अकेला और मेरी स्थिति को जटिल बना दिया है।'

'कृष्णा, हम आज की मध्ययुगीन दुनिया में जीने के लिए मजबूर हैं। सदियों से हमें पीछे घसीटने की कोशिश की जा रही है। लेकिन अब पुरुष और स्त्री की अस्मिताओं में विद्वेषपूर्ण संघर्ष शुरू हो गया है। डॉक्टर की बात में उसकी व्यक्तिगत या सैल्फ की निश्चयात्मक अभिव्यक्ति है। इसलिए तुम दोनों के बीच संवाद की स्थिति खत्म हो रही है। दोनों तरफ एकतरफा मोनोलॉग है। यह बात अब पक्की है कि अगर डॉक्टर बदलाव की आवाज को नहीं सुनेगा तो परिवार बिखर जाएगा। परिवार की जड़ता में कोई औरत नहीं रह सकती। यह सवाल अब किसी मजहब का नहीं रहा। यह सवाल फिजिक्स का है। हमारे आसपास की दुनिया बहुत तेजी से बदल रही है। इसलिए औरतों को हमेशा की तरह खूँटे से बाँधकर नहीं रखा जा सकता।'

'जरीना आपा, आपको देश-विदेश में घूमने का, लोगों से मिलने का और विचारों के आदान-प्रदान का अवसर मिला है। लेकिन मैं तो सिर्फ एक घरेलू औरत हूँ। मेरी एक छोटी-सी दुनिया है, घर, पति और बच्चों की। उसी में जीती आई हूँ अब तक।'

'कृष्णा, तुम एक बहुत अच्छी कलाकार भी हो। इससे पहले एक नेक इन्सान भी हो। जिम्मेदार माँ और पत्नी भी हो। फिर भी डॉक्टर तुम्हारी छोटी-सी खुशी

और सफलता को बर्दाश्त नहीं कर सका। वह तुम्हें अपनी मिल्कियत ही मानता है। तुम क्या हो, क्या चाहती हो इसकी चिन्ता उसे नहीं। बस, वह तुम पर अपना वर्चस्व चाहता है।'

'जरीना आपा, मैं कुछ नहीं जानती। मेरी समझ में कुछ नहीं आ रहा। मैं क्यों ऐसा कर रही हूँ। यह गलत है या ठीक है। असल में तो मैं यह भी नहीं जानती।'

'कृष्णा, सामाजिक संसार में मूल्य निरपेक्ष नहीं होते। सवाल यह है कि मूल्य जिन्दगी जीने के लिए साधन हैं या हथियार?'

'जरीना आपा। सच तो यह है कि पुरुष तो इन्हें हथियार की ही तरह इस्तेमाल करता है। पर स्त्री के लिए तो ये साधन भी हैं और उसका सामाजिक अस्तित्व भी। लेकिन विसंगति यह है कि इनका उपयोग और अनुपयोग दोनों उसके विरोध में ही जाते हैं। हमारी जिन्दगी का गणित बड़ा रहस्यपूर्ण होता है।'

'हाँ, कृष्णा! इससे दो दूनी चार नहीं होते। चार के अलावा और कुछ भी हो सकता है।'

'जैसे जरीना आपा का सिफर।'

वे दोनों हँसी थीं। 'सुमित्रा इस 'सिफर' को ताकत बनने में पूरे चालीस वर्ष लगे।'

'तीस वर्ष तो मुझे भी हो गए आपा। लेकिन मैं तो वहीं खड़ी हूँ जहाँ तीस वर्ष पहले थी।'

'ऐसा नहीं है। शायद तुम अपने को ठीक से जान नहीं पा रहीं। जान भी रही रहो तो उसे ठीक से कह नहीं पा रही हो। लेकिन तुमने इतना बड़ा फैसला लिया। अकेली ने लिया। यह क्या कोई छोटी-सी बात है। मेरे मन में तुम्हारी इज्जत और भी बढ़ गई है कृष्णा। आगे भी हिम्मत से काम लोगी तुम, ऐसी ही उम्मीद है मुझे।'

जरीना के जाने के बाद कृष्णा बहुत देर तक उसकी कही बातों पर विचार करती रही थी।

मैं इस छत के नीचे हूँ। आकाश के नीचे हूँ। आकाश धरती की छत है। यह मेरे घर की छत है। मेरा आसमान है। आकाश महाशून्य है और यह घर? शून्य... अनन्त रहस्यों से भरा आकाश। अनन्त रहस्यों से भरा मेरा जीवन। मेरी औरत का जीवन। आकाश से विरहित कोई स्थान नहीं। इस छत से विरहित कोई स्थान है क्या औरत के लिए? आकाश पर रहस्य के आवरण हैं। मन, स्त्री मन ब्रह्मा, पुर, बुद्धि, प्रज्ञा, चित्त, स्मृति संवित और विपुल है।

आकाश तत्त्व के रूप में स्वीकारता है कि नयी वस्तु कुछ नहीं होती और न ही किसी वस्तु का अभाव ही होता है। आकाश में स्थिर सूर्य ही ब्रह्माण्ड बनता

है। मेरी औरत के आकाश में तुम सूर्य हो और मेरा ब्रह्माण्ड बनाते हो। इन्हीं दीवारों के बीच रचते हो एक संसार। लेकिन मेरे भीतर भी एक आकाश है और बाहर के आकाश में झाँकता है। बाहरी आकाश में तारों, दिक् ब्रह्माण्ड को वैज्ञानिक, खगोलशास्त्री और नक्षत्र विद्या के विद्वान सब समझना चाहते हैं। लेकिन औरत के जटिल और सूक्ष्म आकाश को कोई क्यों नहीं समझना चाहता? आकाश शून्य पर अनन्त रहस्यों से भरा है। जैसे वायुमण्डल के कारण आकाश के नीले रंग का आभास होता है। घर के आकाश को मेरी ही सांसें धुँधला देती हैं। मेरी ही साँसों ने वायुमण्डल की तरह इस घर रूपी धरती को घेर रखा है। यदि ऐसा न हो तो सूर्य की गति भी नहीं होगी। इसका मतलब है तुम्हारे अस्तित्व पर एक प्रश्न।

उसने इस महा अन्धकार की चुनौती को स्वीकारा है। खाली हाथ और निष्कवच युद्धस्थल में खड़ी है। विचित्र यह है कि जीत जाने पर अकेली हो जाने का खतरा है। उसके परिवार और समाज से निष्कासन का खतरा है। फिर भी उसके भीतर आस्था का प्रकाश अपने सत्य को पाने के लिए व्याकुल है। इस व्याकुलता से मन के डर, भय, निराशा सब छूटते जा रहे हैं। यह सत्य जो उसका होगा पर औरत के सत्य से अलग नहीं होगा। यह औरत मात्र का सत्य होगा उपलब्ध चाहे उसने किया होगा। उसके सत्य की सार्थकता इसी में होगी कि वह व्यापक हो सकेगा।

सुबह आखिरी सुनवाई थी। फैसला दिया जाना था। इस घर में यह उसकी अन्तिम रात भी हो सकती है। यह रात भीतर-बाहर मचते उन्माद और आवेग की रात थी। भीतरी-बाहरी उथल-पुथल और झंझावात की रात थी। वह अपने बच्चों के लिए पति तथा इस घर के लिए प्रार्थना कर रही थी। उनके सुख के लिए, उनकी खुशी के लिए, उनके मंगल के लिए ईश्वर के सम्मुख नत थी। उसकी आँखें आँसुओं से गीली थीं पर उनमें पश्चात्ताप नहीं था।

घर के सभी लोग खामोश थे। एक वीरानी छाई थी। उसे देखकर धीरे से उनकी गर्दनें उठीं। उसकी आँखें उठीं—सवालिया नहीं। फैसला देती हुई। दिन का तीसरा पहर था। गर्मी बढ़ गई थी। खिड़की से खुला आसमान नजर आ रहा था। उन सबकी एक ही खामोश आवाज़ थी। क्यों तमाशा बना रही हो। अपने होशोहवास तो मत खो। वह उठने और बैठे रहने के द्वन्द्व से उभरकर उठी थी। और मुड़कर सीढ़ियाँ चढ़ने लगी थी।

यह सत्य जब सब पर उद्घाटित हो ही गया है यह सोचकर अचानक ही गर्दन सीधी हो गई। दर्द को भी भूल सा गई थी। सिर्फ इतना याद था कि यह उसकी पहचान हो सकता है। शान्त और ठहरी मनस्थिति में सीढ़ियाँ चढ़ने जैसा था। रात खूबसूरत थी। बाहर अन्धेरे में हरियाली के बीच जुगुनुओं की झिलमिल दीख रही थी। आसमान में तारे चमक रहे थे। आसमान अपने विस्तार में असीम था। तभी उसने देखा, आकाश में एक उल्कापिण्ड दिखाई दिया था। आसमान में आड़े-तिरछे होकर नीचे अन्धकार में, घाटियों में, पहाड़ियों में, पानी में लपकता

किसी अलोकिक शक्ति से चालित हमारी ज़िन्दगी की तरह अज्ञात नियति की अतल गहराईयों की ओर प्रवृत्त बढ़ रहा था।

उनका फैसला जानते हुए भी फैसला सुनने का इन्तज़ार था। सुबह का इन्तज़ार था। ऐसी सुबह का जो दिन को बदरंग भी कर सकती थी। जरीना ने बताया था कि औरत की जिन्दगी की इस बेहाली को समझना हो तो हमारे इस्लामिक देश की मजहबी ताकतों को जानना होगा। मर्द की ताकत को पहचानना होगा। इस्लाम और मजहब के रखवाले मुल्ला, मौलवी बुलडोजर से औरत के जिस्म, उसके मन और दिमाग को रौंद देते हैं। मध्य युग खत्म कहाँ हुआ। सामंती समाज व्यवस्था आदमी की ताकत का परचम थामे औरत को अपनी जायदाद समझती है। हमारे यहाँ औरतें नौकरी नहीं करतीं। वे सिर्फ धन्धा करती हैं, चाहे वे किसी भी नौकरी में क्यों न हों। इसलिए वे सब कलुष हैं, एक तरह से उनको अलग-थलग कर दिया जाता है। नौकरीपेशा औरत को किराए पर मकान नहीं मिलता। और यूँ औरतें अपने चारों तरफ मर्दों की भूखी लालची आँखों को हमारे बुर्कों को फाड़कर हमारे जिस्म के यौनांगों को टोहती रहती हैं। उनके लिए ये सब जायज है। उनका हक है क्योंकि हम उनके अख्तियार में हैं। लेकिन हमारी इच्छा होती ही नहीं। हमें यही सिखाया जाता है। अगर हो भी तो घुट-घुटकर मरना ही उसके लिए वाजिब है। अगर वह अपनी इच्छा जाहिर करे तो वह बदचलन है। अगर अपने ऊपर हुए जुल्मों को बताए-दिखाए तो वह बदचलन है। अगर वह अपने साथ हुए बलात्कार का खुलासा करे तो वह बदलचन है। अगर वह बलात्कारी को न पहचाने या उसका नाम न बताए तो उसकी सजा चौराहे पर लगने वाले कोड़े हैं। हमारी जिन्दगी जमीन पर रेंगने वाले कीड़े जैसी होती है। घर की दीवारों में हमारा रोना और कराहटें होती हैं। जितना हम जुल्म सहती हैं उसी से घर की बुनियाद मजबूत होती है। हमारा वजूद हमारी देह में कैद रहता है। हम औरतें गुस्सा नहीं करतीं। जुल्म सहती हैं पर रोती-चीखती नहीं, अपने मर्दों के खिलाफ नहीं बोलतीं। उसी में हमारी भलाई होती है।

इस्लाम धर्म में कानून और सामाजिक आचार संहिता दोनों ही ऐसे मामलों में औरतों को चौराहों पर पत्थरों से मारने या जनता के सामने कोड़े लगाने की सजा दी जाती है। जिसके लिए एक सार्वजनिक आयोजन किया जाता है। आज, वह वही औरत है जिस पर अडल्टरी का इल्जाम है। उसे बीच चौराहे में लड़की के फ्रेम में बाँधा गया है। वह कटघरे में खड़ी है। उसके मुँह पर एक माइक्रोफोन फिट किया गया है ताकि कोड़े लगने से उसके चीखने-चिल्लाने की आवाज़ें भीड़ सुन सके। वकील बार-बार कह रहा है—'ऊँची आवाज़ में बोलिए। सुन नहीं रहा है। ताकि भीड़ में उपस्थित, कोर्ट में बैठी औरतें सुन सकें और वे ऐसा अपराध करते हुए डरें। लम्बा-चौड़ा तगड़ा, फूली माँसपेशियों वाला आदमी अपने कोड़े आजमा रहा है। काले कोट में

आँखों में प्रतिकार, प्रतिघात लिए वह अपनी दलीलें तैयार कर रहा है। एकत्रित भीड़ वैसे ही तमाशबीन है जैसे कोर्ट में बैठे लोग। कोड़े मारे जाने का, दलीलें पेश किए जाने का सबको इन्तजार है। इस मुकदमे की चारों तरफ चर्चा है। आज औरत को सजा दिए जाने की चारों तरफ चर्चा है। चौराहे पर भीड़ बढ़ रही है। कोर्ट का चैम्बर श्रोताओं से भर गया है। कोर्ट में बैठे लोग तटस्थ हैं, निर्विकार हैं वे आपस में किसी भी विषय पर बातें कर रहे हैं। भीड़ भी अनासक्त है। श्रोताओं और भीड़ में सिर्फ एक तमाशाई उत्सुकता है। कोर्ट में और भीड़ में ऐसे बहुत से लोग बैठे हैं जिनके अपनी पत्नियों के अलावा दूसरी औरतों से सम्बन्ध हैं। उनसे उत्पन्न बच्चे हैं। पर वे सब सम्भ्रान्त पुरुष वर्ग हैं। उनकी पत्नियाँ, परिवार और कानून और सामाजिक आचार संहिता उन्हें सुरक्षा देते हैं।

कोड़े लगने शुरू होने वाले हैं। भीड़ की उम्मीद के विपरीत कोर्ट में खड़ी औरत और भीड़ के बीच चौराहे पर खड़ी औरत भयभीत नहीं है। आदेशानुसार भीड़ में खड़ी औरत की डॉक्टरी जाँच की गई। वह कोड़े खाने के योग्य थी। कोर्ट में खड़ी औरत की धार्मिक और आत्मिक जाँच की गई। उसने गीता पर हाथ रखकर कसम खाई कि 'वह जो भी कहेगी सच कहेगी। सच के सिवा कुछ नहीं कहेगी।'

एक पल के लिए कोर्ट में दर्शक और चौराहे की भीड़ शान्त थी। न्यायाधीश ने कहा कार्रवाही शुरू की जाए। मैजिस्ट्रेट ने कोड़े लगाने का आदेश दिया। कोड़ा हवा में लहराया, औरत के माँस में धँसा और हवा में निकल गया। विपक्ष के वकील ने दलील शुरू की। पहला कोड़ा मारा--'यह औरत बदचलन है।' दूसरी बार फिर कोड़ा हवा में उठा, औरत की त्वचा पर सड़क से पड़ा—'यह औरत बेहया और धोखेबाज है। चरित्रहीन है। चरित्रहीन है। इसने अपने पति, परिवार, समाज, धर्म सबकी मर्यादा तोड़ी है। गिरी हुई पतित औरत है यह।' कोड़ा हवा में उठता और स्त्री पर गिरता रहा। उसकी पीठ, बाँहें और जहाँ-तहाँ कोड़ा पड़ा माँस उघड़ गया था। लाल-लाल झाँकती त्वचा से खून बह रहा था। वकील की दलीलें उसके मन-मस्तिष्क, उसकी आत्मा और उसकी 'औरत' की धज्जियाँ उड़ाती रहीं। 'यह औरत कलंकिनी है, व्यभिचारिणी है।' उसकी बेआवाज़ चीखों का मजा कोर्ट में बैठे दर्शक ले रहे थे। रिसते जख्मों के साथ वह सिर झुकाए खड़ी थी। भीड़ में औरत पर आखिरी कोड़ा पड़ा वह बेहोश हो गई थी। वकील ने आखिरी दलील दी थी—'वेश्या है यह औरत।' उसका सिर एक तरफ लटक गया था। उसकी टाँगें थर्रा रही थीं। अपने को गिरने से बचाने के लिए उसने विटनेस बॉक्स की रेलिंग को कसकर पकड़ रखा था। उसे लकड़ी के फ्रेम से बाहर आने को कहा गया था। आखिरी प्रतिकार भीड़ ने लिया था, उस बेहोश होती औरत पर पत्थरों की बौछार करके।

वह विटनैस बॉक्स के बाहर आई थी। 'कितनी बेशरम औरत है। कैसे सामान्य

दीख रही है। कोई और औरत होती तो शर्म से ही मर जाती।' सार्वजनिक कोड़ेबाजी का आखिरी दृश्य था। कोर्ट में यह आखिरी सुनवाई थी। इसके बाद सब खत्म होना ही था। तमाशाई भीड़ लौट रही थी। चैम्बर से लोग उठकर बाहर जा रहे थे। वह भी बाहर आई थी। चारों ओर नफरत से भरपूर आँखें, भर्त्सना करती आँखें, ताने मारती आवाज़ें। यह हकीकत थी। एक हकीकत यह भी थी कि इस व्यवस्था और न्याय-प्रणाली के प्रति उसके मन में क्रोध, घृणा और अवसाद भी जगा था और बना रहा था।

डॉक्टर ने कोर्ट में उसे दुनिया की सबसे बुरी औरत सिद्ध किया था। चरित्रहीन और बेहया औरत। घर की मर्यादा को नष्ट करने पर उतारू। उसने उसे वेश्या कहा था। उसे माधवानल काम कन्दला की कहानी का वह प्रसंग याद आया था जब जयन्ती ने अपने प्रेमी माधव को भ्रमर बनाकर अपनी कुंचकी में रख लिया था। माधव रूपी भ्रमर कहीं दब न जाए इसलिए वह बहुत सतर्क होकर नृत्य कर रही थी। उसका यह रहस्य प्रकट हो गया। उसे वेश्या होने का अभिशाप मिला। उसने भी उसके गर्भ को अपने भीतर छिपाया और उस पर दुश्चरित्रा होने का दोष ही नहीं, उसे वेश्या ही बना दिया गया। यूँ उसे वेश्या गाली नहीं लगती। औरत की मजबूरी है जिसे ये वेश्या कहते हैं। इसमें बड़ी गाली वह 'मर्द' को मानती है। पर उसने अपनी पत्नी को वेश्या कहा। निर्लज्ज कहा। कहा, इस औरत से उसे हमदर्दी नहीं। इससे उसका कोई रिश्ता नहीं। इसका इस घर, बच्चों और पति और पति की किसी वस्तु पर कोई अधिकार नहीं। न्यायाधीश और डॉक्टर पति और भगवान एक ही जाति के थे। तीनों का फैसला भी एक ही था। सारे आर्ष ग्रन्थों क्लासिक्स, दर्शन, इतिहास, मिथक सबका फैसला भी यही था। सत्य का कैसा विरूपण था यह! लेकिन इन्होंने इन ग्रन्थों में ही स्त्री को सृष्टि की आत्मा, ध्रुवतारा, देववाणी और जीवन में शान्ति और संगतता लाने वाली कहा।

द्रौपदी के चीरहरण का सारा प्रसंग धर्म पर आधारित होकर भी धर्म है क्या, इस पर ठहर जाता है। द्रौपदी युधिष्ठिर से पूछती है—धर्म की गति क्या है? जब युधिष्ठिर ने द्यूत क्रीड़ा में द्रौपदी को दाँव पर लगाया तो वह स्वयं ही स्वतंत्र नहीं थे। इसलिए उनको उसे दाँव पर लगाने का अधिकार भी नहीं था। धर्म को यदि समाज द्वारा स्वीकृत मान्यताओं और आचरण पर आधारित होता है। तो भी द्रौपदी के चीरहरण के समय वहाँ उपस्थित धर्मवीरों, धनुर्वीरों और कर्मवीरों का धर्म उसके सम्मान की रक्षा का था या नहीं? लेकिन इसका उत्तर किसी के पास नहीं था। उस समय कृष्ण ही एकमात्र अपवाद थे जो समाज द्वारा स्थिर किए गए नियमों और धर्म के मानदण्डों को तात्कालिक धर्म की सीमाओं में बाँधकर नहीं चलते। वे धर्म की तात्कालिकता को महत्त्व नहीं देते। धर्म को देशकाल की सीमाओं में नहीं बाँधते।

वे धर्म को मानवीयता तक ले जाते हैं और अपने उत्तरीय द्वारा द्रौपदी के सम्मान की रक्षा करते हैं।

कृष्णा के भीतर निर्वाक संवाद चल रहा था। 'तुम्हारा घर छोड़कर मैं जहाँ भी रहूँगी डॉक्टर, अग्नि को साक्षी मानकर ही रहूँगी। तुम बिना खिड़की-दरवाजों वाले कमरे में कैद हो डॉक्टर! तुम्हारे सन्नाटे को मेरी आवाज़ नहीं भेद सकती। मैं यहाँ से चली जाऊँगी तुम वहाँ नहीं रहोगे। तब तुम मेरे लिए रूपक बन जाओगे। एक कल्पना, एक ऐसा शब्द जो स्वतन्त्र करता है। मृत्यु और जीवन के दुख और सुख से। हँसी और रुदन से। आनन्द और अवसाद से। जब सब समाप्त हो जाता है तब सिर्फ भाव रह जाते हैं। सुगन्ध की तरह। पानी की तरह। हवा की जगह। जो पाँच तत्व की तरह मुझमें अवस्थित होंगे। तुम्हारी स्मृतियाँ ही अवलम्ब बनेंगी। तुमसे सम्पर्क, स्पर्श और तुम्हारे अहसास का। तुम्हारे तलाक से मुझे कुछ फर्क नहीं पड़ता। मैं तो तुम्हें तलाक नहीं दे रही। मेरी चिता में पहली समिधा तुम ही रखना। मेरी औरत ने दुख-सुख तुम्हारे साथ भोगा। जीवन में तुमने अभाव की पूर्ति की। मेरी इच्छा पूरी की।' इस इच्छामय संसार का अन्तिम सत्य है हमारी इच्छा। प्रवाहपूर्ण अविराम जीवन का अर्थ है हमारी इच्छा। जो लाइट हाउस की तरह जीवन के समुद्र में दिशा दिखाती है। इच्छा वैयक्तिक जीवन के समुद्र में दिशा दिखाती है। इच्छा का वैयक्तिक पक्ष सीमित तो होता है। परन्तु वह पुनर्विन्यास और पुनर्निर्माण का भी प्रेरक बिन्दु होता है। नये समाज के निर्माण में सहायक होता है। सकारात्मक और रचनात्मक प्रेरणा के रूप में इच्छा दैहिक भर नहीं रहती। समय के प्रवाह में परिवर्तन की प्रक्रिया का मूल बन जाती है। बीजों के फुटाव, नयी कोपलों में, हरियाते पत्तों में, खिलते फूलों और फलों में यही इच्छा फलवती होती है।

आयुष ने प्रेम के सोंधेपन से मेरी औरत को जगाया। दुलराया, बहलाया। उसमें नए प्राण फूँके। यह ताजी हवा का एक झोंका था। जंगल में खिले फूल की सुगन्ध था। बादलों में बने इन्द्रधनुष की तरह था। ठिठुरती सर्दी में ताप देती धूप -सा था। एक नयी दृष्टि दी। यह जरूरी हो गया था डॉक्टर। वह न होता तो यह भी न होता। फिर पता नहीं क्या होता। या कुछ भी नहीं होता। तो भी क्या था। पर अब हुआ, वैसा ही होना था। इसे ही सत्य मान लो। चाहे कितना भी अधूरा क्यों न हो। अधूरे सत्य से महाभारत में विघटन का तांडव हुआ था। जिसमें महल, नगर, संस्कृति, मर्यादा सब छिन्न-भिन्न हो गए थे। पर कृष्ण बचे रहे थे। क्योंकि उनकी आस्था बची रही थी। यह आस्था उन्हें मिली थी अपनी आन्तरिक शक्ति से। आज मुझे भी अपने में उसी शक्ति का आभास हो रहा है। मैं भी इतिहास को चुनौती देती खड़ी हूँ। इससे मेरी औरत के जीवन की दिशा बदल भी सकती है। कृष्ण की तरह मर्यादा को अपने हित में कर सकती हूँ। यह सत्य मेरे अनुभव मूल्य पर आधारित

है। ज्ञान या विचार पर नहीं। अनुभव में ही जीवन का असीमित सत्य निहित रहता है। स्त्री का यही सच है कि वह भिन्न-भिन्न रूपों में प्रकट होती है और उसके सारे रूप अद्वितीय हैं परन्तु स्वीकार्य नहीं हैं। जिस रूप में उसकी स्वतन्त्र सत्ता और अस्मिता प्रकट होती है उसे अनेदखा करके लांछित किया जाता है। पुरुष सत्ता से संबद्ध रूप ही सामाजिक व्यवस्था को मान्य है। वही गरिमामय और आदरणीय है। इसलिए औरतें अपने उद्धार के लिए प्रयत्नशील रहने की अपेक्षा चुपचाप गुलामी को स्वीकार कर लेने का सरल रास्ता अपनाती हैं। जैसे एक गलत आदेश विजय को पराजय में बदल देता है। वैसे ही एक गलत फैसला जीवन के सारे परिदृश्य को बदल देता है। मेरी नियति यह है। नियति अपरिहार्य है। यह प्रारब्ध है। प्रकृतिगत न्याय का भी एक नियम है। एक विधान है।

उस दिन आयुष के साथ। शाम घिर आई थी। पीली सी शाम थी। पत्तियाँ झर रही थीं—पेड़ों से। यह मार्च का महीना था। आयुष ने कहा था—कृशि तुम कलाकार को देखो कैसे गिरी हुई पत्तियों की जगह नई कोपलें फूट रही हैं। हाँ आयुष, उसने कहा था, जैसे जो पहले था, वह भ्रम था, टूट गया पत्ता था। जो कोंपल उगी वही सत्य है।

'कृशि, भ्रम और सत्य का भेद यही है। जो स्थापित हो जाए वह सत्य है। जो टूट जाए वह भ्रम।' डूबते हुए सूरज की रोशनी में पानी की सतह, खिड़कियाँ, दरवाजों के शीशे लाल हो गए थे। प्रतिबिंबित लाली थी। जो हो रहा था उसी से आवृत्त थे।

उनका यथार्थ आधा कल्पित था। इस धुँधलके में एक आकृति थी। वह उसी की थी। वह जानती है कोई उसका अनुसरण नहीं करेगा। कोई उसके पीछे नहीं आएगा। जब तक यह मुकद्दमा खत्म नहीं होता वह इस मकान में रहेगी। फिर उसे बाहर जाना होगा, पर कहाँ, वह नहीं जानती। तीस साल वह इस मकान में रही। सामाजिक सुख-समृद्धि से, लेकिन बाहर आते ही वह खाली हाथ आएगी। समृद्ध घरों में औरतें दरिद्र क्यों रह जाती हैं। इस दरिद्रता का हमसे क्या नाता है? क्या वह अब चित्रकारी करेगी इससे जीवनयापन होगा। उसके पास कोई हुनर नहीं है। सिवाय एक हुनर के जो घर को चलाने का है। बच्चों को देखने-भालने का है। बच्चों को पैदा करने का है। पर इससे क्या! वह सब तो पति की सत्ता के नीचे हो सकता है।

उसके सामने सिर्फ अन्धेरी सुनसान सड़क होगी...। उसका अकेलापन, दरिद्रता, अभाव, असुरक्षा—दूर तक फैला सुना भयावह अन्धेरा।

जरीना आपा ने कहा था, तो भी सच्चाई की खोज, अपनी औरत के जीवन की सच्चाई की खोज तो उसे करनी ही होगी। श्रमसाध्य रास्ता, निरन्तर संघर्ष का रास्ता। इसके लिए बहुत शक्ति और साधना चाहिए। यह उसके घायल अस्तित्व

की स्वाभिमानी पर भयावह चीख थी। अपने में प्राप्त विश्वास की ताकत थी और उसका उल्लंघन भी। नए दिन की शुरुआत नए आत्मविश्वास से करेगी। अब वह गुलामों की तरह वही नहीं करना चाहती थी। उनकी चिरोरी नहीं कर सकती थी। खतरा उठाना था। सब कुछ दाँव लगा चुकी थी।

मीनू ने जाते हुए कहा था—मम्मा अब बस एक उम्मीद है वह 'पोएटिक' जस्टिस की। यातना के बाहरी कारणों से जूझने की बजाए इस शक्ति का अपने भीतर इस्तेमाल करना उचित होगा। मेरे कुछ करने की महत्त्वाकांक्षा लाईट हाउस की तरह मेरा मार्गदर्शन करती रहेगी।

यह घर एक इंद्रजाल था। एक मायानगरी थी क्या? आज वह कहाँ है? सब जगह अनुपस्थित। लगा वह एक गहरी नींद से उठी थी--अर्धचेतन से चेतन में आई थी। जहाँ अपने को लेकर, अपनों के बारे में सम्बन्धों की स्वार्थी सच्चाई को समझ रही थी। बहुत सारे सवालों से फिर वही सोच रही थी--क्या यह तीस वर्ष का सफर एक शून्य से दूसरे शून्य का था?

मैं कहाँ पहुँची? तुम कहाँ पहुँचे डॉक्टर? महाभारत में भी कोई विजयी नहीं हुआ था। पांडव भी नहीं। पाँडव भी अन्त में हिमालय की चोटी पर बढ़ते चले जाते हैं और एक-एक कर गिरते जाते हैं। परन्तु गिरने वालों के लिए कोई नहीं रुकता। आज उसके लिए भी कोई नहीं रुकेगा। जीवन का निर्वाण और यथार्थ यही है। उसने सिर्फ भार ढोया है गर्भ का, गोद का और पति के अहं का। औरत जो सबके लिए जीती है उसका साथ कोई नहीं देता। यही औरत होने की निर्मम परिणति है। उसे अब केवल अपने अन्तस की आवाज़ पर ही ध्यान केन्द्रित करना होगा।

फिर उसे लगा था भीष्म पितामह की तरह वह भी शरशैय्या पर लेटी थी। इस अन्तिम समय में परिवार के सभी एकत्रित जन उसे व्यंग्य और तानों से मार रहे हैं। उसे सब सुनना और सहना है। उसका सत्य उसके जीवन बोध से उपजा है। इस परिणति के लिए वही उत्तरदायी भी है।

रात भर बारिश होती रही थी पर भीग उसका अन्तर रहा था। बादल गरजे, घटाटोप अन्धेरा छाया था। बीच-बीच

में बिजली चमक जाती थी। हवा से खुली खिड़कियों के दरवाज़े खड़क रहे थे। शीशों पर पानी की बूँदें बेआवाज़ फिसल रही थीं। रात के इस मौसम को उसने तीस वर्ष तक जिया था। सुबह हुई तो सब शान्त थी। धुली हुई हरियाली, पेड़-पौधे, घास सब शान्त था। हरियाली, पेड़-पौधे, घास और प्रकृति प्रसन्न सी मुद्रा में थे, नए दिन के सूरज के आह्वान के लिए तत्पर! प्रकृति में कुछ भी स्थिर नहीं होता। जीवन में भी कहाँ होता है। समय के आकाश के विस्तार में पंख फैलाए, जीवनयान कई तरह के मौसम, स्थितियाँ, संवेदनाओं और उद्वेगों के बीच उड़ान भरता है। अपने गन्तव्य तक पहुँचता है और कई बार नहीं भी पहुँचता।

मीनाक्षी बार-बार उसके पास आ-जा रही थी। उसे लगा था मीनाक्षी चाहे बेबसी की ही वजह से बाकी परिवार के साथ थी। पर वह बार-बार उससे भी जुड़ने का प्रयास कर रही थी। उसकी पक्षधर बनकर भी और उसकी बेटी बनकर भावात्मक रिश्ते में वह उसे लौटाना चाहती थी। एक मिश्रित से भाव से। वह उसे गलत भी ठहरा रही थी और उसका साथ भी नहीं छोड़ रही थी औरों की तरह पर उनसे अलग।

उसे लगा था उसके जीवन की यह कथा भी बेताल पच्चीसी की आखिरी कहानी है। अब सारे भेद खुलने ही हैं। इस कहानी का विक्रमादित्य भी वह ही है और बेताल भी। इस शताब्दी की आखिरी औरत जिसकी बलि दी जानी है, वही है। तांत्रिक ने राजा की बलि देकर सिद्धि पानी है और घर में उसकी बलि से इस पितृसत्ता का वर्चस्व स्थापित होना है। साधु के वेश में तांत्रिक राजा को बारह साल तक फुसलाता रहा और हीरों से भरा सोने का सेब देता रहा। सेब की वास्तविकता से अनभिज्ञ राजा उसे यूँ ही रखता रहा। एक दिन अचानक सेब राजा के हाथ से गिरकर टूटा तो देखा उसमें हीरे-मोती थे। राजा आश्चर्यचकित हो कमरे में गया जहाँ वह साधु के दिए सेबों को रखता गया था। उसने देखा सारा कमरा हीरे-जबाहरातों से दमक रहा था। राजा ने साधु से पूछा। साधु के वेश में तांत्रिक ने कहा कि वह श्मशान से उसे बेताल को लाकर दे। विक्रमादित्य श्मशान से बेताल को कन्धे पर लेकर चला। रास्ता काटने के लिए बेताल राजा को कहानी सुनाता इस शर्त के साथ कि अगर जानते हुए भी उसका सही उत्तर नहीं देगा तो उसके सिर के सौ टुकड़े हो जाएँगे। राजा कहानी के अन्त में पूछे गए सवालों के सही उत्तर देता था। और बेताल फिर पेड़ पर लौट जाता। आखिर में बेताल राजा को आखिरी पच्चीसवीं कहानी सुनाता है।

कहता है राजा, 'अब मैं तुमसे एक महाप्रश्न पूछता हूँ, इसे सुनो। दक्षिणपथ में धर्मनगर में एक मांडलिक राजा राज करता था। राजा सद्‌गुणी, सदाचारी था। उसकी रानी चन्द्रावती मालवा के एक राजपरिवार से थी। उनके घर में एक कन्या पैदा हुई और उसके अपूर्व सौंदर्य को देखकर उसका नाम लावण्यमती रखा। लावण्यमती रूप का अवतार थी। राजा की पुत्री विवाह के योग्य हुई तो राजा के विरुद्ध उसके

गोत्रजों ने षड्यन्त्र करके उसको राज्य से अपदस्थ कर दिया। वे उसको मारने की साजिश रचने लगे। राजा को पता चला तो अपनी रानी और राजकुमारी के साथ रात में भाग गया। साथ ही अपने साथ उत्कृष्ट रत्न भी ले गया। राजा अपनी ससुराल मालवा की ओर चल पड़ा। जंगलों में पैदल चलते, कष्ट उठाते वे भीलों के गाँव में पहुँचे। वह गाँव भील-लुटेरों और चोरों का गाँव था। भीलों ने राजा को उसके राजसी वस्त्रों और आभूषणों से पहचान लिया। वे उस पर आक्रमण करने के लिए अस्त्र-शस्त्र लेकर आगे बढ़ने लगे। राजा ने अपनी रानी और पुत्री को कहा कि वे दोनों जल्दी से जंगल में जाकर छिप जाएँ। राजा के कहे अनुसार, भयभीत रानी अपनी पुत्री के साथ जंगल में चली गई। भील राजा के पास आए और उस पर अपने अस्त्रों-शस्त्रों से हमला किया। राजा ने उनका मुकाबला किया। पर वे समूह में थे और अस्त्रों-शस्त्रों से लैस थे। राजा मारा गया और भील उसके वस्त्र-आभूषण और रत्न लेकर भाग गए।

जंगल में छिपी रानी और राजकुमारी ने जब राजा को मरते देखा तो विलाप करती हुई घने जंगल में चली गईं। चलते-चलते वे एक तालाब के पास पहुँचीं और वहाँ बैठकर निःसहाय रोने लगीं। तभी वहाँ चन्द्र सिंह नाम का राजा अपने बेटे सिंह पराक्रम के साथ शिकार करने आया। रानी और राजकुमारी वन में आहट सुनकर फिर आगे जंगल में चली गईं। राजा ने मिट्टी में माँ-बेटी के पद-चिह्न देखकर अपने पुत्र से कहा, ये पदचिह्न साधारण नहीं, उत्तम रेखाओं से युक्त हैं। इस जंगल में ये दो स्त्रियाँ कौन हो सकती हैं। वे 'इन पदचिह्नों का अनुसरण करके आगे बढ़ने लगे। उसने अपने पुत्र से कहा कि इन दो स्त्रियों को खोज लेते हैं यदि ये हमें मिल जाती हैं तो तुम इनमें से एक से विवाह कर लेना।' पुत्र सिंह पराक्रम ने कहा, 'छोटे पैर वाली स्त्री कम उम्र की होगी उससे मैं विवाह करूँगा और बड़े पैर वाली स्त्री से जो स्वाभाविक बड़ी उम्र की होगी, आप विवाह करना।' राजा ने कहा, 'नहीं अभी तुम्हारी माँ को मरे कुछ ही समय तो हुआ है। उसके शोक में मैं अभी दुबारा विवाह करने के बारे में सोच नहीं सकता।' पुत्र ने पिता को सौगन्ध दिलाई कि अगर ये स्त्रियाँ मिल जाती हैं तो वे अवश्य बड़े पैर वाली स्त्री से विवाह करेंगे।

दोनों पिता-पुत्र स्त्रियों के पदचिह्नों को देखते हुए आगे बढ़ने लगे। उन्होंने रानी चन्द्रावती और उसकी बेटी लावण्यमती को एक स्थान पर विलाप करते बैठे देखा। घुड़सवारों को आता देख स्त्रियाँ सहम गईं। भयभीत-सी होकर बेबसी से इधर-उधर देखने लगीं। राजा ने उन्हें अपना परिचय दिया और उन्हें वे अपने महल में ले गया। अपने कहे अनुसार पिता और पुत्र ने विधिवत इन स्त्रियों से ब्याह रचाया। चन्द्रावती के पैर छोटे थे इसलिए उसका विवाह सिंह पराक्रम से हुआ और लावण्यमती के पैर बड़े थे, उसका विवाह राजा चन्द्र सिंह के साथ हुआ। पैरों के बड़े-छोटे के अनुसार वचनबद्ध पिता ने पुत्री लावण्यवती से और सिंह पराक्रम पुत्र ने रानी चन्द्रावती

से विवाह किया। चन्द्रावती अपनी बेटी की बहू बनी और बेटी अपनी माँ की सास। समय के अनुसार उन दोनों के पुत्र और पुत्रियाँ हुईं। आगे जाकर उनके बेटे-बेटियों के फिर बेटे-बेटियाँ हुईं। बेताल ने कथा सुनाकर राजा विक्रमादित्य से पूछा, 'राजन तुम बहुत बुद्धिमान हो, अब यह बताओ कि उन माँ-बेटियों को पुत्र एवं पिता से जो सन्तान पैदा हुईं उनका आपस में क्या सम्बन्ध हुआ? यदि जानते हुए भी तुमने नहीं बतलाया तो तुम्हें मेरा शाप लगेगा।' बेताल का प्रश्न सुनकर राजा सोच में पड़ गया। बहुत सोच-विचार के बाद भी राजा की समझ में कुछ नहीं आया। उसने बेताल के प्रश्न का उत्तर नहीं दिया और मौन भाव से आगे बढ़ता गया। बेताल ने सोचा राजा पराक्रमी है यह वध के योग्य नहीं। इसलिए उसने राजा को उसके कल्याण का मार्ग बताया और दुष्ट भिक्षु से मुक्ति का उपाय भी।

जीवन में कई बार कुछ ऐसा भी घटता है जो अघटित होता है। जीवन में ऐसे बहुत से सवाल भी होते हैं जिनके कोई उत्तर नहीं होते। कुछ ऐसी अप्रत्याशित स्थितियाँ आती हैं जिनको परिभाषित नहीं किया जा सकता। बस अनहोनी हो जाती है, अघटित घट जाती है। और सवाल ही सवाल रह जाते हैं।

सब अपने कमरों में जा चुके थे। सब शान्त और सन्तुष्ट थे। मीनाक्षी टूटे घोंसले से गिरे पक्षी सी छटपटा रही थी। वह विचलित थी। उसने पिता से कहा था कि उन्होंने गलत किया। इतना बेरहम कोई कैसे हो सकता है। माँ इस घर में पिता के साथ तीस साल रही थी। सब ठीक था। माँ के 'नाट टु बी' से 'टु बी' की एक दस्तक ने उन्हें इतना क्रूर कैसे बना दिया। मीनाक्षी ने अपने भीतर एक ताकत महसूस की थी। घर के दूसरे सदस्यों से अलग अजय, अभय और पिता से अलग। उसे लगा उनकी तंग दुनिया से वह बाहर खुले में खड़ी थी। वह माँ के साथ मूक साहचर्य के भाव से शामिल हो गई थी। फिर से उसे लगा वह माँ से भी बड़ी हो गई। पिता की स्वीकृति अस्वीकृति, उनकी आज्ञा अवज्ञा उनका क्रोध या क्षोभ उसके लिए कोई मायने नहीं रखता। जैसे मम्मा के लिए मायने नहीं रखता। माँ का यह निर्णय गलत है या सही है इसका परिणाम उनके साथ रहेगा। परन्तु माँ ने अपने स्व को, अपनी इयत्ता को पाया है। यह उसकी भीतरी शक्ति का केन्द्रबिन्दु बना है। वह हर द्वन्द्व, ग्लानि और दुर्बलता से उबर चुकी है। वह अपनी भीतरी आभा से दमक रही है। मीनाक्षी के भीतर की बेचैनी थम गई थी। अपने निर्णय की दृढ़ता से वह अपने भीतर एक ठहराव महसूस कर रही थी। एक लयात्मक सामंजस्य। वह सोच रही थी जैसे उसके भीतर माँ ही साँस ले रही थी। वह कह भी रही थी। हमारे कर्मों का निकष तुरन्त आता भी है और नहीं भी। औरतें किसान की तरह होती हैं। सहस्रों बीज बोती हैं। बोने से पहले जमीन को बाहती जोतती हैं, समतल करती हैं। और

फिर बीज रोपती हैं। कितने बीज फूटेंगे, कितने नहीं फूटेंगे, बढ़ेंगे, फूल, फल लगेंगे, पता नहीं। प्रकृति की अनुकूलता प्रतिकूलता पर निर्भर होता है। प्रकृति की सहजता, निर्दयता पर निर्भर होता है। यह प्रकृति और जड़ नहीं, चेतन और संवेदन, समाज और समष्टि सभी तो है।

मीनाक्षी चक्रवात में फँसी गोल-गोल घूम रही थी। जरीना का आना उसे अच्छा लगा था। अपने मन की बात वह कह सकती थी। उसने कहा था–'जरीना मौसी, जब तेजेश दुर्घटना में मारा गया था। मुझे ससुराल जाने के लिए विवश होना पड़ा। फिर मम्मा कैसे मुझे वहाँ से लेकर आई थी। पर वहाँ और भी मुझ जैसी लड़कियाँ थीं जो उसी व्यवस्था में शामिल होकर सुरक्षित हो गई थीं। अपने अस्तित्व का विचलन करके और अपने स्वत्व को खोकर दृश्य से अदृश्य हो गई थीं।

उस समय, मम्मा ने मेरे लिए एक वैकल्पिक प्रति संसार की रचना की थी। नई स्थितियों, कार्यप्रणालियों और लक्ष्यों को प्रस्तुत किया था। उसकी स्थिति में यह सब भी आसान नहीं था। पर एक नया परिदृश्य निर्मित हुआ था। जब माँ ने चिल्लाकर कहा था–'मीनू को इस तरह तहाकर, गठरी बनाकर या काट-छाँट कर नहीं रखा जा सकता।'

'लेकिन मम्मा के साथ जो हो रहा है वह क्या है? क्या यह व्यवस्था औरत को विवेकरहित और विचारशून्य नहीं बनाती? ये कायदे और कानून इतने कमज़ोर क्यों हैं? क्यों किसी नैकल्पिक विचार से आतंकित हो जाते हैं?'

जरीना ने कहा–'इसमें आश्चर्य क्या मीनू। हमें क्यों सिखाया जाता है कि हम अपने पर विश्वास न करें, अपने अन्तस की आवाज़ न सुनें। अपने अवचेतन में न झाँकें क्योंकि वहाँ हमारी इच्छाएँ और कामनाएँ भभक रही होती हैं। पिछले तीन साल देश से बाहर रहकर तुमने जीवन का एक दूसरा रूप देखा होगा। तुमने जो नया पढ़ा, समझा, जाना और जिया वह दिए गए से बिल्कुल अलग था, नहीं?'

'मौसी,' मीनू ने कहा था–'वह सोच के नए बिन्दुओं पर आधारित था। उसी के परिप्रेक्ष्य में मैंने औरत की सच्चाई को नए सिरे से समझा भी था। पर वह सच्चाई हमारी सच्चाई से मेल नहीं खाती।'

जरीना ने कहा था–'मीनू जब भी नया यथार्थ विकसिंत हो रहा होता है उसे रोकने का प्रयास किया ही जाता है। क्योंकि नयी चेतना सब कुछ बदलती है। सोच और विचार ही नहीं, जीवन पद्धति और कार्यपद्धति, जीवनशैली और सम्बन्धों की नयी परिभाषा भी करती है। क्योंकि विश्वस्तर पर राजनीतिक और आर्थिक व्यवस्था बदल रही है इसलिए सामाजिक व्यवस्था और नियमन भी बदलेंगे ही। समय विशेष में जीवन सन्दर्भ बदलते हैं। नए सन्दर्भ विकसित होते हैं। उन्हें पुराने मानदण्डों से समझा नहीं जा सकता।'

लेकिन मीनू ने टोका था–'नए मानदण्ड पुरातन मान्यताओं, आस्थाओं, विचारों को तो स्वीकारते ही नहीं।'

'इसलिए औरत को धर्म, कर्म, दर्शन, पाप और पुण्य की जंजीरों से बाँध दिया गया। उन्हें हर समाज में, समाज विशेष की विचार पद्धतियों में बन्द कर दिया गया। उन विचारों के समर्थकों ने अपनी सत्ता का निर्माण किया है। '

जरीना ने कहा था–'हाँ, जिसके परचम के नीचे औरत का रहना सुरक्षित माना गया और ज़रूरी भी, ताकि व्यवस्था ज्यों की त्यों बनी रहे।'

मीनू चिंतित थी। जरीना कह रही थी–'लेकिन मीनू उसी जड़ता से नए विचार अन्वेषित होते हैं। पुराने सन्दर्भ समूह धूमिल होते हुए क्षय हो जाते हैं। नए सन्दर्भ समूह समक्ष आते हैं। चिन्तन की नयी धारा उमड़ती है। जो परिवर्तन की इस प्रक्रिया को नहीं समझते या नहीं समझना चाहते वे इसका विरोध करते हैं।'

मीनू ने सोचते हुए कहा था–'लेकिन नया समाज भी तो अनपेक्षित परिवर्तनों से ही बनता है लेकिन नया कई बार इतना नया होता है कि आघात पहुँचाता है, खतरा उत्पन्न करता है एक तरह से फ्यूचर शॉक देता है।'

जरीना ने कहा था–'ठीक कह रही हो तुम, इस समय मम्मा ने जिन स्थितियों की संरचना की है, उनकी टकराहट से दी गई स्थितियों की नावें हिल गई हैं। यह भी सच है कि ऐसी नई स्थितियाँ ही क्रान्ति लाती हैं, पर साथ ही अनिश्चितताएँ लिए होती हैं। जिससे भविष्य धुँधला जाता है। पता नहीं होता आगे क्या होगा? असंगतियाँ बढ़ती हैं। तो भी नई अपरिचित कार्यपद्धतियाँ और विचार शैलियों के बीच नए समाजबोध की संरचना होती है। यह प्रक्रिया निरन्तर चलती है और लम्बे समय में सम्पन्न होती है। अन्त में समाज की दशा और दिशा दोनों बदल जाते हैं। पुरानी सत्ता के केन्द्र ध्वस्त हो जाते हैं और सत्ता के नए केन्द्र बनते हैं। आल्विन टॉफलर ने इसे ही पैराडाइम शिफ्ट कहा था।'

'तो, जरीना मौसी क्या मम्मा का यह निर्णय पैराडाइम शिफ्ट ही है। पुराने सत्ता मस्तूलों को ध्वस्त करके नए सत्ता केन्द्रों की स्थापना करेगा।'

पुरुष प्रधान व्यवस्था के विरोध में खड़ी माँ की तकलीफ को मीनाक्षी अब आत्मसात ही नहीं कर रही थी, उसे पूरी गहराई से समझ भी रही थी। 'हो सकता है मौसी, माँ के इस व्यक्तिगत अनुभव को भविष्य में कोई सार्वभौम स्वरूप मिल जाए। यह नयी औरत की नियति के बहुअर्थी आयामों का पर्याय बन जाए। यह अकेली औरत जो अपने निकटतम सम्बन्धों का बाह्यीकरण कर रही है और विरोधों के बीच में खड़ी सारी दुनिया से टक्कर ले रही है। ज़रूर कोई नया भाष्य लिखने जा रही है। यह बच्चा ज़रूर कोई नया इतिहास बनाएगा? या मातृसत्ता के पुराने इतिहास का साक्षी होगा।'

जरीना ने कहा था—'फैनन ने 'रेचेड ऑफ द अर्थ' में यही कहा था कि स्त्री को सबसे पहले अपनी कोख और अपनी श्रमशक्ति के उत्पादनों पर नियन्त्रण करना चाहिए। जिसको पुरुष सत्ता ने अपने वश में कर रखा है। तभी वह अपने व्यक्तित्व को प्राप्त कर सकेगी। अपने को नए ढंग से अपनी अनुरूपता में परिभाषित कर सकेगी।'

मीनू ने कहा था—'अब स्त्री धैर्य, सहनशीलता, क्षमा, अहिंसा के भोंथरे हथियारों से अपनी लड़ाई नहीं लड़ सकती। शास्त्र और समाज सभी स्त्री के खिलाफ हैं।'

जरीना ने कहा—'क्योंकि वे रीढ़हीन, सोचहीन, अपंग स्त्री का आदर्श प्रस्तुत करती हैं। इसीलिए मीनू तुम्हारी मम्मा ने आज अपना सब कुछ दाँव पर लगा दिया। जिस तरह से उसकी शिनाख्त की जा रही है उसमें कितनी असंगतियाँ हैं। वह चाहती तो अपने को सारी विषमताओं से बचा सकती थी। मुझे लग रहा है कि अल्डयुस हक्सले का मुस्तफा माँड यह न्यायाधीश है जो फैसला दे रहा है, यह व्यवस्था है, यह समाज ही इसकी सत्ता है। इन सबके चेहरे विद्रूप हैं। इनमें स्वीकृति पाने की कोशिश ही व्यर्थ है।'

जरीना कह रही थी—'मीनू तुम्हारी माँ पर लगे अभियोग के लिए जो यह मुकदमा लड़ा गया है तुम सोचती हो कि क्या इसमें कहीं भी व्यक्ति और समाज के बीच बनते नए समीकरणों, सम्बन्धों और अन्तर्द्वन्द्वों पर भी बहस हुई?'

मीनू ने कहा था—'नहीं, कभी नहीं। मुझे लगता है, व्यक्ति और समाज जोखिम भरे रिश्तों की सशक्त प्रवक्ता बनकर माँ 'आल्डयुस हक्सले' के 'सवेजजान' में तब्दील हो गई है। जो सुख नहीं चाहती। सुरक्षा नहीं चाहती। वह खतरों से खेल रही है। वह 'पाप' को प्यार से सुरक्षित रखे है। लगता है वह सबसे दुखी रहने का, पाप में जीने का अपना अधिकार माँग रही है। कथानायक ग्रेगोर समसा की तरह माँ बदल गई है।'

'हाँ, मीनू।' जरीना की आवाज़ निर्णायक थी, 'अब उसका मैटामारफॉसिस हो गया है। हो सकता है यहीं से घर में एक नई सभ्यता का उदय हो। उस सभ्यता में पारिवारिक और स्त्री-पुरुष सम्बन्ध नए समीकरणों में ढल सकें। जिनसे एक नई जीवनशैली विकसित हो। क्योंकि नए पैराडाइम में विजय केवल विचार के स्तर पर नहीं होती बल्कि व्यवहार और जीवनपद्धति से सत्ता के केन्द्र बनते हैं। जहाँ पुरातन पंथियों को ध्वस्त होना ही होता है। नई पीढ़ी, नयी चेतना के साथ नए सत्ता केन्द्रों के बीच से ही आगे आती है। जो उस सभ्यता में जीती है। जब उसमें जड़ता आने लगती है तो परिवर्तन के क्रम में फिर सत्ता के केन्द्र बदलते हैं और अगली नयी सभ्यता विकसित होती है।'

मीनू ने कहा था—'जी मौसी। इसी तरह शायद सभ्यताओं के विकास और नवीनीकरण का क्रम चलता ही रहता है। जिनकी अनुकूलता में समाज के नियम,

मान्यताएँ, आस्थाएँ, विश्वास और नैतिक मूल्य भी बदलते हैं। इन्हीं से राजनीतिक, आर्थिक और सामाजिक व्यवस्था के सिद्धान्त तय किए जाते हैं।'

जरीना ने कहा था—'हमारा समाज मंथर गति वाला समाज है। विकास की धारा के नीचे पुरातनता ठहरे पानी के नीचे गाद की तरह जमी रह जाती है।'

'जी मौसी, यह गाद भी तो हमें ही हटानी है। लेकिन अब मैं तैयार हूँ मौसी। आपसे बात करके सब कुछ साफ हो गया। मेरे भीतर के संशय सन्देह सब मिट गए। आपके माध्यम से एक नई रोशनी देख रही हूँ। उस रोशनी में माँ को नई तरह से पहचान रही हूँ।'

'अब चलती हूँ मीनू।'

'जी मौसी।'

जरीना चली गई थी।

'मम्मा,' मीनाक्षी खड़ी थी सामने।

'हाँ...।'

'मम्मा, अपनी तैयारी करो। आप मेरे साथ चल रही हैं।'

'तेरे साथ? मीनू तुम क्या कह रही हो।'

'मम्मा प्लीज़! बहुत काम करने हैं हमें। आपका पासपोर्ट, वीजा वगैरह...। उठो, मम्मा गेट रेडी।' मीनाक्षी अपने समय से आगे का हस्ताक्षर बनी खड़ी थी। 'उठो मम्मा।'

'मीनू लेकिन... '

'आप ही का दिखाया हुआ रास्ता है मम्मा। नहीं तो आज मैं कहाँ होती। शेखावती की बड़ी हवेली में कब की मर-खप गई होती या हर पल मरते हुए जिन्दा लाश-सी बन गई होती।' वह उसके गले से लिपट गई थी। 'लेकिन-वेकिन कुछ नहीं। ...चलिए, तैयार हो जाइए!'

वह उठी थी...जैसे समुद्र तल से उठती हुई कोई पहाड़ की चोटी हो...

❑❑❑